PrépaBAC

Tle GÉNÉRALE

Physique Chimie

SPÉCIALITÉ

Réussir l'examen

- **Nathalie Benguigui**
  Professeure agrégée de physique-chimie
  Lycée Bellevue au Mans
- **Patrice Brossard**
  Professeur agrégé de physique-chimie
  Lycée Europe Robert-Schuman à Cholet
- **Joël Carrasco**
  Professeur certifié de physique-chimie
  Lycée Marcel-Pagnol à Marseille
- **Gaëlle Cormerais**
  Professeure certifiée de sciences physiques
  Collège Marseilleveyre à Marseille
- **Éric Langlois**
  Professeur agrégé de sciences physiques
  Lycée Descartes à Tours
- **Jacques Royer**
  IA-IPR de physique-chimie
  Académie de Nantes

Avec la collaboration de Denise Maréchal

ISBN : 978-2-401-09462-8

Hatier

Mode d'emploi

Comment utiliser votre Prépabac tout au long de l'année ?

◗ Commencez par évaluer votre niveau de connaissance grâce au **TEST** en début de chaque chapitre : votre score vous permet d'établir **votre parcours de révision** dans le chapitre.

TEST

moins de 50 % du score total : **PARCOURS PAS À PAS**
→ **FICHES DE COURS**
→ **SUJETS GUIDÉS & CORRIGÉS** — OBJECTIF BAC

50 % ou plus du score total : **PARCOURS EXPRESS**
→ **MÉMO VISUEL & VIDÉOS**
→ **SUJETS GUIDÉS & CORRIGÉS** — OBJECTIF MENTION

◗ Notez que les sujets **OBJECTIF SUP** portent sur des thèmes qui ne sont pas au programme de l'épreuve écrite, mais sont utiles à la poursuite de vos études.

Comment vous organiser dans la dernière ligne droite ?

◗ Ciblez vos révisions et exercez-vous en priorité avec les **sujets OBJECTIF BAC** que vous n'avez pas encore traités. Puis vous pouvez compléter avec des sujets **OBJECTIF MENTION**.

◗ Pour préparer **le Grand Oral** sur une question de physique-chimie, consultez le chapitre 15.

SOMMAIRE

* thème ne figurant pas au programme de l'épreuve écrite, mais devant être maîtrisé pour le Grand Oral

Constitution et transformations de la matière

1 Les transformations acide-base

TEST Pour vous situer et identifier les fiches à réviser 12

FICHES DE COURS

1 Réaction acide-base 14
2 Exemples de couples acide-base 16
3 pH d'une solution 18
4 Concentration d'une solution 20

MÉMO VISUEL 22

SUJETS GUIDÉS & CORRIGÉS

OBJECTIF BAC • OBJECTIF MENTION 24

2 Analyse d'un système chimique

TEST Pour vous situer et identifier les fiches à réviser 36

FICHES DE COURS

5 Mesure d'une grandeur physique 38
6 Spectroscopies infrarouge et UV-visible 40
7 Titrage pH-métrique 42
8 Titrage conductimétrique 44

MÉMO VISUEL 46

SUJETS GUIDÉS & CORRIGÉS OBJECTIF BAC • OBJECTIF MENTION 48

3 Évolution d'un système chimique

TEST Pour vous situer et identifier les fiches à réviser 62

FICHES DE COURS

9 Suivi de l'évolution d'une réaction chimique 64
10 Facteurs cinétiques 66
11 Vitesse volumique d'une espèce chimique 68
12 Modélisation microscopique d'une réaction* 70

MÉMO VISUEL 72

SUJETS GUIDÉS & CORRIGÉS OBJECTIF BAC • OBJECTIF MENTION 74

4 Les transformations nucléaires*

TEST Pour vous situer et identifier les fiches à réviser ... 84

FICHES DE COURS

13 Noyaux stables et instables ... 86
14 Radioactivité ... 88
15 Décroissance radioactive ... 90
16 Applications de la radioactivité et radioprotection ... 92

MÉMO VISUEL ... 94

SUJETS GUIDÉS & CORRIGÉS OBJECTIF SUP ... 96

5 Sens d'évolution d'un système oxydant-réducteur

TEST Pour vous situer et identifier les fiches à réviser ... 108

FICHES DE COURS

17 Quotient de réaction et critère d'évolution spontanée ... 110
18 Transformation spontanée modélisée par une oxydo-réduction ... 112
19 Fonctionnement d'une pile* ... 114
20 Usure et capacité d'une pile* ... 116
21 Une évolution forcée : l'électrolyse* ... 118

MÉMO VISUEL ... 120

SUJETS GUIDÉS & CORRIGÉS OBJECTIF SUP ... 122

6 Sens d'évolution d'un système acide-base

TEST Pour vous situer et identifier les fiches à réviser ... 136

FICHES DE COURS

22 Constante d'acidité d'un couple acide-base ... 138
23 Force d'un acide ou d'une base dans l'eau ... 140
24 Diagrammes de prédominance et de distribution ... 142
25 Solution tampon ... 144

MÉMO VISUEL ... 146

SUJETS GUIDÉS & CORRIGÉS

OBJECTIF BAC • OBJECTIF MENTION ... 148

7 Stratégies en synthèse organique

TEST Pour vous situer et identifier les fiches à réviser 160

FICHES DE COURS

26 Distinguer les molécules organiques 162
27 Familles fonctionnelles de molécules organiques 164
28 La structure électronique des molécules* 166
29 Modification des molécules organiques* 168
30 Optimisation d'une étape de synthèse 170

MÉMO VISUEL 172

SUJETS GUIDÉS & CORRIGÉS OBJECTIF BAC • OBJECTIF SUP 174

Mouvement et interactions

8 Description d'un mouvement

TEST Pour vous situer et identifier les fiches à réviser 188

FICHES DE COURS

31 Les vecteurs position et vitesse 190
32 Le vecteur accélération 192
33 Quelques mouvements particuliers 194

MÉMO VISUEL 196

SUJETS GUIDÉS & CORRIGÉS

OBJECTIF BAC • OBJECTIF MENTION 198

9 Deuxième loi de Newton
Mouvement dans un champ

TEST Pour vous situer et identifier les fiches à réviser 212

FICHES DE COURS

34 Les lois de Newton 214
35 Mouvement dans un champ de pesanteur uniforme 216
36 Mouvement dans un champ électrique uniforme 218
37 Aspects énergétiques du mouvement dans un champ uniforme 220
38 Mouvement dans un champ de gravitation 222

MÉMO VISUEL 224

SUJETS GUIDÉS & CORRIGÉS OBJECTIF BAC • OBJECTIF MENTION 226

10 Écoulement d'un fluide*

TEST Pour vous situer et identifier les fiches à réviser ... 240

FICHES DE COURS

39 La poussée d'Archimède ... 242
40 Écoulement d'un fluide en régime permanent ... 244
41 Relation de Bernoulli ... 246

MÉMO VISUEL ... 248

SUJETS GUIDÉS & CORRIGÉS OBJECTIF SUP ... 250

L'énergie : conversions et transferts

11 L'énergie : conversions et transferts

TEST Pour vous situer et identifier les fiches à réviser ... 266

FICHES DE COURS

42 Le modèle du gaz parfait ... 268
43 Bilan d'énergie d'un système ... 270
44 Les transferts thermiques ... 272
45 Bilan thermique du système Terre-atmosphère* ... 274
46 Évolution de la température d'un système* ... 276

MÉMO VISUEL ... 278

SUJETS GUIDÉS & CORRIGÉS OBJECTIF BAC • OBJECTIF MENTION ... 280

Ondes et signaux

12 Caractérisation des phénomènes ondulatoires

TEST Pour vous situer et identifier les fiches à réviser ... 294

FICHES DE COURS

47 Intensité sonore et atténuation ... 296
48 Diffraction d'une onde ... 298
49 Interférences de deux ondes ... 300
50 Effet Doppler* ... 302

MÉMO VISUEL ... 304

SUJETS GUIDÉS & CORRIGÉS

OBJECTIF BAC • OBJECTIF MENTION ... 306

13 Lunette astronomique – Flux de photons

TEST Pour vous situer et identifier les fiches à réviser . . . 318

FICHES DE COURS

51 La lunette astronomique . . . 320
52 Effet photoélectrique et cellule photovoltaïque* . . . 322

MÉMO VISUEL . . . 324

SUJETS GUIDÉS & CORRIGÉS

OBJECTIF BAC • OBJECTIF SUP . . . 326

14 Dynamique d'un système électrique

TEST Pour vous situer et identifier les fiches à réviser . . . 338

FICHES DE COURS

53 Le condensateur . . . 340
54 Capacité d'un condensateur . . . 342
55 Dipôle *RC* : charge d'un condensateur . . . 344
56 Dipôle *RC* : décharge d'un condensateur . . . 346

MÉMO VISUEL . . . 348

SUJETS GUIDÉS & CORRIGÉS OBJECTIF BAC • OBJECTIF MENTION . . . 350

Le Grand Oral

15 Préparer le Grand Oral sur une question de physique-chimie

FICHES DE COURS

57 Choisir une question de physique-chimie . . . 364
58 Concevoir sa présentation . . . 366
59 Préparer efficacement l'exposé . . . 368
60 Présenter la question au jury . . . 370
61 Répondre aux questions en lien avec la présentation . . . 372
62 Défendre son projet d'orientation . . . 374

SUJETS GUIDÉS & CORRIGÉS OBJECTIF BAC Simulation d'un Grand Oral sur une question de physique-chimie : la médecine nucléaire . . . 376

ANNEXES

- Corrigés des tests . . . 379
- Index . . . 381

Les vidéos de l'ouvrage

Retrouvez l'ensemble de ces vidéos
sur la chaîne Youtube **annabac**

Pour réviser rapidement

Comment exploiter une courbe de titrage pH-métrique ?
hatier-clic.fr/p-c_Tb_01

Comment interpréter la forme d'une courbe de titrage conductimétrique ?
hatier-clic.fr/p-c_Tb_02

Comment accélérer une transformation chimique ?
hatier-clic.fr/p-c_Tb_03

Comment utiliser un diagramme de prédominance ?
hatier-clic.fr/p-c_Tb_04

Comment déterminer le rendement d'une synthèse chimique ?
hatier-clic.fr/p-c_Tb_05

Qu'est-ce que la 2e loi de Newton et comment l'utiliser ?
hatier-clic.fr/p-c_Tb_06

Comment établir la 3e loi de Kepler et l'exploiter ?
hatier-clic.fr/p-c_Tb_07

Comment mesurer le diamètre d'un fil à l'aide de la diffraction ?
hatier-clic.fr/p-c_Tb_08

Comment fonctionne une lunette astronomique ?
hatier-clic.fr/p-c_Tb_09

Comment mesurer la capacité d'un condensateur électrique ?
hatier-clic.fr/p-c_Tb_10

Pour mieux comprendre

Physique-Chimie Tle – Les schémas bilan
hatier-clic.fr/p-c_Tb

Constitution et transformations de la matière

1 Les transformations acide-base

Dallol est un site géologique situé dans le désert du Danakil, au nord-est de l'Éthiopie. Dallol signifie « décomposé » à cause de ses sources chaudes acides. Certaines concrétions de Dallol se forment par des réactions acide-base, entre la soude (une base), le soufre solidifié et l'acide sulfurique des sources chaudes.

TEST

Pour vous situer et identifier les fiches à réviser 12

FICHES DE COURS

1 Réaction acide-base 14
2 Exemples de couples acide-base 16
3 pH d'une solution 18
4 Concentration d'une solution 20
MÉMO VISUEL 22

SUJETS GUIDÉS & CORRIGÉS

OBJECTIF BAC
1 Astuce culinaire ! 24
OBJECTIF MENTION
2 Détartrants du quotidien 28

TESTEZ-VOUS

→ CORRIGÉS P. 379-380

Faites le point sur vos connaissances puis établissez votre **parcours de révision** en fonction de votre score.

1 Réaction acide-base

→ FICHE 1

1. Une réaction acide-base :

☐ **a.** met en jeu deux couples acide-base.

☐ **b.** est toujours totale.

☐ **c.** met en jeu un transfert d'électrons.

2. Lors de la réaction acide-base $H_3O^+_{(aq)} + HO^-_{(aq)} \rightarrow 2H_2O_{(l)}$:

☐ **a.** les deux couples de l'eau interviennent.

☐ **b.** $H_3O^+_{(aq)}$ capte un ion H^+.

☐ **c.** $HO^-_{(aq)}$ est une base de Brönsted.

3. Lors de la réaction $C_6H_5NH_{2(aq)} + H_2O_{(l)} \rightleftarrows C_6H_5NH^+_{3(aq)} + HO^-_{(aq)}$:

☐ **a.** H_2O a un rôle de base.

☐ **b.** il y a transfert d'un ion H^+ de l'acide H_2O à la base $C_6H_5NH_2$.

☐ **c.** les couples mis en jeu sont $H_2O_{(l)}/HO^-_{(aq)}$ et $C_6H_5NH_{2(aq)}/C_6H_5NH^+_{3(aq)}$. .../3

2 Exemples de couples acide-base

→ FICHE 2

1. Parmi les affirmations suivantes, lesquelles sont vraies ?

☐ **a.** H_2O peut se comporter comme un acide mais aussi comme une base.

☐ **b.** L'ammoniac NH_3 appartient au couple NH_3/NH_4^+.

☐ **c.** L'acide conjugué de H_2O est H_3O^+.

☐ **d.** HCO_2^- est la base conjuguée de HCO_2H.

2. Pour les couples $(CO_{2(aq)}, H_2O)/HCO^-_{3(aq)}$ et $HCO^-_{3(aq)}/CO^{2-}_{3(aq)}$:

☐ **a.** $(CO_{2(aq)}, H_2O)$ est la base conjuguée de l'ion $HCO^-_{3(aq)}$.

☐ **b.** l'ion $CO^{2-}_{3(aq)}$ est la base conjuguée de l'ion $HCO^-_{3(aq)}$.

☐ **c.** l'ion hydrogénocarbonate $HCO^-_{3(aq)}$ est une espèce amphotère.

3. L'acide phosphorique H_3PO_4 :

☐ **a.** est un monoacide.

☐ **b.** est un triacide.

☐ **c.** a comme base conjuguée l'ion $H_2PO^-_{4(aq)}$. .../3

3 pH d'une solution

→ FICHE 3

1. Parmi les affirmations suivantes, lesquelles sont vraies ?

☐ **a.** $\frac{[H_3O^+]}{c^0} = 10^{pH}$ avec c^0 la concentration standard.

☐ **b.** Si pH = 8 alors $[H_3O^+] < 10^{-7}$ mol · L^{-1}.

☐ **c.** Si on dilue 100 fois une solution acide, son pH diminue de 2 unités.

2. Une solution de chlorure d'éthylammonium ($CH_3–CH_2–NH_3^+$, Cl^-) a un pH égal à 6,8.

☐ **a.** La solution est neutre.

☐ **b.** La réaction qui a lieu dans l'eau est :

$$CH_3–CH_2–NH_{3(aq)}^+ + H_2O_{(l)} \rightleftarrows CH_3–CH_2–NH_{2(aq)} + H_3O_{(aq)}^+$$

☐ **c.** La concentration en ion oxonium est $[H_3O^+] = 1{,}6 \times 10^{-6}$ mol · L^{-1}.

3. Dans une solution, la concentration en ion oxonium est $2{,}5 \times 10^{-6}$ mol · L^{-1}.

☐ **a.** La solution est acide.

☐ **b.** Si on dilue 10 fois cette solution, son pH est égal à 6,6.

☐ **c.** Si on y ajoute de l'hydroxyde de sodium, aucune réaction ne se produit. .../3

4 Concentration d'une solution

→ FICHE 4

1. Parmi les affirmations suivantes, lesquelles sont vraies ?

☐ **a.** Le titre massique d'une solution est $t = \frac{m_{soluté}}{V_{solution}}$.

☐ **b.** La concentration en masse c s'exprime en fonction du titre massique t et de la masse volumique de la solution $\rho_{solution}$ par $c = t \times \rho_{solution}$.

☐ **c.** Pour passer d'une concentration en masse à une concentration en quantité de matière d'un soluté, il suffit de multiplier par la masse molaire du soluté.

2. On prélève 5,00 mL d'acide éthanoïque pur que l'on place dans une fiole jaugée de 100,0 mL, puis on complète avec de l'eau jusqu'au trait de jauge. La densité de l'acide éthanoïque est $d = 1{,}05$; sa masse molaire est $M = 60{,}0$ g · mol^{-1}.

☐ **a.** La quantité de matière prélevée est $8{,}83 \times 10^{-2}$ mol.

☐ **b.** La concentration en quantité de matière est $8{,}8 \times 10^{-2}$ mol · L^{-1}.

☐ **c.** La concentration en masse est 52,5 g · L^{-1}.

☐ **d.** La concentration en masse est 5,25 g · L^{-1}.

☐ **e.** La concentration en quantité de matière est $8{,}75 \times 10^{-1}$ mol · L^{-1}. .../2

Score total .../11

Parcours PAS À PAS ou EXPRESS ? → MODE D'EMPLOI P. 3

1 Réaction acide-base

En bref *La définition d'un acide et d'une base permet d'expliquer les réactions acide-base et d'établir leur équation.*

I Acide et base de Brönsted

- Un **acide** est une espèce chimique susceptible de céder un ou plusieurs ions hydrogène H^+ ou protons.
- Une **base** est une espèce chimique susceptible de capter un ou plusieurs ions hydrogène H^+.

> **À NOTER**
> L'ion hydrogène H^+ n'est constitué que d'un seul proton (l'atome H ayant perdu son seul électron). C'est pourquoi il est souvent appelé proton.

- La **base conjuguée** d'un acide de Brönsted est l'entité formée une fois que l'acide a cédé un ion H^+.
- L'**acide conjugué** d'une base de Brönsted est l'entité formée après que la base a accepté un ion H^+.

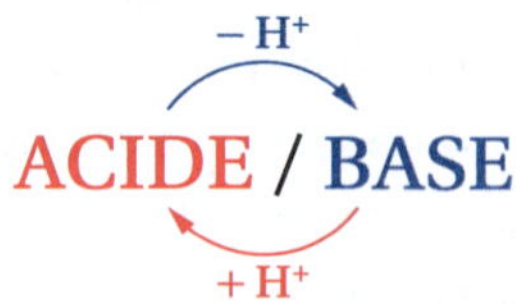

- Un **couple acide-base** est constitué d'un acide et d'une base **conjugués**, qui s'obtiennent l'un à partir de l'autre par échange (gain ou perte) d'un ion H^+ selon la demi-équation :

$$\text{Acide} \rightleftarrows \text{Base} + H^+$$

II Établir l'équation de la réaction entre un acide et une base

Une **réaction acide-base** met en jeu deux couples acide-base. L'acide d'un couple échange un ion H^+ avec la base conjuguée d'un autre couple selon les équations suivantes :

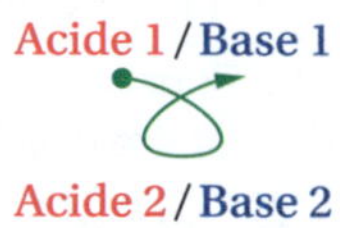

(1) L'acide 1 cède un proton H^+ : $\text{Acide 1} \rightleftarrows \text{Base 1} + H^+$

(2) La base 2 capte un proton H^+ : $\text{Base 2} + H^+ \rightleftarrows \text{Acide 2}$

(1) + (2) Bilan : $\text{Acide 1} + \text{Base 2} \rightleftarrows \text{Base 1} + \text{Acide 2}$

Exemple :

Acide 1 — Perte de H^+ — Base 1

$$CH_3\text{-}CO_2H_{(aq)} + H_2O_{(\ell)} \rightleftarrows CH_3\text{-}COO^-_{(aq)} + H_3O^+_{(aq)}$$

Base 2 — Gain de H^+ — Acide 2

Les deux couples mis en jeu sont : $CH_3COOH_{(aq)}/CH_3COO^-_{(aq)}$ et $H_3O^+_{(aq)}/H_2O_{(\ell)}$.

Méthode

Interpréter une réaction acide-base

L'aniline réagit avec l'eau selon la réaction d'équation :

$$C_6H_5NH_{2(aq)} + H_2O_{(\ell)} \rightleftarrows C_6H_5NH_{3(aq)}^+ + HO_{(aq)}^-.$$

a. L'aniline est-elle un acide ou une base ? Quel est le rôle de l'eau ?

b. Montrer que cette réaction s'interprète comme un transfert de proton entre deux espèces.

CONSEILS

À partir de la définition d'un acide et d'une base de Brönsted, identifiez les deux couples acide-base intervenant dans la réaction étudiée.

SOLUTION

a. • Rôle de l'aniline : $C_6H_5NH_2 + H_2O \rightleftarrows C_6H_5NH_3^+ + HO^-$

Gain de H^+

$C_6H_5NH_{2(aq)}$ gagne un proton et donne $C_6H_5NH_{3(aq)}^+$.

Une espèce capable de capter un proton est une base de Brönsted. L'aniline est donc une base : $C_6H_5NH_2 + H^+ \rightleftarrows C_6H_5NH_3^+$

• Rôle de l'eau : $C_6H_5NH_2 + H_2O \rightleftarrows C_6H_5NH_3^+ + HO^-$

Perte de H^+

H_2O perd un proton et donne l'ion hydroxyde HO^-. Une espèce capable de céder un proton est un acide. Ici, l'eau a un rôle d'acide : $H_2O \rightleftarrows H^+ + HO^-$.

b. La réaction met en jeu deux couples acide-base dont l'acide d'un couple réagit avec la base du second par transfert de proton.

• Couple $H_2O_{(\ell)}/HO_{(aq)}^-$

H_2O cède un proton : $H_2O \rightleftarrows H^+ + HO^-$

• Couple $C_6H_5NH_{3(aq)}^+/C_6H_5NH_{2(aq)}$

L'alanine capte H^+ : $C_6H_5NH_2 + H^+ \rightleftarrows C_6H_5NH_3^+$

Bilan : $C_6H_5NH_2 + H^+ + H_2O \rightleftarrows C_6H_5NH_3^+ + H^+ + HO^-$

$$C_6H_5NH_{2(aq)} + H_2O_{(\ell)} \rightleftarrows C_6H_5NH_{3(aq)}^+ + HO_{(aq)}^-$$

Au cours de cette réaction, l'eau cède un proton et donne sa base conjuguée l'ion hydroxyde, alors que la base aniline capte ce proton et donne son acide conjugué.

2 Exemples de couples acide-base

En bref *Connaître les couples acide-base de l'eau est important pour étudier les réactions acide-base pouvant avoir lieu en solution aqueuse et faisant intervenir d'autres couples.*

I Les couples de l'eau

- H_3O^+/H_2O : l'ion oxonium H_3O^+ est un acide, il est capable de céder un ion H^+ et de donner sa base conjuguée, l'eau H_2O : $H_3O^+ \rightleftarrows H_2O + H^+$.
- H_2O/HO^- : H_2O est un acide, il est capable de céder un ion H^+ et de donner sa base conjuguée, l'ion hydroxyde HO^- : $H_2O \rightleftarrows HO^- + H^+$.

MOT CLÉ
L'eau H_2O est une espèce **amphotère** car elle peut jouer le rôle d'un acide ou d'une base.

II D'autres couples acide-base

■ Un **acide carboxylique** RCOOH possède un groupe carboxyle où la liaison OH est **polarisée**. Cette liaison se rompt : l'oxygène, plus électronégatif, récupère le doublet liant et un proton est cédé. L'anion résultant est appelé ion carboxylate.

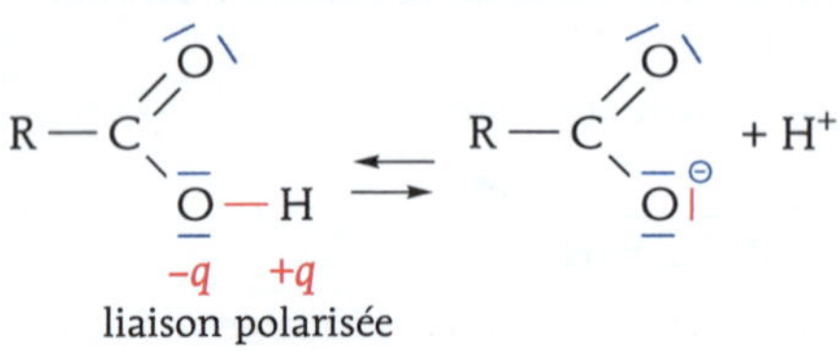

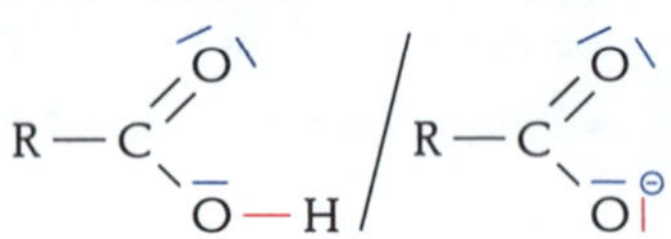

Couple HA/A⁻

Acide carboxylique Ion carboxylate Proton

■ La base **ammoniac** NH_3 est une entité capable d'accepter un proton grâce au doublet non liant de l'atome d'azote. L'azote est de ce fait déficitaire d'un électron d'où sa charge positive.

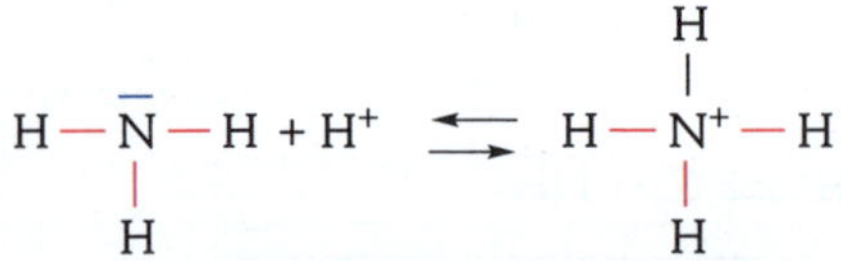

NH_4^+/NH_3

Couple acide-base

Ammoniac Proton Ion ammonium

Les **amines** R-NH$_2$ → FICHE 27 comme l'ammoniac sont des bases et leurs acides conjugués sont des ions alkylammonium. *Exemple* : $CH_3CH_2NH_3^+/CH_3CH_2NH_2$.

■ L'acide carbonique H_2CO_3 peut céder deux protons, c'est un **diacide** :
- acide carbonique/ion hydrogénocarbonate : H_2CO_3/HCO_3^- ;
- ion hydrogénocarbonate/ion carbonate : HCO_3^-/CO_3^{2-}.

L'ion HCO_3^- est une espèce amphotère.

Méthode

Identifier des couples acide-base et une espèce amphotère

1. Identifier dans chacune des équations ci-dessous les deux couples acide-base mis en jeu. Préciser quelles sont l'espèce acide et l'espèce basique dans chaque couple.

a. $HCOOH_{(aq)} + H_2O_{(\ell)} \rightleftarrows HCOO^-_{(aq)} + H_3O^+$

b. $H_2SO_{3(aq)} + C_2H_5NH_{2(aq)} \rightleftarrows C_2H_5NH^+_{3(aq)} + HSO^-_{3(aq)}$

c. $HSO^-_{3(aq)} + HO^-_{(aq)} \rightarrow SO_3^{2-}{}_{(aq)} + H_2O_{(\ell)}$

2. L'espèce HSO_3^- est-elle une espèce amphotère ? Justifier.

CONSEILS

1. Pour chaque équation, identifiez l'espèce qui capte un proton (base) et celle qui en cède (acide). On écrit le couple acide-base en commençant toujours par l'acide.

SOLUTION

1. a. • HCOOH cède un proton et donne sa base conjuguée $HCOO^-$:

$$HCOOH \rightleftarrows H^+ + HCOO^-$$

Un acide et sa base conjuguée forment un couple acide-base soit ici le couple $HCOOH_{(aq)}/HCOO^-_{(aq)}$.

• Toute réaction acido-basique met en jeu deux couples acide-base : l'acide d'un couple réagit avec la base du second. Donc H_2O est une base qui capte un proton et donne son acide conjugué H_3O^+, donc le second couple est H_3O^+/H_2O.

b. • H_2SO_3 cède un proton (c'est un acide) et donne sa base conjuguée $HSO^-_{3(aq)}$:

$$H_2SO_3 \rightleftarrows H^+ + HSO_3^-$$

• $C_2H_5NH_{2(aq)}$ est une base car elle réagit avec l'acide H_2SO_3 et capte un proton. Son acide conjugué est $C_2H_5NH^+_{3(aq)}$:

$$C_2H_5NH_2 + H^+ \rightleftarrows C_2H_5NH_3^+$$

Les deux couples sont $H_2SO_3/HSO^-_{3(aq)}$ et $C_2H_5NH^+_{3(aq)}/C_2H_5NH_{2(aq)}$.

c. • $HSO^-_{3(aq)}$ est un acide et donne sa base conjuguée $SO^{2-}_{3(aq)}$:

$$HSO_3^- \rightleftarrows H^+ + SO_3^{2-}$$

• H_2O est l'acide conjugué de la base $HO^-_{(aq)}$:

$$HO^- + H^+ \rightleftarrows H_2O$$

Les deux couples sont $HSO^-_{3(aq)}/SO^{2-}_{3(aq)}$ et $H_2O_{(\ell)}/HO^-_{(aq)}$.

2. Dans les équations **b.** et **c.** intervient l'espèce HSO_3^-, mais dans deux couples différents. Dans la réaction **b.**, HSO_3^- est la base du couple $H_2SO_{3(aq)}/HSO^-_{3(aq)}$ tandis que dans la réaction **c.**, HSO_3^- est l'acide du couple $HSO^-_{3(aq)}/SO^{2-}_{3(aq)}$.

Cette espèce appartient à deux couples, donc elle peut avoir soit un rôle d'acide, soit un rôle de base : c'est la définition d'une espèce amphotère.

3 pH d'une solution

En bref *Le pH d'une solution aqueuse est mesuré à l'aide d'un pH-mètre. Connaissant son pH, on peut qualifier une solution d'acide, basique ou neutre.*

I Définition et mesure du pH

Le **pH**, abréviation de « potentiel hydrogène », est un paramètre servant à définir si un milieu est acide ou basique. Il est lié à la concentration en ions oxonium H_3O^+ :

$$pH = -\log\left(\frac{[H_3O^+]}{c^0}\right)$$

pH sans unité
$[H_3O^+]$ en $mol \cdot L^{-1}$
$c^0 = 1\ mol \cdot L^{-1}$ (concentration standard)

Cette relation est équivalente à : $\frac{[H_3O^+]}{c^0} = 10^{-pH}$.

À NOTER
L'échelle de pH est comprise entre 0 et 14 à 25 °C. Le pH est une fonction décroissante de la concentration en H_3O^+.

- Le pH d'une solution aqueuse est mesuré à l'aide d'un **pH-mètre**, préalablement étalonné.
- Au lycée, on mesure un pH, au mieux, à 0,05 unité près. Une telle incertitude sur la mesure de pH correspond à une **incertitude relative élevée** ; en conséquence toute concentration déduite d'une mesure de pH devra être exprimée avec, au maximum, deux chiffres significatifs.

III Solution neutre, acide ou basique

- À 25 °C, le pH de l'eau pure est égal à 7,0 soit : $[H_3O^+] = 1{,}0 \times 10^{-7}\ mol \cdot L^{-1}$. La présence d'ions H_3O^+ résulte de l'ionisation de quelques molécules d'eau par transfert d'un proton : c'est l'**autoprotolyse de l'eau** :

$$2\ H_2O \rightleftarrows H_3O^+ + HO^-.$$

- Une solution aqueuse est **neutre** si elle contient autant d'ions H_3O^+ que l'eau pure à 25 °C, **acide** si elle en contient plus ou **basique** si elle en contient moins.

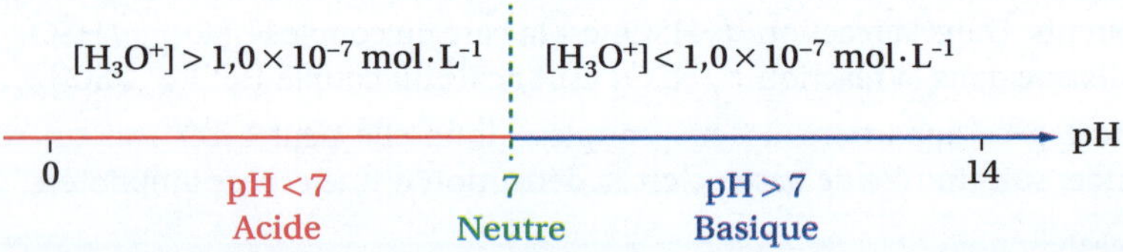

Méthodes

1 Identifier une solution acide, neutre ou basique

On dispose d'une solution diluée de vinaigre blanc de concentration en ions oxonium $[H_3O^+] = 5{,}0 \times 10^{-3}\ mol \cdot L^{-1}$ et d'une solution d'eau de javel de pH = 10,9 à 25 °C.

Déterminer si chacune des deux solutions est acide, neutre ou basique.

CONSEILS
Calculer le pH de la solution de vinaigre.

SOLUTION

$$pH = -\log\left(\frac{[H_3O^+]}{c^0}\right) = -\log\left(\frac{5{,}0 \times 10^{-3}}{1{,}0}\right) = 2{,}3.$$

La solution diluée de vinaigre est acide (pH = 2,3 < 7) tandis que la solution diluée d'eau de javel est basique (pH = 10,9 > 7).

2 Déterminer l'incertitude sur la concentration en ion H_3O^+

Le pH d'une solution aqueuse S, mesuré avec un pH-mètre, est $pH = 8{,}90 \pm 0{,}05$.

a. Déterminer un encadrement de la concentration en ions H_3O^+ avec 3 chiffres significatifs. À partir de cet encadrement, déterminer la valeur de l'incertitude $U([H_3O^+])$.

b. Calculer l'incertitude relative et donner la concentration en ions H_3O^+ sous la forme :

$$[H_3O^+] \pm U([H_3O^+]).$$

CONSEILS
Attention, l'incertitude $U(G)$ ne peut être plus précise que la valeur G déterminée.

SOLUTION

a. $8{,}85 < pH < 8{,}95$ et $[H_3O^+] = c^0 \times 10^{-pH}$

d'où $1{,}12 \times 10^{-9} < [H_3O^+] < 1{,}41 \times 10^{-9}\ mol \cdot L^{-1}$.

$$U([H_3O^+]) = \frac{1{,}41 \times 10^{-9} - 1{,}12 \times 10^{-9}}{2} = 0{,}15 \times 10^{-9}\ mol \cdot L^{-1}$$

et $[H_3O^+] = 1{,}0 \times 10^{-8{,}90} = 1{,}26 \times 10^{-9}\ mol \cdot L^{-1}$.

b. $$\frac{U([H_3O^+])}{[H_3O^+]} = \frac{0{,}15 \times 10^{-9}}{1{,}26 \times 10^{-9}} = 0{,}118 = 12\ \%$$

donc $[H_3O^+] = (1{,}3 \pm 0{,}2) \times 10^{-9}\ mol \cdot L^{-1}$.

L'incertitude relative est supérieure à 10 %, donc la concentration $[H_3O^+]$ doit être exprimée avec deux chiffres significatifs. Par conséquent $U([H_3O^+])$ est arrondi à $0{,}2 \times 10^{-9}\ mol \cdot L^{-1}$.

4 Concentration d'une solution

En bref *Connaissant la densité et le titre massique d'une solution commerciale acide ou basique, on peut déterminer sa concentration en masse ou en quantité de matière.*

I Grandeurs caractéristiques d'une solution

■ La **masse volumique** ρ d'une solution s'exprime :

$$\rho_{solution} = \frac{m_{solution}}{V_{solution}}$$ $m_{solution}$ en kg ; $V_{solution}$ en m^3 ; ρ en $kg \cdot m^{-3}$.

La masse volumique s'exprime souvent aussi en $g \cdot cm^{-3}$.

À NOTER
Au cours d'un mélange il y a conservation de la masse mais pas des volumes !

■ La **densité d'une solution** *d* est un nombre sans unité permettant de comparer la masse d'un volume de solution à la masse du même volume d'eau.

$$d_{solution} = \frac{\rho_{solution}}{\rho_{eau}}$$ $\rho_{solution}$ et ρ_{eau} exprimées avec la même unité ; *d* sans unité.

Il faut connaître : $\rho_{eau} = 1{,}0 \times 10^3\ kg \cdot m^{-3} = 1{,}0\ kg \cdot L^{-1} = 1{,}0\ g \cdot cm^{-3}$.

■ Le **titre massique d'une solution** *t* est le rapport de la masse de soluté contenu dans un volume *V* de solution sur la masse de ce volume *V* de solution.

$$t = \frac{m_{soluté}}{m_{solution}}$$ $m_{soluté}$ et $m_{solution}$ exprimées avec la même unité ; *t* sans unité.

Le titre massique s'exprime souvent en pourcentage massique : titre × 100.

II Déterminer la concentration en soluté

À partir d'une solution de titre massique et de densité fournis, on détermine la concentration **en masse** *c* ou **en quantité de matière** *C* :

$$c = \frac{m_{soluté}}{V_{solution}} \text{ en } g \cdot L^{-1} \text{ ou } C = \frac{n_{soluté}}{V_{solution}} \text{ en } mol \cdot L^{-1}.$$

- Le **titre massique** *t* permet d'exprimer la masse de soluté $m_{soluté} = t \times m_{solution}$.
- La **densité** *d* permet de connaître la masse volumique de la solution $\rho_{solution}$.
- Connaissant $\rho_{solution}$, on exprime la concentration **en masse** *c* en fonction de *t* et $\rho_{solution}$: $c = \frac{m_{soluté}}{V_{solution}} = \frac{t \times m_{solution}}{V_{solution}}$ soit : $c = t \times \rho_{solution}$.
- En divisant la concentration en masse *c* par la masse molaire *M* du soluté, on détermine la concentration **en quantité de matière** car $n_{soluté} = \frac{m_{soluté}}{M_{soluté}}$.

Méthode

Déterminer la concentration en soluté

On dispose d'une solution commerciale d'acide méthanoïque HCOOH dont les caractéristiques sont les suivantes :

- titre massique $t = 0{,}82$ (pourcentage massique = 82 %) ;
- densité $d = 1{,}18$;
- masse molaire $M(\text{HCOOH}) = 46\ \text{g} \cdot \text{mol}^{-1}$.

a. Vérifier que la concentration en quantité de matière de la solution commerciale en acide méthanoïque est $C = 21\ \text{mol} \cdot \text{L}^{-1}$.

b. En déduire la concentration en masse.

CONSEILS

a. Exprimez littéralement les caractéristiques données (*t* et *d*). Exprimez la concentration en quantité de matière en fonction de ces grandeurs connues.

b. Pour passer de la concentration en quantité de matière à la concentration en masse, il suffit de multiplier la concentration en quantité de matière par la masse molaire du soluté.

SOLUTION

a. On cherche $C = \dfrac{n_{\text{acide}}}{V_{\text{solution}}}$ et la quantité de matière est :

$$n_{\text{acide}} = \frac{m_{\text{acide}}}{M_{\text{acide}}} \text{ soit } C = \frac{m_{\text{acide}}}{M_{\text{acide}} \times V_{\text{solution}}}.$$

On peut exprimer m_{acide} à partir du titre massique $t = \dfrac{m_{\text{acide}}}{m_{\text{solution}}}$.

Soit $m_{\text{acide}} = t \times m_{\text{solution}}$ et en reportant dans C : $C = \dfrac{t \times m_{solution}}{M_{acide} \times V_{solution}}$.

Le rapport $m_{\text{solution}}/V_{\text{solution}}$ n'est autre que la masse volumique de la solution. On la connaît grâce à la densité :

$$d = \frac{\rho_{\text{solution}}}{\rho_{\text{eau}}} \text{ d'où } \rho_{\text{solution}} = d \times \rho_{\text{eau}} \text{ avec } \rho_{\text{eau}} = 1{,}0 \times 10^3\ \text{g} \cdot \text{L}^{-1}.$$

Donc $C = \dfrac{t \times d \times \rho_{\text{eau}}}{M_{\text{acide}}}$.

Application numérique : $C = \dfrac{0{,}82 \times 1{,}18 \times 1{,}0 \times 10^3}{46} = 21\ \text{mol} \cdot \text{L}^{-1}$.

b. La concentration en masse est :

$$c = \frac{m_{\text{acide}}}{V_{\text{solution}}} = \frac{n_{\text{acide}} \times M_{\text{acide}}}{V_{\text{solution}}} = C \times M_{\text{acide}}.$$

Application numérique : $c = 21 \times 46 = 9{,}7 \times 10^2\ \text{g} \cdot \text{L}^{-1}$.

Le résultat doit être donné avec deux chiffres significatifs.

MÉMO VISUEL

Acide et base

Couple acide-base

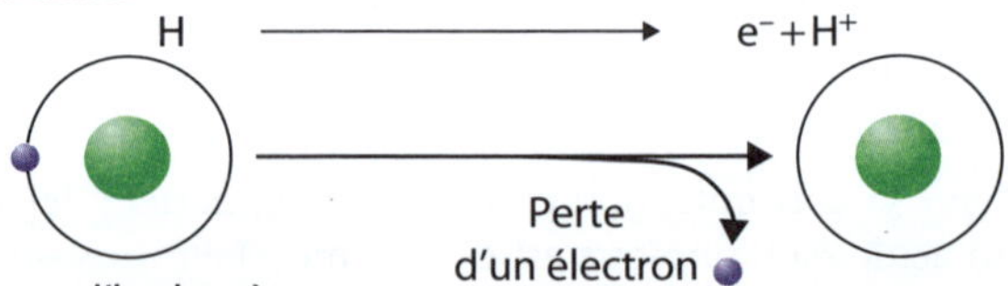

Atome d'hydrogène
Noyau (1 proton) + 1 électron

Ion hydrogène
= 1 proton

Acide : toute espèce capable de céder un ou plusieurs ions hydrogène H^+.
Base : toute espèce capable de capter un ou plusieurs ions hydrogène H^+.

$- H^+$
ACIDE / BASE
$+ H^+$

Un couple acide-base est constitué d'un acide et d'une base dits **conjugués** : Acide $\rightleftarrows$ Base + H^+

Réaction acide-base

Acide 1 / Base 1
Acide 2 / Base 2

Transfert de proton entre l'acide d'un couple et la base d'un autre couple.

$$\text{Acide 1} \rightleftarrows \text{Base 1} + H^+$$
$$\text{Base 2} + H^+ \rightleftarrows \text{Acide 2}$$
$$\text{Acide 1} + \text{Base 2} \rightleftarrows \text{Base 1} + \text{Acide 2}$$

TRANSFORMATIONS

Exemples de couples acide-base

Les couples de l'eau

- H_3O^+ / H_2O : $H_3O^+ \rightleftarrows H_2O + H^+$
- H_2O / HO^- : $H_2O \rightleftarrows HO^- + H^+$

H_2O molécule amphotère*

Autres couples

- acide carboxylique / ion carboxylate

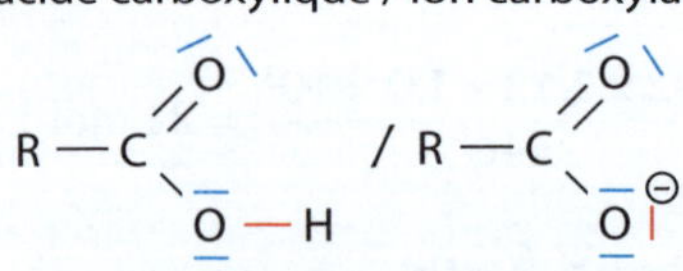

- couples de l'acide carbonique

H_2CO_3 / HCO_3^-
HCO_3^- / CO_3^{2-}
HCO_3^- espèce amphotère*

- ion alkylammonium / amine

$R-NH_3^+ / R-NH_2$

* **Amphotère** : qui peut se comporter comme un acide ou une base.

pH d'une solution

Définition du pH

0 — 14 → pH

$[H_3O^+]$ ← 1 mol · L^{-1} — 10^{-14} mol · L^{-1}

Sans unité → $pH = -\log\left(\dfrac{[H_3O^+]}{c^0}\right)$ ← mol · L^{-1} ou $\dfrac{[H_3O^+]}{c^0} = 10^{-pH}$

avec $c^0 = 1{,}0$ mol · L^{-1} (concentration standard)

Mesure du pH

- Détermination approchée à l'aide de **papier pH.**
- Mesure à l'aide d'un **pH-mètre** préalablement étalonné.

Incertitude : concentration $[H_3O^+]$, calculée à partir d'une mesure de pH, donnée avec 2 chiffres significatifs au maximum.

Solution neutre, acide ou basique

Eau pure **neutre** avec pH = 7 à 25 °C et $[H_3O^+] = 1{,}0 \times 10^{-7}$ mol · L^{-1}

$[H_3O^+] > 1{,}0 \times 10^{-7}$ mol · L^{-1} | $[H_3O^+] < 1{,}0 \times 10^{-7}$ mol · L^{-1}

0 — 7 — 14 → pH

pH < 7 Acide | 7 Neutre | pH > 7 Basique

ACIDE-BASE

Concentration d'une solution

Grandeurs caractéristiques d'une solution

- **Masse volumique** : $\rho_{solution} = \dfrac{m_{solution}}{V_{solution}}$ ($m_{solution}$ ← kg ; $V_{solution}$ ← m^3 ; $\rho_{solution}$ en kg · m^{-3})
- **Densité** : $d_{solution} = \dfrac{\rho_{solution}}{\rho_{eau}}$ } Même unité ; $d_{solution}$: Sans unité
- **Titre massique** : $t = \dfrac{m_{soluté}}{m_{solution}}$ } Même unité ; t : Sans unité

Concentrations en masse *c* et en quantité de matière *C*

$c = \dfrac{m_{soluté}}{V_{solution}}$ (g · L^{-1}) et $C = \dfrac{n_{soluté}}{V_{solution}}$ (mol · L^{-1})

$c = C \times M_{soluté}$ avec $M_{soluté}$ masse molaire du soluté (g · mol^{-1})

SUJET 1 | OBJECTIF BAC

40 min Astuce culinaire !

→ FICHES 1 à 4

Pourquoi ajouter du vinaigre dans l'eau quand on prépare un poisson au court-bouillon ? Dans ce sujet sur les réactions acide-base, vous découvrirez pourquoi un poisson dégage une odeur particulière en cuisant et comment le vinaigre la « liquide » !

LE SUJET

Les « recettes de grand'mère » ne manquent pas pour atténuer ou se débarrasser des odeurs de poisson. La plupart d'entre elles tournent autour d'ajout de vinaigre ou de citron dans la poêle, la casserole ou sur les mains.

Les substances chimiques responsables de la mauvaise odeur du poisson sont des composés azotés, les amines, comme la triméthylamine de formule $(CH_3)_3N$. Celle-ci est produite à la mort du poisson, lors de la décomposition des protéines de l'animal par des bactéries.

Partie 1 À propos du vinaigre

Le vinaigre est une solution aqueuse contenant de l'acide éthanoïque de formule CH_3-COOH provenant de l'oxydation naturelle de l'éthanol du vin. Sur l'étiquette du vinaigre étudié, on lit : 8,0°.

Données

- Le degré d'acidité d'un vinaigre représente la masse d'acide éthanoïque contenue dans 100 g de vinaigre.
- Densité du vinaigre : $d = 1{,}02$.
- Masse molaire de l'acide éthanoïque : $M = 60{,}0\ \text{g}\cdot\text{mol}^{-1}$.
- Électronégativité de quelques atomes

Atome	C	N	O	H
Numéro atomique Z	6	7	8	1
Électronégativité	2,55	3,04	3,44	2,2

- Schéma de Lewis de l'acide éthanoïque et de la triméthylamine

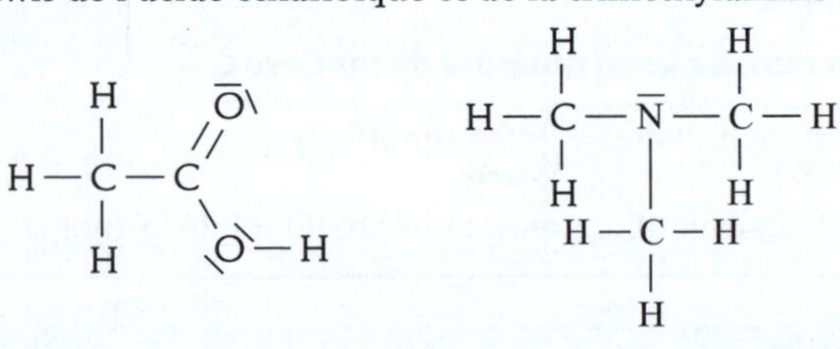

1. Donner la définition d'un acide au sens de Brönsted.

2. À partir des données et de vos connaissances, justifier que l'acide éthanoïque est un acide de Brönsted. En déduire la formule de sa base conjuguée.

3. Écrire l'équation de la réaction de l'acide éthanoïque avec l'eau, et montrer que cette réaction s'interprète comme un transfert de proton entre deux espèces.

4. Déterminer la concentration en quantité de matière de l'acide éthanoïque dans le vinaigre étudié.

5. On dilue 20 fois le vinaigre et on mesure le pH de ce vinaigre dilué : pH = 3. Déterminer la concentration en ions H_3O^+ dans le vinaigre dilué. La réaction de l'acide éthanoïque avec l'eau est-elle totale ? Justifier.

Partie 2 À propos de la triméthylamine $(CH_3)_3N$

La plupart des poissons contiennent des amines volatiles, comme la triméthylamine, dont l'odeur est particulièrement désagréable. Elle est très peu soluble dans l'eau. En revanche, son acide conjugué est soluble dans l'eau et non volatile.

Afin de limiter les odeurs désagréables lors de la cuisson du poisson dans l'eau, on ajoute souvent lors de la cuisson quelques gouttes de vinaigre.

1. La triméthylamine $(CH_3)_3N$ est une base de Brönsted, quel est son acide conjugué ?

2. À partir du schéma de Lewis de la triméthylamine, justifier son caractère basique.

3. Écrire l'équation de la réaction de la triméthylamine avec l'eau. Indiquer les deux couples acide-base mis en jeu.

4. Justifier que l'acide conjugué de la triméthylamine est très soluble dans l'eau.

5. Expliquer pourquoi on ajoute du vinaigre dans le court-bouillon du poisson. Argumenter.

LES CLÉS POUR RÉUSSIR

Partie 1 À propos du vinaigre

1. Pensez à la définition d'un acide et d'une base de Brönsted. → FICHE 1

2. Identifiez la liaison polarisée et justifiez. → FICHE 2

4. Utilisez toutes les données sur le vinaigre et exprimer la concentration recherchée en fonction de celles-ci. → FICHE 4

5. Vous devez connaître la relation entre pH et concentration en ion oxonium. → FICHE 3

Partie 2 À propos de la triméthylamine $(CH_3)_3N$

2. Exploitez le schéma de Lewis de la triméthylamine pour argumenter correctement. → FICHE 2

5. Interprétez la réaction qui a lieu, après l'avoir identifiée. → FICHE 1

LE CORRIGÉ

Partie 1 À propos du vinaigre

1. Définir un acide de Brönsted

C'est une **espèce chimique susceptible de céder un ou plusieurs ions H^+.**

2. Reconnaître une liaison polarisée et expliquer sa rupture pour céder un H^+

La liaison O–H est polarisée car l'atome d'oxygène a une plus grande électronégativité que l'atome l'hydrogène. Cette liaison est donc fragilisée et peut se rompre facilement : l'atome d'oxygène récupère alors le doublet liant et un ion H^+ est produit. Ainsi, **l'acide éthanoïque cède un H^+** : c'est donc bien un acide de Brönsted. L'anion résultant est la base conjuguée.

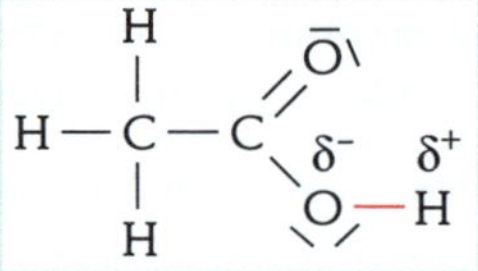

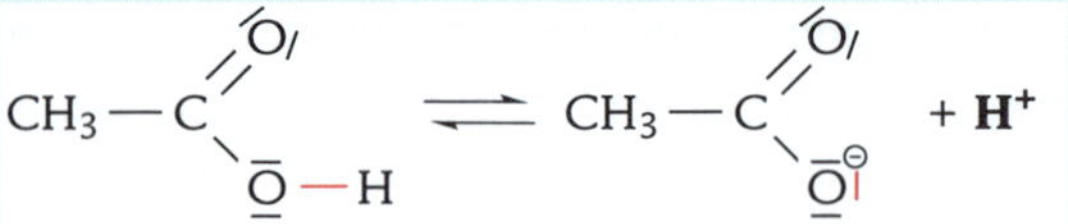

Acide éthanoïque   Ion éthanoate   Proton

3. Établir l'équation entre un acide et une base

CH_3CO_2H est un acide donc l'eau a un rôle de base.

$CH_3CO_2H \rightleftarrows CH_3CO_2^- + H^+$: **l'acide éthanoïque cède un H^+.**

$H_2O + H^+ \rightleftarrows H_3O^+$: **H_2O capte un H^+** et donne son acide conjugué. D'où :

$$\mathbf{CH_3CO_2H_{(aq)} + H_2O_{(l)} \rightleftarrows CH_3CO^-_{2(aq)} + H_3O^+_{(aq)}}$$

4. Déterminer une concentration en quantité de matière

Le degré d'acidité du vinaigre est de 8°, ce qui correspond à 8 g d'acide éthanoïque pour 100 g de vinaigre.

La densité du vinaigre $d_{\text{vinaigre}} = \dfrac{\rho_{\text{vinaigre}}}{\rho_{\text{eau}}}$ permet de connaître sa masse volumique :

$\rho_{\text{vinaigre}} = 1{,}02 \times 1{,}00 = 1{,}02\ \text{g} \cdot \text{mL}^{-1}$ puisque $\rho_{\text{eau}} = 1{,}00\ \text{g} \cdot \text{mL}^{-1}$.

Or $\rho_{\text{vinaigre}} = \dfrac{m_{\text{vinaigre}}}{V_{\text{vinaigre}}}$.

Ainsi, pour 100 g, $V_{\text{vinaigre}} = \dfrac{m_{\text{vinaigre}}}{\rho_{\text{vinaigre}}} = \dfrac{100}{1{,}02} = 98\ \text{mL}$: 100 g de vinaigre ont un volume de 98 mL. On peut alors déterminer la concentration :

$$C = \frac{n_{\text{acide éthnaïque}}}{V_{\text{vinaigre}}} = \frac{m_{\text{acide éthnaïque}}}{V_{\text{vinaigre}} \times M_{\text{acide éthanoïque}}} = \frac{8{,}0}{98 \times 10^{-3} \times 60} = 1{,}36$$

soit **$1{,}4\ \text{mol} \cdot \text{L}^{-1}$** (en respectant le nombre de chiffres significatifs).

5. Définir le pH et déterminer un avancement maximal

La concentration en quantité de matière de la solution diluée 20 fois est :

$$C_{\text{diluée}} = \frac{C}{20} = \frac{1{,}4}{20} = 7{,}0 \times 10^{-2}\ \text{mol} \cdot \text{L}^{-1}.$$

Pour un volume V de vinaigre :

Équation	$CH_3CO_2H_{(aq)}$ +	$H_2O_{(l)}$ ⇄	$CH_3CO_{2\,(aq)}^-$ +	$H_3O^+_{(aq)}$
État initial	$C_{diluée} \times V$	Excès	0	0
État final	$C_{diluée} \times V - x_f$	Excès	x_f	x_f

Si la réaction est totale $x_f = x_{max}$ et le réactif limitant est totalement consommé. On a alors $C_{diluée} \times V - x_{max} = 0$ d'où $x_{max} = C_{diluée} \times V$ et la concentration en ions oxonium est : $[H_3O^+]_{max} = \frac{x_{max}}{V} = \frac{C_{diluée} \times V}{V} = C_{diluée} = 7{,}0 \times 10^{-2}\ mol \cdot L^{-1}$.

Pour le vinaigre dilué, pH = 3,0 or $pH = -\log\left(\frac{[H_3O^+]}{c^0}\right)$ donc $\frac{[H_3O^+]}{c^0} = 10^{-pH}$ avec $c^0 = 1{,}0\ mol \cdot L^{-1}$, la concentration standard. La concentration en ion oxonium dans l'état final est donc : $[H_3O^+]_f = c^0 \times 10^{-pH} = 10^{-3} mol \cdot L^{-1}$.

Ainsi, $[H_3O^+]_f < [H_3O^+]_{max}$: la réaction n'est pas totale mais **limitée.**

Partie 2 À propos de la triméthylamine $(CH_3)_3N$

1. Définir une base et identifier un couple acide-base

$(CH_3)_3N$ est une base de Brönsted donc capable de capter un ion H^+ :
$(CH_3)_3N + H^+ \rightleftarrows (CH_3)_3NH^+$. On identifie son acide conjugué $(CH_3)_3NH^+$.

2. Établir une formule de Lewis et justifier le caractère basique

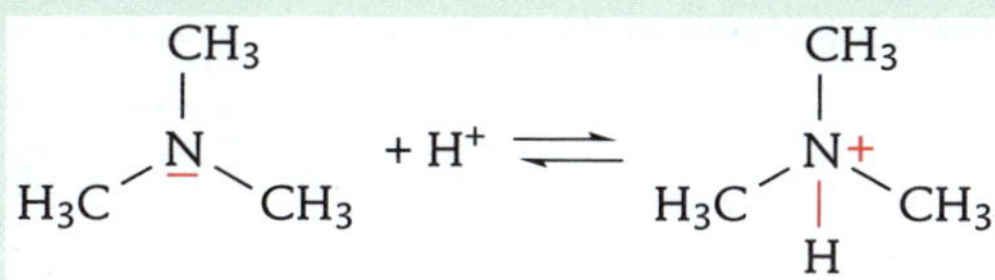

C'est le **doublet non liant sur l'atome d'azote** qui est à l'origine du caractère basique de la triméthylamine, puisqu'il **permet de former une liaison avec H^+** pour donner son acide conjugué.

3. Écrire une réaction acide-base

Une réaction acide-base met en jeu deux couples acide-base dont l'acide d'un couple réagit avec la base d'un autre couple.
La triméthylamine est une base, elle capte un ion H^+ :

$$(CH_3)_3N + H^+ \rightleftarrows (CH_3)_3NH^+$$

L'eau est donc l'acide qui cède un ion H^+ : $H_2O \rightleftarrows HO^- + H^+$.
La réaction acide-base est $\mathbf{(CH_3)_3N_{(aq)} + H_2O_{(\ell)} \rightleftarrows (CH_3)_3NH^+_{(aq)} + HO^-_{(aq)}}$ et met en jeu les couples $\mathbf{(CH_3)_3NH^+/(CH_3)_3N}$ et $\mathbf{H_2O/HO^-}$.

4. Expliquer la solubilité d'une espèce dans un solvant

$(CH_3)_3NH^+$ est très soluble dans l'eau car c'est une espèce ionique donc polaire, qui interagit très facilement avec une autre molécule polaire comme l'eau. La molécule d'eau est polaire car la différence d'électronégativité des atomes d'oxygène et d'hydrogène fait que **les liaisons O–H sont polarisées.**

5. Établir une réaction acide-base et interpréter un phénomène.

La triméthylamine $(CH_3)_3N_{(aq)}$ est responsable des mauvaises odeurs car elle est très volatile (elle passe facilement de l'état liquide à l'état gazeux). Lorsque l'acide éthanoïque et la base triméthylamine sont en présence, une réaction acide-base se produit selon l'équation :

$$CH_3CO_2H_{(aq)} + (CH_3)_3N_{(aq)} \rightarrow CH_3CO^-_{2(aq)} + (CH_3)_3NH^+_{(aq)}.$$

En présence de vinaigre, la triméthylamine est consommée et se retrouve en solution sous la forme de son acide conjugué $(CH_3)_3NH^+_{(aq)}$, très soluble dans l'eau. **L'acide conjugué n'est pas volatile :** il n'y aura donc pas évaporation dans l'atmosphère, ce qui élimine ces mauvaises odeurs.

SUJET 2 | OBJECTIF MENTION

1 h 20 Détartrants du quotidien

→ FICHES 1 à 4

Dans nos maisons, le tartre se dépose partout où l'eau stagne. Comment peut-on l'éliminer avec des réactions acide-base ? Voici de quoi s'en débarrasser tout en révisant les notions de pH, de couples acide-base et l'avancement d'une réaction !

LE SUJET

Les dépôts de tartre se forment sur les robinets, dans les baignoires, les lavabos, les éviers, certains appareils électriques comme les bouilloires ou les lave-linge... Ces dépôts de tartre sont constitués de carbonate de calcium, de formule $CaCO_{3(s)}$. Ils peuvent être dissous en utilisant des solutions acides telles que les solutions de détartrants commerciaux.

Partie 1 Détartrants pour cafetière

Deux produits différents peuvent être utilisés pour détartrer les cafetières électriques.

Le premier, se présentant sous forme de poudre, est de l'acide citrique. Le mode d'emploi pour un détartrage est le suivant :

- Diluer complètement la poudre détartrante dans 1/2 litre.
- Verser la solution dans le réservoir d'eau et mettre en marche l'appareil.
- Laisser couler la moitié de la solution, arrêter l'appareil et laisser agir 30 min.
- Remettre en marche pour l'écoulement du reste de la solution.
- Effectuer 3 rinçages successifs à l'eau claire.

Le second détartrant est une poudre à base d'acide sulfamique. Son mode d'emploi ne diffère de celui du premier que par le temps d'action, réduit à 10 min.

Données

- Masse molaire de l'acide citrique : $M_1 = 192\ g \cdot mol^{-1}$.
- Masse molaire de l'acide sulfamique : $M_2 = 97{,}0\ g \cdot mol^{-1}$.

1. Fabrication des solutions détartrantes n° 1 et n° 2.

a. L'utilisation du verbe « diluer » dans le mode d'emploi du détartrant est-elle pertinente ? Justifier.

b. La masse m_1 d'acide citrique utilisée pour obtenir le volume $V_1 = 0{,}50$ L de solution détartrante est égale à 20 g. Calculer la concentration en quantité de matière C_1 en acide citrique de la solution détartrante n° 1.

c. Un sachet de détartrant n° 2 contient 20 g de poudre à diluer dans 0,50 L d'eau. Calculer la concentration en quantité de matière C_2 en acide sulfamique dans la solution ainsi préparée, sachant que le détartrant contient 95 % en masse d'acide sulfamique.

2. Comportement des deux acides dans l'eau

Soit une solution d'acide citrique S_1 et une solution d'acide sulfamique S_2 de même concentration en quantité de matière $C = 1{,}00 \times 10^{-2}\ mol \cdot L^{-1}$ et de même volume $V = 1{,}00$ L. À 25 °C, on mesure $pH_1 = 2{,}6$ pour S_1 et $pH_2 = 2{,}0$ pour S_2.

a. Définir un acide selon Brönsted.

b. Écrire l'équation de la réaction d'un acide HA avec l'eau.

c. Exprimer le du taux d'avancement final τ de la réaction de l'acide HA avec l'eau en fonction du pH de la solution et de la concentration en quantité de matière C.

d. On note HA_1 l'acide citrique et HA_2 l'acide sulfamique. Calculer les taux d'avancement final, notés respectivement τ_1 et τ_2, de chacune des réactions associées aux transformations donnant les solutions S_1 et S_2. Commenter les résultats obtenus.

3. Pourquoi des temps d'action différents pour ces solutions détartrantes ?

Le tartre est du carbonate de calcium $CaCO_{3(s)}$. La réaction chimique du carbonate de calcium avec les ions oxonium des solutions détartrantes peut s'écrire :

$$CaCO_{3(s)} + 2\ H_3O^+ \rightarrow Ca^{2+}_{(aq)} + CO_{2(g)} + 3\ H_2O_{(\ell)}$$

a. Montrer que la concentration en ions oxonium H_3O^+ est plus grande dans la solution d'acide sulfamique (1) que dans la solution d'acide citrique (2).

b. Quel argument permettrait de justifier la différence entre les temps d'action pour les deux détartrants ?

Partie 2 Détartrant pour machine à laver

L'étiquette d'un détartrant commercial indique le titre massique, soit « acide chlorhydrique à 9,0 % ». $HCl_{(g)}$ réagit totalement avec l'eau pour former une solution d'acide chlorhydrique $(H_3O^+_{(aq)} + Cl^-_{(aq)})$.

Données

- Masses volumiques :
- de la solution commerciale de détartrant : $\rho_d = 1{,}04 \times 10^3\ g \cdot L^{-1}$;
- du carbonate de calcium : $\rho = 2{,}65 \times 10^6\ g \cdot m^{-3}$.

• Masses molaires : $M(HCl) = 36{,}5\ g \cdot mol^{-1}$; $M(CaCO_3) = 100{,}1\ g \cdot mol^{-1}$.

• Aire de la surface extérieure totale d'un cylindre fermé de rayon R et de hauteur h : $2\pi R^2 + 2\pi Rh$.

1. Détermination de la concentration en quantité de matière C_c en acide chlorhydrique d'un détartrant commercial.

a. Montrer que la concentration en quantité de matière C_c en acide chlorhydrique de la solution commerciale est de l'ordre de $2{,}6\ mol \cdot L^{-1}$.
On souhaite vérifier ce résultat. Pour cela, on réalise le titrage de 10,0 mL de détartrant par une solution d'hydroxyde de sodium ($Na^+_{(aq)} + HO^-_{(aq)}$) de concentration molaire C_b égale à $1{,}0 \times 10^{-1}\ mol \cdot L^{-1}$.
L'équation support du titrage est : $H_3O^+_{(aq)} + HO^-_{(aq)} \rightarrow 2\ H_2O_{(\ell)}$.

b. Identifier les couples mis en jeu dans cette réaction acido-basique.

c. Après avoir défini l'équivalence d'un titrage, montrer que, dans ces conditions, le volume de solution d'hydroxyde de sodium qu'il faudrait verser pour atteindre l'équivalence est supérieur au volume d'une burette graduée de 25,0 mL.

d. Lors d'une activité expérimentale réalisée en classe, des élèves préparent une solution S en diluant 20 fois le détartrant commercial. Ils réalisent le titrage d'un volume $V_S = 10{,}0$ mL de la solution S par une solution d'hydroxyde de sodium de concentration $C_b = 1{,}0 \times 10^{-1}\ mol \cdot L^{-1}$, ils obtiennent un volume équivalent de 12,6 mL. Comment les élèves ont-ils résolu le problème soulevé à la question **c** ? Déterminer si ce titrage est en accord avec l'indication de l'étiquette du détartrant.

2. Utilisation domestique du détartrant commercial

L'acide chlorhydrique agit sur le tartre selon la réaction d'équation :

$$2\ H_3O^+_{(aq)} + CaCO_{3(s)} \rightarrow Ca^{2+}_{(aq)} + CO_{2(g)} + 3\ H_2O_{(\ell)}$$

On souhaite détartrer la surface extérieure du tambour cylindrique fermé d'un lave-linge recouvert d'une épaisseur de calcaire d'environ 10 µm. Le schéma légendé du tambour est fourni ci-contre.Étant donné la faible épaisseur de la couche de tartre, son volume est approximativement égal au produit de la surface extérieure du tambour par l'épaisseur de la couche de tartre.

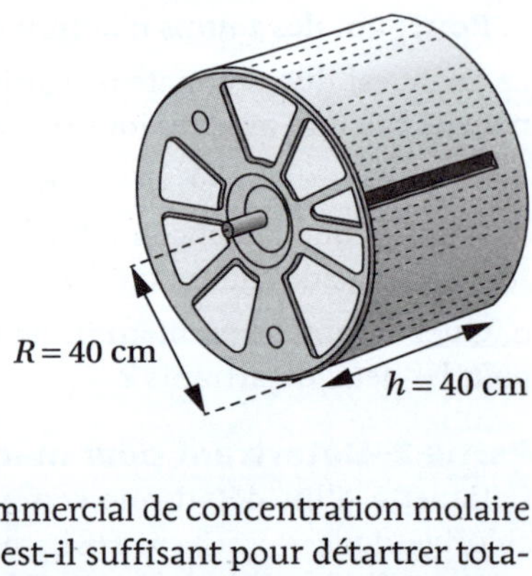

a. Estimer le volume total de tartre déposé sur la surface extérieure du tambour.

b. Un flacon contient 750 mL de détartrant commercial de concentration molaire en ions $H_3O^+_{(aq)}$ égale à $2{,}5\ mol \cdot L^{-1}$. Ce flacon est-il suffisant pour détartrer totalement le tambour du lave-linge ?

Vous êtes invité(e) à prendre des initiatives et à présenter la démarche suivie, même si elle n'a pas abouti.

LES CLÉS POUR RÉUSSIR

Partie 1 Détartrants pour cafetière

3. b. Reportez-vous si nécessaire au chapitre 3 pour les facteurs cinétiques qui agissent sur la vitesse d'évolution d'une transformation. Utilisez les résultats de la question **1** et analysez les résultats. → FICHE 10

Partie 2 Détartrant pour machine à laver

1. a. Définissez le titre massique et utilisez les données. → FICHE 4

1. c. Il faut réinvestir vos connaissances de Première.

2. b. Mettez en place une démarche de résolution, identifiez bien toutes les données. Que faut-il déterminer pour répondre au problème ?

LE CORRIGÉ

Partie 1 Détartrants pour cafetière

a. Choix d'un vocabulaire approprié

Le texte dit que l'on dilue de la poudre, donc un solide, dans un solvant, ici l'eau. Or, diluer, c'est « ajouter du solvant à la solution initiale ». Il s'agit donc ici en réalité d'une dissolution. On doit utiliser le verbe **dissoudre**.

b. Calculer une concentration en quantité de matière

La concentration en quantité de matière C_1 en acide citrique de la solution est donnée par la relation $C_1 = \dfrac{n_1}{V}$ où $n_1 = \dfrac{m_1}{M_1}$ peut se calculer d'après les données de l'énoncé. Ainsi, $C_1 = \dfrac{m_1}{V \times M_1} = \dfrac{20}{0{,}50 \times 192} = \mathbf{0{,}21\ mol \cdot L^{-1}}$.

c. Calculer une concentration en quantité de matière

Le détartrant contient 95 % en masse d'acide sulfamique, soit 95 % de 20 g. Il y a donc $m_2 = 0{,}95 \times 20 = 19$ g d'acide sulfamique dans $V = 0{,}50$ L.

Ainsi, $C_2 = \dfrac{n_2}{V}$ avec $n_2 = \dfrac{m_2}{M_2}$ soit $C_2 = \dfrac{m_2}{V \times M_2} = \dfrac{19}{0{,}50 \times 97} = \mathbf{0{,}39\ mol \cdot L^{-1}}$.

2. a. Définir un acide selon Brönsted

Un acide selon Brönsted est une **espèce chimique capable de céder un ou plusieurs ions hydrogène H^+.**

b. Écrire l'équation de la réaction entre un acide et une base

L'acide HA va réagir avec l'eau qui jouera, elle, le rôle de base. Cette réaction met en jeu les couples HA/A^- et H_3O^+/H_2O. Il va y avoir transfert d'un H^+ entre l'acide HA et la base H_2O :

$HA_{(aq)} \rightleftarrows A^-_{(aq)} + H^+$ et $H_2O_{(l)} + H^+ \rightleftarrows H_3O^+_{(aq)}$.

Cela donne la réaction : $\mathbf{HA_{(aq)} + H_2O_{(l)} \rightleftarrows A^-_{(aq)} + H_3O^+_{(aq)}}$.

c. Déterminer le taux d'avancement d'une réaction

Équation	$HA_{(aq)}$ +	$H_2O_{(l)}$ →	$A^-_{(aq)}$ +	$H_3O^+_{(aq)}$
État initial	$C \times V$	Excès	0	0
État final	$C \times V - x_f$	Excès	x_f	x_f
Si la réaction est totale	$C \times V - x_{max}$	Excès	x_{max}	x_{max}

$\tau = \frac{x_f}{x_{max}}$ et $\frac{[H_3O^+]}{c^0} = 10^{-pH}$ avec $c^0 = 1{,}0 \text{ mol} \cdot L^{-1}$, la concentration standard.
D'après le tableau : $n(H_3O^+)_f = x_f$ et $n(H_3O^+)_f = [H_3O^+_{(aq)}]_f \times V = 10^{-pH} \times V$.
Si la transformation est totale, le réactif limitant HA est totalement consommé et on a $C \times V - x_{max} = 0$ donc $x_{max} = C \times V$.
Ainsi, le taux d'avancement est $\tau = \frac{x_f}{x_{max}} = \frac{10^{-pH} \times V}{C \times V} = \mathbf{\frac{10^{-pH}}{C}}$.

d. Identifier si une réaction est totale ou limitée

Pour l'acide citrique : $\tau_1 = \frac{10^{-pH_1}}{C_1} = \frac{10^{-2,6}}{1{,}00 \times 10^{-2}} = 0{,}25 = 25\ \%$.

Pour l'acide sulfamique : $\tau_2 = \frac{10^{-pH_2}}{C_2} = \frac{10^{-2,0}}{1{,}00 \times 10^{-2}} = 1{,}0 = 100\ \%$.

La réaction entre l'acide citrique et l'eau est **limitée**, alors que celle entre l'acide sulfamique et l'eau est **totale**.

3. a. Définir le pH comparer des résultats

À partir de la définition du pH, on peut exprimer la concentration en ion oxonium : $\frac{[H_3O^+]}{c^0} = 10^{-pH}$ avec $c^0 = 1{,}0 \text{ mol} \cdot L^{-1}$, la concentration standard.
Plus le pH est petit et plus la concentration en ions oxonium est grande. On donne le pH des solutions de détartrant : $pH_1 = 2{,}6$ pour la solution S_1 d'acide citrique et $pH_2 = 2{,}0$ pour la solution S_2 d'acide sulfamique.
On constate que $pH_2 < pH_1$ donc $[H_3O^+]_2 > [H_3O^+]_1$.
La solution détartrante d'acide sulfamique a une concentration plus élevée en ions oxonium que la solution détartrante d'acide citrique.

b. Identifier un facteur cinétique

La concentration des ions oxonium n'est pas la même pour les deux solutions. Or ces ions sont des réactifs et **la concentration en réactifs est un facteur cinétique** donc plus la concentration en réactif est grande plus la réaction est rapide (sa vitesse de réaction est plus grande). La solution d'acide sulfamique réagit donc plus rapidement que la solution d'acide citrique.

Partie 2 Détartrant pour machine à laver

1. a. Déterminer la concentration en quantité de matière

Le titre massique est défini par $t = \frac{m_{\text{soluté}}}{m_{\text{solution}}}$.

Sachant que $\rho_{solution} = \dfrac{m_{solution}}{V_{solution}}$, on peut exprimer C_c en fonction de t et $\rho_{solution}$ car $C_c = \dfrac{n_{acide}}{V_{solution}} = \dfrac{m_{acide}}{M_{acide} \times V_{solution}}$ et $m_{acide} = t \times m_{solution}$.

Ainsi, $C_c = \dfrac{t \times m_{solution}}{M_{acide} \times V_{solution}} = \dfrac{t}{M_{acide}} \times \rho_{solution}$.

En utilisant les données et les valeurs déjà calculées :

$C_c = \dfrac{0{,}09 \times 1{,}04 \times 10^3}{36{,}5} = \mathbf{2{,}6\ mol \cdot L^{-1}}$.

À NOTER
1. a. On donne le résultat avec deux chiffres significatifs comme la moins précise des données (ici, le titre massique).

b. Identifier des couples à partir de l'équation d'une réaction acide-base

Une réaction acide-base met en jeu deux couples dont l'acide de l'un réagit avec la base de l'autre. Ici : $H_3O^+_{(aq)}$ est un acide qui cède un H^+ et donne sa base conjuguée H_2O ; HO^- est une base qui capte un H^+ et donne son acide conjugué H_2O. Les deux couples acide-base sont donc : **H_3O^+/H_2O et H_2O/HO^-.**

c. Définir l'équivalence d'un titrage

L'équivalence d'un titrage est atteinte lorsqu'on a réalisé un mélange stœchiométrique du réactif titrant et du réactif titré. Ainsi, à l'équivalence, le réactif titrant versé $n(HO^-)_E$ et le réactif titré présent initialement $n(H_3O^+)_i$ ont été totalement consommés.

L'équation de la réaction support du titrage est $H_3O^+ + HO^- \rightarrow 2\ H_2O$. Les réactifs réagissent mole à mole donc $n(H_3O^+)_i = n(HO^-)_E$ soit $C_c \times V_1 = C_2 \times V_{2E}$.

Ainsi, $V_{2E} = \dfrac{C_c \times V_1}{C_2} = \dfrac{2{,}6 \times 10{,}0}{1{,}0 \times 10^{-1}} = \mathbf{260\ mL = 2{,}6 \times 10^2\ mL}$.

V_{2E} est donc **bien supérieur au volume d'une burette contenant 25,0 mL.**

À NOTER
1. c. V_1 étant exprimé en mL, on obtient V_{2E} en mL également !

d. Exploiter un titrage pour déterminer une concentration

Les élèves ont dilué la solution commerciale. La concentration C_S de la solution à titrer a donc diminué. Ainsi, dans l'expression du volume à l'équivalence $V_{2E} = \dfrac{C_s \times V_1}{C_2}$, V_1 et C_2 sont inchangés et V_{2E} diminue.

Comme précédemment, à l'équivalence du titrage, $n(H_3O^+)_i = n(HO^-)_E$ soit $C_S \times V_S = C_b \times V_{2E}$ d'où $C_S = \dfrac{C_b \times V_{2E}}{V_S} = \dfrac{1{,}0 \times 10^{-1} \times 12{,}6}{10} = 0{,}126$ soit $0{,}13\ mol \cdot L^{-1}$ (avec 2 chiffres significatifs).

La solution commerciale ayant été diluée 20 fois, on a $C_c = 20 \times C_S$. Avec la valeur non arrondie de C_S, on a $C_c = 20 \times 0{,}126 = \mathbf{2{,}5\ mol \cdot L^{-1}}$ (avec 2 chiffres significatifs).

Pour comparer les deux valeurs de concentration, on calcule l'écart relatif : écart relatif en % $= \dfrac{|valeur_{théorique} - valeur_{expérimentale}|}{valeur_{théorique}} \times 100$.

Si l'écart relatif est inférieur à 10 %, les résultats sont concordants.

Ici, l'écart relatif est $\dfrac{2{,}6 - 2{,}5}{2{,}6} \times 100 = 3{,}8\%$: l'**écart relatif est inférieur à 10 %** ; le résultat est donc **compatible avec l'indication de l'étiquette** du détartrant.

2. a. Déterminer un volume à partir des données fournies.

Le tartre a une épaisseur e et l'aire de la surface extérieure totale du tambour est, d'après les données : $2 \times \pi \times R^2 + 2 \times \pi \times R \times h$. Le volume de tartre est donc $V_{\text{tartre}} = e \times S_{\text{tartre}}$ avec $S_{\text{tartre}} = 2 \times \pi \times R^2 + 2 \times \pi \times R \times h$.
Or, ici, $R = h = 40$ cm donc $S_{\text{tartre}} = 4 \times \pi \times R^2$ et $V_{\text{tartre}} = e \times 4 \times \pi \times R^2$.
Avec $e = 10\ \mu\text{m} = 10 \times 10^{-6}$ m et $R = h = 0{,}40$ m, on calcule :
$V_{\text{tartre}} = 10 \times 10^{-6} \times 4\pi \times 0{,}40^2 = \mathbf{2{,}0 \times 10^{-5}\ m^3}$.

b. Établir une démarche de résolution

Le flacon est suffisant pour détartrer totalement le tambour si la quantité d'ions H_3O^+ apportée consomme tout le carbonate de calcium présent. Il faut donc déterminer la quantité d'ions H_3O^+ apportée dans le flacon et la quantité de carbonate de calcium présent sur le tambour.
Ensuite, en se reportant à l'équation de la réaction, on pourra déterminer la quantité d'ions H_3O^+ nécessaire pour consommer tout le tartre. On pourra alors comparer cette quantité à celle apportée par le flacon.

• *Quantité d'ions H_3O^+ dans le flacon*
$n(H_3O^+)_{\text{flacon}} = C \times V_{\text{flacon}} = 2{,}5 \times 0{,}750 = 1{,}9$ mol.

• *Quantité de carbonate de calcium*
On connaît le volume de carbonate de calcium et sa masse volumique.
Or, $\rho_{CaCO_3} = \dfrac{m_{CaCO_3}}{V_{CaCO_3}}$ et donc la masse de carbonate de calcium est :
$m_{CaCO_3} = \rho_{CaCO_3} \times V_{CaCO_3}$. On peut ainsi calculer la quantité n_{CaCO_3} :

$$n_{CaCO_3} = \frac{m_{CaCO_3}}{M_{CaCO_3}} = \frac{\rho_{CaCO_3} \times V_{CaCO_3}}{M_{CaCO_3}} = \frac{2{,}65 \times 10^6 \times 2{,}0 \times 10^{-5}}{100{,}1} = 5{,}3 \times 10^{-1}\ \text{mol.}$$

• *Comparaison*
D'après l'équation de la réaction $2\ H_3O^+ + CaCO_3 \rightarrow Ca^{2+} + CO_2 + 3\ H_2O$, la quantité d'ions H_3O^+ nécessaire pour consommer tout le tartre est donc telle que $\dfrac{n_{H_3O^+}}{2} = n_{CaCO_3}$ soit $n_{H_3O^+} = 2 \times n_{CaCO_3}$.
D'après nos calculs précédents, $n_{CaCO_3} = 5{,}3 \times 10^{-1}$ mol, donc il faut $n_{H_3O^+} = 2 \times n_{CaCO_3} = 1{,}1$ mol pour consommer tout le tartre.
La quantité contenue dans le flacon $n(H_3O^+)_{\text{flacon}}$ étant de 1,9 mol, celui-ci est **suffisant pour détartrer totalement tout le tambour.**

La matière

2 Analyse d'un système chimique par des méthodes physiques et chimiques

Le **contrôle de qualité** est indispensable pour valider la teneur d'une espèce dans un produit, que ce soit dans le domaine alimentaire, médical, industriel ou environnemental... Différentes méthodes sont possibles comme les titrages directs mais aussi des méthodes non destructives par étalonnage ou encore la spectroscopie IR et UV.

TEST

Pour vous situer et identifier les fiches à réviser **36**

FICHES DE COURS

5 Mesure d'une grandeur physique 38

6 Spectroscopies infrarouge et UV-visible 40

7 Titrage pH-métrique 42

8 Titrage conductimétrique 44

MÉMO VISUEL 46

SUJETS GUIDÉS & CORRIGÉS

OBJECTIF BAC

3 Autour de l'ammoniac 48

OBJECTIF MENTION

4 Synthèse d'un médicament 54

TESTEZ-VOUS

→ CORRIGÉS P. 379-380

Faites le point sur vos connaissances, puis établissez votre **parcours de révision** en fonction de votre score.

1 Mesure d'une grandeur physique

→ FICHE 5

1. La conductivité σ d'une solution :

☐ **a.** traduit sa capacité à conduire le courant électrique.

☐ **b.** est due à toutes les espèces chimiques présentes dans la solution.

☐ **c.** est proportionnelle à la concentration *C* d'une espèce ionique dissoute.

2. Dans la loi des gaz parfaits :

☐ **a.** la pression *P* est celle du gaz exprimé en pascals.

☐ **b.** le volume *V* est le volume occupé par ce gaz en litres.

☐ **c.** la quantité de matière *n* de gaz est proportionnelle à la pression *P*. …/2

2 Spectroscopies infrarouge et UV-visible

→ FICHE 6

On synthétise le paracétamol à partir du 4-aminophénol. On a réalisé les spectres UV-visible de ces deux molécules et le spectre infrarouge du produit synthétisé.

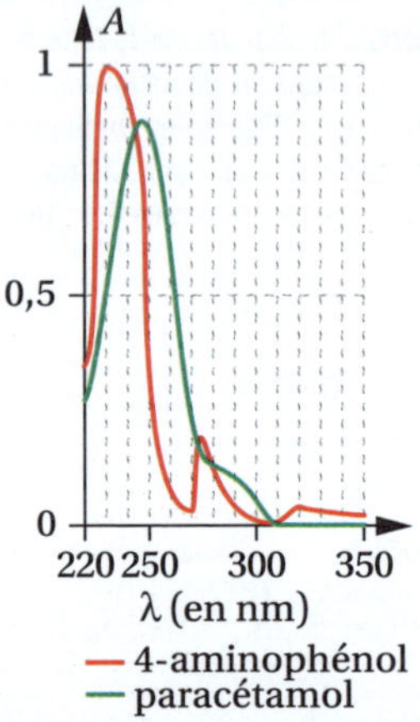

• 4-aminophénol • paracétamol

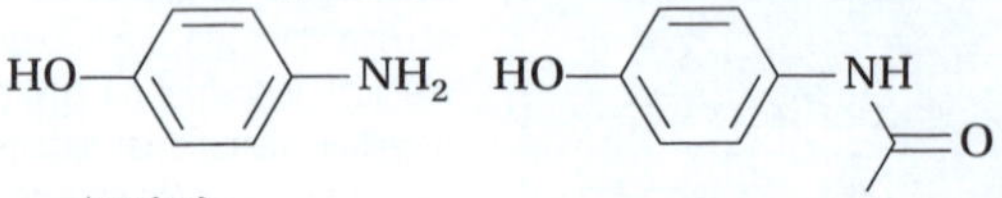

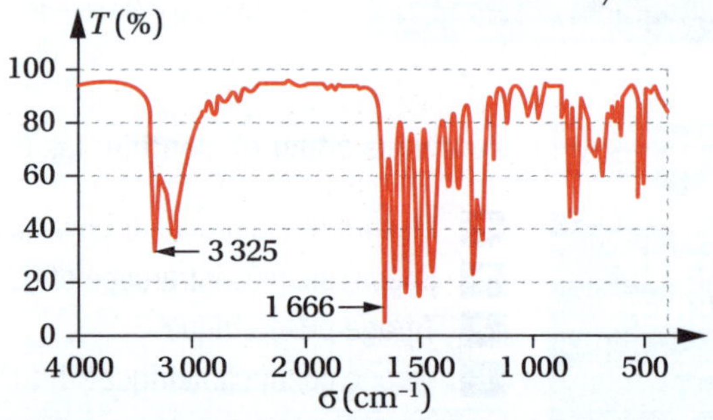

☐ **a.** Le 4-aminophénol et le paracétamol sont des espèces colorées.

☐ **b.** Pour étudier des solutions de paracétamol en spectroscopie UV-visible, on travaille à la longueur d'onde $\lambda = 280$ nm.

☐ **c.** Le paracétamol contient un groupe amide contrairement au 4-aminophénol.

☐ **d.** Le spectre infrarouge montre la présence de la liaison C=O. …/1

3 Titrage pH-métrique

→ FICHE 7

Dans un bécher, on place 10,0 mL d'une solution d'acide éthanoïque $CH_3CO_2H_{(aq)}$ de concentration inconnue C_1 et 30 mL d'eau distillée.

On verse la solution titrante d'hydroxyde de sodium ($Na^+_{(aq)} + HO^-_{(aq)}$) de concentration $C_2 = 2,0 \times 10^{-2}$ mol · L^{-1} en mesurant le pH après chaque ajout.

On obtient la courbe rouge ci-contre (et sa dérivée, en bleu).

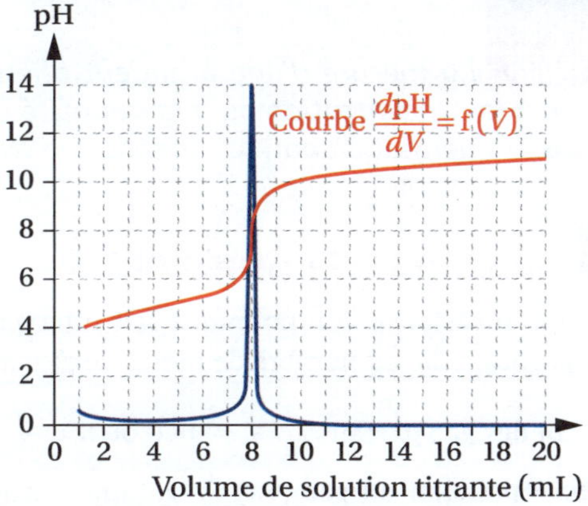

1. La réaction support du titrage est :

☐ **a.** $CH_3CO_2H_{(aq)} + HO^-_{(aq)} \rightleftarrows CH_3CO^-_{2(aq)} + H_2O_{(aq)}$

☐ **b.** $CH_3CO_2H_{(aq)} + H_3O^+_{(aq)} \rightarrow CH_3CO^-_{2(aq)} + H_2O_{(aq)}$

☐ **c.** $CH_3CO_2H_{(aq)} + HO^-_{(aq)} \rightarrow CH_3CO^-_{2(aq)} + H_2O_{(aq)}$

2. En exploitant les courbes, identifier les affirmations exactes.

☐ **a.** Le volume équivalent est $V_E = 8$ mL.

☐ **b.** La solution d'acide éthanoïque a une concentration $C_1 = 4,0 \times 10^{-3}$ mol · L^{-1}.

☐ **c.** À l'équivalence, on a une solution neutre.

…/2

4 Titrage conductimétrique

→ FICHE 8

1. Lors d'un titrage par conductimétrie, la conductivité σ mesurée dépend :

☐ **a.** uniquement des ions contenus dans la solution à titrer.

☐ **b.** de tous les ions présents dans la solution au cours du titrage.

2. On titre une solution de chlorure d'ammonium (NH_4^+, Cl^-) par une solution de soude (Na^+, HO^-). On sait que les conductivités ioniques molaires des ions sont : $\lambda(HO^-) > \lambda(Cl^-) > \lambda(NH_4^+) > \lambda(Na^+)$.

☐ **a.** La courbe $\sigma = f(V_{HO^-})$, où V_{HO^-} est le volume titrant, est constituée de segments de droites dont l'intersection permet de repérer l'équivalence.

☐ **b.** La conductivité augmente légèrement avant l'équivalence, puis beaucoup plus après l'équivalence du fait de l'excès des ions HO^-.

…/2

Score total …/7

Parcours PAS À PAS ou EXPRESS ? → MODE D'EMPLOI P. 3

5 Mesure d'une grandeur physique

En bref *La mesure d'une grandeur physique (pression, conductivité...) liée à la concentration ou à la quantité de matière d'un réactif ou d'un produit permet d'analyser un système chimique.*

I Mesure de la pression

- Si la transformation chimique fait intervenir un gaz, on mesure la **pression**, proportionnelle au nombre de moles de gaz, à température T et volume V fixés.
- **Loi des gaz parfaits** : $PV = nRT$ ou $n = \frac{V}{RT}P$.

avec P pression du gaz (Pa), V volume occupé par ce gaz (m^3), n quantité de matière du gaz (mol), $R = 8{,}31\ J \cdot K^{-1} \cdot mol^{-1}$ constante des gaz parfaits et T température en kelvins (K) ($T(K) = \theta(°C) + 273{,}15$). → FICHE 11

- Les **gaz réels** se comportent comme des gaz parfaits à faible pression.

À NOTER
Le volume molaire d'un gaz ou loi d'Avogadro Ampère et la loi de Mariotte $PV = \text{cste}$ à T et n constants ont été abordés en 1re.

II Conductimétrie

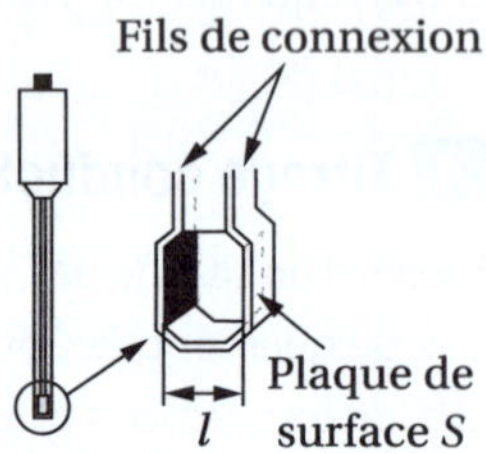

- La **conductimétrie** est l'étude des solutions ioniques conductrices du courant électrique. On mesure la conductance $G = \frac{1}{R} = \frac{I}{U}$ d'une solution contenant des ions entre deux électrodes planes et parallèles. Le conductimètre affiche directement la conductivité σ :

$$\sigma = \frac{l}{S}G \quad \sigma \text{ en } S \cdot m^{-1} \text{ ; } G \text{ en siemens (S) ; } l \text{ en m ; } S \text{ en } m^2.$$

- D'après la **loi de Kohlrausch**, la conductivité d'une solution diluée d'une espèce ionique dissoute est proportionnelle à sa concentration :

$$\sigma = k \times C \quad \sigma \text{ en } S \cdot m^{-1} \text{ ; } C \text{ en } mol \cdot L^{-1} \text{ ; } k \text{ en } S \cdot L \cdot m^{-1} \cdot mol^{-1}.$$

- Un **dosage par étalonnage** consiste à déterminer la concentration d'une espèce chimique en comparant une grandeur physique, la conductivité σ caractéristique de la solution, à la même grandeur physique mesurée pour des solutions étalons contenant l'espèce à doser.

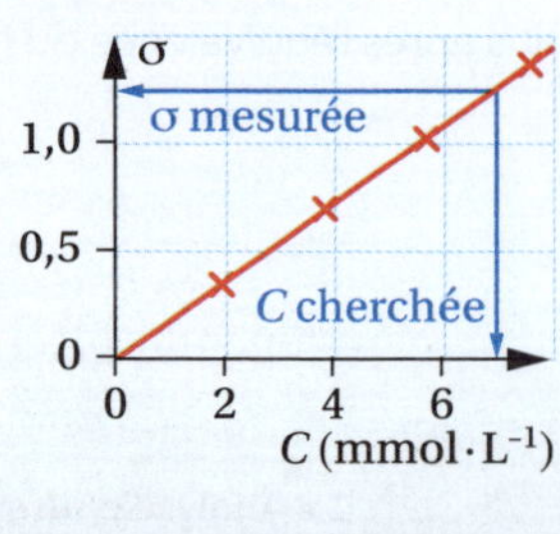

Méthode

Déterminer une quantité de matière à partir d'une mesure de pression

On fait réagir un ruban de magnésium avec une solution d'acide chlorhydrique dans un flacon de 130 mL hermétiquement fermé, suivant la réaction :
$Mg_{(s)} + 2H_3O^+_{(aq)} \rightarrow Mg^{2+}_{(aq)} + H_{2(g)} + 2H_2O_{(\ell)}$.
Un manomètre permet de mesurer la pression P dans le flacon au-dessus de la solution.

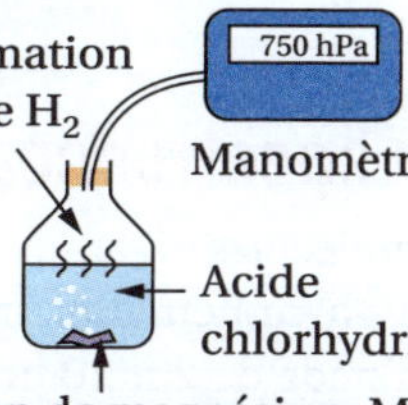

État initial	$P_0 = 1\,021$ hPa ; $\theta = 20{,}5$ °C. Volume de solution d'acide chlorhydrique : $V_1 = 40{,}0$ mL.
État final	$P_f = 1\,780$ hPa ; $\theta = 20{,}5$ °C.

Données : volume du flacon : 130 mL ; $R = 8{,}31\ J \cdot K^{-1} \cdot mol^{-1}$; $T(K) = \theta(°C) + 273{,}15$.

a. À quoi correspond la pression initiale dans le flacon ?

b. En utilisant l'équation des gaz parfaits, démontrer que $P_f = P_0 + P_{H_2}$.

c. Déterminer la quantité de matière de dihydrogène formée.

CONSEILS

b. Veillez aux unités lors de l'application numérique de l'équation des gaz parfaits. Pour le volume, on a : $1\ mL = 10^{-3}\ L$; $1\ L = 1\ dm^3 = 10^{-3}\ m^3$; pour la pression : $1\ hPa = 10^2\ Pa$.

SOLUTION

a. P_0 est la pression de l'air dans le flacon au-dessus de la solution.

b. D'après la loi des gaz parfaits $P = n\dfrac{RT}{V}$.

Dans l'état initial : $P_0 = n_0\dfrac{RT}{V}$ avec n_0 le nombre de moles d'air.

Dans l'état final, le nombre de moles de gaz est $n_f = n_0 + n_{H_2}$.

$$P_f = n_f\frac{RT}{V} = \left(n_0 + n_{H_2}\right)\frac{RT}{V} = n_0\frac{RT}{V} + n_{H_2}\frac{RT}{V} = P_0 + P_{H_2}.$$

c. On exprime le nombre de moles de dihydrogène. La pression doit être en pascals, la température en kelvins, le volume en m^3. Le volume occupé par le gaz est $V = V_{flacon} - V_{solution} = 130 - 40 = 90\ mL = 90 \times 10^{-6}\ m^3$.

$P_f = P_0 + P_{H_2}$ d'où $P_f - P_0 = P_{H_2} = n_{H_2}\dfrac{RT}{V}$ soit $n_{H_2} = \dfrac{V}{RT}\left(P_f - P_0\right)$.

$$n_{H_2} = \frac{90 \times 10^{-6}}{8{,}31 \times (20{,}5 + 273{,}15)} \times (1\,780 - 1\,021) \times 10^2 = 2{,}8 \times 10^{-3}\ mol.$$

La quantité de dihydrogène formée est $2{,}8 \times 10^{-3}$ mol soit 2,8 mmol.

6 Spectroscopies infrarouge et UV-visible

En bref *Le principe de ces techniques repose sur l'analyse des rayonnements absorbés dans deux domaines différents de longueurs d'onde.*

I La spectroscopie infrarouge

■ Les molécules organiques peuvent absorber des **rayonnements infrarouges** (longueur d'onde de 2 à 20 µm) qui modifient l'état de vibration de leurs liaisons.

■ Un **spectre IR** représente la **transmittance** T d'un échantillon en fonction du nombre d'onde du rayonnement $\sigma = \frac{1}{\lambda}$. La valeur du nombre d'ondes σ de chaque bande d'absorption permet de reconnaître des liaisons dans la molécule et donc d'identifier des groupes caractéristiques.

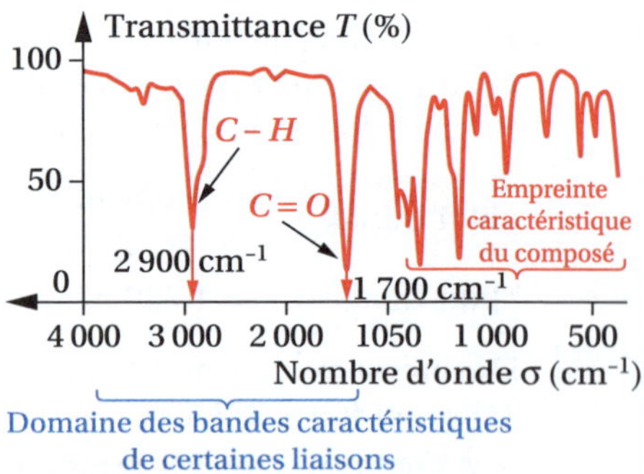

■ Les **bandes** sont analysées selon trois critères : position (cm^{-1}), intensité (faible, moyenne, forte) et forme (large ou fine). Pour les tables IR voir → RABATS II et III.

MOT CLÉ
La **transmittance** est le rapport de l'intensité I du rayonnement transmis sur l'intensité I_0 incidente.

■ Un spectre permet d'**identifier** les groupes caractéristiques d'un composé inconnu et de **suivre** un processus réactionnel.

II La spectroscopie UV-visible

■ Un **spectre UV-visible** représente l'absorbance $A = \log\left(\frac{1}{T}\right)$ d'un échantillon en fonction de la longueur d'onde λ, dans le domaine 200-400 nm pour l'UV et 400-800 nm pour le visible.

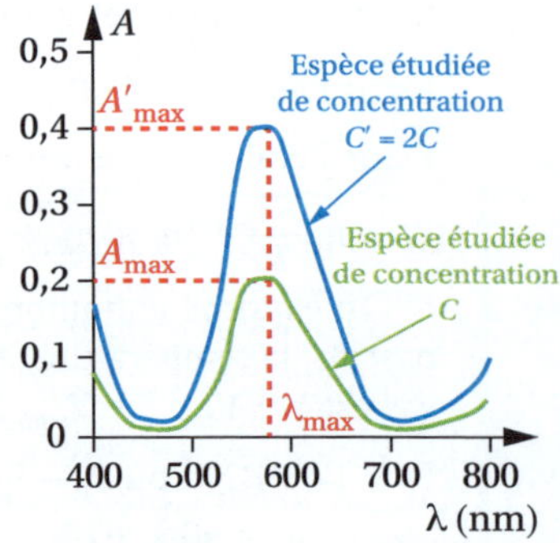

■ Le spectre d'absorption d'une espèce est caractérisé par les coordonnées des maxima d'absorption λ_{max} et $A(\lambda_{max})$. On peut alors **identifier une espèce** avec un spectre de référence.

■ D'après la **loi de Beer Lambert**, pour de faibles concentrations, l'absorbance d'une espèce chimique est proportionnelle à sa concentration :

$$A = k \times C \quad A \text{ sans unité ; } C \text{ en mol·L}^{-1} \text{ ; } k \text{ en L·mol}^{-1}.$$

Méthode

Identifier un groupe caractéristique à partir du spectre IR

On donne la formule topologique de 3 amides de formule brute : C_3H_7ON.

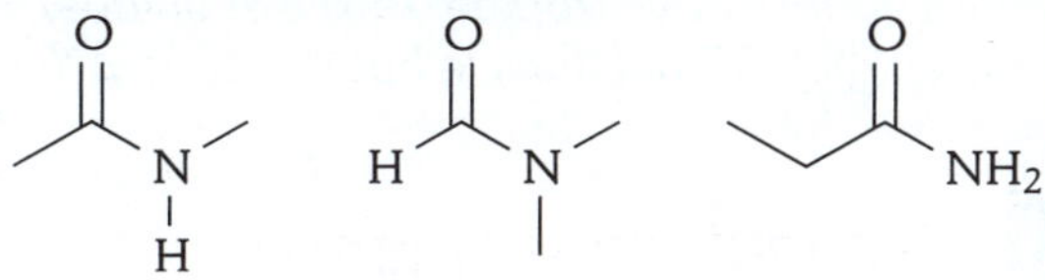

a. Pourquoi le spectre IR ci-dessous ne peut-il pas correspondre à une amine ?

b. Associer ce spectre à l'une des trois molécules proposées.

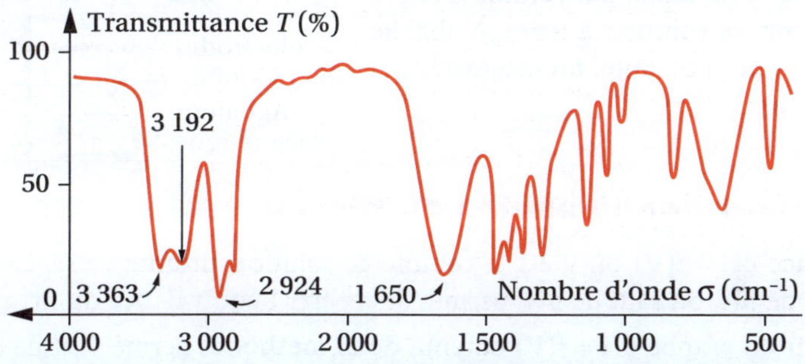

Groupement	Liaison	Nombre d'onde σ (cm^{-1})	Bandes	Intensité
amine primaire	–N–H	3 500 cm^{-1} et 3 410 cm^{-1}	2 bandes	moyenne
amine secondaire	–N–H	entre 3 500-3 300 cm^{-1}	1 bande	moyenne
amide	C=O	entre 1 650-1 700 cm^{-1}	1 bande	intense
amide non substitué	N–H	3 050 cm^{-1} et 3 500 cm^{-1}	2 bandes larges	moyenne
amide substitué	N–H	entre 3 050-3 400 cm^{-1}	1 bande large	moyenne

SOLUTION

a. La bande caractéristique de nombre d'onde σ = 1 650 cm^{-1} est présente sur le spectre étudié. Elle est caractéristique du groupe carbonyle présent seulement dans un amide et conforme à ce qu'indiquent les tables. Le spectre IR ne peut donc pas correspondre à une amine.

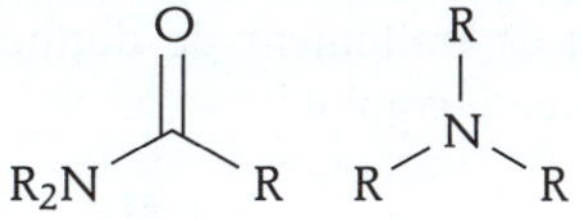

Amide Amine

b. On note la présence de deux bandes (3 363 et 3 192 cm^{-1}) caractéristiques des liaisons N–H d'un amide non substitué $–CO–NH_2$. On retrouve ainsi la double bande des liaisons N–H et la bande du groupe carbonyle comme l'amide numéro 3 : il s'agit de la propanamide.

7 Titrage pH-métrique

En bref *Lorsque la réaction support du titrage est une réaction acide-base quantitative (rapide, totale et unique), on suit l'évolution du pH du milieu réactionnel dans le but de repérer l'équivalence.*

I Dispositif expérimental

La solution titrante de la burette est versée progressivement dans un volume prélevé précisément, de solution à titrer. À chaque ajout de solution titrante, **on mesure le pH** de la solution.

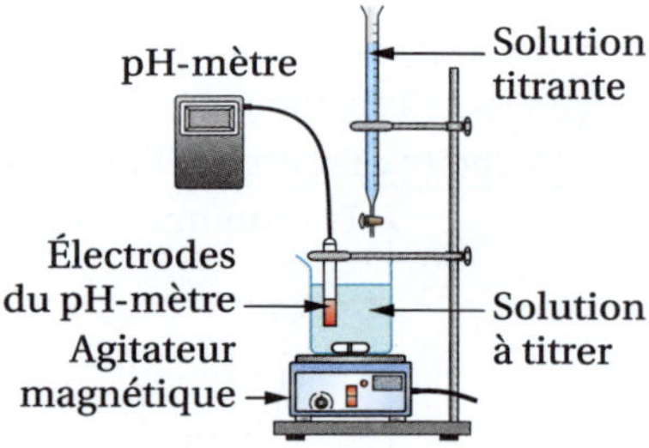

II Repérer l'équivalence du titrage

■ On trace pH = $f(V)$ où V est le volume de solution titrante versé. La brusque variation de pH, ou saut de pH, permet de repérer l'**équivalence** du titrage.

■ À partir du graphe pH = $f(V)$ obtenu, **deux méthodes** permettent de déterminer les coordonnées du point équivalent E avec une bonne précision.

• **Méthode des tangentes**

On trace une tangente T_1 à la courbe avant le saut de pH, puis on trace T_2, parallèle à T_1 et tangente à la courbe après le saut de pH. On construit le segment perpendiculaire à T_1 et à T_2, puis la médiatrice D de ce segment. Cette médiatrice D coupe la courbe pH = $f(V_{\text{titrant}})$ au point E d'abscisse V_E.

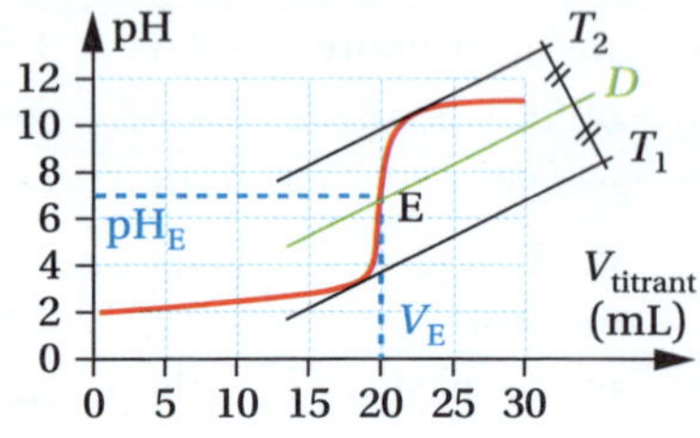

• **Méthode de la courbe dérivée**

À partir des points expérimentaux, un logiciel de traitement de données permet de tracer le graphe :

$$\frac{\text{dpH}}{\text{d}V_{\text{titrant}}} = f(V_{\text{titrant}}).$$

L'équivalence du titrage correspond à l'extremum de la courbe dérivée. Cet extremum repère le point d'abscisse V_E.

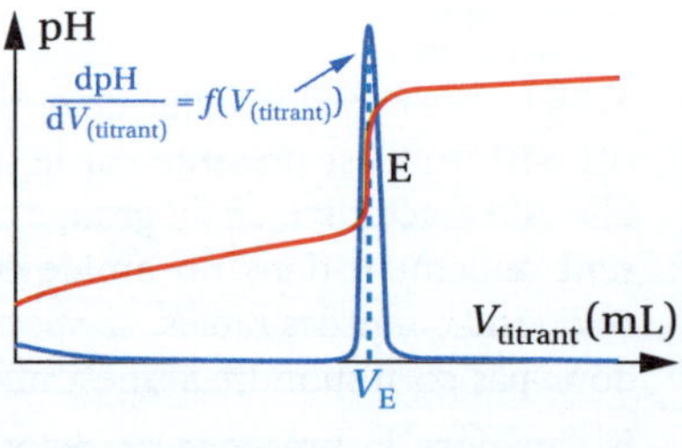

■ À partir de la détermination de V_E, on déduit la concentration ou la quantité de matière d'espèce à titrer, sachant qu'à l'équivalence on a réalisé un **mélange stœchiométrique** du réactif titrant et du réactif titré.

Méthode

Exploiter une courbe de titrage pH-métrique

On dose un volume $V_1 = 20{,}0$ mL d'une solution d'acide éthanoïque.

On réalise un suivi pH-métrique de la solution d'acide éthanoïque par une solution d'hydroxyde de sodium de concentration $C_2 = 4{,}0 \times 10^{-2}$ mol · L^{-1}.

On obtient les courbes ci-contre.

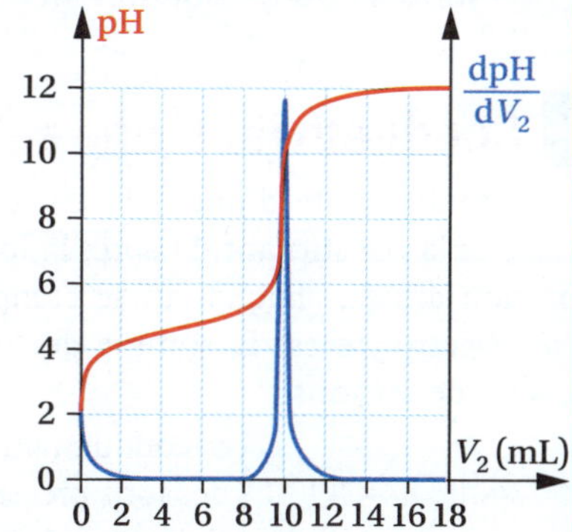

La réaction support du titrage est :

$$CH_3COOH_{(aq)} + HO^-_{(aq)} \rightarrow CH_3COO^-_{(aq)} + H_2O_{(\ell)}$$

a. Déterminer le volume équivalent par deux méthodes différentes.

b. En expliquant votre démarche, déterminer la concentration de la solution d'acide éthanoïque.

CONSEILS

a. Appliquez les méthodes des tangentes et de la courbe dérivée.
b. Définissez l'équivalence du titrage et déduisez-en, à partir de l'équation de la réaction, la relation entre les quantités de réactifs qui ont réagi à l'équivalence.

SOLUTION

a. L'équivalence se situe dans le saut de pH. On applique la méthode des tangentes et on détermine $V_E = 10$ mL.

Par lecture de l'abscisse du maximum de la courbe dérivée $\frac{dpH}{dV_2} = f(V_2)$, on détermine la même valeur de V_E soit $V_E = 10$ mL.

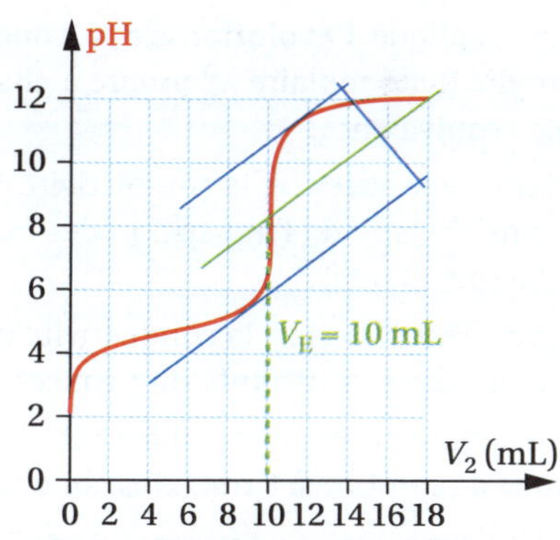

b. À l'équivalence, les deux réactifs sont totalement consommés : on a réalisé un mélange stœchiométrique du réactif titrant et du réactif titré.

D'après l'équation de la réaction, les deux réactifs réagissent mol à mol :

$n(CH_3COOH)_i = n(HO^-)_E$

soit $C_1 \times V_1 = C_2 \times V_E$ d'où $C_1 = \frac{C_2 \times V_E}{V_1} = \frac{4{,}0 \times 10^{-2} \times 10}{20} = 2{,}0 \times 10^{-2}$ mol · L^{-1}.

8 Titrage conductimétrique

En bref *Un titrage conductimétrique peut être envisagé lorsque la réaction support du titrage fait intervenir des ions.*

I Conductivité d'une solution

■ La conductivité d'une solution est fonction des concentrations des espèces chargées la constituant. D'après la **loi de Kohlrausch** (forme générale), dans une solution diluée, chaque ion se comporte comme s'il était seul. La conductivité d'un électrolyte est la somme des conductivités propres σ_i, indépendantes, de chacun de ses ions :

$$\sigma = \sum_i \sigma_i = \sum_i \lambda_i^0 [x_i]$$

σ conductivité de la solution ($S \cdot m^{-1}$) ; $[x_i]$ concentration des ions présents dans la solution ($mol \cdot m^{-3}$) ; λ_i^0 conductivité molaire des ions présents ($S \cdot m^2 \cdot mol^{-1}$).

■ **Conductivité molaire** ionique de quelques ions :

Ion	H_3O^+	HO^-	Na^+	Cl^-
λ ($S \cdot m^2 \cdot mol^{-1}$)	34,98	19,92	5,01	7,63

Exemple : pour une solution de chlorure de sodium :
$\sigma = \lambda_{Na^+} \times [Na^+] + \lambda_{Cl^-} \times [Cl^-] = (\lambda_{Na^+} + \lambda_{Cl^-}) \times C$ avec C concentration apportée en chlorure de sodium.

II Repérer l'équivalence du titrage

■ On explique **l'évolution de la conductivité** σ d'une solution en comparant la conductivité molaire λ_i^0 propre à chaque ion présent dans la solution avant et après l'équivalence.

- **Avant l'équivalence**, la conductivité σ varie au fur et à mesure de la disparition des ions titrés et de l'apparition des ions produits par la réaction et/ou des ions spectateurs ajoutés.
- **Après l'équivalence**, la conductivité σ varie encore, mais uniquement en raison de l'ajout des ions titrants non consommés et/ou des ions spectateurs.

■ On ajoute un **volume important d'eau** au volume de solution à titrer, ainsi au cours du titrage $V_{titrant\text{-}ajouté} << V_{solution} = V_{titré} + V_{eau}$, la dilution due à l'ajout du titrant est alors négligeable. Ainsi, la courbe $\sigma = f(V_{titrant})$ est constituée de segments de droites dont l'intersection permet de repérer l'équivalence.

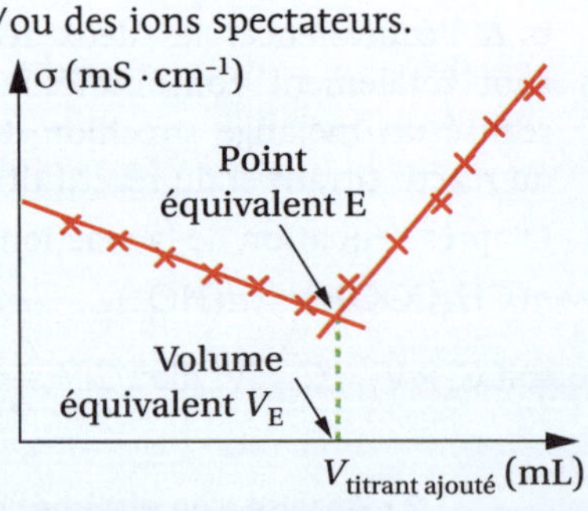

Méthode

Interpréter une courbe de titrage conductimétrique

On titre une solution d'acide chlorhydrique ($H_3O^+ + Cl^-$) par une solution d'hydroxyde de sodium ($Na^+ + HO^-$). On suit la conductivité de la solution titrée en fonction du volume V_b de solution titrante versé. La réaction support du titrage est : $H_3O^+_{(aq)} + HO^-_{(aq)} \rightarrow 2\ H_2O_{(\ell)}$.

Doc 1 Montage

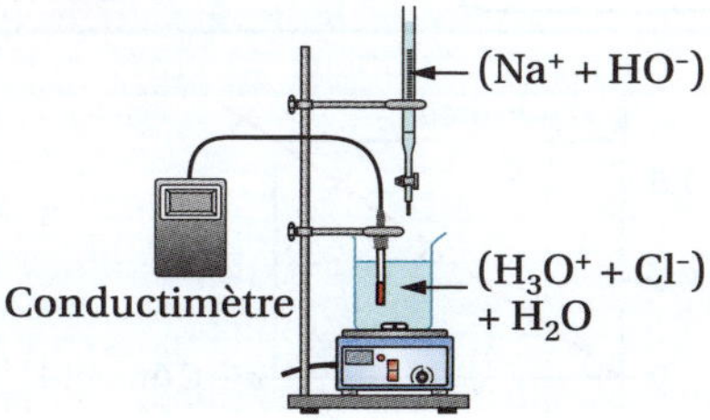

Doc 2 Courbe obtenue

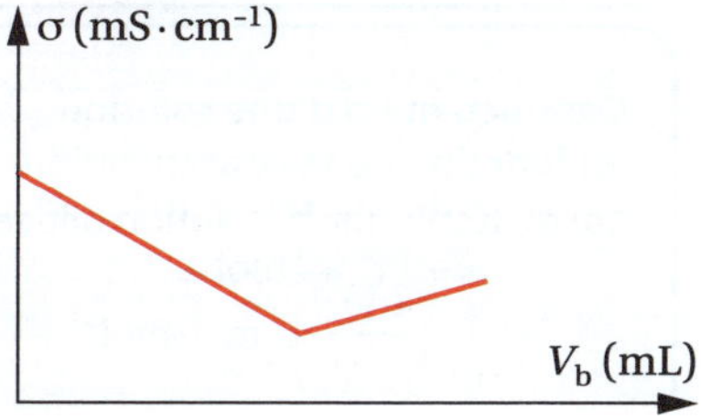

a. Justifier l'allure de la courbe obtenue (document 2).

b. Comment déterminer le volume équivalent V_E ?

Données : conductivités molaires ioniques (en $mS \cdot m^2 \cdot mol^{-1}$ à 25 °C) :

Ion	H_3O^+	Na^+	HO^-	Cl^-
λ	34,98	5,01	19,92	7,63

CONSEILS

a. Faites l'inventaire de toutes les espèces ioniques et regardez comment leurs concentrations évoluent au cours du titrage (avant et après l'équivalence). Comparez la conductivité molaire ionique des ions qui apparaissent ou disparaissent pour justifier l'évolution globale de la conductivité de la solution.

SOLUTION

a. $Na^+_{(aq)}$ et $Cl^-_{(aq)}$ sont des ions spectateurs. Au début du titrage, sont présents dans la solution les ions $H_3O^+_{(aq)}$ et $Cl^-_{(aq)}$. Avant l'équivalence, le réactif titrant versé est limitant : les ions HO^- réagissent complètement avec les ions H_3O^+ alors $[H_3O^+]$ diminue et $[Na^+]$ croît. Mais comme la conductivité molaire ionique de H_3O^+ est très grande devant celle de Na^+, la conductivité du mélange décroît.

Après l'équivalence, le réactif titré est limitant, les ions HO^- sont en excès, donc $[HO^-]$ et $[Na^+]$ augmentent et la conductivité croît.

Ainsi à l'équivalence, la conductivité est minimale.

b. À l'intersection des deux droites, la conductivité est minimale et correspond à l'équivalence du titrage. On peut alors lire le volume équivalent V_E.

MÉMO VISUEL

ANALYSE SYSTÈME

Mesure d'une grandeur physique

Pression et quantité de matière de gaz

Loi des gaz parfaits : $PV = nRT$

- P : Pa
- V : m³
- n : mol
- R : 8,31 J · K⁻¹ · mol⁻¹
- T : K

Conductivité σ d'une solution en fonction de sa concentration

Loi de Kohlrausch (solution diluée) : $\sigma = kC$

- σ : S · m⁻¹
- k : S · L · m⁻¹ · mol⁻¹
- C : mol · L⁻¹

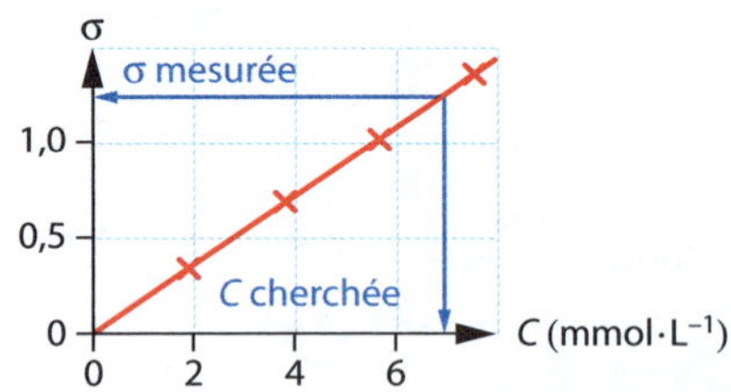

Spectroscopies infrarouge et UV-visible

Spectroscopie infrarouge

Exemple : spectre IR de l'acide butanoïque

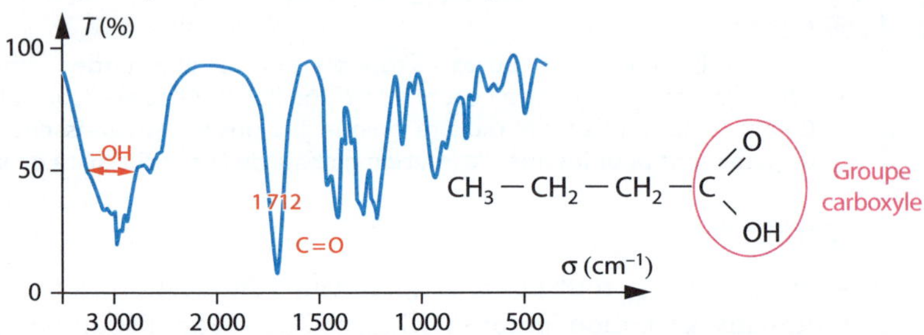

Spectroscopie UV-visible

- Maximum d'absorption λ_{max} caractéristique d'une espèce.
- **Loi de Beer-Lambert** (faibles concentrations) : $A = kC$
  - A : Sans unité
  - k : L · mol⁻¹
  - C : mol · L⁻¹

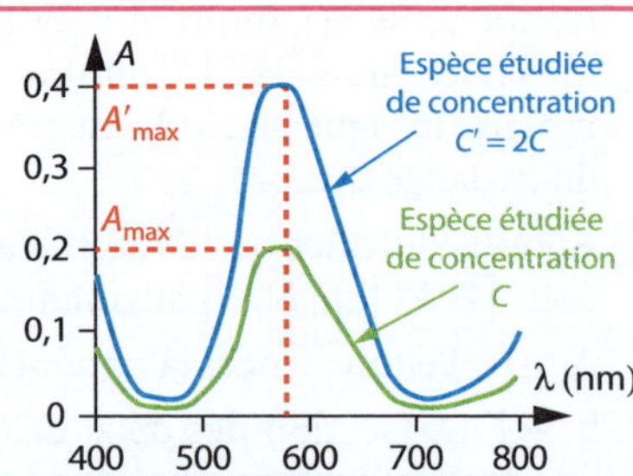

Deux méthodes pour repérer l'équivalence

• **Méthode des tangentes**

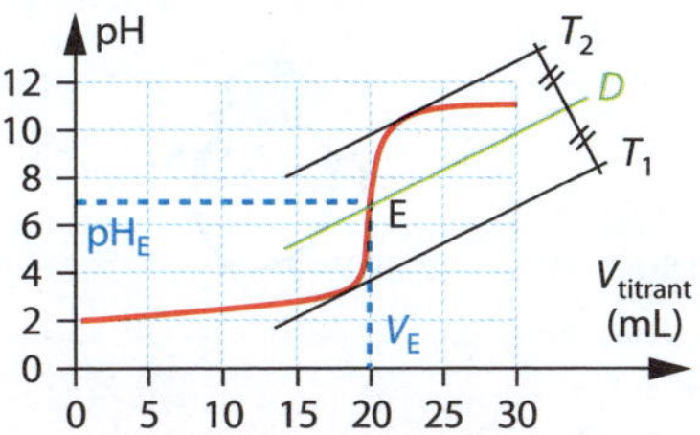

• **Méthode de la courbe dérivée**

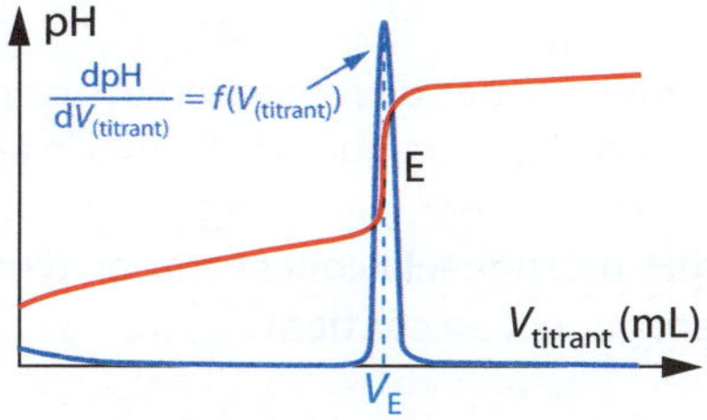

Titrage pH-métrique

Suivi pH-métrique

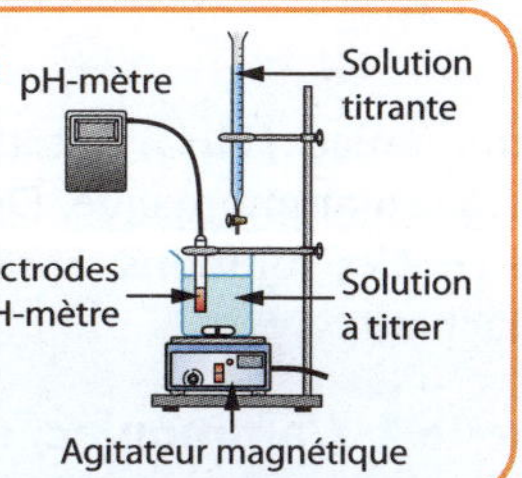

D'UN CHIMIQUE

Titrage conductimétrique

Conductivité σ d'une solution en fonction des concentrations des espèces chargées la constituant

Loi de Kohlrausch (forme générale) :

$$\sigma = \sum_i \sigma_i = \sum_i \lambda_i^0 [x_i]$$

- σ : $S \cdot m^{-1}$
- λ_i^0 : Conductivité molaire des ions présents ($S \cdot m^2 \cdot mol^{-1}$)
- $[x_i]$: Concentration des ions présents ($mol \cdot m^{-3}$)

Méthode pour repérer l'équivalence

Mesure de la conductivité σ à chaque ajout de solution titrante.
Si $V_E << V_{titré} + V_{eau}$ alors $\sigma = f(V_{titrant})$ constituée de **segments de droites**, qui se coupent à l'équivalence.

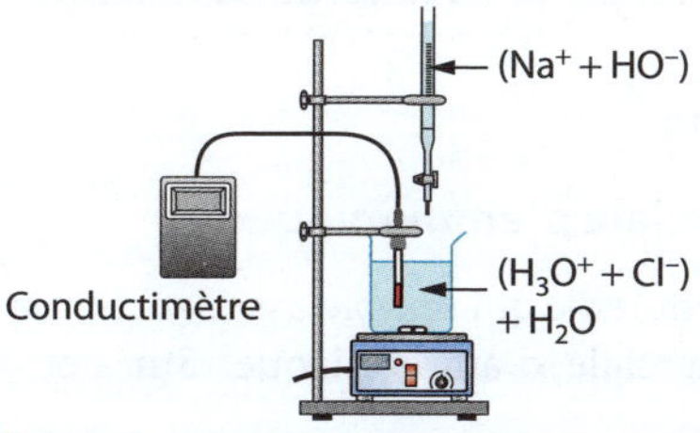

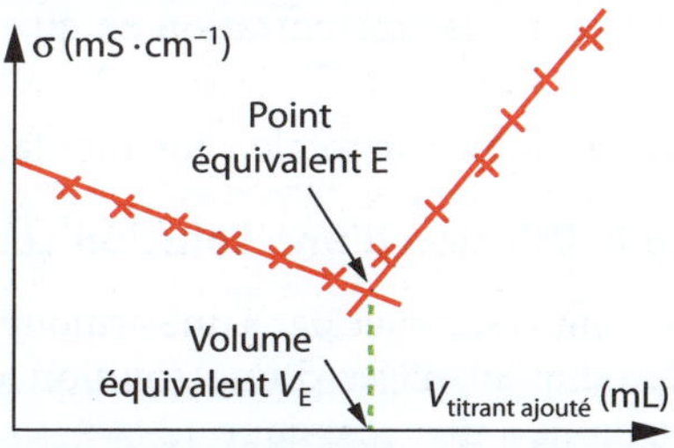

SUJET 3 | OBJECTIF BAC

1 h Autour de l'ammoniac

→ FICHES 5 à 8

Ce sujet permet de mettre en évidence les propriétés basiques de l'ammoniac et de déterminer, par titrages conductimétrique et pH-métrique, la concentration d'un produit ménager qui en contient.

LE SUJET

L'ammoniac (NH_3) est un gaz qui, dissous dans l'eau, donne une solution basique d'ammoniaque. Des solutions d'ammoniaque sont vendues dans le commerce. Ces solutions, après dilution, sont utilisées comme produit nettoyant et détachant.

Partie 1 L'ammoniac, une base

On prélève un volume gazeux d'ammoniac $V = 2{,}4 \cdot 10^{-1}$ L, sous la pression 1 015 hPa à la température de 20 °C, que l'on dissout dans de l'eau distillée pour obtenir $V_{S1} = 1{,}0$ L de solution aqueuse d'ammoniac S_1.

Le pH de la solution S_1 est mesuré et a pour valeur 10,6.

Données
- Constante des gaz parfaits : $R = 8{,}31\ \mathrm{J \cdot K^{-1} \cdot mol^{-1}}$.
- Produit ionique de l'eau : $K_e = 1{,}0 \times 10^{-14}$.
- Numéros atomiques : azote N, Z = 7 ; hydrogène H, Z = 1.

1. Rappeler la définition d'une base selon Brönsted.

2. Écrire l'équation de la réaction de l'ammoniac avec l'eau. Identifier les couples acide-base qui interviennent.

3. Donner le schéma de Lewis de l'ammoniac. Comment expliquer son caractère basique ?

4. Montrer que la concentration en quantité de matière de la solution d'ammoniaque préparée S_1 est $C_1 = 1{,}0 \times 10^{-2}\ \mathrm{mol \cdot L^{-1}}$.

5. La réaction est-elle totale ? Justifier la réponse.

Partie 2 Dilution d'une solution commerciale d'ammoniaque

Un laborantin retrouve dans une armoire une bouteille qui semble assez ancienne d'un produit ménager d'une solution commerciale d'ammoniaque. Sur l'étiquette, on lit « titre massique 12 % ».

Données

- Densité de la solution commerciale : $d = 0{,}923$.
- Masse molaire de l'ammoniac : $M(NH_3) = 17\ g \cdot mol^{-1}$.

1. Déterminer la concentration en masse de la solution commerciale d'après l'indication de l'étiquette.

2. Le laborantin prépare une solution S diluée au 50e de la solution commerciale. Indiquer le protocole suivi par le laborantin, ainsi que le matériel nécessaire pour la réalisation de 500 mL de cette solution.

Partie 3 Titrages conductimétrique et pH-métrique

Le laborantin souhaite réaliser un suivi conductimétrique en titrant 10,0 mL de la solution commerciale d'ammoniaque diluée 50 fois, mélangée à 200 mL d'eau distillée, par une solution d'acide chlorhydrique ($H_3O^+_{(aq)} + Cl^-_{(aq)}$) de concentration $C_A = 1{,}00 \times 10^{-1}\ mol \cdot L^{-1}$.

1. Quelles sont les caractéristiques d'une réaction support d'un titrage ?

2. Écrire l'équation de la réaction support du titrage et identifier les deux couples acide-base mis en jeu.

3. Quel est l'intérêt d'ajouter 200 mL d'eau aux 10,0 mL de solution à titrer ?

4. Parmi les représentations graphiques suivantes, quelle est celle qui représente l'allure de l'évolution de la conductivité σ du mélange en fonction du volume V_A de solution d'acide chlorhydrique versé ?
Faire un choix et rédiger une réponse en justifiant !

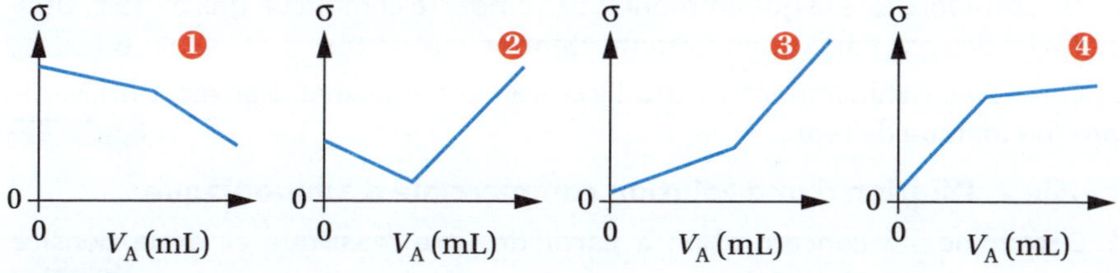

Données

- Conductivités molaires ioniques à 25 °C :

Ion	H_3O^+	HO^-	Cl^-	NH_4^+
$\lambda°$ ($mS \cdot m^2 \cdot mol^{-1}$)	34,98	19,86	7,63	7,35

5. À partir de la solution notée S diluée 50 fois de la solution commerciale d'ammoniaque, le laborantin réalise finalement un titrage pH-métrique de 10,0 mL de solution S par une solution d'acide chlorhydrique ($H_3O^+_{(aq)} + Cl^-_{(aq)}$) de concentration $C_A = 1{,}00 \times 10^{-1}\ mol \cdot L^{-1}$. Il obtient les deux courbes page suivante.
Exploiter le titrage et déterminer la concentration en quantité de matière en ammoniac de la solution commerciale. Détailler votre démarche.

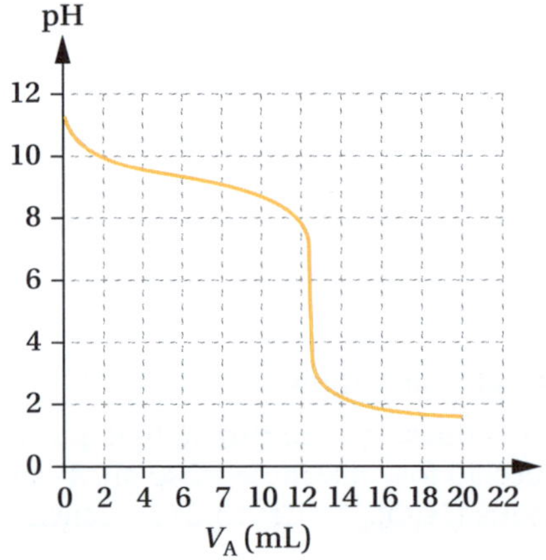

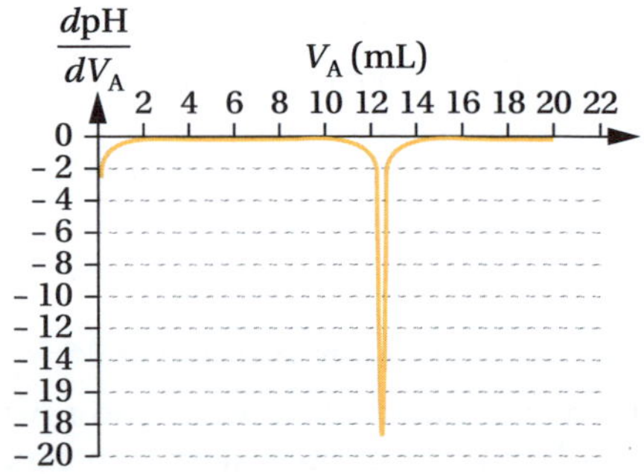

6. Déterminer le titre massique d'ammoniac (t) de la solution commerciale.

7. L'indication de l'étiquette est-elle toujours valable ? Le produit s'est-il conservé ?

LES CLÉS POUR RÉUSSIR

Partie 1 L'ammoniac, une base

3. Établissez la structure électronique de l'azote et de l'hydrogène pour obtenir le schéma de Lewis.

4. On considère que le gaz ammoniac se comporte comme un gaz parfait. Utilisez la loi des gaz parfaits en faisant attention aux unités. → FICHE 5

5. Comparez l'avancement final à l'avancement maximal. Pensez à utiliser le produit ionique de l'eau. → FICHE 22

Partie 2 Dilution d'une solution commerciale d'ammoniaque

1. Déterminez la concentration à partir du titre massique et de la densité. → FICHE 4

Partie 3 Titrages conductimétrique et pH-métrique

4. Identifiez toutes les espèces ioniques et identifiez comment évoluent les concentrations avant et après l'équivalence. → FICHE 8

7. Pour comparer un résultat à une valeur de référence, pensez à calculer un écart relatif.

LE CORRIGÉ

Partie 1 L'ammoniac, une base

1. Définir une base de Brönsted

Une base est une espèce **capable de capter un ou plusieurs ions H^+**.

2. Écrire une réaction acide-base

NH_3 est une base capable de capter H^+ : $NH_3 + H^+ \rightarrow NH_4^+$.
L'eau a un rôle d'acide et va céder un ion H^+ : $H_2O \rightarrow HO^- + H^+$.
Les couples mis en jeu sont donc **NH_4^+/NH_3** et **H_2O/HO^-**, d'où l'équation : **$NH_3 + H_2O \rightleftarrows NH_4^+ + HO^-$**.

3. Établir un schéma de Lewis

L'azote ($Z = 7$) a pour structure électronique $1s^2\ 2s^2\ 2p^3$: il doit engendrer 3 doublets liants avec 3 hydrogènes ($1s^1$) pour acquérir une structure stable en octet.
Ainsi l'azote dispose d'un **doublet non liant qui lui permet de capter un ion H^+** : c'est ce qui explique son caractère basique.

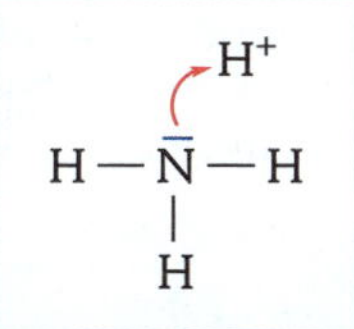

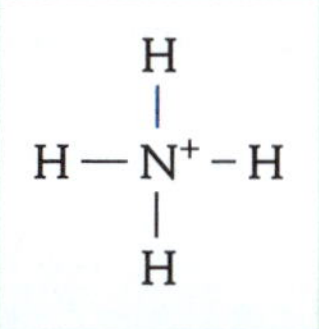

4. Exploiter la loi des gaz parfaits

La loi des gaz parfaits, $PV = nRT$, peut s'écrire : $n = \frac{P\,V}{R\,T}$.
Avec le volume en m^3, la pression en Pa et la température en kelvins, on calcule :

$$n = \frac{1015\ 10^2 \times 2{,}4 \times 10^{-4}}{8{,}31 \times (20 + 273)} = 1{,}0 \times 10^{-2} \text{ mol.}$$

Par définition de la concentration, on a donc :

$$C_1 = \frac{n}{V_{S1}} = \frac{1{,}0 \times 10^{-2}}{1{,}0} = \mathbf{1{,}0 \times 10^{-2}\ mol \cdot L^{-1}}.$$

> **À NOTER**
> **4.** La température doit être exprimée en kelvins : $T(K) = \theta\ (°C) + 273{,}15$.

5. Déterminer le taux d'avancement d'une réaction

On dresse un tableau d'avancement pour un volume $V = 1$ L de solution.

Équation	$NH_{3(aq)}$ +	$H_2O_{(l)}$ $\rightleftarrows$	$NH^+_{4(aq)}$ +	$HO^-_{(aq)}$
État initial	n	Excès	0	0
État final	$n - x_f$	Excès	x_f	x_f
Si la réaction est totale	$n - x_{max}$	Excès	x_{max}	x_{max}

Si la réaction est totale, le réactif limitant NH_3 est totalement consommé :
$n - x_{max} = 0$ donc $x_{max} = n = C_1 \times V = 1{,}0 \times 10^{-2}$ mol $= n(HO^-)_{max}$.
Dans l'état final, on connaît le pH (10,6) de la solution et on peut ainsi déterminer la concentration en ion H_3O^+ :
$[H_3O^+] = c^0 \times 10^{-pH} = 1{,}0 \times 10^{-10{,}6} = 2{,}5 \times 10^{-11}\ mol \cdot L^{-1}$.

Sachant que, dans toute solution aqueuse, on a $K_e = [H_3O^+] \times [HO^-] = 10^{-14}$, on détermine alors $\left[HO^-\right] = \dfrac{K_e}{\left[H_3O^+\right]} = \dfrac{10^{-14}}{2{,}5 \times 10^{-11}} = 4{,}0 \times 10^{-4}\ \text{mol}\cdot\text{L}^{-1}$: pour 1 litre de solution, la quantité de matière est $n(HO^-)_f = x_f = 4{,}0 \times 10^{-4}$ mol.
Ainsi, $x_{max} = 1{,}0 \times 10^{-2}$ mol et $x_f = 4{,}0 \times 10^{-4}$ mol.
On constate que $x_f < x_{max}$: **la réaction n'est pas totale** et conduit à un état d'équilibre $NH_3 + H_2O \rightleftarrows NH_4^+ + HO^-$. $\tau = \dfrac{x_f}{x_{max}} \times 100 =$ **4 %**.

Partie 2 Dilution d'une solution commerciale d'ammoniaque

1. Déterminer une concentration

On veut calculer la concentration en masse $c = \dfrac{m_{\text{soluté}}}{V_{\text{solution}}}$. Or on sait que le titre massique est de 12 % donc $t = \dfrac{m_{\text{soluté}}}{m_{\text{solution}}} = 0{,}12$.

La densité est de 0,923 donc $d = \dfrac{\rho_{\text{solution}}}{\rho_{\text{eau}}} = 0{,}923$ et, sachant que $\rho_{\text{eau}} = 1{,}0\ \text{kg}\cdot\text{L}^{-1}$, $\rho_{\text{solution}} = 0{,}923\ \text{kg}\cdot\text{L}^{-1}$. Ainsi, $c = \dfrac{m_{\text{soluté}}}{V_{\text{solution}}} = \dfrac{t \times m_{\text{solution}}}{V_{\text{solution}}} = t \times \rho_{\text{solution}}$

d'où $c = 0{,}12 \times 0{,}923 = 1{,}1 \times 10^{-1}\ \text{kg}\cdot\text{L}^{-1}$ soit $c = 1{,}1 \times 10^{2}\ \text{g}\cdot\text{L}^{-1}$.

2. Réaliser une dilution et choisir la verrerie adaptée

Le laborantin dilue 50 fois la solution commerciale. Au cours d'une dilution la quantité de matière est conservée : $n = C_{\text{mère}} \times V_{\text{mère}} = C_{\text{fille}} \times V_{\text{fille}}$.
Le facteur de dilution est $F = \dfrac{C_{\text{mère}}}{C_{\text{fille}}} = \dfrac{V_{\text{fille}}}{V_{\text{mère}}} = 50$.
Le laborantin doit **prélever précisément 10,0 mL** de solution commerciale à l'aide d'une pipette jaugée qu'il place dans une **fiole jaugée de 500 mL**. Il complète la fiole avec de l'**eau jusqu'au trait de jauge**, avant de la boucher et d'**agiter**.

Partie 3 Titrages conductimétrique et pH-métrique

1. Connaître les caractéristiques d'une réaction support d'un titrage

Une réaction support d'un titrage doit être **rapide**, **totale** et **unique**.

2. Identifier des couples acide-base

La base NH_3 réagit avec l'acide H_3O^+. Il y a transfert d'un ion H^+ de l'acide vers la base : $\mathbf{NH_3 + H_3O^+ \rightarrow NH_4^+ + H_2O}$.
Les deux couples acide-base sont donc : $\mathbf{NH_4^+/NH_3}$ et $\mathbf{H_3O^+/H_2O}$.

3. Appliquer la loi de Kohlrausch

On ajoute un grand volume d'eau pour travailler avec une **solution suffisamment diluée** et, au cours du titrage, ajouter un **volume titrant négligeable** devant ce grand volume. On respecte ainsi la loi de Kohlrausch.

À NOTER

3. Loi de Kohlrausch : **dans une solution diluée**, chaque ion se comporte comme s'il était seul. La conductivité d'une solution est alors la somme des conductivités propres de chacun de ses ions.

4. Justifier qualitativement l'évolution de la conductivité
Le changement de pente correspond à l'équivalence, c'est-à-dire au changement de réactif limitant.

• *Avant l'équivalence*
Les ions H_3O^+ sont limitants. À chaque fois que NH_3 réagit avec un ion H_3O^+, un ion spectateur Cl^- est ajouté dans le bécher et un ion ammonium NH_4^+ est formé. Des ions apparaissent, la conductivité σ du milieu augmente. On obtient alors une droite de pente positive (ce qui élimine les propositions 1 et 2 où les pentes sont initialement négatives).

• *Après équivalence*
Tous les NH_3 ont réagi. Les concentrations en ion H_3O^+ et Cl^- augmentent (le réactif titrant est en excès) donc la conductivité augmente.
De plus, comme les conductivités molaires ioniques sont telles que $\lambda(H_3O^+) > \lambda(NH_4^+)$, la conductivité de la solution augmente d'autant plus : la pente est positive et plus importante après l'équivalence (ce qui élimine la proposition 4).

Ainsi, c'est la **proposition 3** qui convient pour ce titrage.

5. Exploiter un titrage
À l'équivalence, d'après l'équation de la réaction, on a $n(NH_3)_i = n(H_3O^+)_E$ et, puisque les réactifs réagissent mole à mole : $C_1 \times V_1 = C_A \times V_E$.
La courbe dérivée passe par un extremum, ici un minimum, dont l'abscisse correspond au volume équivalent : $V_E = 12{,}5$ mL.
On peut alors calculer, pour la solution diluée :

$$C_1 = \frac{C_A \times V_E}{V_1} = \frac{1{,}00 \times 10^{-1} \times 12{,}5}{10{,}0} = 1{,}25 \times 10^{-1}\ \text{mol} \cdot \text{L}^{-1}.$$

À NOTER
5. On peut également appliquer la méthode des tangentes pour déterminer V_E. → FICHE 7

La solution commerciale est 50 fois plus concentrée que la solution titrée, donc : $C = 50 \times C_1 = 50 \times 1{,}25 \times 10^{-1} = \mathbf{6{,}25\ mol \cdot L^{-1}}$.

6. Calculer le titre massique

$$t = \frac{m_{\text{soluté}}}{m_{\text{solution}}} = \frac{\frac{m_{\text{soluté}}}{V_{\text{solution}}} \times V_{\text{solution}}}{m_{\text{solution}}} = \frac{c \times V_{\text{solution}}}{m_{\text{solution}}} = \frac{c}{\rho_{\text{solution}}}$$

où c représente la concentration en masse et ρ_{solution} la masse volumique.
Or $c = C \times M(NH_3) = 6{,}25 \times 17 = 106\ \text{g} \cdot \text{L}^{-1}$ et on connaît la masse volumique $\rho_{\text{solution}} = 0{,}923\ \text{kg} \cdot \text{L}^{-1} = 923\ \text{g} \cdot \text{L}^{-1}$.
Le titre massique est donc : $t = \frac{c}{\rho_{\text{solution}}} = \frac{106}{923} = 0{,}115$ soit $\mathbf{t = 11{,}5\ \%}$.

7. Calculer un écart relatif
Pour valider l'information de l'étiquette, on calcule l'écart relatif :

$$\left| \frac{valeur_{\text{référence}} - valeur_{\text{expérimentale}}}{valeur_{\text{référence}}} \right| \times 100 = \left(\frac{12 - 11{,}5}{12} \right) \times 100 = 4{,}1\ \%.$$

L'écart relatif étant inférieur à 10 %, les valeurs sont concordantes : **l'indication de l'étiquette est toujours valable et la solution s'est bien conservée.**

SUJET 4 | OBJECTIF MENTION

1 h Synthèse d'un médicament

→ FICHES 5 à 8

L'acide benzoïque a des propriétés antiseptiques, ce qui explique son utilisation comme médicament. Étudions sa synthèse en vérifiant sa formation par spectroscopie infrarouge et sa pureté par titrage conductimétrique.

LE SUJET

Partie 1 Synthèse de l'acide benzoïque

L'acide benzoïque peut être synthétisé au laboratoire en deux étapes.

Dans un premier temps, des ions benzoate $C_6H_5CO_2^-$ sont synthétisés par oxydation de l'alcool benzylique $C_6H_5CH_2OH$ par les ions permanganate MnO_4^- en milieu basique suivant la réaction d'équation :

$$3\ C_6H_5CH_2OH_{(aq)} + 4MnO^-_{4(aq)} \rightarrow 3\ C_6H_5CO^-_{2(aq)} + 4MnO_{2(s)} + 4H_2O_{(l)} + HO^-_{(aq)}$$

L'acide benzoïque est ensuite obtenu par une réaction acide-base mettant en jeu les ions benzoate $C_6H_5CO_2^-$.

Protocole de synthèse :

• Introduire dans un ballon 1 g de carbonate de sodium Na_2CO_3, 2,0 g de permanganate de potassium $KMnO_4$, 50 mL d'eau, 2,0 mL d'alcool benzylique et 3 grains de pierre ponce, puis bien mélanger.

• Faire chauffer à reflux le mélange réactionnel pendant 20 minutes environ.

• Après refroidissement, filtrer sous vide le contenu du ballon et recueillir le filtrat dans un grand bécher (On élimine le solide $MnO_{2(s)}$ formé).

• Sous la hotte, placer le bécher dans un mélange eau-glace puis ajouter, lentement et en agitant, environ 20 mL d'une solution aqueuse d'acide chlorhydrique ($H_3O^+_{(aq)} + Cl^-_{(aq)}$) à 5 mol·L^{-1} : on observe un léger dégagement gazeux de CO_2, puis des cristaux blancs d'acide benzoïque apparaissent.

• Recueillir ces cristaux par filtration sous vide et les rincer plusieurs fois avec un peu d'eau très froide pour les « laver ».

• Placer ensuite les cristaux dans une soucoupe et les mettre à l'étuve jusqu'à ce qu'ils soient bien secs.

Données

• Masses molaires moléculaires :

Espèces chimiques	$C_6H_5CH_2OH$	$KMnO_4$	$C_6H_5CO_2H$
M(g·mol^{-1})	108	158	122

- Masse volumique de l'alcool benzylique : $\rho = 1{,}04\ g \cdot mL^{-1}$.
- Solubilité de l'acide benzoïque dans l'eau à 0 °C : $s_{0°} = 1{,}7\ g \cdot L^{-1}$ et à 20 °C : $s_{20°} = 2{,}9\ g \cdot L^{-1}$.
- Couples acide-base : $C_6H_5CO_2H_{(aq)}/C_6H_5CO_{2(aq)}^-$; $H_3O^+_{(aq)}/H_2O_{(l)}$; $H_2O_{(l)}/HO^-_{(aq)}$; $(CO_2, H_2O)/HCO^-_{3(aq)}$; $HCO^-_{3(aq)}/CO^{2-}_{3(aq)}$.

1. Quel est l'intérêt d'ajouter le carbonate de sodium, sachant qu'il n'intervient pas comme réactif ?

2. Montrer que les ions permanganate constituent le réactif limitant de la première étape de la synthèse dans ce protocole.

3. Écrire les équations des réactions qui se produisent lors de l'ajout d'acide chlorhydrique. Toutes ces réactions sont totales.

4. Pourquoi travaille-t-on dans un mélange eau-glace au moment de l'ajout de l'acide chlorhydrique ?

5. Après séchage à l'étuve, on obtient 0,97 g de produit brut. Déterminer le rendement de la synthèse. Donner au moins deux arguments qui expliquent que l'on n'a pas atteint un rendement de 100 %.

Partie 2 Identification et pureté du produit formé

À l'issue de la synthèse :

- On réalise le spectre IR du produit brut obtenu et celui de l'alcool benzylique de départ. Ces deux spectres sont donnés ci-dessous.

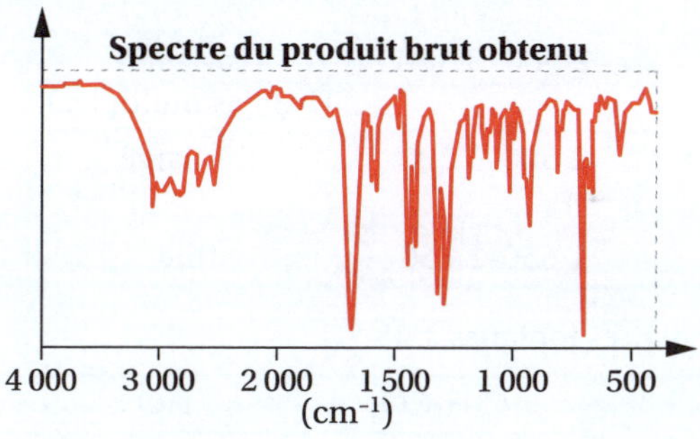

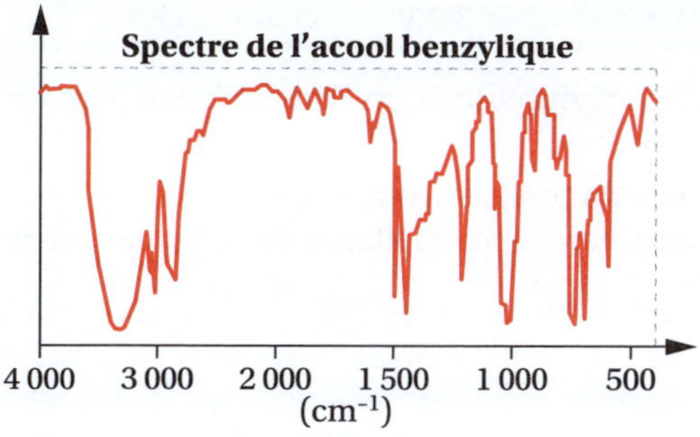

• On prélève une masse de 0,12 g du produit brut obtenu que l'on dissout dans environ 200 mL d'eau distillée. La solution obtenue est ensuite titrée par une solution d'hydroxyde de sodium ($Na^+_{(aq)} + HO^-_{(aq)}$) de concentration $1{,}0 \times 10^{-1}$ mol·L^{-1}. Le titrage est suivi par conductimétrie et conduit au graphe représenté ci-dessous.

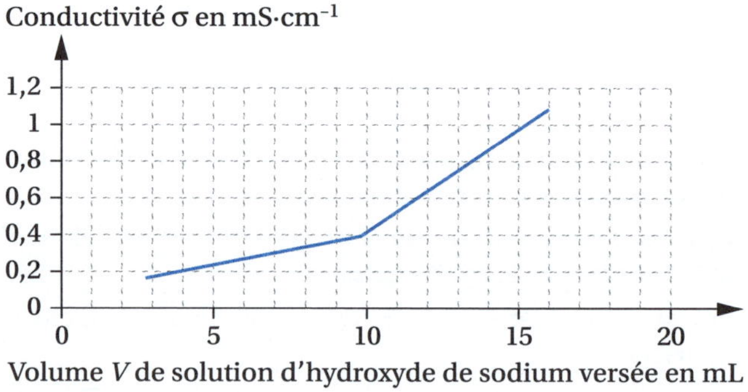

Données

• Extrait des tables IR :

Type de liaison	Nombre d'onde en cm^{-1}	Largeur de la bande	Intensité de l'absorption
O–H d'un groupe hydroxyle en phase condensée	3 200-3 400	large	forte
C–H	2 900–3 100	variable (bandes multiples)	moyenne à forte
O–H d'un groupe carboxyle	2 500-3 200	très large	moyenne à forte
C=O	1 650-1 750	fine	forte

• Conductivités molaires ioniques à 25 °C :

Espèces ioniques	$C_6H_5CO_2^-$	HO^-	Na^+
λ (mS·m²·mol^{-1})	3,23	19,9	5,01

1. À partir de l'analyse rigoureuse de ces deux spectres, peut-on affirmer que l'on a bien le produit attendu ?

2. Quelle est la pureté du produit synthétisé ?
Vous détaillerez rigoureusement les étapes de votre démarche et donnerez une réponse quantitative.

LES CLÉS POUR RÉUSSIR

Partie 1 Synthèse de l'acide benzoïque

1. Lisez bien les conditions dans lesquelles la synthèse est réalisée.

2. Pensez à vous référer à l'équation de la réaction. Aidez-vous éventuellement d'un tableau d'avancement.

3. Identifiez toutes les espèces basiques présentes dans le filtrat. Identifiez les couples acide-base mis en jeu et écrivez les équations des réactions acide-base qui ont lieu. → FICHES 1 ET 2

Partie 2 Identification et pureté du produit formé

1. Identifiez les groupes caractéristiques présents sur les molécules. → FICHE 6

2. Écrivez la réaction support du titrage et exploitez la courbe. Justifiez bien vos choix. → FICHE 8

LE CORRIGÉ

Partie 1 Synthèse de l'acide benzoïque

1. Exploiter les informations données

La synthèse doit avoir lieu en milieu basique et le carbonate de sodium contient les ions carbonate CO_3^{2-} qui appartiennent au couple $HCO^-_{3(aq)}/CO^{2-}_{3(aq)}$. **L'ion carbonate est la base** du couple : les réactifs sont bien en milieu basique.

2. Déterminer le réactif limitant

Déterminons les quantités de matière initiales (n_i) des réactifs.

- Alcool benzylique :

$$n(\text{alcool})_i = \frac{m(\text{alcool})}{M(\text{alcool})} = \frac{\rho(\text{alcool}) \times V(\text{alcool})}{m(\text{alcool})} = \frac{1{,}04 \times 2{,}0}{108} = 1{,}9 \times 10^{-2} \text{ mol.}$$

- Ions permanganate : $n(MnO_4^-)_i = \dfrac{m(KMnO_4)}{M(KMnO_4)} = \dfrac{2{,}0}{158} = 1{,}3 \times 10^{-2}$ mol.

> **À NOTER**
> **2.** Reportez-vous à l'équation de la réaction : les réactifs ne réagissent pas mole à mole mais 3 moles d'alcool pour 4 moles d'ions MnO_4^-. Déterminez alors l'avancement maximal pour chaque réactif et comparez-les. Si l'alcool est limitant $n(\text{alcool})_i - 3x_{max} = 0$; si les ions MnO_4^- sont limitants $n(MnO_4^-)_i - 4x_{max} = 0$.

En tenant compte des nombres stœchiométriques de l'équation de réaction :

$$3\ C_6H_5CH_2OH_{(aq)} + 4MnO^-_{4(aq)} \rightarrow 3\ C_6H_5CO^-_{2(aq)} + 4MnO_{2(s)} + 4H_2O_{(l)} + HO^-_{(aq)}$$

Si l'alcool est limitant $x_{max} = \dfrac{n(\text{alcool})_i}{3} = \dfrac{1{,}9 \times 10^{-2}}{3} = 6{,}3 \times 10^{-3}$ mol et si ce sont les ions permanganate $x_{max} = \dfrac{n(MnO_4^-)_i}{4} = \dfrac{1{,}3 \times 10^{-2}}{4} = 3{,}2 \times 10^{-3}$ mol.

On constate que $\frac{n(\text{alcool})_i}{3} > \frac{n(MnO_4^-)_i}{4}$ donc **les ions permanganate sont bien le réactif limitant** et $x_{max} = 3{,}2 \times 10^{-3}$ mol.

3. Établir l'équation d'une réaction acide-base

$3\ C_6H_5CH_2OH_{(aq)} + 4MnO^-_{4(aq)} \rightarrow 3\ C_6H_5CO^-_{2(aq)} + 4MnO_{2(s)} + 4H_2O_{(l)} + HO^-_{(aq)}$

D'après la réaction, le filtrat contient des ions benzoate $C_6H_5CO_2^-$, des ions hydroxyde HO^-. On trouve également de l'alcool benzylique non consommé (il était en excès) et la présence des ions carbonate CO_3^{2-}, initialement introduits, qui maintiennent un milieu basique.

Les ions H_3O^+ de l'acide chlorhydrique, (couple : $H_3O^+_{(aq)}/H_2O_{(l)}$) réagissent avec les bases présentes. Il faut donc identifier toutes les bases présentes.

- Les ions benzoate $C_6H_5CO^-_{2(aq)}$ constituent la base du couple $C_6H_5CO_2H/C_6H_5CO_2^-$. On a la réaction acide-base qui permet d'obtenir l'acide benzoïque : $H_3O^+_{(aq)} + C_6H_5CO^-_{2(aq)} \rightarrow C_6H_5CO_2H_{(aq)} + H_2O_{(l)}$
- Les ions hydroxyde $HO^-_{(aq)}$, base du couple $H_2O_{(l)}/HO^-_{(aq)}$ vont réagir suivant la réaction : $H_3O^+_{(aq)} + HO^-_{(aq)} \rightarrow 2H_2O_{(l)}$.
- On a introduit initialement les ions carbonate $CO^{2-}_{3(aq)}$, base du couple $HCO^-_{3(aq)}/CO^{2-}_{3(aq)}$ et on observe un dégagement gazeux de CO_2, or CO_2 appartient au couple $(CO_2, H_2O)/HCO^-_{3(aq)}$.

On constate que $HCO^-_{3(aq)}$ est une espèce chimique **amphotère** puisqu'elle appartient aux couples $CO_{2(g)}/HCO^-_{3(aq)}$ et $HCO^-_{3(aq)}/CO^{2-}_{3(aq)}$.

On a la réaction $H_3O^+_{(aq)} + CO^{2-}_{3(aq)} \rightarrow HCO^-_{3(aq)} + H_2O_{(l)}$ puis $H_3O^+_{(aq)} + HCO^-_{3(aq)} \rightarrow (CO_2, H_2O) + H_2O_{(l)}$: le gaz CO_2 apparaît donc au cours de cette réaction (dégagement gazeux).

4. Exploiter les données sur la solubilité

La synthèse ayant lieu en milieu basique, on forme la base conjuguée, l'ion benzoate très soluble dans l'eau puisqu'il s'agit d'une espèce ionique. L'ajout d'acide chlorhydrique concentré permet de transformer cet ion en son acide conjugué, l'acide benzoïque qui, lui, est moins soluble dans l'eau et va donc précipiter : c'est la cristallisation. D'après les données, **la solubilité de l'acide benzoïque diminue avec la température** : on obtient le maximum de cristaux dans un mélange eau-glace.

5. Calculer un rendement

Pour déterminer le rendement = $\frac{m_{exp}}{m_{max}} \times 100$, il faut d'abord déterminer la masse maximale d'acide benzoïque que l'on devrait obtenir puis la comparer à la masse expérimentale obtenue. On sait (question **2**) que $x_{max} = 3{,}2 \times 10^{-3}$ mol. D'après l'équation de la réaction :

$n(C_6H_5CO_2H)_{max} = 3\ x_{max} = 3 \times 3{,}2 \times 10^{-3} = 9{,}6 \times 10^{-3}$ mol

ce qui correspond à la masse :

$m(C_6H_5CO_2H)_{max} = n(C_6H_5CO_2H)_{max} \times M(C_6H_5CO_2H) = 9{,}6 \times 10^{-3} \times 122 = 1{,}2$ g.

À NOTER

5. Ici, toutes les données sont à 2 chiffres significatifs, donc les résultats aussi.

$$\text{Rendement} = \frac{m_{exp}}{m_{max}} \times 100 = \frac{0{,}97}{1{,}2} \times 100 = 81\%.$$

Le rendement est inférieur à 100 %, ce qui peut avoir **plusieurs raisons** :
- l'avancement maximal n'était peut-être pas atteint (on aurait dû chauffer plus longtemps) ;
- les ions benzoate ne sont peut-être pas tous récupérés dans le filtrat ;
- de l'acide benzoïque peut être resté en solution.

Partie 2 Identification et pureté du produit formé

1. Identifier des groupes caractéristiques sur un spectre IR

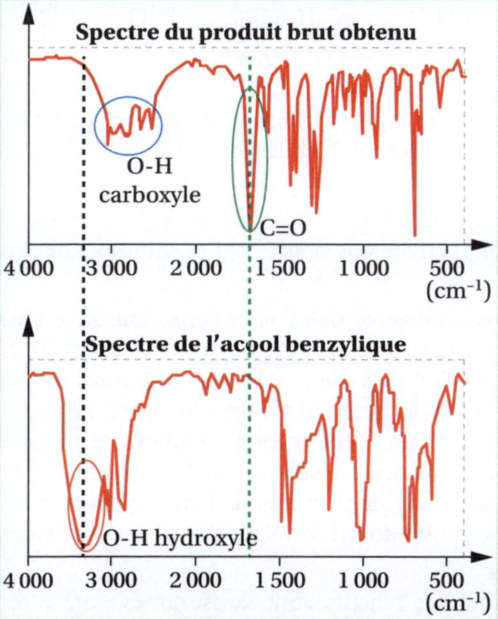

L'alcool benzylique possède le groupe hydroxyle –OH, caractéristique d'un alcool. Sur son spectre, on trouve une bande large et forte à 3 300 cm^{-1}, caractéristique de la liaison O–H.

L'acide benzoïque possède un groupe carboxyle –CO_2H. Le spectre du produit brut montre bien la présence d'une bande d'absorption intense pour un nombre d'onde σ = 1 680 cm^{-1} caractéristique de la liaison C=O et une bande très large et moyennement intense (3 300-2 600 cm^{-1}) de la liaison O–H. De plus, on constate la disparition de la bande relative à la présence d'une liaison O–H d'un groupe hydroxyle donc on peut penser qu'il ne reste pas de traces de l'alcool benzylique.

Le spectre IR du produit brut indique la présence d'un groupe carboxyle et confirme donc bien la **présence de l'acide benzoïque**.

2. Établir une démarche de résolution

On doit déterminer la masse d'acide benzoïque présente dans 0,12 g de produit brut. Pour cela, on réalise un titrage conductimétrique. Le résultat du titrage permet d'obtenir la masse d'acide benzoïque titré et on détermine sa pureté en la comparant à la masse de produit brut titré.

• *Établir l'équation de la réaction support du titrage*

La réaction titrante est la solution d'hydroxyde de sodium.

Il s'agit d'une réaction acide-base, avec un transfert d'ion H^+. L'acide benzoïque réagit avec la base HO^- : l'acide cède un ion H^+ et la base le capte selon la réaction $C_6H_5CO_2H_{(aq)} + HO^-_{(aq)} \rightarrow C_6H_5CO^-_{2(aq)} + H_2O$.

> **À NOTER**
> **2.** Une réaction de titrage doit être rapide totale et unique. Il est impératif de mettre une simple flèche « → ».

• *Exploiter une courbe de titrage pour déterminer V_E*

La conductivité est liée à la concentration des ions en solution. Il faut donc tenir compte de l'ensemble des espèces ioniques. Lorsqu'on ajoute la solution titrante, on ajoute des ions hydroxyde HO^- et des ions sodium Na^+ (spectateurs).

– *Avant l'équivalence.* HO^- est limitant et réagit avec une molécule $C_6H_5CO_2H$; il se forme un ion $C_6H_5CO_2^-$ et un ion spectateur Na^+ se retrouve dans le bécher. La solution voit sa conductivité augmentée car la solution contient de plus en plus d'ions.

– *Après l'équivalence.* C'est désormais l'acide benzoïque qui est le réactif limitant et la solution titrante est en excès. Les concentrations en ion HO^- et Na^+ augmentent (et celle de $C_6H_5CO_2^-$ ne varie plus) donc la conductivité augmente.

Mais l'augmentation de la conductivité est plus forte qu'avant l'équivalence car les ions HO^- possèdent une plus grande conductivité molaire ionique que les ions $C_6H_5CO_2^-$. L'équivalence est définie par le changement de réactif limitant. À l'équivalence, il y a donc une rupture de pente et, par lecture graphique, l'intersection des deux droites donne la valeur du volume équivalent : $V_E = 9,8$ mL.

• *Exploiter le titrage*

À l'équivalence, tous les réactifs sont consommés : on a réalisé un mélange stœchiométrique. D'après la réaction, les réactifs réagissent mole à mole donc $n(C_6H_5CO_2H)_{titré} = n(HO^-)_E$ d'où $n(C_6H_5CO_2H)_{titré} = C_{titrant} \times V_E$.

On a donc la masse :

$$m(C_6H_5CO_2H)_{titré} = C_{titrant} \times V_E \times M(C_6H_5CO_2H)$$
$$= 1,0 \times 10^{-1} \times 9,8 \times 10^{-3} \times 122 = 0,12 \text{ g.}$$

Avec deux chiffres significatifs, ce résultat est identique à la masse de produit brut dissous. **Le produit formé est donc pur**, ce qui confirme l'absence de l'alcool benzylique remarquée précédemment lors de la comparaison des spectres IR. Cette synthèse permet donc d'obtenir un produit pur.

La matière

3 Évolution d'un système, siège d'une transformation chimique

On observe souvent une **couche verte** sur les structures en bronze en milieu urbain comme la statue de la Liberté. Cette couche est composée de carbonate de cuivre qui se forme lors de réactions chimiques mettant en jeu le cuivre et le dioxyde de carbone, en présence d'eau. Ces réactions sont lentes (elles s'effectuent sur plusieurs années) et pour les étudier on définit la vitesse de réaction.

TEST

Pour vous situer et identifier les fiches à réviser 62

FICHES DE COURS

9 Suivi de l'évolution d'une réaction chimique 64

10 Facteurs cinétiques 66

11 Vitesse volumique d'une espèce chimique 68

12 Modélisation microscopique d'une réaction 70

MÉMO VISUEL 72

SUJETS GUIDÉS & CORRIGÉS

OBJECTIF BAC

5 Étude cinétique de la réaction de dismutation de l'eau oxygénée 74

OBJECTIF MENTION

6 Étude cinétique de la réaction d'hydrolyse d'un ester 78

TESTEZ-VOUS

→ CORRIGÉS P. 379-380

Faites le point sur vos connaissances puis établissez votre **parcours de révision** en fonction de votre score.

1 Suivi de l'évolution d'une réaction chimique

→ FICHE 9

1. Une réaction est rapide si :

☐ **a.** si sa durée est de l'ordre de quelques secondes.

☐ **b.** elle s'achève dès la mise en présence des réactifs.

☐ **c.** si sa durée est de l'ordre de quelques minutes.

2. Un réactif est limitant si sa quantité de matière dans l'état final est :

☐ **a.** plus grande que celle de l'autre réactif.

☐ **b.** non nulle.

☐ **c.** nulle.

3. Le temps de demi-réaction $t_{1/2}$ est la durée au bout de laquelle :

☐ **a.** la quantité de matière du réactif limitant a été divisée par 2.

☐ **b.** la moitié du réactif en excès a disparu.

☐ **c.** la moitié de la durée de la réaction s'est écoulée.

.../3

2 Facteurs cinétiques

→ FICHE 10

1. La température est un facteur cinétique car, lorsque l'on augmente celle-ci, on observe :

☐ **a.** une augmentation de la vitesse de la réaction chimique.

☐ **b.** que le système atteint plus vite son état final.

☐ **c.** que le temps de demi-réaction diminue.

2. La concentration initiale des réactifs est un facteur cinétique car, lorsque l'on augmente celle-ci, on observe :

☐ **a.** que le système atteint moins vite son état final.

☐ **b.** une augmentation de la vitesse de la réaction chimique.

☐ **c.** que le temps de demi-réaction augmente.

3. Un catalyseur est une espèce chimique qui :

☐ **a.** est consommée au cours de la réaction.

☐ **b.** apparaît dans l'équation de la réaction.

☐ **c.** accélère une réaction chimique.

.../3

3 Vitesse volumique d'une espèce chimique

→ FICHE 11

1. La vitesse volumique de disparition d'un réactif $V_{\text{Réactif}}$ se détermine à partir de l'évolution de la concentration molaire du réactif, notée [R], au cours du temps :

☐ **a.** $V_{\text{Réactif}} = \frac{d[R]}{dt}$ ☐ **b.** $V_{\text{Réactif}} = \frac{[R]}{t}$ ☐ **c.** $V_{\text{Réactif}} = -\frac{d[R]}{dt}$

2. La vitesse volumique d'apparition d'un produit V_{Produit} se détermine à partir de l'évolution de la concentration molaire du produit, notée [P], au cours du temps :

☐ **a.** $V_{\text{Produit}} = -\frac{d[P]}{dt}$

☐ **b.** $V_{\text{Produit}} = \frac{[P]}{t}$

☐ **c.** $V_{\text{Produit}} = \frac{d[P]}{dt}$

3. Une réaction suit une loi de vitesse d'ordre 1 par rapport à un réactif R (de vitesse volumique de disparition $V_{\text{Réactif}}$ et de constante k_R) ou à un produit P (de vitesse volumique d'apparition V_{Produit} et de constante k_P) si :

☐ **a.** $V_{\text{Réactif}} = k_R \times [R]$ ☐ **b.** $V_{\text{Produit}} = k_P \times [P]$ ☐ **c.** $V_{\text{Produit}} = \frac{k_P}{[P]}$

.../3

4 Modélisation microscopique d'une réaction

→ FICHE 12

1. Un acte élémentaire est une réaction qui :

☐ **a.** s'effectue en deux étapes.

☐ **b.** s'effectue en une seule étape.

☐ **c.** fait intervenir une ou deux molécule(s) au maximum.

2. Un catalyseur :

☐ **a.** n'apparaît pas dans l'équation de la réaction.

☐ **b.** est consommé lors d'un acte élémentaire, puis reformé lors de l'acte élémentaire suivant.

☐ **c.** modifie le mécanisme réactionnel associé à une réaction chimique.

3. Une augmentation de la température :

☐ **a.** augmente la vitesse des entités chimiques.

☐ **b.** diminue la vitesse des entités chimiques.

☐ **c.** augmente le nombre de chocs efficaces par unité de temps.

.../3

Score total .../12

Parcours PAS À PAS ou EXPRESS ? → MODE D'EMPLOI P. 3

9 Suivi de l'évolution d'une réaction chimique

En bref *Selon la durée qui sépare l'instant de la mise en présence des réactifs de celui qui correspond à l'achèvement de la réaction (formation des produits et disparition des réactifs), on peut qualifier une réaction de lente ou de rapide. L'évolution d'une réaction lente peut être suivie par un capteur.*

I Réactions lentes ou rapides

- Une réaction est **rapide** si elle s'achève dès la mise en présence des réactifs. On ne peut pas mesurer la durée qui sépare le début de la fin de la réaction.
- Une réaction est **lente** si sa durée est comprise entre quelques secondes et plusieurs heures.

II Suivi d'une transformation lente

- Suivre l'évolution d'une réaction lente consiste à obtenir la **courbe d'évolution** au cours du temps de la quantité de matière d'un réactif ou d'un produit.

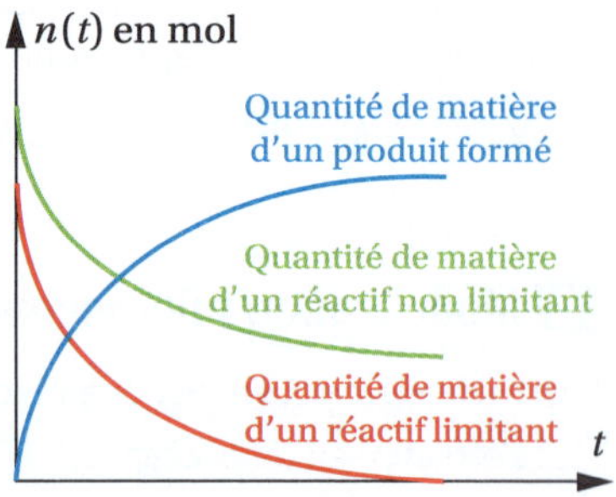

MOTS CLÉS

Un réactif est **limitant** si sa quantité de matière dans l'état final est nulle.
Dans le cas contraire, il est dit **non limitant** ou **en excès**.

- Un **capteur** adapté permet de réaliser le suivi de la transformation.

Capteur	Grandeur mesurée	Calcul de la quantité de matière associée
Pressiomètre	Pression $P(t)$	Loi des gaz parfaits : $n(t) = \dfrac{P(t) \times V}{RT}$ n en mol ; P en Pa ; V en m^3 ; R en $J \cdot K^{-1}$; T en K
Spectrophotomètre	Absorbance $A(t)$	Loi de Beer Lambert : $n(t) = \dfrac{A(t) \times V}{k}$ n en mol ; A sans unité ; k en $L \cdot mol^{-1}$; V en L

- On peut aussi réaliser ce suivi en effectuant, à des intervalles réguliers de temps, des **dosages** d'un des réactifs ou d'un des produits de la réaction chimique.
- Le **temps de demi-réaction** $t_{1/2}$ est la durée au bout de laquelle la moitié du réactif limitant a disparu : sa quantité de matière a été divisée par 2.

Méthode

Choisir un capteur adapté et déterminer le temps de demi-réaction

On réalise la réaction entre une solution d'acide chlorhydrique ($H^+_{(aq)} + Cl^-_{(aq)}$) et le fer $Fe_{(s)}$. L'équation de la réaction est la suivante :

$$2\,H^+_{(aq)} + Fe_{(s)} \rightarrow H_{2(g)} + Fe^{2+}_{(aq)}.$$

Toutes les espèces chimiques sont incolores en solution aqueuse.

a. Justifier que le choix le plus approprié pour suivre la réaction est un pressiomètre.

b. Déterminer la relation entre la pression de dihydrogène H_2 formé $P_{H_2}(t)$ et la quantité de matière d'ions hydrogène H^+ consommée $n_{H^+}(t)$.

c. L'évolution de la quantité d'ions hydrogène consommée au cours du temps est donnée ci-contre. Déterminer le temps de demi-réaction.

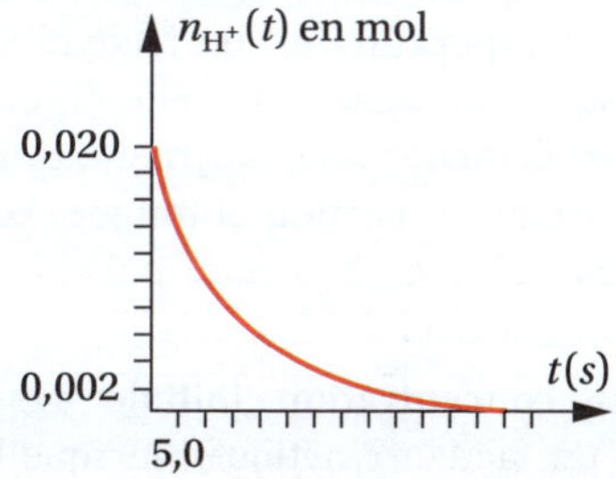

CONSEILS

a. Remarquez qu'il y a une espèce chimique formée qui est gazeuse.
b. Utilisez les relations de proportionnalité entre les quantités de matière des réactifs consommées et celles des produits formées, puis utilisez la loi des gaz parfaits.
c. Le temps de demi-réaction se calcule à partir de l'évolution de la quantité de matière du réactif limitant.

SOLUTION

a. Le dihydrogène étant le seul gaz formé, on peut utiliser un pressiomètre pour mesurer l'augmentation de pression due à sa formation.

b. On applique la relation de stœchiométrie : $\dfrac{n_{H^+}(t)}{2} = \dfrac{n_{H_2}(t)}{1}$

Puis on applique la loi des gaz parfaits : $n_{H_2}(t) = \dfrac{P_{H_2}(t)V}{RT}$

donc $n_{H^+}(t) = 2\dfrac{P_{H_2}(t)V}{RT}$.

c. L'ion hydrogène est le réactif limitant car sa quantité de matière s'annule. Le temps de demi-réaction est tel que : $n(t_{1/2}) = 0{,}010$ mol.
On trouve graphiquement : $t_{1/2} = 10{,}0$ s.

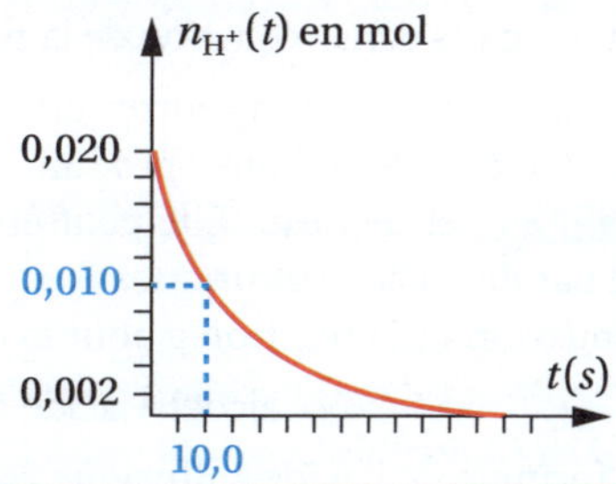

10 Facteurs cinétiques

En bref *Une réaction chimique lente peut voir sa vitesse augmentée en faisant varier un certain nombre de paramètres physiques tels que la température du milieu réactionnel ou la concentration initiale des réactifs. Un catalyseur permet également d'accélérer une réaction.*

I Effet de la température et de la concentration initiale des réactifs

■ La **température** est un facteur cinétique : lorsque l'on augmente celle-ci, on observe généralement une augmentation de la vitesse de la réaction chimique. Le système atteint plus vite son état final et le temps de demi-réaction diminue.

■ La **concentration initiale des réactifs** est un facteur cinétique : lorsque l'on augmente celle-ci, on observe une augmentation de la vitesse de la réaction chimique. Le système atteint plus vite son état final et le temps de demi-réaction diminue.

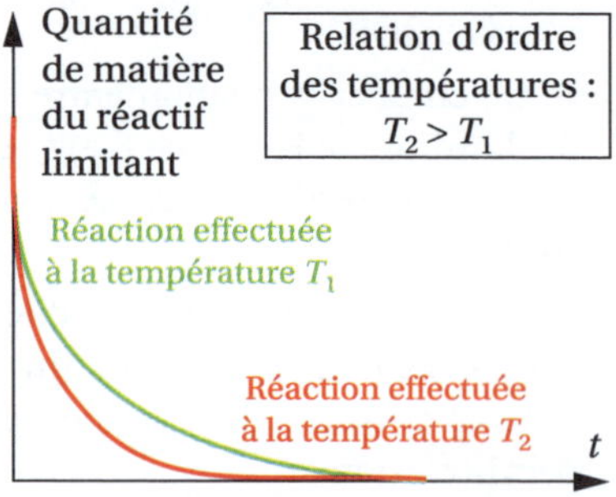

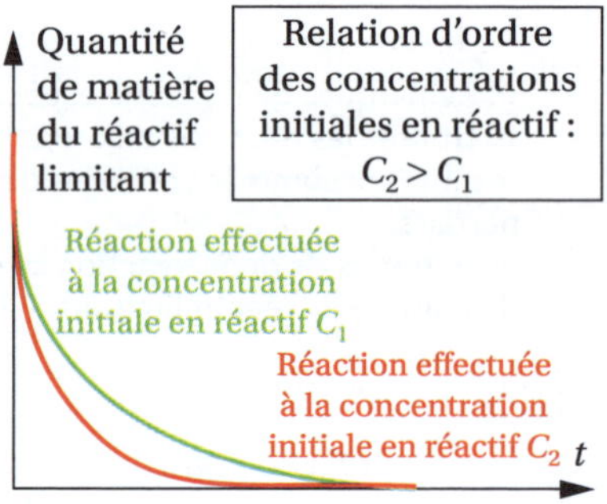

À NOTER
Pour certaines réactions chimiques d'autres facteurs cinétiques peuvent intervenir tels que la lumière.

II Rôle d'un catalyseur

Un **catalyseur** est une espèce chimique qui accélère une réaction chimique. Il n'est pas consommé au cours de la réaction. Il n'apparaît donc pas dans l'équation de la réaction.

Exemple : la réaction entre un alcool et un acide carboxylique produit un ester → FICHE 27 et de l'eau. Elle peut être catalysée par de l'acide sulfurique.

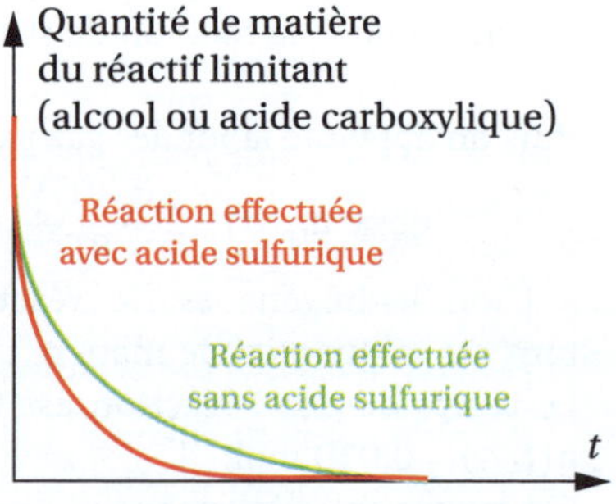

L'équation de la réaction a pour expression :

$$\text{alcool} + \text{acide carboxylique} \rightarrow \text{ester} + \text{eau}$$

La formule de l'acide sulfurique (catalyseur) n'apparaît pas dans cette équation.

Méthode

Identifier les conditions expérimentales d'une réaction à sa rapidité

On réalise la réaction entre une solution d'acide chlorhydrique ($H^+_{(aq)} + Cl^-_{(aq)}$) et le zinc $Zn_{(s)}$. L'équation de la réaction est la suivante :

$$2\,H^+_{(aq)} + Zn_{(s)} \rightarrow H_{2(g)} + Zn^{2+}_{(aq)}.$$

Les conditions expérimentales de trois réactions sont données ci-dessous.

Réaction 1	$T_1 = 20\ °C$	$[H^+]_0 = 0{,}20\ mol \cdot L^{-1}$
Réaction 2	$T_2 = 40\ °C$	$[H^+]_0 = 0{,}20\ mol \cdot L^{-1}$
Réaction 3	$T_3 = 20\ °C$	$[H^+]_0 = 0{,}40\ mol \cdot L^{-1}$

$[H^+]_0$ correspond à la concentration initiale en ion hydrogène H^+.

a. Déterminer quelle est la réaction la plus rapide entre la réaction 1 et la réaction 2 puis entre la réaction 1 et la réaction 3. Justifier.

b. Peut-on déterminer quelle est la réaction la plus rapide entre la réaction 2 et la réaction 3 ? Justifier.

c. Le temps de demi-réaction de la réaction 2 est égal à 15,2 s et celui de la réaction 3 est égal à 20,4 s. Conclure.

CONSEILS

a. Identifiez le facteur cinétique qui a une valeur différente entre chaque réaction, l'autre étant le même.
b. Rappelez-vous l'effet de chacun des facteurs cinétiques avant de conclure.
c. Le temps de demi-réaction varie en fonction de la rapidité de la réaction.

SOLUTION

a. Les réactions 1 et 2 sont réalisées avec des concentrations initiales en ion hydrogène égales. La température où s'effectue la réaction 2 est supérieure à celle de la réaction 1, donc la réaction 2 est plus rapide que la réaction 1.
Les réactions 1 et 3 sont réalisées à des températures égales. La concentration initiale en ion hydrogène de la réaction 1 est inférieure à celle de la réaction 3, donc la réaction 3 est plus rapide que la réaction 1.

b. On ne peut pas savoir laquelle des deux réactions est la plus rapide car la température de la réaction 2 est supérieure à celle de la réaction 3 tandis que la concentration en ion hydrogène de la réaction 3 est supérieure à celle de la réaction 2.

c. Le temps de demi-réaction de la réaction 2 est inférieur à celui de la réaction 3. On en conclut que la réaction 2 est plus rapide que la réaction 3.

11 Vitesse volumique d'une espèce chimique

En bref *Au cours d'une réaction chimique, les réactifs disparaissent et les produits sont formés. À partir des courbes d'évolution des quantités de matière des réactifs ou des produits, on peut déterminer leur vitesse volumique.*

I Vitesse volumique de disparition ou d'apparition

■ La **vitesse volumique de disparition d'un réactif** $v_{\text{réactif}}$ se détermine à partir de la dérivée temporelle de la concentration molaire du réactif, notée [R] :

$$v_{\text{réactif}} = -\frac{d[R]}{dt}$$

$v_{\text{réactif}}$ en $mol \cdot L^{-1} \cdot s^{-1}$; [R] en $mol \cdot L^{-1}$.

À NOTER

On met un signe moins car la vitesse de disparition doit être positive.

■ La **vitesse volumique d'apparition d'un produit** v_{produit} se détermine à partir de la dérivée temporelle de la concentration molaire du produit, notée [P] :

$$v_{\text{produit}} = \frac{d[P]}{dt}$$

v_{produit} en $mol \cdot L^{-1} \cdot s^{-1}$; [P] en $mol \cdot L^{-1}$

■ La détermination de ces vitesses peut se faire graphiquement :

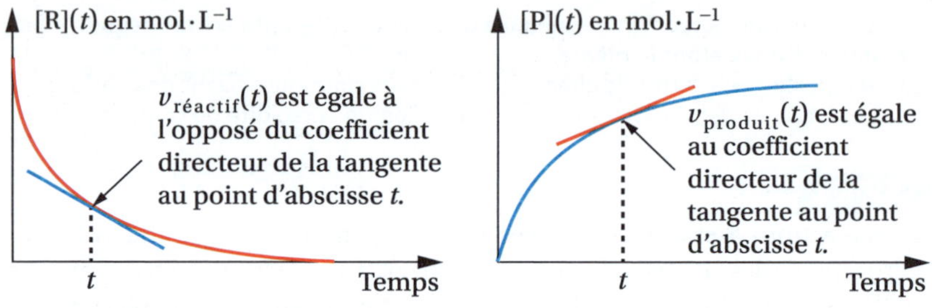

II Loi de vitesse d'ordre 1

■ Une réaction suit une **loi de vitesse d'ordre 1** par rapport à un réactif ou à un produit si :

$$v_{\text{réactif}} = k_r \times [R]$$
$$v_{\text{produit}} = k_p \times [P]$$

$v_{\text{réactif}}$ et v_{produit} en $mol \cdot L^{-1} \cdot s^{-1}$; k_r et k_p en s^{-1} ; [R] et [P] en $mol \cdot L^{-1}$.

■ Les concentrations obéissent alors à une **loi exponentielle** :

$$[R](t) = [R]_0 \times \exp(-k_r \times t) \text{ et } [P](t) = [P]_0 \times \left(1 - \exp(-k_p \times t)\right)$$

Méthode

Décrire l'évolution temporelle d'une vitesse volumique de réaction

On mesure lors d'une réaction chimique l'évolution au cours du temps de la concentration d'une espèce notée E.
La courbe est donnée ci-dessous.

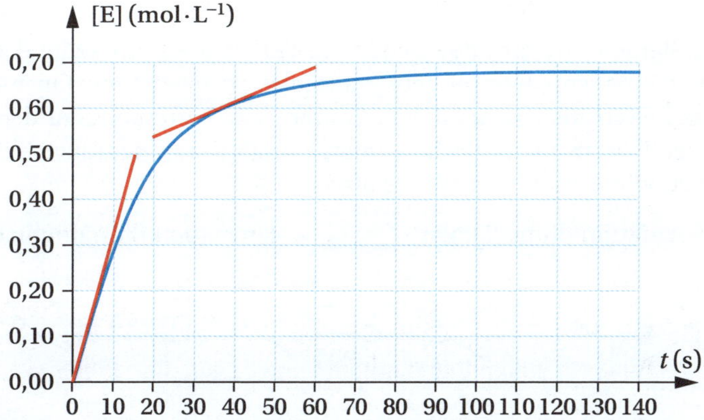

a. L'espèce chimique E est-elle un réactif ou un produit ? Justifier.

b. Calculer la vitesse volumique aux instants $t = 0$ s et $t = 40$ s.

c. Comment évolue la vitesse volumique de l'espèce E au cours du temps ?

CONSEILS

a. Rappelez-vous qu'un réactif est consommé tandis qu'un produit est formé.
b. Déterminez le coefficient directeur de la tangente à la courbe d'évolution.
c. Observez l'évolution du coefficient directeur de la tangente le long de la courbe.

SOLUTION

a. L'espèce chimique E est un produit car sa concentration molaire (et donc sa quantité de matière) augmente au cours du temps.

b. On calcule la vitesse volumique d'apparition de E à l'instant $t = 0$ s :

$$v(t = 0\text{ s}) = \frac{0{,}50 - 0}{15 - 0} = 3{,}3 \times 10^{-2}\text{ mol}\cdot\text{L}^{-1}\cdot\text{s}^{-1}.$$

On calcule la vitesse volumique d'apparition de E à l'instant $t = 40$ s :

$$v(t = 40\text{ s}) = \frac{0{,}68 - 0{,}54}{60 - 20} = 3{,}5 \times 10^{-3}\text{ mol}\cdot\text{L}^{-1}\cdot\text{s}^{-1}.$$

c. On observe que le coefficient directeur de la tangente à la courbe diminue le long de la courbe : la vitesse volumique d'apparition de l'espèce chimique diminue au cours du temps.

12 Modélisation microscopique d'une réaction

En bref *L'équation d'une réaction ne représente qu'un bilan quantitatif. Pour rendre compte de la réalité de la transformation chimique, il faut s'intéresser à son mécanisme réactionnel qui fait intervenir des actes élémentaires.*

I Mécanisme réactionnel

■ Un **acte élémentaire** est une réaction qui s'effectue en **une seule étape**. Cette réaction fait intervenir une ou deux molécules au maximum. On modélise le transfert des électrons par une flèche courbe : elle correspond au déplacement d'un doublet d'électrons. La flèche a comme origine là où se trouve initialement le doublet et pointe là où il va aller se placer.

Formation d'une liaison	Formation d'un doublet libre
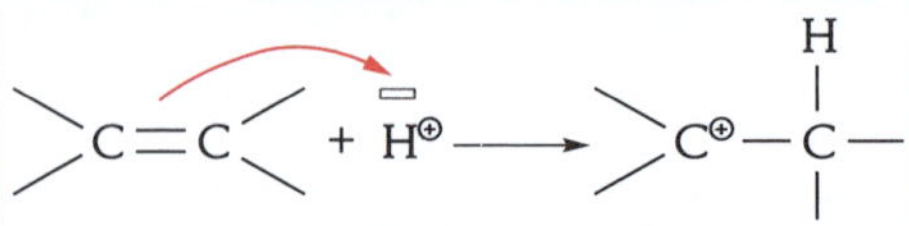	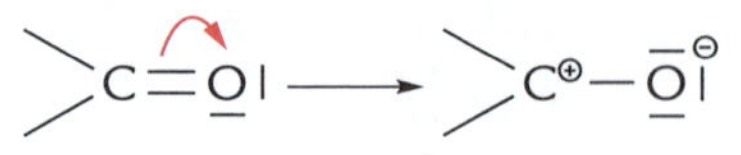

■ Le **mécanisme réactionnel** associé à une réaction chimique correspond à la succession des actes élémentaires conduisant des réactifs aux produits.

■ Un **intermédiaire réactionnel** est une entité chimique très instable qui apparaît dans le mécanisme réactionnel. Il est produit par un acte élémentaire puis consommé dans un autre acte élémentaire : il n'apparaît pas dans l'équation de la réaction. Ces intermédiaires sont souvent des **carbocations** : ils possèdent un atome de carbone portant une charge positive.

■ Un **catalyseur** modifie le mécanisme réactionnel associé à une réaction chimique. Le catalyseur est consommé lors d'un acte élémentaire, puis reformé lors d'un acte élémentaire suivant. Il n'apparaît pas dans l'équation de la réaction.

II Interprétation microscopique de l'influence des facteurs cinétiques

■ Un **choc efficace** est la rencontre entre deux molécules de réactifs qui donne lieu à un acte élémentaire. La vitesse de réaction est d'autant plus élevée que le nombre de chocs efficaces par unité de temps est grand.

■ La **température** augmente la vitesse des entités chimiques. Le nombre de chocs efficaces par unité de temps augmente avec la température.

■ Le nombre de chocs efficaces par unité de temps augmente avec la **concentration initiale des réactifs** car il y a plus de réactifs par unité de volume : les molécules de réactifs ont plus de chance de se rencontrer.

Méthode

Écrire une équation de réaction à partir d'un mécanisme réactionnel

On considère une réaction dont le mécanisme réactionnel est le suivant :

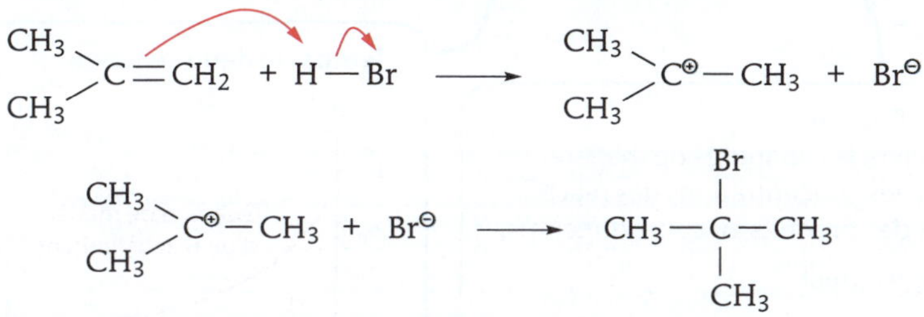

a. Identifier un intermédiaire réactionnel.

b. Ajouter dans l'étape 2 la flèche associée au transfert d'un doublet d'électrons.

c. Écrire l'équation de cette réaction chimique.

CONSEILS

a. Rappelez-vous qu'un intermédiaire réactionnel est une entité instable qui est souvent un carbocation.
b. Dessinez la flèche avec sa base là où se trouve le doublet électronique au départ et sa pointe là où le doublet est transféré.
c. Écrivez l'équation en enlevant toutes les entités qui apparaissent puis disparaissent au cours des actes élémentaires.

SOLUTION

a. L'intermédiaire réactionnel identifié est le carbocation : 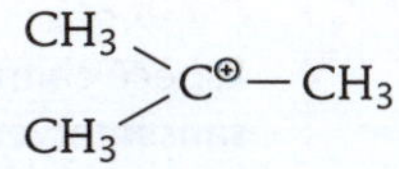

b. L'étape 2 s'écrit :

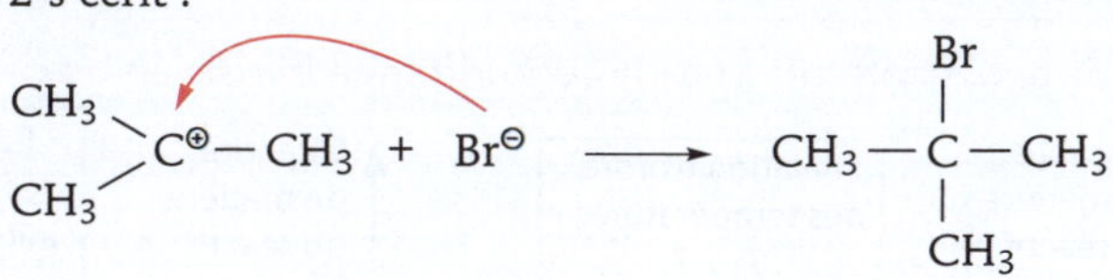

c. L'équation de la réaction s'écrit :

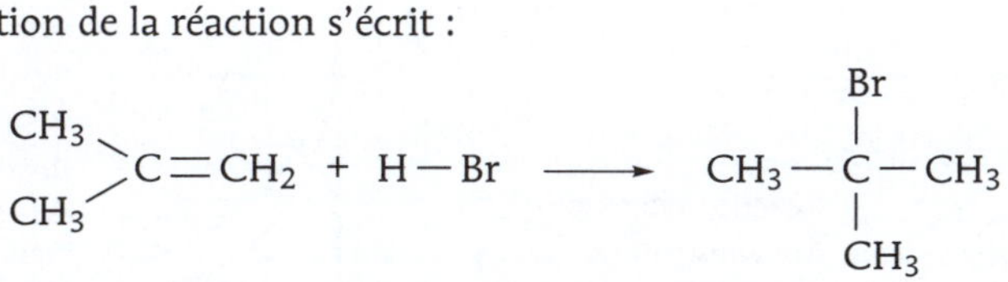

ÉVOLUTION SYSTÈME

Suivi de l'évolution d'une réaction chimique

Définition

Suivre les quantités de matière ou les concentrations des réactifs et des produits au cours du temps.

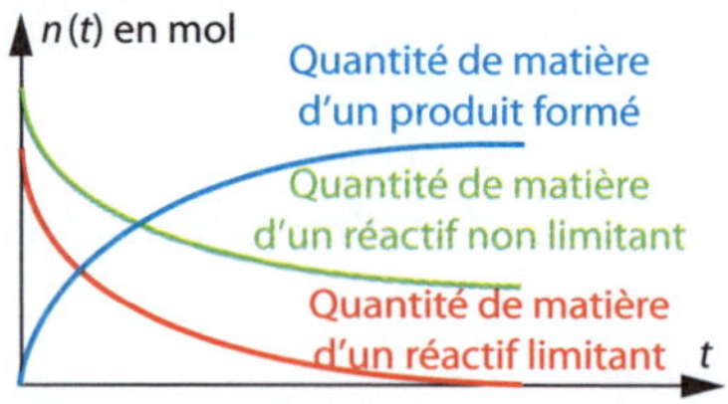

Temps de demi-réaction

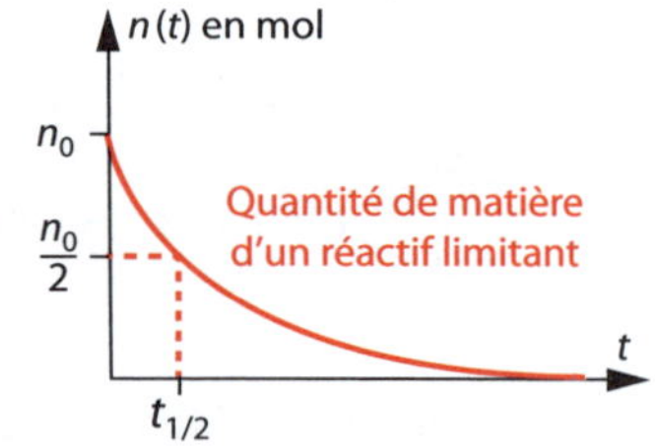

Facteurs cinétiques

Catalyseur

Espèce chimique qui **augmente la vitesse** d'une réaction sans intervenir dans l'équation de la réaction.

Effet de la température et de la concentration initiale en réactif

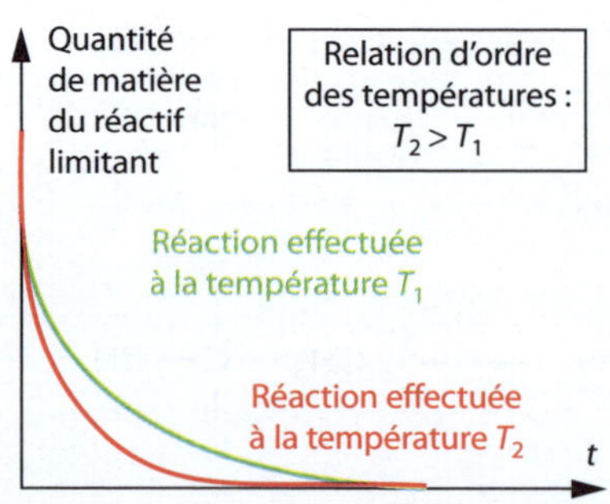

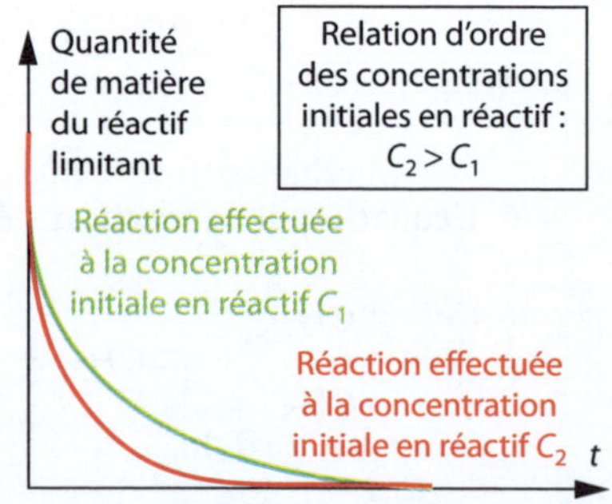

Vitesse volumique d'une espèce chimique

Définitions

- Vitesse volumique de **disparition d'un réactif** : $v_{\text{Réactif}} = -\dfrac{d[R]}{dt}$
- Vitesse volumique de **formation d'un produit** : $v_{\text{Produit}} = \dfrac{d[P]}{dt}$

Détermination graphique d'une vitesse volumique

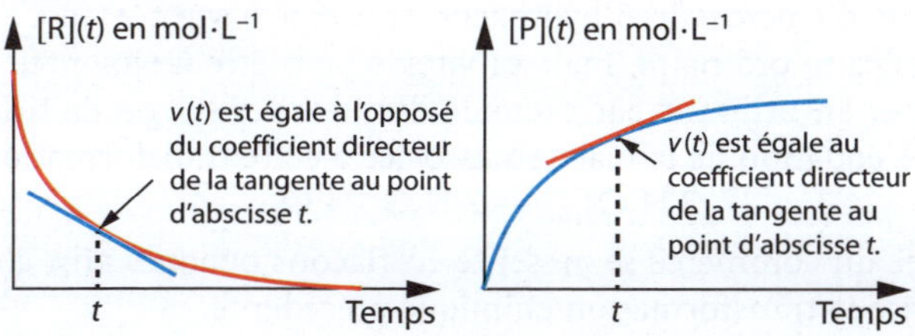

Loi de vitesse d'ordre 1

- Par rapport à un **réactif** : $v_{\text{Réactif}} = k_r \times [R]$
- Par rapport à un **produit** : $v_{\text{Produit}} = k_p \times [P]$

D'UN CHIMIQUE

Modélisation microscopique d'une réaction

Acte élémentaire et mécanisme réactionnel

- Acte élémentaire : il s'effectue en une **seule étape**.
- Mécanisme réactionnel : **succession des actes élémentaires** conduisant des réactifs aux produits de la réaction.

Transfert d'électrons

Modélisation par des **flèches courbes**

Formation d'une liaison	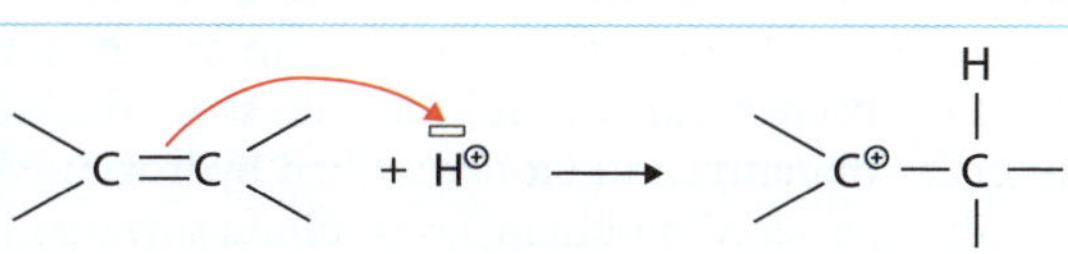
Formation d'un doublet libre	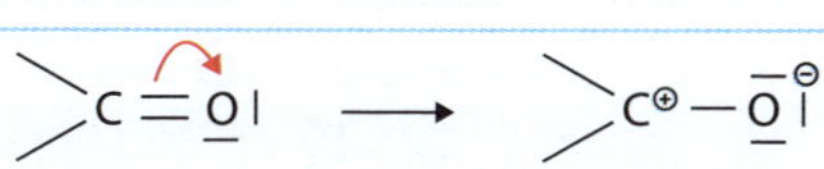

SUJET 5 | OBJECTIF BAC

Étude cinétique de la réaction de dismutation de l'eau oxygénée

45 min

→ FICHES 9 à 12

Ce sujet montre comment utiliser la notion de facteurs cinétiques pour interpréter des résultats expérimentaux de réactions chimiques.

LE SUJET

La dismutation du peroxyde d'hydrogène (ou eau oxygénée) est une réaction lente à température ordinaire, mais sa vitesse peut être augmentée en présence d'un catalyseur, en utilisant par exemple des ions fer III, ou en augmentant la température. L'équation de la réaction associée à cette transformation est :

$$2\ H_2O_{2\,(aq)} \rightarrow 2\ H_2O_{(l)} + O_{2\,(g)}$$

L'eau oxygénée du commerce se présente en flacons opaques afin d'éviter que la lumière favorise la transformation chimique précédente.

1. Qu'appelle-t-on « facteur cinétique » ?

2. Deux facteurs cinétiques sont mis en évidence dans le paragraphe ci-dessus, lesquels ?

3. Comment varie le nombre de chocs efficaces par unité de temps entre réactifs lorsqu'on augmente la température du mélange réactionnel ? Justifier alors la phrase du texte : « *la réaction de dismutation est lente à température ordinaire* ».

4. Citer un autre facteur cinétique étudié cette année.

5. Quel est le rôle des ions fer III ? Pourquoi n'apparaissent-ils pas dans l'équation de la réaction ?

6. On désire suivre l'évolution de cette réaction avec la formation du dioxygène. Justifier que le choix le plus approprié pour suivre la réaction est un pressiomètre.

La transformation étudiée est catalysée par les ions fer III. On mélange 10,0 mL d'une solution commerciale d'eau oxygénée avec 85 mL d'eau.
À l'instant $t = 0$ s, on introduit dans le système quelques millilitres d'une solution contenant des ions fer III. Au bout d'un temps déterminé, on prélève 10,0 mL du mélange réactionnel que l'on verse dans un bécher d'eau glacée. On titre alors le contenu du bécher par une solution de permanganate de potassium afin de déterminer la concentration en peroxyde d'hydrogène, $[H_2O_2]$, se trouvant dans le milieu réactionnel. On obtient les résultats suivants :

t (min)	0	5	10	20	30	35
$[H_2O_2]$ (en $mol \cdot L^{-1}$)	$8{,}30 \times 10^{-2}$	$7{,}0 \times 10^{-2}$	$6{,}00 \times 10^{-2}$	$4{,}00 \times 10^{-2}$	$3{,}00 \times 10^{-2}$	$1{,}90 \times 10^{-2}$

7. Dans le paragraphe ci-dessus, il est indiqué : « *on prélève 10,0 mL du mélange réactionnel que l'on verse dans un bécher d'eau glacée* ». Cette opération met en jeu simultanément deux facteurs cinétiques : lesquels ?

8. Comment peut-on expliquer que la concentration en eau oxygénée diminue au cours de la transformation ? Pourquoi diminue-t-elle de moins en moins vite au cours du temps ?

9. On représente ci-dessous l'évolution de la concentration d'eau oxygénée au cours du temps.

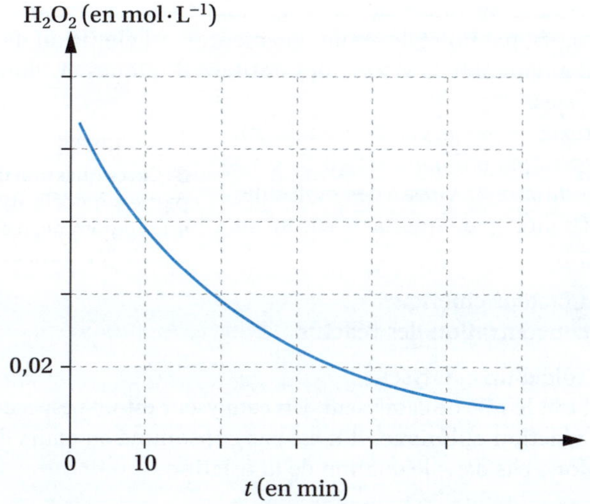

a. Donner l'expression de la vitesse de disparition de l'eau oxygénée.

b. Calculer sa valeur à l'instant $t = 20$ min.

LES CLÉS POUR RÉUSSIR

2. Souvenez-vous de l'effet d'un facteur cinétique. → FICHE 10

3. N'oubliez pas quel est le lien entre le nombre de chocs efficaces et la température. → FICHE 12

5. Gardez à l'esprit quelles sont les propriétés d'un catalyseur. → FICHE 10

6. Remarquez qu'il n'y a qu'une seule espèce chimique formée qui est gazeuse. → FICHE 9

9. a. Souvenez-vous que la vitesse doit toujours être positive et que la concentration d'un réactif diminue au cours du temps. → FICHE 11

LE CORRIGÉ

1. Définir un facteur cinétique

Un facteur cinétique est une **grandeur physique** (température, concentration, etc.) **qui fait varier la vitesse d'une réaction chimique.**

2. Identifier des facteurs cinétiques

Les deux facteurs cinétiques mis en évidence sont la **température** et la **lumière.**

3. Faire le lien entre le nombre de chocs efficaces et un facteur cinétique

Lorsqu'on élève la température du mélange réactionnel, le nombre de chocs efficaces entre réactifs, par unité de temps, augmente car **l'élévation de température a pour effet d'augmenter la vitesse des entités chimiques et, donc, le nombre de chocs efficaces.**

La phrase du texte : « *la réaction de dismutation est lente à température ordinaire* » signifie qu'à température ordinaire, la vitesse des molécules n'est pas suffisante pour que la réaction ait lieu rapidement.

À NOTER

3. Cette question qui porte sur la partie « modélisation microscopique » du programme, n'est pas un attendu lors de l'épreuve écrite du bac.

4. Donner un facteur cinétique

Il s'agit de la **concentration des réactifs.**

5. Décrire le rôle d'un catalyseur

Les ions fer III ont le rôle de catalyseur. Un catalyseur est une espèce chimique qui **accélère une réaction chimique.** Il n'est pas consommé au cours de la réaction. Il n'apparaît donc pas dans l'équation de la réaction.

6. Justifier l'emploi d'un appareil de mesure

Le dioxygène étant le **seul gaz formé**, on peut utiliser un pressiomètre pour mesurer l'augmentation de pression due à sa formation.

7. Identifier des facteurs cinétiques

On dilue et on abaisse la température en même temps : les facteurs cinétiques sont la **concentration des réactifs** et la **température.**

8. Expliquer l'évolution temporelle d'une concentration

La concentration en eau oxygénée diminue car il s'agit d'un **réactif qui est consommé.** Elle diminue de moins en moins vite au cours du temps car **la vitesse de la réaction diminue.**

En effet, la concentration du réactif unique, l'eau oxygénée, diminue ce qui entraîne une baisse de la vitesse de la réaction.

9. Donner l'expression d'une vitesse de disparition et la calculer

a. L'expression de la vitesse de disparition de l'eau oxygénée est :

$$v_{\text{eau oxygénée}} = -\frac{d[H_2O_2]}{dt}.$$

À NOTER

9. a. La concentration en réactif diminuant au cours du temps, la dérivée par rapport au temps est négative. C'est pourquoi il faut mettre un signe moins.

b. Déterminons graphiquement la vitesse à $t = 20$ min.
La dérivée en un point de la courbe est égale au coefficient directeur de la tangente en ce point de la courbe.

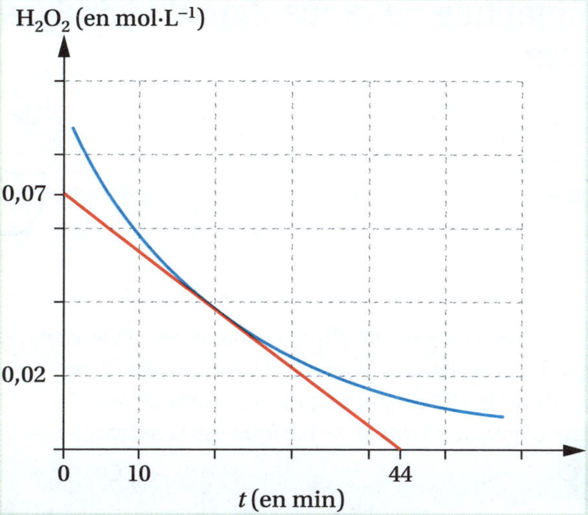

On détermine le coefficient directeur de la tangente à $t = 20$ min.

$$Coeff = \frac{\Delta[H_2O_2]}{\Delta t} = \frac{0 - 0{,}07}{44 - 0} = -2 \times 10^{-3} \text{ donc :}$$

$$\frac{d[H_2O_2]}{dt} = Coeff = -2 \times 10^{-3} \text{ mol} \cdot \text{L}^{-1} \cdot \text{min}^{-1}.$$

Ainsi, $v_{\text{eau oxygénée}} = -\frac{d[H_2O_2]}{dt} = \mathbf{2 \times 10^{-3}\ mol \cdot L^{-1} \cdot min^{-1}}$.

SUJET 6 | OBJECTIF MENTION

45 min Étude cinétique de la réaction d'hydrolyse d'un ester

→ FICHES 9 à 12

Comment analyser, tant au niveau microscopique que macroscopique, l'évolution d'une réaction chimique lente ?

LE SUJET

L'hydrolyse d'un ester conduit à la formation d'un acide carboxylique et d'un alcool. Au cours d'une hydrolyse basique, le réactif utilisé est l'ion hydroxyde et, en lieu et place d'un alcool, on obtient un ion carboxylate.
L'équation d'une réaction d'hydrolyse basique est la suivante :

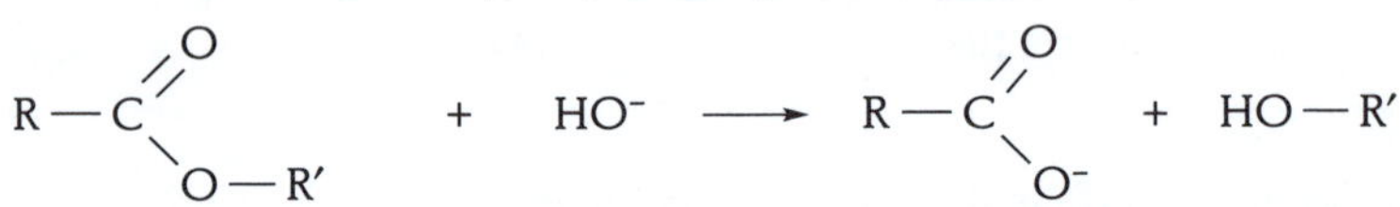

Ester | Ion hydroxyde | Ion carboxylate | Alcool

1. La réaction d'hydrolyse d'un ester est lente. Qu'est-ce qu'une réaction lente ?

2. Le mécanisme réactionnel de cette réaction est le suivant :

Étape 1

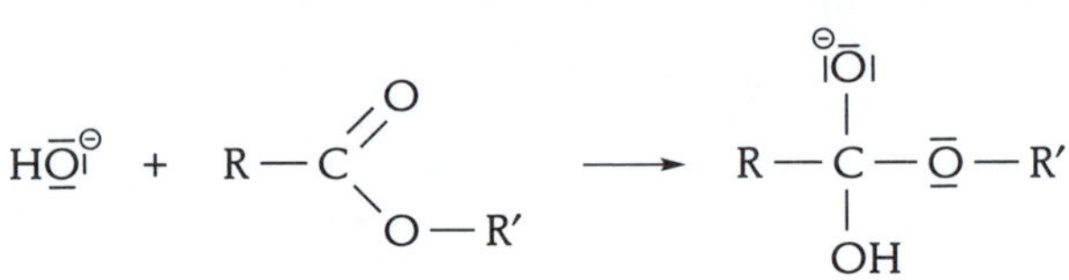

Étape 2

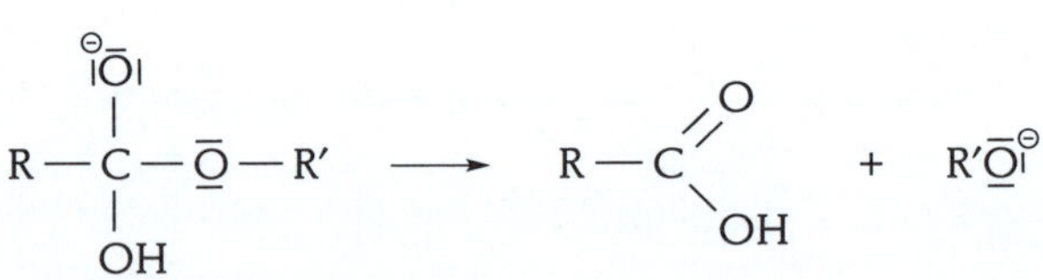

Étape 3

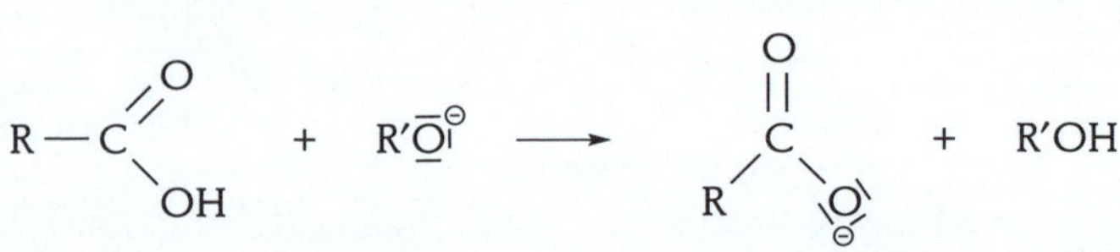

a. Qu'est-ce qu'un acte élémentaire ?

b. Dans les étapes 1 et 2, identifier un intermédiaire réactionnel.

c. Ajouter, dans chaque étape, les flèches associées au transfert d'un doublet d'électrons.

3. On fournit ci-dessous les évolutions des quantités de matière au cours du temps de l'ester, de l'alcool et de l'ion hydroxyde. Dans les conditions opératoires choisies, le réactif limitant est l'ester.

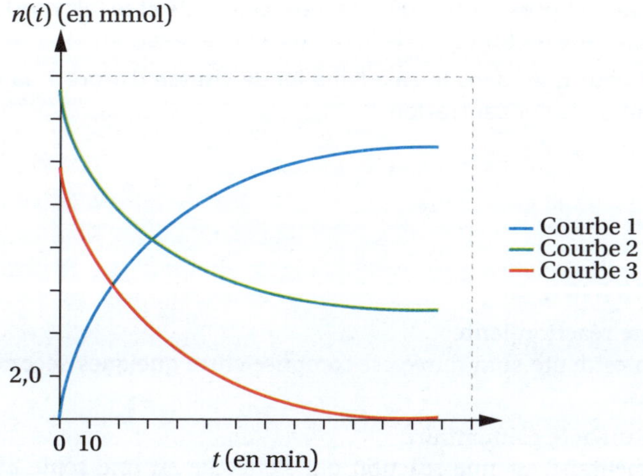

a. Identifier chacune des courbes à l'une des espèces chimiques.

b. Déterminer le temps de demi-réaction de cette réaction.

c. Déterminer la durée au bout de laquelle la réaction est terminée puis comparer cette durée au temps de demi-réaction.

4. On réalise la réaction à différentes températures T :

	Expérience 1	Expérience 2	Expérience 3
T (°C)	20	30	40

Indiquer quelle est l'expérience dont le temps de demi-réaction est le plus petit.

5. Donner les expressions des vitesses d'apparition ou de disparition des réactifs ou des produits de la réaction.

6. Dans le cas où la vitesse de disparition de l'ester suit une loi de vitesse d'ordre 1, exprimer cette vitesse.

LES CLÉS POUR RÉUSSIR

2. b. Souvenez-vous qu'un intermédiaire réactionnel est une entité instable qui est souvent un carbocation. → FICHE 12

2. c. Dessinez la flèche, avec la base là où se trouve le doublet électronique au départ, et pointant là où le doublet est transféré. → FICHE 12

3. a. N'oubliez pas qu'un réactif est consommé tandis qu'un produit est formé.

4. Pensez à deux choses : l'effet d'un facteur cinétique et le fait que le temps de demi-réaction varie en fonction de la rapidité de la réaction. → FICHE 10

5. Souvenez-vous que, dans le cas d'une loi de vitesse d'ordre 1, la vitesse est proportionnelle à la concentration. → FICHE 11

LE CORRIGÉ

1. Définir une réaction lente

Une réaction est lente si sa durée est comprise entre **quelques secondes et plusieurs heures.**

2. a. Définir un acte élémentaire

Un acte élémentaire est une réaction qui s'effectue en **une seule étape.** Cette réaction fait intervenir une ou deux molécules au maximum.

b. Identifier un intermédiaire réactionnel

L'intermédiaire réactionnel a pour formule :

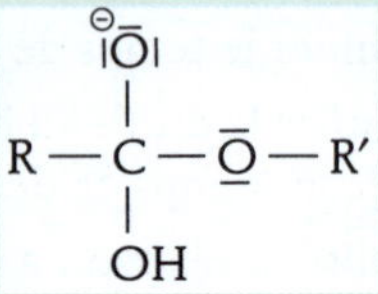

c. Indiquer les transferts d'électrons dans un mécanisme réactionnel

Étape 1

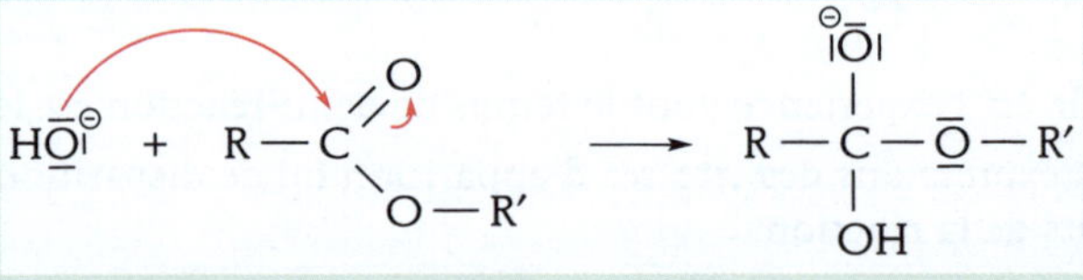

Étape 2

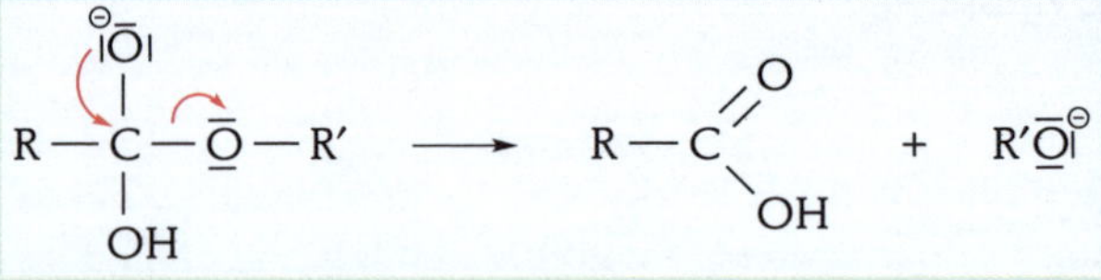

Étape 3

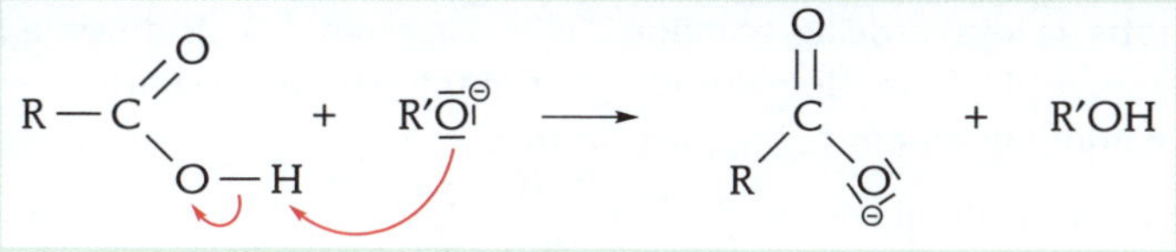

À NOTER

2. Cette question qui porte sur la partie « modélisation microscopique » du programme, n'est pas un attendu lors de l'épreuve écrite du bac.

2. b. Un intermédiaire réactionnel est une entité chimique très instable qui apparaît dans le mécanisme réactionnel. Il est produit par un acte élémentaire puis consommé dans un autre acte élémentaire.

2. c. On modélise le transfert des électrons par une flèche courbe : elle correspond au déplacement d'un doublet d'électrons. La flèche a comme origine l'endroit où se trouve initialement le doublet, et pointe vers l'endroit où il va aller se placer.

3. a. Identifier une courbe à un réactif ou un produit

La quantité de matière d'un produit est nulle à l'instant initial et augmente au cours du temps. La quantité de matière d'un réactif est non nulle à l'instant initial et diminue au cours du temps. Si le réactif est limitant la quantité de matière est nulle à la fin. On en déduit que :

- la courbe **1** correspond à l'**alcool** ;
- la courbe **2** correspond à l'**ion hydroxyde** ;
- la courbe **3** correspond à l'**ester**.

b. Déterminer un temps de demi-réaction graphiquement

Le temps de demi-réaction $t_{1/2}$ est la durée au bout de laquelle la moitié du réactif limitant a disparu : sa quantité de matière a été divisée par deux.

On trouve graphiquement $\boldsymbol{t_{1/2} = 20}$ **min**.

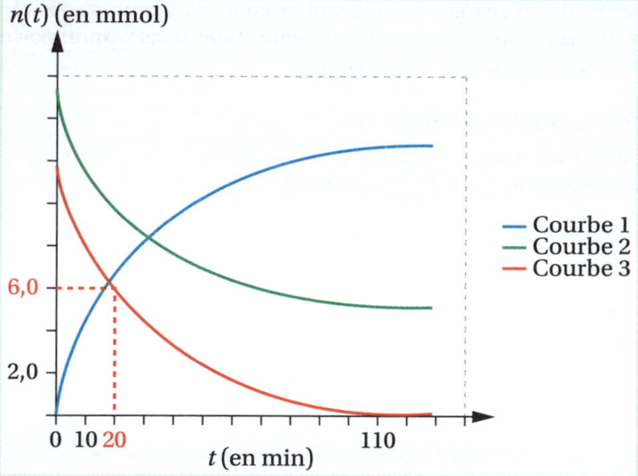

c. Comparer la durée de la réaction et le temps de demi-réaction

Déterminons la durée de la réaction : elle correspond à la durée au bout de laquelle la quantité de matière du réactif limitant est égale à 0 mol.

On trouve graphiquement $\boldsymbol{t_{\text{réaction}} = 110}$ **min.**

On compare les deux durées : $\frac{t_{\text{réaction}}}{t_{1/2}} = \frac{110}{20} = \mathbf{5{,}5}$.

La durée de la réaction est 5,5 fois plus grande que le temps de demi-réaction.

> **À NOTER**
> **3. c.** Le temps de demi-réaction ne correspond pas à la moitié de la durée de la réaction : c'est la durée au bout de laquelle la moitié du réactif limitant a disparu.

4. Identifier une réaction à un temps de demi-réaction

Le temps de demi-réaction est d'autant plus petit que la température est élevée. On en déduit que l'expérience 3 a le temps de demi-réaction le plus petit.

5. Exprimer une vitesse d'apparition ou de disparition

Les expressions des vitesses d'apparition ou de disparition des réactifs ou des produits de la réaction sont les suivantes :

$$v_{\text{ester}} = -\frac{d[\text{ester}]}{dt}$$

$$v_{\text{ion hydroxyde}} = -\frac{d[\text{ion hydroxyde}]}{dt}$$

$$v_{\text{carboxylate}} = \frac{d[\text{carboxylate}]}{dt}$$

$$v_{\text{alcool}} = \frac{d[\text{alcool}]}{dt}$$

> **À NOTER**
> **5.** La concentration d'un réactif diminuant au cours du temps, sa dérivée temporelle est négative : on met donc un signe moins dans l'expression de la vitesse de disparition car celle-ci doit être positive.

6. Appliquer une loi de vitesse d'ordre 1

Dans le cas où la vitesse de disparition de l'ester suit une loi de vitesse d'ordre 1, la vitesse est égale à : $\boldsymbol{v_{\text{ester}}} = \boldsymbol{k_{\text{ester}}} \times [\text{ester}]$.

La matière

4 Les transformations nucléaires

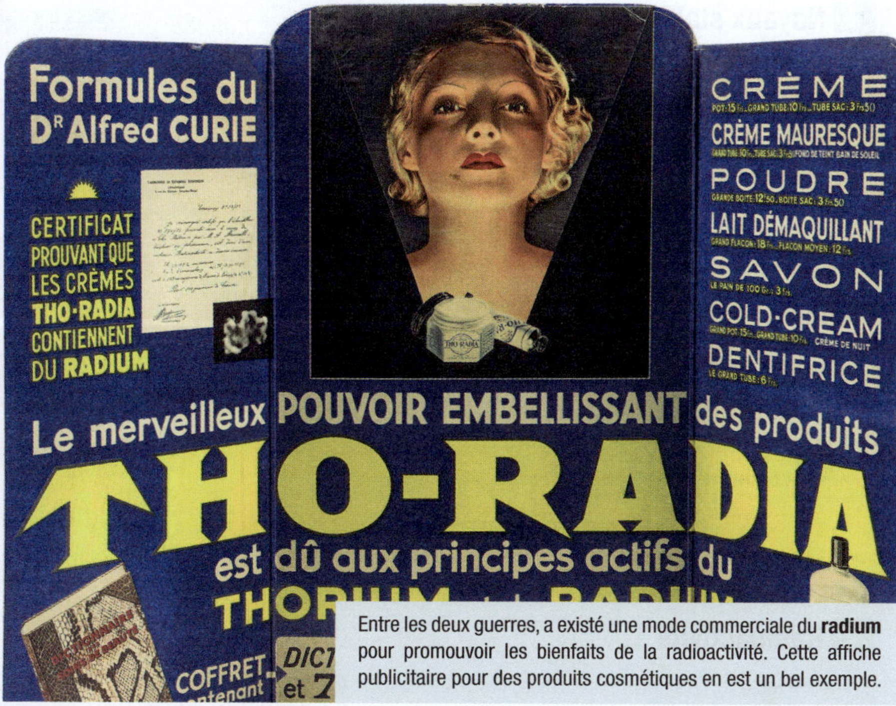

Entre les deux guerres, a existé une mode commerciale du **radium** pour promouvoir les bienfaits de la radioactivité. Cette affiche publicitaire pour des produits cosmétiques en est un bel exemple.

TEST

Pour vous situer et identifier les fiches à réviser 84

FICHES DE COURS

13 Noyaux stables et instables 86
14 Radioactivité 88
15 Décroissance radioactive 90
16 Applications de la radioactivité et radioprotection 92
MÉMO VISUEL 94

SUJETS GUIDÉS & CORRIGÉS

OBJECTIF SUP
7 Becquerel et Curie 96
8 Du radon dans la maison 101

TESTEZ-VOUS

→ CORRIGÉS P. 379-380

Faites le point sur vos connaissances
puis établissez votre **parcours de révision**
en fonction de votre score.

1 Noyaux stables et instables

→ FICHE 13

1. Les isotopes de l'élément chimique de numéro atomique Z :

☐ **a.** ont tous le même nombre Z de protons.

☐ **b.** ont des nombres N de neutrons différents.

☐ **c.** sont tous stables.

2. Le numéro atomique du fluor est 9. L'atome de l'isotope 19 du fluor est donc composé de :

☐ **a.** 10 protons, 9 neutrons et 10 électrons.

☐ **b.** 9 protons, 10 neutrons et 9 électrons.

☐ **c.** 9 protons, 9 neutrons et 10 électrons.

☐ **d.** 19 nucléons et 9 électrons.

3. Dans un diagramme (N, Z) les noyaux stables sont situés :

☐ **a.** exactement sur la bissectrice d'équation $N = Z$.

☐ **b.** à proximité de la bissectrice si Z est supérieur à 20.

☐ **c.** à proximité de la bissectrice si Z est inférieur à 20.

.../3

2 Radioactivité

→ FICHE 14

1. Parmi les affirmations suivantes, lesquelles sont vraies ?

☐ **a.** Les particules α, β^- et β^+ sont des particules électriquement chargées.

☐ **b.** Les particules α, β^- et β^+ portent, en valeur absolue, la même charge électrique.

☐ **c.** Le photon γ est associé à un rayonnement électromagnétique de très haute fréquence.

2. La particule α :

☐ **a.** est un atome d'hélium 4.

☐ **b.** est un noyau d'hélium 4.

☐ **c.** a pour symbole ${}^{4}_{2}He$.

3. Lors de la désintégration β^+ du radio-isotope ${}^{A}_{Z}X$, le noyau fils est :

☐ **a.** ${}^{A}_{Z+1}Y$ ☐ **b.** ${}^{A}_{Z-1}Y$ ☐ **c.** ${}^{A-4}_{Z-2}Y$ ☐ **d.** ${}^{A-1}_{Z+1}Y$

.../3

3 Décroissance radioactive

→ FICHE 15

1. L'évolution d'une population $N(t)$ de noyaux radioactifs, de constante radioactive λ, suit la loi :

☐ **a.** $N(t) = N_0 e^{\lambda t}$ ☐ **b.** $N(t) = N_0 e^{-t/\lambda}$ ☐ **c.** $N(t) = N_0 e^{-\lambda t}$

2. La demi-vie radioactive $t_{1/2}$ est :

☐ **a.** proportionnelle à la constante radioactive λ.

☐ **b.** inversement proportionnelle à la constante radioactive λ.

☐ **c.** sans lien avec la constante radioactive λ.

3. Le nombre de noyaux radioactifs est divisé par 3 au bout d'un temps t tel que :

☐ **a.** $t = t_{1/2}$

☐ **b.** $t = 1{,}5\ t_{1/2}$

☐ **c.** $t_{1/2} < t < 2\ t_{1/2}$

☐ **d.** $t > 2t_{1/2}$

…/3

4 Activité radioactive

→ FICHE 16

1. Parmi les affirmations suivantes, lesquelles sont vraies ?

☐ **a.** L'activité est le nombre de désintégrations.

☐ **b.** L'activité s'exprime en becquerels.

☐ **c.** Un becquerel correspond à une désintégration par minute.

2. L'activité $A(t)$ d'un échantillon contenant $N(t)$ noyaux radioactifs de constante radioactive λ est :

☐ **a.** constante pendant toute la vie de l'échantillon.

☐ **b.** proportionnelle à $N(t)$.

☐ **c.** décroissante selon une loi exponentielle.

3. Au bout de 2 demi-vies, l'activité d'un échantillon est :

☐ **a.** nulle.

☐ **b.** inchangée.

☐ **c.** divisée par 2.

☐ **d.** divisée par 4.

…/3

Score total …/12

Parcours PAS À PAS ou EXPRESS ? → MODE D'EMPLOI P. 3

13 Noyaux stables et instables

En bref *Tous les noyaux atomiques sont repérés dans un diagramme (N, Z) dans lequel sont clairement distingués les noyaux stables des noyaux instables (radioactifs).*

I Noyaux atomiques et isotopes

■ Le **noyau atomique**, situé au cœur de l'atome et entouré de Z électrons, est un assemblage de A nucléons (N neutrons et Z protons) : $A = Z + N$. Il est symbolisé par ${}^{A}_{Z}X$ où X est le symbole de l'élément chimique de numéro atomique Z.

MOTS CLÉS
A est appelé **nombre de masse** ; Z est nommé numéro atomique ou **nombre de charges**.

■ Le proton (positif) et l'électron (négatif) portent en valeur absolue la même charge électrique appelée **charge élémentaire** : $e = 1{,}602 \times 10^{-19}$ C (coulomb).

Exemple : le noyau de sodium ${}^{23}_{11}Na$ est formé de 11 protons et 12 neutrons.

■ Des **isotopes** sont des atomes d'un même élément chimique (même nombre Z de protons) qui diffèrent par leur **nombre de neutrons** (donc par leur masse).

Exemple : le zinc existe à l'état naturel sous forme de cinq isotopes stables. Le plus léger est le zinc 64 de symbole ${}^{64}_{30}Zn$ et le plus lourd le zinc 70 de symbole ${}^{70}_{30}Zn$.

II Diagramme (N, Z)

■ La centaine d'éléments chimiques connus existent sous la forme de plus de 3 000 isotopes naturels ou artificiels. Moins de 10 % de ces isotopes ont un **noyau stable**, tous les autres sont **radioactifs** → FICHE 14 c'est-à-dire instables. On parle de radio-isotopes.

■ Lorsqu'on repère chaque noyau ${}^{A}_{Z}X$ dans un diagramme (N, Z), l'ensemble des isotopes stables constituent **la vallée (ou domaine) de stabilité**.

■ Pour $Z < 20$, les noyaux stables sont proches de la bissectrice ($Z = N$).

Pour $Z > 20$, les noyaux stables contiennent plus de neutrons que de protons ; ils sont situés au-dessous de la bissectrice. Il n'existe pas de noyaux stables pour les « gros » noyaux au-delà de l'uranium ($Z \geqslant 93$).

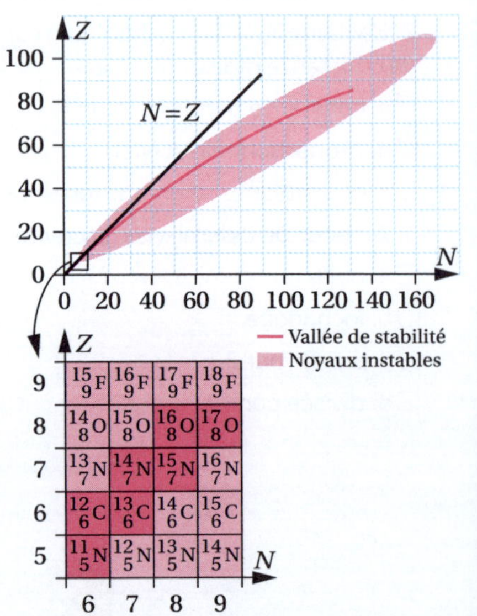

Allure générale du diagramme (N, Z)

■ Un même élément peut avoir **plusieurs isotopes stables** (exemple : l'hydrogène).

Méthode

Utiliser le diagramme (*N*, *Z*)

On donne le diagramme (*N*, *Z*) pour les 10 premiers éléments chimiques.

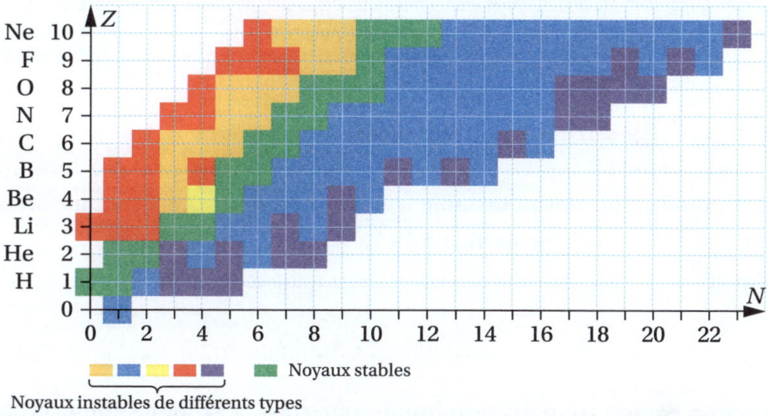

a. Dénombrer les isotopes du lithium. Identifier et symboliser ceux qui sont stables.

b. Identifier et symboliser tous les noyaux contenant deux neutrons.

c. Identifier tous les noyaux constitués de huit nucléons. Combien sont stables ?

> **CONSEILS**
> Chaque noyau est représenté dans le diagramme par une case d'abscisse *N* et d'ordonnée *Z*. Pour obtenir son symbole ${}^{A}_{Z}X$, utilisez la relation $A = Z + N$.

SOLUTION

a. Dans le diagramme, les isotopes du lithium Li sont représentés sur la ligne horizontale d'ordonnée $Z = 3$; on en compte dix. Deux seulement sont stables (cases vertes). Ils contiennent respectivement $N = 3$ et $N = 4$ neutrons.

En utilisant la relation $A = Z + N$, on en déduit que les deux isotopes stables sont le lithium 6 (${}^{6}_{3}Li$) et le lithium 7 (${}^{7}_{3}Li$).

b. On trouve les noyaux à deux neutrons sur la verticale d'abscisse $N = 2$.

Le premier est tel que $Z = 1$ donc $A = 3$, il s'agit de l'hydrogène trois (${}^{3}_{1}H$).

Les suivants sont l'hélium 4 (${}^{4}_{2}He$), le lithium 5 (${}^{5}_{3}Li$), le béryllium 6 (${}^{6}_{4}Be$), le bore 7 (${}^{7}_{5}B$) et le carbone 8 (${}^{8}_{6}C$).

> **À NOTER**
> L'hydrogène 3 est aussi appelé tritium.

c. On identifie les noyaux à huit nucléons ($A = Z + N = 8$) en recherchant les cases telles que la somme de l'abscisse et de l'ordonnée soit égale à 8.

Il s'agit de : ${}^{8}_{2}He$, ${}^{8}_{3}Li$, ${}^{8}_{4}Be$, ${}^{8}_{5}B$ et ${}^{8}_{6}C$. Aucun de ces noyaux n'est stable.

14 Radioactivité

En bref *La radioactivité, découverte en 1896 par Henri Becquerel, est de type alpha (α), bêta moins (β^-), bêta plus (β^+) ou gamma (γ). Une désintégration radioactive est modélisée par une équation de réaction nucléaire respectant deux lois de conservation.*

I Désintégration radioactive

- La radioactivité est une transformation nucléaire qui résulte de la **désintégration spontanée d'un noyau instable** ${}^{A_1}_{Z_1}X$ (dit noyau père) engendrant un noyau fils ${}^{A_2}_{Z_2}Y$ et l'émission d'une particule ${}^{A_3}_{Z_3}Q$.
- L'**équation** modélisant une désintégration radioactive s'écrit :

$$ {}^{A_1}_{Z_1}X \rightarrow {}^{A_2}_{Z_2}Y + {}^{A_3}_{Z_3}Q $$

- La loi de conservation du **nombre de nucléons** et la loi de conservation du **nombre de charges** s'écrivent respectivement :

$$ A_1 = A_2 + A_3 \text{ et } Z_1 = Z_2 + Z_3 $$

II Les différents types de radioactivité

Radioactivité	Particule émise	Équation de désintégration	
		Expression générale	Exemple
α	noyau d'hélium ${}^{4}_{2}He$	${}^{A}_{Z}X \rightarrow {}^{A-4}_{Z-2}Y + {}^{4}_{2}He$	${}^{238}_{92}U \rightarrow {}^{234}_{90}Th + {}^{4}_{2}He$
β^-	électron ${}^{0}_{-1}e$	${}^{A}_{Z}X \rightarrow {}_{Z+1}^{A}Y + {}^{0}_{-1}e$	${}^{60}_{27}Co \rightarrow {}^{60}_{28}Ni + {}^{0}_{-1}e$
β^+	positon ${}^{0}_{1}e$	${}^{A}_{Z}X \rightarrow {}_{Z-1}^{A}Y + {}^{0}_{1}e$	${}^{80}_{35}Br \rightarrow {}^{80}_{34}Se + {}^{0}_{1}e$
γ	photon gamma ${}^{0}_{0}\gamma$	${}^{A}_{Z}Y^* \rightarrow {}^{A}_{Z}Y + {}^{0}_{0}\gamma$	${}^{80}_{34}Se^* \rightarrow {}^{80}_{34}Se + {}^{0}_{0}\gamma$

À NOTER

L'électron est symbolisé par ${}^{0}_{-1}e$ car ce n'est pas un nucléon ($A = 0$) ; il porte une charge élémentaire négative –e. Le positon (ou anti-électron) est symbolisé par ${}^{0}_{1}e$; il porte une charge élémentaire positive +e.

La **radioactivité γ** accompagne généralement les radioactivités α, β^-ou β^+. Si le noyau fils résultant d'une désintégration radioactive est dans un état énergétique excité noté ${}^{A}_{Z}Y^*$, il revient à son état normal et libère de l'énergie sous forme d'un photon γ, rayonnement électromagnétique de très haute fréquence.

Méthode

Écrire et utiliser une équation de désintégration radioactive

a. Le phosphore 30 est radioactif β^+. Identifier le noyau fils résultant de cette désintégration.

b. Le noyau fils résultant de la désintégration radioactive du polonium 214 est le plomb 210. Ce noyau fils est lui-même instable et il se désintègre en bismuth 210. Identifier le type de chaque radioactivité mise en jeu.

Données :

Élément	silicium	phosphore	soufre	plomb	bismuth	polonium
Symbole	Si	P	S	Pb	Bi	Po
Z	14	15	16	82	83	84

CONSEILS

Écrivez les équations de désintégration et appliquez les lois de conservation pour identifier soit le noyau fils, soit la particule émise.

SOLUTION

a. Le noyau de phosphore 30 ($Z = 15$ et $A = 30$) a pour symbole $^{30}_{15}\text{P}$. C'est un radio-isotope β^+, donc sa désintégration s'accompagne de l'émission d'un positon $^{0}_{1}\text{e}$. En notant $^{A}_{Z}\text{Y}$ le noyau fils, l'équation de désintégration s'écrit :

$$^{30}_{15}\text{P} \rightarrow {}^{A}_{Z}\text{Y} + {}^{0}_{1}\text{e}$$

Les lois de conservation du nombre de nucléons et du nombre de charges donnent :

$30 = A + 0$ et $15 = Z + 1$, soit $A = 30$ et $Z = 14$.

En utilisant les données, on note que l'élément de numéro atomique $Z = 14$ est le silicium. Le noyau fils est donc du silicium 30 : $^{30}_{14}\text{Si}$.

b. • Le polonium 214 ($^{214}_{84}\text{Po}$) se désintègre en plomb 210 ($^{210}_{82}\text{Pb}$) en émettant une particule $^{A}_{Z}\text{Q}$: $^{214}_{84}\text{Po} \rightarrow {}^{210}_{82}\text{Pb} + {}^{A}_{Z}\text{Q}$

D'après les lois de conservation :

$214 = 210 + A$ et $84 = 82 + Z$, soit $A = 4$ et $Z = 2$. La particule émise est donc un noyau d'hélium 4 : $^{4}_{2}\text{He}$.

Le polonium 214 est donc un radio-isotope α.

• Le plomb 210 ($^{210}_{82}\text{Pb}$) se désintègre en bismuth 210 ($^{210}_{83}\text{Bi}$) en émettant une particule $^{A'}_{Z'}\text{Q}'$: $^{210}_{82}\text{Pb} \rightarrow {}^{210}_{83}\text{Bi} + {}^{A'}_{Z'}\text{Q}'$

Les lois de conservation donnent $A' = 0$ et $Z' = -1$. La particule émise est donc un électron : $^{0}_{-1}\text{e}$.

Le plomb 210 est donc un radio-isotope β^-.

15 Décroissance radioactive

En bref *Une population de noyaux radioactifs évolue au cours du temps en suivant une loi de décroissance exponentielle, dont un paramètre important est la demi-vie radioactive.*

I Loi de décroissance radioactive

■ La désintégration d'un noyau radioactif est aléatoire et il n'est donc pas possible de prévoir le moment où elle aura lieu. Cependant, cet événement a une certaine **probabilité de se produire pendant un intervalle de temps** infinitésimal d*t*. Cette probabilité est constante au cours du temps et indépendante des autres noyaux (de la même façon que la probabilité de « sortir un 1 » avec un dé est toujours 1/6 quels que soient les autres dés et les lancers précédents).

■ Un échantillon contient N noyaux radioactifs identiques à la date t. La variation $\mathrm{d}N$ du nombre de noyaux entre les dates t et $t + \mathrm{d}t$ est négative car des noyaux se sont désintégrés spontanément pendant la durée $\mathrm{d}t$. La désintégration radioactive étant un processus aléatoire, le **nombre de désintégrations par unité de temps** $\frac{-\mathrm{d}N}{\mathrm{d}t}$ est proportionnel au nombre N de noyaux radioactifs : $\frac{-\mathrm{d}N}{\mathrm{d}t} = \lambda \times N$ avec λ la constante radioactive, ou constante de désintégration, exprimée en s^{-1}.

■ La **constante de désintégration** λ est caractéristique de l'isotope radioactif. *Exemple* : $\lambda = 3{,}9 \times 10^{-12}\ \mathrm{s}^{-1}$ pour le carbone 14.

■ L'équation différentielle du premier ordre : $\frac{\mathrm{d}N}{\mathrm{d}t} = -\lambda N$ ou $\frac{\mathrm{d}N}{\mathrm{d}t} + \lambda N = 0$ admet pour solution une exponentielle décroissante :

$$N(t) = N_0 \mathrm{e}^{-\lambda t}$$

N_0 : nombre de noyaux radioactifs à la date $t = 0$.

Cette relation est la **loi de décroissance radioactive**.

II Temps caractéristiques de la décroissance radioactive

■ La **constante de temps** $\tau = \frac{1}{\lambda}$ est le temps nécessaire pour que 63 % des noyaux radioactifs contenus dans un échantillon se désintègrent.

■ La **demi-vie radioactive** $t_{1/2}$ est la durée nécessaire pour que la moitié, soit 50 %, des noyaux radioactifs contenus dans un échantillon se désintègrent.

$$t_{1/2} = \frac{\ln 2}{\lambda} \text{ ou } t_{1/2} = \ln 2 \times \tau = 0{,}69\tau$$

λ en s^{-1} ; $t_{1/2}$ et τ en s.

Les demi-vies ont des valeurs très variées.
Exemple : la demi-vie de l'iode 131 est 8,1 jours, celle du carbone 14 est 5 570 ans.

Méthode

Exploiter la loi de décroissance radioactive

On considère un échantillon de N_0 noyaux radioactifs de constante radioactive λ.

a. Montrer que 63 % des noyaux radioactifs se sont désintégrés à la date $\tau = \frac{1}{\lambda}$ (appelée constante de temps).

b. Établir la relation entre la demi-vie $t_{1/2}$ et λ. Exprimer τ en fonction de $t_{1/2}$.

c. Déterminer le nombre N de noyaux aux dates $t_{1/2}$, $2t_{1/2}$ et $nt_{1/2}$ et en déduire l'allure de la représentation graphique de $N(t)$.

CONSEILS

a. Utilisez la loi de décroissance radioactive.
b. Définissez la demi-vie radioactive et utilisez la loi de décroissance.
c. Utilisez *n* fois la définition de la demi-vie.

SOLUTION

a. La loi de décroissance $N(t) = N_0 e^{-\lambda t}$ conduit à :
$\frac{N(\tau)}{N_0} = e^{-\lambda\tau} = e^{-\frac{\lambda}{\lambda}} = e^{-1} \approx 0{,}37$. Cela signifie qu'au bout d'une durée τ, il ne reste que 37 % des noyaux radioactifs, c'est-à-dire que 63 % des noyaux se sont désintégrés.

b. Par définition, la demi-vie $t_{1/2}$ est telle que $N(t_{1/2}) = \frac{N_0}{2}$. La loi de décroissance permet d'écrire $N(t_{1/2}) = N_0 e^{-\lambda t_{1/2}} = \frac{N_0}{2}$ donc $e^{-\lambda t_{1/2}} = \frac{1}{2}$ ou $e^{+\lambda t_{1/2}} = 2$ et par conséquent : $\lambda t_{1/2} = \ln 2$ donc $t_{1/2} = \frac{\ln 2}{\lambda}$ et $\tau = \frac{t_{1/2}}{\ln 2} = 1{,}44 t_{1/2}$.

c. À chaque demi-vie, le nombre N de noyaux est divisé par 2.

t	0	$t_{1/2}$	$2t_{1/2}$	$nt_{1/2}$
N	N_0	$\frac{N_0}{2}$	$\frac{N_0}{4}$	$\frac{N_0}{2^n}$

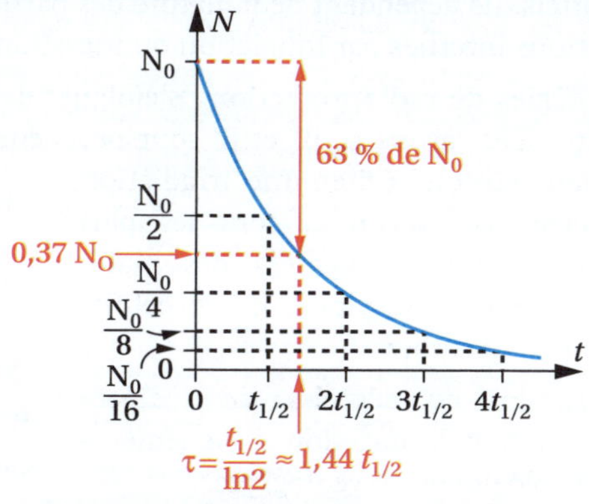

À NOTER

On vérifie sur le graphique la définition de la constante de temps τ établie à la question **a**.

16 Applications de la radioactivité et radioprotection

En bref *Plus l'activité d'un échantillon radioactif est élevée, plus le rayonnement émis présente des dangers dont il faut se protéger. Ce rayonnement radioactif est aussi à l'origine d'applications médicales, archéologiques, géologiques et industrielles.*

I Activité radioactive

- L'activité $A(t)$ est le nombre de désintégrations par unité de temps : $A(t) = \frac{-\mathrm{d}N}{\mathrm{d}t}$.

Elle s'exprime en **becquerels (Bq)** : 1 Bq est une désintégration par seconde. Elle se mesure à l'aide d'un compteur Geiger.

- L'activité est **proportionnelle au nombre de noyaux radioactifs** N : $A(t) = \lambda N(t)$ avec $N(t) = N_0 e^{-\lambda t}$ donc : $A(t) = A_0 e^{-\lambda t}$ avec $A_0 = \lambda N_0$ l'activité à la date $t = 0$.

- La **demi-vie** → FICHE 15 se définit aussi comme la durée nécessaire pour que l'activité d'un échantillon radioactif soit divisée par 2.

À NOTER

La courbe de la méthode « Exploiter la loi de décroissance radioactive » → FICHE 15 est utilisable en remplaçant le nombre $N(t)$ de noyaux radioactifs par l'activité $A(t)$ et le nombre initial N_0 de noyaux par l'activité initiale A_0.

II Dangers et applications de la radioactivité

- Les particules α, β^-, β^+ et γ sont capables d'ioniser les atomes lors de leur passage dans la matière : on parle de **rayonnements ionisants**.

- Les effets d'une irradiation sont nocifs pour des cellules saines ou bénéfiques quand l'irradiation touche des cellules cancéreuses : c'est le principe de la **radiothérapie**. Les effets sur la santé augmentent avec la dose reçue et peuvent s'avérer mortels. Ils dépendent de la nature des particules et de l'organe exposé. Les irradiations internes par inhalation ou ingestion sont redoutables.

- **Règles de radioprotection** : s'éloigner de la source, réduire le temps d'exposition. Les rayons α, β^- et β^+ sont peu pénétrants, il est aisé de s'en protéger : il faut surtout éviter une irradiation interne. Les rayons γ sont les plus pénétrants et nécessitent des matériaux denses (le plomb ou le béton) pour les absorber.

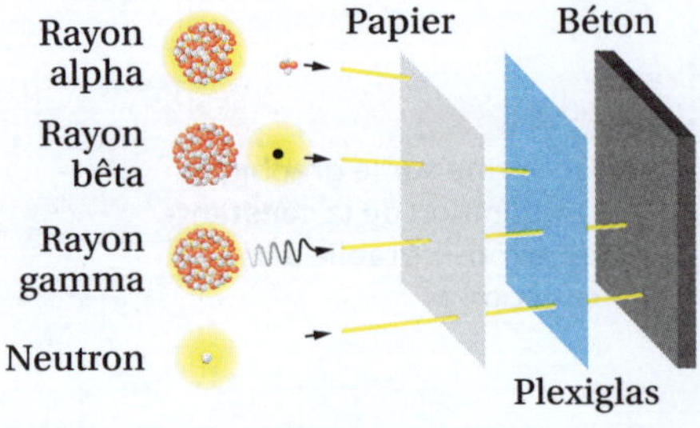

- La loi de décroissance radioactive permet la **datation** d'événements archéologiques ou géologiques.

Exemple : datation au carbone 14.

Méthode

Dater un événement en utilisant la radioactivité

L'iode 131 est un isotope radioactif β^- utilisé pour effectuer des diagnostics médicaux par scintigraphie. Sa demi-vie vaut 194 h.

On prépare une solution d'iode 131 dont l'activité est 40,0 MBq.

a. Déterminer au bout de combien de temps l'activité n'est plus que de 5,00 MBq.

b. Le 30 août vers midi, l'activité de cette même solution n'est plus que 4,00 MBq. Déterminer la date de fabrication de la solution.

CONSEILS

Calculez le rapport $\frac{A_0}{A(t)}$. Deux cas sont alors à distinguer :

- si le rapport vaut 2^n avec n entier, alors la durée recherchée est $t = nt_{1/2}$ car à chaque demi-vie qui s'écoule l'activité est divisée par 2 ;
- si le rapport ne vaut pas 2^n avec n entier, alors il faut utiliser la loi de décroissance radioactive $A(t) = A_0 e^{-\lambda t}$.

SOLUTION

a. Initialement, l'activité de la solution est $A_0 = 40{,}0$ MBq.

À la date t, elle vaut : $A(t) = 5{,}00$ MBq, c'est-à-dire que l'activité a été divisée par $8 = 2^3$ pendant le temps t. Sachant qu'à chaque demi-vie qui s'écoule l'activité est divisée par 2, la durée recherchée est alors :

$t = 3t_{1/2} = 3 \times 194 \text{ h} = 582 \text{ h} = 24$ jours et 6 h.

b. Cette fois $A(t) = 4{,}0$ MBq, c'est-à-dire que l'activité a été divisée par 10 pendant la durée t. Ce rapport de 10 n'est pas de la forme 2^n avec n entier, il n'est donc pas possible de procéder comme à la question précédente et il faut alors utiliser la loi de décroissance radioactive : $A(t) = A_0 e^{-\lambda t}$.

On peut extraire la durée t : $e^{-\lambda t} = \frac{A(t)}{A_0}$ donc $e^{\lambda t} = \frac{A_0}{A(t)}$ puis $\ln(e^{\lambda t}) = \ln \frac{A_0}{A(t)}$

soit $\lambda t = \ln \frac{A_0}{A(t)}$ et finalement : $t = \frac{1}{\lambda} \ln \frac{A_0}{A(t)}$.

La constante radioactive vaut : $\lambda = \frac{\ln 2}{t_{1/2}} = \frac{0{,}693}{194} = 3{,}57 \times 10^{-3} \text{h}^{-1}$.

On obtient alors : $t = \frac{1}{3{,}57 \times 10^{-3}} \ln \frac{40{,}0}{4{,}00} = 645$ h soit environ 27 jours.

La solution a été fabriquée le 3 août de la même année.

À NOTER

La méthode développée ici est générale et aurait aussi pu être utilisée pour la réponse à la question **a** mais il est inutile de faire des calculs compliqués lorsqu'on peut s'en passer.

MÉMO VISUEL

LES TRANSFORMATIONS

Noyaux stables et instables

Représentation d'un noyau atomique

Nombre de nucléons → $^{A}_{Z}X$ ← Symbole de l'élément
Nombre de protons ↗

Isotopes

Atomes de même Z mais n'ayant pas le même nombre $N = A - Z$ de neutrons.

Diagramme (N, Z)

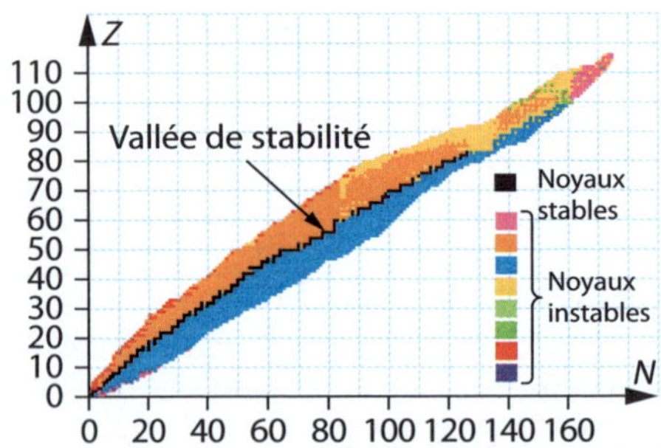

Les 4 radioactivités

Radioactivité α	Radioactivité β^-	Radioactivité β^+
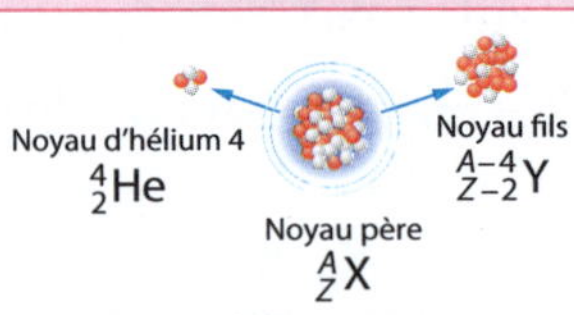	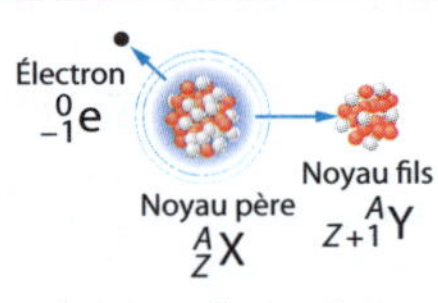	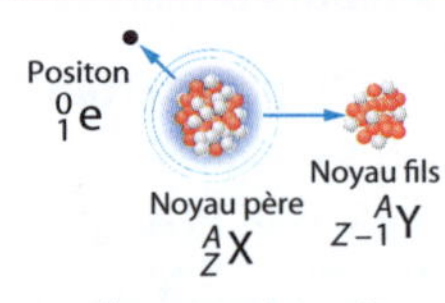
$^{A}_{Z}X \rightarrow {}^{A-4}_{Z-2}Y + {}^{4}_{2}He$	$^{A}_{Z}X \rightarrow {}^{A}_{Z+1}Y + {}^{0}_{-1}e$	$^{A}_{Z}X \rightarrow {}^{A}_{Z-1}Y + {}^{0}_{1}e$

La **radioactivité γ** accompagne généralement les radioactivités α, β^- ou β^+.

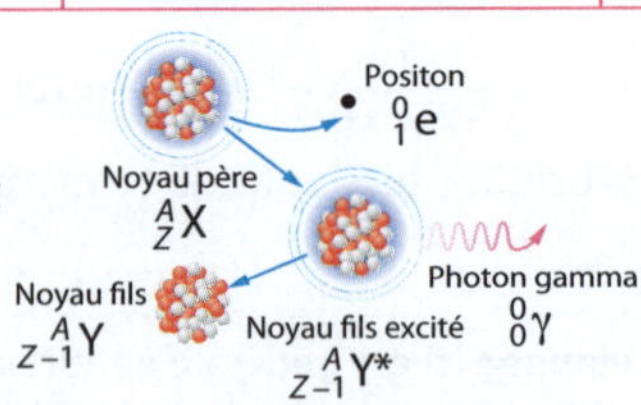

Exemple :
radioactivité β^+ :
$^{A}_{Z}X \rightarrow {}^{A}_{Z-1}Y^* + {}^{0}_{1}e$
puis radioactivité γ :
$^{A}_{Z-1}Y^* \rightarrow {}^{A}_{Z-1}Y + {}^{0}_{0}\gamma$

Décroissance radioactive

Activité A en becquerels (Bq) et nombre N de noyaux radioactifs

- $A(t) = \lambda N(t)$
avec λ constante de désintégration en s^{-1}
- **Loi de décroissance :**
$N(t) = N_0 e^{-\lambda t}$
ou $A(t) = A_0 e^{-\lambda t}$

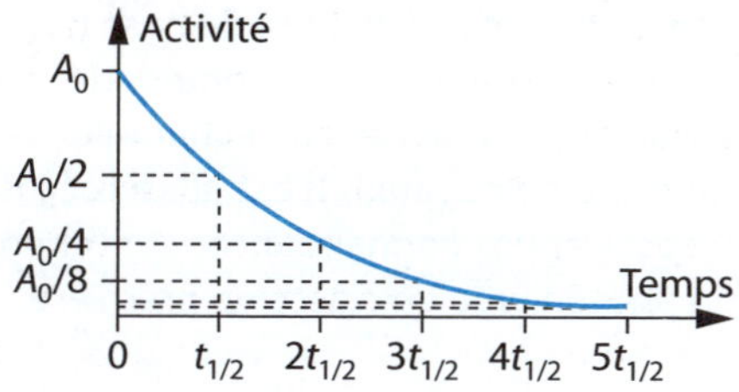

Demi-vie $t_{1/2}$ en secondes (s)

- Inversement proportionnelle à λ :
$$t_{1/2} = \frac{\ln 2}{\lambda}$$
- À chaque demi-vie écoulée, N et A **décroissent de 50 % :**
$$N(nt_{1/2}) = \frac{N_0}{2^n} \text{ et } A(nt_{1/2}) = \frac{A_0}{2^n}$$

NUCLÉAIRES

Dangers et applications de la radioactivité

Radioprotection

- L'exposition **interne** est beaucoup plus nocive que l'exposition **externe**.
- **Règles de radioprotection :**
– s'éloigner des sources radioactives ou se placer derrière des écrans protecteurs ;
– réduire le temps d'exposition.
- Les **photons** γ sont très pénétrants, contrairement aux particules α et β.

Exemples d'applications

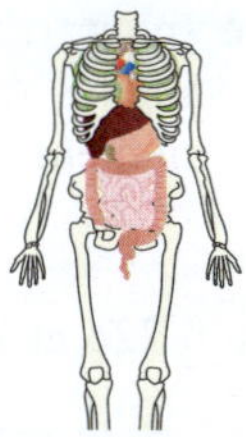

Médecine : radiodiagnostic

Archéologie : datation au carbone 14

SUJET 7 | OBJECTIF SUP

50 min Becquerel et Curie

→ FICHES 13 à 16

Ce sujet nécessite une bonne connaissance du cours et des savoir-faire de base (loi de décroissance radioactive et grandeurs associées ; relation entre activité d'un échantillon radioactif et nombre de noyaux). Il est aussi l'occasion de réactiver vos connaissances sur l'énergie d'un photon, vue en classe de première.

LE SUJET

En 1896, Henri Becquerel découvre que les sels d'uranium émettent un rayonnement qu'il nomme hyperphosphorescence.

En 1897, Marie Curie, née Maria Salomea Skłodowska, choisit ce sujet pour sa thèse de doctorat. Elle met en évidence les propriétés ionisantes du rayonnement qu'elle renomme radioactivité. Marie Curie et Pierre Curie, son époux, isolent les deux radioéléments à l'origine des propriétés des sels d'uranium et, en 1898, ils les baptisent polonium et radium.

En 1903, Henri Becquerel, Marie et Pierre Curie partagent le prix Nobel de physique.

Données

- Constante d'Avogadro : $N_A = 6{,}02 \times 10^{23}$ mol^{-1}.
- Constante de Planck : h $= 6{,}63 \times 10^{-34}$ J·s.
- Masse molaire du radium 226 : $M = 226{,}0$ g·mol^{-1}.

1. La communauté scientifique a rendu hommage à Henri Becquerel en donnant son nom à une unité internationale.

a. Indiquer la grandeur physique dont le becquerel est l'unité internationale.

b. Définir le becquerel.

2. Le noyau de radium 226, de symbole $^{226}_{88}Ra$ se désintègre spontanément en donnant un noyau de radon 222, de symbole $^{222}_{86}Rn$, lui-même radioactif. Cette désintégration s'accompagne de l'émission d'un rayonnement γ de longueur d'onde $\lambda_\gamma = 6{,}54 \times 10^{-12}$ m.

a. Donner la composition du noyau de radium.

b. Écrire l'équation de la réaction de désintégration du radium 226 et identifier le type de radioactivité.

c. Expliquer l'origine du rayonnement γ accompagnant la désintégration radioactive du radium 226.

d. Comparer l'ordre de grandeur de l'énergie E_γ du photon γ à celle de l'énergie $E_{visible}$ d'un photon de lumière visible.

3. Le curie, de symbole Ci, est une ancienne unité, très peu utilisée aujourd'hui. Elle correspond à l'activité d'un gramme de radium 226 :
$1 \text{ Ci} = 3{,}70 \times 10^{10} \text{ Bq}$.

a. Déterminer le nombre N de noyaux dans une masse $m = 1{,}00$ g de radium 226.

b. En déduire que la constante radioactive λ_{Ra} du radium 226 est égale à $1{,}39 \times 10^{-11}\ \text{s}^{-1}$.

c. Calculer, en années, la demi-vie $t_{1/2}$ du radium 226.

4. Entre les deux guerres, a existé une mode commerciale du radium pour promouvoir les bienfaits de la radioactivité. L'affiche publicitaire suivante pour des produits cosmétiques en est un bel exemple.

Document **Affiche publicitaire**

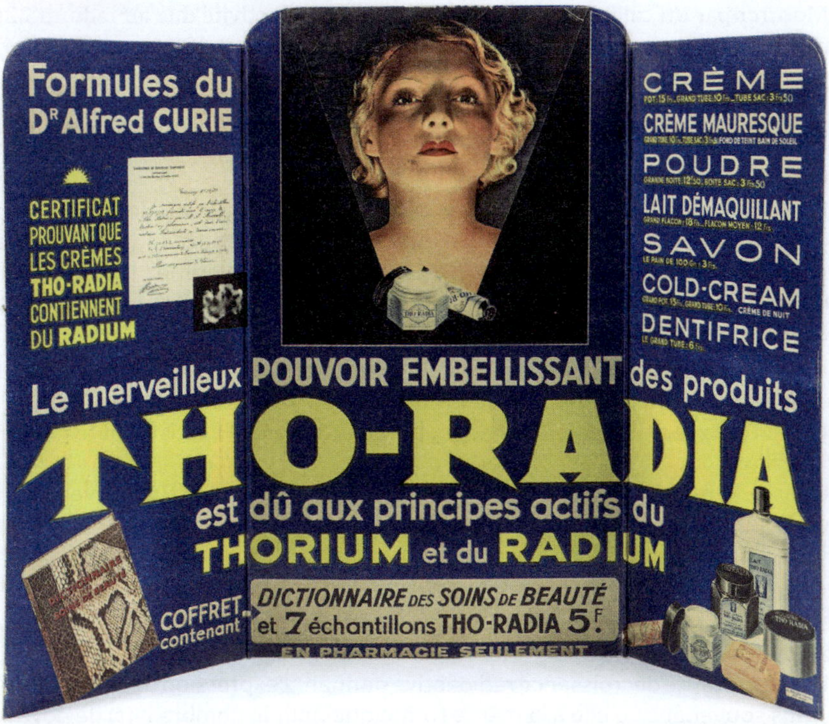

À NOTER

Le dénommé Alfred Curie, présenté comme l'inventeur de la formule de la crème, n'avait bien sûr rien à voir avec les illustres Marie et Pierre Curie.
Et peut-être même n'a-t-il jamais existé...

Dans le *Dictionnaire médical et pratique des soins de beauté*, édité par la marque Tho-Radia en mai 1935 et vantant la crème du même nom, on pouvait lire : « [...] la radioactivité du radium est pratiquement inépuisable. On a calculé qu'elle n'aurait diminué que de moitié au bout de seize siècles. C'est ce qui fait la différence fondamentale entre une préparation qui contient réellement du radium telle que la crème Tho-Radia [...] et les produits qui n'ont été soumis qu'à l'émanation du radium. L'activité de cette émanation disparaît en très peu de temps. »

a. Indiquer, en le justifiant, si la phrase suivante, figurant dans le dictionnaire, est valide :
« On a calculé qu'elle [l'activité] n'aurait diminué que de moitié au bout de seize siècles. »

b. À la date $t = 0$ de sa fabrication, 100 g de crème Tho-Radia contenaient N_0 noyaux de radium 226. Donner l'expression de la loi de décroissance du nombre $N(t)$ de noyaux de radium 226 en fonction du temps.

c. Montrer par un calcul pourquoi on peut dire que l'activité due au radium 226, contenu dans la crème, ne varie pratiquement pas pendant 100 ans.

LES CLÉS POUR RÉUSSIR

2. b. Utilisez les lois de conservation. → FICHE 14

d. Exploitez l'expression de l'énergie E d'un photon en fonction de la fréquence ou de la longueur d'onde. Ces deux expressions ont été vues en classe de première. Pour comparer les énergies des deux photons, exprimez leur quotient. Quant à l'ordre de grandeur des longueurs d'onde de la lumière visible, il a été étudié en seconde et revu en première.

3. a. Utilisez la relation entre masse et masse molaire, étudiée en classe de première, ainsi que la définition de la constante d'Avogadro.

b. Exploitez la relation de proportionnalité existant entre l'activité et le nombre de noyaux.

c. Utilisez la relation liant la demi-vie et la constante radioactive. Si vous ne la connaissez pas encore, il faudra la mémoriser. → FICHE 15

4. a. Inutile ici de faire un calcul. Utilisez la définition de la demi-vie radioactive et la réponse obtenue à la question **3. c**.

b. Si vous n'avez pas encore mémorisé la loi de décroissance radioactive, reportez-vous à la → FICHE 15.

c. Utilisez la loi de décroissance radioactive donnant l'expression de l'activité $A(t)$ en vous souvenant qu'elle a la même forme que pour le nombre $N(t)$ de noyaux. Soyez vigilant quant à l'unité de temps utilisée lors des calculs. → FICHE 16

LE CORRIGÉ

1. a. Connaître la grandeur physique exprimée en becquerels
Le becquerel est l'unité internationale d'**activité radioactive.**

b. Connaître la définition du becquerel
Un becquerel est une **désintégration radioactive par seconde.**

2. a. Établir la composition d'un noyau à partir de son écriture conventionnelle
Le noyau de radium $^{226}_{88}\text{Ra}$ est constitué de $Z = $ **88 protons** et de $A - Z = 226 - 88 =$ **138 neutrons.**

> **À NOTER**
> **2. a.** Si vous avez peiné à répondre à cette question de niveau seconde, revoyez la signification des nombres figurant dans le symbole d'un noyau. Pour $^{A}_{Z}\text{X}$, X est le symbole de l'élément, Z le nombre de protons (nombre de charges) et A le nombre de nucléons (nombre de masse) : protons + neutrons.

b. Utiliser les lois de conservation pour écrire l'équation d'une réaction nucléaire et identifier le type de radioactivité
L'équation de la réaction de désintégration du radium 226 en radon 222 prend la forme :

$$^{226}_{88}\text{Ra} \rightarrow {}^{222}_{86}\text{Rn} + {}^{A}_{Z}\text{Q}$$

La conservation du nombre de nucléons s'écrit : $226 = 222 + A$ soit $A = 4$.
La conservation du nombre de charges s'écrit : $88 = 86 + Z$ soit $Z = 2$.
La particule $^{A}_{Z}\text{Q}$ est donc un noyau d'hélium $^{4}_{2}\text{He}$, c'est-à-dire une particule α.
Le radium 226 subit donc une **désintégration radioactive** α :

$$\mathbf{^{226}_{88}Ra \rightarrow {}^{222}_{86}Rn + {}^{4}_{2}He}$$

c. Expliquer l'origine du rayonnement γ
Lors de la désintégration α du noyau de radium 226, le noyau de radon 222 formé est dans **un état excité, noté $^{222}_{86}\text{Rn}^*$. Il se désexcite en émettant un photon** γ selon l'équation :

$$^{222}_{86}\text{Rn}^* \rightarrow {}^{222}_{86}\text{Rn} + \gamma$$

d. Utiliser l'expression donnant l'énergie d'un photon
L'énergie d'un photon constituant un rayonnement de fréquence ν s'exprime par la relation $E = h\nu$. La fréquence ν d'une onde électromagnétique et sa longueur d'onde λ dans le vide sont liées par la relation $\nu = \frac{c}{\lambda}$ avec c la célérité de la lumière dans le vide. Par conséquent l'énergie du photon s'exprime : $E = \frac{hc}{\lambda}$.
Le calcul du quotient de l'énergie E_γ du photon γ par l'énergie E_{visible} d'un photon de lumière visible va permettre de comparer les ordres de grandeur de ces deux énergies :

$$\frac{E_\gamma}{E_{\text{visible}}} = \frac{hc}{\lambda_\gamma} \times \frac{\lambda_{\text{visible}}}{hc} = \frac{\lambda_{\text{visible}}}{\lambda_\gamma}.$$

Sachant que $\lambda_\gamma = 6{,}54 \times 10^{-12}$ m et que la longueur d'onde d'une lumière visible est comprise entre 400 nm $= 4{,}0 \times 10^{-7}$ m et 800 nm $= 8{,}0 \times 10^{-7}$ m, on peut en conclure que :

$$\frac{4{,}0 \times 10^{-7}}{6{,}54 \times 10^{-12}} < \frac{E_\gamma}{E_{\text{visible}}} = \frac{\lambda_{\text{visible}}}{\lambda_\gamma} < \frac{8{,}0 \times 10^{-7}}{6{,}54 \times 10^{-12}}$$

soit : $6{,}1 \times 10^4 < \dfrac{E_\gamma}{E_{\text{visible}}} < 1{,}2 \times 10^5$.

L'ordre de grandeur de ce quotient est donc 10^5. **L'énergie d'un photon γ est environ 100 000 fois supérieure à celle d'un photon visible.**

À NOTER

2. d. Les physiciens ont l'habitude de noter la longueur d'onde avec la lettre λ (lambda) et utilisent généralement la même notation pour la constante radioactive. Il faut en être conscient et éviter toute confusion.

3. a. Déterminer le nombre d'entités dans une masse d'échantillon

La quantité de matière n de radium 226 contenue dans une masse $m = 1{,}00$ g est obtenue en divisant m par la masse molaire M du radium 226 : $n = \dfrac{m}{M}$.

Le nombre N de noyaux dans une masse $m = 1{,}00$ g de radium 226 est :

$N = nN_A = \dfrac{m}{M} N_A$ soit : $N = \dfrac{1{,}00}{226{,}0} \times 6{,}02 \times 10^{23} = \mathbf{2{,}66 \times 10^{21}}$.

b. Utiliser la relation entre l'activité et le nombre de noyaux

Sachant que l'activité radioactive s'exprime : $A = \lambda_{Ra} N$, on en déduit la valeur de la constante radioactive : $\lambda_{Ra} = \dfrac{A}{N} = \dfrac{3{,}70 \times 10^{10}}{2{,}66 \times 10^{21}} = \mathbf{1{,}39 \times 10^{11}\ s^{-1}}$.

c. Utiliser la relation entre la demi-vie et la constante radioactive

La demi-vie se calcule à l'aide de la relation : $t_{1/2} = \dfrac{\ln 2}{\lambda_{Ra}} = \dfrac{\ln 2}{1{,}39 \times 10^{-11}}$ soit

$t_{1/2} = 4{,}99 \times 10^{10}$ s donc $t_{1/2} = \dfrac{4{,}99 \times 10^{10}}{365{,}25 \times 24 \times 3\,600} = \mathbf{1{,}58 \times 10^3}$ **années.**

À NOTER.

3. c. Une année comporte 365,25 journées en moyenne puisqu'il y a une année bissextile (366 jours) tous les 4 ans.

4. a. Exploiter la définition de la demi-vie

La demi-vie calculée à la question précédente est d'environ 1 600 ans, soit 16 siècles. Elle correspond au temps nécessaire pour que l'activité radioactive soit divisée par deux. La phrase du dictionnaire est donc **valide**.

b. Connaître l'expression de la loi de décroissance radioactive

La loi de décroissance du nombre $N(t)$ de noyaux de radium 226 s'exprime par la relation : $\mathbf{N(t) = N_0 e^{-\lambda_{Ra} t}}$.

c. Utiliser la loi de décroissance radioactive

Au bout de $t = 100$ ans $= 100 \times 365{,}25 \times 24 \times 3\,600$ s $= 3{,}16 \times 10^9$ s, le nombre de noyaux de radium 226 restant est :

$$N(t = 3{,}16 \times 10^9 \text{ s}) = N_0 e^{-1{,}39\times10^{-11}\times3{,}16\times10^9} = 0{,}957\ N_0.$$

Le nombre de noyaux restants N au bout d'un siècle est 95,7 % du nombre initial N_0. L'activité étant proportionnelle au nombre de noyaux, elle vaut donc encore **95,7 % de sa valeur initiale** au bout d'un siècle. On peut donc affirmer que l'activité de la crème reste pratiquement inchangée pendant toute cette durée.

SUJET 8 | OBJECTIF SUP

1 h Du radon dans la maison

→ FICHES **13** à **16**

Ce sujet nécessite une bonne maîtrise mathématique. Il s'agit notamment d'établir la loi de décroissance radioactive en résolvant une équation différentielle, puis d'exploiter cette loi dans le cadre d'une résolution de problème.

LE SUJET

Le radon 222 est un gaz incolore et inodore qui provient de la désintégration de l'uranium dans la croûte terrestre. Sa demi-vie radioactive de 3,82 jours est très courte mais le radon est régénéré sans cesse en tant que membre de la famille radioactive de l'uranium 238.

L'inhalation du radon et de ses descendants représente pour la population française le tiers de l'exposition moyenne aux rayonnements ionisants. Sa présence est plus importante dans les régions granitiques et volcaniques.

Document **Comment le radon s'infiltre dans une maison ?**

La principale voie d'infiltration du radon dans une maison est le sol sur lequel le bâtiment est construit. Le radon s'accumule de préférence dans des endroits clos et peu ventilés comme les caves et, dans les maisons modernes, les vides sanitaires. Dans la plupart des cas, les mesures correctrices à prendre pour diminuer les concentrations trop élevées en radon sont très simples : aérer et ventiler les maisons, les sous-sols et les vides sanitaires ; améliorer l'étanchéité des murs et des planchers.

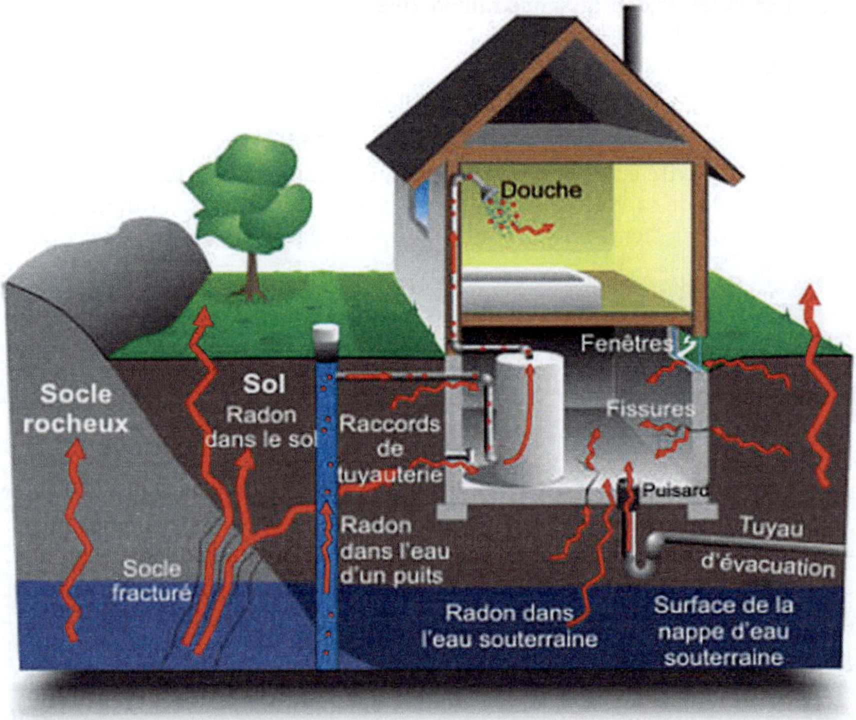

Le radon 222 se désintègre en donnant successivement dans un court délai du polonium 218, du plomb 214, du bismuth 214, du polonium 214, puis du plomb 210. Tous ces descendants sont solides. Les quatre premiers peuvent être inhalés sous forme d'aérosol (ensemble de particules, solides ou liquides, en suspension dans un milieu gazeux) et se déposer sur les cellules pulmonaires. La nocivité du radon est surtout due aux désintégrations α de ses descendants.

Données

• Quelques éléments chimiques :

Élément	plomb	bismuth	polonium	radon
Symbole	Pb	Bi	Po	Rn
Z	82	83	84	86

• Constante d'Avogadro : $N_A = 6{,}02 \times 10^{23}$ mol^{-1}.

• Masse molaire du radon 222 : $M = 222{,}0$ g·mol^{-1}.

1. Écrire les équations des trois désintégrations successives permettant d'obtenir les trois premiers descendants du radon 222 et indiquer, dans chaque cas, le type de radioactivité.

2. On considère un récipient renfermant N_0 noyaux de radon 222, à la date $t = 0$. On suppose que le récipient ne permet ni l'entrée, ni la sortie de radon.

À tout instant t, le nombre de désintégrations de noyaux de radon 222 par unité de temps $-\frac{dN(t)}{dt}$ est proportionnel au nombre $N(t)$ de noyaux de radon 222. Cette relation de proportionnalité s'écrit :

$-\frac{dN(t)}{dt} = \lambda N(t)$ avec λ la constante radioactive du radon 222.

a. Indiquer la propriété permettant d'affirmer que $-\frac{dN(t)}{dt}$ est proportionnel au nombre N de noyaux radioactifs.

b. Indiquer, en le justifiant, l'unité de la constante λ.

c. Nommer la grandeur physique définie par $-\frac{dN(t)}{dt}$.

d. Résoudre l'équation $-\frac{dN(t)}{dt} = \lambda N(t)$ pour obtenir ainsi la loi de décroissance radioactive.

e. Définir la demi-vie radioactive $t_{1/2}$ et montrer que $\lambda t_{1/2} = \ln 2$.

3. Problème à résoudre

La mesure de l'activité du radon 222 dans une cave a donné un résultat de 6 000 becquerels par mètre cube d'air : $6{,}0\ \text{kBq}\cdot\text{m}^{-3}$.

En supposant que le radon ne s'infiltre plus et ne s'échappe pas de cette cave, au bout de combien de jours l'activité du radon 222 sera-t-elle de $0{,}40\ \text{kBq}\cdot\text{m}^{-3}$, seuil au-dessus duquel l'Union européenne recommande d'entreprendre des mesures correctrices simples ?

Pour résoudre ce problème, le candidat est invité à présenter toutes les étapes de la démarche suivie de manière détaillée, même si elle n'a pas abouti.

LES CLÉS POUR RÉUSSIR

1. Utilisez les lois de conservation. → FICHE 14

2. a. Si vous n'avez pas la réponse, reportez-vous à la → FICHE 15.

b. Analysez les dimensions (unités) des grandeurs dans la relation :

$$-\frac{dN(t)}{dt} = \lambda N(t).$$

c. Aidez-vous de l'unité de $-\frac{dN(t)}{dt}$. → FICHE 16

d. Résolvez l'équation différentielle du premier ordre en recherchant une solution de la forme $N(t) = ae^{bt} + c$, avec a, b et c des constantes. N'oubliez pas la condition initiale !

e. Pour conduire le calcul, utilisez la loi de décroissance radioactive à la date $t_{1/2}$ et la définition de la demi-vie. → FICHE 15

3. Pour résoudre ce problème, commencez dans un premier temps par identifier chaque étape de la démarche en indiquant les connaissances (définition, relation, loi…) que vous devez mobiliser et la nature du calcul à réaliser. Pensez notamment à utiliser la loi de décroissance radioactive puisqu'il s'agit de dater un événement.

Dans un deuxième temps, pour chaque étape successivement, extrayez du sujet les informations nécessaires à la conduite du calcul et réalisez-le.

N'oubliez pas de rédiger clairement le raisonnement de chaque étape et de conclure explicitement, en n'hésitant pas à apporter un commentaire.

LE CORRIGÉ

1. Utiliser les lois de conservation pour écrire l'équation d'une réaction nucléaire et identifier le type de radioactivité

L'équation de désintégration du radon 222 en polonium 218 s'écrit :

$$^{222}_{86}\text{Rn} \rightarrow {}^{218}_{84}\text{Po} + {}^{A}_{Z}\text{Q}$$

La conservation du nombre de nucléons s'écrit : $222 = 218 + A$ soit $A = 4$.

La conservation du nombre de charges s'écrit : $86 = 84 + Z$ soit $Z = 2$.

La particule ${}^{A}_{Z}\text{Q}$ est donc un noyau d'hélium ${}^{4}_{2}\text{He}$, c'est-à-dire une particule α.

Le radon 222 subit donc une **désintégration radioactive** α :

$$^{222}_{86}\textbf{Rn} \rightarrow {}^{218}_{84}\textbf{Po} + {}^{4}_{2}\textbf{He}$$

Par un raisonnement similaire, en appliquant les lois de conservation, on peut écrire l'équation de désintégration du polonium 218 en plomb 214 :

$$^{218}_{84}\textbf{Po} \rightarrow {}^{214}_{82}\textbf{Pb} + {}^{4}_{2}\textbf{He}$$

Il s'agit encore d'une **radioactivité** α.

Toujours en appliquant les lois de conservation, l'équation de désintégration du plomb 214 en bismuth 214 s'écrit :

$$^{214}_{82}\textbf{Pb} \rightarrow {}^{214}_{83}\textbf{Bi} + {}^{0}_{-1}\textbf{e}$$

En effet, la particule émise est telle que $A = 0$ et $Z = -1$: il s'agit d'un électron de symbole ${}^{0}_{-1}\text{e}$. Le plomb 214 est donc un **radio-isotope** β^-.

2. a. Connaître le caractère aléatoire d'une désintégration radioactive

La désintégration radioactive est un **processus aléatoire**, comme le fait de « sortir un 6 » en lançant un dé, donc le nombre de désintégrations par unité de temps $-\frac{dN(t)}{dt}$ est **proportionnel au nombre $N(t)$ de noyaux radioactifs**, de la même manière que le nombre de 6 obtenus en lançant N dés est proportionnel à N.

> **À NOTER**
> **2. a.** Le nombre de noyaux radioactifs est décroissant donc la dérivée $\frac{dN(t)}{dt}$ est négative. C'est la raison pour laquelle le nombre de désintégrations par unité de temps, qui est évidemment une grandeur positive, s'exprime avec un signe moins : $-\frac{dN(t)}{dt} > 0$.

b. Conduire une analyse dimensionnelle

$N(t)$ est un nombre sans dimension donc d'après la relation $-\frac{dN(t)}{dt} = \lambda N(t)$, la constante radioactive λ a la dimension de l'inverse d'un temps.
Elle s'exprime donc dans le système international en s^{-1}.

c. Connaître la définition de l'activité

La grandeur physique définie par $-\frac{dN(t)}{dt}$ est le **nombre de désintégrations par unité de temps, c'est-à-dire l'activité** à la date t : $A(t) = -\frac{dN(t)}{dt}$.

d. Résoudre une équation différentielle du premier ordre

L'équation différentielle $-\frac{dN(t)}{dt} = \lambda N(t)$ ou $\frac{dN(t)}{dt} + \lambda N(t) = 0$ admet des solutions de la forme : $N(t) = ae^{bt} + c$ avec a, b et c des constantes.

En dérivant cette expression, on obtient : $\frac{dN(t)}{dt} = abe^{bt}$.

En reportant dans l'équation différentielle $\frac{dN(t)}{dt} + \lambda N(t) = 0$, cela conduit à :
$abe^{bt} + \lambda ae^{bt} + \lambda c = 0$ soit $(b + \lambda)ae^{bt} + \lambda c = 0$.
Cette équation, qui doit être vérifiée pour toute date t, impose que :
$b + \lambda = 0$ et $\lambda c = 0$.
Sachant que la constante radioactive λ est non nulle, alors $c = 0$ et $b = -\lambda$.
Les solutions sont donc de la forme : $N(t) = ae^{-\lambda t}$.

Il suffit ensuite d'utiliser la condition initiale pour déterminer la valeur de a. Initialement, le nombre de noyaux est N_0 donc $N(0) = N_0$ et par ailleurs $N(0) = ae^{-\lambda \times 0} = ae^0 = a \times 1 = a$. La constante a est donc égale à N_0.
Finalement, il n'y a qu'une solution de cette équation différentielle :
$\mathbf{N(t) = N_0 e^{-\lambda t}}$. C'est la loi de décroissance radioactive.

e. Exploiter la loi de décroissance radioactive

La demi-vie radioactive $t_{1/2}$ est le temps au bout duquel le nombre de noyaux radioactifs est divisé par 2 donc : $N(t_{1/2}) = N_0 e^{-\lambda t_{1/2}} = \frac{N_0}{2}$.
Cela conduit donc à $e^{-\lambda t_{1/2}} = \frac{1}{2}$ soit $e^{\lambda t_{1/2}} = 2$ et finalement $\mathbf{\lambda t_{1/2} = \ln 2}$.

3. Mener une résolution de problème

L'objectif de ce problème est de déterminer la durée nécessaire pour que l'activité radioactive par mètre cube, due au radon 222 enfermé dans une cave, passe de la valeur initiale de 6,0 $kBq \cdot m^{-3}$ à la valeur acceptable, soit 0,40 $kBq \cdot m^{-3}$.

> **CONSEILS**
> Débutez toujours une résolution de problème en explicitant l'objectif à atteindre.

Sachant qu'on suppose qu'aucun gaz radon ne s'infiltre ni ne s'échappe, on peut appliquer la loi de décroissance radioactive pour déterminer cette durée.

Mais les données dont on dispose sont des activités par unité de volume, tandis que la loi de décroissance $N(t) = N_0 e^{-\lambda t}$ est exprimée avec des nombres de noyaux.

Cependant, l'activité (par mètre cube) est proportionnelle au nombre de noyaux (par mètre cube) : $A(t) = \lambda N(t)$ et $A_0 = \lambda N_0$.

On peut donc écrire la loi de décroissance sous la forme :

$A(t) = A_0 e^{-\lambda t}$.

Pour résoudre ce problème, il s'agit finalement de déterminer la valeur de la date t sachant que $A(t) = 0{,}40\ \text{kBq}\cdot\text{m}^{-3}$ et $A_0 = 6{,}0\ \text{kBq}\cdot\text{m}^{-3}$.

La loi $A(t) = A_0 e^{-\lambda t}$ conduit à $e^{-\lambda t} = \dfrac{A(t)}{A_0}$ soit $e^{\lambda t} = \dfrac{A_0}{A(t)}$.

On obtient alors : $\lambda t = \ln \dfrac{A_0}{A(t)}$ et donc : $t = \dfrac{1}{\lambda} \ln \dfrac{A_0}{A(t)}$.

Pour terminer le calcul, il faut connaître la valeur de la constante radioactive λ. Dans l'énoncé, on trouve la valeur de la demi-vie du radon : $t_{1/2} = 3{,}82$ jours.

Pour déterminer la valeur de la constante radioactive, il faut utiliser la relation : $\lambda t_{1/2} = \ln 2$ (démontrée en **2. e.**).

Cela conduit à $\lambda = \dfrac{\ln 2}{t_{1/2}} = \dfrac{\ln 2}{3{,}82} = 0{,}181\ \text{jour}^{-1}$.

La durée recherchée peut alors se calculer :

$t = \dfrac{1}{\lambda} \ln \dfrac{A_0}{A(t)} = \dfrac{1}{0{,}181} \ln \dfrac{6{,}0}{0{,}40}$ soit finalement $t =$ **15 jours**.

Cette durée est conséquente. On comprend aisément l'importance d'aérer la cave pour favoriser l'évacuation du radon et ainsi réduire le risque que représente l'exposition des habitants de la maison à cette dose radioactive.

CONSEILS

3. Il n'est pas utile de convertir la demi-vie en secondes. En la laissant en jours, la constante radioactive s'exprime en j^{-1} et la durée recherchée en jours.
Dans le même ordre d'idée, les activités par mètre cube peuvent être laissées en $\text{kBq}\cdot\text{m}^{-3}$ puisque le calcul porte sur un rapport d'activités.

La matière

5 Sens d'évolution d'un système oxydant-réducteur

Lentement, la carrosserie de cette voiture est en train de **rouiller**. Cette transformation de la matière est une oxydo-réduction. Serait-il possible de « renverser » ce processus ?

TEST

Pour vous situer et identifier les fiches à réviser 108

FICHES DE COURS

17 Quotient de réaction et critère d'évolution spontanée 110
18 Transformation spontanée modélisée par une oxydo-réduction 112
19 Fonctionnement d'une pile 114
20 Usure et capacité d'une pile 116
21 Une évolution forcée : l'électrolyse 118
MÉMO VISUEL 120

SUJETS GUIDÉS & CORRIGÉS

OBJECTIF SUP
9 Étude d'une pile nickel-zinc 122
10 Cuisiner dans des casseroles en cuivre 128

TESTEZ-VOUS

→ CORRIGÉS P. 379-380

Faites le point sur vos connaissances puis établissez votre **parcours de révision** en fonction de votre score.

1 Quotient de réaction et critère d'évolution spontanée

→ FICHE 17

1. Le taux d'avancement final τ d'une transformation en fonction de son avancement final x_f et de son avancement maximal x_m est défini par :

☐ **a.** $\tau = x_f \times x_m$ ☐ **b.** $\tau = \frac{x_f}{x_m}$ ☐ **c.** $\tau = \frac{x_m}{x_f}$

2. La réaction $a\,A_{(aq)} + b\,B_{(s)} \rightleftarrows c\,C_{(aq)} + d\,D_{(aq)}$ a pour quotient de réaction Q_r :

☐ **a.** $Q_r = \frac{[C]^c \times [D]^d}{[A]^a \times [B]^b}$ ☐ **b.** $Q_r = \frac{[C]^c \times [D]^d}{[A]^a}$ ☐ **c.** $Q_r = \frac{[C]^c + [D]^d}{[A]^a}$

3. Soit un système chimique dans le cas d'une transformation non totale, de constante d'équilibre K.

☐ **a.** Si $Q_r < K$, l'évolution se fera spontanément en sens direct.

☐ **b.** Si $Q_r > K$, l'évolution se fera spontanément en sens direct.

☐ **c.** Si $Q_r = K$, le système est à l'équilibre et il n'y aura pas d'évolution spontanée.

.../3

2 Transformation spontanée modélisée par une oxydo-réduction

→ FICHE 18

1. Les ions argent $Ag^+_{(aq)}$ réagissent avec le métal cuivre $Cu_{(s)}$ pour donner spontanément des ions cuivre $Cu^{2+}_{(aq)}$ et du métal argent $Ag_{(s)}$.
Donner l'expression du quotient de réaction Q_r.

☐ **a.** $Q_r = \frac{[Cu^{2+}]}{[Ag^+]^2}$ ☐ **b.** $Q_r = \frac{[Cu^{2+}] \times [Ag]^2}{[Cu] \times [Ag^+]^2}$ ☐ **c.** $Q_r = \frac{[Cu^{2+}] + [Ag]^2}{[Cu] + [Ag^+]^2}$

2. Sachant que la constante de cet équilibre vaut $K = 3{,}8 \times 10^{15}$, on peut affirmer :

☐ **a.** qu'il y aura plus d'ions Cu^{2+} que d'ions Ag^+ à l'état final.

☐ **b.** qu'il y en aura moins.

☐ **c.** qu'il y en aura autant.

.../2

3 Fonctionnement d'une pile

→ FICHE 19

1. On considère une pile Daniell, dont l'écriture symbolique est :

$$(-)Zn_{(s)}/Zn^{2+}_{(aq)}//Cu^{2+}_{(aq)}/Cu_{(s)}(+)$$

Parmi les affirmations suivantes, lesquelles sont vraies ?

☐ **a.** L'électrode de zinc est la cathode. ☐ **b.** L'électrode de zinc est l'anode.

☐ **c.** L'électrode de cuivre est le générateur.

2. Si cette pile Daniell débite du courant, la masse de l'électrode de cuivre :

☐ **a.** augmente. ☐ **b.** diminue. ☐ **c.** reste constante.

3. Dans le circuit extérieur de cette pile Daniell en fonctionnement :

☐ **a.** le sens conventionnel du courant est de l'électrode de cuivre à celle de zinc.

☐ **b.** les électrons vont de l'électrode de cuivre à celle de zinc.

☐ **c.** les ions vont de l'électrode de cuivre à celle de zinc. .../3

4 Usure et capacité d'une pile

→ FICHE 20

1. Que signifie le fait que la pile Daniell soit « usée » ?

☐ **a.** La marque « Daniell » inscrite sur la pile est presque totalement effacée.

☐ **b.** La tension à ses bornes est nulle. ☐ **c.** Sa force électromotrice est nulle.

2. Quelle expression de la capacité Q d'une pile est exacte, sachant que I est l'intensité du courant débité, F la constante de Faraday, $n(e^-)$ la quantité de matière en électrons échangés et Δt la durée de fonctionnement ?

☐ **a.** $Q = n(e^-) \times F$ ☐ **b.** $Q = \Delta t \times I^2$ ☐ **c.** $Q = I \times \Delta t$ .../2

5 Une évolution forcée : l'électrolyse

→ FICHE 21

1. Au cours d'une électrolyse, l'électrode reliée au pôle positif du générateur est :

☐ **a.** la cathode, lieu de la réduction. ☐ **b.** l'anode, lieu de l'oxydation.

☐ **c.** la cathode, lieu de l'oxydation.

2. Quelle quantité d'électricité Q traverse le circuit lors d'une électrolyse ?

☐ **a.** $Q = n(e^-) \times F$ ☐ **b.** $Q = \Delta t \times I^2$ ☐ **c.** $Q = I \times \Delta t$

3. Au cours d'une électrolyse, le quotient réactionnel Q_r :

☐ **a.** tend à se rapprocher de la valeur de la constante d'équilibre K.

☐ **b.** tend à s'éloigner de la valeur de la constante d'équilibre K.

☐ **c.** est constant. .../3

Score total .../13

Parcours PAS À PAS ou EXPRESS ? → MODE D'EMPLOI P. 3

17 Quotient de réaction et critère d'évolution spontanée

En bref *Les transformations chimiques ne sont pas toujours totales et peuvent donc se faire dans les deux sens. L'évolution d'un système est liée à la notion d'équilibre.*

I Équilibre dynamique et quotient de réaction

■ Le **taux d'avancement final** τ d'une transformation est défini par : $\tau = \frac{x_f}{x_m}$

avec τ sans unité et souvent exprimé en % ; x_f l'avancement final et x_m l'avancement maximal.

- si $\tau = 1$: transformation **totale** ;
- si $\tau < 1$: transformation **non totale** (limitée).

■ Une transformation n'est pas totale si elle peut se faire dans les deux sens : direct (lecture de gauche à droite dans l'équation de réaction) et indirect (de droite à gauche). L'état final est atteint lorsque la formation des produits se fait à la même vitesse que leur consommation. On parle d'**équilibre dynamique** et cela se traduit par la double flèche de réaction : $\rightleftarrows$.

■ Soit un système chimique subissant une transformation modélisée par :

$$a\,A_{(aq)} + b\,B_{(aq)} \rightleftarrows c\,C_{(aq)} + d\,D_{(aq)}.$$

Le **quotient de réaction** est défini par : $Q_r = \frac{[C]^c \times [D]^d}{[A]^a \times [B]^b}$

avec Q_r nombre sans unité ; [X] concentration en quantité de matière de l'espèce X (nombre sans unité, égal à la concentration de X en $mol \cdot L^{-1}$). Si X est un solide ou le solvant H_2O, il n'apparaît pas dans le calcul du quotient de réaction Q_r.

II Constante d'équilibre et critère d'évolution spontanée d'un système

■ Soit une transformation chimique et son équation de réaction à laquelle on associe une **constante d'équilibre**, grandeur sans unité, notée K.

> **À NOTER**
> Pour l'équation considérée, la constante d'équilibre K ne dépend que de la température.

■ Quand un système est à l'équilibre (les quantités de matière des espèces n'évoluent plus), le quotient de réaction est égal à la constante d'équilibre :

- **à l'équilibre** : $Q_r = K$;
- **en dehors de l'équilibre** : $Q_r \neq K$.

■ Si un système chimique est hors d'équilibre dans le cas d'une transformation non totale avec tous les réactifs et tous les produits présents à l'état initial, le **critère d'évolution spontanée** permet de prévoir, selon la valeur du quotient de réaction initial, dans quel sens se fera effectivement la transformation :

- si $Q_{ri} < K$: évolution en **sens direct** ;
- si $Q_{ri} > K$: évolution en **sens indirect**.

Méthodes

1 Déterminer si une transformation est totale ou non

Soit une transformation dont on connaît l'avancement final $x_f = 2{,}0 \times 10^{-2}$ mol et l'avancement maximal $x_m = 3{,}00 \times 10^{-2}$ mol. Le réactif limitant sera-t-il totalement consommé à l'état final ?

CONSEILS
Calculez le taux d'avancement final.

SOLUTION

On a : $\tau = \dfrac{x_f}{x_m} = \dfrac{2{,}0 \times 10^{-2}}{3{,}00 \times 10^{-2}} = 0{,}67 = 67\ \% < 100\ \%$.

La transformation n'est pas totale : le réactif limitant sera présent à l'état final.

2 Prévoir le sens d'évolution d'un système chimique

Soit l'équilibre : $Ag^+_{(aq)} + 2\ NH_{3(aq)} \rightleftarrows Ag(NH_3)^+_{2\,(aq)}$ avec $K = 8{,}13 \times 10^3$.
On considère le système chimique constitué à l'état initial des espèces ci-dessous, en solution aqueuse de volume $V = 250$ mL.

Espèces	$Ag^+_{(aq)}$	$NH_{3\,(aq)}$	$Ag(NH_3)^+_{2\,(aq)}$
Quantité de matière	$5{,}00 \times 10^{-3}$ mol	$2{,}00 \times 10^{-3}$ mol	$4{,}00 \times 10^{-2}$ mol

Prédire le sens dans lequel évoluera spontanément ce système.

CONSEILS
Calculez les concentrations des différentes espèces, puis déterminez le quotient de réaction initial et enfin appliquez le critère d'évolution spontanée.

SOLUTION

• La concentration en quantité de matière est $C = \dfrac{n}{V}$.

Pour l'ion argent : $[Ag^+]_i = \dfrac{5{,}00 \times 10^{-3}}{250 \times 10^{-3}} = 2{,}00 \times 10^{-2}\ mol \cdot L^{-1}$.

$[NH_3]_i = 8{,}00 \times 10^{-3} mol \cdot L^{-1}$ et $\left[Ag(NH_3)_2^+\right]_i = 1{,}60 \times 10^{-1}\ mol \cdot L^{-1}$.

Le quotient de réaction initial s'écrit : $Q_{ri} = \dfrac{\left[Ag(NH_3)_2^+\right]_i}{[Ag^+]_i \times [NH_3]_i^2}$.

Numériquement, on a : $Q_{ri} = \dfrac{1{,}60 \times 10^{-1}}{2{,}00 \times 10^{-2} \times \left(8{,}00 \times 10^{-3}\right)^2} = 1{,}25 \times 10^5$.

• Les réactifs et le produit étant tous initialement présents, on peut envisager une évolution dans les deux sens pour cette transformation non totale. La comparaison de K et de Q_{ri} permet de prédire le sens effectif.
$Q_{ri} = 1{,}25 \times 10^5 > K = 8{,}13 \times 10^3$. L'évolution spontanée a donc lieu dans le sens indirect.

18 Transformation spontanée modélisée par une oxydo-réduction

En bref *Lors d'une oxydo-réduction, le réducteur d'un couple échange des électrons avec l'oxydant d'un autre couple. Il y a formation des espèces conjuguées. Cette transformation spontanée peut se faire de deux façons.*

I Oxydo-réduction : transfert d'électrons par contact

1 Réaction entre les ions cuivre et les atomes de zinc

■ Lorsque l'on met en contact des ions cuivre $Cu^{2+}_{(aq)}$ et des atomes de zinc $Zn_{(s)}$, on observe une progressive décoloration de la solution ainsi qu'un dépôt rougeâtre sur la plaque de zinc.

■ Les ions cuivre donnent une coloration bleue à la solution. Une solution d'ions zinc est incolore. Donc les ions cuivre sont consommés. Le dépôt sur la plaque de zinc correspond à la couleur des atomes de cuivre.

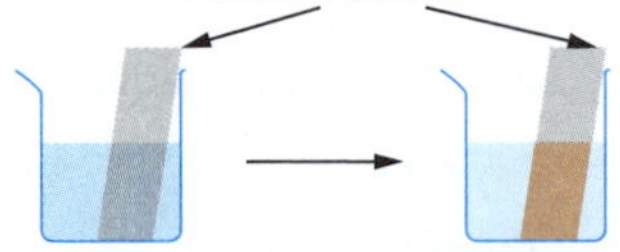

■ Enfin, il est possible de prouver que des ions zinc sont maintenant présents dans la solution : ils ont été formés par oxydation des atomes de zinc. D'où les équations :

$$Zn \rightleftarrows Zn^{2+} + 2\,e^-$$
$$Cu^{2+} + 2\,e^- \rightleftarrows Cu$$
$$Zn_{(s)} + Cu^{2+}_{(aq)} \rightarrow Zn^{2+}_{(aq)} + Cu_{(s)}$$

Cette transformation totale est **spontanée**.

2 Réaction entre les ions zinc et les atomes de cuivre

La double flèche des demi-équations ci-dessus laisse présager que la transformation peut se faire dans les deux sens. Dans ce cas, il n'en est rien puisque la transformation est totale ! Si on met en contact des ions zinc $Zn^{2+}_{(aq)}$ et des atomes de cuivre $Cu_{(s)}$, aucune évolution ne sera observée : cette transformation n'est **pas spontanée**.

À NOTER
Cela ne veut pas dire qu'elle ne pourra jamais avoir lieu... → FICHE 21

II Oxydo-réduction : transfert indirect d'électrons

■ Dans une solution aqueuse, les porteurs de charge sont les ions. Dans un métal, les porteurs de charge sont les électrons.

■ Il est donc possible qu'un réducteur et un oxydant échangent des électrons sans être directement en contact. Il suffit en effet de les relier par un conducteur métallique (câble, électrode...). Ce transfert **indirect** d'électrons donne naissance à un courant électrique dans le conducteur métallique. → FICHE 19

Méthode

Prévoir le sens d'évolution spontanée d'un système électrochimique

Le système électrochimique considéré est une solution aqueuse contenant :
- des ions fer III ($[Fe^{3+}]_i = 4{,}0 \times 10^{-2}$ mol·L^{-1}) ;
- des ions fer II ($[Fe^{2+}]_i = 2{,}0 \times 10^{-3}$ mol·L^{-1}) ;
- des ions cuivre ($[Cu^{2+}]_i = 5{,}0 \times 10^{-2}$ mol·L^{-1}) ;
- du cuivre solide ($m(Cu)_i = 2{,}5$ g).

Les couples oxydant/réducteur sont : Fe^{3+}/Fe^{2+} et Cu^{2+}/Cu.

a. Donner l'équation de réaction en supposant que l'atome de cuivre est un réactif.

b. Déterminer alors la valeur du quotient de réaction initial du système.

c. La constante d'équilibre de cette réaction est, à 25 °C, $K = 2{,}1 \times 10^{14}$. Dans quel sens le système va-t-il évoluer ?

CONSEILS

a. Écrivez puis combinez les deux demi-équations en faisant l'hypothèse que le réducteur Cu est un réactif.
b. Attention à l'état physique des différentes espèces.
c. Appliquez le critère d'évolution spontanée.

SOLUTION

a. Cu est un réducteur donc il réagit avec l'oxydant de l'autre couple : Fe^{3+}.

$$Cu \rightleftarrows Cu^{2+} + 2\,e^-$$
$$Fe^{3+} + e^- \rightleftarrows Fe^{2+} \qquad (\times 2)$$
$$Cu_{(s)} + 2\,Fe^{3+}_{(aq)} \rightleftarrows Cu^{2+}_{(aq)} + 2\,Fe^{2+}_{(aq)}$$

b. Le solide Cu n'apparaît pas dans le quotient de réaction. → FICHE 17

On a : $$Q_{ri} = \frac{[Cu^{2+}]_i \times [Fe^{2+}]_i^2}{[Fe^{3+}]_i^2} = \frac{5{,}0 \times 10^{-2} \times (2{,}0 \times 10^{-3})^2}{(4{,}0 \times 10^{-2})^2} = 1{,}3 \times 10^{-4}.$$

c. On a : $Q_{ri} = 1{,}3 \times 10^{-4} < K = 2{,}1 \times 10^{14}$.
L'évolution a donc lieu dans le sens direct : l'équation de réaction a donc été écrite dans le « bon » sens.

À NOTER

c. Si à la question **a** on écrit l'équation de réaction dans l'autre sens, on trouvera des valeurs inverses pour *K* et pour Q_{ri}. On obtiendra alors une évolution en sens indirect, ce qui revient au même dans la réponse donnée ici !

19 Fonctionnement d'une pile

En bref *Une pile est le siège d'un transfert indirect d'électrons entre le réducteur d'un couple et l'oxydant d'un autre couple. Cela permet une conversion d'énergie chimique en énergie électrique : nous en faisons chaque jour l'usage !*

I Principe de fonctionnement

- Une pile est constituée de deux demi-piles, chacune contenant une électrode (fil ou plaque métallique) qui plonge dans un électrolyte (solution contenant des ions métalliques). Une demi-pile est le siège d'une réaction d'oxydation ou de réduction. Les deux demi-piles sont reliées par un **pont salin** ou une **membrane** qui ferme le circuit, assurant ainsi le passage du courant électrique et maintient l'électroneutralité des solutions.
- L'électrode qui est le siège d'une **oxydation** est l'**anode**.
L'électrode qui est le siège d'une **réduction** est la **cathode**.
- Lorsqu'une pile fonctionne, les électrons sont produits à l'anode et consommés à la cathode. Ainsi, l'anode constitue le pôle (–) et la cathode le pôle (+) d'une pile. Dans le circuit électrique extérieur à la pile, les électrons vont de l'anode vers la cathode. Le courant électrique circule en sens inverse des électrons, c'est-à-dire du pôle (+) (cathode) vers le pôle (–) (anode).
- L'**écriture symbolique** d'une pile est : (–) $\text{Réd}_1/\text{Ox}_1//\text{Ox}_2/\text{Réd}_2$ (+).

II Schéma d'une pile en fonctionnement

Exemple : pile Daniell : (–) $Zn_{(s)}/Zn^{2+}_{(aq)}//Cu^{2+}_{(aq)}/Cu_{(s)}$ (+).

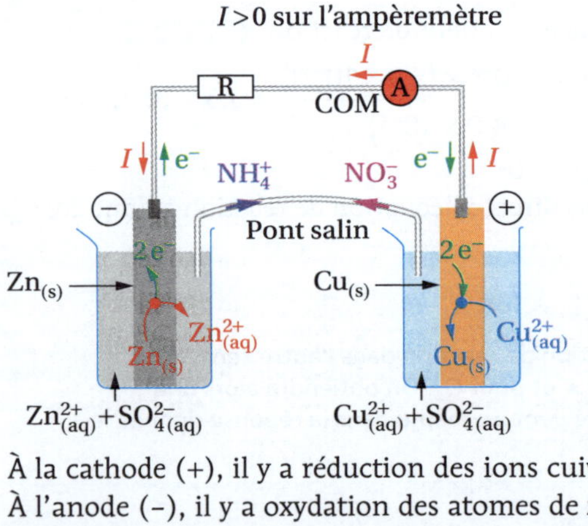

À NOTER
On utilise un pont salin car mélanger les deux demi-piles dans un bécher provoquerait un transfert direct d'électrons du réducteur à l'oxydant. Le pont salin impose un circuit extérieur aux électrons générant un courant électrique utilisable.

À la cathode (+), il y a réduction des ions cuivre : $Cu^{2+} + 2\,e^- \rightleftarrows Cu$.
À l'anode (–), il y a oxydation des atomes de zinc : $Zn \rightleftarrows Zn^{2+} + 2\,e^-$.
Finalement, on a donc la réaction : $Zn_{(s)} + Cu^{2+}_{(aq)} \rightarrow Zn^{2+}_{(aq)} + Cu_{(s)}$.

Méthode

Déterminer l'équation de réaction d'une pile en fonctionnement

Établir l'équation de la réaction se produisant lorsque la pile plomb-cuivre ci-dessous fonctionne.

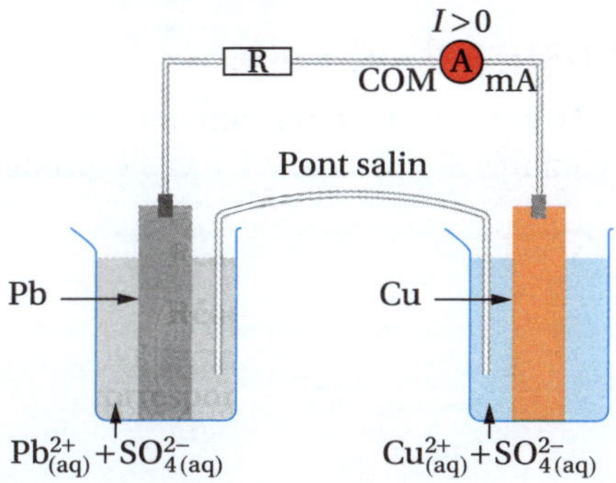

CONSEILS

Identifiez le sens du courant électrique et donc le sens de circulation des électrons. Ainsi, vous connaîtrez la polarité de la pile et donc le lieu où sont libérés les électrons et celui où ils sont captés. C'est ce qui permettra d'identifier les réactifs et les produits.

SOLUTION

D'après le schéma, $I > 0$: le courant électrique rentre donc par la borne mA de l'ampèremètre et sort par la borne COM. Ainsi, le courant électrique circule de l'électrode de cuivre à l'électrode de plomb dans le circuit extérieur.

L'électrode de cuivre est la cathode alors que celle de plomb est l'anode.

Les électrons circulant dans le sens contraire de celui du courant électrique, ils vont donc de l'électrode de plomb à celle de cuivre.

Les électrons quittent l'électrode de plomb, donc il y a oxydation d'un réducteur (perte d'électrons) à cette demi-pile selon la demi-équation :

$$Pb \rightleftarrows Pb^{2+} + 2\ e^-.$$

Les atomes de plomb sont donc consommés : ils sont des réactifs.

Les électrons arrivent à l'électrode de cuivre, donc il y a réduction d'un oxydant (gain d'électrons) à cette demi-pile selon la demi-équation :

$$Cu^{2+} + 2\ e^- \rightleftarrows Cu.$$

Les ions cuivre sont donc consommés : ils sont des réactifs.

L'équation de la réaction d'oxydo-réduction associée à la pile en fonctionnement est ainsi :

$$\begin{array}{c} Pb \rightleftarrows Pb^{2+} + 2\ e^- \\ Cu^{2+} + 2\ e^- \rightleftarrows Cu \\ \hline Pb_{(s)} + Cu^{2+}_{(aq)} \rightarrow Pb^{2+}_{(aq)} + Cu_{(s)} \end{array}$$

20 Usure et capacité d'une pile

En bref *Une pile n'est malheureusement pas éternelle... Elle s'use et on peut prévoir, quantitativement, sa capacité à débiter du courant.*

I Force électromotrice et usure d'une pile

- La **force électromotrice** d'une pile (« fem ») est la tension mesurée à ses bornes lorsque la pile ne débite pas de courant. Elle se note « E » et s'exprime en volts (V).

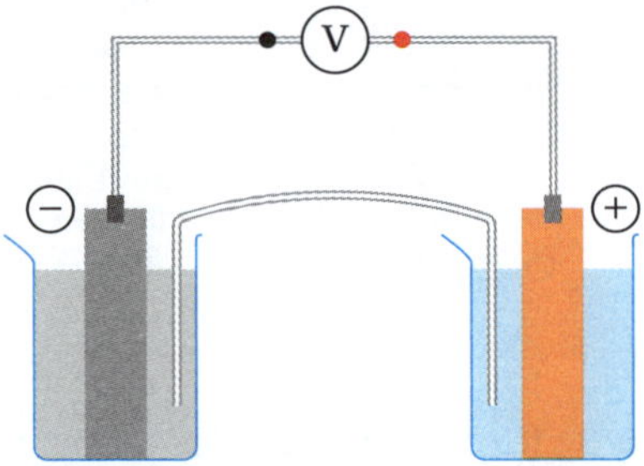

- Lorsque la pile débite du courant, il y a consommation des réactifs, ce qui provoque la **diminution** de la force électromotrice.
- Une pile est dite « **usée** » lorsque sa force électromotrice devient nulle, c'est-à-dire que la tension à ses bornes est égale à zéro.

À NOTER
Au quotidien, une pile n'est déjà plus utilisée alors que sa fem n'est pas encore nulle. Au sens chimique, elle n'est pourtant pas encore « usée »...

II Capacité électrique d'une pile

- De symbole Q, la **capacité électrique** d'une pile est la quantité maximale d'électricité (charge) qu'une pile est capable de délivrer. Elle se calcule par la valeur absolue de la charge totale des électrons échangés :

$$Q = n(e^-) \times N_A \times |-e| = n(e^-) \times F$$

avec Q en coulombs (C) ; $n(e^-)$ quantité de matière en électrons échangée (mol) ; N_A nombre d'Avogadro : Na = $6{,}02 \times 10^{23}$ mol^{-1} ; $-e = -1{,}602 \times 10^{-19}$ C, charge d'un électron ; F le Faraday, charge d'une mole de charges élémentaires : $F = 96\,500$ C·mol^{-1}.

- On détermine également la capacité électrique d'une pile par le produit de l'intensité débitée I (supposée constante) et de la durée totale de fonctionnement Δt.

$$Q = I \times \Delta t$$ Q en C ; I en A ; Δt en s.

Méthode

Déterminer la durée de fonctionnement d'une pile

On considère une pile diiode-zinc d'équation de fonctionnement :

$$I_{2\,(aq)} + Zn_{(s)} \rightarrow 2\, I^-_{(aq)} + Zn^{2+}_{(aq)}.$$

Supposons que cette pile débite un courant constant d'intensité $I = 50$ mA.

La première demi-pile contient une grosse lame de zinc.

Outre une électrode inerte, la seconde demi-pile contient 100 mL d'une solution aqueuse de diiode à $1{,}0 \times 10^{-1}$ mol·L^{-1}.

Pendant combien de temps cette pile peut-elle débiter jusqu'à l'usure ?

On fera l'hypothèse que cette transformation est totale.

CONSEILS

Identifiez le réactif limitant et calculez l'avancement maximal x_m.
Ensuite, utilisez les deux expressions de la capacité électrique de la pile pour calculer sa durée d'utilisation.

SOLUTION

La lame de zinc étant grosse, l'atome de zinc est un réactif en très large excès.

Le réactif limitant est donc le diiode. Sa quantité de matière initiale est :
$n(I_2)_i = C \times V = 1{,}0 \times 10^{-1} \times 100 \times 10^{-3} = 1{,}0 \times 10^{-2}$ mol.

À l'état final de cette transformation totale, le réactif limitant est totalement consommé donc :
$n(I_2)_f = n(I_2)_i - x_m = 0$ soit $x_m = 1{,}0 \times 10^{-2}$ mol.

Cette oxydo-réduction a lieu avec deux électrons échangés à chaque fois entre le réducteur et l'oxydant car les demi-équations sont :

$$Zn \rightleftarrows Zn^{2+} + 2\, e^-$$
$$I_2 + 2\, e^- \rightleftarrows 2\, I^-$$
$$\overline{I_{2\,(aq)} + Zn_{(s)} \rightarrow 2\, I^-_{(aq)} + Zn^{2+}_{(aq)}}$$

Donc la quantité de matière en électrons échangés est le double de l'avancement maximal :

$n(e^-) = 2\, x_m = 2{,}0 \times 10^{-2}$ mol.

On a : $Q = n(e^-) \times F = I \times \Delta t$

d'où $\Delta t = \dfrac{n(e^-) \times F}{I} = \dfrac{2{,}0 \times 10^{-2} \times 96\,500}{50 \times 10^{-3}} = 3{,}9 \times 10^4 \text{ s} = 11 \text{ h}.$

À NOTER

Dans ce type d'exercice, attention aux confusions possibles entre les notations de la force électromotrice E, de la charge élémentaire e et de l'électron e$^-$…

21 Une évolution forcée : l'électrolyse

En bref *Si on met en contact les quatre espèces de deux couples oxydant/réducteur, le critère d'évolution spontanée prévoit le sens de la transformation. Mais est-il possible d'assister à l'autre évolution, contraire au sens spontané ?*

I Principe de l'électrolyse

- Une **électrolyse** est une transformation d'oxydo-réduction **forcée** par un générateur au cours de laquelle le système évolue dans le sens inverse de celui qui serait spontanément observé. Au cours d'une évolution forcée, le quotient de réaction Q_r évolue en s'éloignant de la valeur de la constante d'équilibre K.

- L'électrode où a lieu la réduction est la **cathode**, reliée au pôle (–) du générateur.
L'électrode où a lieu l'oxydation est l'**anode**, reliée au pôle (+) du générateur.

À NOTER
Si les définitions restent les mêmes que pour une pile (anode : oxydation et cathode : réduction), les polarités (+/-) ne sont plus les mêmes !

- La quantité d'électricité Q lors d'une électrolyse est, comme pour la pile :

$Q = n(e^-) \times F = I \times \Delta t$ | Q en C ; $n(e^-)$ en mol ; F en $C \cdot mol^{-1}$; I en A et Δt en s.

- Si la tension aux bornes du générateur est suffisante, il va imposer un sens du courant et donc un sens de parcours aux électrons. Si cela s'oppose aux sens prévus par le critère d'évolution spontanée du système électrochimique, on obtient une transformation forcée.

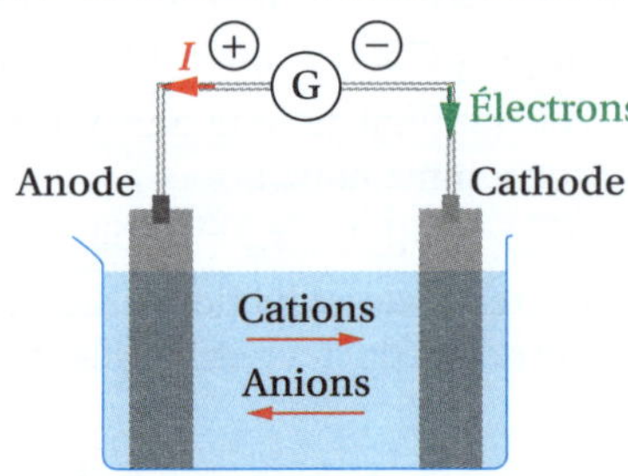

II Pile et électrolyse : deux comportements pour un système

Pile : transformation spontanée d'un système électrochimique	Électrolyse : transformation forcée d'un système électrochimique
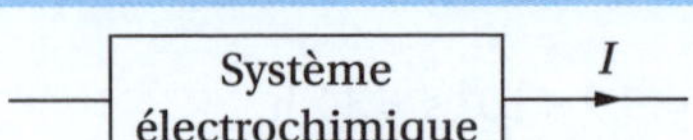	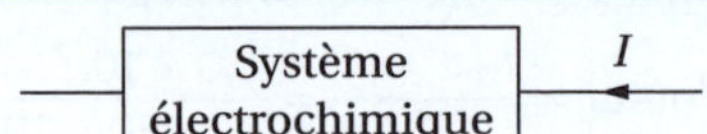
Évolution spontanée : fonctionnement en générateur	Évolution forcée : fonctionnement en récepteur
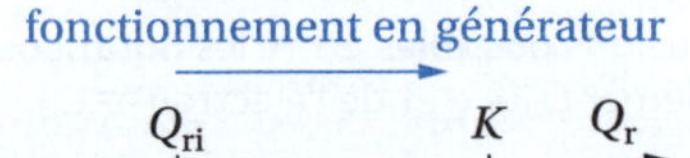	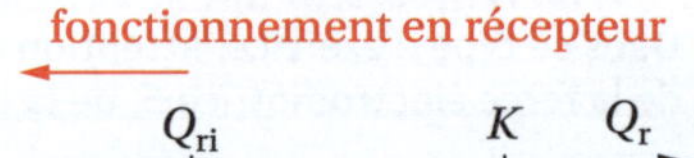

Méthode

Déterminer une quantité de matière formée lors d'une électrolyse

Grâce à un générateur qui impose un courant d'intensité constante $I = 12$ mA, on réalise pendant 15 minutes l'électrolyse d'une solution aqueuse de bromure de cuivre ($Cu^{2+}_{(aq)} + 2\ Br^-_{(aq)}$), de volume $V = 500$ mL et de concentration en quantité de matière $C = 0{,}25\ mol \cdot L^{-1}$.

Données : couples d'oxydo-réduction : Br_2/Br^- et Cu^{2+}/Cu ;
$M(Br) = 79{,}9\ g \cdot mol^{-1}$.

a. Écrire l'équation de réaction pour cette électrolyse.

b. Quelle quantité d'électricité traverse le circuit au cours de cette électrolyse ?

c. Quelle est la masse de dibrome formée lors de cette électrolyse ?

CONSEILS

a. Utilisez les couples proposés et tenez compte des espèces initialement présentes.
b. Appliquez la définition de Q mais attention aux unités…
c. Utilisez les demi-équations d'oxydo-réduction pour lier le nombre d'électrons échangés au nombre de molécules de dibrome formées. Cela mène à la quantité de matière formée en dibrome. Passez enfin à la masse.

SOLUTION

a. Les réactifs initialement présents sont les ions bromure Br^- et cuivre Cu^{2+}. On écrit les demi-équations associées :

$$2\ Br^- \rightleftarrows Br_2 + 2\ e^-$$
$$Cu^{2+} + 2\ e^- \rightleftarrows Cu$$
$$\overline{2\ Br^-_{(aq)} + Cu^{2+}_{(aq)} \rightleftarrows Br_{2\,(aq)} + Cu_{(s)}}$$

b. $Q = I \times \Delta t = 12 \times 10^{-3} \times 15 \times 60 = 11\ C$

c. D'après la demi-équation liée au dibrome, on a : $2\ Br^- \rightleftarrows Br_2 + 2\ e^-$.
Cela signifie que la formation d'une molécule de dibrome correspond à la libération de deux électrons. La quantité d'électrons libérée est donc le double de la quantité de matière en dibrome formée : $n(e^-) = 2\ n(Br_2)_{formée}$

$Q = n(e^-) \times F = 2\ n(Br_2)_{formée} \times F$

$$n(Br_2)_{formée} = \frac{Q}{2\ F} = \frac{11}{2 \times 96\,500} = 5{,}6 \times 10^{-5}\ mol$$

$$m(Br_2)_{formée} = n(Br_2)_{formée} \times M(Br_2) = n(Br_2)_{formée} \times 2 \times M(Br)$$
$$= 5{,}6 \times 10^{-5} \times 2 \times 79{,}9 = 8{,}9\ mg.$$

À NOTER

Le volume donné pour la solution n'a ici aucune utilité.

MÉMO VISUEL

Quotient de réaction et critère d'évolution spontanée

On considère une transformation chimique d'équation de réaction :

$$a\,A_{(aq)} + b\,B_{(aq)} \leftrightarrows c\,C_{(aq)} + d\,D_{(aq)}.$$

- **Quotient de réaction Q_r**

$$Q_r = \frac{[C]^c \times [D]^d}{[A]^a \times [B]^b}$$

- **Taux d'avancement final τ**

$$\tau = \frac{x_f}{x_m}$$

Si $\tau = 1$: transformation totale
Si $\tau < 1$: transformation non totale

- **Constante d'équilibre K**

K ne dépend que de T
Si $Q_r = K$: système à l'équilibre
Si $Q_r \neq K$: système hors de l'équilibre, évolution

- **Critère d'évolution spontanée**

Si $Q_{ri} < K$: évolution en sens direct (de gauche à droite)
Si $Q_{ri} > K$: évolution en sens indirect (de droite à gauche)

SYSTÈME OXYDANT-

Caractéristiques communes à la pile et à l'électrolyse

- **Anode :** lieu de l'oxydation
- **Cathode :** lieu de la réduction
- **Capacité** ou quantité d'électricité :

$$Q = n(e^-) \times F = I \times \Delta t$$

(unités : Q en C ; $n(e^-)$ en mol ; F en $C \cdot mol^{-1}$; I en A ; Δt en s)

$n(e^-)$: quantité de matière en électrons échangée
F : le Faraday, $F = 96\,500\ C \cdot mol^{-1}$
Δt : durée de fonctionnement
I : intensité du courant

Évolution spontanée d'un système oxydant-réducteur

Q_r évolue pour tendre vers K.

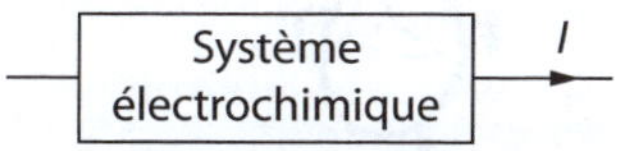

Évolution spontanée : fonctionnement en générateur

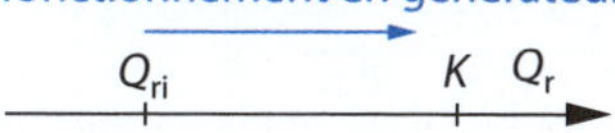

Exemple : pile Daniell d'écriture symbolique
(–) $Zn_{(s)}/Zn^{2+}_{(aq)}//Cu^{2+}_{(aq)}/Cu_{(s)}$ (+)

$I > 0$ sur l'ampèremètre

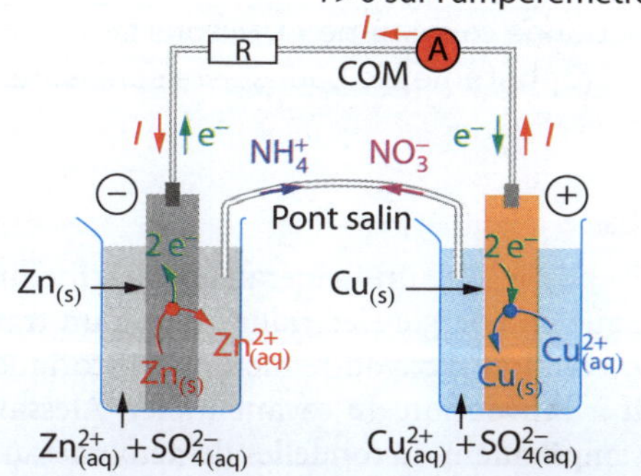

RÉDUCTEUR

Évolution forcée d'un système oxydant-réducteur

Q_r évolue pour s'éloigner de K.

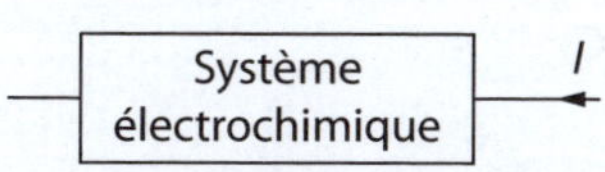

Évolution forcée : fonctionnement en récepteur

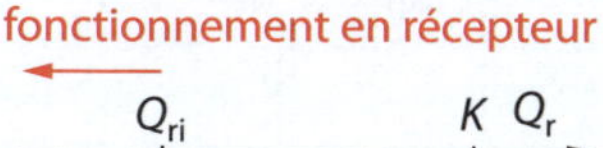

Exemple : électrolyse

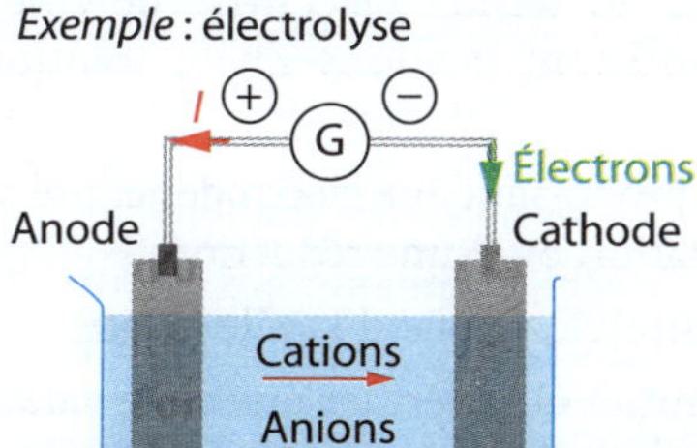

SUJET 9 | OBJECTIF SUP

1 h Étude d'une pile nickel-zinc

→ FICHES **17** à **20**

Une pile met en œuvre des réactions d'oxydo-réduction pour produire un courant électrique. Mais comment fonctionne ce système ? Utilisons la spectrophotométrie pour suivre son usure.

LE SUJET

Une « pile » est un générateur électrochimique qui convertit de l'énergie chimique en énergie électrique grâce à un transfert indirect d'électrons au cours d'une réaction d'oxydo-réduction. Historiquement, le nom de ce dispositif est relatif à l'invention du savant italien Alessandro Volta (1745–1827), composé d'un em***pile***ment de rondelles de deux métaux différents, séparés par des feutres imprégnés d'une solution ionique.

Dans ce sujet, on réalise une pile à partir des couples Ni^{2+}/Ni et Zn^{2+}/Zn.

Chacune des deux solutions a pour volume $V = 100$ mL et la concentration initiale des cations y est $C_i = 5{,}0 \times 10^{-2}\ mol \cdot L^{-1}$.

Données

- $M(Zn) = 65{,}4\ g \cdot mol^{-1}$.
- $M(Ni) = 58{,}7\ g \cdot mol^{-1}$.
- Charge élémentaire de l'électron : $e = 1{,}6 \times 10^{-19}$ C.
- Constante d'Avogadro : $N_A = 6{,}02 \times 10^{23}\ mol^{-1}$.
- Constante de Faraday : $F = 96\ 500\ C \cdot mol^{-1}$.
- Constante d'équilibre pour la réaction $Ni^{2+}_{(aq)} + Zn_{(s)} \rightleftarrows Zn^{2+}_{(aq)} + Ni_{(s)}$: $K = 10^{18}$.

Partie 1 Réalisation de la pile

1. On admet que l'électrode positive de cette pile est l'électrode de nickel.
Légender le schéma de la page suivante avec les termes : électrode de zinc ; électrode de nickel ; pont salin ; solution contenant des ions Zn^{2+} ; solution contenant des ions Ni^{2+}.

2. a. Écrire les demi-équations des réactions se produisant aux électrodes et préciser pour chaque électrode s'il s'agit d'une oxydation ou d'une réduction.

b. Écrire l'équation de la réaction globale qui intervient quand la pile débite.

c. Calculer la valeur du quotient réactionnel initial $Q_{r,i}$. Vérifier que cette valeur est cohérente avec la polarité proposée à la question **1**.

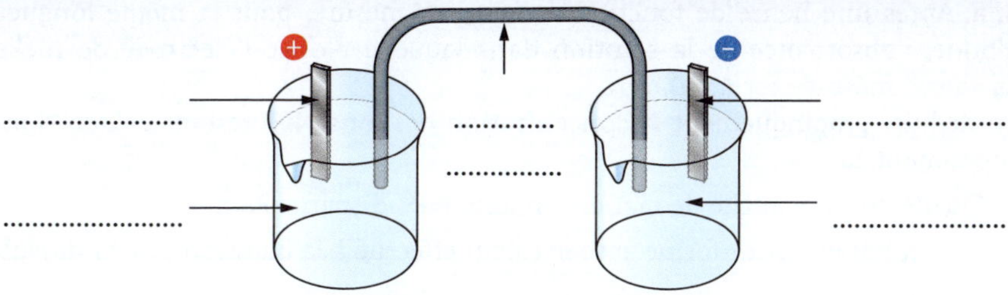

Schéma de la pile nickel-zinc

Partie 2 Étude de la pile

1. On fait débiter la pile dans un conducteur ohmique de résistance R.
Compléter le schéma de la pile ci-dessus en précisant le sens du courant et le sens de déplacement des électrons dans le circuit extérieur.

2. Comment varie la concentration des cations dans chacun des béchers ? En déduire l'évolution du quotient de réaction Q_r.

3. Sachant que la masse des électrodes est suffisante afin de ne pas limiter la transformation, pour quelle raison la pile s'arrêtera-t-elle de débiter ? Quelle sera alors la valeur numérique de Q_r ?

4. La réaction étant considérée comme totale, calculer l'avancement maximal x_{max} de la réaction.

5. Quelle relation existe-t-il entre x_{max} et la quantité de matière d'électrons qui ont circulé $n(e^-)$? En déduire la capacité Q, ou quantité totale d'électricité fournie par cette pile.

Partie 3 Décharge partielle de la pile

On prend une seconde pile, identique à la première, et on la laisse fonctionner pendant une heure. On suppose que l'intensité du courant reste constante. On constate une augmentation de masse de l'électrode de nickel de $\Delta m = 100$ mg.

1. a. Calculer la quantité de matière d'ions Ni^{2+} disparus, notée $n_{disp}(Ni^{2+})$, pendant cette durée.

b. Déterminer la quantité d'électricité correspondante, notée Q' et en déduire la valeur de l'intensité du courant.

2. Dans le tableau ci-dessous, on donne les valeurs de l'absorbance A mesurées expérimentalement à une longueur d'onde $\lambda = 390$ nm pour des solutions aqueuses de sulfate de nickel de concentrations C différentes.

C ($mol \cdot L^{-1}$)	0	0,010	0,020	0,030	0,040	0,050
A	0	0,20	0,41	0,61	0,82	1,02

Tracer, sur papier millimétré, la courbe de l'absorbance A en fonction de la concentration C. Que peut-on remarquer ?

3. a. Après une heure de fonctionnement, on mesure, pour la même longueur d'onde, l'absorbance de la solution dans laquelle plonge l'électrode de nickel. La valeur mesurée est $A = 0,67$.
En déduire graphiquement la concentration des ions Ni^{2+} restant en solution à ce moment-là.

b. Quelle est la quantité de matière en ions Ni^{2+} disparus ?

c. Ce résultat est-il conforme avec le calcul effectué à la question **1. a** ci-dessus ?

LES CLÉS POUR RÉUSSIR

Partie 1 Réalisation de la pile

2. a. Utilisez les définitions de cathode et d'anode. → FICHE 19

2. c. Faites attention à l'état physique des espèces pour le calcul de $Q_{r,i}$. → FICHE 17

Partie 2 Étude de la pile

3. Veillez à bien réfléchir à ce qu'est un état d'équilibre.

4. Si cela vous aide, n'hésitez pas à faire un tableau d'avancement pour cette transformation.

5. Il est important de bien considérer qu'à l'échelle macroscopique $n(e^-)$ est la quantité de matière en électrons échangés au cours de la transformation. → FICHE 20

Partie 3 Décharge partielle de la pile

1. b. Attention au respect des notations afin d'éviter la possible confusion entre les valeurs de Q (partie 2 question **5**) et de Q' (partie 3 question **1. b**).

3. b. Là encore, la réalisation d'un tableau d'avancement peut aider à la résolution.

LE CORRIGÉ

Partie 1 Réalisation de la pile

1. Schématiser une pile

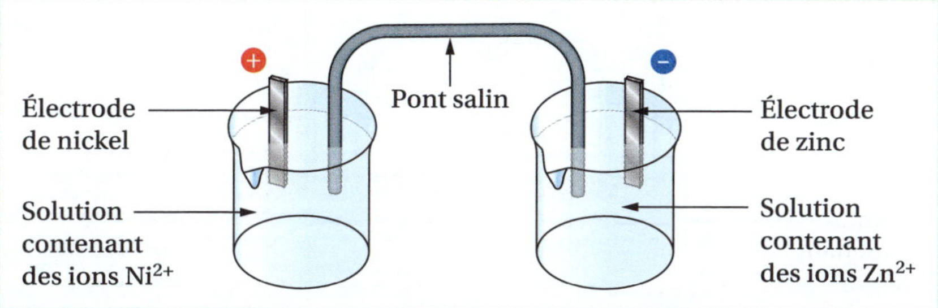

2. Écrire une équation de réaction selon le sens d'évolution spontanée

a. À l'électrode positive de la pile (cathode), il y a une **réduction** : l'oxydant est transformé en son réducteur conjugué, avec consommation d'électrons.

$$\mathbf{Ni^{2+}_{(aq)} + 2\ e^- \rightleftarrows Ni_{(s)}}$$

À l'électrode négative de la pile (anode), il y a une **oxydation** : le réducteur est transformé en son oxydant conjugué, avec libération d'électrons.

$$\mathbf{Zn_{(s)} \rightleftarrows Zn^{2+}_{(aq)} + 2\ e^-}$$

b. Équation de la réaction globale qui intervient quand la pile débite, obtenue en combinant les deux demi-équations :

$$\mathbf{Ni^{2+}_{(aq)} + Zn_{(s)} \rightleftarrows Zn^{2+}_{(aq)} + Ni_{(s)}}$$

c. Valeur du quotient de réaction initial $Q_{r,i}$:

$$Q_{r,i} = \frac{[Zn^{2+}]_i}{[Ni^{2+}]_i} = \frac{5{,}0 \times 10^{-2}}{5{,}0 \times 10^{-2}} = \mathbf{1{,}0.}$$

$Q_{r,i} << K$ donc la réaction a lieu en **sens direct**, ce qui est en **conformité** avec la polarité proposée pour la pile.

CONSEILS

2. c. Si le résultat numérique pour $Q_{r,i}$ indique une réaction dans le sens indirect ($Q_{r,i} > K$), contrôlez vos calculs car on veut vérifier que le sens de la transformation suggéré par l'énoncé (*via* la polarité de l'électrode de nickel) est bien direct.

Partie 2 Étude de la pile

1. Schématiser une pile en fonctionnement

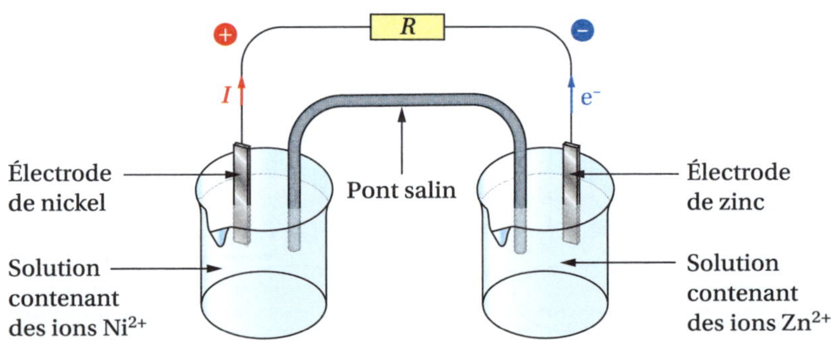

À NOTER

1. En électricité, il est impératif de schématiser un fil de connexion par un trait rectiligne. Mais en électrochimie, il peut être fait à main levée.

2. Prévoir l'évolution du quotient de réaction

Les ions nickel sont consommés (réactifs) donc **$[Ni^{2+}]$ diminue**, tandis que des ions zinc sont formés (produits) donc **$[Zn^{2+}]$ augmente**. Le quotient de réaction ayant pour expression $Q_r = \frac{[Zn^{2+}]}{[Ni^{2+}]}$ **augmente** donc au cours de la transformation.

3. Utiliser le critère d'évolution spontané

La pile s'arrêtera de débiter (on dit qu'elle est « usée ») **lorsque l'état d'équilibre du système sera atteint.** À ce moment-là, on a : $\mathbf{Q_r = Q_{r,éq} = K = 10^{18}}$.

4. Calculer un avancement maximal

Si la transformation est totale, le réactif limitant est l'ion Ni^{2+} car le métal Zn est en excès (la masse des électrodes ne limite pas la transformation). La quantité de matière finale en ions Ni^{2+} est donc : $n(Ni^{2+})_f = n(Ni^{2+})_i - x_{max} = 0$.

D'où $x_{max} = n(Ni^{2+})_i = C_i \times V$ et $= 5{,}0 \times 10^{-2} \times 100 \times 10^{-3} = \mathbf{5{,}0 \times 10^{-3}}$ **mol.**

5. Calculer la capacité d'une pile

On utilise l'expression de la capacité : $Q = n(e^-) \times F$.

Or, à chaque fois que la réaction a lieu, deux électrons sont transférés au circuit extérieur (voir les demi-équations). Donc, on peut écrire : $\mathbf{n(e^-) = 2 \times x_{max}}$.

La pile fournit une quantité totale d'électricité : $\mathbf{Q = 2 \times x_{max} \times F}$

Ainsi, $Q = 2 \times 5{,}0 \times 10^{-3} \times 96\,500 = \mathbf{9{,}7 \times 10^2}$ **C.**

MOT CLÉ

5. La « capacité » et la « quantité d'électricité » se notent *Q* (à ne pas confondre avec le quotient de réaction Q_r !) et se calculent de la même façon.
La seule distinction à faire est que la capacité correspond à l'usure totale de la pile alors que la quantité d'électricité peut se limiter à un usage partiel de la pile.

Partie 3 Décharge partielle de la pile

1. Calculer l'intensité du courant débité par une pile

a. D'après l'équation de réaction, on a : $n_{disp}(Ni^{2+}) = n_{formée}(Ni)$.

Donc : $n_{disp}(Ni^{2+}) = \dfrac{\Delta m}{M(Ni)} = \dfrac{0{,}100}{58{,}7} = \mathbf{1{,}70 \times 10^{-3}\ mol.}$

b. Par définition de l'avancement, on a : $n(Ni^{2+}) = n(Ni^{2+})_i - x$.

Donc $x = n(Ni^{2+})_i - n(Ni^{2+}) = n_{disp}(Ni^{2+})$.

Or, selon la question **5** de la partie 2, on a : $Q' = 2 \times x \times F$.

Donc : $Q' = 2 \times n_{disp}(Ni^{2+}) \times F = 2 \times 1{,}70 \times 10^{-3} \times 96\,500 = \mathbf{329\ C}$.

Sachant que $Q' = I \times \Delta t$, on déduit la valeur de l'intensité du courant :

$I = \dfrac{Q'}{\Delta t} = \dfrac{329}{60 \times 60} = \mathbf{91{,}3\ mA}$.

2. Tracer un graphique

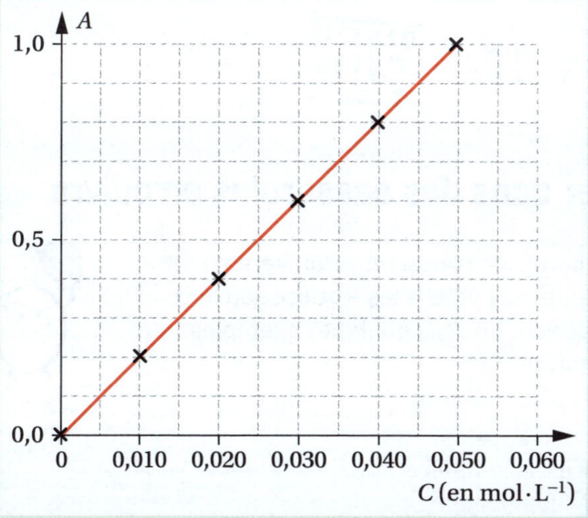

L'allure de cette courbe correspond à une droite passant par l'origine (fonction linéaire). L'absorbance semble donc proportionnelle à la concentration en soluté : c'est la loi de Beer-Lambert → FICHE 6.

3. Exploiter un graphique pour réaliser un bilan de matière

a. Graphiquement, pour l'ordonnée $A = 0{,}67$, on lit en abscisse $\mathbf{C_{1h} = 0{,}033\ mol \cdot L^{-1}}$, qui est la concentration des ions Ni^{2+} restant en solution.

À NOTER

3. a. Inutile de donner le résultat avec plus de deux chiffres significatifs : les graduations ne permettent pas une telle précision.

b. On déduit de cette concentration la quantité de matière en ions Ni^{2+} présents en solution après une heure :
$n(Ni^{2+})_{1h} = C_{1h} \times V = 0{,}033 \times 100 \times 10^{-3} = 3{,}3 \times 10^{-3}$ mol.
La quantité de matière en ions Ni^{2+} ayant disparu pendant cette heure de fonctionnement est donc :

$$n_{disp}\left(Ni^{2+}\right) = n\left(Ni^{2+}\right)_i - n\left(Ni^{2+}\right)_{1h} = C_i \times V - C_{1h} \times V$$
$$= 5{,}0 \times 10^{-3} - 3{,}3 \times 10^{-3} = \mathbf{1{,}7 \times 10^{-3}\ mol.}$$

c. Au chiffre significatif près, on a bien la **même valeur** ($1{,}70 \times 10^{-3}$ mol) que celle calculée en question **1. a.**

SUJET 10 | OBJECTIF SUP

1 h Cuisiner dans des casseroles en cuivre

→ FICHES **18** et **21**

Casseroles, boîtes de conserve... L'univers de la cuisine – et ses ustensiles – utilise souvent l'oxydo-réduction. En voici quelques exemples liés à l'électrolyse.

LE SUJET

Document 1 Pourquoi cuisiner dans des casseroles en cuivre ?

Les casseroles en cuivre semblent un luxe. En sont-elles vraiment ? La chose n'est pas certaine, car le cuivre conduit très bien la chaleur : tout excès de chaleur, en un point de la casserole, est rapidement dissipé parce que la chaleur se propage rapidement vers le reste de l'ustensile...

Pour éviter le contact toxique du vert de gris, on doit toutefois recouvrir les ustensiles en cuivre d'étain pur, aujourd'hui par électrolyse.

D'après Hervé This, *Les Secrets de la casserole*, Éditions Belin.

C'est par oxydation que le cuivre se recouvre de « vert de gris ». Mais, si la couche verdâtre ainsi formée donne un aspect esthétique aux statues et aux toits, elle est très malvenue en cuisine : elle est constituée d'un solide ionique soluble fortement toxique !

L'électrolyse du cuivre consiste ici à déposer une fine couche d'étain sur toute la surface du récipient, un procédé appelé étamage. L'électrolyte est constitué de sulfate d'étain $\{Sn^{2+}_{(aq)}\ ;\ SO^{2-}_{4(aq)}\}$ et de différents additifs. Le récipient à étamer constitue une électrode, l'autre étant de l'étain $Sn_{(s)}$ pur.

Données

- Masse molaire de l'étain : $M(Sn) = 119\ g \cdot mol^{-1}$.
- Constante de Faraday : $F = 96\ 500\ C \cdot mol^{-1}$.
- Masse volumique de l'étain : $\rho = 7,30\ g \cdot cm^{-3}$.
- Couple de l'étain : $Sn^{2+}_{(aq)}/Sn_{(s)}$.

Partie 1 Étamage d'une casserole

1. a. Indiquer sur ce schéma ci-dessous le sens du courant électrique dans le circuit, ainsi que le sens de circulation des porteurs de charge dans les conducteurs métalliques et dans la solution ionique.

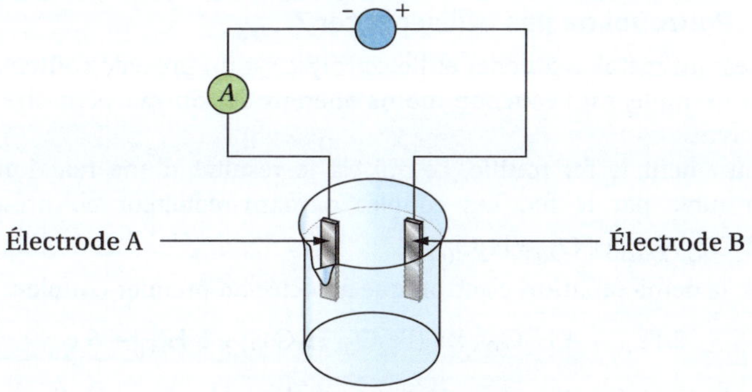

Schéma de l'électrolyse

b. L'électrolyse est-elle une transformation spontanée ? Justifier.

2. On étudie les réactions aux électrodes en considérant que le solvant n'intervient pas.

a. La réaction qui se produit à l'électrode A reliée à la borne négative du générateur est-elle une oxydation ou une réduction ?
En déduire le nom de chaque électrode.

b. Écrire l'équation de la réaction ayant lieu à l'électrode A.
Le récipient à recouvrir doit-il constituer cette électrode ?

c. En déduire l'équation de la réaction globale de cette électrolyse. Comment évolue la concentration en ions étain Sn^{2+} dans la solution au cours de la réaction ?

3. L'intensité du courant électrique est maintenue constante pendant toute la durée Δt de l'électrolyse et vaut $I = 0,250$ A.

a. Donner l'expression de la quantité d'électricité Q qui a traversé le circuit au cours de l'électrolyse.

b. Établir la relation entre la quantité d'électrons $n(e^-)$ échangée et la quantité d'étain déposé sur le récipient.

c. Donner la relation entre la quantité d'électricité Q et la quantité d'électrons $n(e^-)$ échangés aux électrodes.

d. Montrer alors que la durée de l'électrolyse peut être exprimée, en fonction de la masse d'étain déposée, par la relation :

$$\Delta t = \frac{2 \times m(\mathrm{Sn})_{\text{déposée}} \times F}{I \times M(\mathrm{Sn})}.$$

4. On veut étamer une casserole cylindrique de diamètre $D = 15$ cm, de hauteur $H = 7{,}0$ cm et d'épaisseur négligeable. Le dépôt d'étain doit être réalisé sur des faces interne et externe de la casserole, sur une épaisseur $e = 20$ µm.
Le volume d'étain nécessaire pour le dépôt est donné par la relation $V = S \times e$ avec $S = \frac{\pi \times D^2}{2} + 2\pi \times D \times H$. Peut-on réaliser ce dépôt en une journée ?

Partie 2 Pourquoi ne pas utiliser le fer ?

Le cuivre est un métal assez cher et l'électrolyse est un procédé coûteux.
Le fer, par exemple, est beaucoup moins onéreux et pourrait peut-être se substituer au cuivre.
Malheureusement le fer rouille, ce qui est le résultat d'une réaction d'oxydo-réduction subie par le fer. Les couples oxydant-réducteur en présence sont $(Fe_2O_3, H_2O)_{(s)}/Fe_{(s)}$ et $O_{2(g)}/H_2O_{(\ell)}$.
On donne la demi-équation électronique associée au premier couple :

$$2\ Fe_{(s)} + 4\ H_2O_{(\ell)} \rightleftarrows (Fe_2O_3, H_2O)_{(s)} + 6\ H^+_{(aq)} + 6\ e^-$$

1. Donner la demi-équation associée au second couple : $O_{2(g)}/H_2O_{(\ell)}$.
2. En déduire l'équation de la réaction globale de la formation de la rouille Fe_2O_3.

Document 2 Inox et fer blanc

Pour éviter la formation de rouille, on peut utiliser des alliages particuliers, dits inoxydables, comme l'acier inox. On peut aussi protéger le fer par des vernis, des peintures ou des traitements de surface.
Mais le procédé le plus répandu est l'étamage de l'acier. On obtient ainsi du fer blanc, utilisé notamment pour les boîtes de conserve.

3. Par analogie avec l'étamage du cuivre, proposer un schéma d'électrolyse d'une boîte de conserve, en disposant les électrodes de façon à ce que le dépôt d'étain se fasse de façon uniforme sur la face interne de la boîte.

LES CLÉS POUR RÉUSSIR

Partie 1 Étamage d'une casserole

1. a. Le générateur extérieur impose sa polarité. Partez de ses bornes pour prévoir tous les déplacements des porteurs de charge. → FICHE 21

2. a. Utilisez les définitions de cathode et d'anode. → FICHE 21

2. c. Avant d'écrire l'équation d'oxydo-réduction, il faut impérativement écrire la seconde demi-équation, ce qui devient facile quand on considère la première. Attention à ne pas confondre ce qui se passe aux électrodes A et B ! → FICHE 18

3. a. et **3. c.** Utilisez les définitions de la quantité d'électricité échangée Q en prenant soin de considérer la stœchiométrie qui lie la quantité d'étain formé et la quantité d'électrons échangés. → FICHE 21

4. Il s'agit d'une résolution de problème. Il faut utiliser la relation obtenue à la question **3. d** en identifiant les termes inconnus. Calculez dans un premier temps le volume d'étain nécessaire, puis utilisez la masse volumique.
Attention aux unités !

Partie 2 Pourquoi ne pas utiliser le fer ?

1. Attention, il ne suffit pas d'équilibrer cette demi-équation. Il s'agit surtout d'identifier réactif et produit. Pour cela, utilisez la première demi-équation.

2. N'oubliez pas que dans l'équation globale d'oxydo-réduction, aucun électron ne doit apparaître. → FICHE 18

3. Afin de ne pas se tromper de polarité pour les électrodes, il est important de bien comprendre ce qui est demandé : d'où provient l'étain ? Où veut-on le déposer ? → FICHE 21

LE CORRIGÉ

Partie 1 Étamage d'une casserole

1. Schématiser une électrolyse

a. Voir le schéma complété ci-dessous.

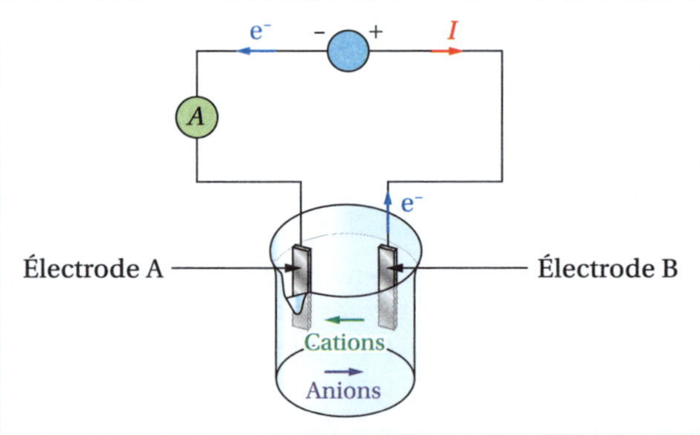

b. L'électrolyse n'est **pas une transformation spontanée** car la transformation chimique ne peut avoir lieu que grâce à un apport extérieur d'énergie, celle du générateur.

2. Écrire une équation de réaction en accord avec les polarités

a. La borne – du générateur apporte des électrons qui sont consommés par une réaction de réduction. L'électrode A étant reliée à la borne –, elle est le lieu de la réduction : **l'électrode A est donc la cathode.**

En conséquence, **l'électrode B est l'anode**, lieu de l'oxydation qui libère des électrons, ensuite expédiés vers la borne + du générateur.

b. À l'électrode A, l'oxydant Sn^{2+} est réduit : $\mathbf{Sn^{2+}_{(aq)} + 2\ e^- \rightleftarrows Sn_{(s)}}$.

Cette électrode est donc effectivement constituée par **le récipient**, qui va ainsi pouvoir se recouvrir d'étain solide, ce qui est le but de l'étamage.

c. L'électrode B est donc l'électrode d'étain $Sn_{(s)}$ pur, qui sera oxydé :

$$Sn_{(s)} \rightleftarrows Sn^{2+}_{(aq)} + 2\ e^-.$$

L'équation globale est donc : $\mathbf{Sn^{2+}_{(aq)A} + Sn_{(s)B} \rightleftarrows Sn^{2+}_{(aq)B} + Sn_{(s)A}}$.

Cette équation illustre le fait qu'il y a autant d'ions Sn^{2+} consommés que d'ions Sn^{2+} formés. Ainsi, **la concentration des ions étain dans la solution ne varie pas** au cours de la réaction.

CONSEILS

2. c. Pour une bonne compréhension du phénomène, il est impératif d'indiquer clairement les indices A et B dans l'équation de la transformation : cela permet d'identifier les réactifs et les produits, issus des mêmes espèces.

3. Exprimer la quantité d'électricité échangée au cours de l'électrolyse

a. La quantité d'électricité qui a traversé le circuit au cours de l'électrolyse est : $\mathbf{Q = I \times \Delta t}$.

b. Selon la demi-équation de réduction, pour chaque atome d'étain déposé, il y a deux électrons qui sont échangés.

On en déduit : $n(\text{Sn})_{\text{déposée}} = \dfrac{n(\text{e}^-)}{2}$.

c. La relation entre la quantité d'électricité Q et la quantité d'électrons $n(\text{e}^-)$ échangés aux électrodes est : $\mathbf{Q = n(e^-) \times F}$.

d. Par identification des deux expressions de Q, on a : $n(\text{e}^-) \times F = I \times \Delta t$.

Ainsi, $2 \times n(\text{Sn})_{\text{déposée}} \times F = I \times \Delta t$ donc $2 \times \dfrac{m(\text{Sn})_{\text{déposée}}}{M(\text{Sn})} \times F = I \times \Delta t$

Et finalement, on a : $\mathbf{\Delta t = \dfrac{2 \times m(Sn)_{déposée} \times F}{I \times M(Sn)}}$.

4. Résoudre un problème : calculer la durée d'une électrolyse

On cherche à calculer la durée nécessaire pour le dépôt d'étain sur la casserole.
La masse volumique ρ étant donnée en $\text{g} \cdot \text{cm}^{-3}$, on commence par calculer le volume d'étain à déposer, en cm^3 :

$$V = S \times e = \left(\frac{\pi \times D^2}{2} + 2\pi \times D \times H\right) \times e$$

$$= \left(\frac{\pi \times 15^2}{2} + 2\pi \times 15 \times 7{,}0\right) \times 20 \times 10^{-4} = 2{,}0 \text{ cm}^3.$$

À NOTER

4. Le résultat est annoncé avec deux chiffres significatifs (conformément aux données de l'énoncé) mais pour les calculs ultérieurs, on conserve la valeur non arrondie sur la calculatrice.

Connaître le volume V permet d'obtenir la masse d'étain déposée car $\rho = \dfrac{m}{V}$.
Ainsi : $m = \rho \times V = 7{,}30 \times 2{,}0 = 15$ g.

Il reste maintenant à appliquer la relation obtenue à la question précédente :

$$\Delta t = \frac{2 \times m(\text{Sn})_{\text{déposée}} \times F}{I \times M(\text{Sn})}$$

On obtient $\Delta t = \dfrac{2 \times 15 \times 96\,500}{250 \times 10^{-3} \times 119} = 9{,}6 \times 10^4 \text{ s} = \mathbf{27 \text{ h}}$.

Cette durée est supérieure à une journée de 24 h : il est **impossible de réaliser cet étamage en un jour.**

Partie 2 Pourquoi ne pas utiliser le fer ?

1. Écrire une demi-équation d'oxydo-réduction

La demi-équation associée au couple $(Fe_2O_3, H_2O)_{(s)}/Fe_{(s)}$, donnée dans le sujet, libère des électrons : il s'agit donc de l'oxydation d'un réducteur.

En conséquence, la demi-équation associée au second couple, $O_{2(g)}/H_2O_{(l)}$, doit correspondre à la réduction d'un oxydant :

$$\mathbf{O_{2(g)} + 4\,e^- + 4\,H^+_{(aq)} \rightleftarrows 2\,H_2O_{(\ell)}}.$$

2. Écrire une équation d'oxydo-réduction

$$O_{2(g)} + 4\,e^- + 4\,H^+_{(aq)} \rightleftarrows 2\,H_2O_{(\ell)} \qquad \times 3$$

$$2\,Fe_{(s)} + 4\,H_2O_{(\ell)} \rightleftarrows (Fe_2O_3, H_2O)_{(s)} + 6\,H^+_{(aq)} + 6\,e^- \qquad \times 2$$

$$3\,O_{2(g)} + 12\,H^+_{(aq)} + 4\,Fe_{(s)} + 8\,H_2O_{(\ell)} \rightleftarrows 6\,H_2O_{(\ell)} + 2\,(Fe_2O_3, H_2O)_{(s)} + 12\,H^+_{(aq)}$$

qui se simplifie en :

$$\mathbf{3\,O_{2(g)} + 4\,Fe_{(s)} + 2\,H_2O_{(\ell)} \rightleftarrows 2\,(Fe_2O_3, H_2O)_{(s)}}$$

3. Proposer le schéma d'une électrolyse

L'électrode d'étain est placée au centre de la boîte de conserve en fer, mais sans la toucher. Cette anode va libérer des ions Sn^{2+} qui seront réduits en atomes d'étain, d'où le dépôt métallique d'étain sur la face interne de la boîte de conserve en fer, cathode reliée à la borne négative du générateur extérieur.

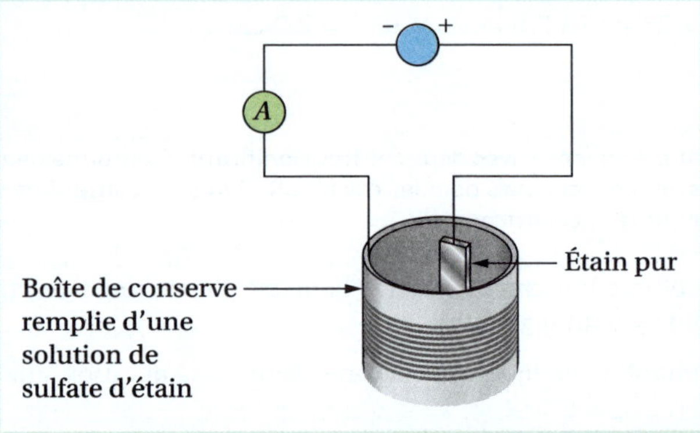

La matière

6 Sens d'évolution d'un système acide-base

Une part importante du dioxyde de carbone libéré dans l'atmosphère se dissout dans l'océan, entraînant une diminution du pH. Cette **acidification** entraîne des déplacements d'équilibre acido-basique nocifs pour les organismes marins, notamment les récifs coralliens. Elle conduit ainsi à une dégradation de tout un écosystème.

TEST

Pour vous situer et identifier les fiches à réviser 136

FICHES DE COURS

22 Constante d'acidité d'un couple acide-base 138
23 Force d'un acide ou d'une base dans l'eau 140
24 Diagrammes de prédominance et de distribution 142
25 Solution tampon 144
MÉMO VISUEL 146

SUJETS GUIDÉS & CORRIGÉS

OBJECTIF BAC
11 Le vert de bromocrésol 148
OBJECTIF MENTION
12 Acidification de l'océan 154

TESTEZ-VOUS

→ CORRIGÉS P. 379-380

Faites le point sur vos connaissances, puis établissez votre **parcours de révision** en fonction de votre score.

1 Constante d'acidité d'un couple acide-base

→ FICHE 22

Parmi les affirmations suivantes lesquelles sont vraies ?

☐ **a.** La constante d'acidité est définie par $K_A = \dfrac{[A^-]_{eq} \times [H_3O^+]_{eq}}{[HA]_{eq}}$.

☐ **b.** $pH = pK_A + \log\left(\dfrac{[HA]_{eq}}{[A^-]_{eq}}\right)$.

☐ **c.** $pK_A = 10^{-K_A}$.

.../1

2 Force d'un acide ou d'une base dans l'eau

→ FICHE 23

On dispose de deux solutions :

• Solution 1 : acide éthanoïque de concentration initiale : $C_1 = 3{,}0 \times 10^{-2}\ mol \cdot L^{-1}$ avec $pH_1 = 3{,}1$ et $pK_{A1}(CH_3CO_2H/CH_3CO_2^-) = 4{,}7$;

• Solution 2 : acide HA inconnu, $pK_{A2}(HA/A^-)$ inconnu, $pH_2 = 2{,}9$ pour une concentration initiale $C_2 = 3{,}0 \times 10^{-2}\ mol \cdot L^{-1}$.

Parmi les affirmations suivantes lesquelles sont vraies ?

☐ **a.** Le taux d'avancement de la réaction de l'acide 1 sur l'eau est supérieur à celui de l'acide 2 sur l'eau.

☐ **b.** Le pK_{A2} inconnu a pour valeur 5,2.

☐ **c.** Le pK_{A2} inconnu a une valeur inférieure à 4,7.

☐ **d.** La base conjuguée A^- est plus forte que la base CH_3COO^-.

.../1

3 Diagrammes de prédominance et de distribution

→ FICHE 24

1. On donne le diagramme de prédominance de l'alanine :

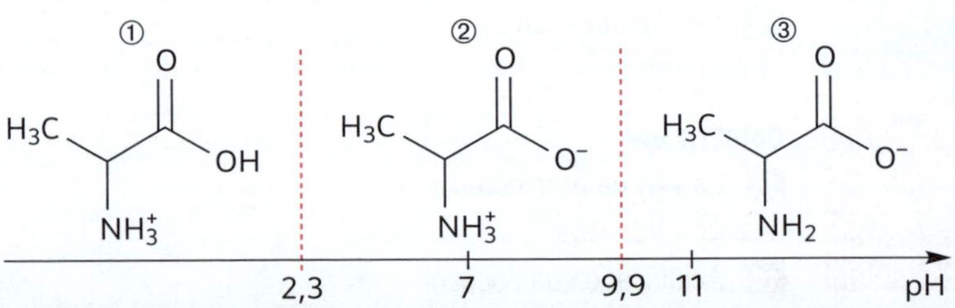

☐ **a.** L'alanine existe sous la forme de deux couples acide/base dont les pK_a sont 2,3 et 11.

☐ **b.** L'alanine sous la forme ② est une espèce amphotère.

☐ **c.** À pH = 11, l'espèce prédominante de l'alanine est la forme ③.

2. On donne ci-dessous les pourcentages des espèces chimiques acide et base du couple $HOCl/ClO^-$ (acide hypochloreux / ion hypochlorite) en fonction du pH pour une solution de concentration en soluté HOCl apporté $C = 1,0 \times 10^{-2}$ mol · L^{-1}.

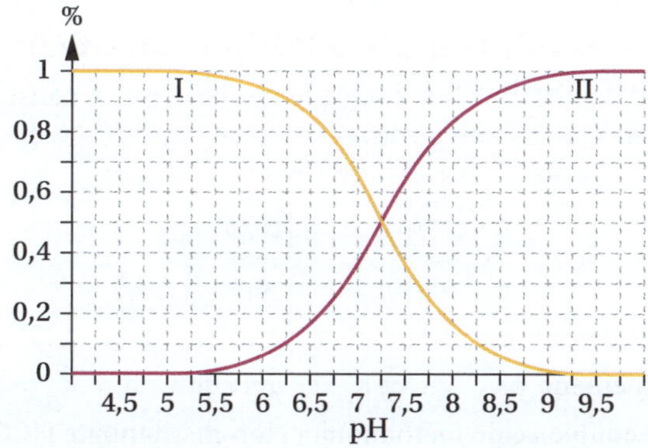

☐ **a.** La courbe I représente l'évolution en % de la base en fonction du pH.

☐ **b.** Le pK_A de ce couple est d'environ 7,3.

☐ **c.** Le domaine de prédominance de l'acide correspond aux pH inférieurs à 7,3.

☐ **d.** Le pH d'une solution refermant 70 % d'acide et 30 % de base conjuguée est d'environ 6,9.

…/2

4 Solution tampon

→ FICHE 25

Lors d'un dosage particulier, on doit maintenir le pH autour de 7.

Quel couple parmi les suivants pourra être utilisé pour maintenir ce pH ?

☐ **a.** $NH_{4(aq)}^+/NH_3$; pK_a = 9,2.

☐ **b.** $H_2PO_{4(aq)}^-/HPO_{4(aq)}^{2-}$; pK_a = 7,2.

☐ **c.** $(CO_2, H_2O_{(aq)})/HCO_{3(aq)}^-$; pK_a = 6,4.

…/1

Score total …/5

Parcours PAS À PAS ou EXPRESS ? → MODE D'EMPLOI P. 3

22 Constante d'acidité d'un couple acide-base

En bref *Tous les acides ou les bases ne conduisent pas au même état d'équilibre en solution aqueuse. Il est donc nécessaire de définir une grandeur qui permette de caractériser chaque couple acide/base : c'est la constante d'acidité.*

I Constante d'acidité d'un couple acide/base

- La constante d'acidité K_A d'un couple acide/base est la constante d'équilibre → FICHE 17 associée à la réaction de dissociation de l'acide de ce couple dans l'eau :

$$\text{acide}_{(aq)} + H_2O_{(\ell)} \rightleftarrows \text{base}_{(aq)} + H_3O^+_{(aq)}$$

soit :

$$K_A = \frac{[\text{base}]_{éq} \times [H_3O^+]_{éq}}{[\text{acide}]_{éq}}$$

- Pour un couple acide/base donné, K_A dépend uniquement de la température.
- On définit également $pK_A = -\log K_A$ ce qui équivaut à $K_A = 10^{-pK_A}$.

Exemple : pour le couple acide méthanoïque/ion méthanoate HCO_2H/HCO_2^- :

$$K_A = \frac{[HCO_2^-]_{éq} \times [H_3O^+]_{éq}}{[HCO_2H]_{éq}} = 1{,}8 \times 10^{-4}$$

et $pK_A = 3{,}75$ à 25 °C.

À NOTER
Dans l'état d'équilibre $Q_{rf} = K$. La constante d'équilibre est définie au chapitre 5.

II Produit ionique de l'eau

- La réaction d'autoprotolyse de l'eau met en jeu les deux couples acide/base de l'eau H_3O^+/H_2O et H_2O/HO^- :

$$H_2O_{(\ell)} + H_2O_{(\ell)} \rightleftarrows H_3O^+_{(aq)} + HO^-_{(aq)}.$$

- La constante d'équilibre associée à la réaction d'autoprotolyse de l'eau est appelée produit ionique de l'eau et notée K_e :

$K_e = [H_3O^+] \times [HO^-] = 1{,}0 \times 10^{-14}$ à 25 °C. K_e est sans dimension.

On utilise souvent $pK_e = -\log(K_e)$; à 25 °C $pK_e = 14$.

- Dans toute solution aqueuse, le produit ionique de l'eau K_e est toujours égal à une constante, à une température donnée. Il est indépendant des substances dissoutes. À 25 °C dans une solution :
  - neutre : $[H_3O^+] = [HO^-] = 10^{-7}$ mol·L^{-1} et $K_e = 10^{-14}$ d'où $pH = \frac{1}{2} pK_e = 7$;
  - acide : $[H_3O^+] > 10^{-7}$ mol·L^{-1} et $[HO^-] < 10^{-7}$ mol·L^{-1} et $pH < 7$;
  - basique : $[H_3O^+] < 10^{-7}$ mol·L^{-1} et $[HO^-] > 10^{-7}$ mol·L^{-1} et $pH > 7$.

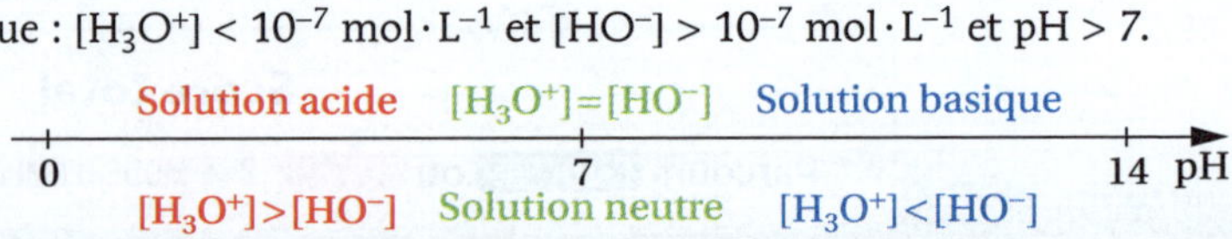

Méthode

Calculer la constante d'acidité K_A d'un couple acide-base

On dispose de 100 mL d'une solution aqueuse d'acide éthanoïque CH_3CO_2H de concentration $C = 5{,}0 \times 10^{-2}$ mol·L^{-1}. On mesure le pH et on obtient pH = 3,0.

a. Donner l'expression de la constante d'acidité K_A du couple acide éthanoïque/ion éthanoate.

b. Déterminer la valeur de la constante d'acidité du couple acide éthanoïque/ion éthanoate et en déduire la valeur de son pK_A.

CONSEILS

a. Écrivez l'équation de dissociation de l'acide éthanoïque dans l'eau et exprimez sa constante d'équilibre $Q_{rf} = K_A$.
b. Aidez-vous d'un tableau d'avancement et utilisez la valeur du pH pour déterminer l'avancement final ; déduisez-en la concentration de chaque espèce dans l'état d'équilibre.

SOLUTION

a. CH_3CO_2H est un acide donc il va réagir avec l'eau H_2O en tant que base, soit les couples : $CH_3CO_2H/CH_3CO_2^-$ et H_3O^+/H_2O.

$$CH_3CO_2H_{(aq)} + H_2O_{(\ell)} \rightleftarrows CH_3CO_{2(aq)}^- + H_3O^+_{(aq)}$$

b. $K_A = \dfrac{[CH_3CO_2^-]_{éq} \times [H_3O^+]_{éq}}{[CH_3CO_2H]_{éq}}$

	$CH_3CO_2H_{(aq)}$ +	$H_2O_{(\ell)}$ $\rightleftarrows$	$CH_3CO_{2(aq)}^-$ +	$H_3O^+_{(aq)}$
État initial	n_o	excès	0	0
État final	$n_0 - x_f$	excès	x_f	x_f

• Quantité initiale d'acide dans 100 mL :
$n_0 = C \times V = 5{,}0 \times 10^{-2} \times 0{,}100 = 5{,}0 \times 10^{-3}$ mol.

• Dans l'état final pH = 3,0 d'où $[H_3O^+] = 1{,}0 \times 10^{-3}$ mol·L^{-1}
soit $n(H_3O^+) = [H_3O^+] \times V = 1{,}0 \times 10^{-3} \times 0{,}100 = 1{,}0 \times 10^{-4}$ mol.

• D'après le tableau d'avancement dans l'état final :
$n(H_3O^+) = n(CH_3CO_2^-) = x_f = 1{,}0 \times 10^{-4}$ mol soit :
$[H_3O^+] = [CH_3CO_2^-] = 1{,}0 \times 10^{-3}$ mol·L^{-1}.
$n(CH_3CO_2H) = n_0 - x_f = 5{,}0 \times 10^{-3} - 1{,}0 \times 10^{-4}$ mol $= 4{,}9 \times 10^{-3}$ mol soit la concentration : $[CH_3CO_2H] = \dfrac{n_{CH_3CO_2H}}{V} = \dfrac{4{,}9 \times 10^{-3}}{0{,}1} = 4{,}9 \times 10^{-2}$ mol·L^{-1}.

On peut alors déterminer la valeur de K_A :

$$K_A = \frac{1{,}0 \times 10^{-3} \times 1{,}0 \times 10^{-3}}{4{,}9 \times 10^{-2}} = 2{,}0 \times 10^{-5} \text{ soit p}K_A = -\log(2{,}0 \times 10^{-5}) = 4{,}7.$$

23 Force d'un acide ou d'une base dans l'eau

En bref *La comparaison de la constante d'acidité des couples acide-base permet un classement des acides et des bases des plus forts aux plus faibles.*

I Les acides et bases forts et faibles

■ Un acide HA ou une base A^- qui réagit avec l'eau par une **réaction totale** est qualifié d'**acide fort** ou de **base forte**.

$$HA_{(aq)} + H_2O_{(\ell)} \rightarrow H_3O^+_{(aq)} + A^-_{(aq)} \qquad A^-_{(aq)} + H_2O_{(\ell)} \rightarrow HA_{(aq)} + HO^-_{(aq)}.$$

Exemples : • Acides forts : gaz chlorure d'hydrogène HCl ; acide nitrique HNO_3.
• Bases fortes : hydroxyde de sodium NaOH ; ion éthanolate $C_2H_5O^-$.

■ Un acide HA ou une base A^- est **faible** si sa réaction avec l'eau conduit à un **état d'équilibre** avec $\tau < 1$.

$$HA_{(aq)} + H_2O_{(\ell)} \rightleftarrows H_3O^+_{(aq)} + A^-_{(aq)} \qquad A^-_{(aq)} + H_2O_{(\ell)} \rightleftarrows HA_{(aq)} + HO^-_{(aq)}.$$

Exemples : • Les acides carboxyliques RCO_2H sont des acides faibles dans l'eau.
• Les ions carboxylate RCO_2^- et les amines RNH_2 sont des bases faibles dans l'eau.

II Classement des acides et des bases

■ Un **acide** HA est d'autant plus fort que le taux d'avancement final τ de sa réaction avec l'eau est élevé ou que la constante d'acidité K_A de son couple est **grande** (ou que le pK_A est faible).

■ Une **base** A^- est d'autant plus forte que le taux d'avancement final τ de sa réaction avec l'eau est élevé ou que la constante d'acidité K_a de son couple est **faible** (ou que le pK_A est grand).

À NOTER
Plus un acide HA d'un couple est fort plus sa base conjuguée A^- est faible.

■ Les couples de l'eau : H_3O^+/H_2O et H_2O/HO^-

$$H_3O^+ + H_2O \rightleftarrows H_2O + H_3O^+ \quad K_A = \frac{[H_3O^+]_{éq}}{[H_3O^+]_{éq}} = 1 \text{ et } pK_A = 0 \;;$$

$$H_2O + H_2O \rightleftarrows HO^- + H_3O^+ \quad K_A = K_e = [H_3O^+] \times [HO^-] = 10^{-14} \text{ et } pK_e = 14.$$

H_3O^+ est l'acide le plus fort en solution aqueuse et HO^- est la base la plus forte en solution aqueuse.

■ Pour tout couple acide faible/base faible :
$1 < K_A < 10^{-14}$ ou $0 < pK_A < 14$.

■ À concentration identique : la solution de **l'acide** le plus fort possède le **pH le plus faible** et la solution de **base** la plus forte possède le **pH le plus élevé**.

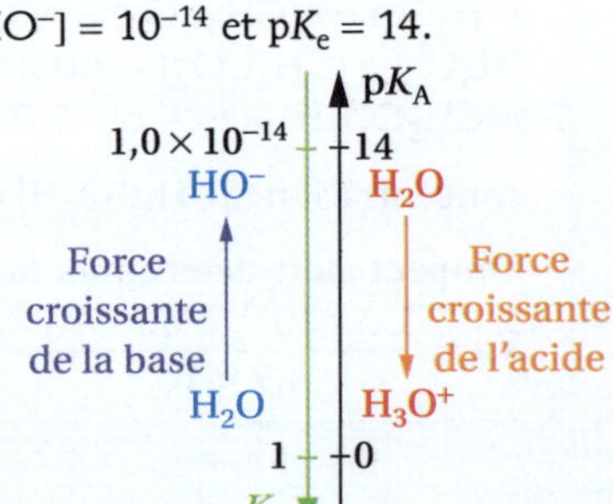

Méthode

Comparer la force de trois acides

On considère trois solutions aqueuses des acides HA_1, HA_2 et HA_3, toutes trois à la concentration de $1{,}0 \times 10^{-3}$ mol·L^{-1}. La mesure, dans un ordre quelconque, du pH de chaque solution donne les valeurs : 3,0 ; 3,6 et 6,1.

a. HA_2 est un acide fort. Attribuer un pH à la solution de HA_2. Argumenter.

b. Classer ces acides par force croissante et associer un pH à chaque solution.

Données à 25 °C : $K_{A_1}(HA_1/A_1^-) = 6{,}3 \times 10^{-5}$, $pK_{A_3}(HA_3/A_3^-) = 9{,}2$.

CONSEILS

a. Définissez un acide fort. Déterminez le pH d'une solution de concentration C.

b. Comparez les constantes d'acidité ou les pK_A. Plus un acide est fort, à même concentration, plus son pH sera petit.

SOLUTION

a. Un acide est fort si sa réaction avec l'eau est totale. Si on dissout n mol d'acide fort dans un volume V, on retrouve n mol d'ions oxonium en solution.

	$HA_{(aq)}$ +	$H_2O_{(\ell)}$ →	$H_3O^+_{(aq)}$ +	$A^-_{(aq)}$
État initial	n	excès	0	0
État final	0	excès	n	n

$C_{(\text{apportée})} = \dfrac{n}{V}$ et $[H_3O^+] = \dfrac{n}{V} = C$; $\text{pH} = -\log\left(\dfrac{[H_3O^+]}{c^0}\right) = -\log\left(\dfrac{C}{c^0}\right)$

$\text{pH} = -\log\left(\dfrac{1{,}0 \times 10^{-3}}{1{,}0}\right) = 3{,}0$. HA_2 est un acide fort, libérant des H_3O^+ dans l'eau par une réaction totale. Cette solution a un pH de 3,0.

b. Les deux autres acides ayant un pH > 3 sont des acides faibles. Pour comparer la force de deux acides, on compare les K_A ou pK_A : $K_{A_1} = 6{,}3 \times 10^{-5}$ soit $pK_{A_1} = -\log(6{,}3 \times 10^{-5}) = 4{,}2$ et $pK_{A_3} = 9{,}2$ soit $K_{A_3} = 10^{-9{,}2} = 6{,}3 \times 10^{-10}$. On constate que $K_{A_1} > K_{A_3}$ ou $pK_{A_1} < pK_{A_3}$ donc l'acide HA_1 est un acide plus fort que l'acide HA_3.

$HA_{(aq)} + H_2O_{(\ell)} \rightleftarrows H_3O^+_{(aq)} + A^-_{(aq)}$ Plus K_A est grand, plus la réaction est déplacée dans le sens direct donc dans le sens de la formation des ions H_3O^+.

$$HA_{(aq)} + H_2O_{(\ell)} \underset{\text{sens direct}}{\rightleftarrows} H_3O^+_{(aq)} + A^-_{(aq)} \quad K_A = \frac{[A^-]_{éq} \times [H_3O^+]_{éq}}{[HA]_{éq}} \text{ et } K_{A1} > K_{A3}.$$

La réaction de HA_1 avec l'eau sera donc plus déplacée dans le sens direct ce qui produira plus d'ions H_3O^+ et donnera un pH plus petit.

D'où $\text{pH}_1 = 3{,}6$ et $\text{pH}_3 = 6{,}1$. L'acide fort HA_2 aura le pH le plus petit soit la concentration $[H_3O^+]$ la plus grande.

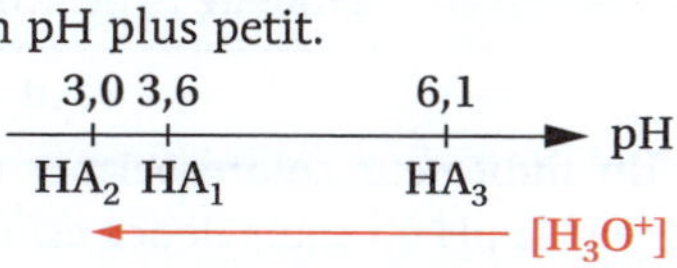

24 Diagrammes de prédominance et de distribution

En bref *Dans une solution aqueuse les proportions d'un acide et de sa base conjuguée varient en fonction du pH. On peut prévoir quelle espèce prédomine en connaissant la valeur de la constante d'acidité du couple.*

I Diagrammes de prédominance et de distribution

■ **Diagramme de prédominance :** pour le couple HA/A^-, on a

$$K_A = \frac{[A^-]_{eq} \times [H_3O^+]_{eq}}{[HA]_{eq}} \text{ ou } pH = pK_A + \log\frac{[A^-]_{eq}}{[HA]_{eq}}.$$

• L'espèce A^- prédomine si :

$[A^-] > [HA]$ donc si $\frac{[A^-]}{[HA]} > 1$ soit

$pH > pK_A$ car $\log\left(\frac{[A^-]}{[HA]}\right) > 0$.

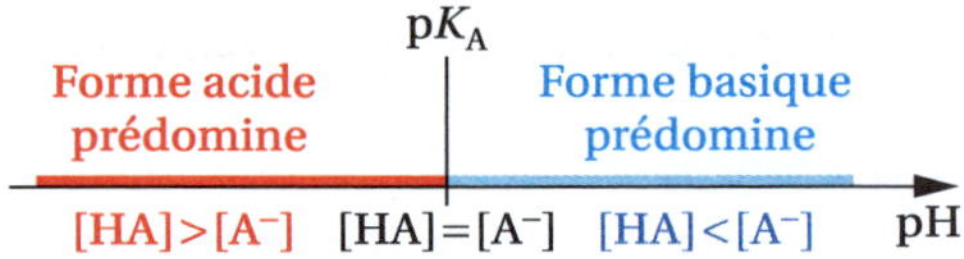

• L'espèce HA prédomine si :

$[HA] > [A^-]$ donc si $\frac{[A^-]}{[HA]} < 1$ soit $pH < pK_A$ car $\log\left(\frac{[A^-]}{[HA]}\right) < 0$.

• Si $[HA] = [A^-]$ alors $pH = pK_A$ car $\log\left(\frac{[A^-]}{[HA]}\right) = 0$.

■ **Diagramme de distribution :** le pourcentage d'acide HA en solution est $\frac{[HA]}{[HA]+[A^-]}$ et celui de la base A^- est $\frac{[A^-]}{[HA]+[A^-]}$. Ils sont représentés en fonction du pH. Pour 50 % d'acide et de base conjuguée, on peut lire la valeur du pK_A du couple.

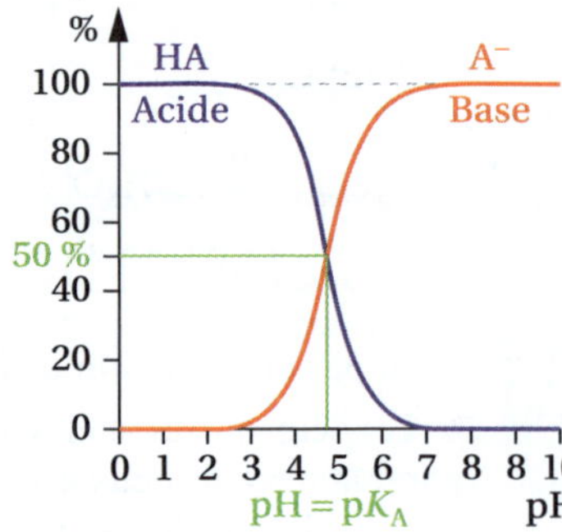

II Zone de virage d'un indicateur coloré

■ Un **indicateur coloré** est un couple $HInd/Ind^-$ dont la forme acide HInd et la forme basique Ind^- ont des couleurs différentes.

■ On appelle **zone de virage** l'intervalle de pH pour lequel la couleur de l'indicateur coloré est la superposition des deux teintes.

Exemple : bleu de bromothymol ($pK_A = 7{,}1$) :

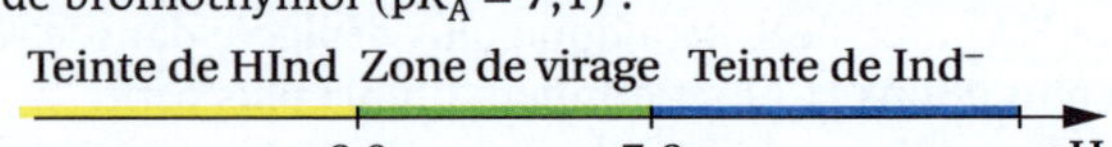

■ Un indicateur coloré permet de repérer l'équivalence d'un titrage acido-basique si le pH à l'équivalence est contenu dans la zone de virage.

Méthodes

1 Établir et exploiter un diagramme de prédominance

Le couple de l'aspirine (acide acétylsalicylique/ion acétylsalicylate) a un $pK_A = 3{,}5$. On note plus simplement le couple HA/A^-.

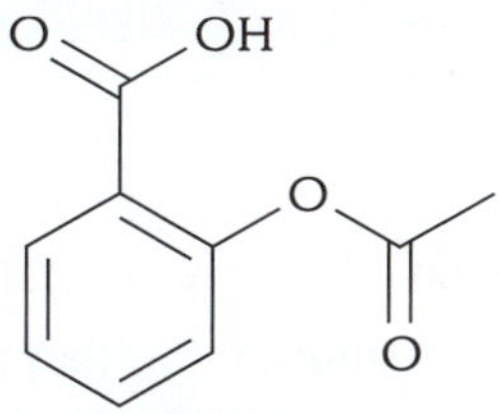

a. Tracer le diagramme de prédominance du couple de l'aspirine.

b. Sachant que le pH de l'estomac est voisin de 1, sous quelle forme y trouve-t-on l'aspirine ?

SOLUTION

a. D'après la relation $pH = pK_A + \log\frac{[A^-]_{éq}}{[HA]_{éq}}$, si $[HA] = [A^-]$ alors $pH = pK_A$.

En revanche, si $[HA] > [A^-]$ alors $pH < pK_A$ et HA prédomine. Inversement si $[HA] < [A^-]$ alors $pH > pK_A$ et c'est la base conjuguée qui prédomine.

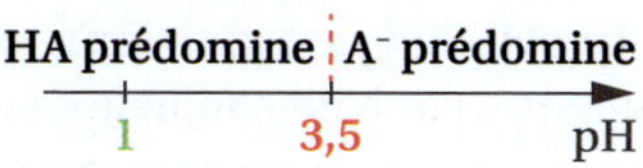

b. À pH = 1, on est dans le domaine de prédominance de la forme acide HA. Dans l'estomac on trouve donc l'aspirine sous sa forme acide HA.

2 Déterminer la zone de virage d'un indicateur coloré

Le vert de bromocrésol est un indicateur coloré acido-basique. C'est un couple acide-base dont la forme acide est jaune tandis que la forme basique est bleue. On considère que le vert de bromocrésol prend sa teinte acide lorsque $[HInd]/[Ind^-] > 10$ et qu'il prend sa teinte basique lorsque $[Ind^-]/[HInd] > 10$.

Déterminer la zone de virage du vert de bromocrésol.

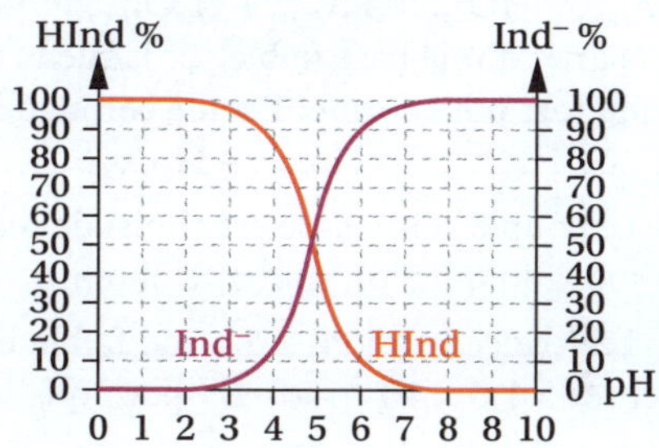

CONSEILS

Déterminez le pK_A et les valeurs de pH quand $\frac{[Ind^-]_{éq}}{[HInd]_{éq}} > 10$ et quand $\frac{[Ind^-]_{éq}}{[HInd]_{éq}} < 10$.

SOLUTION

Pour 50 % d'acide et de base on lit $pH = pK_A = 4{,}8$.

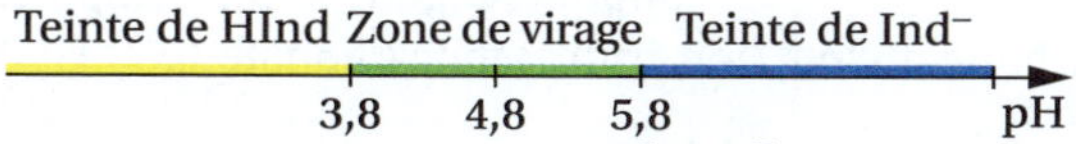

Si $\frac{[Ind^-]_{éq}}{[HInd]_{éq}} = 10$ alors $pH = pK_A + \log 10 = pK_A + 1$ et si $\frac{[Ind^-]_{éq}}{[HInd]_{éq}} = \frac{1}{10}$ alors $pH = pK_A - 1$. La zone de virage est donc comprise entre 3,8 et 5,8.

25 Solution tampon

En bref *Les solutions tampons ont la propriété de fixer le pH du milieu où elles se trouvent à une valeur déterminée et de s'opposer à ses variations.*

I Définition et préparation d'une solution tampon

■ Une **solution tampon** est une solution dont le pH varie peu lorsqu'on y ajoute une petite quantité d'acide fort, de base forte ou lorsqu'on la dilue de façon modérée.

■ Une solution tampon contient un acide faible HA et sa base conjuguée A^- en concentrations voisines : son pH est donc voisin du pK_A de ce couple.

■ Le pH d'une solution tampon contenant un mélange **équimolaire** d'un acide faible et de sa base conjuguée est égal au pK_A du couple correspondant. Son pouvoir tampon est alors maximal.

■ Il existe trois méthodes de préparation :
- en réalisant un mélange équimolaire d'un acide faible et de sa base conjuguée ;
- à partir d'un acide faible sur lequel on fait réagir une base forte pour former la base conjuguée A^- :
$HA_{(aq)} + HO^-_{(aq)} \rightarrow A^-_{(aq)} + H_2O_{(\ell)}$;
- à partir d'une base faible sur laquelle on fait réagir un acide fort pour former l'acide conjugué HA :
$A^-_{(aq)} + H_3O^+_{(aq)} \rightarrow HA_{(aq)} + H_2O_{(\ell)}$.

> **À NOTER**
> La réaction entre un acide faible et une base forte ou une base faible et un acide fort est une réaction totale.

■ Le couple acide-base est choisi de telle sorte que son pK_A soit proche du pH de la solution que l'on souhaite obtenir.

■ Les concentrations en acide faible et base faible doivent être au moins supérieures à $1{,}0 \times 10^{-3}$ $mol \cdot L^{-1}$ pour que la solution tampon soit efficace.

II Exemples

■ Les **solutions étalons** utilisées pour étalonner les pH-mètres sont des solutions tampons.

■ Dans le corps humain, le pH du sang est maintenu dans une plage très étroite autour de 7,4. Le **tampon sanguin** le plus important est le couple : dioxyde de carbone dissout/ion hydrogénocarbonate $CO_2,H_2O_{(aq)}/HCO^-_{3(aq)}$ de $pK_A = 6{,}3$ à 37 °C.

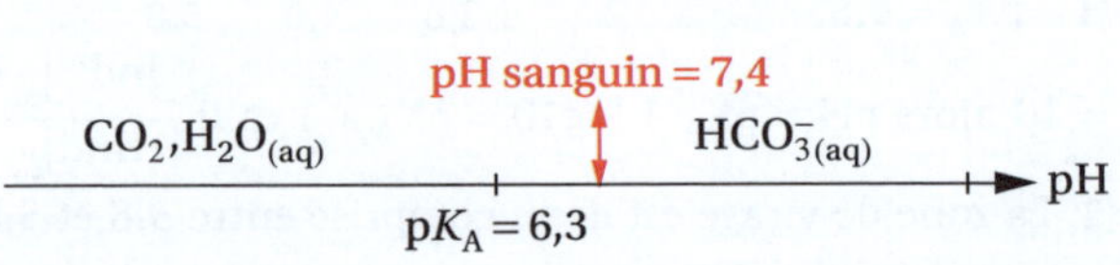

Méthode

Préparation d'une solution tampon

On prépare une solution tampon en mettant dans un bécher 50,0 mL d'une solution d'ammoniaque NH_3 à 1,0 mol · L^{-1} et 50,0 mL d'une solution de chlorure d'ammonium ($NH^+_{4(aq)} + Cl^-_{(aq)}$) à 1,0 mol · L^{-1} (pK_A (NH_4^+/NH_3) = 9,26).

a. Calculer le pH de cette solution.

b. On ajoute au 100 mL de la solution tampon précédente, 100 mL de solution d'hydroxyde de sodium ($Na^+_{(aq)} + HO^-_{(aq)}$) à $1{,}0 \times 10^{-1}$ mol · L^{-1} et on mesure un pH = 9,43. Expliquer pourquoi le pH augmente. Que montre cette expérience ?

c. On prépare cette même solution tampon en additionnant un volume V' d'une solution d'acide chlorhydrique à 1,0 mol · L^{-1} dans 50,0 mL d'une solution d'ammoniaque NH_3 à 1,0 mol · L^{-1}. Quel volume doit-on ajouter ? Justifier.

CONSEILS

a. Utilisez la relation $\text{pH} = \text{p}K_A + \log\dfrac{[A^-]_{éq}}{[HA]_{éq}}$.

b. La réaction entre un acide faible et une base forte est une réaction totale.

c. La réaction entre une base faible et un acide fort est une réaction totale.

SOLUTION

a. $\text{pH} = \text{p}K_A + \log\dfrac{[NH_3]_{éq}}{[NH_4^+]_{éq}}$; on mélange les mêmes volumes de même concentration donc $[NH_3] = [NH_4^+] = \dfrac{C \times V}{2V} = \dfrac{C}{2}$. On a réalisé un mélange équimolaire en acide et base conjuguée donc pH = pK_A = 9,26.

b. L'ion hydroxyde $HO^-_{(aq)}$ est une base forte donc elle réagit avec l'acide NH_4^+ par une réaction totale : $NH^+_{4(aq)} + HO^-_{(aq)} \rightarrow NH_{3(aq)} + H_2O_{(\ell)}$.
La concentration en ion ammonium NH_4^+ diminue et celle de NH_3 augmente et, de ce fait, le rapport $\dfrac{[NH_3]_{éq}}{[NH_4^+]_{éq}}$ augmente ainsi que le pH. On constate que la variation de pH est faible (de 9,26 à 9,43) ce qui confirme qu'une solution tampon a son pH qui varie peu avec un ajout de base forte.

c. La réaction étant totale, pour préparer un mélange équimolaire en NH_3 et NH_4^+ il faut faire réagir la moitié de la quantité initiale de NH_3.

$n(H_3O^+)_i = \dfrac{n(NH_3)_i}{2} = \dfrac{C \times V}{2} = C \times V'$.

Donc $V' = \dfrac{V}{2} = 25$ mL.

Pour 50 mL de solution d'ammoniaque il faut ajouter 25 mL d'acide chlorhydrique de même concentration.

NH_3 +	H_3O^+ →	NH_4^+ +	H_2O
n	$\dfrac{n}{2}$	0	excès
$\dfrac{n}{2}$	0	$\dfrac{n}{2}$	excès

MÉMO VISUEL

SYSTÈME

Constante d'acidité

Définition de K_A

$$acide_{(aq)} + H_2O_{(\ell)} \leftrightarrows base_{(aq)} + H_3O^+_{(aq)}$$

$$K_A = \frac{[base]_{éq} \times [H_3O^+]_{éq}}{[acide]_{éq}} \qquad pK_A = -\log K_A \text{ ou } K_A = 10^{-pK_A}$$

Produit ionique de l'eau

$$H_2O_{(\ell)} + H_2O_{(\ell)} \leftrightarrows H_3O^+_{(aq)} + HO^-_{(aq)}$$

$K_e = [H_3O^+] \times [HO^-]$; à 25 °C $K_e = 1,0 \times 10^{-14}$

$pK_e = -\log K_e$; à 25 °C $pK_e = 14$

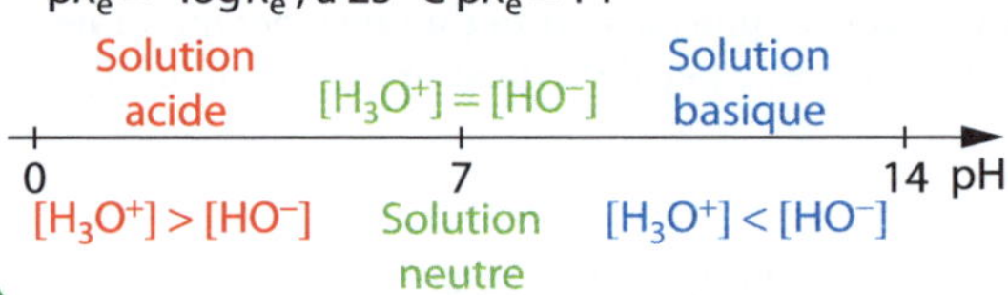

Force d'un acide ou d'une base dans l'eau

Acide fort et base forte (réaction totale)

- $HA_{(aq)} + H_2O_{(\ell)} \rightarrow H_3O^+_{(aq)} + A^-_{(aq)}$
- $A^-_{(aq)} + H_2O_{(\ell)} \rightarrow HA_{(aq)} + HO^-_{(aq)}$

Classement des acides et des bases

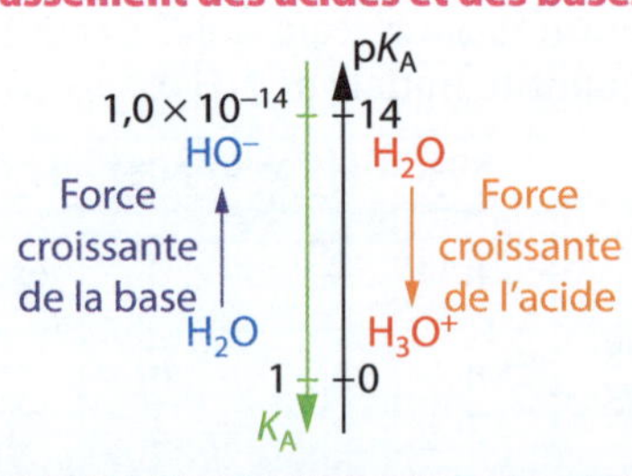

Acide faible et base faible (réaction non totale)

- $HA_{(aq)} + H_2O_{(\ell)} \leftrightarrows H_3O^+_{(aq)} + A^-_{(aq)}$
- $A^-_{(aq)} + H_2O_{(\ell)} \leftrightarrows HA_{(aq)} + HO^-_{(aq)}$

ACIDE-BASE

Diagrammes de prédominance et de distribution

Diagramme de prédominance

$$pH = pK_A + \log \frac{[A^-]_{eq}}{[HA]_{eq}}$$

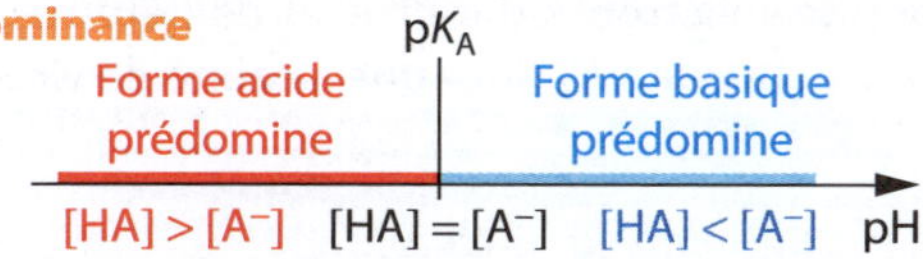

Diagramme de distribution

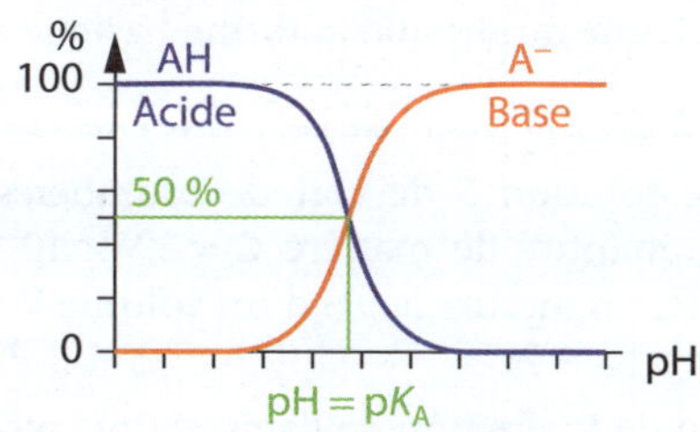

Zone de virage d'un indicateur coloré

- **Indicateur coloré** : HInd/Ind^- couple acide-base

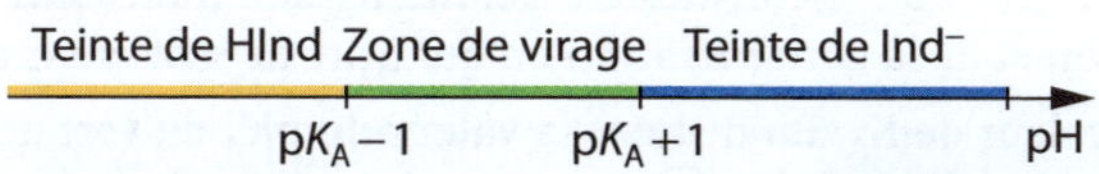

- **Zone de virage** : intervalle de pH correspondant à la superposition des deux couleurs.

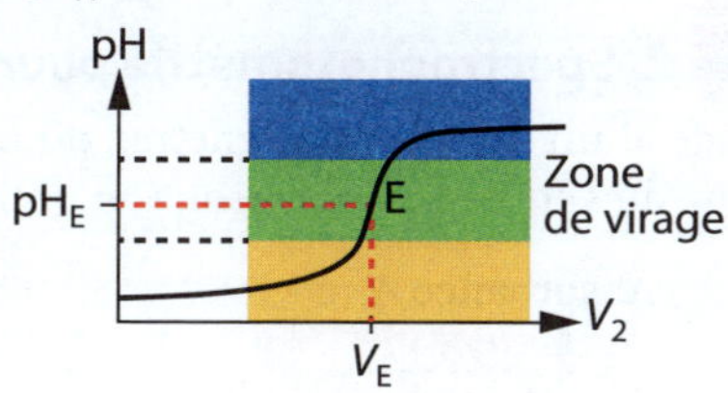

Solution tampon

- Son pH ne varie pas même avec un ajout d'acide, de base ou une dilution modérée.
- Préparation : mélange équimolaire d'un acide faible et de sa base conjuguée : $[HA] = [A^-]$ et $pH = pK_A$.

SUJET 11 | OBJECTIF BAC

40 min Le vert de bromocrésol

→ FICHES 22 à 24

Étudions l'indicateur coloré acido-basique qu'est le vert de bromocrésol : il nous permettra de réinvestir les notions de spectrophotométrie et de déterminer sa constante d'acidité K_A ainsi que sa zone de virage.

LE SUJET

Le vert de bromocrésol est un indicateur coloré acido-basique. C'est un couple acide-base dont l'acide HInd et la base Ind^- possèdent deux couleurs différentes : la forme acide est jaune tandis que la forme basique est bleue.

Partie 1 Mesure de pH pour déterminer la constante d'acidité

On dispose d'une solution S de vert de bromocrésol en solution aqueuse de concentration en quantité de matière $C = 2,9 \times 10^{-4}$ mol · L^{-1}. Après avoir étalonné un pH-mètre, on mesure le pH d'un volume $V = 100,0$ mL de la solution S, on trouve un pH égal à 4,2.

1. Écrire l'équation de la réaction de l'acide HInd avec l'eau.

2. Calculer la valeur de l'avancement final x_f de la réaction entre l'acide HInd et l'eau.

3. La transformation de l'acide HInd avec l'eau est-elle totale ?

4. Établir l'expression de la constante d'acidité K_A de l'indicateur en fonction du pH de la solution et de la concentration en quantité de matière C de la solution S.

5. Calculer la valeur de K_A. En déduire la valeur du pK_A du vert de bromocrésol.

Partie 2 Spectrophotométrie pour déterminer la constante d'acidité

À l'aide d'un spectrophotomètre, on relève l'absorbance des formes acide et basique du vert de bromocrésol. On obtient les courbes suivantes :

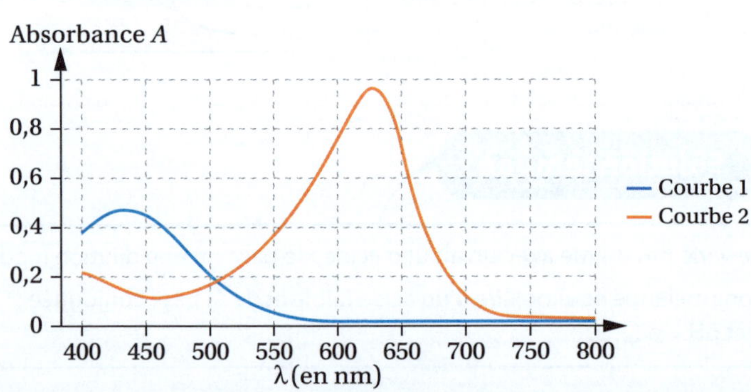

Données

• Cercle chromatique

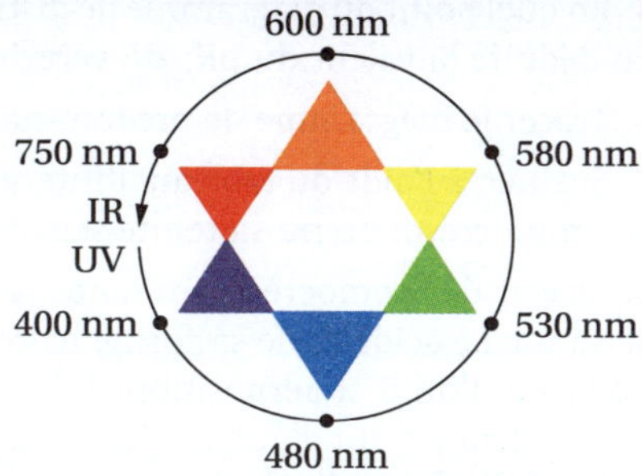

1. Justifier que la courbe 1 correspond à la forme acide HInd et la courbe 2 à la forme basique Ind^- du vert de bromocrésol.

2. À quelle longueur d'onde λ faut-il régler le spectrophotomètre afin que l'absorbance de la forme acide soit quasiment nulle et celle de la forme basique du vert de bromocrésol soit maximale ?

On utilise seize solutions de volumes identiques mais de pH différents, dans lesquelles on ajoute le même volume de la solution S de vert de bromocrésol. Après avoir réglé le spectrophotomètre, on mesure l'absorbance de ces solutions :

Solution n°	1	2	3	4	5	6	7	8
pH	1,5	2,4	2,9	3,1	3,3	3,8	4,3	4,6
Absorbance	0	0	0,013	0,032	0,36	0,094	0,206	0,382
Teinte de la solution	jaune	jaune	jaune	jaune	jaune	verte	verte	verte
Solution n°	**9**	**10**	**11**	**12**	**13**	**14**	**15**	**16**
pH	5,0	5,3	6,2	6,7	7,0	8,4	9,2	10,0
Absorbance	0,546	0,746	0,790	0,886	0,962	0,970	0,970	0,970
Teinte de la solution	verte	verte	bleue	bleue	bleue	bleue	bleue	bleue

À partir de ces mesures, il est possible de calculer les pourcentages de la forme acide et de la forme basique présentes dans chacune des solutions et, ainsi, de construire le diagramme de distribution des espèces du couple $HInd/Ind^-$:

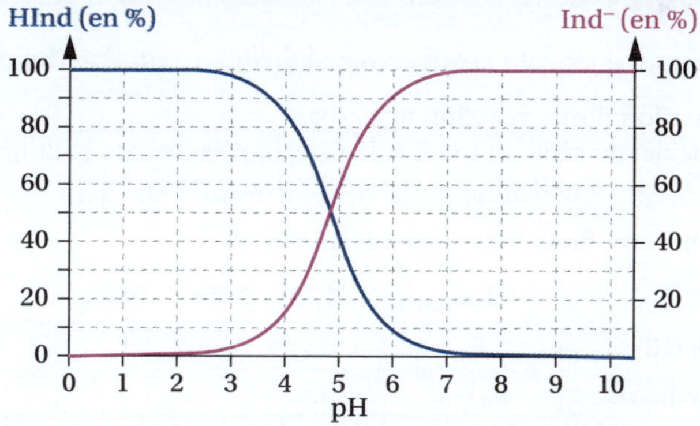

Diagramme de distribution des espèces du couple $HInd/Ind^-$

3. En quel point du diagramme de distribution des espèces a-t-on [HInd] = [Ind⁻] ? En déduire la valeur du pK_A du vert de bromocrésol.

4. Tracer le diagramme de prédominance du couple $HInd/Ind^-$.

5. Évaluer, à l'aide du tableau, l'intervalle des valeurs de pH pour lesquelles le vert de bromocrésol prend sa teinte sensible. Comment appelle-t-on cet intervalle ?

6. Le vert de bromocrésol présente sa teinte sensible, résultat de la superposition de sa forme acide et de sa forme basique. On considère, en première approximation, que l'on a superposition des teintes quand aucune des deux formes n'est prépondérante sur l'autre, c'est-à-dire si aucune n'a une concentration supérieure à dix fois celle de l'autre.

Déterminer précisément la zone de virage. Expliciter la démarche.

Comparer cet intervalle à celui évalué précédemment.

LES CLÉS POUR RÉUSSIR

Partie 1 Mesure de pH pour déterminer la constante d'acidité

2. Dressez un tableau d'avancement.

4. Donnez l'expression de la constante d'acidité K_A et exploitez le tableau d'avancement. → FICHE 22

Partie 2 Spectrophotométrie pour déterminer la constante d'acidité

1. Exploitez le spectre de chaque espèce connaissant sa couleur.

3. Exploitez le diagramme de distribution. → FICHE 24

6. Commencez par établir la relation entre pH et pK_A pour un couple acide-base.

LE CORRIGÉ

Partie 1 Mesure de pH pour déterminer la constante d'acidité

1. Écrire l'équation d'une réaction acide-base

HInd est un acide qui cède un ion H^+. H_2O a un rôle de base et donne son acide conjugué H_3O^+. Donc : $\mathbf{HInd_{(aq)} + H_2O_{(\ell)} \rightleftarrows Ind^-_{(aq)} + H_3O^+_{(aq)}}$.

2. Déterminer l'état final d'un système chimique

Avancement	$HInd_{(aq)}$ +	$H_2O_{(\ell)}$ $\rightleftarrows$	$Ind^-_{(aq)}$ +	$H_3O^+_{(aq)}$
État initial $x = 0$	n_0	Excès	0	0
État intermédiaire	$n_0 - x$	Excès	x	x
État final x_f	$n_0 - x_f$	Excès	x_f	x_f

D'après le tableau d'avancement, $n(H_3O^+)_f = x_f$ d'où $\left[H_3O^+\right] = \dfrac{x_f}{V}$.

Or $[H_3O^+] = c^0 \times 10^{-pH}$ où $c^0 = 1{,}0\ mol \cdot L^{-1}$ est la concentration standard.

Ainsi, $[H_3O^+] = \dfrac{x_f}{V} = 10^{-pH}$ et donc :

$x_f = V \times 10^{-pH} = 0{,}100 \times 10^{-4{,}2} = \mathbf{6{,}3 \times 10^{-6}\ mol}$.

3. Déterminer le taux d'avancement

Pour savoir si la réaction est totale, il faut déterminer le taux d'avancement final $\tau = \dfrac{x_f}{x_{max}}$ ou comparer x_f à x_{max}.

Si le réactif HInd est totalement consommé alors $n_0 - x_{max} = 0$, ce qui peut s'écrire $C \times V - x_{max} = 0$, d'où $x_{max} = C \times V$.

On a alors : $\tau = \dfrac{x_f}{x_{max}} = \dfrac{V \times 10^{-pH}}{C \times V} = \dfrac{10^{-pH}}{C} = \dfrac{10^{-4{,}2}}{2{,}9 \times 10^{-4}} = 0{,}22$ soit **22 %**.

$\tau < 100$ % donc **la transformation n'est pas totale : elle est limitée.**

4. Exprimer la constante d'acidité

Pour le couple HInd/Ind⁻ : $K_A = \dfrac{[Ind^-]_{eq} \times [H_3O^+]_{eq}}{[HInd]_{eq}}$.

D'après le tableau d'avancement établi précédemment, dans l'état final, on peut déterminer les concentrations des espèces :

$n(Ind^-)_f = n(H_3O^+)_f = x_f$ d'où $[Ind^-]_{eq} = [H_3O^+]_{eq} = \dfrac{x_f}{V}$

et $n(HInd)_f = n_0 - x_f$ d'où $[HInd]_{eq} = \dfrac{n_0 - x_f}{V} = \dfrac{n_0}{V} - \dfrac{x_f}{V} = C - [H_3O^+]_{eq}$.

Sachant que $[H_3O^+] = 10^{-pH}$:

$$K_A = \frac{\left([H_3O^+]_{eq}\right)^2}{[HInd]_{eq}} = \frac{\left([H_3O^+]_{eq}\right)^2}{C - [H_3O^+]_{eq}} = \frac{(10^{-pH})^2}{C - 10^{-pH}} = \mathbf{\frac{10^{-2pH}}{C - 10^{-pH}}}.$$

5. Calculer K_A et pK_A

Puisque pH = 4,2 et $C = 2{,}9 \times 10^{-4}\ mol \cdot L^{-1}$, on peut calculer :

$$K_A = \frac{10^{-2 \times 4{,}2}}{2{,}9 \times 10^{-4} - 10^{-4{,}2}} = \mathbf{1{,}8 \times 10^{-5}}$$

et (en reprenant la valeur non arrondie de K_A) : **pK_A** $= -\log K_A =$ **4,8**.

Partie 2 Spectrophotométrie pour déterminer la constante d'acidité

1. Exploiter un spectre UV-visible

La forme acide HInd du vert de bromocrésol donne en solution aqueuse une coloration jaune.

À NOTER

1. Une solution est colorée si elle absorbe une partie des radiations de la lumière blanche. La couleur de la solution est la couleur complémentaire de la lumière absorbée.

Sur l'étoile des couleurs donnée dans l'énoncé, la lumière perçue (c'est-à-dire la couleur de la solution) est la couleur diamétralement opposée à la couleur absorbée.

Si la solution est jaune, elle doit absorber dans le violet. Pour la courbe 1, le maximum d'absorption correspond à une longueur d'onde de 430 nm (violet) ce qui confirme bien que **la solution 1 est jaune (HInd)**.
La forme basique Ind^- du vert de bromocrésol donne en solution aqueuse une coloration bleue. Si la solution est bleue, elle doit absorber dans le rouge, or on constate sur la courbe 2 que le maximum d'absorption est $\lambda_{max} = 630$ nm, ce qui correspond bien aux radiations rouges : **la solution 2 est bleue (Ind^-).**

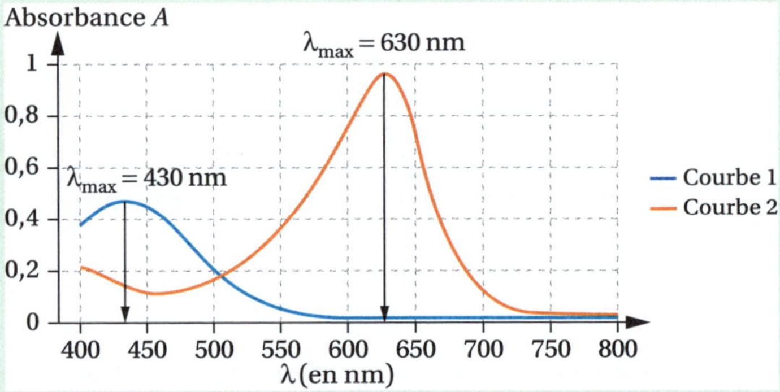

2. Régler un spectrophotomètre d'après un spectre UV-visible
Si on règle le spectrophotomètre sur une longueur d'onde voisine de 630 nm, l'absorbance de la forme acide est quasiment nulle et celle de la forme basique du vert de bromocrésol est maximale : la mesure d'absorbance du spectrophotomètre réglé sur une **longueur d'onde proche de 630 nm** sera liée à la seule concentration en base Ind^-.

3. Exploiter un diagramme de distribution
D'après la définition de la constante d'acidité : $K_A = \frac{[Ind^-]_{eq} \times [H_3O^+]_{eq}}{[HInd]_{eq}}$.
Ainsi, si $[Ind^-] = [HInd]$, $K_A = [H_3O^+]_{eq}$ d'où $-\log K_A = -\log([H_3O^+]_{eq})$.
Finalement, on a alors : $pH = pK_A$.
Sachant que $[Ind^-] = [HInd]$ correspond, sur le diagramme de distribution, à 50 % d'acide et 50 % de base conjuguée, on lit : pH = 4,9 qui est égal au pK_A du couple $HInd/Ind^-$. Ce résultat, $\mathbf{pK_A = 4,9}$ est cohérent avec la valeur de 4,8 trouvée à la question **5** de la partie 1.

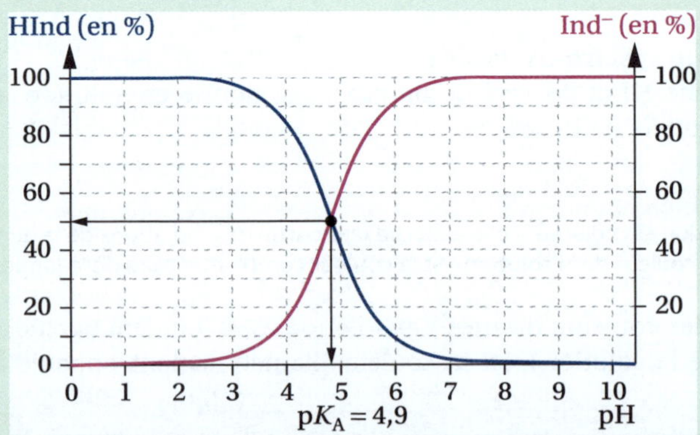

4. Établir le diagramme de prédominance à partir du pK_A du couple

On a établi que $pH = pK_A + \log\left(\frac{[Ind^-]_{eq}}{[HInd]_{eq}}\right)$, donc :

- si $[Ind^-] = [HInd]$, alors $pH = pK_A$
- si $[Ind^-] > [HInd]$ alors $pH > pK_A$:

c'est le domaine de prédominance de la base conjuguée Ind^-.

- si $[Ind^-] < [HInd]$ alors $pH < pK_A$:

c'est le domaine de prédominance de l'acide HInd.

Le diagramme de prédominance des espèces du couple $HInd/Ind^-$ est donc :

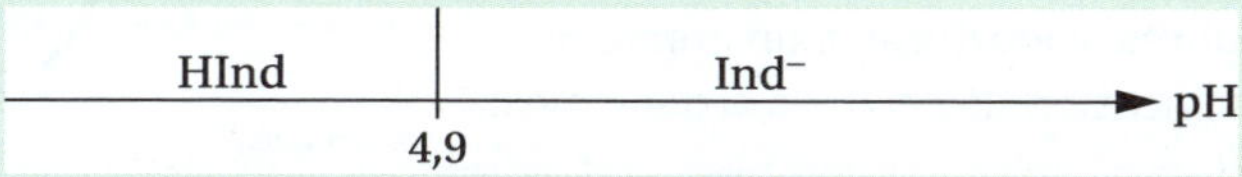

5. Définir la zone de virage d'un indicateur coloré.

On appelle « **zone de virage** », l'intervalle de pH où le vert de bromocrésol prend sa teinte sensible, le vert, par superposition de la teinte jaune et de la teinte bleue des deux espèces en présence (il s'agit d'une synthèse additive).

D'après le tableau, le passage du jaune au vert a lieu pour $3{,}3 < pH < 3{,}8$ et le passage vert au bleu a lieu pour $5{,}3 < pH < 6{,}2$.

La zone de virage peut donc être définie par l'intervalle **$3{,}8 < pH < 5{,}3$** dans lequel on est certain d'avoir la teinte verte. Mais il peut être plus étendu : **$3{,}3 < pH < 6{,}2$** car on ne peut donner un intervalle très précis ici (il aurait fallu un plus grand nombre de données).

6. Déterminer la zone de virage d'un indicateur coloré

On utilise la relation $pH = pK_A + \log\left(\frac{[Ind^-]_{eq}}{[HInd]_{eq}}\right)$ en supposant que les concentrations sont dans le rapport 10 évoqué dans l'énoncé :

- si $\frac{[Ind^-]}{[HInd]} = 10$ alors $pH = pK_A + \log(10) = pK_A + 1$:

la solution prend la teinte de la base Ind^-, bleue, si $\frac{[Ind^-]}{[HInd]} > 10$.

- si $\frac{[HInd]}{[Ind^-]} = 10$ alors $pH = pK_A + \log(\frac{1}{10}) = pK_A - 1$:

la solution prend la teinte de l'acide HInd, jaune.

On détermine ainsi que la zone de virage est comprise entre $(pK_A - 1)$ et $(pK_A + 1)$ soit sur l'intervalle de pH : **$3{,}9 < pH < 5{,}9$**.

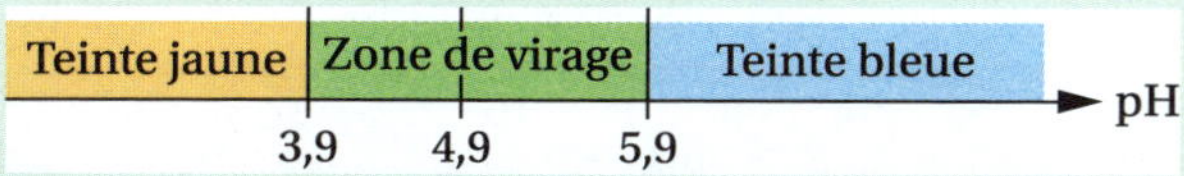

Cet intervalle trouvé par le calcul est cohérent avec les données dont on dispose puisque le tableau n'indique pas de coloration pour une solution de vert de bromocrésol ayant un pH égal à 5,9.

SUJET 12 | OBJECTIF MENTION

60 min

Acidification de l'océan

→ FICHES 22 à 24

L'« acidification de l'océan » est due à une présence record de CO_2 dans l'atmosphère. Voyons comment ce processus, en déplaçant des équilibres acide-base, a un impact sur la calcification de certains organismes.

LE SUJET

Partie 1 Le carbone dans les océans

Le carbone est principalement présent dans les océans sous trois formes qui coexistent ; l'ion carbonate $CO_{3(aq)}^{2-}$, l'ion hydrogénocarbonate $HCO_{3(aq)}^{-}$ et l'acide carbonique $H_2CO_{3(aq)}$. Ce dernier étant instable en solution aqueuse, il s'écrit $(CO_{2(aq)}, H_2O_{(\ell)})$.

1. L'ion hydrogénocarbonate est une espèce amphotère. Définir ce terme.
En déduire les couples acide-base mis en jeu.

2. Donner l'expression de la constante d'acidité d'un couple acide-base HA/A^-. Puis établir la relation entre pH et pK_A.

3. Identifier l'espèce chimique correspondant à chaque courbe du diagramme de distribution du document 1.

Document 1 **Diagramme de distribution**

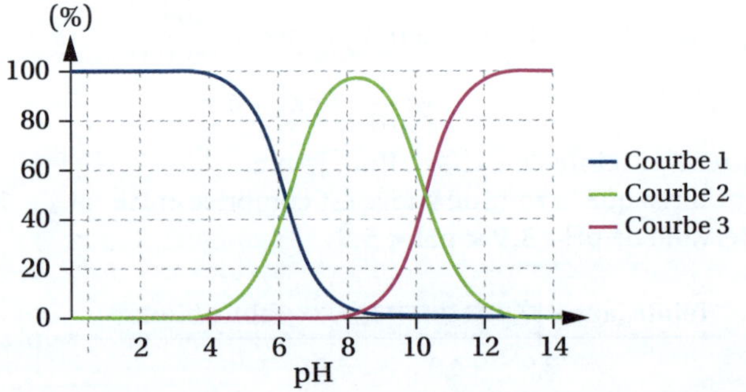

4. À partir de l'exploitation du diagramme de distribution, déterminer les valeurs des pK_{A1} et pK_{A2} des deux couples mis en jeu. Vous argumenterez votre raisonnement.

5. Tracer le diagramme de prédominance de ces 3 espèces chimiques contenant du carbone.

Partie 2 Acidification des océans

Document 2 Données sur l'évolution de CO_2 dans l'atmosphère et l'océan

La concentration en CO_2 dans l'atmosphère en ppmv (partie par million par volume) est représentée ci-dessous par la courbe rouge. Afin de comparer les contenus en CO_2 de l'atmosphère et de l'eau de mer, on définit la pression de CO_2 dans l'océan : $p_{CO_2} = \frac{[CO_2]}{\beta}$ où β est le coefficient de solubilité de CO_2.

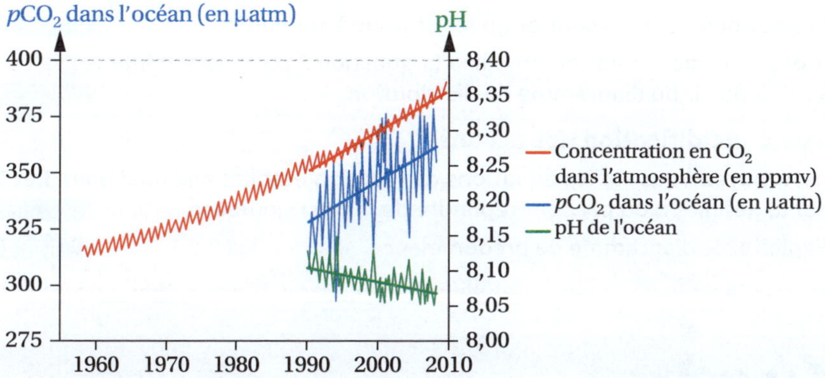

Document 3 Loi de Henry

La dissolution d'un gaz dans l'eau obéit à la loi de Henry selon laquelle à température constante, la concentration C du gaz dissous est proportionnelle à la pression partielle *p* qu'exerce ce gaz au-dessus du liquide.

À chaque instant, un pourcentage constant des molécules du gaz dissous dans la phase liquide repasse à l'état gazeux et s'échappe du liquide. Mais, dans le même temps, le même pourcentage des molécules de ce gaz passe en solution. Lorsque les deux flux se compensent, l'équilibre de saturation est atteint, soit pour le dioxyde de carbone : $CO_{2(g)} \rightleftarrows CO_{2(aq)}$.

1. Écrire la réaction de dissociation du dioxyde de carbone dissous avec l'eau et donner l'expression de la relation entre le pH et pK_{A1}.

2. Écrire la réaction de dissociation de l'ion hydrogénocarbonate comme espèce acide et donner l'expression de la relation entre le pH et pK_{A2}.

3. Que peut-on déduire des courbes du document 2 ?

4. Aujourd'hui, les océans ont un pH voisin de 8,1 soit 0,1 unité plus faible qu'au moment de la révolution industrielle.

a. Montrer qu'une augmentation de la quantité de dioxyde de carbone dans l'atmosphère conduit à une diminution du pH dans l'eau.

b. Montrer qu'une diminution de 0,1 unité pH au voisinage de 8,1 représente une augmentation de la concentration en ions oxonium $[H_3O^+]$ d'environ 30 %.

5. Évaluer le pourcentage des trois espèces chimiques : l'ion carbonate, l'ion hydrogénocarbonate et ($CO_{2(aq)}$, $H_2O_{(\ell)}$) dans les océans.

6. Le pH de l'eau de mer pourrait être de 7,8 à la fin du XXIe siècle. Quel effet a cette acidification des océans sur les organismes marins construisant leur coquille ou squelette à partir du carbonate de calcium $CaCO_{3(s)}$?

LES CLÉS POUR RÉUSSIR

Partie 1 Le carbone dans les océans

1. Utilisez la définition d'un acide et d'une base de Brönsted. → FICHE 1

2. Ces notions de cours sont exigibles et donc à connaître. → FICHE 22

4. Aidez-vous de la relation établie à la question **3** pour déterminer les valeurs des pK_A à partir du diagramme de distribution. → FICHE 24

Partie 2 Acidification des océans

4. a. Appuyez-vous sur les équations de réaction établies aux questions **1** et **2**, et sur la définition du pH pour répondre de façon rigoureuse. → FICHE 3

6. Exploitez le diagramme de prédominance. → FICHE 24

LE CORRIGÉ

Partie 1 Le carbone dans les océans

1. Définir un acide et une base de Brönsted

Une espèce amphotère est une espèce qui peut avoir un rôle d'acide et un rôle de base. Cette espèce appartient à deux couples acide-base.

• Quand l'ion HCO_3^- joue le rôle d'acide, il cède un ion H^+ :

$$HCO_3^- \rightleftarrows CO_3^{2-} + H^+$$

CO_3^{2-} est alors sa base conjuguée et on a le **couple HCO_3^-/CO_3^{2-}**.

• Quand l'ion HCO_3^- est une base, il est capable de capter un ion H^+ :

$$HCO_3^- + H^+ \rightleftarrows H_2CO_3 \text{ ou } (CO_2, H_2O)$$

(CO_2, H_2O) est alors son acide conjugué et on a le **couple $(CO_2, H_2O)/HCO_3^-$**.

2. Définir la constante d'acidité d'un couple

On considère la réaction $HA + H_2O \rightleftarrows A^- + H_3O^+$.

Pour le couple HA/A^-, on a : $K_A = \dfrac{[A^-]_{eq} \times [H_3O^+]_{eq}}{[HA]_{eq}}$ et $pK_A = -\log K_A$

donc $-\log K_A = -\log\left(\dfrac{[A^-]_{eq} \times [H_3O^+]_{eq}}{[HA]_{eq}}\right) = -\log\left(\dfrac{[A^-]_{eq}}{[HA]_{eq}}\right) - \log\left([H_3O^+]_{eq}\right)$.

On sait aussi que $pH = -\log\dfrac{[H_3O^+]_{eq}}{c^0} = \log\left([H_3O^+]_{eq}\right)$ car $c^0 = 1{,}0\ mol \cdot L^{-1}$.

Ainsi, $pH = -\log\left([H_3O^+]_{eq}\right) = -\log K_A + \log\left(\dfrac{[A^-]_{eq}}{[HA]_{eq}}\right)$

et donc : $\mathbf{pH = pK_A + \log\left(\dfrac{[A^-]_{eq}}{[HA]_{eq}}\right)}$.

3. Associer une espèce à une courbe sur un diagramme de distribution

Le diagramme correspond à l'évolution du pourcentage des espèces des deux couples $(CO_2, H_2O)/HCO_3^-$ et HCO_3^-/CO_3^{2-} en fonction du pH.

L'espèce la plus acide est (CO_2, H_2O) et l'espèce la plus basique est CO_3^{2-}. Ainsi, la **courbe 1** correspond au **pourcentage de $CO_{2(aq)}$**, la **courbe 2** à celui de l'**ion hydrogénocarbonate HCO_3^-** et la **courbe 3** à l'**ion carbonate CO_3^{2-}**.

4. Exploiter un diagramme de distribution

Pour un couple acide/base, $pH = pK_A + \log\left(\frac{[A^-]_{eq}}{[HA]_{eq}}\right)$.

Ainsi, si $[A^-]_{eq} = [HA]_{eq}$ alors $pH = pK_A$.

Sur le diagramme de distribution, pour 50 % d'acide et 50 % de base conjuguée, on retrouve la valeur du pK_A.

- Couple $(CO_2, H_2O)/HCO_3^-$: lorsque $[CO_2, H_2O] = [HCO_3^-]$ alors $pH = pK_{A1}$.
- Couple HCO_3^-/CO_3^{2-} : lorsque $[HCO_3^-] = [CO_3^{2-}]$ alors $pH = pK_{A2}$.

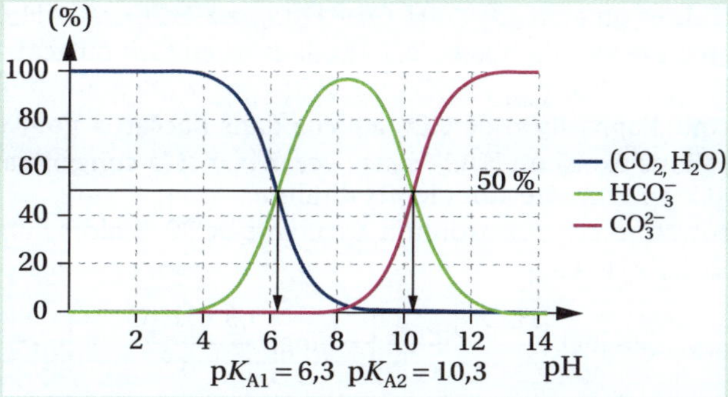

Remarque. Plus l'acide d'un couple est fort plus sa constante d'acidité est grande et son pK_A petit → FICHE 23. Ici l'acide le plus fort est (CO_2, H_2O) qui correspond bien à la courbe 1.

5. Tracer un diagramme de prédominance

Le diagramme de prédominance est :

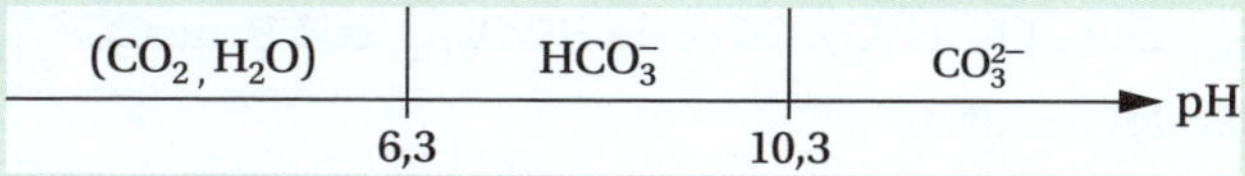

Partie 2 Acidification des océans

1. Établir l'équation entre un acide et une base et connaître la relation entre pH et pK_A d'un couple

Une réaction acide-base met en jeu un acide d'un couple avec une base d'un autre couple. (CO_2, H_2O) est un acide. Il réagit avec l'eau qui, elle, joue le rôle de base :

$$(CO_{2(aq)}, H_2O) + H_2O \rightleftarrows HCO_{3(aq)}^- + H_3O_{(aq)}^+$$

et $pH = pK_{A1} + \log\left(\frac{[HCO_3^-]_{eq}}{[CO_2, H_2O]_{eq}}\right)$.

2. Établir l'équation entre un acide et une base et connaître la relation entre pH et pK_A d'un couple

HCO_3^- est un acide. Il réagit avec l'eau en tant que base :

$$HCO_{3(aq)}^- + H_2O \rightleftarrows CO_{3(aq)}^{2-} + H_3O_{(aq)}^+$$

et $pH = pK_{A2} + \log\left(\frac{[CO_3^{2-}]_{eq}}{[HCO_3^-]_{eq}}\right)$.

3. Extraire une information d'un document

Le document 2 montre qu'à Mauna Loa, **la concentration en dioxyde de carbone dans l'atmosphère augmente** depuis 1958, ce qui entraîne une **hausse de la pression de CO_2** et une **baisse du pH de l'océan.**

4. Exploiter des informations et argumenter

a. Le document 3 permet de comprendre que, si la concentration en dioxyde de carbone gazeux dans l'air augmente, alors la concentration en CO_2 aqueux dans l'océan augmente aussi.

CO_2 est un acide et on a : $(CO_{2(aq)}, H_2O) + H_2O_{(l)} \rightleftarrows HCO_{3(aq)}^- + H_3O_{(aq)}^+$.

HCO_3^- étant une espèce amphotère, elle réagit aussi en tant qu'acide avec l'eau :

$$HCO_{3(aq)}^- + H_2O_{(l)} \rightleftarrows CO_{3(aq)}^{2-} + H_3O_{(aq)}^+$$

Ceci montre que l'apparition de CO_2 aqueux dans l'océan a pour conséquence la formation d'ions oxonium H_3O^+ dans l'océan. Or **si la concentration en ions oxonium $[H_3O^+]$ augmente alors le pH diminue.**

b. Si la concentration en ions oxonium augmente de 30 % alors :

$[H_3O^+]_{c+30\%} = 1{,}3 \times [H_3O^+]_c$.

Et donc : $pH_{c+30\%} = -\log\left(\frac{[H_3O^+]_{c+30\%}}{c^0}\right) = -\log\left(\frac{1{,}3 \times [H_3O^+]_c}{c^0}\right)$.

Ainsi, $\mathbf{pH_{c+30\%}} = -\log(1{,}3) - \log\left(\frac{[H_3O^+]_c}{c^0}\right) = \mathbf{-0{,}11 + pH_c}$. On montre ainsi que **le pH diminue de 0,11 unité lorsque $[H_3O^+]$ augmente de 30 %.**

5. Lire un diagramme de distribution

On se reporte au diagramme de distribution (document 1) pour chaque espèce : à l'abscisse pH = 8,1, on cherche les ordonnées, qui sont les % des espèces.

On trouve **3 % de (CO_2, H_2O), 96 % de $HCO_{3(aq)}^-$** et **1 % de $CO_{3(aq)}^{2-}$**.

6. Interpréter des résultats

D'après le diagramme de prédominance établi à la question **5** de la partie 1, si le pH diminue, on s'éloigne du domaine de prédominance des ions carbonates CO_3^{2-} donc la quantité d'ions hydrogénocarbonate HCO_3^- est plus importante.

Et, si le pH diminue, la concentration en ions carbonate CO_3^{2-} va être encore plus faible qu'elle ne l'est déjà à pH = 8,1 car la diminution du pH influence la réaction équilibrée $HCO_{3(aq)}^- + H_2O \rightleftarrows CO_{3(aq)}^{2-} + H_3O_{(aq)}^+$ en favorisant la réaction inverse, celle qui transforme CO_3^{2-} en HCO_3^-.

Ainsi, les coquilles constituées de carbonate de calcium $CaCO_{3(s)}$ vont se dissoudre de plus en plus avec l'augmentation du pH.

La matière

7 Stratégies en synthèse organique

La chimie appelée **chimie verte** prend en compte les aspects économiques, sociaux et environnementaux actuels en travaillant à la réduction et à la valorisation des déchets ; en recherchant sans cesse l'économie d'atomes, d'énergie et de temps et en concevant des synthèses chimiques moins dangereuses (substances utilisées et crées faiblement toxiques pour les humains et sans conséquence sur l'environnement).

TEST

Pour vous situer et identifier les fiches à réviser 160

FICHES DE COURS

26 Distinguer les molécules organiques 162
27 Familles fonctionnelles de molécules organiques 164
28 La structure électronique des molécules 166
29 Modification des molécules organiques 168
30 Optimisation d'une étape de synthèse 170
MÉMO VISUEL 172

SUJETS GUIDÉS & CORRIGÉS

OBJECTIF BAC
13 Des vitamines pour notre corps 174
OBJECTIF SUP
14 Synthèse d'une hormone : l'ocytocine 179

TESTEZ-VOUS

→ CORRIGÉS P. 379-380

Faites le point sur vos connaissances, puis établissez votre **parcours de révision** en fonction de votre score.

1 Distinguer les molécules organiques

→ FICHE 26

Parmi les affirmations suivantes, lesquelles sont vraies ?

☐ **a.** Les molécules A et B suivantes sont des isomères :

Molécule A

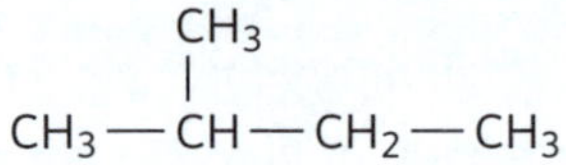

Molécule B

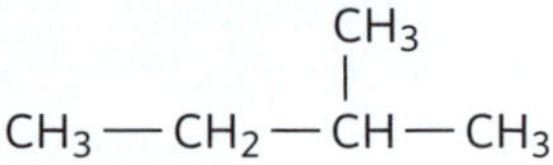

☐ **b.** La représentation topologique de la molécule d'acide propanoïque de formule brute CH_3CH_2COOH est la suivante :

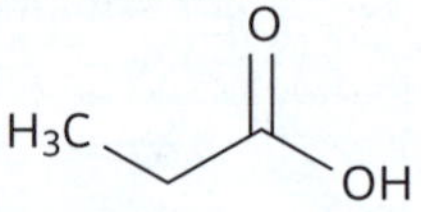

☐ **c.** La molécule suivante est insaturée et ramifiée :

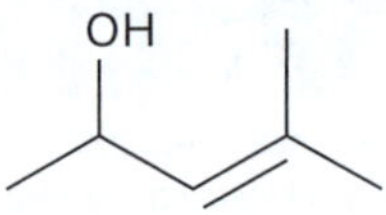

.../1

2 Familles fonctionnelles de molécules organiques

→ FICHE 27

1. Quel est le nom de la molécule ci-contre ?

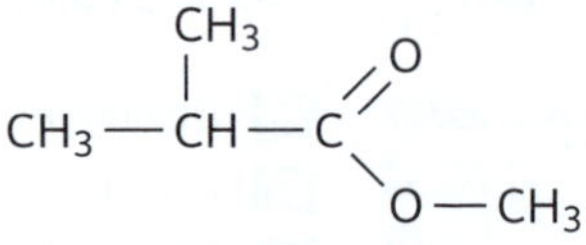

☐ **a.** butanoate de méthyle

☐ **b.** propanoate de méthyle

☐ **c.** méthyl-propanoate de méthyle

☐ **d.** méthanoate de propyle

☐ **e.** méthanoate de méthyl-propyle

2. À quelle famille appartient la molécule ci-contre ?

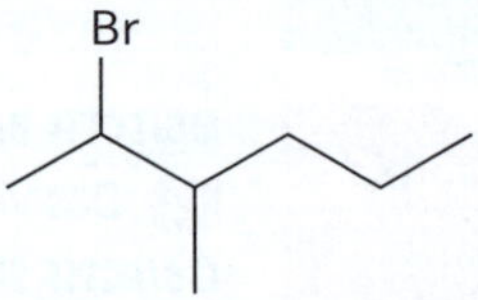

☐ **a.** ester

☐ **b.** halogénoalcane

☐ **c.** amide

.../2

3 La structure électronique des molécules

→ FICHE 28

Dans une liaison, l'atome le plus électronégatif est électrophile.

☐ a. vrai ☐ b. faux.

.../1

4 Modification des molécules organiques

→ FICHE 29

1. Lors d'une réaction d'élimination, on a :

☐ a. l'élimination d'une liaison double

☐ b. l'élimination de deux substituants

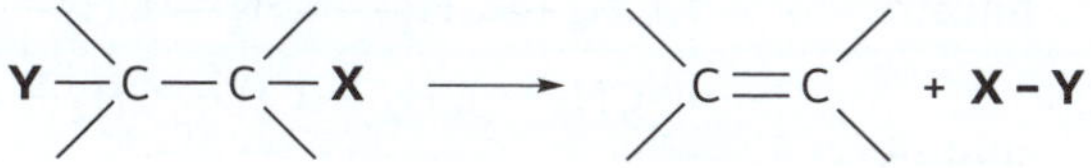

2. Pour réaliser une polymérisation, il faut que le monomère :

☐ a. ne possède aucune liaison double.

☐ b. possède une liaison double carbone-oxygène.

☐ c. possède une liaison double carbone-carbone.

.../2

5 Optimisation d'une étape de synthèse

→ FICHE 30

1. Pour raccourcir la durée d'une synthèse, on peut :

☐ a. mettre un des réactifs en grand excès.

☐ b. augmenter la température.

☐ c. protéger le catalyseur.

2. Dans un réactif qui possède plusieurs groupes caractéristiques, que faut-il faire pour que seul le groupe caractéristique souhaité réagisse ?

☐ a. Utiliser un groupe protecteur.

☐ b. Éliminer un des produits au cours de la transformation.

☐ c. Utiliser un catalyseur.

.../2

Score total .../8

Parcours PAS À PAS ou EXPRESS ? → MODE D'EMPLOI P. 3

26 Distinguer les molécules organiques

En bref *On peut distinguer les molécules organiques par leur composition mais aussi par les liaisons qu'elles contiennent et l'agencement de leurs atomes.*

I Les différents squelettes carbonés

- Si un des atomes de carbone est lié à au moins trois atomes de carbone, la molécule est **ramifiée**. Si les atomes de carbone forment une boucle, elle est **cyclique**.

Famille	Structure	Exemple
alcane	linéaire	$CH_3 - CH_2 - CH_2 - CH_2 - CH_2 - CH_3$
	ramifiée	$CH_3 - CH_2 - CH - CH_2 - CH_2 - CH_3$ | CH_3
cyclane	cyclique	CH_2 / \ $H_2C - CH_2$

- Un squelette carboné est **saturé** si tous ses atomes de carbone sont reliés par des liaisons simples (alcane). Il est **insaturé** s'il contient au moins une liaison multiple.

Famille	Structure	Exemple
alcène	insaturée avec double(s) liaison(s)	$CH_3 - CH = CH - CH_2 - CH_2 - CH_3$
alcyne	insaturée avec triple(s) liaison(s)	$CH_3 - CH_2 - C \equiv C - CH_2 - CH_3$

II Structure spatiale des molécules

Des molécules organiques qui possèdent la même formule brute mais qui ont des formules semi-développées différentes sont des **isomères de constitution**.

Isomérie	Caractéristiques
de chaîne	Les squelettes carbonés sont différents.
de position	Les groupes fonctionnels, les liaisons multiples ou les ramifications sont placés à des endroits différents du squelette carboné.
de fonction	Les groupes fonctionnels sont différents.

Méthode

Représenter des formules topologiques d'isomères de constitution

La formule brute du pentan-1-ol et le 3-méthylbutan-1-ol est $C_5H_{12}O$.

a. Donner les formules semi-développées du pentan-1-ol et du 3-méthylbutan-1-ol.

b. Donner la formule topologique du pentan-1-ol et du 3-méthylbutan-1-ol.

c. Indiquer de quel type d'isomères il s'agit.

CONSEILS

Dans une formule topologique, la chaîne carbonée est représentée par une ligne brisée où chaque segment représente une liaison. Les doubles liaisons sont représentées par un double segment et les triples liaisons par un triple segment. Les liaisons avec l'hydrogène ne sont pas représentées. Sauf indication contraire, un atome de carbone se trouve à chaque sommet de la ligne brisée. Tous les éléments chimiques sont représentés sauf les atomes de carbone ainsi que les atomes d'hydrogène liés à du carbone.

SOLUTION

a. Le pentan-1-ol a un squelette carboné saturé de 5 atomes de carbone (préfixe pentan) et un groupe –OH sur le 1er atome de la chaîne carbonée (suffixe -ol et nombre 1). Sa formule semi-développée est :

$$^{5}CH_3 — {}^{4}CH_2 — {}^{3}CH_2 — {}^{2}CH_2 — {}^{1}CH_2 — OH.$$

Le 3-méthylbutan-1-ol a un squelette carboné saturé de 4 atomes de carbone (préfixe butan), un groupe –OH sur le 1er atome de la chaîne carbonée (suffixe -ol et nombre 1) et un groupe méthyl sur le 3e atome de la chaîne carbonée (préfixe méthyl et position 3). Sa formule semi-développée est :

$$HO — {}^{1}CH_2 — {}^{2}CH_2 — {}^{3}\underset{\displaystyle CH_3}{\underset{|}{CH}} — {}^{4}CH_3$$

b. Le pentan-1-ol contient 4 liaisons C–C et en bout de chaîne une liaison C–OH. Sa formule topologique est donnée ci-contre.

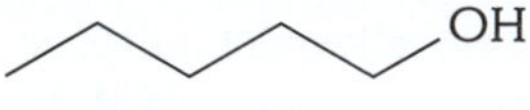

La chaîne principale du 3-méthylbutan-1-ol contient 3 liaisons C–C et une liaison C–OH. Sur le 3e atome de carbone, il y a le groupe méthyl. Sa formule topologique est donnée ci-contre.

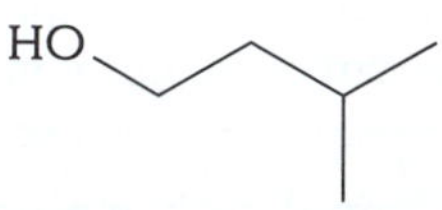

c. Les deux molécules ont les mêmes groupes fonctionnels (–OH) reliés aux atomes de carbone de même position, mais des squelettes carbonés différents (4 atomes pour l'une et 5 pour l'autre) : il s'agit d'isomères de chaîne.

27 Familles fonctionnelles de molécules organiques

En bref *Une molécule organique est une chaîne carbonée sur laquelle peuvent se greffer un ou plusieurs groupes caractéristiques contenant de l'oxygène, de l'azote ou encore des halogènes.*

I Molécules organiques oxygénées

- Les **estérs** contiennent un groupe carbonyle (C=O). Le carbone fonctionnel est lié à un groupe alkyle R et à un atome d'oxygène O lui-même lié par une liaison simple à un groupe alkyle R′.

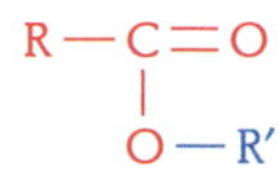

- Le nom de l'ester dérive de ceux des alcanes de même chaîne carbonée que les groupes R-CO_2- et –R′. On remplace le « e » final par « oate » pour le premier alcane et le « ane » final par « yle » pour le second.

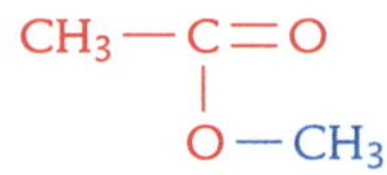

Éthanoate de méthyle

II Molécules organiques azotées ou halogénées

- Plusieurs familles contiennent des atomes d'azote ou des halogènes.

Amine	Amide	Halogénoalcane
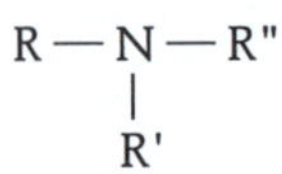	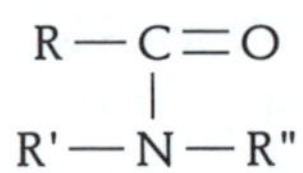	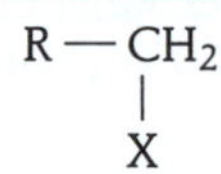 X : halogène

À NOTER
On distingue trois types d'amines et d'amides, en fonction de la composition de leurs groupes R, R′ et R‴ : primaires (2 H), secondaires (1 H) et tertiaires (aucun H).

- Le nom d'une **amine primaire** dérive de celui de l'alcane de même chaîne carbonée que la chaîne carbonée principale de l'amine. La numérotation de la chaîne est telle que l'indice de position du groupe –NH_2 soit le plus proche de un. On remplace le « e » final du nom de l'alcane par la terminaison « amine ».

- Le nom d'un **amide primaire** dérive de celui de l'acide carboxylique de même chaîne carbonée. On remplace la terminaison finale « oïque » de l'acide par la terminaison « amide » et on supprime le mot « acide ».

- Le nom d'un **halogénoalcane** est : soit constitué d'un préfixe issu du nom de l'halogène de la molécule (fluoro, chloro, bromo ou iodo) avant le nom de l'alcane constituant le squelette carboné ; soit un terme de la forme « halogénure de » (fluorure de, chlorure de, bromure de ou iodure de) suivi du nom de l'alcane constituant le squelette carboné ; soit un nom d'usage.

Méthode

Nommer des esters ou des amides

Donner le nom des molécules aux formules semi-développées suivantes.

a. 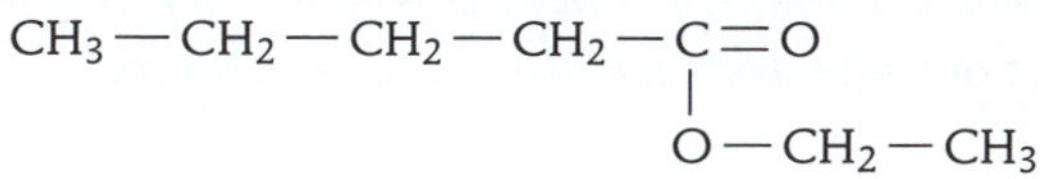

b. 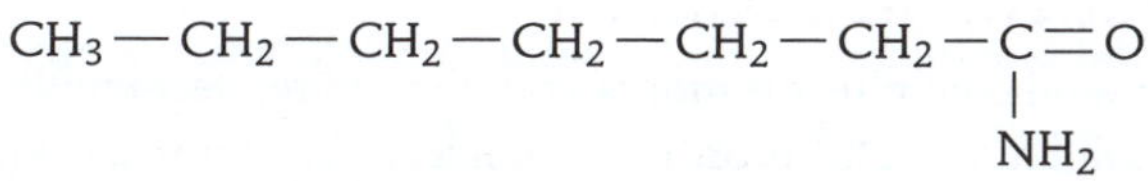

CONSEILS

Commencez par identifier la famille à laquelle la molécule appartient.

a. Pour nommer un ester :
- repérez les deux parties de la molécule : la partie reliée à l'atome de carbone portant le groupe carbonyle et la partie reliée à l'atome d'oxygène ;
- déterminez le nom de l'alcane que formerait chaque partie si elle était indépendante ;
- composez le nom de l'ester en cumulant les noms des deux alcanes indépendants tout en remplaçant le « e » final du nom de l'alcane de la première partie par le suffixe « oate » et la terminaison « ane » du nom de l'alcane de la seconde partie par le suffixe « yle ».

b. Pour nommer un amide :
- déterminez le nom de l'acide carboxylique que l'on aurait en remplaçant $-NH_2$ par $-OH$;
- supprimez le mot « acide » et remplacez la terminaison « oïque » par « amide ».

SOLUTION

a. On remarque une fonction carbonyle portée par un atome de carbone également lié à un atome d'oxygène : il s'agit d'un ester.

La première partie de la molécule formerait un alcane avec un squelette de 5 atomes : du pentane. La seconde partie de la molécule formerait un alcane avec un squelette de 2 atomes : de l'éthane.

Le nom de cette molécule est donc pentanoate d'éthyle.

b. On remarque une fonction carbonyle portée par un atome de carbone également lié à un atome d'azote : il s'agit d'un amide.

L'acide carboxylique que nous aurions si on remplaçait $-NH_2$ par $-OH$ contiendrait un squelette carboné de 7 atomes, il s'agirait de l'acide heptanoïque.

Le nom de cette molécule est donc heptanamide.

28 La structure électronique des molécules

En bref *Les réactions en chimie organique se font par rupture puis formation de liaisons chimiques. Celles-ci étant constituées de paires d'électrons, pour comprendre les mécanismes réactionnels il faut s'intéresser au comportement des électrons à l'intérieur de ces liaisons.*

I L'électronégativité des atomes

- Les atomes ont une tendance plus ou moins grande à attirer vers eux les électrons d'une liaison covalente. Cette propriété est liée à **l'électronégativité** des atomes mis en jeu dans la liaison (voir programme de Première).

À NOTER
Deux atomes d'une molécule sont reliés entre eux par des électrons mis en commun par chaque atome. Les deux électrons ainsi partagés constituent un doublet électronique liant, appelé liaison covalente.

- Dans une **liaison**, l'atome le plus électronégatif porte un excès de charge négative noté $-q$ tandis que l'autre atome porte un défaut de charge négative noté $+q$.

Exemples :

Éthylamine

$$CH_3-\overset{+q}{C}H_2-\overset{-q}{N}H_2$$

Acide éthanoïque

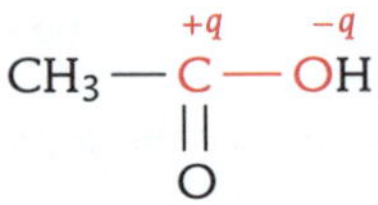

- Dans une **molécule**, un site pauvre en électrons est susceptible d'accepter des électrons tandis qu'un site riche en électrons est susceptible d'en donner.

II Les différents types de réactifs

Il existe plusieurs sortes de réactifs. En terminale, on se limitera aux réactifs nucléophiles et électrophiles.

- Les **réactifs nucléophiles** (notés $Nu^{\ominus}$) sont des molécules ou des ions négatifs possédant, au moins, un doublet libre. Ce doublet libre permettra d'établir une liaison avec un réactif pauvre en électrons. La partie de la molécule ou de l'ion riche en électrons est un centre nucléophile (donneur d'électrons).

Exemple : ion hydroxyde $H\overline{\underline{O}}|^{\ominus}$; molécule d'eau $H_2\overline{\underline{O}}$.

- Les **réactifs électrophiles** (notés $E^{\oplus}$) sont des molécules ou des ions positifs susceptibles de réagir en établissant une liaison avec un réactif amenant un doublet libre. La partie pauvre de la molécule ou de l'ion en électrons est un centre électrophile (accepteur d'électrons).

Exemple : ion hydrogène $H^{\oplus}$; chlorure d'aluminium $AlCl_3$.

Méthode

Reconnaître des centres électrophiles et nucléophiles d'une molécule

On dispose des formules semi-développées de deux molécules :

éthanol : CH_3–CH_2–**O**–**H** et méthanoate de methyl :

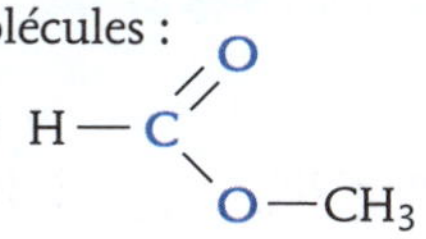

Données : électronégativité de quelques atomes :

Atome	H	C	O
Électronégativité	2,2	2,5	3,5

1. a. Indiquer sur la formule de l'éthanol les excès ou défauts de charge négative portés par les atomes d'oxygène et d'hydrogène en bleu sur la formule semi-développée.

b. Indiquer sur la formule du méthanoate de méthyl les excès ou défauts de charge négative portés par les atomes carbone et d'oxygène en bleu sur la formule semi-développée.

2. L'atome d'oxygène en bleu de la molécule d'éthanol est-il un site nucléophile ou un site électrophile ? Même question pour l'atome de carbone en bleu de la molécule de méthanoate de méthyl.

CONSEILS

1. a. et **b.** Comparez les valeurs de l'électronégativité des atomes impliqués dans la liaison considérée. L'atome le plus électronégatif portera un excès de charge négative noté $-q$ tandis que l'autre atome portera un défaut de charge négative noté $+q$.

2. a. et **b.** Un site électrophile est un atome pauvre en électrons. Un site nucléophile est un atome riche en électrons.

SOLUTION

1. a. D'après les données, l'électronégativité de l'oxygène est supérieure à celle de l'hydrogène : il s'agit du plus électronégatif des deux.

$$CH_3 - CH_2 - \overset{-q}{\mathbf{O}} - \overset{+q}{\mathbf{H}}$$

b. D'après les données, l'électronégativité de l'oxygène est supérieure à celle du carbone : il s'agit du plus électronégatif des deux.

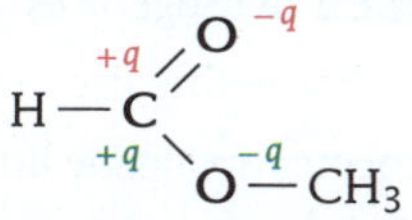

2. L'atome d'oxygène de la molécule d'éthanol porte un excès de charge négative : c'est un site nucléophile. L'atome de carbone de la molécule de méthanoate de méthyl porte un défaut de charge négative : c'est un site électrophile.

29 Modification des molécules organiques

En bref *Certaines réactions modifient le squelette carboné d'une molécule (allongé, raccourci ou ramifié) ou le groupe caractéristique de la molécule mise en jeu.*

I Modifier les liaisons d'une molécule

■ **Réactions de substitution**

Substitution nucléophile S_N	Substitution électrophile S_E
$Nu^{\ominus} + \overset{+q}{S}—\overset{-q}{R} \longrightarrow S—Nu + R^{\ominus}$ Réactif (Nu), Substrat (S—R), Groupe partant ($R^{\ominus}$)	$E^{\oplus} + \overset{-q}{S}—\overset{+q}{R} \longrightarrow S—E + R^{\oplus}$

■ **Réactions d'addition**

Addition nucléophile A_N	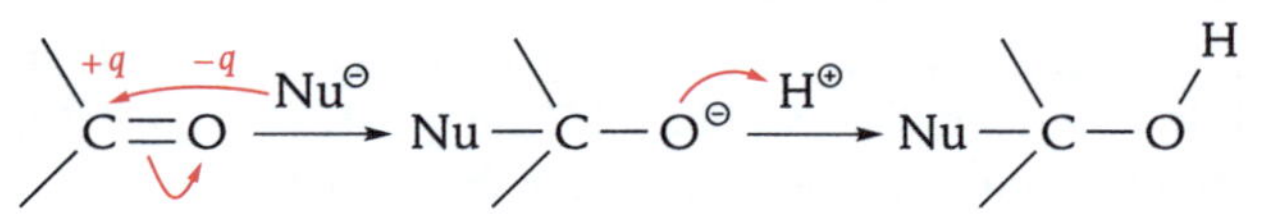
Addition électrophile A_E	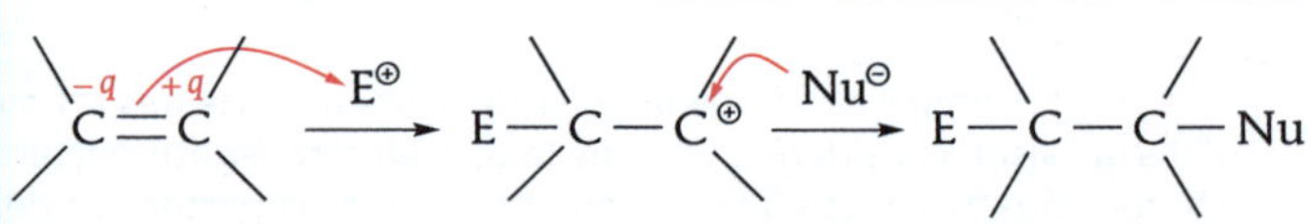

■ **Réactions d'élimination**

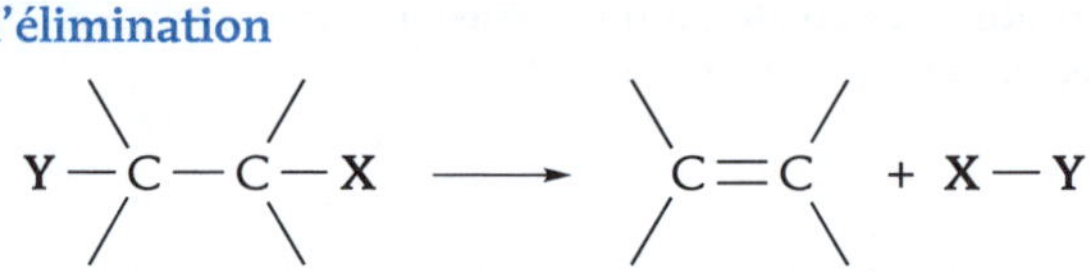

II Modifier la longueur d'une molécule

■ Le **craquage thermique** permet de casser les molécules à longues chaînes.

■ Lors d'une **alkylation**, un atome d'hydrogène est remplacé par un groupe alkyle.

■ Lors d'une **ramification**, une chaîne linéaire devient ramifiée.

■ La **cyclisation** consiste à transformer un alcane linéaire en alcane à chaîne fermée.

■ La **polymérisation** ou **réaction de polyaddition** est une addition de molécules toutes identiques (les monomères) comportant une double liaison C=C, qui vont se lier. Elle conduit à une macromolécule appelée polymère :

$\underbrace{n\mathrm{CHR{=}CHR'}}_{\text{monomère}} \longrightarrow \underbrace{\left(\mathrm{CHR{-}CHR'}\right)_n}_{\text{polymère}}$ avec n le degré de polymérisation.

Méthode

Identifier le mécanisme d'une réaction

On souhaite comprendre le mécanisme mis en jeu lors de la synthèse d'un amide à partir d'un chlorure d'acide. On dispose des formules semi-développées des réactifs et des produits.

- Réactifs :

chlorure d'éthanoyle :

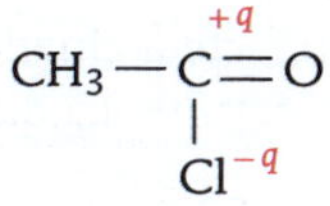

propanamine :

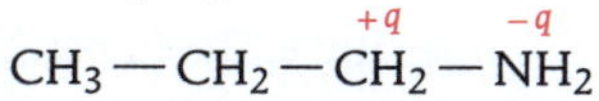

- Produits :

éthanamide :

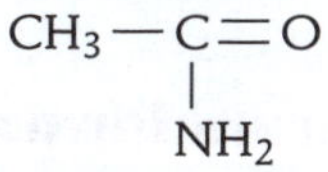

chloropropane :

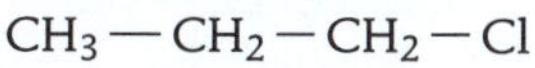

a. À l'aide des formules semi-développées faisant apparaître les excès et les défauts de charge négative des réactifs, indiquer les déplacements des électrons au cours de la réaction.

b. Quel est le type de la réaction étudiée ?

CONSEILS

a. Les flèches courbes indiquent le déplacement des électrons du site donneur vers le site accepteur → FICHE 12. Ces flèches doivent être en accord avec les formules des produits obtenus.

b. La formule du produit, ici l'éthanamide, permet de trouver le type de réaction ayant eu lieu.

SOLUTION

a. Les déplacements d'électrons sont les suivants :

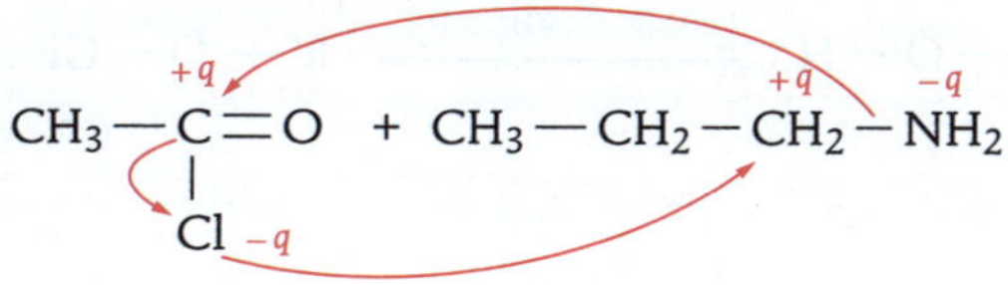

b. On constate que pour obtenir l'éthanamide, l'atome de chlore Cl a été remplacé par le groupe amine $-NH_2$ dans le chlorure d'éthanoyle : il s'agit donc d'une réaction de substitution nucléophile (le groupe amine porte un excès de charge négative, il est donc nucléophile).

30 Optimisation d'une étape de synthèse

En bref *La synthèse est la préparation d'une espèce chimique à partir d'autres espèces chimiques. Ces réactions sont lentes et limitées. Les chimistes cherchent à les accélérer ou à améliorer leur rendement.*

I Diminuer la durée de la transformation

■ **Augmenter la température.** La température est un facteur cinétique. La vitesse de la réaction est une fonction croissante de la température. La durée sera d'autant plus petite que la température sera grande.

■ **Utiliser un catalyseur.** Il s'agit d'une espèce chimique qui augmente la vitesse de la réaction sans intervenir dans son bilan → FICHE 10.

II Augmenter le rendement de la transformation

■ Mettre un des réactifs (le moins cher) en **grand excès** devant l'autre.

■ **Éliminer un des produits** au cours de la transformation.

■ **Protéger/déprotéger.** Dans une synthèse organique, les réactifs peuvent contenir plusieurs groupes caractéristiques tous susceptibles de réagir. Pour que seule la fonction voulue réagisse, avant de démarrer la synthèse on modifie (protège) les autres fonctions de la molécule. Une fois la synthèse terminée, il faut effectuer une déprotection pour retrouver les fonctions initiales protégées.

Exemple :

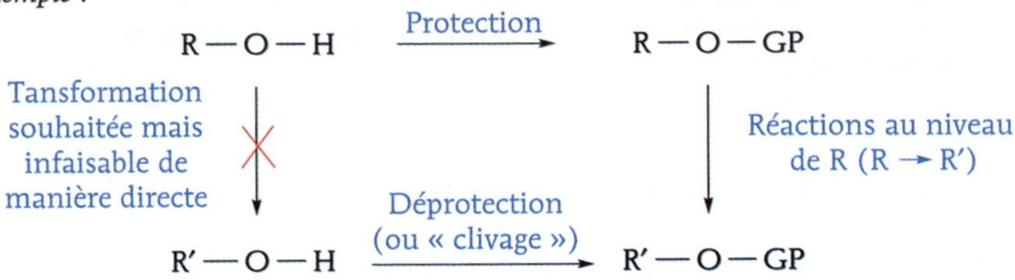

GP = groupe protecteur

À NOTER

- Le groupe protecteur doit : réagir spécifiquement avec la fonction à protéger ; être stable lors des réactions suivantes ; pouvoir être enlevé facilement et de manière sélective, une fois la réaction effectuée.
- Le chimiste doit veiller à choisir une stratégie de protection-déprotection écologique et économique, par exemple en déprotégeant plusieurs groupes en une seule étape.

Méthode

Identifier les étapes de protection et déprotection d'une fonction

On considère les étapes de la synthèse du 1-(3-aminophényl)éthanone :

Étape 1 :

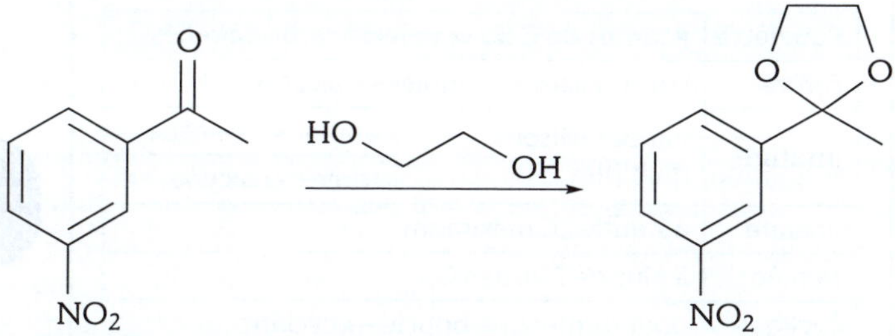

Étape 2 :

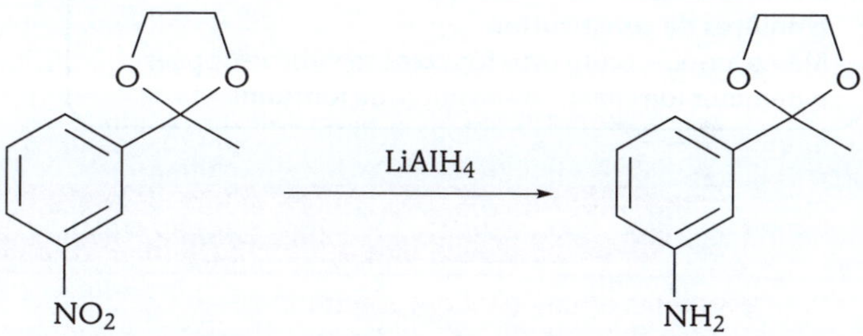

Étape 3 :

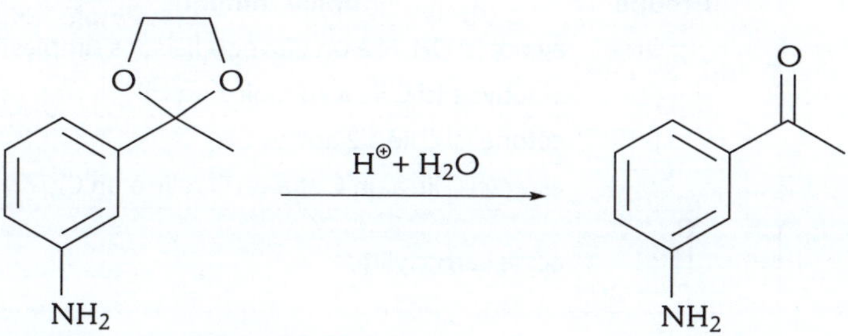

a. Quelle fonction est protégée ?

b. Quelle étape correspond à la protection d'une fonction ? Quelle étape correspond à la déprotection de la fonction initialement protégée ?

SOLUTION

a. On remarque que la fonction carbonyle est présente à la première étape et à la dernière : c'est donc la fonction qui a été protégée.

b. La première étape modifie la fonction carbonyle : c'est l'étape de protection. La dernière étape fait réapparaître la fonction carbonyle : c'est l'étape de déprotection.

STRATÉGIES EN SYNTHÈSE

Distinguer les molécules organiques

Les différents squelettes carbonés

Squelette	Atomes de C du squelette carboné reliés…	
saturé	par des liaisons simples → alcane	
insaturé	par des liaisons multiples	doubles → alcène
		triples → alcyne
linéaire	à 2 autres C maximum	
ramifié	à plus de 2 autres C	
cyclique	pour former une boucle → cyclane	

Isomères de constitution

Même formule brute mais formules semi-développées différentes (de chaîne, de position, de fonction).

Les familles des molécules organiques

Molécules organiques oxygénées

Groupe	Famille chimique
— OH	alcool (si OH lié à un C avec 4 liaisons simples)
O ‖ — C —	aldéhyde (si C lié à au moins un H)
	cétone (si C lié à 2 autres C)
	ester (si C lié à un C et à un O relié à un C)
O ‖ — C — OH	acide carboxylique

Molécules organiques azotées ou halogénées

Famille chimique	Formule générale
amine	R — N — R″ | R′
amide	R — C = O | R′ — N — R″
halogéno-alcane	R — CH_2 | X avec X un halogène

ORGANIQUE

Les différents réactifs

- **Réactif nucléophile** : riche en électrons, il va établir une liaison avec un réactif pauvre en électrons.
- **Réactif électrophile** : pauvre en électrons, il va établir une liaison avec un réactif riche en électrons.

Les réactions entre molécules organiques

Substitution

Substitution nucléophile S_N	Substitution électrophile S_E
$Nu^{\ominus} + \overset{+q}{S}-\overset{-q}{R} \longrightarrow S-Nu + R^{\ominus}$ Réactif / Substrat / Groupe partant	$E^{\oplus} + \overset{-q}{S}-\overset{+q}{R} \longrightarrow S-E + R^{\oplus}$

Addition

Addition nucléophile A_N	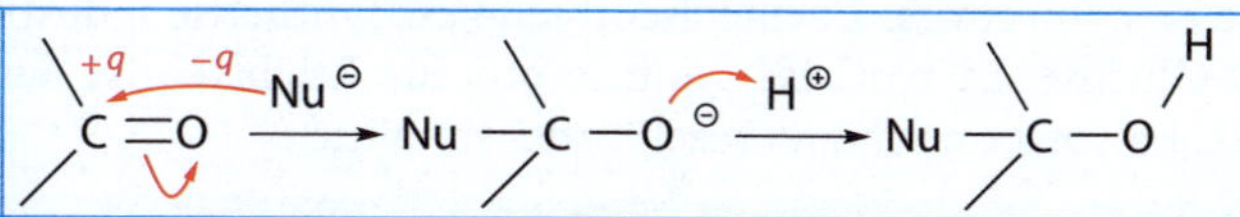
Addition électrophile A_E	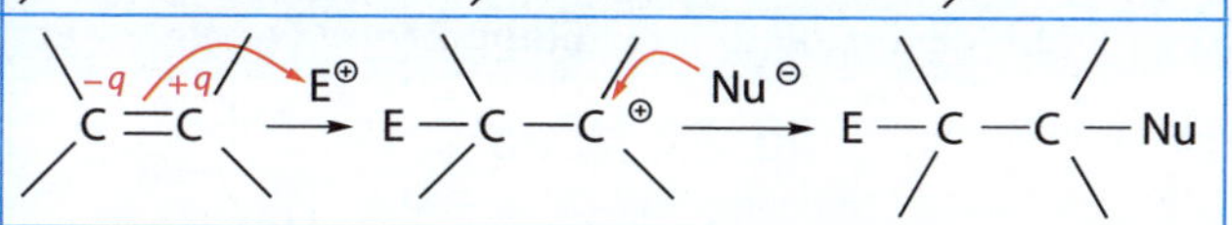

Élimination

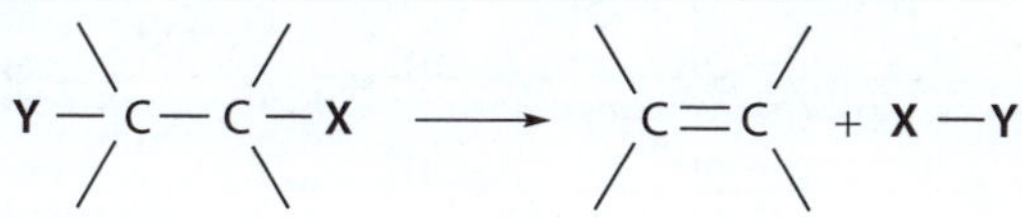

Polymérisation

$n\,CHR = CHR' \longrightarrow -\!\!\!\left(CHR - CHR'\right)\!\!\!-_n$ avec n le degré de polymérisation

monomère — polymère

Optimiser une étape de synthèse

- En diminuant la **durée** de transformation : augmenter la température ; utiliser un catalyseur.
- En augmentant le **rendement** : mettre un des réactifs en grand excès ; éliminer un des produits ; protéger /déprotéger.

SUJET 13 | OBJECTIF BAC

30 min Des vitamines pour notre corps

→ FICHES 26 à 30

Les vitamines, ça donne bonne mine ! Nous allons étudier quelques caractéristiques de certaines de ces molécules organiques et de leur synthèse.

LE SUJET

Les deux parties du sujet sont indépendantes.

Partie 1 La vitamine C

L'acide ascorbique, communément appelé vitamine C, est un antioxydant présent dans de nombreux fruits et légumes. Une carence prolongée en vitamine C provoque une maladie appelée scorbut.

En pharmacie, il est possible de trouver l'acide ascorbique de synthèse, sous forme de comprimés. L'acide ascorbique est synthétisé industriellement à partir du D-Glucose. La synthèse selon le procédé Reichstein se déroule en plusieurs étapes. En voici un schéma réactionnel simplifié :

Étape 1	Étape 2*	Étape 3
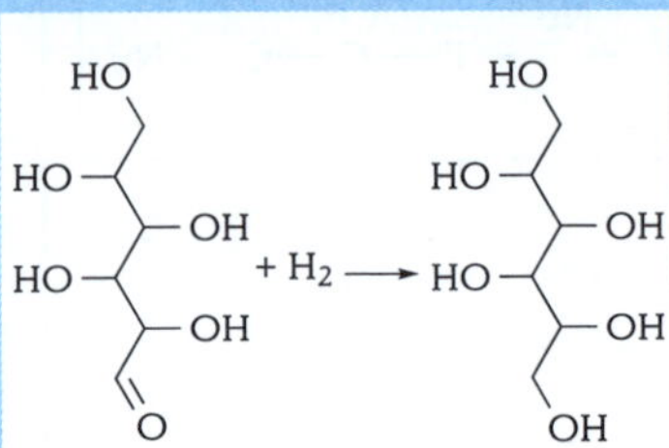 D-Glucose → D-Sorbitol	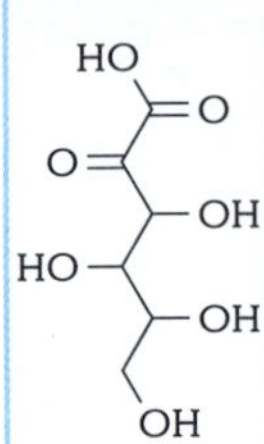 Composé (E)	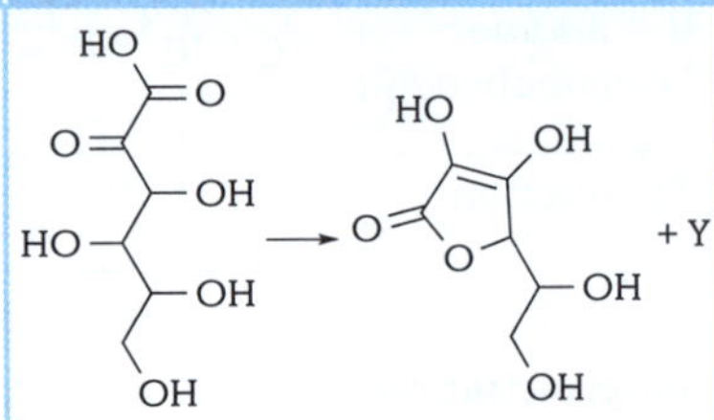 Composé (E) → Acide ascorbique $C_6H_8O_6$

* Formule topologique du composé (E) produit par oxydation du D-Sorbitol.

1. Le passage du D-Glucose au D-Sorbitol correspond-il à une modification de chaîne ou de groupe caractéristique ?

2. a. Écrire la formule brute du composé (E).

b. Identifier l'espèce chimique Y et la nommer.

Partie 2 La vitamine B5

La vitamine B5, ou acide pantothénique, est indispensable au métabolisme des différents nutriments énergétiques (glucides, lipides et acides aminés). Par ailleurs, elle participe à la synthèse de certaines hormones (cortisol, aldostérone, adrénaline), est essentielle à la croissance des tissus (cicatrisation de la peau, pousse des cheveux) et est utile au bon fonctionnement intellectuel.

Donnée

- Électronégativité χ : $\chi(C) < \chi(O)$.

1. La molécule d'acide pantothénique

a. À partir de la formule semi-développée de la molécule ci-dessous, écrire la formule topologique de l'acide pantothénique.

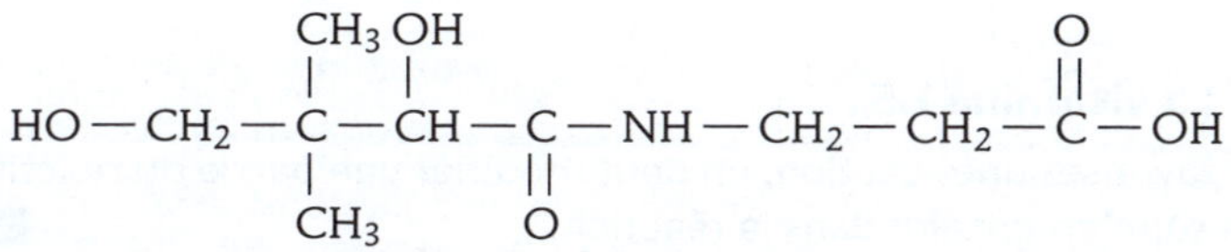

b. Entourer le groupe caractéristique qui justifie que cette molécule contienne le terme « acide » dans son nom.

c. Expliquer pourquoi cette espèce chimique est qualifiée de « polyfonctionnelle ».

2. Synthèse de l'acide pantothénique

L'acide pantothénique peut être obtenu à partir de l'acide pantoïque et de la β-alanine selon la réaction de synthèse d'équation suivante :

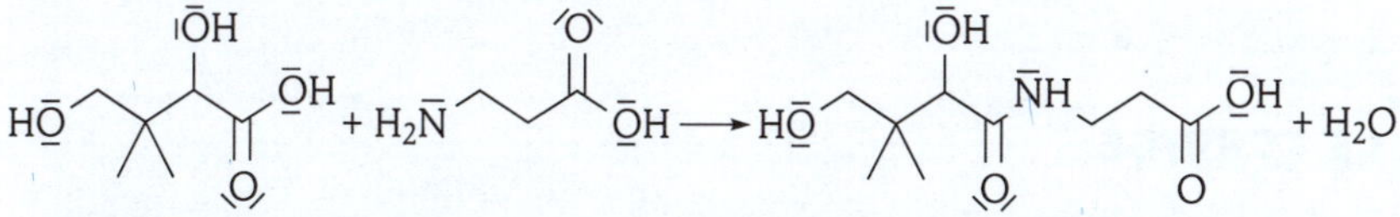
(1)

a. Recopier l'équation de réaction (1) et entourer, pour chaque réactif, le groupe caractéristique qui réagit.

b. À quel problème peut-on être confronté si l'on souhaite obtenir uniquement l'acide pantothénique ? Comment pourrait-on l'éviter ?

c. Pour favoriser la formation du produit désiré, on fait réagir, dans une première étape, l'acide pantoïque avec l'ion carboxylate de la β-alanine selon la réaction d'équation-bilan suivante :

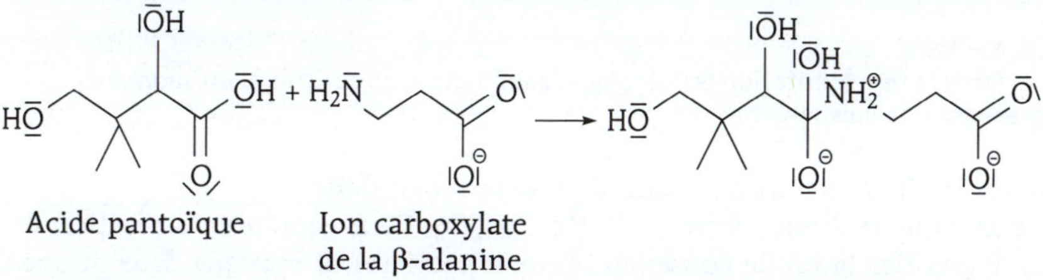
(2)

Acide pantoïque — Ion carboxylate de la β-alanine

Donner, en justifiant, le nom de la catégorie de réaction correspondant à cette étape.

d. Recopier l'équation de réaction (2) et la compléter avec les flèches courbes qui rendent compte du mécanisme de cette réaction.

LES CLÉS POUR RÉUSSIR

Partie 1 La vitamine C

1. Observez bien les deux formules topologiques et comparez leurs différences. → FICHE 29

2. b. Souvenez-vous qu'une équation de réaction est équilibrée si elle vérifie la conservation de la charge et la conservation de la matière : les atomes constituants les réactifs doivent être présents dans les produits (même genre, même nombre).

Partie 2 La vitamine B5

2. b. Pour favoriser une réaction, on peut modifier une partie du réactif grâce à une étape supplémentaire dans la réaction. → FICHE 30

2. c. Vous devez pouvoir distinguer les réactions d'addition, de substitution et d'élimination. → FICHE 29

LE CORRIGÉ

Partie 1 La vitamine C

1. Identifier le type de modification d'une chaîne carbonée

D'après le schéma réactionnel simplifié, on voit que le groupe carbonyle C=O du D-glucose est devenu un groupe hydroxyle -OH dans le D-Sorbitol, il s'agit donc d'une **modification de groupe caractéristique**.

2. a. Écrire la formule brute à partir d'une représentation

Le composé (E) a pour formule brute $\mathbf{C_6H_{10}O_7}$.

À NOTER

2. a. Dans la représentation topologique, sauf indication contraire, un segment représente une liaison C–C.

b. Trouver la formule d'un produit de réaction chimique

L'acide ascorbique a pour formule brute $C_6H_8O_6$. Pour équilibrer la réaction de l'étape 3 (vérifier la loi de conservation de la matière), il manque deux atomes d'hydrogène et un atome d'oxygène. Nous en déduisons que le composé Y est de l'eau de formule $\mathbf{H_2O}$.

Partie 2 La vitamine B5

1. a. Écrire une formule topologique

Formule topologique de l'acide pantothénique :

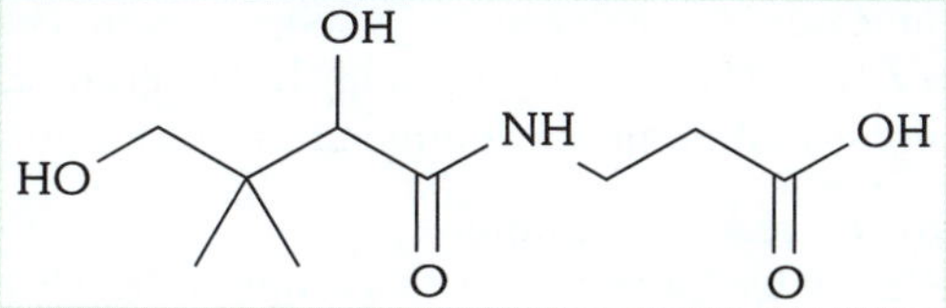

b. Reconnaître un groupe caractéristique dans une molécule

D'après son nom, cette molécule est un acide carboxylique, on reconnaît dans sa formule semi-développée le **groupe carboxyle** :

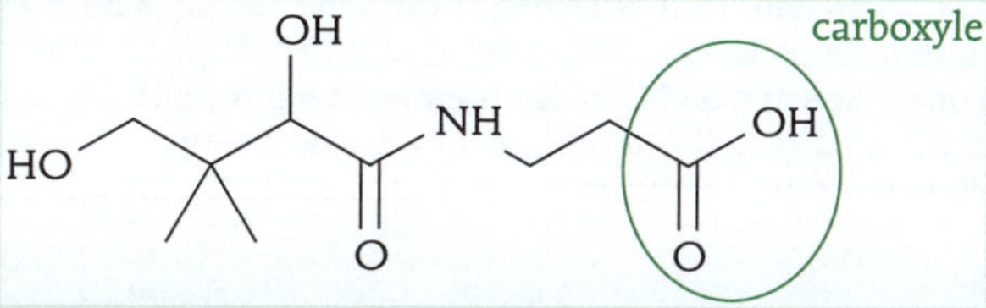

c. Reconnaître un groupe caractéristique dans une molécule

D'après la formule semi-développée, on sait que cette molécule possède une fonction amide, deux groupes hydroxyle (alcool) et un groupe carboxyle (acide carboxylique) :

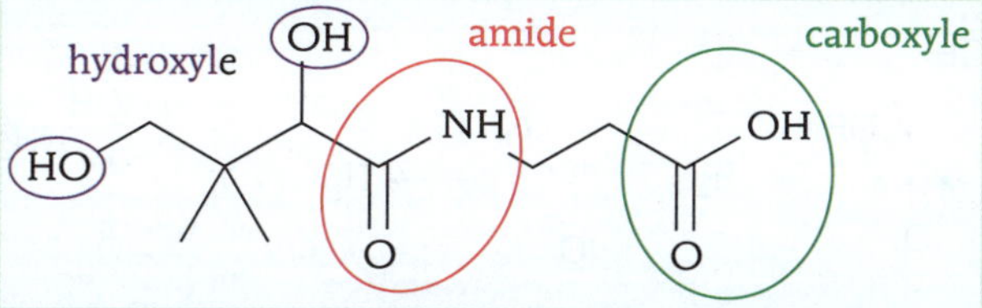

Cette molécule contient **plusieurs fonctions.** Elle est donc polyfonctionnelle.

2. a. Reconnaître un groupe caractéristique dans une molécule

Les groupes caractéristiques qui réagissent sont la **fonction acide carboxylique pour l'acide pantoïque** et la **fonction amine pour la β-alanine :**

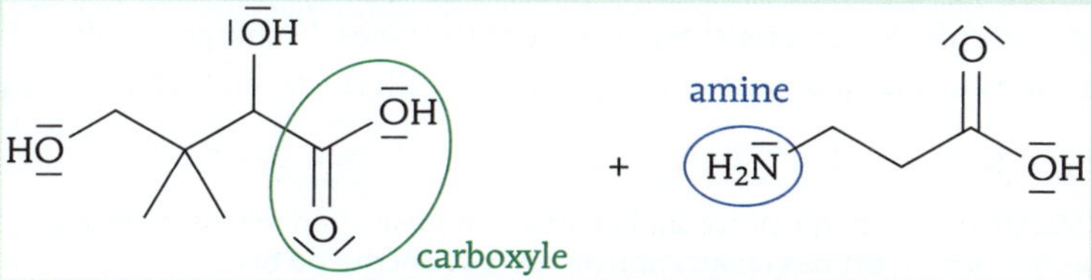

b. Émettre une hypothèse

Les fonctions entourées précédemment ne sont pas les seules à pouvoir réagir entre elles : la fonction alcool de l'acide pantoïque peut réagir avec la fonction carboxylique de la β-alanine. Ainsi nous pouvons obtenir d'autres produits que l'acide pantothénique désiré.

Pour favoriser la réaction désirée, on peut **modifier les groupes fonctionnels des molécules que l'on ne veut empêcher de réagir** : c'est le principe de protection.

c. Identifier un type de réaction chimique

On remarque que la double liaison C=O du groupe carboxyle a disparu : il s'agit d'une **réaction d'addition** sur cette double liaison.

MOT CLÉ

2. c. • Au cours d'une réaction de **substitution**, un atome (ou un groupe d'atomes) en remplace un autre dans l'entité chimique qui subit l'attaque du réactif nucléophile ou électrophile.
• Au cours d'une réaction d'**addition**, les fragments d'une molécule se fixent sur deux atomes d'une autre molécule liés par une liaison multiple.
• Au cours d'une réaction d'**élimination**, un alcane substitué est transformé en alcène.

d. Représenter un mécanisme réactionnel

L'azote de la fonction amine de l'ion carboxylate de la β-alanine se fixe sur le carbone de la double liaison C=O de la fonction carboxylique de l'acide pantoïque. D'après la donnée sur l'électronégativité, $\chi(C) < \chi(O)$ donc l'électron de cette double liaison migre sur l'atome d'oxygène.

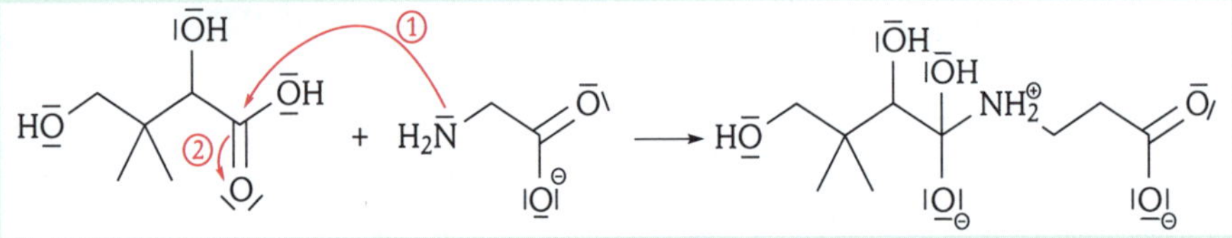

Flèche 1. L'azote possède un doublet non liant ; il est nucléophile. L'atome de carbone de la fonction carboxyle est entouré d'atomes d'oxygène. Or les atomes d'oxygène ont une électronégativité supérieure à celle des atomes de carbone et ceci rend l'atome de carbone électrophile. Ainsi, l'azote va partager son doublet avec le carbone.

Flèche 2. L'atome de carbone ayant à présent un excès de charge négative, libère le doublet liant mis en jeu dans la double liaison. C'est une addition nucléophile.

À NOTER

2. d. Cette question, qui porte sur la partie « modélisation microscopique » du programme, n'est pas un attendu de l'épreuve écrite du bac.

SUJET 14 | OBJECTIF SUP

1 h Synthèse d'une hormone : l'ocytocine

→ FICHES 26 à 30

L'objectif de ce sujet est d'étudier le mécanisme de la synthèse d'une hormone et d'identifier les groupes caractéristiques des molécules mises en jeu lors de la synthèse.

LE SUJET

En 1955, Vincent du Vigneaud obtient le prix Nobel de chimie pour ses travaux sur les hormones. Il a déterminé la structure et réalisé pour la première fois la synthèse d'une hormone polypeptidique : l'ocytocine qui agit sur les contractions de l'utérus. L'ocytocine est un polypeptide constitué à partir de neuf acides α-aminés tels que la cystéine (Cys), la proline (Pro), l'asparagine (Asn), la glycine (Gly), la leucine (Leu), etc. La représentation de l'ocytocine est la suivante :

$$H_2N-\text{Cys}-\text{Tyr}-\text{Ile}-\text{Gln}-\text{Asn}-\text{Cys}-\text{Pro}-\text{Leu}-\text{Gly}-\overset{\overset{\displaystyle O}{||}}{C}-OH$$

La première étape de la synthèse de l'ocytocine correspond au couplage de deux acides α-aminés : la glycine (par son groupe NH_2) avec la leucine (par son groupe COOH). Ce couplage permet de former le dipeptide Leu-Gly.

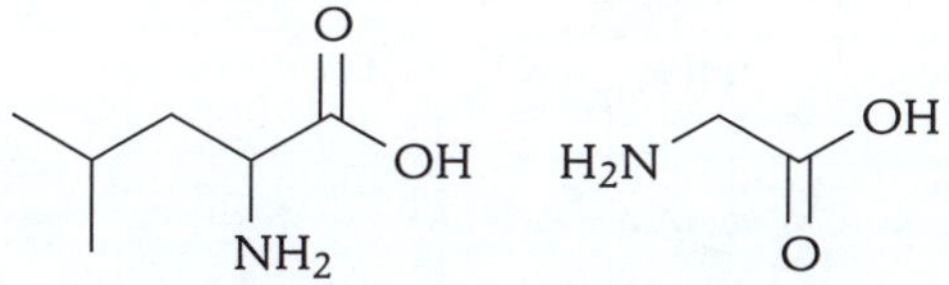

S-Leucine **Glycine**

Donnée

- Électronégativité χ : $\chi(C) < \chi(O)$.

1. À quoi reconnaît-on que les molécules de glycine et de S-Leucine sont bien des acides aminés ?

2. Recopier l'équation de réaction ci-dessous, entre un acide carboxylique et une amine. Entourer et nommer le nouveau groupe fonctionnel.

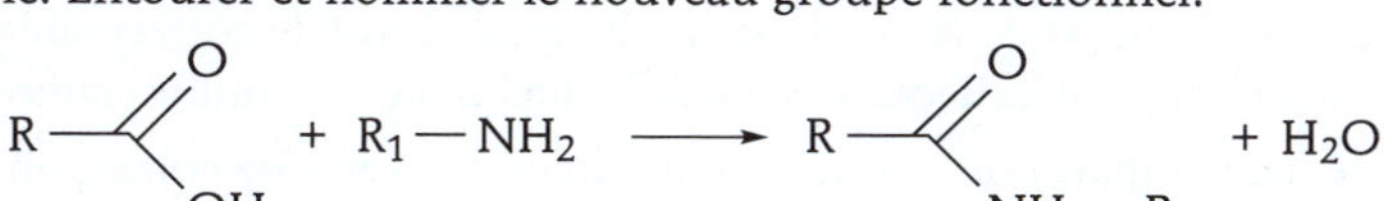

(1)

3. Indiquer les différents dipeptides qu'il est possible d'obtenir en faisant réagir la glycine avec la S-Leucine sans précaution particulière. Justifier simplement.

4. En déduire la formule topologique du dipeptide Leu-Gly. Justifier.

5. Les différents dipeptides potentiellement obtenus sont-ils isomères ?

Pour synthétiser exclusivement le dipeptide Leu-Gly, certains groupes caractéristiques de la glycine et de la S-Leucine doivent être momentanément protégés. Le document 1 présente la succession simplifiée des étapes de la synthèse de ce dipeptide.

Document 1 Étapes de la synthèse du dipeptide Leu-Gly

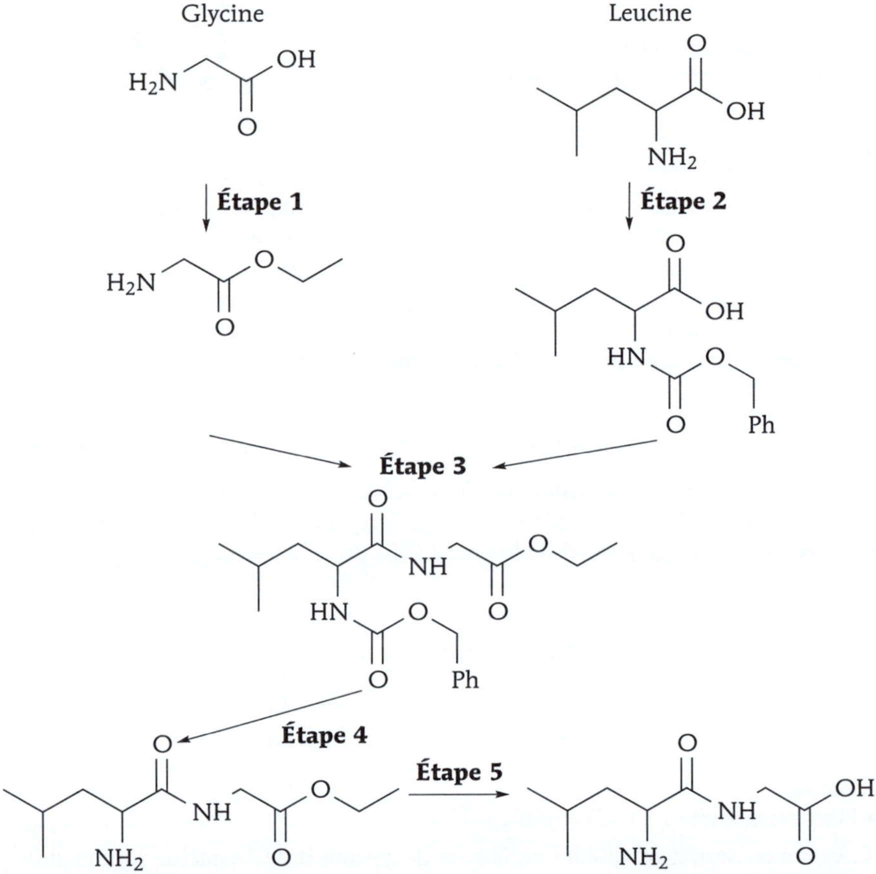

6. Recopier les formules de la leucine et de la glycine, puis entourer sur chacune d'elles le (ou les) groupe(s) caractéristique(s) nécessitant une protection.

7. Identifier la (les) étape(s) de la synthèse du dipeptide Leu-Gly correspondant à des étapes de protection. Dans chaque cas, préciser quel acide α-aminé est concerné.

8. Identifier la (les) étape(s) de la synthèse du dipeptide Leu-Gly correspondant à des étapes de déprotection.

9. Quel est le nom de la famille chimique correspondant au groupe caractéristique formé à l'étape 1 ?

Le mécanisme réactionnel de l'étape 1 de la synthèse du dipeptide Leu-Gly est détaillé dans le document 2. La glycine y est notée sous la forme simplifiée suivante :

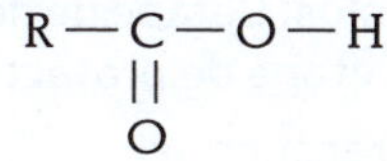

Document 2 **Détails de l'étape 1 de la synthèse du dipeptide Leu-Gly**

Étape 1a :

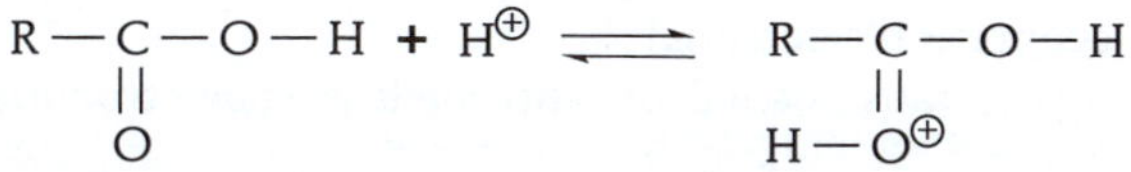

Étape 1b :

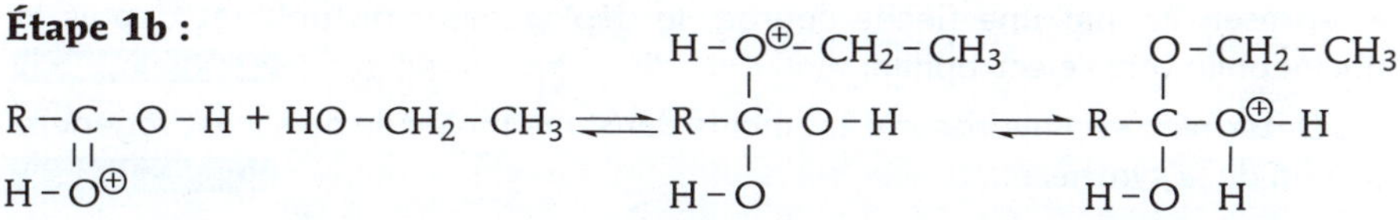

Étape 1c :

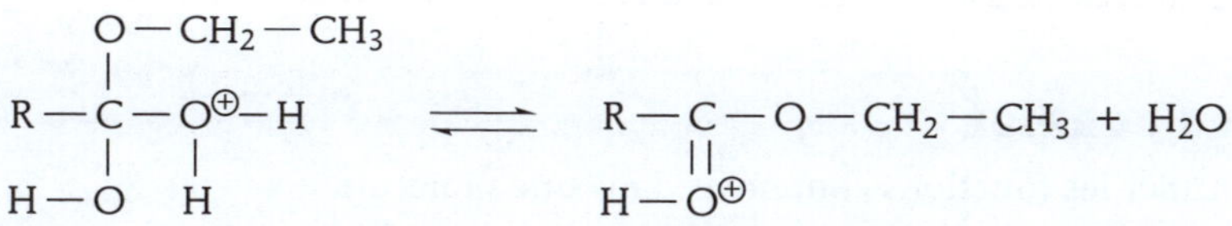

Étape 1d :

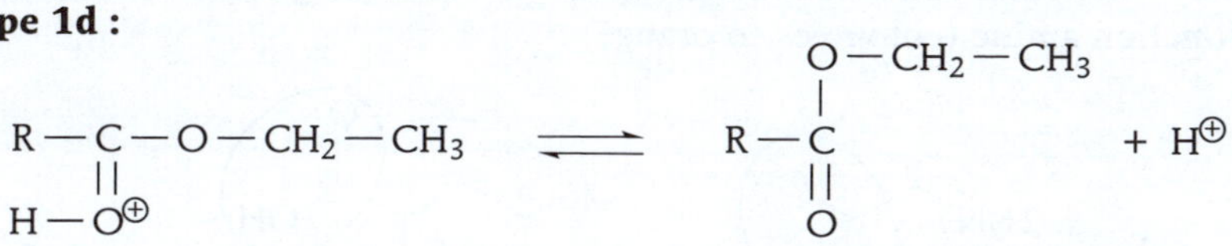

10. À quoi correspond le groupe R de la formule simplifiée de la glycine ?

11. Recopier les étapes 1a et 1c du mécanisme réactionnel et les compléter avec des flèches courbes pour justifier la formation et la rupture des liaisons.

12. Quel est le rôle des ions hydrogène H^+ intervenant dans l'étape 1 de la synthèse du dipeptide ? Justifier.

LES CLÉS POUR RÉUSSIR

1. Identifiez dans le nom de la famille de ces molécules les groupes fonctionnels que vous connaissez et retrouvez-les dans la formule semi-développée. → FICHE 27

3. Souvenez-vous que les acides aminés contiennent une fonction carboxylique, comme un des réactifs de l'équation (1), et une fonction amine, comme l'autre réactif de l'équation (1). Deux acides aminés qui réagissent ensemble suivent l'équation de réaction donnée précédemment pour former un dipeptide.

4. Identifier les groupes notés R et R_1 dans les molécules de glycine et de leucine.

7. et **8.** Souvenez-vous que, lors d'une étape de protection, une fonction est modifiée afin qu'elle ne réagisse plus. L'étape de déprotection permet de retrouver la fonction modifiée lors de l'étape de protection.

11. Pour trouver un mécanisme réactionnel :
• dessinez les doublets non-liants afin de mieux visualiser leurs déplacements ;
• identifiez les liaisons rompues dans les réactifs et celles formées dans les produits ;
• pour chaque liaison rompue, identifiez le nucléophile (donneur d'électrons) et l'électrophile (accepteur d'électrons) ;
• souvenez-vous que, dans une liaison, l'atome le plus électronégatif est l'électrophile ;
• représentez, par une flèche courbe, le déplacement du doublet depuis le nucléophile vers l'électrophile. → FICHES **28** et **29**

12. Déterminez si l'hydrogène est inclus dans une molécule ou s'il est régénéré à la fin de la synthèse. → FICHES **10** et **30**

LE CORRIGÉ

1. Identifier les fonctions contenues dans une molécule

Ces molécules possèdent **une fonction acide carboxylique** (entourée en vert) **et une fonction amine** (entourées en orange) :

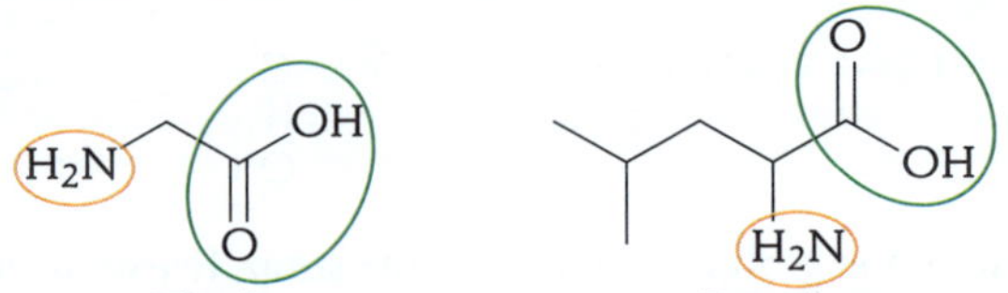

Glycine **Leucine**

On peut donc les qualifier d'acides aminés.

2. Identifier un groupe fonctionnel

Le groupe fonctionnel du produit de cette réaction est un **groupe amide**.

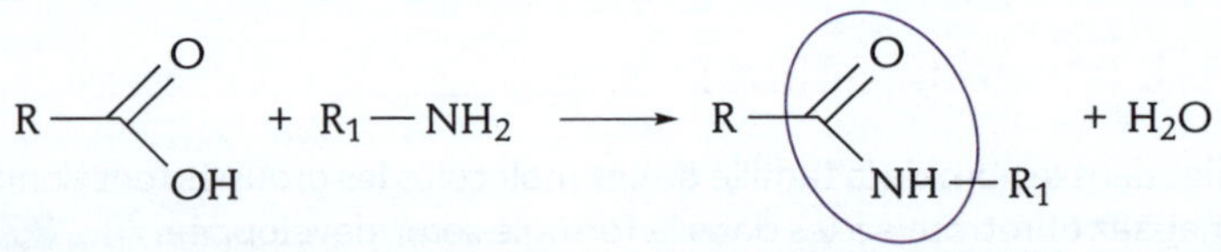

(1)

MOTS CLÉS

2. Les amines et les amides possèdent tous deux un atome d'azote, mais :
• dans les **amines**, l'azote est lié à au moins un atome de carbone et à des atomes d'hydrogène ;
• dans les **amides**, l'azote est lié à un groupe carbonyle et à des atomes d'hydrogène ou des atomes de carbone.

3. Déterminer le nombre de produits possibles lors d'une synthèse

D'après l'équation précédente, en faisant réagir une molécule contenant une fonction amine avec une molécule contenant une fonction carboxylique, on obtient un seul produit. Or, les acides aminés mis en jeu contiennent chacun à la fois une fonction amine et une fonction carboxylique.

Il y a donc quatre combinaisons possibles :

- la fonction amine de la glycine réagit avec la fonction carboxylique de la leucine pour former le dipeptide **Leu-Gly** ;
- la fonction amine de la glycine réagit avec la fonction carboxylique de la glycine pour former le dipeptide **Gly-Gly** ;
- la fonction amine de la leucine réagit avec la fonction carboxylique de la leucine pour former le dipeptide **Leu-Leu** ;
- la fonction amine de la leucine réagit avec la fonction carboxylique de la glycine pour former le dipeptide **Gly-Leu.**

4. Déterminer la formule semi-développée d'une molécule

D'après la réponse précédente, nous savons que pour obtenir le dipeptide Leu-Gly, ce sont la fonction amine de la glycine et la fonction carboxylique de la leucine qui réagissent. Ainsi nous pouvons identifier les groupes R et R_1 de ces molécules et en déduire la formule semi-développée de Leu-Gly :

- **Glycine**

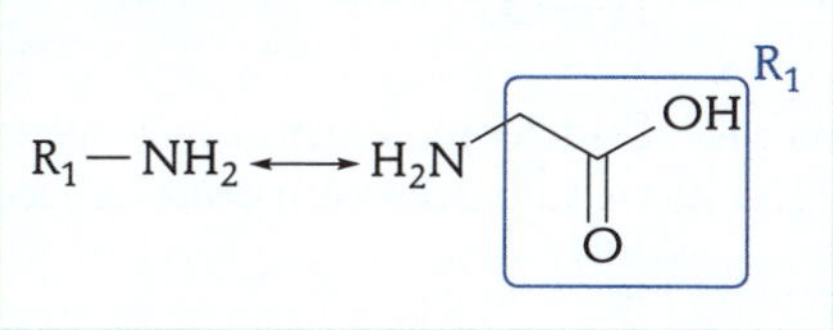

- **Leucine**

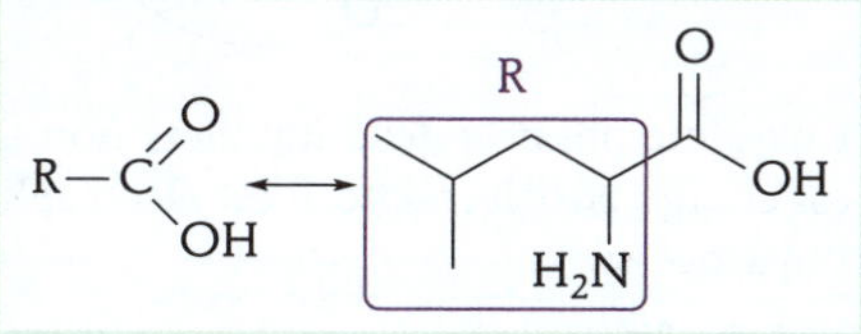

- Ainsi, le **dipeptide Leu-Gly** a pour formule :

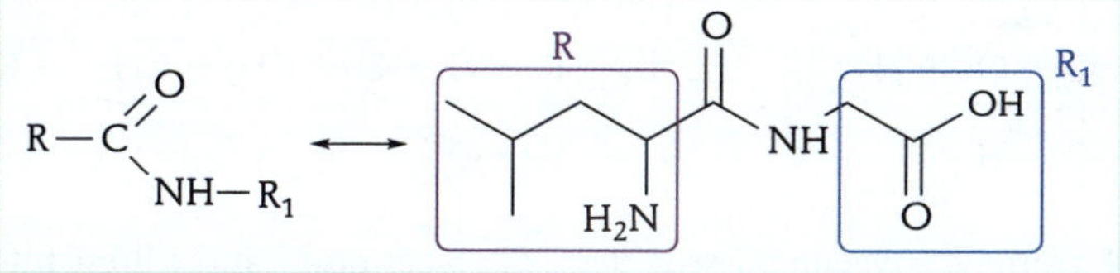

5. Savoir reconnaître des isomères

Les différents dipeptides potentiellement obtenus n'ont **pas les mêmes formules brutes :** ils ne sont donc **pas isomères**. Pour qu'ils le soient il aurait fallu que la glycine et la leucine aient le même nombre d'atomes de carbone dans leurs squelettes carbonés.

6. Identifier les fonctions à protéger pour favoriser la synthèse désirée

Pour obtenir le dipeptide Leu-Gly, il faut protéger la **fonction carboxylique de la glycine** et la **fonction amine de la leucine :**

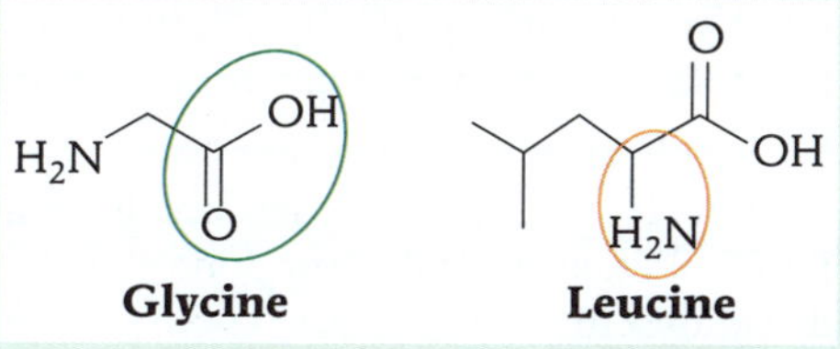

7. Identifier les étapes de protection des fonctions de molécules

Dans l'**étape 1**, la fonction **carboxylique de la glycine** est protégée.

Dans l'**étape 2**, la fonction **amine de la leucine** est protégée.

8. Identifier les étapes de déprotection des fonctions de molécules

Dans l'**étape 4**, la fonction **amine issue de la leucine** est déprotégée.

Dans l'**étape 5**, la fonction **carboxylique issue de la glycine** est déprotégée.

9. Reconnaître une famille de molécules

La molécule formée lors de l'étape 1 contient un groupe carbonyle C=O dont l'atome de carbone est également lié à un groupe alkyle R et à un atome d'oxygène lui-même lié par une liaison simple à un groupe alkyle R' : il s'agit d'un **ester**.

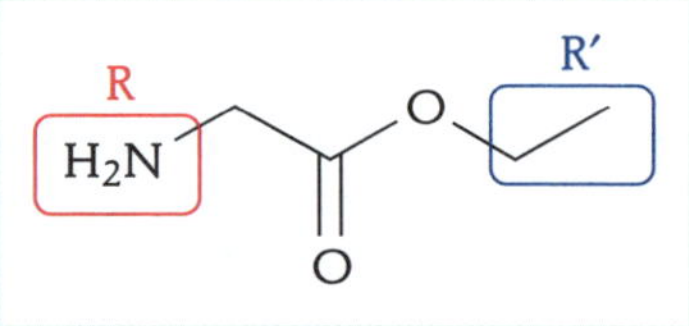

10. Identifier une portion de molécule

Par identification entre la formule topologique et la formule simplifiée de la glycine, nous pouvons dire que le groupe R correspond à **$-CH_2-NH_2$**.

11. Représenter un mécanisme réactionnel

- **Étape 1a**

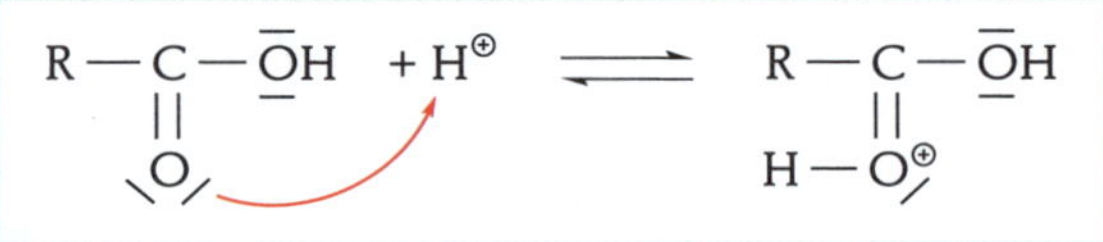

L'oxygène possède deux doublets non liants : il est nucléophile. L'ion hydrogène est chargé positivement, il est électrophile. L'oxygène va partager un doublet avec l'hydrogène.

- **Étape 1c**

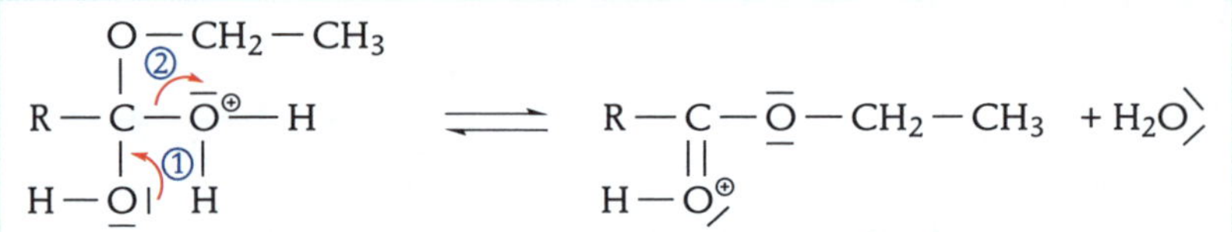

Flèche 1. L'atome d'oxygène possède deux doublets non liants : il est nucléophile ; l'atome de carbone entouré de plusieurs atomes d'oxygène (d'électronégativité supérieure à celle du carbone, ainsi que l'indique l'énoncé) est électrophile. L'oxygène va partager un doublet non liant pour créer une double liaison avec l'atome de carbone.

Flèche 2. L'atome de carbone en excès de charge négative est nucléophile. Il va donner un doublet à l'atome d'oxygène qui porte la charge +.

> **À NOTER**
> **11.** Cette question, qui porte sur la partie « modélisation microscopique » du programme, n'est pas un attendu de l'épreuve écrite du bac.

12. Savoir reconnaître un catalyseur

Les ions H^+ sont consommés lors de l'étape 1a puis régénérés lors de l'étape 1d. Lors de l'étape 1, ils ne sont donc globalement pas consommés : ils jouent le rôle de **catalyseur**.

Mouvement et interactions

8 Description d'un mouvement

Pour réussir sa course, le cycliste doit choisir la bonne trajectoire, adapter sa vitesse et fournir l'accélération nécessaire au bon moment. L'**analyse d'un mouvement** nécessite de définir des grandeurs caractéristiques dans un référentiel donné : position, vitesse et accélération.

TEST

Pour vous situer et identifier les fiches à réviser 188

FICHES DE COURS

31 Les vecteurs position et vitesse 190
32 Le vecteur accélération 192
33 Quelques mouvements particuliers 194
MÉMO VISUEL 196

SUJETS GUIDÉS & CORRIGÉS

OBJECTIF BAC
15 Un ascenseur à bateaux 198
OBJECTIF MENTION
16 Quelques mouvements rectilignes 203

TESTEZ-VOUS

→ CORRIGÉS P. 379-380

Faites le point sur vos connaissances, puis établissez votre **parcours de révision** en fonction de votre score.

1 Les vecteurs positions et vitesse

→ FICHE 31

1. Pour chaque mouvement, cochez uniquement si le référentiel associé est adapté.

☐ **a.** Ballon de rugby lancé entre les poteaux : référentiel terrestre.

☐ **b.** Planète Jupiter en mouvement dans le système solaire : référentiel géocentrique.

☐ **c.** Satellite en orbite autour de la Terre : référentiel héliocentrique.

2. Dans le repère d'espace noté $(O, \vec{i}, \vec{j}, \vec{k})$, constitué d'un point origine O et d'un système d'axes orthonormés avec $\vec{k}$ vertical ascendant, un point M est repéré par son vecteur position $\overrightarrow{OM} = (5t)\vec{i} + 3\vec{j}$, où *t* est le temps mesuré en secondes :

☐ **a.** M est immobile.

☐ **b.** M se déplace suivant l'axe $(O, \vec{j})$.

☐ **c.** M se déplace dans le plan horizontal.

3. Le vecteur vitesse du point M repéré par son vecteur position $\overrightarrow{OM} = (5t)\vec{i} + 3\vec{j}$ est :

☐ **a.** $\overrightarrow{v_M} = 5\vec{i} + 3\vec{j}$ ☐ **b.** $\overrightarrow{v_M} = 3\vec{j}$ ☐ **c.** $\overrightarrow{v_M} = 5\vec{i}$

…/3

2 Le vecteur accélération

→ FICHE 32

1. Une voiture de sport accélère de façon constante en ligne droite et passe de 0 à 100 $km \cdot h^{-1}$ (soit 28 $m \cdot s^{-1}$) en 5,0 s. La valeur de son accélération est :

☐ **a.** 20 $m \cdot s^{-2}$ ☐ **b.** 5,6 $m \cdot s^{-2}$ ☐ **c.** 3,6 $m \cdot s^{-2}$

2. Le vecteur accélération de la voiture est :

☐ **a.** colinéaire et de même sens que son vecteur vitesse.

☐ **b.** colinéaire et de sens contraire à son vecteur vitesse.

☐ **c.** perpendiculaire à son vecteur vitesse.

3. Dans le repère de Frenet, le vecteur accélération s'écrit : $\vec{a} = \frac{dv}{dt}\vec{t} + \frac{v^2}{R}\vec{n}$.

☐ **a.** $\vec{t}$ est un vecteur unitaire tangent à la trajectoire, dans le sens du mouvement.

☐ **b.** $\vec{n}$ est un vecteur unitaire de sens opposé au mouvement.

☐ **c.** $\frac{dv}{dt}$ représente la variation de la valeur de la vitesse par rapport au temps.

…/3

3 Quelques mouvements particuliers

→ FICHE 33

1. Quand le mouvement d'un objet est rectiligne et uniforme :

☐ **a.** sa trajectoire est une droite.

☐ **b.** son vecteur vitesse varie.

☐ **c.** la valeur de son accélération est nulle.

2. Quand le mouvement d'un objet est rectiligne et uniformément accéléré :

☐ **a.** son vecteur vitesse est constant.

☐ **b.** son vecteur accélération est constant.

☐ **c.** les vecteurs vitesse et accélération sont de même sens.

3. Un point M se déplace suivant un axe O*x*. Ses vecteurs vitesse et accélération sont représentés à une date *t* sur la figure ci-contre.

☐ **a.** M a un mouvement rectiligne uniforme.

☐ **b.** M a un mouvement rectiligne et uniformément accéléré.

☐ **c.** M a un mouvement rectiligne et uniformément ralenti.

4. Un point M se déplace avec un mouvement circulaire uniforme. Ses vecteurs vitesse et accélération sont représentés à une date *t* sur la figure ci-dessous.

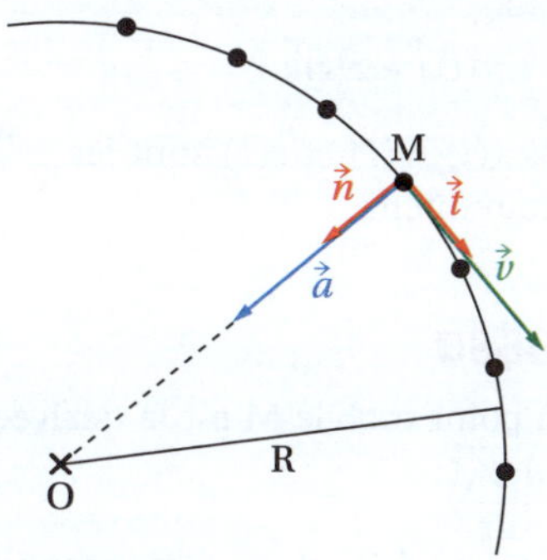

☐ **a.** Son vecteur vitesse est constant.

☐ **b.** La valeur de sa vitesse est constante.

☐ **c.** Son vecteur accélération vaut : $\vec{a} = \dfrac{v^2}{R}\vec{n}$.

.../4

Score total .../10

Parcours PAS À PAS ou EXPRESS ? → MODE D'EMPLOI P. 3

31 Les vecteurs position et vitesse

En bref *Les vecteurs position et vitesse sont caractéristiques du mouvement. La vitesse est la variation de la position : c'est sa dérivée par rapport au temps.*

I Le vecteur position

■ Le mouvement d'un point est étudié par rapport à un corps de référence appelé **référentiel** associé à un repère d'espace et un repère de temps (défini par une origine des dates t_0) et une unité de temps (la seconde dans le Système International).

Exemples : référentiel terrestre lié à la surface de la Terre, référentiel géocentrique lié au centre de la Terre, référentiel héliocentrique lié au Soleil.

■ Un point mobile M est repéré dans un repère d'espace noté $(O ; \vec{i}, \vec{j}, \vec{k})$, constitué d'un point origine O fixe dans le référentiel et d'un système d'axes orthonormés. Sa position est définie par son **vecteur position** dont les coordonnées $(x ; y ; z)$ sont des fonctions de la date t :

$$\overrightarrow{OM} = x(t)\vec{i} + y(t)\vec{j} + z(t)\vec{k}$$

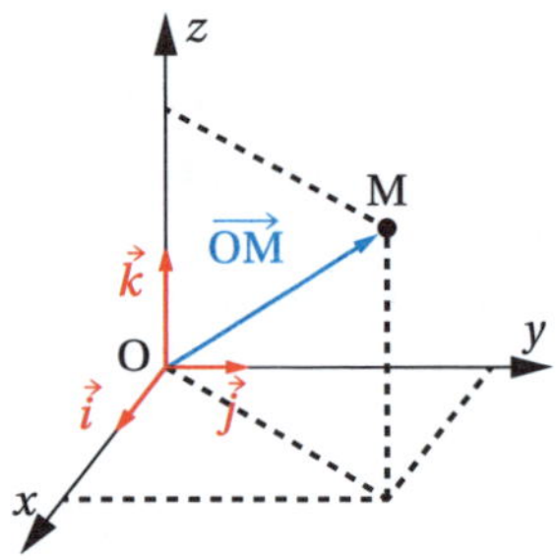

■ Les fonctions du temps $x(t)$, $y(t)$ et $z(t)$ sont les **équations horaires** du mouvement.

II Le vecteur vitesse

■ Le vecteur vitesse d'un point mobile M est la **dérivée du vecteur position** par rapport au temps : $\overrightarrow{v_M} = \dfrac{d\overrightarrow{OM}}{dt}$.

■ Les **coordonnées** $(v_x ; v_y ; v_z)$ du vecteur vitesse sont les dérivées par rapport au temps des coordonnées $(x ; y ; z)$ de M :

$$\overrightarrow{v_M} = v_x\vec{i} + v_y\vec{j} + v_z\vec{k} = \frac{dx}{dt}\vec{i} + \frac{dy}{dt}\vec{j} + \frac{dz}{dt}\vec{k}$$

■ Le vecteur vitesse $\overrightarrow{v_M}$ a pour :
- **origine** : le point M ;
- **direction** : la tangente au mouvement ;
- **sens** : celui du mouvement ;
- **valeur** : $v = \sqrt{v_x^2 + v_y^2 + v_z^2}$.

La valeur de la vitesse s'exprime en $m \cdot s^{-1}$.

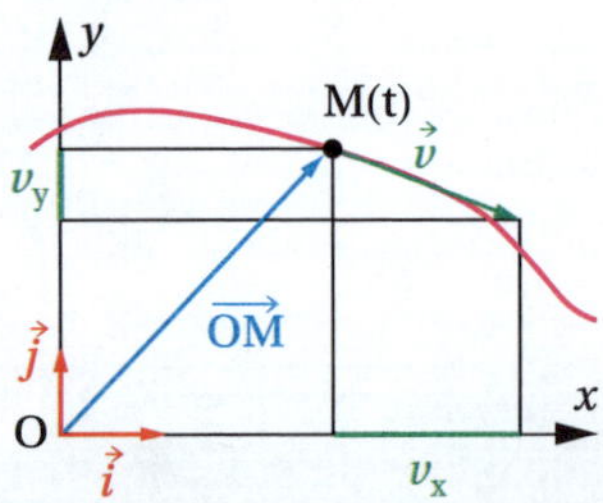

Méthode

Établir les coordonnées du vecteur vitesse à partir du vecteur position

La figure ci-contre montre les positions successives, toutes les 0,5 s, d'un point mobile M en mouvement dans le plan (O, x, y).

Les coordonnées du vecteur position $\overrightarrow{OM}$ varient en fonction du temps suivant les équations horaires :

- $x(t) = t^2 - 3 \times t + 2$
- $y(t) = 2 \times t + 1$

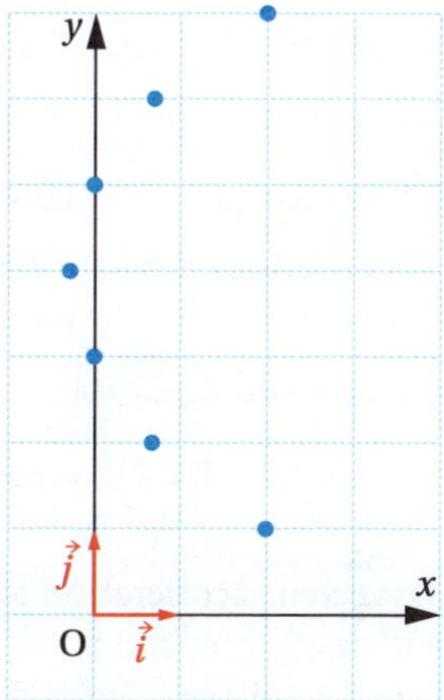

a. Indiquer la position M_0 de M à l'origine des dates $t = 0$ s.

b. Tracer le vecteur position $\overrightarrow{OM_0}$.

c. Déterminer les coordonnées du vecteur vitesse $\overrightarrow{v_M}$ à la date t.

d. Tracer $\overrightarrow{v_M}$ aux dates $t = 0$ s, $t = 1$ s et $t = 2$ s.

e. Quelles propriétés du vecteur vitesse retrouve-t-on sur ce tracé ?

CONSEILS

a. Pour déterminer une position à une date t, remplacez t par sa valeur dans les équations horaires.
b. Le vecteur position est tracé à partir de l'origine O.
c. Décrivez les équations horaires $x(t)$ et $y(t)$ du vecteur position.
d. Le vecteur vitesse est tracé à partir du point considéré à la date choisie.

SOLUTION

a. À $t = 0$ s, $x(0) = 2$ et $y(0) = 1$.

b. $\overrightarrow{OM_0}$ est tracé sur la figure ci-contre.

c. $v_x = \frac{dx}{dt} = 2 \times t - 3$ et $v_y = \frac{dy}{dt} = 2$.

Donc : $\overrightarrow{v_M} = (2t - 3)\vec{i} + 2\vec{j}$.

d. Coordonnées du vecteur vitesse :

- à $t = 0$ s, $v_x = -3$ et $v_y = 2$;
- à $t = 1$ s, $v_x = -1$ et $v_y = 2$;
- à $t = 2$ s, $v_x = 1$ et $v_y = 2$.

e. Le vecteur vitesse est bien tangent à la trajectoire et dans le sens du mouvement.

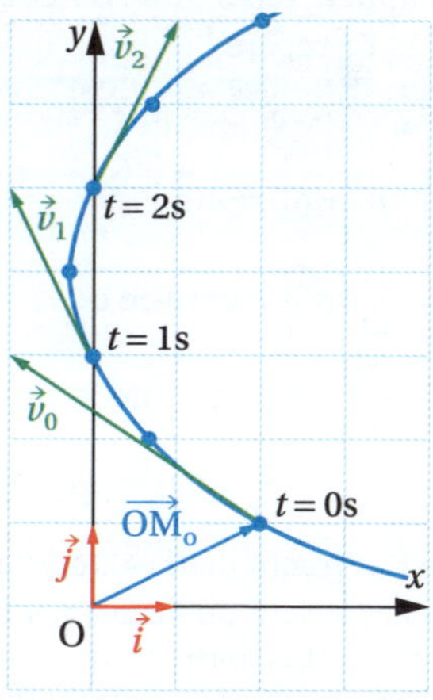

32 Le vecteur accélération

En bref *Pour rendre compte des modifications de vitesse, on définit le vecteur accélération à partir du vecteur vitesse dont il exprime les variations à chaque seconde.*

I Dans un repère cartésien

■ Le vecteur accélération est la **dérivée du vecteur vitesse** par rapport au temps (dérivée seconde du vecteur position) : $\overrightarrow{a_M} = \dfrac{d\overrightarrow{v_M}}{dt} = \dfrac{d^2\overrightarrow{OM}}{dt^2}$.

■ Les **coordonnées** $(a_x ; a_y ; a_z)$ de $\overrightarrow{a_M}$ sont les dérivées par rapport au temps t des coordonnées $(v_x ; v_y ; v_z)$ de $\overrightarrow{v_M}$ ou les dérivées secondes des coordonnées $(x ; y ; z)$ du vecteur position $\overrightarrow{OM}$:

$$\overrightarrow{a_M} = a_x\vec{i} + a_y\vec{j} + a_z\vec{k} = \frac{dv_x}{dt}\vec{i} + \frac{dv_y}{dt}\vec{j} + \frac{dv_z}{dt}\vec{k} = \frac{d^2x}{dt^2}\vec{i} + \frac{d^2y}{dt^2}\vec{j} + \frac{d^2z}{dt^2}\vec{k}$$

■ Le vecteur accélération $\overrightarrow{a_M}$ a pour :
- **origine** : le point M ;
- **direction et sens** : celui du vecteur $\Delta\vec{v}$;
- **valeur** : $a = \sqrt{a_x^2 + a_y^2 + a_z^2}$ (en $m \cdot s^{-2}$).

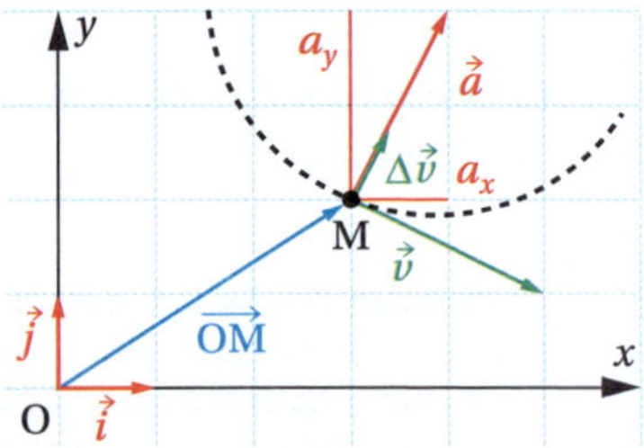

II Dans le repère de Frenet

Les **mouvements circulaires** sont souvent étudiés dans un repère lié au point mobile M, appelé repère de Frenet et noté $(M, \vec{t}, \vec{n})$. Dans ce repère :

$$\vec{v} = v\vec{t} \text{ (}v\text{ valeur de la vitesse)}$$
$$\vec{a} = \overrightarrow{a_t} + \overrightarrow{a_n} = a_t\vec{t} + a_n\vec{n} = \frac{dv}{dt}\vec{t} + \frac{v^2}{R}\vec{n}$$

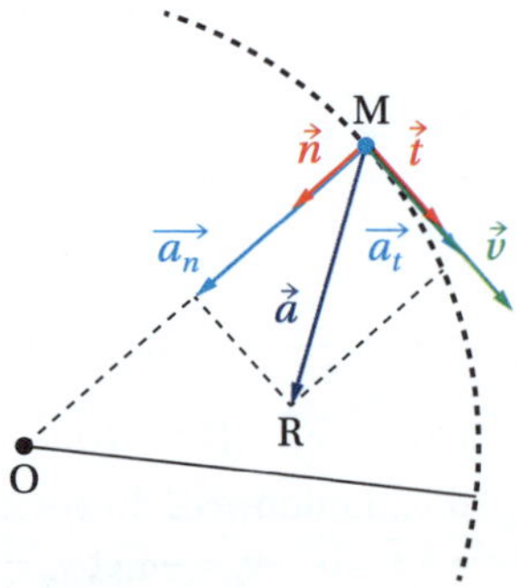

$a_t = \dfrac{dv}{dt}$ ($\dfrac{dv}{dt}$: dérivée de la vitesse par rapport à t) ;

$a_n = \dfrac{v^2}{R}$ (R : rayon de la trajectoire).

À NOTER
- $\vec{t}$ et $\vec{n}$ sont deux vecteurs unitaires liés au point M. $\vec{t}$ est tangent à la trajectoire, dans le sens du mouvement et $\vec{n}$ est perpendiculaire à $\vec{t}$ et orienté vers l'intérieur de la trajectoire.
- $\dfrac{v^2}{R} > 0$, donc $\vec{a}$ et $\vec{n}$ sont de même sens : l'accélération est toujours dirigée vers l'intérieur de la trajectoire.

Méthode

Déterminer le vecteur accélération à partir du vecteur vitesse

M est un point mobile dans le plan (O, x, y).

Son vecteur vitesse à une date t est :

$$\overrightarrow{v_M} = (2t - 3)\vec{i} + 2\vec{j}.$$

a. Déterminer les coordonnées de son vecteur accélération $\overrightarrow{a_M}$.

b. Tracer le vecteur accélération à $t = 1$ s.

c. À la date $t = 1$ s, tracer le vecteur variation de vitesse : $\Delta\vec{v} = \vec{v}_2 - \vec{v}_0$.

d. En déduire le tracé du vecteur $\vec{a}$ à $t = 1$ s.

e. Comparer les résultats obtenus en **b.** et en **d.**

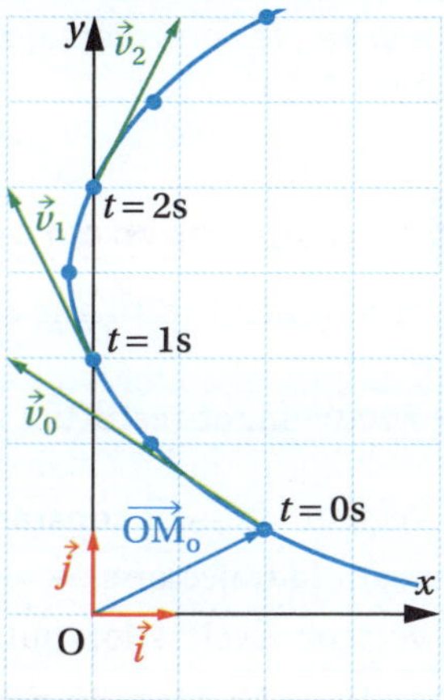

CONSEILS

a. Dérivez les coordonnées $v_x(t)$ et $v_y(t)$ du vecteur vitesse.

b. Le vecteur accélération est tracé à partir de M_1.

c. Pour tracer $\Delta\vec{v}$, il faut mettre bout à bout $\vec{v}_2$ et $-\vec{v}_0$ à partir de M_1.

d. Le vecteur accélération est tracé à partir du vecteur $\Delta\vec{v}$. Entre deux dates proches, t_0 et t_2, on peut écrire : $\overrightarrow{a_M} = \dfrac{d\overrightarrow{v_M}}{dt} \approx \left(\dfrac{\Delta\vec{v}}{\Delta t}\right)_{\text{entre } t_0 \text{ et } t_2}$.

SOLUTION

a. $v_x = 2 \times t - 3$ et $v_y = 2$.

Donc : $a_x = \dfrac{dv_x}{dt} = 2$ et $a_y = \dfrac{dv_y}{dt} = 0$.

Soit : $\overrightarrow{a_M} = 2\vec{i} + 0\vec{j} = 2\vec{i}$.

b. Le vecteur $\overrightarrow{a_1}$ est tracé en M_1 : voir figure.

c. Le vecteur variation de vitesse $\Delta\vec{v}$ est tracé à partir de M_1, on obtient $\Delta\vec{v} = 4\vec{i}$.

d. La variation se produit entre $t = 0$ s et $t = 2$ s pendant 2 s, on a donc :

$$\vec{a}_1 = \frac{(\Delta\vec{v})_{\text{entre } t_0 \text{ et } t_2}}{2} = \frac{4\vec{i}}{2} = 2\vec{i}.$$

e. Les deux résultats sont proches, mais la méthode graphique oblige à réaliser un tracé précis.

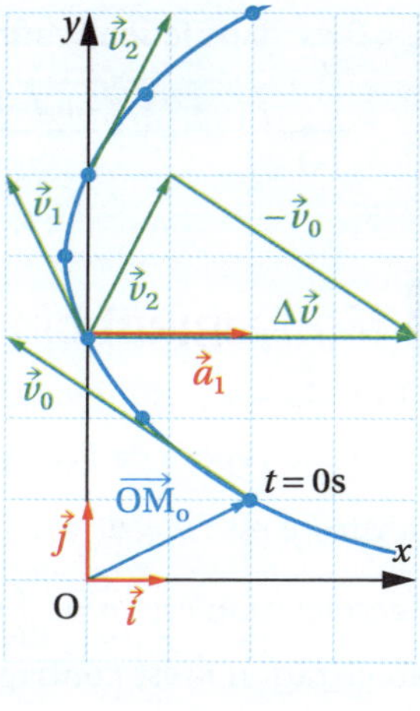

33 Quelques mouvements particuliers

En bref *Les mouvements rectilignes ou circulaires sont les plus faciles à décrire : les premiers dans un repère d'espace $(O ; \vec{i})$ et les seconds dans le repère de Frenet.*

I Mouvements rectilignes

Un mouvement rectiligne est un mouvement dont la trajectoire est une droite.

Mouvement rectiligne uniforme	Mouvement rectiligne uniformément varié
• Vecteur vitesse $\vec{v}$ **constant** et dirigé suivant la trajectoire : $\vec{v} = v_x\vec{i}$. • Vecteur accélération nul : $\vec{a} = \vec{0}$.	Vecteur accélération $\vec{a}$ **constant** et dirigé suivant la trajectoire : $\vec{a} = a_x\vec{i}$.
Équations horaires du mouvement : $v_x = C^{te}$ $x = v_xt + x_0$ (x_0 : abscisse à $t = 0$ s)	**Équations horaires** du mouvement : $a_x = C^{te}$ $v_x = a_xt + v_0$ (v_0 : vitesse à $t = 0$ s) $x = \frac{1}{2}a_xt^2 + v_0t + x_0$ (x_0 : à $t = 0$ s)
• Si M se déplace vers x croissant, $v_x > 0$: $\vec{v}$ dans le sens de $\vec{i}$. 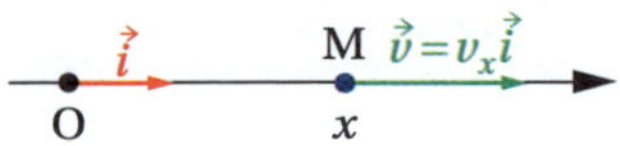 • Si M se déplace vers x décroissant, $v_x < 0$: $\vec{v}$ dans le sens contraire de $\vec{i}$. 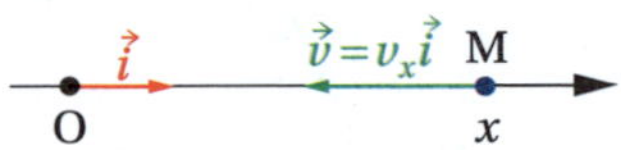 	• Si $\vec{a}$ et $\vec{v}$ dans le même sens, mouvement **accéléré**. 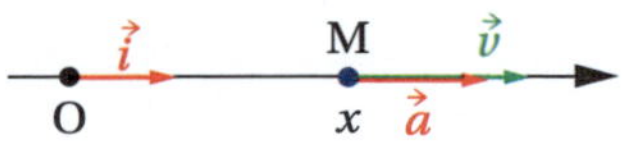 • Si $\vec{a}$ et $\vec{v}$ de sens opposés, mouvement **ralenti**. 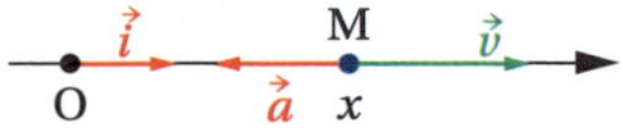

II Mouvement circulaire uniforme

- La trajectoire est un cercle de rayon R avec une **valeur de la vitesse constante**.
- Dans le **repère de Frenet** :

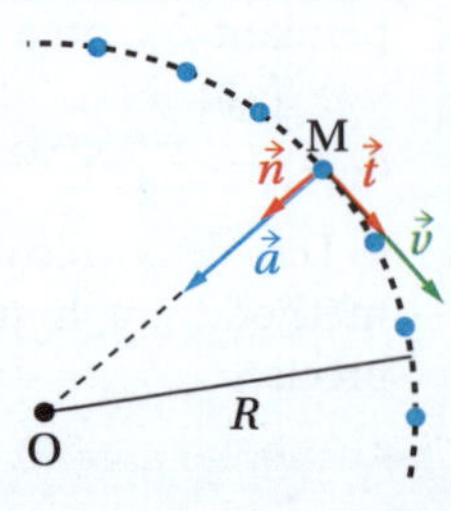

• la vitesse est : $\vec{v} = v\vec{t}$ avec $v = C^{te}$ donc $\frac{dv}{dt} = 0$;

• l'accélération est : $\vec{a} = \frac{dv}{dt}\vec{t} + \frac{v^2}{R}\vec{n} = \frac{v^2}{R}\vec{n}$.

L'accélération $\vec{a}$ est **centripète**, dirigée vers le centre de la trajectoire, O, et de valeur a constante : $a = \frac{v^2}{R}$.

Méthode

Caractériser le vecteur accélération de quelques mouvements simples

Le schéma suivant montre les mouvements de trois points mobile A, B et C. Les positions ont été enregistrées à intervalles de temps égaux et quelques vecteurs vitesse sont tracés (avec la même échelle).

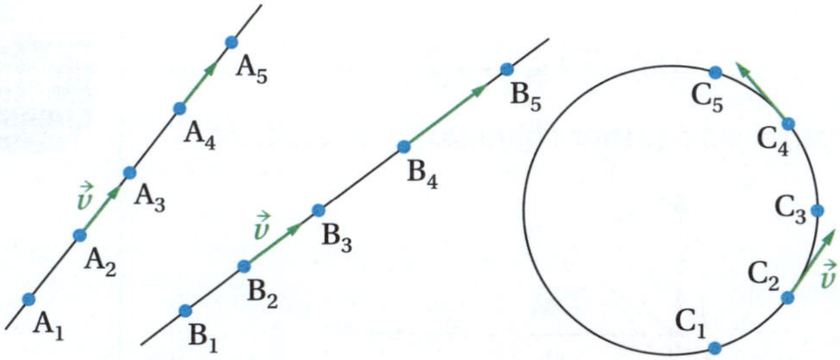

a. Caractériser chaque mouvement (trajectoire et variation de vitesse).

b. En déduire la représentation du vecteur accélération aux points n° 3 : direction et sens (sans souci d'échelle).

CONSEILS

a. Observez les variations du vecteur vitesse : valeur (longueur) et direction.

b. Le vecteur accélération est dirigé comme les variations du vecteur vitesse.

SOLUTION

a. Les mouvements de A et B sont rectilignes et celui de C est circulaire. Les valeurs des vitesses de A et C sont constantes et celle de B augmente.

b. • Le mouvement du point A est rectiligne et uniforme : son vecteur vitesse est constant, il ne varie pas, son vecteur accélération est donc nul.

• B a un mouvement rectiligne et accéléré : son vecteur vitesse augmente dans le sens du mouvement, son vecteur accélération est dirigé dans le sens du mouvement.

• C a un mouvement circulaire et uniforme : son vecteur vitesse varie en direction seulement, vers l'intérieur de la trajectoire, son vecteur accélération est centripète.

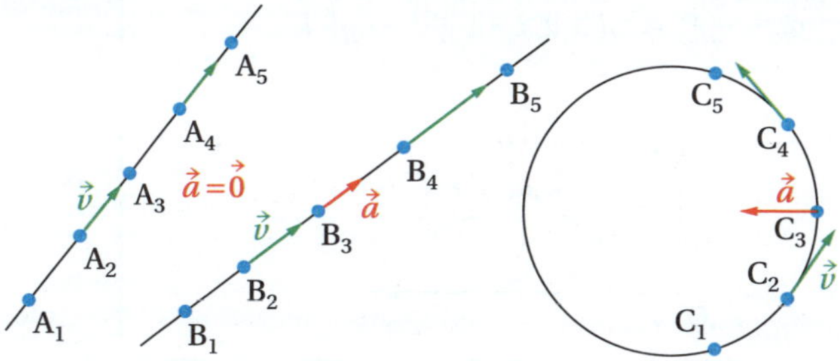

MÉMO VISUEL

Mouvement dans le plan (O, x, y)

DESCRIPTION

Vecteur position

M point mobile dans un repère d'espace noté $(O ; \vec{i}, \vec{j})$:

$$\overrightarrow{OM} = x(t)\vec{i} + y(t)\vec{j}$$

avec $x(t)$ et $y(t)$ **équations horaires** du mouvement.

Vecteur vitesse

Dérivée du vecteur position par rapport au temps :

$$\vec{v}_M = \frac{d\overrightarrow{OM}}{dt} = v_x\vec{i} + v_y\vec{j} = \frac{dx}{dt}\vec{i} + \frac{dy}{dt}\vec{j}$$

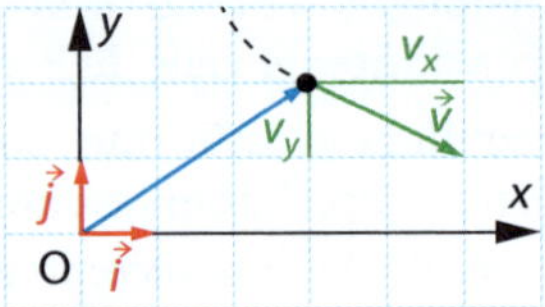

Vecteur accélération

Dérivée du vecteur vitesse par rapport au temps :

$$\vec{a}_M = \frac{d\vec{v}_M}{dt} = a_x\vec{i} + a_y\vec{j} = \frac{dv_x}{dt}\vec{i} + \frac{dv_y}{dt}\vec{j}$$

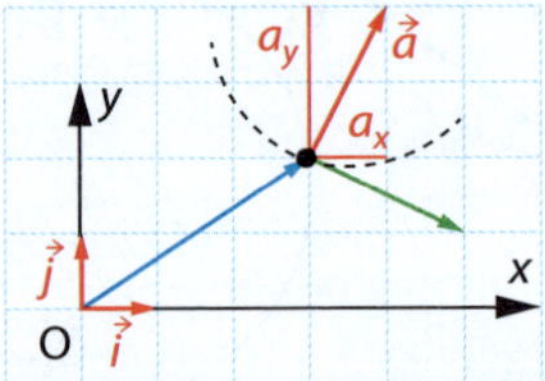

D'UN MOUVEMENT

Mouvements particuliers

Mouvement rectiligne uniforme

- Vecteur vitesse $\vec{v}$ **constant**.
- Vecteur accélération nul : $\vec{a} = \vec{0}$.
- **$v_x > 0$** : M se déplace vers x croissant.

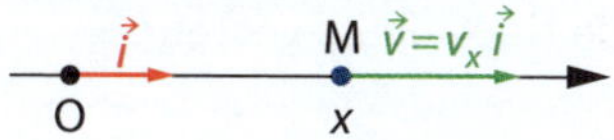

- **$v_x < 0$** : M se déplace vers x décroissant.

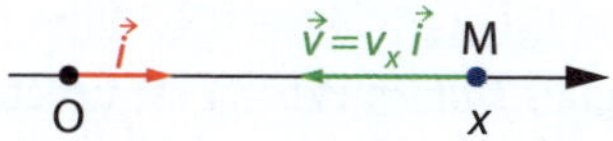

Mouvement rectiligne uniformément accéléré

- Vecteur accélération $\vec{a}$ **constant** et dirigé suivant la trajectoire.
- Mouvement **accéléré** : $\vec{a}$ et $\vec{v}$ dans le même sens.

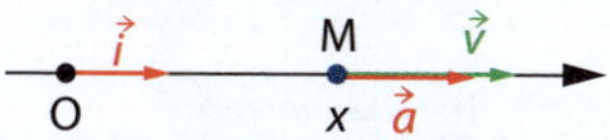

- Mouvement **ralenti** : $\vec{a}$ et $\vec{v}$ de sens opposés.

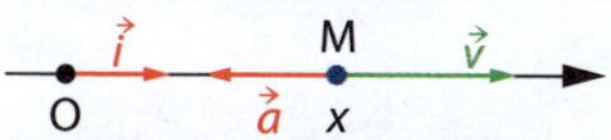

Mouvement circulaire uniforme

- Trajectoire circulaire et **valeur de la vitesse constante**.
- Accélération **centripète** et de valeur constante :

$$\vec{a} = \frac{v^2}{R}\vec{n}$$

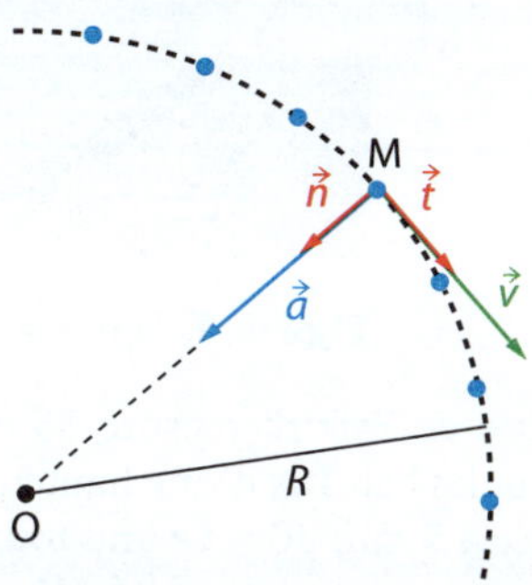

SUJET 15 | OBJECTIF BAC

30 min Un ascenseur à bateaux

→ FICHES 31 à 33

Cet étonnant ascenseur rotatif nous donne l'occasion d'exploiter la chronophotographie d'un mouvement circulaire pour en étudier les caractéristiques, de calculer les valeurs d'une vitesse et d'une accélération, et de tracer leurs vecteurs.

LE SUJET

La **Roue de Falkirk** (en anglais *Falkirk Wheel*) est un étonnant ascenseur rotatif à bateaux, reliant le canal inférieur (*Forth and Clyde Canal*) au canal supérieur (*Union Canal*), près de la ville de Falkirk dans le centre de l'Écosse. L'ouverture de l'ascenseur, en 2002, a permis le passage des bateaux d'un canal à l'autre. L'édifice se substitue à un ancien escalier d'écluses.

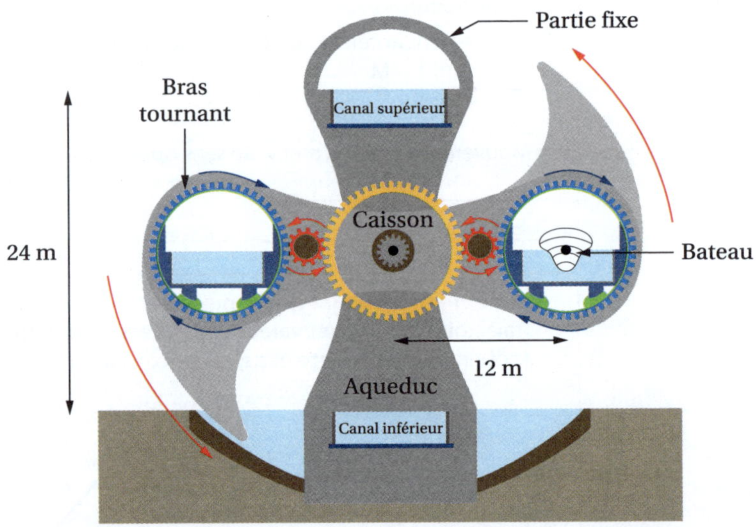

Figure 1. Schéma de la roue de Falkirk (vue de face)

La Roue de Falkirk mesure 35 mètres de haut. Le système d'ascenseur permet d'élever les bateaux d'une hauteur de 24 m. La durée de l'ascension d'un godet est estimée à 5 min 30 s. Le bras tournant comporte deux godets remplis d'eau situés à chacune de ses extrémités. Un système de roues dentées permet la rotation du bras tout en maintenant l'eau à l'horizontale dans les godets. La distance entre C le centre de la roue et le centre du godet (G) est de 12 m.

Dans tout l'exercice, on notera v la valeur du vecteur vitesse $\vec{v}$ *et* a la valeur du vecteur accélération $\vec{a}$.

Le système considéré est constitué d'un godet contenant de l'eau et un bateau. Il est assimilé à un point, noté G, correspondant au centre du godet.

Partie 1 Le référentiel d'étude du mouvement

Trois personnes observent le système en mouvement. Un référentiel est lié à chacun des observateurs :

- R_1 : référentiel lié à une touriste placée sur la berge ;
- R_2 : référentiel lié à un voyageur assis dans le bateau ;
- R_3 : référentiel lié à un technicien installé, immobile, dans le godet opposé à celui contenant le bateau.

Pour réaliser l'étude du mouvement, on souhaite utiliser le référentiel terrestre. Quel est le référentiel à choisir parmi ceux présentés ?

Partie 2 Le système d'enregistrement du mouvement

Le système d'enregistrement superpose une succession de photographies prises à intervalles de temps égaux afin d'étudier un mouvement.

La superposition des photographies de la roue prises par un photographe amateur depuis la rive et un dispositif de pointage ont permis de repérer l'évolution de la position du point G lors de l'ascension d'un bateau (figure 2).

Échelle

distance : 1 cm sur le schéma représente 3,0 m dans la réalité.

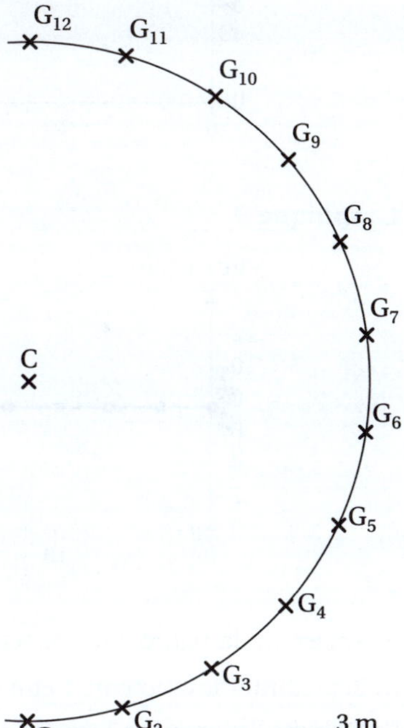

Figure 2. Position du centre de gravité G lors de l'ascension

1. Donner la nature du mouvement du point G, en justifiant les termes employés.

2. Déterminer l'intervalle de temps entre deux photographies.

3. Les trois graphiques 1, 2 et 3 (page suivante) représentent trois évolutions temporelles possibles de la valeur de la vitesse du point G. Identifier celui qui correspond à l'ascension du bateau, en justifiant la réponse par un calcul.

Graphique 1

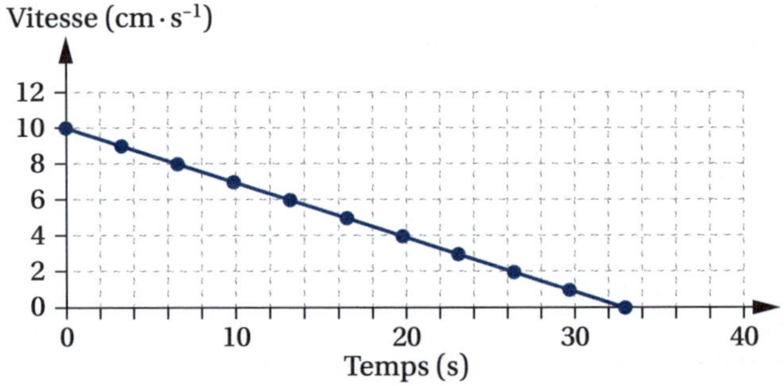

Graphique 2

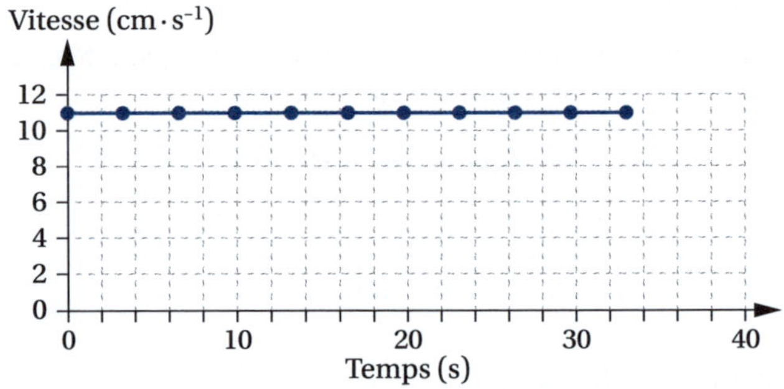

Graphique 3

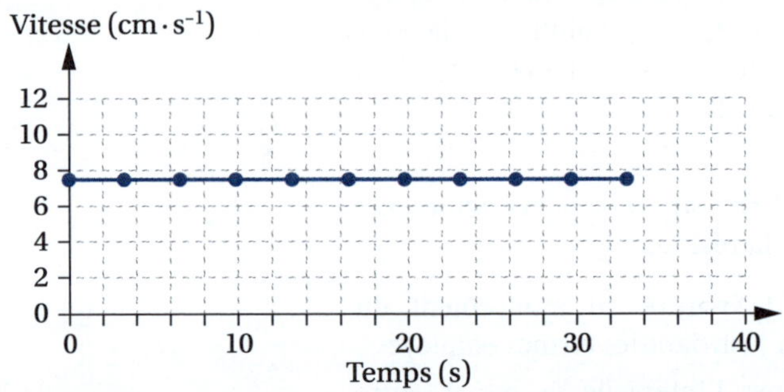

4. Tracer sur la figure 2 les vecteurs vitesse aux points G_3 et G_9.

5. Représenter les vecteurs $\vec{t}$ et $\vec{n}$ de la base de Frenet aux points G_3 et G_9.

6. Donner l'expression littérale de l'accélération dans la base de Frenet.

7. Déterminer l'accélération du point G et représenter les vecteurs accélération aux points G_3 et G_9.

8. Citer au moins un adjectif pour qualifier l'accélération du système.

Partie 3 Le roulis

Définition. Le roulis est un mouvement d'oscillations latérales du navire, symbolisé par la double flèche sur le schéma ci-contre.

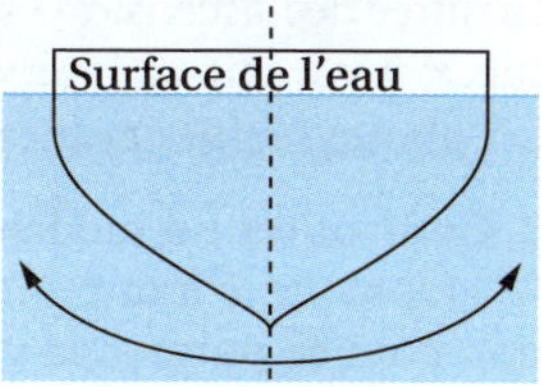

Afin d'éviter le roulis du bateau lors de l'ascension, la valeur de l'accélération du système, dans son mouvement de rotation autour du centre C de la roue, doit être faible.

On admet que si l'accélération du système ne dépasse pas un centième de l'accélération de la pesanteur terrestre, alors le roulis est négligeable.

Donnée

- Intensité du champ de pesanteur terrestre : $g = 9{,}8\ \text{m} \cdot \text{s}^{-2}$.

Le roulis est-il négligeable ?

LES CLÉS POUR RÉUSSIR

Partie 2 Le système d'enregistrement du mouvement

1. Décrire un mouvement nécessite de préciser le référentiel utilisé, la nature de la trajectoire et la variation éventuelle de vitesse. → FICHE 31

2. Utilisez la durée estimée du mouvement donnée dans l'énoncé.

3. Observez la variation de la vitesse et calculer sa valeur.

4. Choisissez une échelle de représentation pour les vecteurs vitesse.

5. à 7. Utilisez la définition du repère de Frenet. → FICHE 32

8. Observez la direction du vecteur accélération dans ce cas particulier. → FICHE 33

LE CORRIGÉ

Partie 1 Le référentiel d'étude du mouvement

Choisir un référentiel

Le **référentiel** R_1 est lié au sol : c'est le référentiel terrestre.

Partie 2 Le système d'enregistrement du mouvement

1. Donner les caractéristiques d'un mouvement

Dans le **référentiel terrestre**, le mouvement du point G est :
- **circulaire** car la trajectoire est un cercle (ou un arc de cercle),
- **uniforme** car la vitesse du point G est constante.

2. Exploiter l'information

La durée de l'ascension est de 5 min 30 s, soit 330 s et fait apparaître 12 positions successives, soit 11 intervalles de temps.

Les photographies ayant été prises à intervalles réguliers, $\Delta t = \frac{330}{11} = \mathbf{30\ s}$.

3. Confronter un modèle à une représentation graphique

Le graphique 1 montre une vitesse qui diminue. Il ne correspond pas à la situation étudiée puisque la vitesse est constante, ce qui est compatible avec les graphiques 2 et 3.

Or, on sait que le mouvement circulaire entre G_1 et G_{12} correspond à un déplacement d'un demi-tour, sur une distance : $d = \pi \times R = \pi \times 12 = 37{,}7$ m parcourue en 330 s.

La vitesse moyenne du point G est donc : $v = \frac{37{,}7}{330} = 0{,}114$ soit $0{,}11\ \text{m}\cdot\text{s}^{-1}$ en annonçant le résultat avec 2 chiffres significatifs. Cette valeur est conforme avec le **graphique 2.**

4. Tracer un vecteur vitesse

Les vecteurs vitesse sont tangents au mouvement, dans le sens du déplacement, et de longueur proportionnelle à la valeur de la vitesse. En choisissant 1 cm pour $0{,}05\ \text{m}\cdot\text{s}^{-1}$ par exemple, $\vec{v}$ est représenté par une flèche de 2,2 cm (voir figure ci-contre).

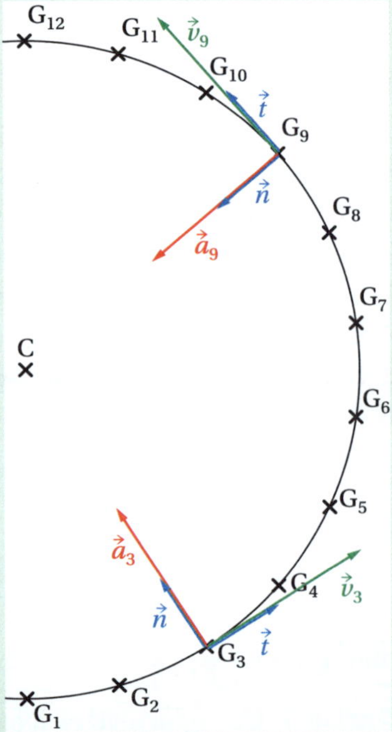

5. Connaître le repère de Frenet

Les vecteurs $\vec{t}$ et $\vec{n}$ de la base de Frenet sont des vecteurs unitaires, respectivement tangent et perpendiculaire à la trajectoire (voir figure ci-contre).

6. Utiliser la base de Frenet pour exprimer les vecteurs du mouvement

L'expression de l'accélération dans la base de Frenet est :

$$\vec{a} = \overrightarrow{a_t} + \overrightarrow{a_n} = \frac{dv}{dt}\vec{t} + \frac{v^2}{R}\vec{n}$$

où

$a_t = \frac{dv}{dt}$ (dérivée de la vitesse par rapport à t)

et $a_n = \frac{v^2}{R}$, avec v la valeur de la vitesse et R le rayon de la trajectoire.

7. Représenter le vecteur accélération

Le mouvement étant uniforme, $a_t = \frac{dv}{dt} = 0$.

La valeur de la vitesse étant constante, $v = 0{,}11\ \text{m}\cdot\text{s}^{-1}$, et R valant 12 m :

$a_n = \frac{v^2}{R} = \frac{0{,}11^2}{12} = 1{,}0 \times 10^{-3}\ \text{m}\cdot\text{s}^{-2}$. Donc : $\vec{a} = \frac{v^2}{R}\vec{n} = \mathbf{1{,}0 \times 10^{-3}}\,\vec{n}$.

En choisissant comme échelle 1 cm pour $0{,}5 \times 10^{-3}$ m·s^{-2}, le vecteur accélération est représenté par une flèche de 2 cm dirigée suivant $\vec{n}$.

8. Utiliser un vocabulaire adapté

Dans le cas d'un mouvement circulaire uniforme, l'accélération est dirigée vers le centre de la trajectoire : on dit qu'elle est **centripète.**

Partie 3 Le roulis

Valider un résultat

« Un centième de l'accélération de la pesanteur terrestre » correspond à :

$\frac{g}{100} = 9{,}8 \times 10^{-2} = 98 \times 10^{-3}$ m·s^{-2}. Or $a = 1{,}0 \times 10^{-3}$ m·s^{-2}.

Ainsi, $a < \frac{g}{100}$ donc **le roulis est négligeable.**

SUJET 16 | OBJECTIF MENTION

50 min

Quelques mouvements rectilignes

→ FICHES 31 à 33

Lancer, rouler, sauter permet de revenir sur les différents modes de détermination de la vitesse et de l'accélération dans le cas de mouvements rectilignes, uniformes ou variés. Exploitons divers documents pour mieux appréhender la notion d'accélération, qui exprime la variation de la vitesse.

LE SUJET

Partie 1 Lancer d'une balle de golf

Le *swing* d'un joueur de golf permet d'envoyer la balle à une vitesse supérieure à 100 km·h^{-1}. La chronophotographie suivante (figure 1) montre le mouvement d'une balle de golf juste après avoir été frappée par le club. Le film a été réalisé par une caméra rapide permettant d'enregistrer 500 images par seconde.

Remarque : Le golfeur n'est pas à l'échelle de la figure.

Figure 1. Chronophotographie du lancer d'une balle de golf

1. À partir des données, déterminer l'intervalle de temps Δt qui sépare deux images de la chronophotographie.

2. À quel type de mouvement simple peut être assimilé le mouvement de la balle au début du lancer représenté sur la figure 1 ?

3. En tenant compte de l'échelle proposée, déterminer le plus précisément possible la vitesse initiale v_0 avec laquelle la balle de golf est lancée.

4. Tracer sur la figure 1, le vecteur vitesse initiale $\vec{v}_0$ de la balle en choisissant comme échelle : 1 cm pour 10 $m \cdot s^{-1}$.

Partie 2 Démarrage en moto

L'accélération d'une moto au démarrage peut permettre d'atteindre plus de 150 $km \cdot h^{-1}$ en quelques secondes.

On étudie le mouvement d'une moto qui s'élance sur une piste rectiligne, avec une vitesse initiale nulle, en maintenant une accélération constante.

Une chronophotographie représentant les premières positions successives du centre d'inertie G de la moto du système est donnée en figure 2.

La durée $\tau = 0{,}80$ s sépare deux positions successives du centre d'inertie G. À $t = 0$, le centre d'inertie du système est au point G_0 sur la chronophotographie.

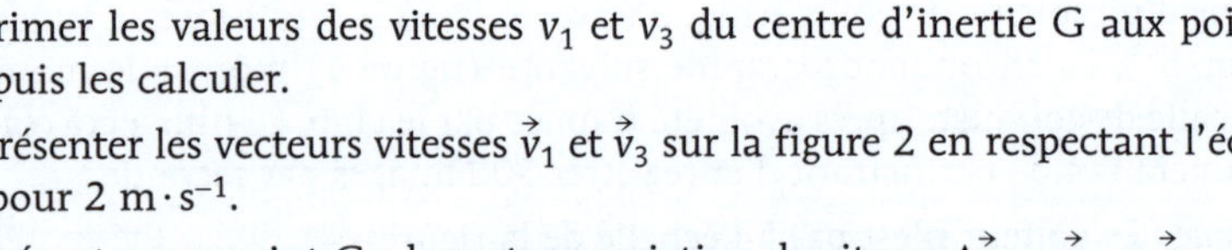

Figure 2. Chronophotographie des positions successives du centre d'inertie

1. Exprimer les valeurs des vitesses v_1 et v_3 du centre d'inertie G aux points G_1 et G_3 puis les calculer.

2. Représenter les vecteurs vitesses $\vec{v}_1$ et $\vec{v}_3$ sur la figure 2 en respectant l'échelle : 1 cm pour 2 $m \cdot s^{-1}$.

3. Représenter, au point G_2, le vecteur variation de vitesse $\Delta\vec{v}_2 = \vec{v}_3 - \vec{v}_1$.

4. Donner, en fonction de $\Delta\vec{v}_2$, l'expression du vecteur accélération $\vec{a}_2$ au point G_2 puis calculer sa valeur et le tracer sur la figure 2.

Les figures 3 et 4 montrent les évolutions au cours du temps de la valeur v de la vitesse du motard et la distance d qu'il parcourt depuis la position G_0.

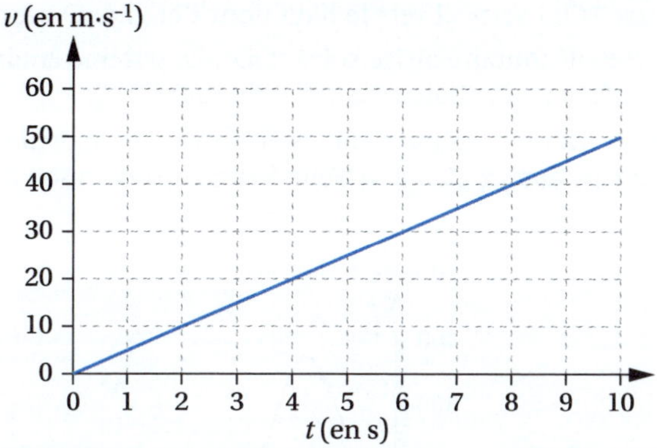

Figure 3. Valeur v de la vitesse du système en fonction du temps t

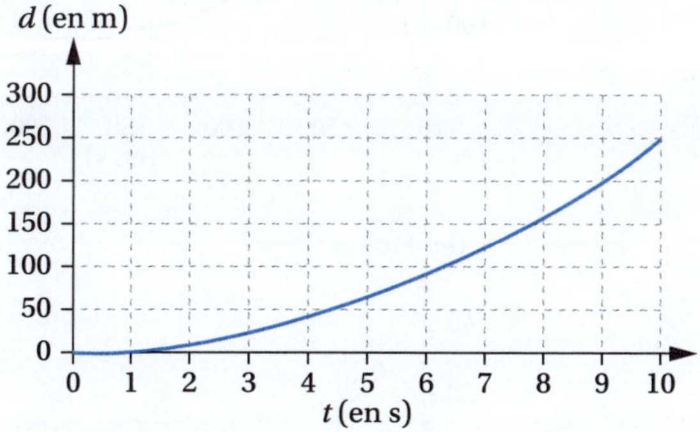

Figure 4. Distance d parcourue par le système en fonction du temps t

5. Montrer que la courbe donnée en figure 3 permet d'affirmer que la valeur de l'accélération est constante.

6. En utilisant la figure 3, estimer la valeur de l'accélération du motard.
Vérifier que le résultat est compatible avec la valeur déterminée à la question **4**.

7. Déterminer la distance parcourue par le motard lorsqu'il atteint une vitesse de 150 $km \cdot h^{-1}$.

Partie 3 Le saut de Félix Baumgartner

Document 1 L'exploit de Baumgartner

Le 14 octobre 2012, Félix Baumgartner a effectué un saut historique en réalisant trois records : le record de la plus haute altitude atteinte par un homme en ballon (39 km), le record du plus haut saut et le record de vitesse en chute libre.

Après une ascension dans un ballon gonflé à l'hélium, vêtu d'une combinaison spécifique, il a sauté et ouvert son parachute au bout de 4 min et 20 s. Le saut a duré en totalité 9 min et 3 s.

On étudie le système {Félix Baumgartner et son équipement}, noté S, en chute verticale dans le référentiel terrestre considéré comme galiléen.

On choisit un axe (Oz) vertical vers le haut dont l'origine O est prise au niveau du sol. $\vec{k}$ est le vecteur unitaire dirigé suivant Oz. Le système étudié a une vitesse initiale nulle à la date $t = 0$, choisie au début du saut.

Les figures 5 et 6 suivantes représentent les évolutions temporelles de la vitesse v et de l'altitude z par rapport au sol de Félix Baumgartner, jusqu'à l'ouverture du parachute.

Figure 5.
Représentation de $v(t)$

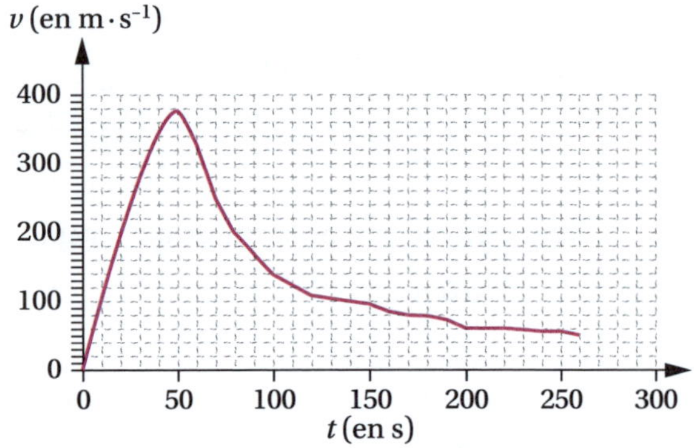

Figure 6.
Représentation de $z(t)$

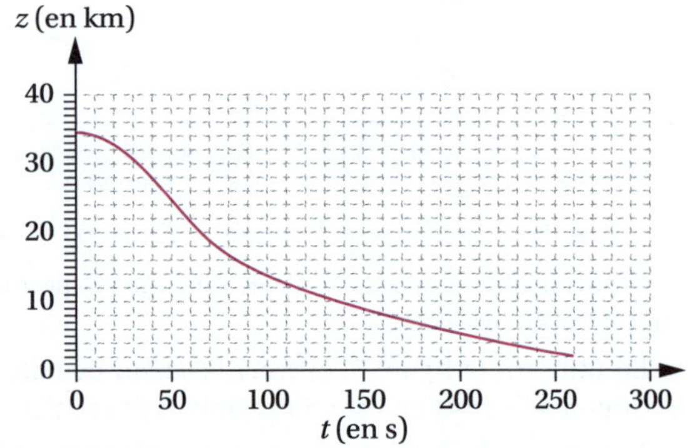

1. Lors du saut, Félix Baumgartner a-t-il atteint une vitesse supersonique ? Justifier à l'aide de la figure 5.

2. Exprimer le vecteur vitesse $\vec{v}$ en fonction du vecteur unitaire $\vec{k}$ aux dates $t = 0$, $t = 20$ s, $t = 70$ s et $t = 90$ s.

3. En déduire que, aux dates $t = 10$ s et $t = 80$ s, le vecteur accélération peut s'écrire : $\vec{a}(t = 10) = 10\vec{k}$ et $\vec{a}(t = 80) = -4\vec{k}$.

4. Commenter la valeur de l'accélération à $t = 10$ s.

5. Commenter le signe de l'expression du vecteur $\vec{a}$ à $t = 80$ s.

6. Déterminer l'altitude à laquelle Félix Baumgartner ouvre son parachute.

7. En supposant que son mouvement est rectiligne et uniforme après l'ouverture du parachute et jusqu'à l'arrivée au sol, déterminer la valeur de sa vitesse et de son accélération durant cette dernière phase du mouvement.

LES CLÉS POUR RÉUSSIR

Partie 1 Lancer d'une balle de golf

1. Pensez à exploiter la fréquence de la caméra qui filme le mouvement.

2. Observez les positions successives de la balle.

3. Utilisez la définition de la vitesse (attention à l'échelle du document).

4. Respectez les caractéristiques du vecteur vitesse. → FICHE 31

Partie 2 Démarrage en moto

1. Souvenez-vous que, sur un petit intervalle de part et d'autre du point considéré, la vitesse instantanée peut être confondue avec la vitesse moyenne.

2. et 3. La somme de deux vecteurs se trace en les plaçant bout à bout.

4. L'accélération est la dérivée du vecteur vitesse : elle peut être déterminée à partir de la variation de vitesse pendant chaque seconde. → FICHE 32

5. et 6. Demandez-vous comment déterminer graphiquement la dérivée d'une fonction sur sa courbe représentative.

7. Exploitez les courbes fournies.

Partie 3 Le saut de Félix Baumgartner

1. Déterminez la vitesse maximale et comparez-la à celle du son.

2. Recherchez les valeurs de la vitesse avant d'exprimer le vecteur vitesse en fonction du vecteur unitaire. → FICHE 31

3. Utilisez la définition du vecteur accélération.

4. Comparez la chute de Félix Baumgartner à une chute libre.

5. Comment expliquez-vous que le vecteur accélération soit opposé au vecteur vitesse ? → FICHE 33

7. Utilisez l'hypothèse d'un mouvement rectiligne et uniforme.

LE CORRIGÉ

Partie 1 Lancer d'une balle de golf

1. Exploiter les informations données

La caméra enregistre 500 images par seconde. La durée qui sépare deux positions consécutives vaut donc $\Delta t = \dfrac{1}{500\ \text{s}} = 2 \times 10^{-3}$ s.

2. Décrire un mouvement
Les positions successives sont alignées suivant une droite : le mouvement est donc rectiligne. Pendant une même durée, la distance parcourue entre deux positions consécutives est constante donc la vitesse est constante. Ainsi, le **mouvement est rectiligne et uniforme** au début du lancer.

3. Calculer une vitesse
Deux points consécutifs sont séparés sur le schéma par 1,0 cm. Compte tenu de l'échelle (1/10e), la distance réelle est donc de 10 cm. Ainsi :
$v = \frac{d}{\Delta t} = \frac{0,10}{2 \times 10^{-3}} = \mathbf{50\ m \cdot s^{-1}}$ (ce résultat correspond à $50 \times 3,6 = 180\ km \cdot h^{-1}$ en accord avec ce qui est écrit en introduction).

4. Tracer un vecteur vitesse
Le vecteur vitesse est tracé à partir de la position initiale, suivant la trajectoire et dans le sens du mouvement.
Avec l'échelle choisie, la flèche du vecteur a une longueur de 5 cm.

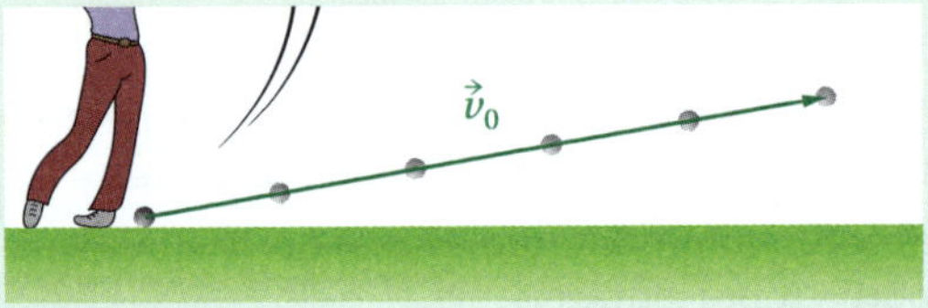

Partie 2 Démarrage en moto

1. Calculer une vitesse
La vitesse instantanée au point G_i peut être déterminée en calculant la vitesse moyenne entre les points G_{i-1} et G_{i+1}.
L'échelle du document est 1 cm pour 3 m (soit 1/300e) donc les distances réelles sont obtenues en multipliant par 300 les distances mesurées sur la figure 2.

$$v_1 = \frac{G_0G_2}{2\tau} = \frac{2,1 \times 300}{2 \times 0,80} = \frac{630\ \text{cm}}{1,60\ \text{s}} = \frac{6,3\ \text{m}}{1,60\ \text{s}} = \mathbf{3,9\ m \cdot s^{-1}}.$$

$$v_3 = \frac{G_2G_4}{2\tau} = \frac{6,4 \times 300}{2 \times 0,80} = \frac{1\,920\ \text{cm}}{1,60\ \text{s}} \approx \frac{19\ \text{m}}{1,60\ \text{s}} = \mathbf{12\ m \cdot s^{-1}}.$$

À NOTER
1. La vitesse peut être calculée à partir de l'intervalle entre deux points quelconques, mais sa détermination est plus juste en choisissant un intervalle entre les points de part et d'autre du point considéré.

2. Tracer un vecteur vitesse
Avec l'échelle 1 cm pour 2 $m \cdot s^{-1}$, les flèches des vecteurs vitesse ont des longueurs de $\frac{3,9}{2} \approx 1,9$ cm au point G_1 et $\frac{12}{2} = 6,0$ cm au point G_3.

3. Tracer un vecteur variation de vitesse

Le vecteur $\Delta\vec{v}_2 = \vec{v}_3 - \vec{v}_1$ est tracé à partir de G_2 en plaçant bout à bout $\vec{v}_3$ et $-\vec{v}_1$.

4. Déterminer graphiquement un vecteur accélération

Le vecteur accélération est la dérivée du vecteur vitesse : sur un petit intervalle de temps, il peut être déterminé par la variation de vitesse pendant chaque seconde.

$\vec{a}_2 = \dfrac{d\vec{v}_2}{dt} \approx \dfrac{\Delta\vec{v}_2}{\Delta t} = \dfrac{\Delta\vec{v}_2}{2\tau}$.

Compte tenu de l'échelle, $\Delta v_2 = 8{,}2\ \text{m}\cdot\text{s}^{-1}$ donc $a_2 = \dfrac{\Delta v_2}{\Delta t} = \dfrac{8{,}2}{2 \times 0{,}80} = 5{,}1\ \text{m}\cdot\text{s}^{-2}$.

En choisissant comme échelle 1 cm pour $1\ \text{m}\cdot\text{s}^{-2}$, on obtient :

À NOTER

4. L'échelle n'étant pas précisée dans l'énoncé, c'est à vous de la fixer : ici, 1 cm pour $1\ \text{m}\cdot\text{s}^{-2}$ convient bien.

5. Associer l'accélération à la variation de vitesse

Par définition, l'accélération a est la dérivée de la vitesse par rapport au temps. L'accélération correspond donc au coefficient directeur de la droite $v = f(t)$.

Le graphe $v(t)$ de la figure 2 est une droite passant par l'origine. La vitesse est donc proportionnelle au temps : $v = \text{k} \times t$ où k est une constante.

Donc, ici, $a = \text{k}$: **l'accélération de la moto est constante.**

6. Déterminer une accélération à partir d'une courbe de vitesse

On détermine le coefficient directeur de la droite entre les points (0 ; 0) et (50 ; 10) : $a = \dfrac{50}{10} = \mathbf{5{,}0\ m\cdot s^{-2}}$.

On retrouve bien une valeur proche de celle que nous avions obtenue graphiquement à la question **4.**

7. Exploiter une courbe

$150\ \text{km}\cdot\text{h}^{-1} = \dfrac{150}{3{,}6} = = 41{,}7\ \text{m}\cdot\text{s}^{-1}$.

On trace la droite horizontale d'équation $v = 41{,}7$ sur la figure 3. Le point d'intersection avec le graphe $v(t)$ donne, en abscisse, le temps de parcours : 8,3 s.

En reportant ce temps sur la figure 4 le point d'intersection avec le graphe $d(t)$ donne la distance parcourue, ici approximativement : $d = 170$ m.

Avec deux chiffres significatifs, cela s'écrit : $\boldsymbol{d = 1{,}7 \times 10^2}$ **m.**

Partie 3 Le saut de Félix Baumgartner

1. Exploiter une courbe

On peut lire la vitesse maximale atteinte sur la figure 5 : elle vaut **380 m·s^{-1}**. Cette vitesse est **supérieure à la vitesse du son** dans l'air qui est voisine de 340 m·s^{-1}. Baumgartner a donc atteint une vitesse supersonique.

2. Exprimer vectoriellement une vitesse

Les valeurs des vitesses sont lues sur la figure 5, en m·s^{-1} :

$v_0 = 0$, $v_{20} = 200$, $v_{70} = 250$ et $v_{90} = 170$ m·s^{-1}.

Le mouvement est descendant. $\vec{v}$ est donc dirigé vers le bas alors que $\vec{k}$ est dirigé vers le haut. On a donc :

$\boldsymbol{\vec{v}_0 = 0\vec{k}}$, $\boldsymbol{\vec{v}_{20} = -200\vec{k}}$, $\boldsymbol{\vec{v}_{70} = -250\vec{k}}$ et $\boldsymbol{\vec{v}_{90} = -170\vec{k}}$.

3. Définir le vecteur accélération comme la dérivée du vecteur vitesse

Le vecteur accélération est la dérivée du vecteur vitesse par rapport au temps. Pendant 20 s (entre 0 et 20, ou entre 70 et 90), on peut le confondre avec la variation moyenne du vecteur vitesse pendant chaque seconde :

$$\vec{a}(t = 10) = \frac{\overrightarrow{dv}}{dt} \approx \frac{\Delta\vec{v}}{\Delta t} = \frac{\vec{v}_{20} - \vec{v}_0}{20} = \frac{-200\vec{k}}{20} = \boldsymbol{-10\vec{k}} \ ;$$

$$\vec{a}(t = 80) = \frac{\overrightarrow{dv}}{dt} \approx \frac{\Delta\vec{v}}{\Delta t} = \frac{\vec{v}_{90} - \vec{v}_{70}}{20} = \frac{-170\vec{k} + 250\vec{k}}{20} = \boldsymbol{4\vec{k}}.$$

4. Reconnaître un mouvement de chute libre

La valeur de l'accélération au début du mouvement (à $t = 10$ s) est de 10 m·s^{-2}. Cette valeur est voisine de l'accélération de la pesanteur (9,8 m·s^{-2}).

On peut considérer que Baumgartner est **quasiment en chute libre au début de son saut** car la force de frottement de l'air est très faible à cette altitude.

5. Interpréter le sens du vecteur accélération

Si $\vec{a}(t = 80) = +4\vec{k}$, cela signifie que le vecteur accélération est dirigé vers le haut contrairement au vecteur vitesse.

À ce moment de la chute, la vitesse diminue et **le mouvement est ralenti** : les vecteurs vitesse et accélération sont opposés.

6. Exploiter une courbe

Le texte introductif indique que Félix Baumgartner ouvre son parachute au bout de 4 min et 20 s, soit au bout de : $4 \times 60 + 20 = 260$ s.

À l'aide de la figure 6, on lit : $z(t = 260 \text{ s}) = $ **3 km**.

7. Caractériser un mouvement rectiligne et uniforme

Ainsi, entre $t = 260$ s (ouverture du parachute) et $t = 9$ min 3 *s* soit 543 s (arrivée au sol), il parcourt 3 km et ceci en mouvement rectiligne et uniforme d'après l'énoncé.

Sa **vitesse est donc constante** et vaut :

$$v = \frac{d}{\Delta t} = \frac{3 \times 10^3}{543 - 260} = \frac{3 \times 10^3}{283} = \mathbf{10{,}6\ m \cdot s^{-1}}$$

Et, puisque la vitesse est constante, la valeur de **l'accélération est nulle.**

9 Deuxième loi de Newton Mouvement dans un champ

Entre deux rebonds, la balle semble dessiner des **trajectoires** semblables (paraboliques). Son mouvement dans le champ de pesanteur répond à des lois formulées depuis plus de trois siècles par Newton.

TEST

Pour vous situer et identifier les fiches à réviser 212

FICHES DE COURS

34 Les lois de Newton 214
35 Mouvement dans un champ de pesanteur uniforme 216
36 Mouvement dans un champ électrique uniforme 218
37 Aspects énergétiques du mouvement dans un champ uniforme 220
38 Mouvement dans un champ de gravitation 222
MÉMO VISUEL 224

SUJETS GUIDÉS & CORRIGÉS

OBJECTIF BAC
17 Service et réception au volley-ball 226
OBJECTIF MENTION
18 Voyage dans la ceinture d'astéroïdes 232

TESTEZ-VOUS

→ CORRIGÉS P. 379-380

Faites le point sur vos connaissances, puis établissez votre **parcours de révision** en fonction de votre score.

1 Les lois de Newton

→ FICHE 34

1. Lorsqu'une voiture roule en ligne droite et à vitesse constante :

☐ **a.** les forces qui s'appliquent sur elle sont dirigées vers l'avant.

☐ **b.** la résultante des forces qui s'appliquent sur elle est nulle.

☐ **c.** les forces qui s'appliquent sur elle se compensent.

2. Une moto qui accélère suivant l'horizontale est soumise à plusieurs forces :

☐ **a.** qui se compensent et dont la résultante est nulle.

☐ **b.** dont la résultante est dirigée suivant l'horizontale.

☐ **c.** dont les vecteurs sont tous dirigés suivant l'horizontale.

…/2

2 Mouvement dans un champ de pesanteur uniforme

→ FICHES 35 et 37

Un projectile est lancé vers le haut dans le champ de pesanteur terrestre et l'action de l'air sur lui est négligeable. C'est un mouvement de chute libre.

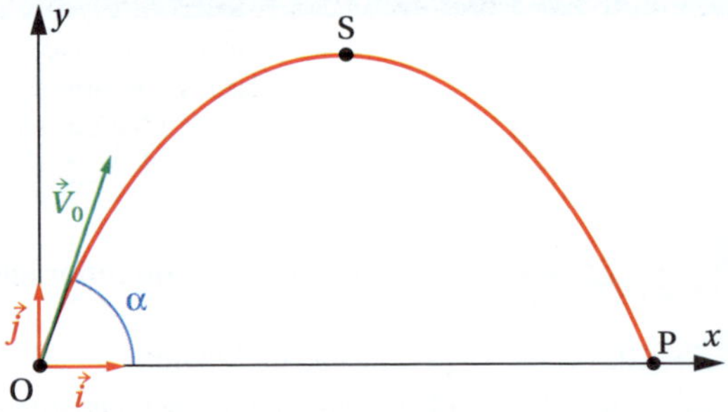

1. Son accélération :

☐ **a.** est constante et verticale.

☐ **b.** dépend de sa masse.

☐ **c.** diminue puis augmente.

2. Dans le cas d'une chute libre parabolique :

☐ **a.** le mouvement suivant l'horizontale est ralenti puis accéléré.

☐ **b.** le mouvement suivant la verticale est uniformément accéléré.

☐ **c.** le mouvement ne dépend que des conditions initiales : inclinaison α et vitesse $\vec{v}_0$.

3. L'énergie mécanique du projectile étant constante au cours du mouvement :

☐ **a.** son énergie cinétique est nulle au sommet de la trajectoire.

☐ **b.** son énergie potentielle de pesanteur augmente puis diminue.

☐ **c.** son énergie cinétique et son énergie potentielle sont constantes.

…/3

3 Mouvement dans un champ électrique uniforme

→ FICHE 36

1. Un condensateur plan est constitué de deux plaques verticales P et N distantes de 0,20 m entre lesquelles on applique une tension $U_{PN} = 1\,000$ V.
Le champ électrique créé entre les plaques :

☐ **a.** est parallèle aux plaques P et N.

☐ **b.** est orienté de P vers N.

☐ **c.** a pour valeur $5\,000\ \text{V}\cdot\text{m}^{-1}$.

2. Un électron placé dans un champ électrique uniforme :

☐ **a.** est soumis à une force électrique de même direction et de même sens que le vecteur champ électrique.

☐ **b.** subit une accélération proportionnelle au champ électrique.

☐ **c.** subit une accélération qui ne dépend pas de sa charge.

.../2

4 Aspects énergétiques du mouvement dans un champ uniforme

→ FICHE 37

1. Le travail du poids d'un système de masse $m = 2{,}0$ kg qui descend d'une hauteur $h = 5{,}0$ m sur une pente inclinée de $\alpha = 30°$ sur l'horizontale est :

☐ **a.** positif.

☐ **b.** proportionnel à l'inclinaison de la pente.

☐ **c.** proportionnel à la hauteur descendue.

2. Lors du mouvement d'une particule chargée dans un champ électrique uniforme :

☐ **a.** son énergie cinétique est constante.

☐ **b.** son énergie potentielle électrique est constante.

☐ **c.** son énergie mécanique est constante.

.../2

5 Mouvement dans un champ de gravitation

→ FICHE 38

1. Dans leur mouvement autour du Soleil, les planètes du système solaire :

☐ **a.** ont une trajectoire elliptique dont le Soleil occupe le centre.

☐ **b.** ont une vitesse dont la valeur augmente lorsqu'elles s'approchent du Soleil.

☐ **c.** ont une période de révolution proportionnelle à leur distance au Soleil.

2. En étudiant le mouvement du satellite d'une planète, on peut déterminer :

☐ **a.** la masse du satellite.

☐ **b.** le diamètre de la planète.

☐ **c.** la masse de la planète.

.../2

Score total .../11

Parcours PAS À PAS ou *EXPRESS* ? → MODE D'EMPLOI P. 3

34 Les lois de Newton

En bref *Ces lois énoncées par Newton en 1687 forment les bases de la mécanique en reliant les forces au mouvement qu'elles induisent.*

I Le centre de masse d'un système

- L'étude du mouvement d'un objet est souvent ramenée à celle de son **centre de masse** noté G, appelé aussi centre d'inertie. Ce point est celui par rapport auquel la masse est uniformément répartie. Il est souvent situé au milieu du système.
- L'étude du mouvement de G est **plus simple** que celui des autres points.

II Les lois de Newton

- **1re loi : principe d'inertie.** Dans un référentiel galiléen, si le centre de masse G d'un système mécanique est immobile $\left(\overrightarrow{v_G} = \vec{0}\right)$ ou animé d'un mouvement rectiligne uniforme $\left(\overrightarrow{v_G} = \overrightarrow{C^{te}}\right)$, alors la somme vectorielle des forces extérieures qui lui sont appliquées est nulle et réciproquement :

$$\overrightarrow{v_G} = \overrightarrow{C^{te}} \Leftrightarrow \sum \overrightarrow{F_{ext}} = \vec{0}$$

Autre formulation : dans un **référentiel galiléen**, tout corps persévère dans son état de repos ou de mouvement rectiligne et uniforme s'il n'est soumis à aucune force ou si les forces qui s'appliquent sur lui se compensent.

MOT CLÉ

Un **référentiel galiléen** est un référentiel dans lequel le principe d'inertie est vérifié. Les référentiels terrestre, géocentrique et héliocentrique peuvent être considérés comme galiléens.

- **2e loi : principe fondamental de la dynamique.** Dans un référentiel galiléen, la somme vectorielle des forces extérieures (ou résultante des forces extérieures) appliquées à un système mécanique est égale au produit de sa masse m par le vecteur accélération de son centre de masse $\overrightarrow{a_G}$:

$$\sum \overrightarrow{F_{ext}} = m\overrightarrow{a_G}$$

Conséquence : $\sum \overrightarrow{F_{ext}}$ est colinéaire et de même sens que le vecteur accélération $\overrightarrow{a_G}$ (colinéaire de même sens que le vecteur variation de vitesse $\overrightarrow{\Delta v}$).

- **3e loi : principe des actions réciproques.** Lorsque deux systèmes A et B sont en interaction, ils exercent toujours l'un sur l'autre des forces opposées :

$$\overrightarrow{F_{B/A}} = -\overrightarrow{F_{A/B}}$$

Méthode

Déduire de la 2e loi de Newton le vecteur accélération

Une voiture jouet de masse 5,0 kg se déplace sur un sol horizontal. Elle est soumise à plusieurs forces qui peuvent être modélisées par les vecteurs représentés sur la figure ci-contre à partir de son centre de masse G. Leurs intensités sont égales à 20 N, 34 N et 50 N.

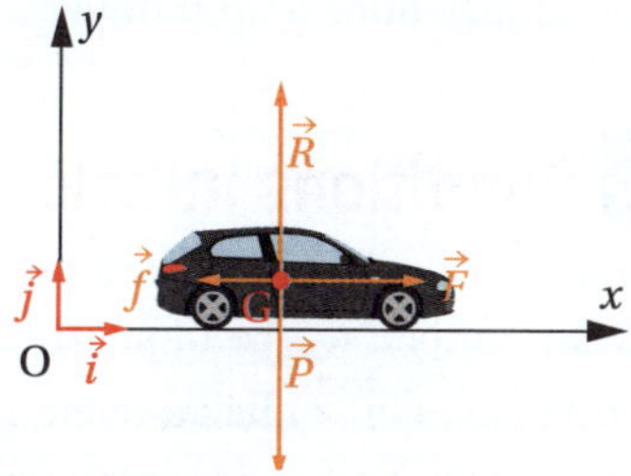

a. Nommer le référentiel choisi pour étudier son mouvement.

b. Identifier les forces représentées et donner leurs intensités respectives.

c. Exprimer les vecteurs forces en fonction des vecteurs unitaires du repère.

d. Déterminer le vecteur accélération de la voiture et le représenter sur la figure.

CONSEILS

b. Comparez les longueurs des vecteurs forces représentés sur le schéma.

c. Comparez la direction et le sens des forces avec les vecteurs $\vec{i}$ et $\vec{j}$.

d. Utilisez la 2e loi de Newton en explicitant la somme vectorielle des forces.

SOLUTION

a. Le repère $(O ; \vec{i}, \vec{j})$ étant lié au sol, le référentiel est le référentiel terrestre.

b. Les forces qui s'exercent sur la voiture sont les suivantes.

- $\vec{P}$ est le poids de la voiture, exercé par la Terre, $P = 50$ N ;
- $\vec{R}$ est la réaction du sol qui supporte la voiture, $R = 50$ N ;
- $\vec{F}$ est la force motrice exercée par le sol, $F = 34$ N ;
- $\vec{f}$ est la force de frottement, $f = 20$ N.

c. En comparant les sens des vecteurs force avec ceux des vecteurs unitaires :

$$\vec{P} = -P\vec{j},\ \vec{R} = R\vec{j},\ \vec{F} = F\vec{i} \text{ et } \vec{f} = -f\vec{i}.$$

d. En appliquant la 2e loi de Newton, on peut écrire :

$$\sum \overrightarrow{F_{ext}} = m\overrightarrow{a_G} = \vec{P} + \vec{R} + \vec{F} + \vec{f} = (-P + R)\vec{j} + (F - f)\vec{i}$$

$\vec{P}$ et $\vec{R}$ se compensent et s'annulent, il reste :

$$m\overrightarrow{a_G} = (F - f)\vec{i}.$$

Donc : $\overrightarrow{a_G} = \dfrac{(F - f)}{m}\vec{i} = \dfrac{14}{5,0}\vec{i} = 2,8\vec{i}$.

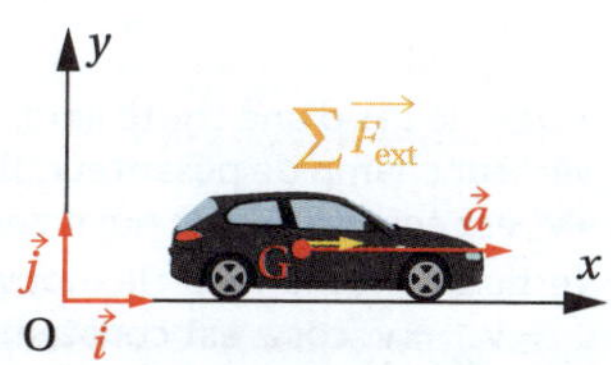

35 Mouvement dans un champ de pesanteur uniforme

En bref *Dans un champ de pesanteur, le centre de masse d'un projectile en chute libre a un mouvement déterminé par ses conditions initiales.*

I Conditions initiales

Un projectile de masse m est lancé à partir d'un point O à la date $t_0 = 0$ avec une vitesse initiale $\overrightarrow{v_0}$. Le mouvement de son centre de masse G est étudié dans le repère $(\text{O} ; \vec{i}, \vec{j}, \vec{k})$ lié au référentiel terrestre.

L'axe $(\text{O} ; \overrightarrow{v_0})$ est dans le plan vertical $(\text{O} ; \vec{i}, \vec{j})$ et l'angle de tir est noté α.

Les coordonnées de $\overrightarrow{v_0}$ sont : $\begin{pmatrix} v_{0x} = v_0 \cos\alpha \\ v_{0y} = v_0 \sin\alpha \\ v_{0z} = 0 \end{pmatrix}$

Le champ de pesanteur est uniforme : $\vec{g} = -g\vec{j}$.

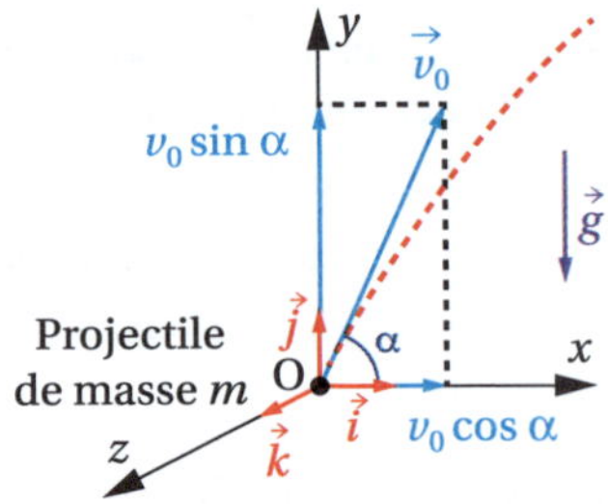

II Mouvement d'un projectile en chute libre

- Si les frottements de l'air et la poussée d'Archimède sont négligeables, le projectile n'est soumis qu'à son poids : on dit qu'il est en chute libre. La **2e loi de Newton** s'exprime alors : $\sum \overrightarrow{F_{\text{ext}}} = m\overrightarrow{a_G} = \vec{P} = m\vec{g}$ donc : $\overrightarrow{a_G} = \vec{g}$.
- Les **coordonnées de $\overrightarrow{v_G}$** sont les primitives des coordonnées de $\overrightarrow{a_G}$ telles qu'à $t = 0$ leurs valeurs soient les coordonnées de $\overrightarrow{v_0}$.

$$\overrightarrow{a_G} = \frac{\text{d}\overrightarrow{v_G}}{\text{d}t} \text{ donc } \overrightarrow{a_G} \begin{pmatrix} a_x = 0 \\ a_y = -g \\ a_z = 0 \end{pmatrix} \Rightarrow \overrightarrow{v_G} \begin{pmatrix} v_x = v_{0x} = v_0 \cos\alpha \\ v_y = -gt + v_{0y} = -gt + v_0 \sin\alpha \\ v_z = v_{0z} = 0 \end{pmatrix}$$

- Les **coordonnées de $\overrightarrow{\text{OG}}$** sont les primitives des coordonnées de $\overrightarrow{v_G}$ telles qu'à $t = 0$ leurs valeurs soient nulles car $\overrightarrow{\text{OG}_0} = \vec{0}$.

$$\overrightarrow{v_G} = \frac{\text{d}\overrightarrow{\text{OG}}}{\text{d}t} \text{ donc } \overrightarrow{v_G} \begin{pmatrix} v_x = v_0 \cos\alpha \\ v_y = -gt + v_0 \sin\alpha \\ v_z = 0 \end{pmatrix} \Rightarrow \overrightarrow{\text{OG}} \begin{pmatrix} x = (v_0 \cos\alpha)\, t \\ y = -\,0{,}5gt^2 + (v_0 \sin\alpha)\, t \\ z = 0 \end{pmatrix}$$

À NOTER

- Dans le cas d'une chute libre, le vecteur accélération de G est confondu avec le vecteur champ de pesanteur. Il est constant et indépendant de la masse du projectile.
- v_z est constamment nulle donc le mouvement du projectile s'effectue dans le plan vertical contenant $\overrightarrow{v_0}$: le mouvement est plan. La vitesse horizontale $v_x = v_{0x} = v_0 \cos\alpha$ est constante : le mouvement suivant l'horizontale est uniforme.
- Si l'angle de tir vaut 90°, $\cos \alpha = 0$ et $\sin \alpha = 1$, $x = 0$: le mouvement est vertical suivant l'axe Oy.

Méthode

Exploiter les équations horaires et établir l'équation de la trajectoire

Un projectile est lancé à partir d'un point A avec une vitesse initiale de 7,3 $m \cdot s^{-1}$ et un angle de 52° par rapport à l'horizontale dans le champ de pesanteur terrestre uniforme et de valeur est $g = 9{,}8\ N \cdot kg^{-1}$.

Le mouvement de son centre de masse G est étudié dans le repère $(O\ ;\ \vec{i}, \vec{j})$.

Les coordonnées des vecteurs du mouvement sont :

$$\overrightarrow{a_G}\begin{pmatrix} a_x = 0 \\ a_y = -g \end{pmatrix} \Rightarrow \overrightarrow{v_G}\begin{pmatrix} v_x = v_0 \cos\alpha \\ v_y = -gt + v_0 \sin\alpha \end{pmatrix} \Rightarrow \overrightarrow{OG}\begin{pmatrix} x = (v_0 \cos\alpha)\,t + 0 \\ y = -\dfrac{gt^2}{2} + (v_0 \sin\alpha)\,t + 2 \end{pmatrix}$$

a. Déterminer les coordonnées du point A (position initiale de G).

b. Calculer les coordonnées du vecteur vitesse initiale au moment du lancement.

c. Établir l'équation de la trajectoire et en déduire sa nature.

> **CONSEILS**
> **a.** et **b.** Utilisez les équations des coordonnées des vecteurs position et vitesse.
> **c.** Établissez une relation entre les coordonnées x et y du vecteur position.

SOLUTION

a. Pour déterminer les coordonnées du point A, il suffit de choisir $t = 0$ dans les coordonnées du vecteur position : $\overrightarrow{OA} = \overrightarrow{OG}\,(t = 0)\begin{pmatrix} x = 0 \\ y = 2 \end{pmatrix}$.

b. Les coordonnées du vecteur vitesse initiale $\overrightarrow{v_0}$ sont déterminées de la même manière :

$$\overrightarrow{v_0} = \overrightarrow{v_G}\,(t = 0)\begin{pmatrix} v_x = 7{,}3 \times \cos 52 \\ v_y = 7{,}3 \times \sin 52 \end{pmatrix}\ \overrightarrow{v_0}\begin{pmatrix} v_x = 4{,}5 \\ v_y = 5{,}8 \end{pmatrix}$$

c. L'équation de la trajectoire est la relation qui lie les coordonnées x et y.

L'équation $x = (v_0 \cos\alpha)t$ donne : $t = \dfrac{x}{v_0 \cos\alpha}$.

En reportant dans l'équation y(t) :

$y = -\dfrac{gt^2}{2} + (v_0 \sin\alpha)t + 2$,

on obtient : $y = -\dfrac{g}{2v_0^2 \cos^2\alpha}x^2 + (\tan\alpha)x + 2$

Numériquement : $y = -0{,}24\ x^2 + 1{,}3\ x + 2$

C'est l'équation d'une trajectoire parabolique.

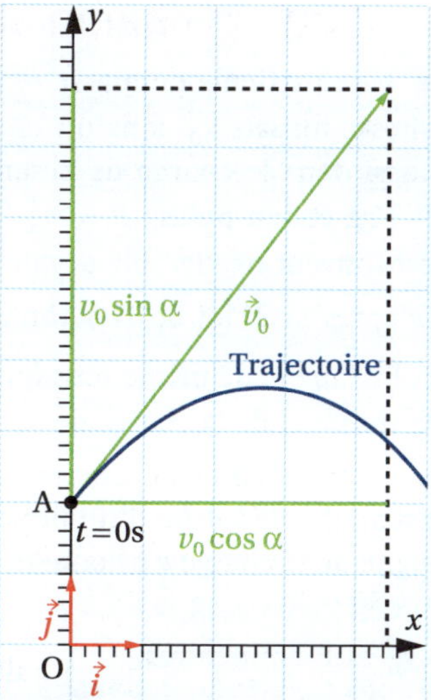

36 Mouvement dans un champ électrique uniforme

En bref *Placée dans un champ électrique, une particule chargée subit une force électrique qui dépend de sa charge. Elle est accélérée ou déviée suivant sa vitesse initiale.*

I Champ électrique uniforme créé par un condensateur plan

■ Un champ électrique uniforme $\vec{E}$ a même direction, même sens et même valeur en tout point de l'espace. Il s'obtient entre deux armatures métalliques planes P et N séparées par un isolant sur une distance d entre lesquelles on applique une tension U_{PN} : ce dispositif est appelé **condensateur plan**.

■ Le **champ électrique** est orthogonal aux armatures et orienté de la plaque chargée positivement vers la plaque chargée négativement (sens des potentiels décroissants).
La valeur du champ est :

$E = \frac{U_{PN}}{d}$ E en $V \cdot m^{-1}$; d en m ; U_{PN} en V.

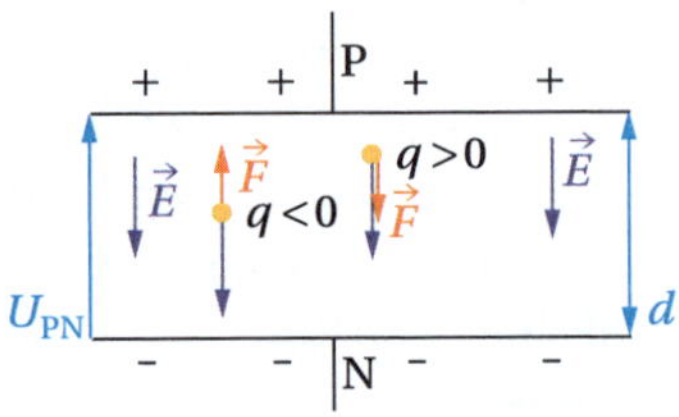

II Accélération d'une particule chargée dans un champ électrique

■ Une particule de masse m et de charge q est lancée à la date $t_0 = 0$ avec une vitesse initiale $\vec{v_0}$ dans un champ électrique $\vec{E}$ uniforme. Comme elle se trouve aussi dans le champ de pesanteur $\vec{g}$, elle subit deux forces : la force électrique $\vec{F} = q\vec{E}$ et son poids : $\vec{P} = m\vec{g}$. Compte tenu des valeurs de masse et de charge, $\vec{P}$ est souvent négligeable devant $\vec{F}$.

D'après la 2e loi de Newton : $\sum \overrightarrow{F_{ext}} = m\vec{a} = \vec{F} = q\vec{E}$ donc : $\vec{a} = \frac{q}{m}\vec{E}$. Donc $\vec{a}$ est colinéaire et de même sens que la force électrique $\vec{F}$; constant mais dépendant de la masse et de la charge de la particule (si $q > 0$, $\vec{a}$ et $\vec{E}$ de même sens).

■ Le **mouvement** d'une particule chargée dans un champ électrique uniforme est analogue à celui d'un projectile dans le champ de pesanteur uniforme mais le signe de la charge q oriente le mouvement.

$\overrightarrow{v_0}$ et $\vec{E}$ colinéaires	mouvement rectiligne uniformément accéléré ou ralenti suivant le sens de $\vec{E}$ et le signe de la charge q
$\overrightarrow{v_0}$ et $\vec{E}$ non colinéaires	mouvement parabolique (particule déviée par la force)

Méthode

Établir les équations du mouvement et de la trajectoire

Une particule, de masse m et de charge $q > 0$, est lancée à la date $t_0 = 0$ avec une vitesse initiale $\vec{v_0}$ dans un champ électrique uniforme : $\vec{E} = -E\vec{j}$.

Le mouvement est étudié dans le repère $(O\ ;\ \vec{i},\ \vec{j},\ \vec{k})$ dans le référentiel terrestre (galiléen). O coïncide avec sa position initiale, à $t_0 = 0$.

$\vec{v_0}$ est dans le plan vertical $(O\ ;\ \vec{i},\ \vec{j})$ et incliné d'un l'angle α par rapport à l'horizontale.

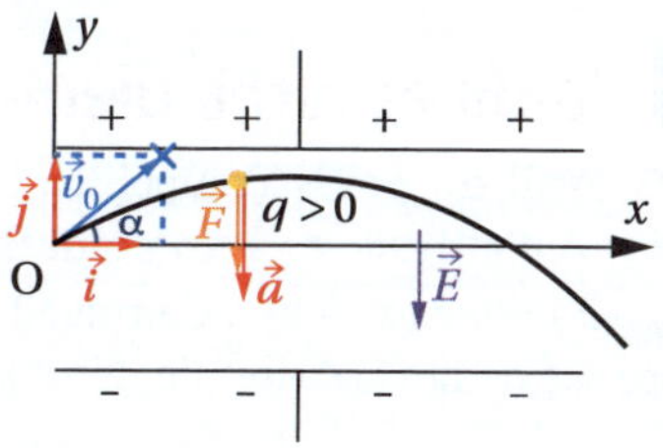

Ses coordonnées sont : $\begin{pmatrix} v_{0x} = v_0 \cos\alpha \\ v_{0y} = v_0 \sin\alpha \\ v_{0z} = 0 \end{pmatrix}$

D'après la 2e loi de Newton, l'accélération de la particule est : $\vec{a} = \dfrac{q}{m}\vec{E}$.

a. Déterminer les équations horaires du mouvement de la particule.

b. En déduire que son mouvement est plan.

c. Établir l'équation de sa trajectoire et sa nature.

CONSEILS

a. Exprimez les coordonnées de $\vec{a}$ dans $(O\ ;\ \vec{i},\ \vec{j},\ \vec{k})$ et déterminez leurs primitives.

b. Que peut-on dire de la coordonnée du vecteur position suivant z ?

c. La trajectoire est une relation entre x et y, obtenue en éliminant le temps.

SOLUTION

a. L'accélération est $\vec{a} = \dfrac{q}{m}\vec{E} = -\dfrac{q}{m}E\vec{j}$. Les coordonnées de $\vec{v}$ sont les primitives des coordonnées de $\vec{a}$ et les coordonnées de $\overrightarrow{OG}$ sont les primitives des coordonnées de $\vec{v_G}$ (en respectant les conditions initiales) :

$$\vec{a}\begin{pmatrix} a_x = 0 \\ a_y = -\dfrac{qE}{m} \\ a_z = 0 \end{pmatrix} \Rightarrow \vec{v}\begin{pmatrix} v_x = v_0 \cos\alpha \\ v_y = -\dfrac{qE}{m}t + v_0 \sin\alpha \\ v_z = 0 \end{pmatrix} \Rightarrow \overrightarrow{OG}\begin{pmatrix} x = (v_0 \cos\alpha)\, t \\ y = -\dfrac{qE}{2m}t^2 + (v_0 \sin\alpha)\, t \\ z = 0 \end{pmatrix}$$

b. $z = 0$, donc le mouvement est dans le plan vertical $(O\ ;\ \vec{i},\ \vec{j})$ contenant $\vec{v_0}$.

c. L'équation $x = (v_0 \cos\alpha)t$ donne : $t = \dfrac{x}{v_0 \cos\alpha}$. En reportant dans l'équation $y(t)$: $y = -\dfrac{qE}{2m}t^2 + (v_0 \sin\alpha)t = -\dfrac{qE}{2mv_0^2 \cos^2\alpha}x^2 + (\tan\alpha)x$.

La trajectoire est donc parabolique.

37 Aspects énergétiques du mouvement dans un champ uniforme

En bref *Le poids et la force électrique qui interviennent dans les champs de pesanteur et électrique ont des actions similaires et les bilans énergétiques pour le système en mouvement se ressemblent.*

I Poids et force électrique : des forces conservatives

■ **Travail du poids** (rappel de 1re). Lorsqu'un système de masse m passe d'un point A d'altitude z_A à un point B d'altitude z_B, le travail du poids est : $W_{AB}(\vec{P}) = mg\,(z_A - z_B)$. Ce travail ne dépend pas du chemin suivi. Il correspond à l'opposé de la variation de l'énergie potentielle de pesanteur :

$W_{AB}(\vec{P}) = -\Delta E_{PP}$. Le poids est une force conservative.

■ **Travail de la force électrique**. Lorsqu'une particule de charge q passe d'un point A à un point B entre lesquels il existe une tension U_{AB}, le travail de la force électrique est : $W_{AB}(\vec{F}) = q\,U_{AB} = q\,(V_A - V_B)$.
V_A et V_B sont les potentiels des points A et B. Ce travail ne dépend pas du chemin suivi. Il correspond à l'opposé de la variation de l'énergie potentielle électrique de la particule :

$W_{AB}(\vec{F}) = -\Delta E_{PE}$. La force électrique est une force conservative.

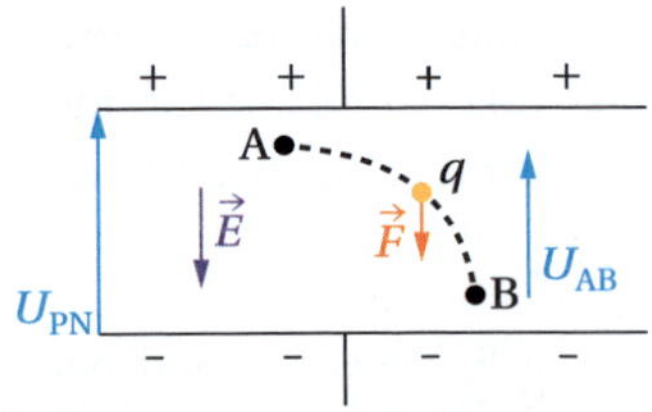

II Conséquence : conservation de l'énergie mécanique

■ **Mouvement dans un champ de pesanteur uniforme** (rappel de 1re). Dans le cas d'une chute libre dans le champ de pesanteur entre deux points A et B, le poids $\vec{P}$ est la seule force qui s'exerce sur le système. D'après le théorème de l'énergie cinétique : $\Delta E_C = W_{AB}(P) = -\Delta E_{PP}$.
Donc la variation de l'énergie mécanique vaut :

$\Delta E_M = \Delta E_C + \Delta E_{PP} = 0$ (énergie mécanique conservée)

■ **Mouvement dans un champ électrique uniforme**. Dans le cas d'un mouvement dans le champ électrique entre deux points A et B, si la force électrique $\vec{F}$ est la seule force qui s'exerce sur la particule, alors : $\Delta E_C = W_{AB}(F) = -\Delta E_{PE}$. Donc la variation de l'énergie mécanique vaut :

$\Delta E_M = \Delta E_C + \Delta E_{PE} = 0$ (énergie mécanique conservée).

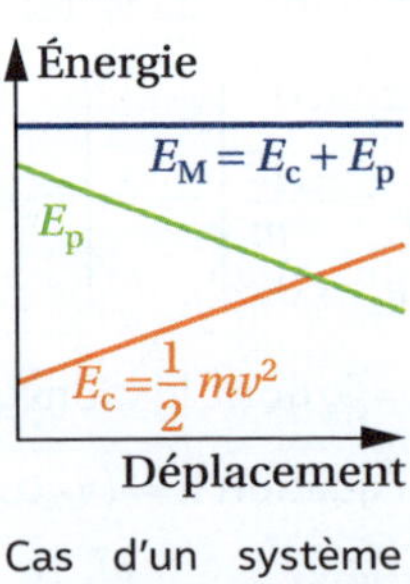

Cas d'un système dont l'énergie potentielle diminue au profit de l'énergie cinétique : sa vitesse augmente.

Méthode

Exploiter la conservation de l'énergie mécanique

Dans un canon à électrons, un électron pénètre au point A dans un champ électrique uniforme d'un condensateur plan soumis à une tension électrique U_{PN}.
On considère que l'électron n'est soumis qu'à la force électrique qui l'accélère entre A et B.
Sa vitesse en A est négligeable devant celle en B.

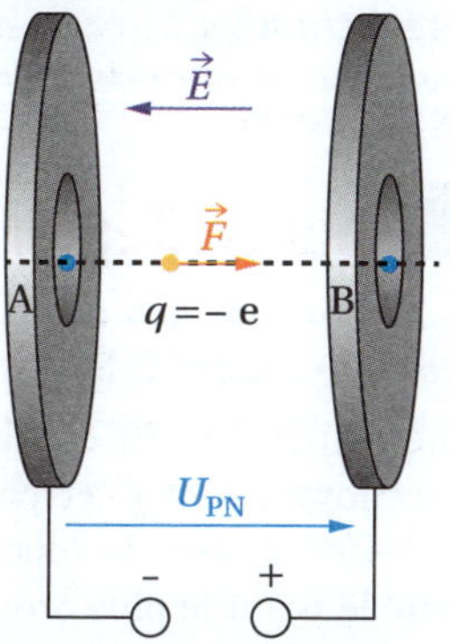

Données :
- masse de l'électron : $m = 9{,}11 \times 10^{-31}$ kg ;
- charge de l'électron : $q = -\text{e} = -1{,}60 \times 10^{-19}$ C ;
- tension : $U_{PN} = 7{,}50 \times 10^{2}$ V.

a. Écrire le théorème de l'énergie cinétique pour le déplacement de l'électron entre A et B.

b. Comment évolue l'énergie mécanique de l'électron pendant son déplacement ?

c. En déduire la valeur de la vitesse de l'électron au point B.

CONSEILS

a. Vous devez connaître l'expression du travail de la force électrique.
b. La force électrique est-elle conservative ?
c. Utilisez la conservation de l'énergie mécanique et développer l'expression de l'énergie cinétique pour faire apparaître la vitesse.

SOLUTION

a. En considérant que seule la force électrique agit sur l'électron, la variation d'énergie cinétique de l'électron est égale au travail de cette force entre A et B :
$\Delta E_C = W_{AB}(F) = qU_{AB} = -\text{e}U_{AB}$ (U_{AB} est la tension électrique entre A et B).

b. L'électron n'est soumis qu'à la force électrique dont le travail ne dépend pas du chemin suivi mais seulement de la position de A et B : c'est donc une force conservative. Donc son énergie mécanique se conserve : elle reste constante.

c. La conservation de l'énergie mécanique s'écrit : $E_M(\text{A}) = E_M(\text{B})$.
Soit : $\Delta E_M = E_M(\text{B}) - E_M(\text{A}) = 0$.

Or, $E_M = E_C + E_{PE}$ donc : $\Delta E_M = \Delta E_C + \Delta E_{PE} = \left(\frac{1}{2}mv_B^2 - \frac{1}{2}mv_A^2\right) + \Delta E_{PE}$

avec $v_A = 0$ et $\Delta E_{PE} = -W_{AB}(\text{F}) = +\text{e}U_{AB} = -\text{e}U_{PN}$

$\Delta E_M = \frac{1}{2}mv_B^2 - \text{e}U_{PN} = 0$, on en déduit que $v^2 = \frac{2\text{e}U_{PN}}{m}$, soit $v = \sqrt{\frac{2\text{e}U_{PN}}{m}}$.

Application numérique : $v = \sqrt{\frac{2 \times 1{,}60 \times 10^{-19} \times 7{,}50 \times 10^{2}}{9{,}11 \times 10^{-31}}} = 1{,}62 \times 10^{7}\ \text{m}\cdot\text{s}^{-1}$.

38 Mouvement dans un champ de gravitation

En bref *Les lois énoncées par Kepler au XVIIe siècle décrivent les caractéristiques du mouvement des planètes autour du Soleil : trajectoire, vitesse et période de révolution.*

I Lois de Kepler

■ **1re loi : loi des orbites.** Les planètes décrivent des ellipses dont le Soleil occupe un des foyers.

Une ellipse est une courbe fermée caractérisée par deux foyers F et F′ et par une distance a appelée demi-grand axe. La distance Soleil-planète varie entre le point le plus proche P appelé périhélie et le point le plus éloigné A appelé aphélie : le grand axe est le segment reliant le périhélie et l'aphélie.

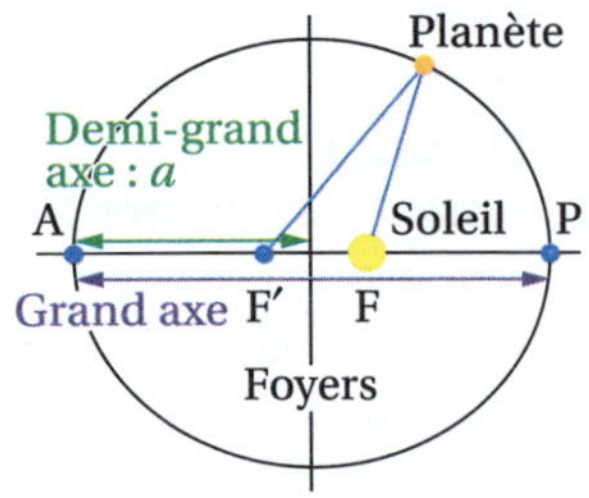

■ **2e loi : loi des aires.** Le rayon Soleil-planète balaie des aires égales pendant des intervalles de temps égaux. Les aires balayées pendant une même durée sont égales : $A_1 = A_2 = A_3$.

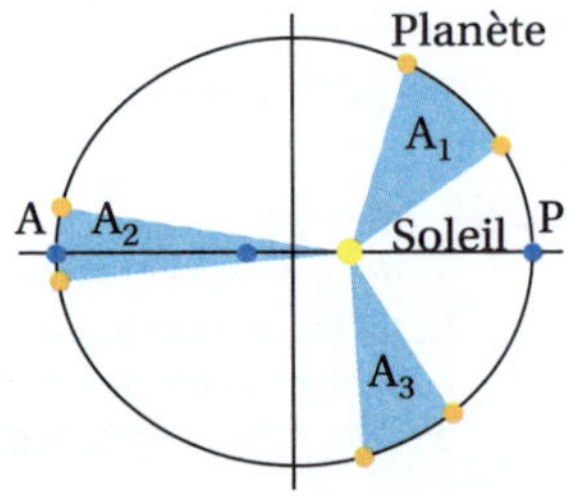

À NOTER
Plus la planète est proche du Soleil, plus sa vitesse est élevée : maximale en P et minimale en A.

■ **3e loi : loi des périodes.** Le carré de la période de révolution (T^2) est proportionnel au cube du demi-grand axe (a^3).

Le quotient $\dfrac{T^2}{a^3}$ est le même pour toutes les planètes qui tournent autour du Soleil.

II Accélération dans un champ de gravitation

Un satellite S placé dans le champ de gravitation d'un astre attracteur A est soumis à une force d'attraction gravitationnelle :

$\vec{F}_{A/S} = -G\dfrac{M_A m_s}{r^2}\vec{u}$ avec $\vec{u}$ le vecteur unitaire dirigé de l'astre attracteur vers le satellite.

D'après la 2e loi de Newton, si la force gravitationnelle est la seule force, alors l'accélération du satellite est : $\vec{a} = \dfrac{\vec{F}_{A/S}}{m_S} = -G\dfrac{M_A}{r^2}\vec{u}$.

Son accélération est donc toujours dirigée vers le centre de l'astre attracteur.

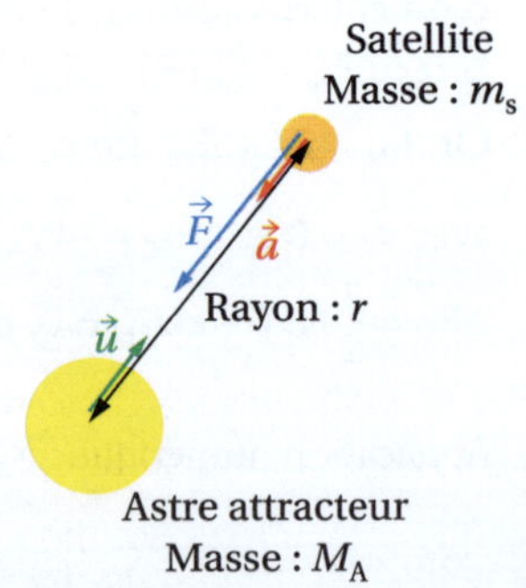

Méthode

Déterminer les caractéristiques d'un mouvement circulaire dans un champ de gravitation

Un satellite de masse m tourne autour d'un astre de masse M sur une orbite circulaire de rayon r.

a. Déterminer l'expression vectorielle de son accélération.

b. Montrer que le mouvement est uniforme et donner l'expression de la valeur de la vitesse du satellite.

c. En déduire l'expression de sa période de révolution, puis vérifier l'accord avec la 3e loi de Kepler.

CONSEILS

a. Utilisez la loi de gravitation et la 2e loi de Newton.

b. Comparez l'expression obtenue avec celle de l'accélération dans le repère de Frenet → FICHE 32.

c. Écrivez la relation entre la période de révolution et la vitesse du satellite.

SOLUTION

a. D'après la loi de gravitation universelle et la 2e loi de Newton, le satellite est soumis à une force d'attraction : $\vec{F}_{A/S} = -G\dfrac{Mm}{r^2}\vec{u} = m_S\vec{a}$.

Donc : $\vec{a} = -G\dfrac{M}{r^2}\vec{u}$, l'accélération est centripète.

b. L'accélération du satellite s'exprime dans le repère de Frenet : $\vec{a} = \dfrac{dv}{dt}\vec{t} + \dfrac{v^2}{r}\vec{n}$.

Puisque la trajectoire est circulaire, $\vec{u}$ et $\vec{n}$ sont opposés. On peut donc écrire :

$\vec{a} = -G\dfrac{M}{r^2}\vec{u} = G\dfrac{M}{r^2}\vec{n} = \dfrac{dv}{dt}\vec{t} + \dfrac{v^2}{r}\vec{n}$.

Selon $\vec{t}$: $\dfrac{dv}{dt} = 0$, donc la valeur de la vitesse du satellite est constante, le mouvement est uniforme.

Selon $\vec{n}$: $G\dfrac{M}{r^2}\vec{n} = \dfrac{v^2}{r}\vec{n}$. Soit : $\dfrac{v^2}{r} = G\dfrac{M}{r^2}$.

La valeur de la vitesse est donc : $v = \sqrt{\dfrac{GM}{r}}$.

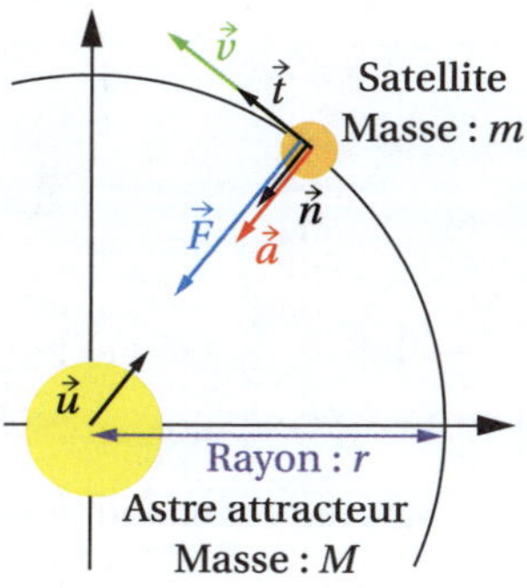

c. Le périmètre du cercle trajectoire ($2\pi r$) est parcouru pendant une période T à la vitesse : $v = \sqrt{\dfrac{GM}{r}} = \dfrac{2\pi r}{T}$. Sa période de révolution est donc : $T = \dfrac{2\pi r}{v} = 2\pi\sqrt{\dfrac{r^3}{GM}}$.

Cette expression est en accord avec la 3e loi de Kepler : $\dfrac{T^2}{a^3} = \dfrac{T^2}{r^3} = \dfrac{4\pi^2}{GM} = C^{te}$.

MÉMO VISUEL

MOUVEMENT

2e loi de Newton (relation fondamentale de la dynamique)

Dans un **référentiel galiléen**, la somme vectorielle des forces extérieures appliquées à un système mécanique est égale au produit de sa masse m par le vecteur accélération de son centre de masse $\overrightarrow{a_G}$: $\sum \overrightarrow{F_{ext}} = m\overrightarrow{a_G}$

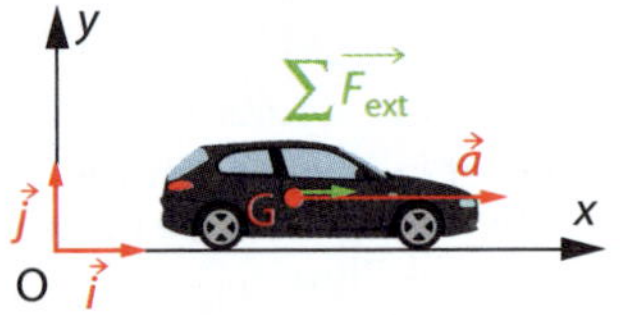

Mouvement dans un champ de gravitation

Satellite placé dans le champ de gravitation d'un astre attracteur

Accélération du satellite toujours dirigée **vers le centre** de l'astre attracteur : $\vec{a} = -G\dfrac{M}{r^2}\vec{u}$

Cas particulier d'un mouvement circulaire

- Mouvement uniforme et périodique
- **Accélération** : $\vec{a} = G\dfrac{M}{r^2}\vec{n} = \dfrac{v^2}{r}\vec{n}$
- **Vitesse** : $v = \sqrt{\dfrac{GM}{r}}$
- **Période** : $T = 2\pi\sqrt{\dfrac{r^3}{GM}}$

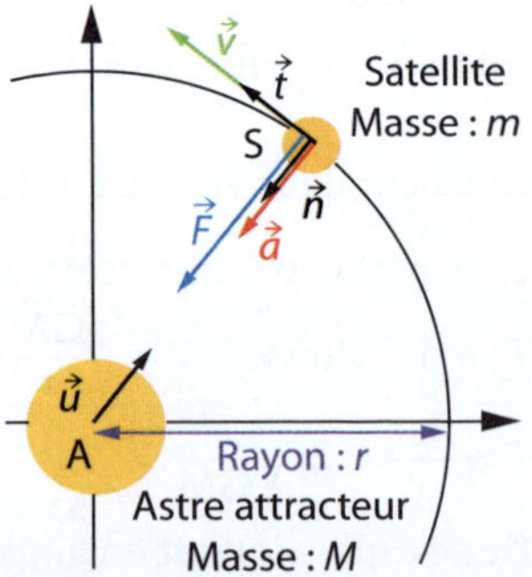

DANS UN CHAMP

Mouvement dans un champ de pesanteur uniforme

Mouvement de chute libre

- Mouvement plan et trajectoire parabolique
- **Accélération** : $\overrightarrow{a_G} = \vec{g}$
- Cas particulier : si $\overrightarrow{v_0}$ verticale alors mouvement vertical

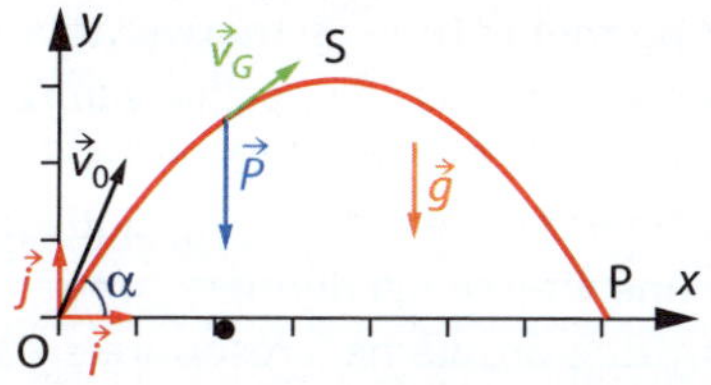

Énergie mécanique dans le cas d'une chute libre

- Énergie mécanique **conservée** : $E_M = E_C + E_{PP} = \frac{1}{2}mv^2 + mgy = C^{te}$
- Lorsque E_{PP} augmente, E_C diminue et réciproquement.

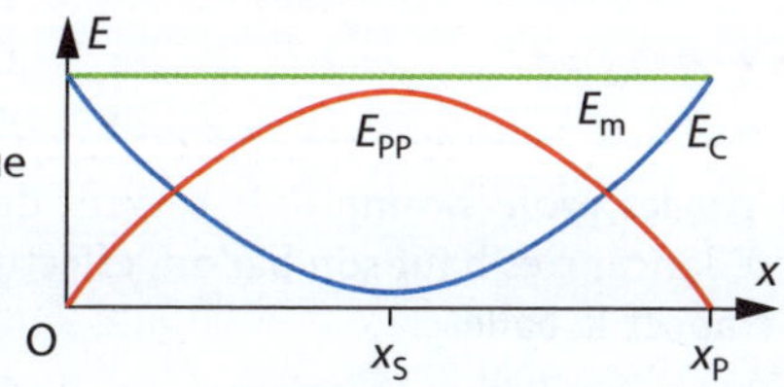

Mouvement dans un champ électrique uniforme

Particule chargée lancée dans un champ électrique uniforme

- Mouvement plan et trajectoire parabolique
- **Accélération** : $\vec{a} = \frac{q}{m}\vec{E}$ (poids négligeable)
- Cas particulier : si $\overrightarrow{v_0}$ colinéaire à $\vec{E}$, mouvement rectiligne.
  Exemple : accélérateur linéaire.

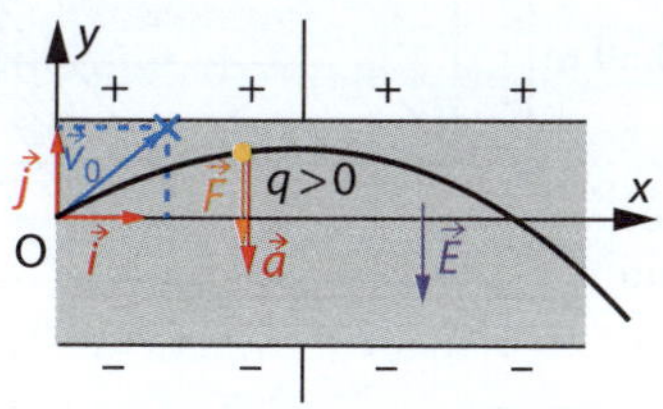

Énergie mécanique

Énergie mécanique **conservée** : $E_M = E_C + E_{PE} = \frac{1}{2}mv^2 + qV = C^{te}$

SUJET 17 | OBJECTIF BAC

1 h Service et réception au volley-ball

→ FICHES 34, 35 et 37

Ce sujet permet l'étude du mouvement d'un ballon en faisant l'hypothèse d'une chute libre. L'étude dynamique est l'occasion d'écrire les équations du mouvement et l'étude énergétique permet de calculer une vitesse. La dernière partie est présentée sous forme de problème à résoudre en élaborant une stratégie exploitant les équations du mouvement.

LE SUJET

Au volley-ball, le service smashé est le type de service pratiqué le plus fréquemment par les professionnels : le serveur doit se placer un peu après la limite du terrain, lancer très haut son ballon, effectuer une petite course d'élan puis sauter pour frapper la balle.

Après la course d'élan, le serveur saute de façon à frapper le ballon en un point B_0 situé à la hauteur h au-dessus de la ligne de fond du terrain. La hauteur h désigne alors l'altitude initiale du centre du ballon. Le vecteur vitesse initiale $\vec{v_0}$ du ballon est horizontal et perpendiculaire à la ligne de fond du terrain (voir figure 1).

Le mouvement du ballon est étudié dans le référentiel terrestre supposé galiléen, muni du repère (Ox, Oy), et l'instant de la frappe est choisi comme origine des temps : $t = 0$ s. Le mouvement a lieu dans le plan (Oxy).

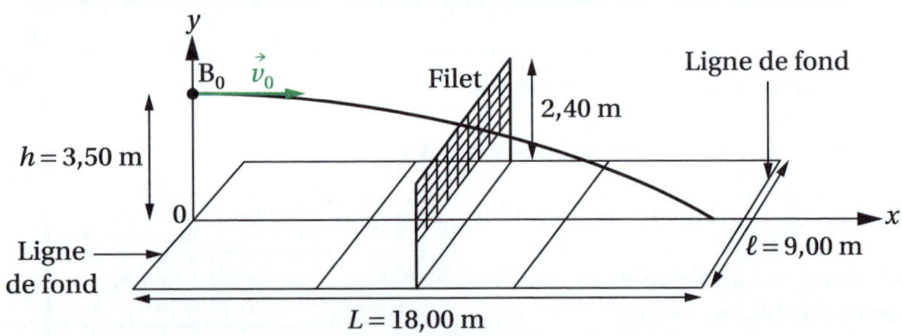

Figure 1. Dimensions du terrain et allure de la trajectoire du ballon

Le but de cet exercice est de vérifier la validité du service et d'étudier la réception du service par un joueur de l'équipe adverse. Pour cela, on étudie le mouvement du centre du ballon sans tenir compte de l'action de l'air, de la rotation du ballon sur lui-même et de ses déformations.

Données

- Le ballon de volley-ball a une masse $m = 260$ g et un rayon $r = 10$ cm.
- Intensité du champ de pesanteur : $g = 9{,}81\ \text{m}\cdot\text{s}^{-2}$.

Partie 1 Validité du service

Le service est effectué depuis le point B_0 à la vitesse $v_0 = 21{,}0\ \text{m}\cdot\text{s}^{-1}$. Le service sera considéré comme valide à condition que le ballon franchisse le filet sans le toucher et qu'il retombe dans le terrain adverse.

1. Préciser le référentiel choisi pour l'étude du mouvement du ballon et faire le bilan des forces qui s'exercent sur le ballon.

2. Déterminer les coordonnées du vecteur accélération du centre du ballon après la frappe, en faisant l'hypothèse que l'action de l'air est négligeable.

3. Établir que les équations horaires du mouvement du centre du ballon s'écrivent : $x(t) = v_0\,t$ et $y(t) = -\dfrac{gt^2}{2} + h$.

En déduire que l'équation de la trajectoire s'écrit : $y(x) = -\dfrac{g}{2v_0^2}x^2 + h$.

4. Vérifier que le ballon franchit le filet et touche le sol avant la ligne de fond.

Partie 2 Étude énergétique

Pour vérifier la vitesse du ballon au moment où il touche le sol, on effectue une étude énergétique. Le graphe de la figure 2 représente l'évolution en fonction du temps de l'énergie mécanique E_m, de l'énergie cinétique E_c et de l'énergie potentielle de pesanteur E_{pp}. L'origine de l'énergie potentielle de pesanteur est choisie de la manière suivante : $E_{pp} = 0$ J pour $y = 0$ m.

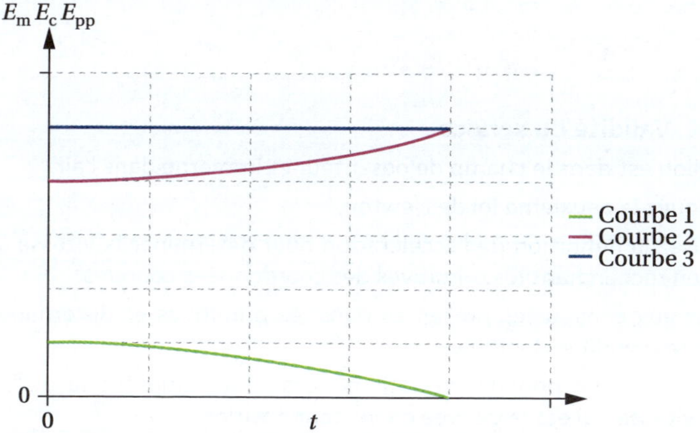

Figure 2. Allure de l'évolution des énergies du ballon au cours du temps

1. Rappeler les expressions littérales des énergies cinétique E_c, potentielle de pesanteur E_{pp} et mécanique E_m du ballon en un point quelconque de la trajectoire.

2. Associer chaque courbe 1, 2, 3 à l'une des trois énergies E_m, E_{PP}, E_C. Justifier.

3. À l'aide de l'étude énergétique précédente, déterminer la valeur de la vitesse du centre du ballon v_{sol} lorsque le ballon touche le sol.

4. En réalité, la vitesse v_{sol} avec laquelle le ballon atteint le sol est plus faible que celle déterminée précédemment. Proposer une explication.

Partie 3 Réception du ballon par un joueur de l'équipe adverse

Au moment où le serveur frappe le ballon ($t = 0$ s), un joueur de l'équipe adverse est placé au niveau de la ligne de fond de son terrain. Il court vers l'avant pour réceptionner le ballon en réalisant une « manchette » (figure 3).

Le contact entre le ballon et le joueur se fait au point R situé à une hauteur de 80 cm au-dessus du sol.

On admet que les équations horaires du mouvement du ballon établies dans la partie 1 restent valables.

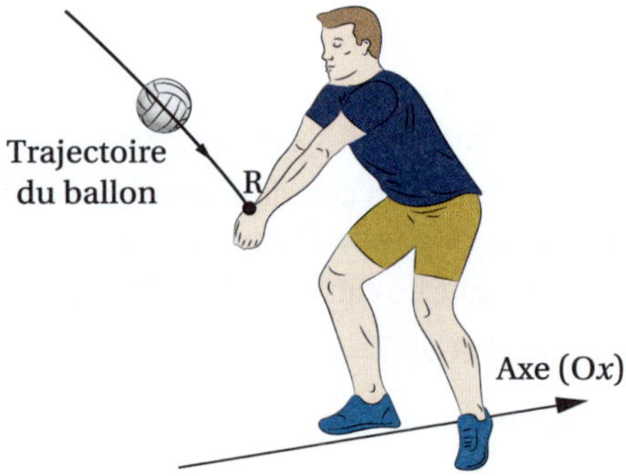

Figure 3. Réception du ballon

Évaluer la vitesse moyenne minimale du déplacement de ce joueur pour qu'il réalise la réception dans la position photographiée ci-dessus. Ce résultat semble-t-il réaliste ?

Le candidat est invité à prendre des initiatives et à présenter la démarche suivie même si elle n'a pas abouti. La démarche suivie est évaluée et nécessite donc d'être correctement présentée.

LES CLÉS POUR RÉUSSIR

Partie 1 Validité du service

1. Le ballon est dans le champ de pesanteur et immergé dans l'air.

2. Appliquez la deuxième loi de Newton. → FICHE 34

3. • Utilisez la définition de l'accélération pour déterminer la vitesse à chaque instant en recherchant les primitives des coordonnées connues.

• Pensez aux constantes présentes dans les primitives et déterminez-les en utilisant les conditions initiales.

• Faites de même pour les équations horaires en utilisant la définition du vecteur vitesse qui est la dérivée du vecteur position.

• L'équation de la trajectoire est obtenue en « éliminant » le temps dans les équations paramétriques afin d'exprimer y en fonction de x. → FICHE 35

4. Utilisez l'équation de la trajectoire pour déterminer la valeur inconnue d'une coordonnée : par exemple y pour une valeur connue de x.

Partie 2 Étude énergétique

2. Repérez l'énergie qui reste constante et utilisez les variations de l'altitude et de la vitesse pour distinguer les deux autres. → FICHE 37

3. Utilisez la conservation de l'énergie mécanique entre le point de départ et le moment où le ballon touche le sol.

4. Décrivez l'influence de l'action de l'air sur l'énergie mécanique du ballon.

Partie 3 Réception du ballon par un joueur de l'équipe adverse

La stratégie de résolution consiste à se poser les bonnes questions :
– à quelle date t le ballon est-il intercepté ?
– où se trouve le point de réception du ballon ?
– quelle distance doit parcourir le joueur adverse et en combien de temps ?

LE CORRIGÉ

Partie 1 Validité du service

1. Faire le bilan des forces s'exerçant sur un système

Le référentiel choisi est le **référentiel terrestre**. Les forces qui s'exercent sur le système {ballon} sont le **poids** et l'**action de l'air** (poussée d'Archimède et frottements).

2. Utiliser la deuxième loi de Newton

En appliquant la deuxième loi de Newton au système {ballon} de masse m dans le référentiel terrestre supposé galiléen : $\Sigma\overrightarrow{F_{ext}} = m\vec{a}$.

Seule la force poids $\vec{P}$ est prise en considération car l'action de l'air est négligée.

Ainsi, $\vec{P} = m\vec{a}$ soit $m\vec{g} = m\vec{a}$ et donc : $\vec{g} = \vec{a}$.

En utilisant le repère (O, x, y) indiqué, on obtient :

$$\vec{a}\begin{cases} a_x = 0 \\ a_y = -g \end{cases}$$

> **À NOTER**
> **2.** Rappel : cette situation où le poids est la seule force s'exerçant sur le système est appelée « chute libre ».

3. Établir les équations horaires du mouvement et l'équation de la trajectoire

Par définition de l'accélération $\vec{a} = \dfrac{d\vec{v}}{dt}$, on obtient les coordonnées de $\vec{v}$ en recherchant les primitives de celles de $\vec{a}$:

$$\vec{a}\begin{cases} a_x = 0 = \dfrac{dv_x}{dt} \\ a_y = -g = \dfrac{dv_y}{dt} \end{cases} \text{ donc } \vec{v}\begin{cases} v_x = C_1 \\ v_y = -gt + C_2 \end{cases}$$

où C_1 et C_2 sont des constantes déterminées par les conditions initiales.

$$\text{Or : } \overrightarrow{v_0}\begin{cases} v_{0x} = v_0 = C_1 \\ v_{oy} = 0 = C_2 \end{cases} \text{ donc } \vec{v}\begin{cases} v_x = v_0 \\ v_y = -gt \end{cases}$$

En nommant B le centre du ballon, on a par définition : $\vec{v} = \frac{d\overrightarrow{OB}}{dt}$.

On obtient les coordonnées de $\overrightarrow{OB}$ en recherchant les primitives de celles de $\vec{v}$:

$$\overrightarrow{OB}\begin{cases} x = v_0 t + C_3 \\ y = -\frac{1}{2}gt^2 + C_4 \end{cases}$$

où C_3 et C_4 sont des constantes déterminées par les conditions initiales.

Or $\overrightarrow{OB}(t=0)\begin{cases} x(0) = 0 = C_3 \\ y(0) = OB_0 = h = C_4 \end{cases}$ donc $\overrightarrow{OB}\begin{cases} x = v_0 t \\ y = -\frac{1}{2}gt^2 + h \end{cases}$

Les **équations horaires** du mouvement du centre du ballon s'écrivent donc :

$\boldsymbol{x(t) = v_0 t}$ et $\boldsymbol{y(t) = -\frac{gt^2}{2} + h}$.

La trajectoire du point B est obtenue en exprimant y en fonction de x.

Or on a établi que $x = v_0 t$ donc : $t = \frac{x}{v_0}$.

En reportant cette expression du temps dans l'équation $y(t) = -\frac{1}{2}gt^2 + h$, on obtient : $y(x) = -\frac{1}{2}g\left(\frac{x}{v_0}\right)^2 + h$ soit : $\boldsymbol{y(x) = -\frac{gx^2}{2v_0^2} + h}$.

4. Exploiter les équations du mouvement

Pour vérifier que le ballon franchit le filet, il faut déterminer son ordonnée lorsqu'il se trouve à l'abscisse $x = 9{,}00$ m qui est la position du filet.

On utilise pour cela l'équation de la trajectoire $y(x) = -\frac{gx^2}{2v_0^2} + h$:

$$y(9{,}00) = -\frac{9{,}81 \times 9{,}00^2}{2 \times 21{,}0^2} + 3{,}50 = 2{,}60 \text{ m}.$$

Le centre du ballon est donc à 2,60 m de hauteur. Son rayon étant de 10 cm, le bas du ballon est à 2,60 – 0,10 = 2,50 m. Cette hauteur est supérieure à celle du filet, placé à 2,40 m : **le ballon franchit le filet sans le toucher.**

Pour vérifier qu'il touche le sol avant la ligne du fond, il faut déterminer son abscisse lorsque son centre se trouve à l'ordonnée $y = r = 0{,}10$ m (le ballon touche alors le sol) :

$$y(x) = r = -\frac{g\,x^2}{2\,v_0^2} + h \Leftrightarrow \frac{gx^2}{2v_0^2} = h - r \Leftrightarrow x^2 = \frac{2v_0^2(h-r)}{g}$$

Ainsi, $\boldsymbol{x} = \sqrt{\frac{2v_0^2(h-r)}{g}} = v_0\sqrt{\frac{2(h-r)}{g}} = 21{,}0 \times \sqrt{\frac{2 \times (3{,}50 - 0{,}10)}{9{,}81}} = \mathbf{17{,}5\ m.}$

Le ballon touche le sol avant la ligne de fond, située à 18 m.

À NOTER

4. • Quand on étudie la trajectoire du centre de gravité d'un objet et que l'on veut vérifier un franchissement, comme ici, il faut penser à tenir compte de la taille de l'objet entier.

• Cette étude est réalisée dans l'hypothèse d'une chute libre, or les frottements de l'air ne sont pas toujours négligeables et le joueur peut donner un effet au ballon qui augmentera l'influence de l'air.

Partie 2 Étude énergétique

1. Connaître l'expression de l'énergie mécanique d'un système en mouvement dans le champ de pesanteur

Les expressions littérales des trois types d'énergie sont :

- énergie cinétique : $E_c = \frac{1}{2}mv^2$;
- énergie potentielle de pesanteur : $E_{pp} = mgy$;
- énergie mécanique : $E_m = E_c + E_{pp} = \frac{1}{2}mv^2 + mgy$.

2. Interpréter une représentation graphique

La courbe 3 est une droite horizontale. Si l'action de l'air est négligeable, l'énergie mécanique du ballon reste constante pendant le mouvement. **La courbe 3 est donc celle de l'énergie mécanique E_m.**

L'énergie associée à la **courbe 1** diminue. Elle correspond à l'**énergie potentielle de pesanteur E_{pp}** car y diminue au fil du temps.

La **courbe 2** correspond donc à celle de l'**énergie cinétique E_c**. Cette énergie augmente car la vitesse du ballon augmente pendant sa chute.

3. Exploiter la conservation de l'énergie mécanique

L'énergie mécanique E_m est constante au cours du mouvement et garde la même valeur entre le moment du lancer ($t = 0$) et le moment t_{sol} où la balle touche le sol : $E_m(t = 0) = E_m(t_{sol})$.

> **À NOTER**
> **3.** Lorsque le ballon touche le sol, son centre se trouve à 10 cm au-dessus du sol.

On a donc : $\frac{1}{2}mv_0^2 + mgh = \frac{1}{2}mv_{sol}^2 + mgr$ car $y(t_{sol}) = r = 0{,}10$ m.

Ainsi : $v_0^2 + 2gh = v_{sol}^2 + 2gr$ d'où $v_{sol}^2 = v_0^2 + 2g(h - r)$

et $v_{sol} = \sqrt{v_0^2 + 2g(h-r)} = \sqrt{21{,}0^2 + 2 \times 9{,}81 \times (3{,}50 - 0{,}10)} = \mathbf{22{,}5\ m \cdot s^{-1}}$.

4. Analyser l'influence des frottements

Les **frottements de l'air** s'opposent au mouvement du ballon. Ils freinent légèrement le ballon en dissipant une partie de son énergie mécanique en chaleur. L'énergie mécanique diminue donc légèrement et la vitesse du ballon lorsqu'il touche le sol est plus petite que celle calculée.

Partie 3 Réception du ballon par un joueur de l'équipe adverse

Établir une démarche de résolution

Lorsque le joueur réceptionne le ballon à la date t_R à la hauteur $h_R = 0{,}80$ m, le centre B du ballon est situé à l'altitude $y_B = h_R + r$.

Or, d'après l'équation horaire du mouvement déterminée à la question **3** de la **partie 1** : $y(t_R) = -\frac{1}{2}\ g\ \ t_R{}^2 + h$. On a donc : $-\frac{1}{2}\ g\ \ t_R{}^2 + h = h_R + r$.

On peut en déduire la date t_R de réception du ballon par le joueur :

$$-\frac{1}{2}g\ t_R{}^2 + h = h_R + r \Leftrightarrow \frac{1}{2}g t_R{}^2 = h - h_R - r \Leftrightarrow t_R{}^2 = \frac{2(h - h_R - r)}{g}$$

donc : $t_R = \sqrt{\dfrac{2(h - h_R - r)}{g}} = \sqrt{\dfrac{2 \times (3,50 - 0,80 - 0,10)}{9,81}} = 0,728$ s.

Il est alors possible de calculer l'abscisse du ballon à cette date :
$x(t_R) = v_0\, t_R = 21,0 \times 0,728 = 15,3$ m.

Le joueur qui est situé sur la ligne de fond en $x = L = 18,0$ m à la date $t = 0$ s doit se déplacer vers le filet afin de réceptionner le ballon au point R. Il doit donc parcourir la distance $L - x(t_R)$ pendant la durée t_R.

Nommons v sa vitesse moyenne et calculons-la :

$$v = \frac{L - x(t_R)}{t_R} = \frac{18,0 - 15,3}{0,728} = \mathbf{3,71\ m \cdot s^{-1}\ soit\ 13,4\ km \cdot h^{-1}}.$$

Ce résultat est très réaliste pour un sportif adulte : les volleyeurs s'entraînent à réagir très vite et courir en « départ arrêté » à au moins 15 km·h^{-1}.

SUJET 18 | OBJECTIF MENTION

1 h Voyage dans la ceinture d'astéroïdes

→ FICHES 34 à 38

Dans ce sujet, on étudie le principe simplifié de la propulsion ionique, puis on détermine la masse de l'astéroïde Cérès en exploitant la 3e loi de Kepler.

LE SUJET

Document

Le moteur le plus courant de l'univers du film Star Wars est un propulseur ionique. Il est amusant de constater que cette technologie a déjà été réellement utilisée.

La sonde Dawn avait pour mission d'étudier Vesta et Cérès, les deux principaux corps de la ceinture d'astéroïdes. C'est grâce à ses propulseurs ioniques qu'elle a pu passer d'un astéroïde à l'autre.

Le principe du moteur ionique consiste à ioniser un gaz inerte comme le xénon (c'est-à-dire à produire des ions), à l'aide d'un fort courant électrique. Ensuite, un champ électrique intense accélère les ions produits qui, éjectés par une tuyère, propulsent le vaisseau dans la direction opposée à leur flux. Ce mode de propulsion est très économe : à puissances égales, un moteur ionique consomme dix fois moins de combustible qu'un moteur de fusée classique. Cependant, les moteurs ioniques actuels ne produisent que des accélérations assez faibles et sont tout à fait incapables d'exécuter les acrobaties que réalisent les chasseurs interstellaires de Star Wars.

D'après Roland Lehoucq, *Faire des sciences avec Star Wars*, Le Bélial Éditions, 2015.

Données

- Constante d'Avogadro : $N_A = 6{,}02 \times 10^{23}$ mol^{-1}.
- Charge électrique élémentaire : e = $1{,}60 \times 10^{-19}$ C.
- Constante de gravitation universelle : $G = 6{,}67 \times 10^{-11}$ N·m^2·kg^{-2}.
- Masse molaire atomique du xénon : $M = 131{,}3$ g·mol^{-1}.
- Masse de Cérès : $M_c = (9{,}46 \pm 0{,}04) \times 10^{20}$ kg.

Partie 1 La propulsion ionique

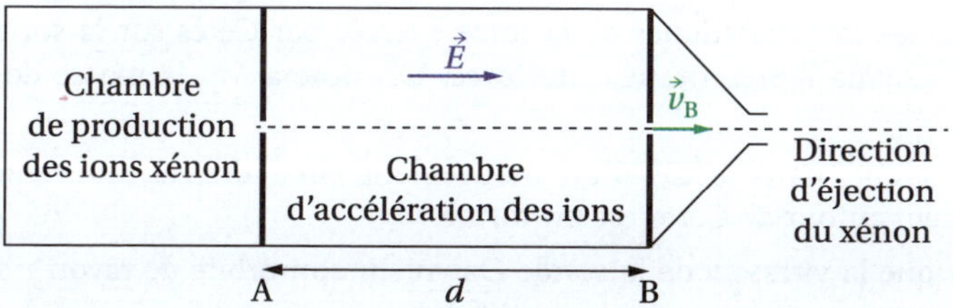

Figure 1. Schéma de principe simplifié d'un moteur ionique

Les ions xénon créés sont accélérés par un champ électrique $\vec{E}$ supposé uniforme. Ces ions, de formule Xe^+ et de masse m, pénètrent dans la chambre d'accélération avec une vitesse que l'on considérera nulle. Le champ électrique est obtenu grâce à une tension électrique constante $U = 300$ V appliquée entre les grilles A et B séparées de la distance $d = 6{,}0$ cm. La relation entre le champ électrique E, la tension U, et la distance d entre les grilles A et B est : $E = \dfrac{U}{d}$.

1. Montrer que la masse d'un atome de xénon vaut $m = 2{,}18 \times 10^{-25}$ kg.

Pour la suite, on considérera que la masse d'un atome de xénon est égale à la masse de l'ion xénon.

2. Vitesse d'éjection des ions

a. Déterminer l'expression du travail $W_{AB}\left(\vec{F_e}\right)$ de la force électrique $\vec{F_e}$ appliquée à un ion xénon se déplaçant de la grille A à la grille B, en fonction de e et U.

b. En utilisant le théorème de l'énergie cinétique, montrer que la vitesse d'un ion xénon à la sortie de la chambre d'accélération est donnée par la relation : $v_B = \sqrt{\dfrac{2eU}{m}}$.

c. Déterminer la valeur de la vitesse d'éjection des ions xénon.

3. Principe de la propulsion par réaction de la sonde spatiale

Le moteur ionique éjecte en continu une grande quantité d'ions de xénon : 3,3 mg de xénon par seconde.

a. Déterminer la valeur de la force électrique exercée sur un ion de xénon.

b. En utilisant la troisième loi de Newton, expliquer qualitativement l'origine de la force de propulsion qui s'exerce sur la sonde spatiale.

c. Les ions traversent la chambre d'accélération en 6 µs. Calculer le nombre N d'ions présents simultanément dans l'accélérateur.

d. En déduire la force résultante qu'ils exercent sur la sonde et qui permet sa propulsion.

e. La sonde Dawn a une réserve de 425 kg de xénon. Indiquer pendant combien d'années le moteur ionique peut fonctionner.

Partie 2 L'astéroïde Cérès

En 2015, la sonde Dawn s'est mise en orbite quasi-circulaire, de rayon r, autour de l'astéroïde Cérès, de rayon moyen $R = 480$ km. Ses moteurs ioniques désactivés, la sonde Dawn a effectué une révolution autour de Cérès à une altitude moyenne de 13 500 km en 15 jours à la vitesse v.

1. Donner les caractéristiques de la force exercée par Cérès sur la sonde Dawn. Faire un schéma représentant cette force. On notera M_D la masse de la sonde Dawn.

2. Montrer que, dans le cas d'un mouvement circulaire, le mouvement de la sonde Dawn autour de Cérès est uniforme.

3. Établir que la vitesse v de la sonde Dawn sur son orbite de rayon r autour de Cérès est donnée par la relation : $v = \sqrt{\frac{GM_C}{r}}$.

4. Vérifier que l'expression obtenue pour la vitesse est en accord avec la troisième loi de Kepler.

5. Déterminer une valeur de la masse de l'astéroïde Cérès dans l'hypothèse d'un mouvement circulaire. Comparer le résultat à la masse de Cérès donnée dans l'énoncé et proposer une hypothèse pour expliquer la différence.

LES CLÉS POUR RÉUSSIR

Partie 1 La propulsion ionique

2. a. Rappelez la définition de la force électrique et du travail d'une force. Comparez les directions et les sens de la force et du déplacement. Utilisez l'expression du champ E. → FICHE 37

b. Exprimez la variation de l'énergie cinétique en fonction du travail de la force électrique.

3. b. Qu'est-ce qui exerce la force électrique sur les ions ? Quelle est la conséquence d'après la 3e loi de Newton ?

c. Utilisez le débit indiqué dans l'énoncé et faites un calcul de proportionnalité. Attention : 1 µs = 1 microseconde = 10^{-6} s.

d. La résultante est la somme de toutes les forces exercées par les ions accélérés et présents dans le moteur.

Partie 2 L'astéroïde Cérès

1. Une force est caractérisée par une direction, un sens et une intensité. Représentez le repère de Frenet sur le schéma. → FICHE 38

2. Comparez les expressions vectorielles de la force qui s'exerce sur la sonde : expression de la force de gravitation et expression générale dans le repère de Frenet.

3. Comparez les expressions littérales de l'accélération normale.

4. La période de révolution autour de Cérès est la durée mise par la sonde pour parcourir un tour complet.

5. Exploitez la 3e loi de Kepler et faites attention aux unités.

LE CORRIGÉ

Partie 1 La propulsion ionique

1. Utiliser la définition de la masse molaire atomique

On connaît la masse molaire du xénon. On peut donc en déduire la masse d'un atome de xénon en utilisant le nombre d'Avogadro :

$$m(\text{Xe}) = \frac{M(\text{Xe})}{N_A} = \frac{131{,}3}{6{,}02 \times 10^{23}} = 2{,}18 \times 10^{-22}\,\text{g} = 2{,}18 \times 10^{-25}\,\text{kg}.$$

2. a. Écrire l'expression du travail d'une force

Par définitions de la force électrique $\vec{F_e} = q\vec{E}$ et du travail d'une force constante $\vec{F}$ sur un trajet $\overrightarrow{AB}$ $W_{AB}(\vec{F}) = \vec{F} \cdot \overrightarrow{AB}$, on peut écrire : $W_{AB}(\vec{F_e}) = \vec{F_e} \cdot \overrightarrow{AB} = q\vec{E} \cdot \overrightarrow{AB}$.

Donc on a $W_{AB}(\vec{F_e}) = qE \times AB \times \cos 0 = q \times E \times AB$.

Sachant qu'ici, $q = e$, $AB = d$ et $E = \frac{U}{d}$, on obtient : $\boldsymbol{W_{AB}(\vec{F_e}) = e\frac{U}{d}d = e\,U}$.

b. Exploiter le théorème de l'énergie cinétique

D'après le théorème de l'énergie cinétique : $E_C(B) - E_C(A) = W_{AB}(\vec{F_e})$.

ici, $v_A = 0$ donc $E_c(A) = 0$. Ainsi, $\frac{1}{2}mv_B{}^2 - 0 = eU$ et donc $\boldsymbol{v_B = \sqrt{\frac{2eU}{m}}}$.

c. Effectuer un calcul

$$v_B = \sqrt{\frac{2 \times 1{,}60 \times 10^{-19} \times 300}{2{,}18 \times 10^{-25}}} = 2{,}10 \times 10^4\ \text{m}\cdot\text{s}^{-1} = \mathbf{21{,}0\ km\cdot s^{-1}}.$$

À NOTER

2. c. La vitesse calculée peut sembler élevée, mais il s'agit de particules petites qui se déplacent dans une atmosphère raréfiée.

3. a. Connaître l'expression de la force électrique

La force électrique qui s'exerce un ion de xénon est donnée par la relation : $\vec{F_e} = q\vec{E}$, soit $F = qE = e\frac{U}{d}$ où $U = 300$ V et $d = 6{,}0$ cm $= 0{,}060$ m.

On obtient donc : $F = 1{,}60 \times 10^{-19} \frac{300}{0{,}060} = \mathbf{8{,}0 \times 10^{-16}}$ **N**.

b. Appliquer la 3e loi de Newton

D'après la 3e loi de Newton (principe des actions réciproques) : « Lorsque deux systèmes A et B sont en interaction, ils exercent toujours l'un sur l'autre des forces opposées ».

Si la sonde exerce une force sur un ion xénon, alors cet ion exerce une force de sens opposé sur la sonde : $\vec{F}_{\text{ion/sonde}} = -\vec{F}_{\text{sonde/ion}}$.

Ainsi, **l'ensemble des ions** accélérés dans le moteur et qui subissent une force électrique vers l'arrière, **exerce simultanément une force vers l'avant** : la résultante de ces forces est la force de propulsion qui s'exerce sur la sonde.

c. Effectuer un calcul

Le moteur ionique éjecte 3,3 mg = $3{,}3 \times 10^{-6}$ kg de xénon par seconde.

La masse d'un ion étant $m(\text{Xe}) = 2{,}18 \times 10^{-25}$ kg, le nombre d'ions éjectés par seconde est : $\frac{3{,}3 \times 10^{-6}}{2{,}18 \times 10^{-25}} = 1{,}5 \times 10^{19}$.

Puisque les ions traversent la chambre d'accélération en 6 µs, le nombre d'ions présents dans la chambre d'accélération correspond à la quantité éjectée pendant 6 µs = 6×10^{-6} s. Le nombre d'ions présents dans cette chambre est donc :
$N = 1{,}5 \times 10^{19} \times 6 \times 10^{-6} = \mathbf{9{,}1 \times 10^{13}}$ **ions.**

d. Calculer l'intensité d'une force résultante

Chaque ion est accéléré par la force électrique $F_e = 8{,}0 \times 10^{-16}$ N due au champ électrique généré par le moteur de la sonde. D'après le principe des actions réciproques, chaque ion exerce une force opposée sur la sonde. L'ensemble des ions présents dans le moteur exerce donc une force résultante :
$F_{\text{totale}} = N \times F_e = 9{,}1 \times 10^{13} \times 8{,}0 \times 10^{-16} = 7{,}3 \times 10^{-2}$ N = **73 mN.**

À NOTER

3. d. Comme il est écrit dans le texte introductif, cette force est faible et l'accélération produite aussi. Elle doit être maintenue longtemps pour accélérer convenablement la sonde.

e. Effectuer un calcul

La sonde Dawn a une réserve de 425 kg de xénon et éjecte chaque seconde 3,3 mg = $3{,}3 \times 10^{-6}$ kg de xénon. Son moteur ionique peut donc fonctionner pendant une durée :

$$\Delta t = \frac{425}{3{,}3 \times 10^{-6}} = 1{,}29 \times 10^{8} \text{ s soit } \Delta t = \frac{1{,}29 \times 10^{8}}{365{,}25 \times 24 \times 3600} = \mathbf{4{,}1 \text{ ans.}}$$

Partie 2 L'astéroïde Cérès

1. Connaître les caractéristiques de la force de gravitation

La force exercée par Cérès sur la sonde Dawn est la force d'interaction gravitationnelle $\vec{F}$. Ses caractéristiques sont :

- Point d'application : le centre de masse de la sonde Dawn ;
- Direction : la droite reliant les centres de Cérès et de Dawn ;
- Sens : de Dawn vers Cérès ;
- Valeur : $F = G\frac{M_C M_D}{r^2}$.

Donc $\vec{F} = -G\frac{M_C M_D}{r^2}\vec{u}$

où $\vec{u}$ est un vecteur unitaire dirigé de Cérès vers Dawn.

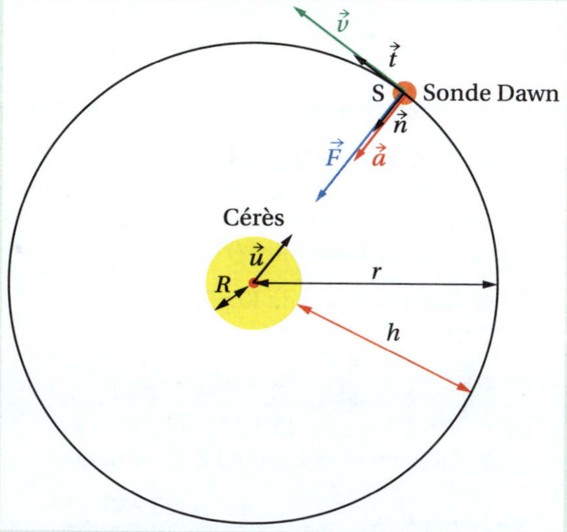

2. Exploiter les coordonnées de l'accélération dans le repère de Frenet

D'après la loi de gravitation universelle et la 2e loi de Newton, la sonde est soumise à une force d'attraction : $\vec{F} = -G\frac{M_C M_D}{r^2}\vec{u} = M_D\,\vec{a}$.

Donc son accélération est : $\vec{a} = -G\frac{M_C}{r^2}\vec{u}$.

Cette accélération est dirigée suivant le vecteur $\vec{u}$, elle est donc centripète.

Par ailleurs, l'expression générale de l'accélération dans le repère de Frenet lié à la sonde est : $\vec{a} = \frac{dv}{dt}\vec{t} + \frac{v^2}{r}\vec{n}$.

Puisque la trajectoire est circulaire, $\vec{u}$ et $\vec{n}$ sont opposés. En comparant les deux expressions de l'accélération de la sonde, on peut donc écrire :

$\vec{a} = -G\frac{M_C}{r^2}\vec{u} = G\frac{M_C}{r^2}\vec{n} = \frac{dv}{dt}\vec{t} + \frac{v^2}{r}\vec{n}$.

On en déduit que, selon $\vec{t}$, $\frac{dv}{dt} = 0$: la valeur de la vitesse de la sonde est constante : **le mouvement est uniforme.**

À NOTER

2. Rappel : dans l'hypothèse d'une trajectoire circulaire, la force de gravitation est perpendiculaire à la vitesse et l'accélération est alors centripète. Le mouvement est uniforme.

3. Déterminer une expression littérale

Selon $\vec{n}$: $G\dfrac{M_C}{r^2}\vec{n} = \dfrac{v^2}{r}\vec{n}$ donc $\dfrac{v^2}{r} = G\dfrac{M_C}{r^2}$ et $v = \sqrt{\dfrac{GM_C}{r}}$.

4. Retrouver la 3e loi de Kepler

Le périmètre du cercle trajectoire, $2\pi r$, est parcouru pendant une période de révolution T à la vitesse constante : $v = \sqrt{\dfrac{G\,M_C}{r}}$.

On a donc : $\sqrt{\dfrac{G\,M_C}{r}} = \dfrac{2\pi r}{T}$ d'où : $T = \dfrac{2\pi r}{v} = 2\pi\sqrt{\dfrac{r^3}{GM_C}}$.

On peut donc écrire que : $\dfrac{T^2}{r^3} = \dfrac{4\pi^2}{GM_C}$, rapport qui est constant.

Donc **T^2 est proportionnel à r^3**.

Cette expression de la période de révolution est donc bien en accord avec la 3e loi de Kepler : « Le carré de la période de révolution (T^2) est proportionnel au cube du rayon de la trajectoire (r^3). »

5. Exploiter la 3e loi de Kepler

La masse de l'astéroïde Cérès M_C peut être calculée grâce à la 3e loi de Kepler.

En effet, $\dfrac{T^2}{r^3} = \dfrac{4\pi^2}{GM_C}$ donc $M_C = \dfrac{4\pi^2 r^3}{GT^2}$

où $r = R + h = 480 + 13\ 500 = 13\ 980$ km

et $T = 15$ jours $= 15 \times 24 \times 3\ 600$ secondes.

On obtient : $M_C = \dfrac{4\pi^2 \times (13\,980 \times 10^3)^3}{6{,}67 \times 10^{-11} \times (15 \times 24 \times 3\,600)^2} = \mathbf{9{,}63 \times 10^{20}}$ **kg.**

Ce résultat est cohérent car il est **proche de la valeur $(9{,}46 \pm 0{,}04) \times 10^{20}$ kg** donnée dans l'énoncé, mais il n'est **pas inclus dans l'intervalle de confiance.**

Plusieurs hypothèses peuvent être retenues pour expliquer la différence :

– le mouvement de la sonde n'est peut-être pas circulaire ;

– l'astéroïde n'est pas sphérique ;

– la période et l'altitude ne sont pas exprimées avec précision ;

– ...

10 Écoulement d'un fluide

Alors qu'il est plus dense que l'air, un avion peut voler. La circulation et les mouvements de l'air autour des ailes de l'avion créent une force vers le haut, appelée **poussée**, qui en s'ajoutant à la poussée d'Archimède, compense le poids de l'avion et lui permet de voler.

TEST

Pour vous situer et identifier les fiches à réviser 240

FICHES DE COURS

39 La poussée d'Archimède 242

40 Écoulement d'un fluide en régime permanent 244

41 Relation de Bernoulli 246

MÉMO VISUEL 248

SUJETS GUIDÉS & CORRIGÉS

OBJECTIF SUP

19 Le projet Stratobus 250

20 Une piscine et trois problèmes 256

TESTEZ-VOUS

→ CORRIGÉS P. 379-380

Faites le point sur vos connaissances, puis établissez votre **parcours de révision** en fonction de votre score.

1 La poussée d'Archimède

→ FICHE 39

1. Un échantillon de fluide incompressible a :

☐ **a.** une pression constante.

☐ **b.** une masse constante.

☐ **c.** un volume constant.

2. La valeur de la poussée d'Archimède subie par un solide immergé dans un fluide est :

☐ **a.** proportionnelle au volume du solide.

☐ **b.** proportionnelle à la masse volumique du solide.

☐ **c.** proportionnelle à la masse volumique du fluide.

3. Connaître le poids apparent d'un objet permet de déterminer s'il flotte ou bien s'il coule :

☐ **a.** vrai ☐ **b.** faux

.../3

2 Écoulement d'un fluide en régime permanent

→ FICHE 40

1. Parmi les formules suivantes, reliant le débit volumique D_V à la section S d'un tuyau, la vitesse v d'écoulement du fluide et la durée de l'écoulement t, lesquelles sont vraies ?

☐ **a.** $D_V = \frac{V}{t}$ ☐ **b.** $D_V = V \times t$

☐ **c.** $D_V = \frac{v}{S}$ ☐ **d.** $D_V = S \times v$

2. Les débits volumiques et massiques sont :

☐ **a.** proportionnels. ☐ **b.** égaux.

☐ **c.** inversement proportionnels.

3. Parmi les affirmations suivantes, laquelle est vraie ?

☐ **a.** L'écoulement d'un fluide est permanent si sa vitesse en un point n'est jamais nulle.

☐ **b.** Pour les écoulements permanents, le débit volumique est proportionnel à la section de la conduite dans laquelle le fluide s'écoule.

4. On étudie l'écoulement permanent d'un fluide incompressible dans une canalisation ayant deux sections S_1 et S_2 différentes, telles que $S_2 = \frac{S_1}{2}$.
La vitesse v_2 sera :

☐ **a.** deux fois plus petite que la vitesse v_1.

☐ **b.** égale à la vitesse v_1.

☐ **c.** deux fois plus grande que la vitesse v_1.

…/4

3 Relation de Bernoulli

→ FICHE 41

1. Quelle(s) condition(s) doit vérifier un fluide pour qu'on puisse lui appliquer la relation de Bernoulli ?

☐ **a.** être en écoulement permanent.

☐ **b.** être à température constante.

☐ **c.** être à faible viscosité.

☐ **d.** être incompressible.

2. La relation de Bernoulli est une équation de :

☐ **a.** conservation du débit volumique.

☐ **b.** conservation de l'énergie mécanique du fluide.

☐ **c.** conservation de la vitesse du fluide lors de son écoulement.

3. On étudie un fluide parfait, incompressible et en écoulement permanent dans un tuyau dont la section diminue. Quelle affirmation traduit l'évolution de la pression et de la vitesse dans cette situation ?

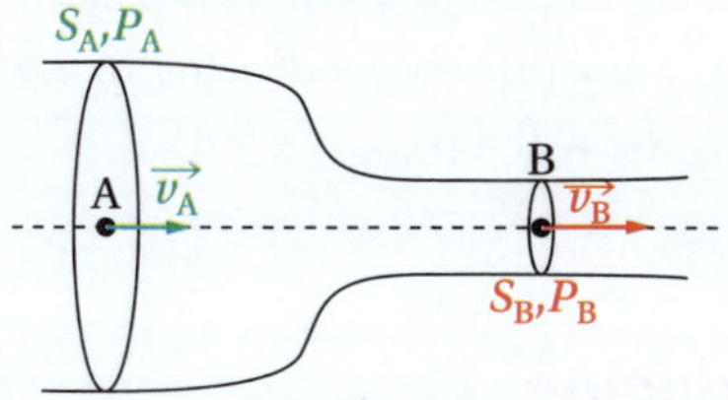

☐ **a.** P_B est inférieure à P_A et v_B est inférieure à v_A.

☐ **b.** P_B est inférieure à P_A et v_B est supérieure à v_A.

☐ **c.** P_B est supérieure à P_A et v_B est inférieure à v_A.

☐ **d.** P_B est supérieure à P_A et v_B est supérieure à v_A.

☐ **e.** P_B est égale à P_A et v_B est égale à v_A.

…/3

Score total …/10

Parcours PAS À PAS ou EXPRESS ? → MODE D'EMPLOI P. 3

39 La poussée d'Archimède

En bref *La sensation de légèreté que l'on ressent quand on est dans l'eau est due à la poussée d'Archimède. Cette force est verticale, vers le haut et proportionnelle au volume immergé du corps et à la masse volumique du fluide.*

I Description de la situation

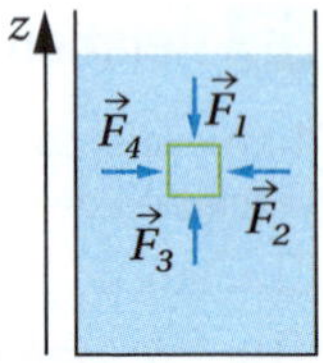

- On considère un récipient rempli d'un fluide **immobile** et **incompressible** (sa masse volumique est constante au cours du temps). Un solide cubique d'arête d est placé dans le fluide. Le cube est soumis à la pression du fluide sur tous ses côtés. On modélise les forces pressantes par des vecteurs orientés du fluide vers le cube.
- Les **parois latérales** du cube étant situées à la même profondeur, elles subissent des forces pressantes de mêmes normes qui se compensent : $\overrightarrow{F_2} = -\overrightarrow{F_4}$.
- On sait que l'intensité d'une **force pressante** est égale au produit de la pression par la surface, on en déduit : $F_1 = P_1 \times d^2$ et $F_3 = P_3 \times d^2$.

La face inférieure du cube étant plus profonde que sa face supérieure, on a $P_3 > P_1$ donc $F_3 > F_1$. Donc le cube subit de la part du fluide une force totale dirigée vers le haut :

$$F_{\text{totale}} = F_3 - F_1 = P_3 \times d^2 - P_1 \times d^2 = d^2 \times (P_3 - P_1).$$

D'après le principe fondamental de la statique des fluides (étudié en 1re), on a :

$$P_3 - P_1 = \rho_{\text{fluide}} \times g \times (h_1 - h_3).$$

D'où : $F_{\text{totale}} = d^2 \times (\rho_{\text{fluide}} \times g \times (h_1 - h_3)) = d^2 \times (\rho_{\text{fluide}} \times g \times ((h_3 + d) - h_3))$
$= d^2 \times (\rho_{\text{fluide}} \times g \times d) = \rho_{\text{fluide}} \times g \times d^3.$

Finalement : $F_{\text{totale}} = \rho_{\text{fluide}} \times g \times V_{\text{cube}}$.

II Énoncé du principe

- Tout corps plongé dans un fluide subit une force verticale vers le haut, la **poussée d'Archimède**, dont l'intensité est égale au poids du volume de fluide déplacé (ce volume est donc égal au volume immergé du corps).

$P_A = \rho_{\text{fluide}} \times g \times V_{\text{solide}}$	P_A intensité de la poussée d'Archimède en N ; ρ masse volumique du fluide en $kg \cdot m^{-3}$; g intensité de pesanteur en $N \cdot kg^{-1}$; V volume du solide immergé en m^3.

- Le **poids apparent** d'un solide plongé dans un fluide est la résultante des forces exercée par le fluide sur le solide et du poids du solide : $\overrightarrow{P_{\text{apparent}}} = \overrightarrow{P_A} + \overrightarrow{P_{\text{solide}}}$.

Méthode

Déterminer la valeur de la poussée d'Archimède d'un solide

Une boule de pétanque est tombée au fond d'un bassin d'eau douce.

Données :
- volume de la boule de pétanque : $V = 2{,}0 \times 10^{-4}\ \text{m}^3$;
- masse volumique de la boule de pétanque : $\rho = 3{,}3 \times 10^3\ \text{kg}\cdot\text{m}^{-3}$;
- masse volumique de l'eau douce : $\rho_{\text{eau douce}} = 1{,}0 \times 10^3\ \text{kg}\cdot\text{m}^{-3}$;
- intensité de la pesanteur : $g = 9{,}81\ \text{N}\cdot\text{kg}^{-1}$.

a. Calculer la valeur du poids de la boule de pétanque.

b. Calculer la valeur de la poussée d'Archimède subie par la boule de pétanque.

c. Sur un schéma, représenter les forces subies par la boule de pétanque (1 cm ↔ 2 N).

d. Expliquer pourquoi la boule de pétanque ne flotte pas.

CONSEILS

a. La relation entre masse, volume et masse volumique est $m = \rho \times V$.
b. Pour calculer la valeur de la poussée d'Archimède, utilisez la masse volumique du fluide et non celle du corps dont on étudie le mouvement.
c. Le poids est une force orientée vers le bas, tandis que la poussée d'Archimède est orientée vers le haut.
d. Le poids apparent est la résultante des forces subie par un corps immobile dans un fluide au repos. Sa valeur et son sens permettent de déterminer si le corps flotte ou coule.

SOLUTION

a. On calcule le poids de la boule de pétanque :
$P = m \times g = \rho \times V \times g = 3{,}3 \times 10^3 \times 2{,}0 \times 10^{-4} \times 9{,}81 = 6{,}5\ \text{N}$.

b. On calcule la poussée d'Archimède subie par la boule de pétanque :
$P_A = \rho_{\text{eau douce}} \times g \times V_{\text{boule de pétanque}} = 1{,}0 \times 10^3 \times 9{,}81 \times 2{,}0 \times 10^{-4} = 2{,}0\ \text{N}$.

c. Voir le schéma ci-contre. Le vecteur $\vec{P}$ doit avoir une longueur de 3,25 cm, le vecteur $\overrightarrow{P_A}$ doit avoir une longueur de 1,0 cm.

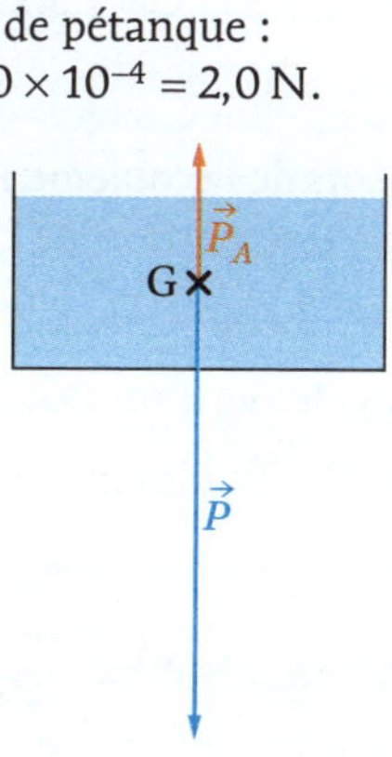

d. On remarque que le poids est supérieur à la poussée d'Archimède ($P > P_A$). Le poids apparent de la boule de pétanque est donc orienté vers le bas.

Comme la boule n'est soumise à aucune autre force, d'après la 2e loi de Newton, elle est soumise à une accélération orientée vers le bas : on en déduit qu'elle coule.

40 Écoulement d'un fluide en régime permanent

En bref *Le débit d'un fluide dans un tuyau peut être calculé par rapport à la quantité de matière ou par rapport au volume de fluide en déplacement.*

I Débit volumique et débit massique

- Le **débit massique** d'un fluide D_m est la masse m de fluide qui passe par la **section** S d'un tuyau par unité de temps :

$$D_m = \frac{m}{t}$$

D_m débit massique en $kg \cdot s^{-1}$;
m masse de fluide écoulé en kg ;
t durée de l'écoulement en s.

MOT CLÉ
On appelle **section** d'un tuyau la surface en coupe transversale de l'intérieur du tuyau qui est traversée par un fluide en mouvement.

- Le **débit volumique** d'un fluide D_V est le volume V de fluide qui traverse la section S d'un tuyau par unité de temps :

$$D_V = \frac{V}{t}$$

D_V débit volumique en $m^3 \cdot s^{-1}$; V volume de fluide écoulé en m^3 ;
t durée de l'écoulement en s.

- Le débit massique et le débit volumique sont reliés par : $D_m = \rho \times D_V$.

II Vitesse d'écoulement et principe de continuité

- L'écoulement d'un fluide est **permanent** si les paramètres qui le caractérisent (pression, température, vitesse) en un point restent constants au cours du temps. Lors d'un écoulement permanent, le débit volumique D_V est relié à la section S et à la vitesse d'écoulement v par :

$$D_V = S \times v$$

D_V débit volumique en $m^3 \cdot s^{-1}$;
S surface de la section du tuyau en m^2 ;
v vitesse d'écoulement du fluide en $m \cdot s^{-1}$.

- Lors de l'écoulement permanent d'un fluide, la quantité de fluide qui entre en A dans une portion de tuyau doit être la même que celle qui en sort en B dans le même temps : $D_{m,A} = D_{m,B}$.

Dans le cas d'un **fluide incompressible**, on en déduit : $D_{V,A} = D_{V,B}$.

Pour les fluides incompressibles en régime permanent, on a alors :

$$S_A \times v_A = S_B \times v_B$$

S_A et S_B surface des sections en A et en B en m^2 ; v_A et v_B vitesses d'écoulement du fluide en A et en B en $m \cdot s^{-1}$.

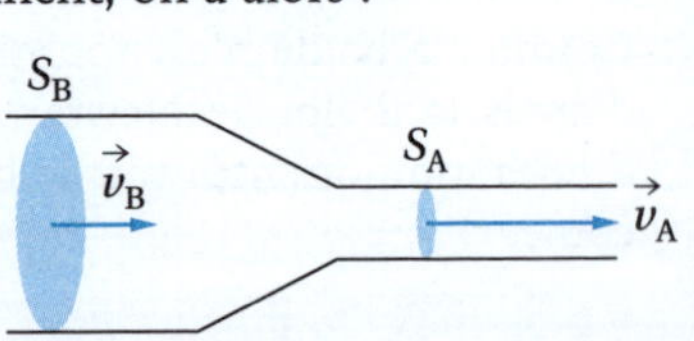

Méthode

Déterminer les caractéristiques d'un écoulement

Le canal de Craponne est un canal qui relie la Durance au Rhône. Ce canal passe au milieu du village de Pelissanne. Sur une partie du village, le canal est droit et sa section diminue progressivement. Au point le plus large (A) la largeur du canal est de $L_1 = 1{,}40$ m, au plus étroit (B) elle est de $L_2 = 90$ cm. La coupe transversale montre que le canal est parallélépipédique et que le niveau d'eau est de $h = 90{,}0$ cm.

Il a été mesuré que 70 200 L passent au point B en une minute.

On suppose que l'écoulement de l'eau est permanent.

a. Déterminer le débit volumique du canal au point B.

b. En déduire le débit massique.

c. Déterminer la vitesse de l'eau au point B.

d. En déduire la vitesse de l'eau au point A.

Donnée : masse volumique de l'eau : $\rho_{eau} = 1\,000\ \text{kg}\cdot\text{m}^{-3}$.

CONSEILS

a. Dans le calcul du débit volumique, le volume de fluide doit être exprimé en mètres cubes et le temps en secondes.
b. Le débit massique et le débit volumique sont proportionnels : le coefficient de proportionnalité est la masse volumique du fluide considéré. Il faut de nouveau faire attention à exprimer les grandeurs dans les unités SI.
c. Le débit volumique d'un fluide dans un tuyau dépend de la surface de la section du tuyau et de la vitesse d'écoulement du fluide.
d. Appliquez le principe de continuité.

SOLUTION

a. On calcule le débit volumique : $V = 70\,200\ \text{L} = 70\,200 \times 10^{-3}\ \text{m}^3$;
$t = 1\ \text{min} = 60\ \text{s}$.

$$D_V = \frac{V}{t} = \frac{70\,200 \times 10^{-3}}{60} = 1{,}17\ \text{m}^3\cdot\text{s}^{-1}.$$

b. On calcule le débit massique : $D_m = \rho \times D_V = 1\,000 \times 1{,}17 = 1\,170\ \text{kg}\cdot\text{s}^{-1}$.

c. On calcule la surface de la section d'eau en B :

$$S_B = h \times L_2 = 90{,}0 \times 10^{-2} \times 90{,}0 \times 10^{-2} = 8{,}1 \times 10^{-1}\ \text{m}^2.$$

On calcule la vitesse d'écoulement en B : $v_B = \dfrac{D_V}{S_B} = \dfrac{1{,}17}{8{,}1 \times 10^{-1}} = 1{,}4\ \text{m}\cdot\text{s}^{-1}$.

d. D'après le principe de continuité, on a : $D_{V,A} = D_{V,B}$ d'où $D_{V,B} = S_A \times v_A$
On calcule la surface de la section d'eau en A :
$S_A = h \times L_1 = 90{,}0 \times 10^{-2} \times 1{,}40 = 1{,}26\ \text{m}^2$

$$v_A = \frac{D_{V,B}}{S_A} = \frac{1{,}17}{1{,}26} = 9{,}3 \times 10^{-1}\ \text{m}\cdot\text{s}^{-1}$$

41 Relation de Bernoulli

En bref *Le principe de conservation de l'énergie appliqué au mouvement d'un fluide parfait incompressible, s'écoulant en régime permanent et sans frottement, permet d'aboutir à la relation de Bernoulli.*

I Relation de Bernoulli

- Un **fluide parfait** est un fluide « parfaitement fluide » : son écoulement n'est pas freiné par la viscosité contre les parois. C'est un cas idéal.
- À partir du principe de la conservation de l'énergie mécanique et parce qu'il ne subit pas de frottement, on peut écrire pour un **fluide parfait, incompressible et en écoulement permanent**, en deux points d'une même **ligne de courant** :

$$P_A + \frac{1}{2} \times \rho \times v_A^2 + \rho \times g \times z_A = P_B + \frac{1}{2} \times \rho \times v_B^2 + \rho \times g \times z_B$$

avec P_A et P_B en Pa ; ρ en $kg \cdot m^{-3}$; g en $N \cdot kg^{-1}$; v_A et v_B en $m \cdot s^{-1}$; z_A et z_B hauteurs des points A et B en m.

MOT CLÉ
Une **ligne de courant** est une courbe tangente en chacun de ses points, à chaque instant et localement, au vecteur vitesse de l'écoulement.

- Interprétation : dans le cas d'un écoulement permanent sur toute la section du tuyau d'un fluide parfait et incompressible, une augmentation de vitesse du fluide en un point implique une diminution de la pression en ce même point.
- Si le fluide est immobile, la relation de Bernoulli devient :

$$P_A + \rho \times g \times z_A = P_B + \rho \times g \times z_B \text{ soit : } P_B - P_A = \rho \times g \times (z_A - z_B).$$

On retrouve le principe fondamental de la statique des fluides (étudié en classe de 1re) qui est donc un cas particulier de l'équation de Bernoulli.

II Effet Venturi

- On considère un **fluide incompressible** s'écoulant dans un tuyau à étranglement qui a deux sections différentes ($S_A = S_C > S_B$).

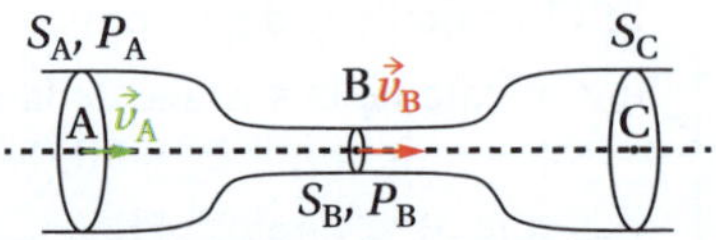

D'après le principe de continuité, le débit est conservé, donc on a :

$$D_A = D_B = D_C \text{ d'où } S_A \times v_A = S_B \times v_B.$$

Si $z_A = z_B$, la relation de Bernoulli devient $P_A - P_B = \frac{1}{2}\rho(v_B^2 - v_A^2)$.

Comme $S_A > S_B$, $v_B > v_A$, alors : $P_A > P_B$.

- On en conclut que lorsqu'un fluide traverse une section de plus faible diamètre, la pression diminue et la vitesse augmente : ce phénomène est appelé **effet Venturi**.

Méthode

Calculer une vitesse d'écoulement

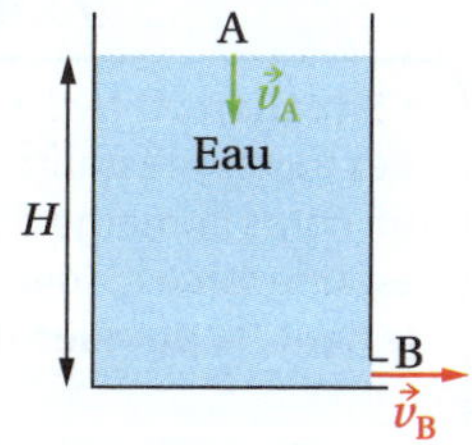

On considère un réservoir rempli d'eau à une hauteur $H = 2{,}5$ m. Un trou de vidange de diamètre $d_2 = 10$ mm est situé à sa base. Le réservoir à un diamètre d_1, tel que $d_1 >> d_2$.

a. Quelles sont les valeurs de la pression à la surface de l'eau dans le réservoir P_A et à la sortie du trou de vidange P_B ?

b. Expliquer pourquoi on peut négliger v_A par rapport à v_B.

c. À partir de la relation de Bernoulli :

$$P_A + \frac{1}{2}\rho v_A{}^2 + \rho g z_A = P_B + \frac{1}{2}\rho v_B{}^2 + \rho g z_B,$$

calculer la vitesse v_B de l'eau lors de son écoulement par le trou de vidange.

Données : $P_{atm} = 1{,}0 \times 10^5$ Pa ; masse volumique de l'eau $\rho_{eau} = 1\ 000$ kg · m^{-3} intensité de la pesanteur : g = 9,81 N · kg^{-1}.

CONSEILS

a. La surface d'un fluide en contact avec l'atmosphère est à la pression atmosphérique : au niveau du trou de vidange, l'eau qui sort de la cuve subie la pression de l'air.
b. Servez-vous du principe de continuité pour exprimer v_A en fonction de v_B.
c. Exprimez la relation de Bernoulli en tenant compte des réponses aux questions précédentes. Veillez à ne pas oublier la racine carrée dans l'expression de v_B.

SOLUTION

a. La surface de l'eau du réservoir et l'eau à la sortie du trou de vidange sont à la pression atmosphérique, soit $P_A = P_B = P_{atm} = 1{,}0 \times 10^5$ Pa.

b. D'après le principe de continuité, nous avons $S_A \times v_A = S_B \times v_B$.
D'après l'énoncé, $d_1 >> d_2$ soit $S_A >> S_B$ et donc : $v_A << v_B$. On peut donc négliger v_A par rapport à v_B.

c. La relation de Bernoulli donne : $\frac{2(P_A - P_B)}{\rho} + 2 \times g \times (z_A - z_B) = (v_B{}^2 - v_A{}^2)$

Grâce aux questions précédentes, on peut simplifier l'expression :

$$\cancel{\frac{2(P_A - P_B)}{\rho}} + 2 \times g \times (z_A - z_B) = \left(v_B{}^2 - \cancel{v_A{}^2}\right)$$

On en déduit : $v_B{}^2 = 2 \times g \times (z_A - z_B)$.

D'où $v_B = \sqrt{2 \times g \times H}$. Soit $v_B = \sqrt{2 \times 9{,}81 \times 2{,}5} = 7{,}0$ m · s^{-1}.

MÉMO VISUEL

ÉCOULEMENT

Poussée d'Archimède

- **Situation** : la résultante de l'ensemble des forces pressantes subies par un corps immergé dans un fluide est une force dirigée vers le haut : **la poussée d'Archimède** $\vec{P}_A$.

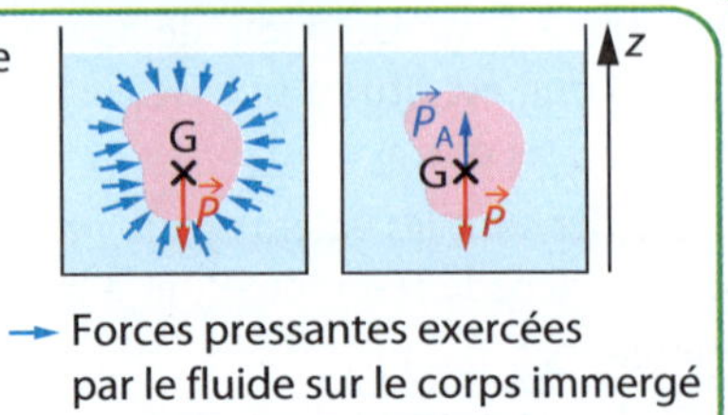

- **Expression** : $P_A = \rho_{fluide}\, g\, V_{solide}$ avec P_A en N, ρ_{fluide} en $kg \cdot m^{-3}$, g en $N \cdot kg^{-1}$, V_{solide} en m^3
- **Poids apparent** : $\overrightarrow{P_{apparent}} = \vec{P}_A + \overrightarrow{P_{solide}}$

Avec un axe vertical orienté vers le haut :

$P_{apparent} < 0$	$P_{apparent} > 0$	$P_{apparent} = 0$
le solide coule	le solide flotte	le solide est « entre deux eaux »

Débits massique et volumique

- **Débit** : quantité de fluide qui s'écoule par la section d'un tuyau par unité de temps.

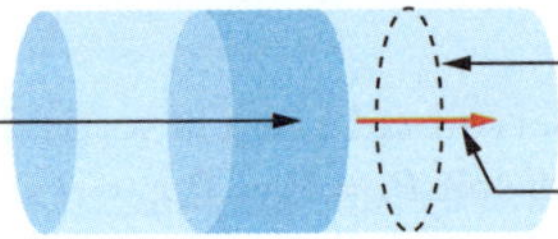

- **Débit massique** :

$$D_m = \frac{m}{t}$$

avec D_m en $kg \cdot s^{-1}$, m en kg, t en s

- **Débit volumique** :

$$D_V = \frac{V}{t} = S \times v$$

avec D_V en $m^3 \cdot s^{-1}$, V en m^3, t en s, S en m^2, v en $m \cdot s^{-1}$

- **Relation** entre débits massique et volumique :

$$D_m = \rho \times D_V$$

avec D_m en $kg \cdot s^{-1}$, ρ en $kg \cdot m^{-3}$, D_V en $m^3 \cdot s^{-1}$

D'UN FLUIDE

Principe de continuité en régime permanent

Pour les fluides incompressibles : $S_A v_A = S_B v_B$

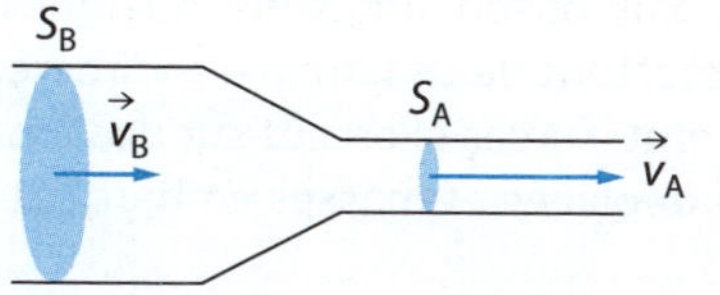

Relation de Bernoulli

Situation et équation

Pour un fluide parfait, incompressible qui suit un écoulement permanent, en deux points d'une même ligne de courant :

$$P_A + \frac{1}{2}\rho v_A{}^2 + \rho g z_A = P_B + \frac{1}{2}\rho v_B{}^2 + \rho g z_B$$

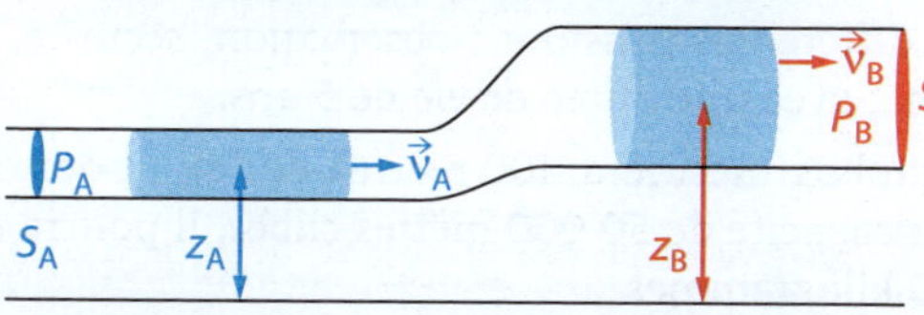

Effet Venturi

Augmentation de la vitesse et diminution de la pression lorsqu'un fluide incompressible traverse une section plus petite.

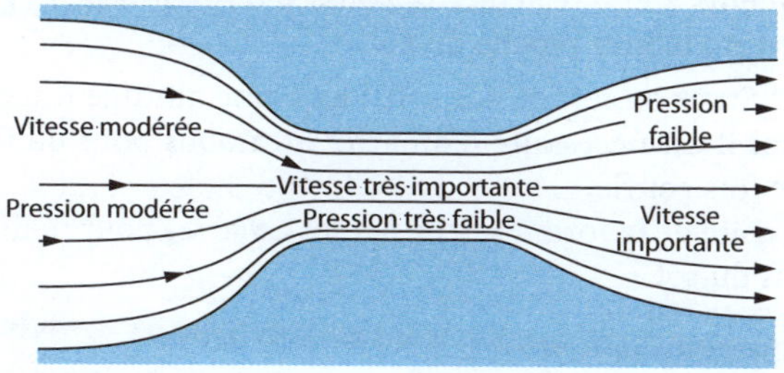

SUJET 19 | OBJECTIF SUP

1 h Le projet Stratobus

→ FICHE 39

Le comportement d'un objet immergé dans un fluide est soumis à la poussée d'Archimède. Dans le cas d'un ballon dirigeable, quelques calculs permettent de déterminer indirectement poids apparent, forces exercées sur des amarres, masse d'air déplacée et masses embarquées.

LE SUJET

Document 1 Le ballon stratosphérique Stratobus

Thales et Thales Alenia Space ont un projet de ballon dirigeable dans la stratosphère : Stratobus.

Cet engin est « un nouveau concept de plateforme stratosphérique autonome ». Ce projet futuriste consiste en un imposant ballon ayant une forme similaire à celle d'une goutte d'eau à l'horizontale, qui, une fois déployé sur le terrain et après que son enveloppe aura été remplie à l'aide d'un gaz moins dense que l'air, larguera les amarres pour grimper en une dizaine d'heures jusqu'à la limite de la stratosphère, à 20 km de hauteur où il pourra remplir ses différentes missions : observation, sécurité, télécommunication, navigation… avec une durée de vie de 5 ans.

Stratobus mesurera 100 mètres de long pour 34 mètres de diamètre. Avec une capacité de 50 000 mètres cubes, il pourra emporter une charge utile de 300 kilogrammes.

Partie 1 Stratobus amarré au niveau du sol

Après son remplissage et avant son ascension, Stratobus est maintenu juste au-dessus du sol par des amarres.

1. À l'aide des documents 2 et 3, calculer la poussée d'Archimède $F_{A,sol}$ subie par Stratobus lorsqu'il est maintenu proche du sol.

2. La masse totale de Stratobus est de $4{,}3 \times 10^4$ kg à une altitude nulle.

a. Expliquez pourquoi il est nécessaire d'amarrer Stratobus pour qu'il ne s'élève pas dans les airs une fois gonflé.

b. Déterminer l'intensité de la force exercée par les amarres pour maintenir Stratobus juste au-dessus du sol.

Document 2 **Caractéristiques physiques de l'air en fonction de l'altitude**

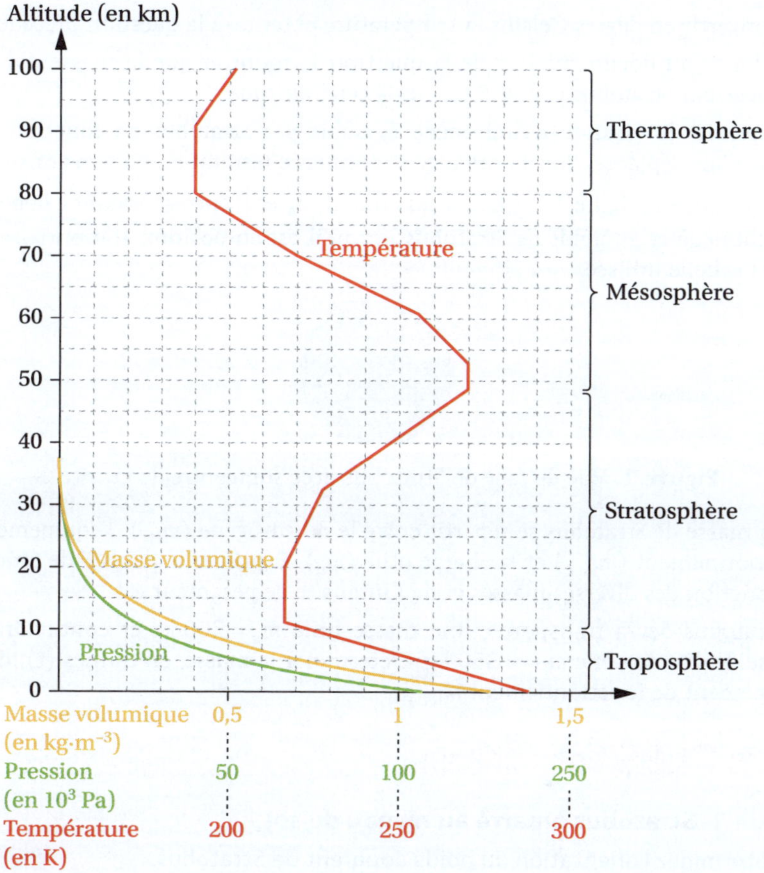

Document 3 **Évolution de l'accélération de pesanteur *g* en fonction de l'altitude**

Altitude (en km)	0	20	40	50
g (en $m \cdot s^{-2}$)	9,81	9,75	9,69	9,66

Partie 2 Stratobus en vol stationnaire à 20 km d'altitude

Comme il est prévu que Stratobus soit en vol stationnaire à 20 km d'altitude et à une température stable, il pourra être gonflé avec du dihydrogène en toute sécurité.

1. À l'aide du document 2, déterminer graphiquement la pression atmosphérique $P_{20\ km}$ et la température $T_{20\ km}$ ainsi que la masse volumique de l'air $\rho_{air,20\ km}$ à l'altitude prévue pour Stratobus.

2. Convertir en degrés Celsius la température obtenue à la question précédente.

3. À l'aide du document 1 et de la question **1**, montrer que la masse d'air m_{air} déplacée par Stratobus vaut 4,5 tonnes à cette altitude.

4. Exprimer la poussée d'Archimède F_A subie par Stratobus en fonction de la masse d'air déplacée. Puis la calculer et donner le résultat en kilonewtons (kN).

5. Reproduire la figure 1 et y tracer les vecteurs $\overrightarrow{F_A}$ et $\vec{P}$ correspondant à la poussée d'Archimède et au poids de Stratobus lorsqu'il est en position stationnaire. Préciser l'échelle utilisée.

Figure 1. Vue de face de Stratobus avec son centre de gravité G

6. La masse de Stratobus se répartit entre le dihydrogène (m_{H_2}), l'équipement de fonctionnement (m_{fonc}) et la charge utile (m_u). Exprimer le poids P de Stratobus en fonction des diverses masses et de l'intensité de pesanteur g.

7. Stratobus devra transporter une masse utile $m_u = 300$ kg et contiendra une masse de dihydrogène $m_{H_2} = 350$ kg. Déterminer la masse, en tonnes (t), de son équipement de fonctionnement m_{fonc}.

LES CLÉS POUR RÉUSSIR

Partie 1 Stratobus amarré au niveau du sol

1. Déterminez l'orientation du poids apparent de Stratobus. → FICHE 39

2. b. Appliquez le principe d'inertie.

Partie 2 Stratobus en vol stationnaire à 20 km d'altitude

2. Utilisez la relation $T(°C) = T(K) - 273,15$.

5. Pour représenter les forces, vous devez connaître leur intensité.

LE CORRIGÉ

Partie 1 Stratobus amarré au niveau du sol

1. Calculer une poussée d'Archimède

On calcule la poussée d'Archimède subie par Stratobus lorsqu'il est proche du sol : $F_{A,sol} = \rho_{air\ au\ sol} \times V_{stratobus} \times g_{sol}$ avec $\rho_{air\ au\ sol}$ déterminé graphiquement à l'aide du document 2.

Ainsi, $F_{A,sol} = 1{,}25 \times 5{,}0 \times 10^4 \times 9{,}81 = 6{,}1 \times 10^5$ N.

Stratobus subit une poussée de la part de l'air $\boldsymbol{F_{A,sol} = 6{,}1 \times 10^5}$ **N.**

2. a. Raisonner sur le poids apparent d'un corps

On calcule le poids de Stratobus à une altitude nulle :

$P_{stratobus\ au\ sol} = m_{stratobus} \times g_{sol} = 4{,}3 \times 10^4 \times 9{,}81 = 4{,}2 \times 10^5$ N.

$P_{stratobus\ au\ sol} < F_{A,sol}$ donc **le poids apparent de Stratobus est orienté vers le haut.** D'après la 2e loi de Newton, s'il n'est soumis à aucune autre force, Stratobus va se déplacer vers le haut. Pour qu'il ne s'élève pas dans les airs une fois gonflé, il faut retenir Stratobus avec des amarres.

b. Appliquer le principe d'inertie

Dans le référentiel terrestre, si Stratobus est immobile, les forces qu'il subit (poids, poussée d'Archimède et force des amarres) se compensent.

Ainsi : $\overrightarrow{P_{Stratobus\ au\ sol}} + \overrightarrow{F_{A,\ sol}} + \overrightarrow{F_{amarres}} = \vec{0}$.

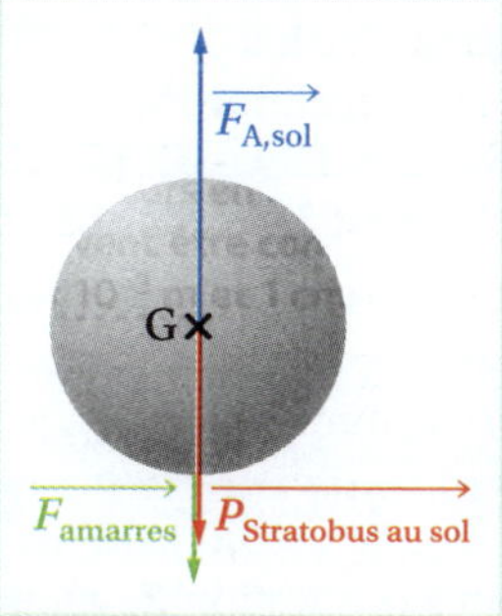

En projetant les vecteurs sur l'axe vertical, orienté vers le haut, on obtient :

$-P_{stratobus\ au\ sol} + F_{A,sol} - F_{amarres} = 0$

et ainsi :

$F_{amarres} = F_{A,sol} - P_{stratobus\ au\ sol} = 6{,}1 \times 10^5 - 4{,}2 \times 10^5 = 1{,}9 \times 10^5$ N.

Pour maintenir Stratobus juste au-dessus du sol, les amarres devront exercer une force d'intensité $\boldsymbol{F_{amarres} = 1{,}9 \times 10^5}$ **N.**

À NOTER

2. b. D'après le principe d'inertie, dans le référentiel terrestre, si un solide est immobile ou en mouvement uniforme, alors les forces qu'il subit se compensent : $\sum \vec{F} = \vec{0}$.

Partie 2 Stratobus en vol stationnaire à 20 km d'altitude

1. Extraire les informations d'un graphique

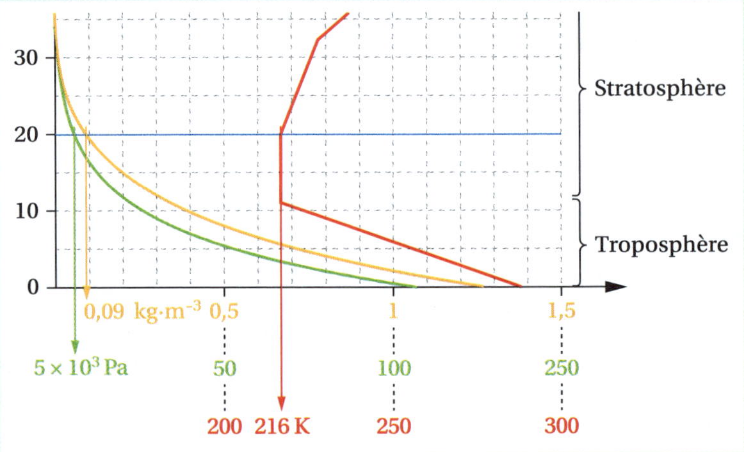

Stratobus sera à 20 km d'altitude. On lit graphiquement :

- sur la courbe verte : la pression $P_{20\ km}$ **= 5 × 10³ Pa,**
- sur la courbe orange : la masse volumique $\rho_{air,20\ km}$ **= 0,09 kg · m⁻³,**
- sur la courbe rouge : la température $T_{20\ km}$ **= 216 K.**

2. Passer des kelvins aux degrés Celsius

Il faut faire la conversion de la température :

$T(°C) = T(K) - 273{,}15 = 216 - 273{,}15 = -57{,}15$ °C.

À 20 km d'altitude, l'atmosphère est à une température : **T(°C) = –57 °C.**

3. Manipuler la relation entre masse, volume et masse volumique

On calcule la masse m_{air} d'air déplacé par Stratobus, sachant qu'il déplace un volume d'air égal à son propre volume : $V_{air\ déplacé} = V_{stratobus}$.

On a donc : $m_{air} = V_{stratobus} \times \rho_{air,20\ km}$.

Le volume du Stratobus est $V_{stratobus} = 5{,}0 \times 10^4\ m^3$ (d'après le document 1) et $\rho_{air,20\ km} = 0{,}09\ kg \cdot m^{-3}$ (d'après la question **2. a**), donc :

$m_{air} = 5{,}0 \times 10^4 \times 0{,}09 = 4{,}5 \times 10^3$ kg = 4,5 t (car 1 t = 1 000 kg).

L'air déplacé par Stratobus a bien une masse **m_{air} = 4,5 t à 20 km d'altitude.**

4. Connaître la formule de la poussée d'Archimède

L'expression de la poussée d'Archimède F_A subie par Stratobus en fonction de la masse d'air déplacée est : $F_A = \rho_{air,20\ km} \times V_{stratobus} \times g_{20\ km}$.

D'après la question **3**, $m_{air} = V_{stratobus} \times \rho_{air,20\ km}$ donc : $F_A = m_{air} \times g_{20\ km}$.

À 20 km d'altitude, $g_{20\ km} = 9{,}75\ m \cdot s^{-2}$ donc :

$F_A = 4{,}5 \times 10^3 \times 9{,}75 = 44 \times 10^3$ N soit 44 kN.

Stratobus subit une poussée d'Archimède **F_A = 44 kN.**

CONSEILS

4. Pensez à prendre la valeur de ρ_{air} et de g à 20 km d'altitude.

5. Appliquer le principe d'inertie et représenter des forces
Stratobus n'est soumis qu'à 2 forces : son poids et la poussée d'Archimède.
Il est en position stationnaire donc, d'après le principe d'inertie, ces deux forces se compensent : $\overrightarrow{F_A} = -\overrightarrow{P_{stratobus}}$ et $F_A = P_{stratobus} = 44$ kN.
À l'échelle de **1 cm pour 22 kN**, ces deux vecteurs sont représentés par des **flèches de 2,0 cm** (schéma ci-dessous).

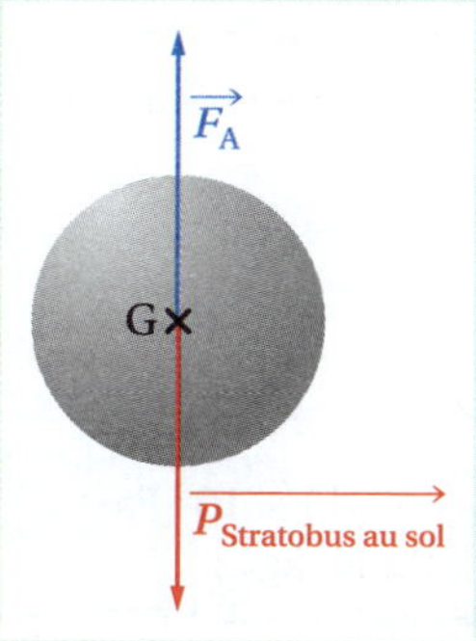

À NOTER
5. Pour simplifier le schéma, et dans la mesure du possible, il faut choisir une échelle telle que les longueurs des vecteurs soient des chiffres entiers.

6. Exprimer le poids en fonction de variables imposées
D'après l'énoncé, $m_{stratobus} = m_{H_2} + m_{fonc} + m_u$ donc on peut écrire :
$\boldsymbol{P_{stratobus} = (m_{H_2} + m_{fonc} + m_u) \times g}$.

7. Calculer une masse
D'après la réponse à la question **6**, on peut calculer la masse de l'équipement de fonctionnement : $m_{fonc} = \dfrac{P_{stratobus}}{g} - m_{H_2} - m_u$.
D'après le document 3, à 20 km d'altitude $g = 9{,}75\ \text{m} \cdot \text{s}^{-2}$;
D'après la question **5**, $P_{stratobus} = 44$ kN ;
D'après l'énoncé, $m_{H_2} = 350$ kg et $m_u = 300$ kg.
On obtient : $m_{fonc} = \dfrac{44 \times 10^3}{9{,}75} - 350 - 300 = 3{,}9 \times 10^3$ kg
L'équipement de fonctionnement a une masse $\boldsymbol{m_{fonc}}$ = **3,9 t.**

SUJET 20 | OBJECTIF SUP

1 h Une piscine et trois problèmes

→ FICHES 40 et 41

L'utilisation et l'entretien d'une piscine hors-sol nous donne l'occasion d'exploiter toutes les notions de statique et de mécanique des fluides étudiées au lycée.

LE SUJET

Données

- Pression atmosphérique : $P_0 = 1{,}013 \times 10^5$ Pa.
- Intensité de pesanteur : $g = 9{,}81\ \mathrm{N \cdot kg^{-1}}$.
- Masse volumique de l'eau douce : $\rho_{eau} = 1\ 000\ \mathrm{kg \cdot m^{-3}}$.

Partie 1 Une pause à la piscine

Afin de se détendre pendant une pause de ses révisions pour le bac, un lycéen va se baigner dans sa piscine.

1. a. Avant de se mettre à l'eau, il prend son pouls au repos. Sa fréquence cardiaque est de 60 battements par minute. Chaque battement du cœur envoie 80 mL de sang dans l'aorte. Calculer le débit sanguin D au repos en litres par minute ($\mathrm{L \cdot min^{-1}}$).

b. Après avoir effectué quelques brasses, la fréquence cardiaque du lycéen augmente. Le débit sanguin est maintenant de $1{,}6 \times 10^{-4}\ \mathrm{m^3 \cdot s^{-1}}$. La section de l'aorte est $S_{aorte} = 2{,}8 \times 10^{-4}\ \mathrm{m^2}$. Calculer la vitesse d'éjection v du sang dans l'aorte.

2. Le lycéen plonge et éprouve alors une gêne à une oreille. Il se renseigne sur la cause de cette gêne : elle est due à la pression qu'exerce l'eau sur son tympan.

a. Soient A un point à la surface de l'eau et B le point atteint par le lycéen (figure 1). Donner la relation de la loi fondamentale de la statique des fluides entre les points A et B. Nommer les grandeurs ρ, g et h et indiquer les unités de ρ et de h.

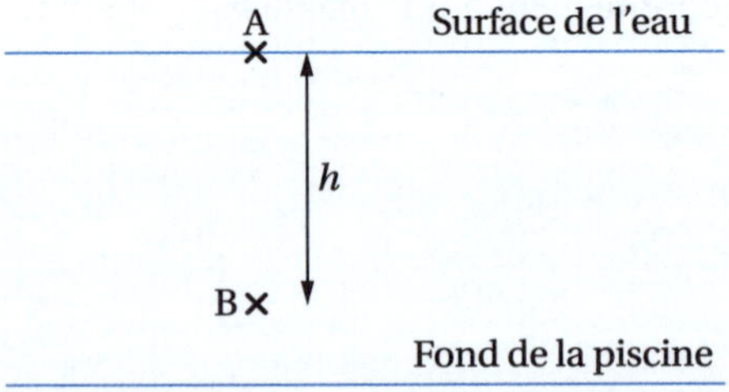

Figure 1. Coupe transversale de la piscine

b. Calculer la différence de pression quand le lycéen est à une profondeur $h = 2{,}0$ m.
c. La pression en A est égale à la pression atmosphérique et la surface du tympan est $S_{tympan} = 6{,}0 \times 10^{-5}$ m^2. Calculer la valeur de la force pressante exercée par l'eau sur le tympan au point B.

Partie 2 Hospitalisation

Après quelques heures au soleil au bord de la piscine, le lycéen fait un léger malaise. Comme son état s'aggrave, il est conduit au service des urgences. Pour soigner le lycéen, un médecin préconise une perfusion intraveineuse (figure 2).

L'infirmier accroche la poche de solution à perfuser à une patère à une hauteur h au-dessus du bras du lycéen. Il lui indique qu'il doit garder cette poche immobile. On considère un point A à la surface de la solution à perfuser. Un cathéter est placé dans le bras du lycéen, en un point B.

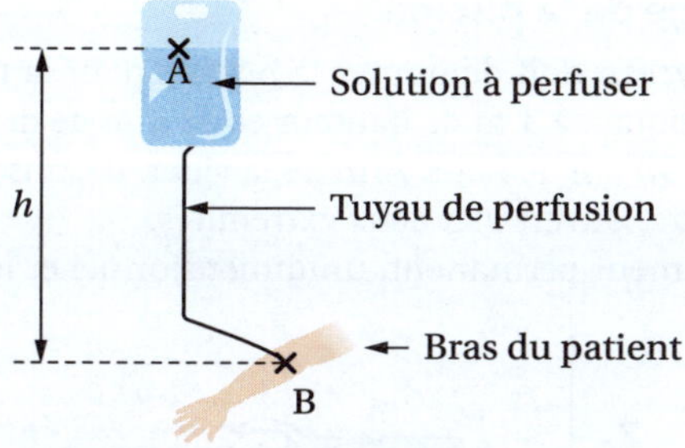

Figure 2. Schéma de la perfusion

1. La différence de pression ΔP entre les points A et B, doit être au moins égale à la tension veineuse soit $8{,}0 \times 10^3$ Pa. La masse volumique de la solution à perfuser est : $\rho_{perfusion} = 1\,000$ kg · m^{-3}.

Calculer la valeur minimale de h, h_{min}, entre les points A et B pour que la solution à perfuser pénètre dans la veine.

2. La solution à perfuser a un débit D_m constant égal à $1{,}4 \times 10^{-5}$ m^3 · s^{-1}.
a. Donner la relation entre le débit massique D_m, la masse m et le temps d'écoulement Δt. Préciser les unités.
b. Calculer la durée nécessaire pour vider la poche de solution de volume $V = 100$ mL avec ce débit. Exprimer le résultat en heures.
c. Sachant que la vitesse moyenne d'écoulement de la solution à perfuser dans le tuyau est $v = 1{,}0 \times 10^{-2}$ m · s^{-1}, calculer la section $S_{perfusion}$ du tuyau de la perfusion et exprimer le résultat en m^2 et en mm^2.

3. Le médecin qui examine le lycéen découvre qu'une de ses artères, supposée cylindrique et horizontale, présente un rétrécissement (figure 3).

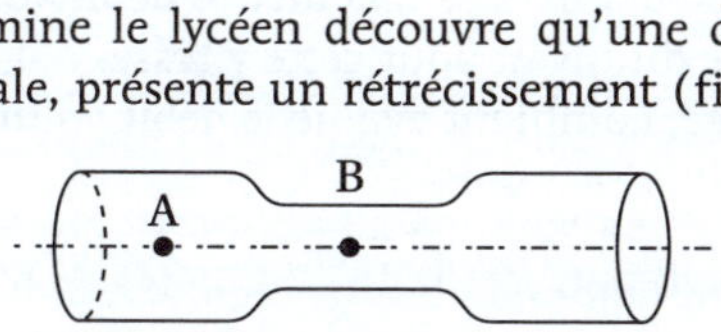

Figure 3. Schéma de l'artère

Au point A, le diamètre est $d_1 = 18$ mm ; la section est $S_1 = \frac{\pi \times d_1^2}{4}$; la vitesse du sang est $v_1 = 30 \text{ cm} \cdot \text{s}^{-1}$ et la pression est $P_1 = 114\ 657$ Pa.
Au point B, dans la partie rétrécie, le diamètre est noté d_2, la section S_2, la vitesse v_2 et la pression P_2.
On suppose que le sang est un liquide parfait, incompressible et en écoulement permanent. Sa masse volumique est $\rho_{sang} = 1\ 050 \text{ kg} \cdot \text{m}^{-3}$.

a. Grâce à la relation de Bernoulli entre A et B :

$$P_A + \frac{1}{2} \times \rho \times v_A^2 + \rho \times g \times z_A = P_B + \frac{1}{2} \times \rho \times v_B^2 + \rho \times g \times z_B$$

calculer la valeur de la vitesse v_2, lorsque la pression P_2 est de 101 325 Pa.

b. Quelle est alors la surface de la section en B (S_2) ? En déduire le diamètre d_2 de la partie rétrécie.

Partie 3 Hivernage de la piscine

À la fin de l'été, le lycéen doit démonter la piscine pour la ranger. C'est une piscine hors-sol cylindrique de 3 m de hauteur et de 2 m de diamètre. Elle est posée sur un petit talus de 50 cm de haut. Afin de la vider, il utilise un tuyau d'arrosage de 2,0 cm de diamètre, ouvert aux deux extrémités.
On suppose l'écoulement permanent, unidimensionnel et le fluide parfait.

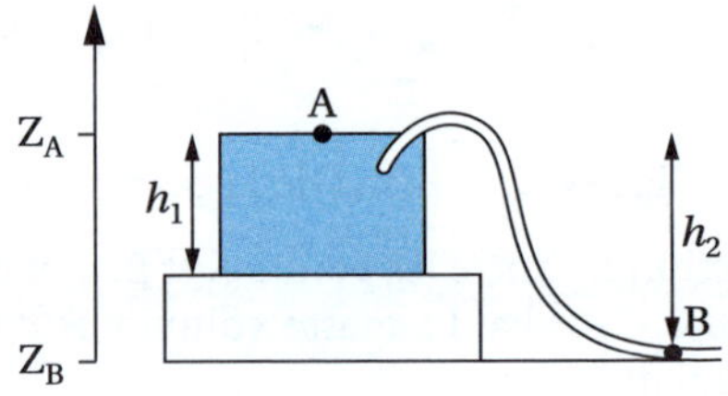

Figure 4. Coupe transversale de la piscine et du système de vidange

1. On suppose qu'au début de la vidange, la piscine est remplie entièrement, jusqu'à une hauteur $h_1 = 3{,}0$ m. Soit A un point de la surface libre de l'eau et B un point du tuyau posé au sol. On néglige la vitesse d'écoulement du point A par rapport à celle du point B.

a. À l'aide de la relation de Bernoulli entre A et B, montrer que la vitesse d'écoulement en B est : $v_B = \sqrt{2 \times g \times (z_A - z_B)}$. Calculer v_B.

b. Expliquer pourquoi le point B doit être plus bas que l'altitude du fond de la piscine pour que celle-ci se vide entièrement.

2. a. Supposons que $v_B = 8{,}3 \text{ m} \cdot \text{s}^{-1}$. Calculer le débit volumique D_V de l'écoulement de l'eau à la sortie du tuyau pour cette vitesse.

b. Au cours de la vidange, comment évolue le débit volumique ? Justifier.

LES CLÉS POUR RÉUSSIR

Partie 1 Une pause à la piscine

1. a. Commencez par calculer la durée d'un battement, puis appliquez la formule du débit volumique. → FICHE 40

2. c. Calculez d'abord la pression en B à la surface du tympan. Souvenez-vous que la pression exercée par un fluide sur une surface est égale au quotient de la force pressante sur la surface.

Partie 3 Hivernage de la piscine

1. a. Souvenez-vous que la surface d'un fluide en contact avec l'atmosphère est à la pression atmosphérique. La relation de Bernoulli est rappelée à la question **3. a** de la partie 2. → FICHE 41

1. b. Appuyez-vous sur la formule établie à la question précédente pour votre raisonnement.

LE CORRIGÉ

Partie 1 Une pause à la piscine

1. a. Calculer un débit volumique

Le débit sanguin D en $L \cdot min^{-1}$ est $D = \frac{V}{t}$ avec V le volume en litres de sang envoyé dans l'aorte et t *la* durée de l'écoulement en minutes.

D'après l'énoncé, $t = \frac{1}{60}$ min $= 1{,}67 \times 10^{-2}$ min, d'où :

$$\boldsymbol{D} = \frac{80 \times 10^{-3}}{1{,}67 \times 10^{-2}} = \mathbf{4{,}79\ L \cdot min^{-1}}.$$

b. Calculer une vitesse d'écoulement

On veut calculer la **vitesse d'éjection v du sang dans l'aorte**, or on sait que $D_v = v \times S_{aorte}$. On a donc :

$$\boldsymbol{v} = \frac{D_V}{S_{aorte}} = \frac{1{,}6 \times 10^{-4}}{2{,}8 \times 10^{-4}} = \mathbf{5{,}7 \times 10^{-1}\ m \cdot s^{-1}}.$$

2. a. Connaître la loi fondamentale de la statique des fluides

La loi fondamentale de la statique des fluides est :

Entre deux points A et B d'un fluide, on a :

$\boldsymbol{\Delta P = P_B - P_A = \rho \times g \times h}$ où ρ est la masse volumique du fluide en $kg \cdot m^{-3}$, g l'intensité de pesanteur en $N \cdot kg^{-1}$ et h la différence de hauteur entre les points A et B, B étant au-dessous de A.

b. Exploiter la loi fondamentale de la statique des fluides
On calcule la différence de pression entre A et B pour $h = 2{,}0$ m en utilisant la loi fondamentale de la statique des fluides :
$\Delta P = P_B - P_A = \rho \times g \times h = 1\,000 \times 9{,}81 \times 2{,}0 = \mathbf{2{,}0 \times 10^4}$ **Pa.**

c. Calculer la valeur d'une force pressante
On sait que la force pressante exercée par l'eau sur le tympan est :
$F_{\text{pressante en B}} = P_B \times S_{\text{tympan}}$.
On calcule d'abord la pression en B.
D'après la loi fondamentale de la statique des fluides, on a $\Delta P = P_B - P_A$ d'où :
$P_B = \Delta P + P_A = 2{,}0 \times 10^4 + 1\,013 \times 10^2 = 1{,}2 \times 10^5$ Pa donc :
$F_{\text{pressante en B}} = P_B \times S_{\text{tympan}} = 1{,}2 \times 10^5 \times 6{,}0 \times 10^{-5} = \mathbf{7{,}2}$ **N.**

Partie 2 Hospitalisation

1. Exploiter la formule de la loi fondamentale de la statique des fluides
On calcule la différence de hauteur entre deux points d'un fluide au repos. D'après la loi fondamentale de la statique des fluides :
$\Delta P = \rho_{\text{perfusion}} \times g \times h_{\text{min}}$.
La différence de pression est proportionnelle à la hauteur h, donc $h = h_{\text{min}}$ pour $\Delta P = 8{,}0 \times 10^3$ Pa : $h_{\text{min}} = \dfrac{\Delta P}{\rho_{perfusion} \times g} = \dfrac{8{,}0 \times 10^3}{1\,000 \times 9{,}81} = 8{,}2 \times 10^{-1}$ m.
Le cathéter doit se trouver au moins à $\boldsymbol{h_{\text{min}}}$ **= 82 cm** en dessous de la surface libre de la solution à perfuser.

2. a. Connaître l'expression du débit massique
Le débit massique en kg · s^{-1} est : $\boldsymbol{D_m = \dfrac{m}{t}}$
avec m la masse de fluide écoulé en kg et t la durée de l'écoulement en s.

b. Calculer la durée d'un écoulement
On veut calculer la durée nécessaire pour vider la poche. Or on sait que $D_{\text{m}} = \dfrac{m_{\text{perfusion}}}{t}$, d'où : $t = \dfrac{m_{\text{perfusion}}}{D_{\text{m}}}$.
On calcule la masse $m_{\text{perfusion}}$ de 100 mL de solution à perfuser :
$m_{\text{perfusion}} = \rho_{\text{perfusion}} \times V$ avec $V = 100$ mL soit 100×10^{-6} m^3.
Ainsi, $m_{\text{perfusion}} = 1\,000 \times 100 \times 10^{-6} = 1{,}00 \times 10^{-1}$ kg.

À NOTER
2. b. L'unité SI d'un volume est le m^3. Il faut donc convertir V avant de faire l'application numérique.

Finalement, $t = \dfrac{1{,}00 \times 10^{-1}}{1{,}4 \times 10^{-5}} = 7{,}1 \times 10^3$ s, soit **1,97 h** : il faudra 7 100 s soit presque 2 heures pour vider la poche de la perfusion avec le débit annoncé.

c. Calcul de la section d'un tuyau

On sait qu'en un point d'un tuyau, on a : $D_v = v \times S$.

D'où, ici : $S_{perfusion} = \frac{D_V}{v} = \frac{\frac{D_m}{\rho_{perfusion}}}{v} = \frac{\frac{1,4 \times 10^{-5}}{1\,000}}{1,0 \times 10^{-2}} = 1,4 \times 10^{-6}\ m^2$.

La section du tuyau de la perfusion est donc :
$S_{perfusion} = \mathbf{1,4 \times 10^{-6}\ m^2 = 1,4\ mm^2}$.

3. a. Exprimer une vitesse à partir de la relation de Bernoulli

D'après la relation de Bernoulli entre A et B, on a :

$$P_1 + \frac{1}{2}\rho_{sang}\ v_1^2 + \rho_{sang} \times g \times z_A = P_2 + \frac{1}{2}\rho_{sang}\ v_2^2 + \rho_{sang} \times g \times z_B$$

d'où $v_2 = \sqrt{\frac{2(P_1 - P_2)}{\rho_{sang}} + v_1^2 + 2 \times g \times (z_A - z_B)}$.

D'après le schéma, $z_A = z_B$ donc $v_2 = \sqrt{\frac{2(P_1 - P_2)}{\rho_{sang}} + v_1^2}$.

À NOTER

3. a. L'unité SI d'une vitesse est le $m \cdot s^{-1}$. Il faut donc convertir v_1.

Avec $v_1 = 30\ cm \cdot s^{-1} = 30 \times 10^{-2}\ m \cdot s^{-1}$ et $P_2 = 101\ 325$ Pa, on obtient pour la vitesse en B : $v_2 = \sqrt{\frac{2 \times (114\ 657 - 101\ 325)}{1050} + (30 \times 10^{-2})^2} = \mathbf{5,0\ m \cdot s^{-1}}$.

b. Calculer la surface et le diamètre d'une section

On calcule la surface de la section S_2 en B.

D'après le principe de continuité, on a $S_1 \times v_1 = S_2 \times v_2$ d'où :

$$S_2 = \frac{S_1 \times v_1}{v_2} = \frac{\frac{\pi \times d_1{}^2}{4} \times v_1}{v_2} = \frac{\frac{\pi \times (18 \times 10^{-3})^2}{4} \times 30 \times 10^{-2}}{5,0} = 1,5 \times 10^{-5}\ m^2.$$

Puis, sachant que $S_2 = \frac{\pi \times d_2{}^2}{4}$, on peut calculer le diamètre :

$$d_2 = \sqrt{\frac{4 \times S_2}{\pi}} = \sqrt{\frac{4 \times 1,5 \times 10^{-5}}{\pi}} = 4,4 \times 10^{-3}\ m.$$

La partie rétrécie a une section $\mathbf{S_2 = 1,5 \times 10^{-5}\ m^2}$ pour un diamètre $\mathbf{d_2 = 4,4 \times 10^{-3}\ m}$.

Partie 3 Hivernage de la piscine

1. a. Établir l'expression d'une vitesse à partir de la relation de Bernoulli

D'après la relation de Bernoulli entre A et B, on a :

$$P_A + \frac{1}{2} \times \rho \times v_A{}^2 + \rho \times g \times z_A = P_B + \frac{1}{2} \times \rho \times v_B{}^2 + \rho \times g \times z_B.$$

Ici :

- Les points A et B sont tous les deux au contact de l'air, donc à la pression atmosphérique et on a $P_A = P_B = P_0$.
- La surface de l'eau en A est très supérieure à la section du tuyau en B ($S_A >> S_B$), donc, d'après le principe de continuité, la vitesse en A est négligeable devant la vitesse en B.

On en déduit que $\rho \times g \times z_A = \frac{1}{2} \times \rho \times v_B{}^2 + \rho \times g \times z_B$

d'où $v_B{}^2 = 2 \times g \times (z_A - z_B)$ donc :

$\boldsymbol{v_B = \sqrt{2 \times g \times (z_A - z_B)}}$.

CONSEILS

1. a. Si vous avez des difficultés pour répondre à une question où on vous demande de retrouver un résultat donné (ici, la formule de v_B), passez aux questions suivantes. Vous pourrez revenir à cette question quand vous aurez fini de répondre à toutes les autres.

D'après l'énoncé, A se trouve 3 m plus haut que le fond de la piscine et la piscine est sur un talus de 50 cm. On a donc : $z_A - z_B = 3{,}5$ m.

Ainsi, $v_B = \sqrt{2 \times 9{,}81 \times 3{,}5} = 8{,}3 \text{ m} \cdot \text{s}^{-1}$.

L'eau s'écoule à $\boldsymbol{v_B = 8{,}3 \text{ m} \cdot \text{s}^{-1}}$ en B.

b. Expliquer un phénomène

L'eau de la piscine s'écoulera dans le tuyau tant que la vitesse d'écoulement sera non nulle. Pour cela, il faut réunit deux conditions : il doit y avoir **de l'eau dans la piscine** (sans eau, pas d'écoulement donc $v_B = 0 \text{ m} \cdot \text{s}^{-1}$) et il faut que $z_A - z_B > 0$ (car $v_B = \sqrt{2 \times g \times (z_A - z_B)}$) donc **A (surface de l'eau) au-dessus de B.**

2. a. Calculer un débit volumique

Sachant que la surface de la section du tuyau est :

$$S_B = \pi \times \left(\frac{d_B}{2}\right)^2 = 3{,}14 \times \left(\frac{2{,}0 \times 10^{-2}}{2}\right)^2 = 3{,}1 \times 10^{-4} \text{ m}^2$$

on calcule le débit volumique :

$\boldsymbol{D_v} = S_B \times v_B = 3{,}1 \times 10^{-4} \times 8{,}3 = \boldsymbol{2{,}6 \times 10^{-3} \text{ m}^3 \cdot \text{s}^{-1}}$.

b. Raisonner sur une formule

Au cours de la vidange $(z_A - z_B)$ diminue, donc la vitesse v_B diminue ce qui implique que **le débit volumique diminue.**

L'énergie : conversions et transferts

11 L'énergie : conversions et transferts

Les **ballons-sondes** sont des ballons remplis de gaz que l'on utilise dans les domaines de la météorologie et de l'astronautique afin d'effectuer des mesures dans l'atmosphère, notamment de température ou de pression.

TEST

Pour vous situer et identifier les fiches à réviser 266

FICHES DE COURS

42 Le modèle du gaz parfait 268
43 Bilan d'énergie d'un système 270
44 Les transferts thermiques 272
45 Bilan thermique du système Terre-atmosphère 274
46 Évolution de la température d'un système 276
MÉMO VISUEL 278

SUJETS GUIDÉS & CORRIGÉS

OBJECTIF BAC
21 L'isolation thermique d'une habitation 280
OBJECTIF MENTION
22 Échanges d'énergie dans un moteur 286

TESTEZ-VOUS

→ CORRIGÉS P. 379-380

Faites le point sur vos connaissances, puis établissez votre **parcours de révision** en fonction de votre score.

1 Le modèle du gaz parfait

→ FICHE 42

1. La masse volumique ρ s'exprime en fonction de la masse *m* et du volume *V* :

☐ **a.** $\rho = \dfrac{m}{V}$ ☐ **b.** $\rho = m \times V$ ☐ **c.** $\rho = \dfrac{V}{m}$

2. L'équation d'état des gaz parfaits peut s'écrire :

☐ **a.** $P \times V = n \times R \times T$

☐ **b.** $P = \dfrac{n \times R \times T}{V}$

☐ **c.** $P \times n = V \times R \times T$

…/2

2 Bilan d'énergie d'un système

→ FICHE 43

1. Un système peut échanger avec l'extérieur de l'énergie sous forme de travail *W*. Lorsque son volume *V* varie, sa pression *P* étant la même à l'état initial et à l'état final, *W* peut s'écrire sous la forme :

☐ **a.** $W = -P \times (V_{\text{final}} - V_{\text{initial}})$

☐ **b.** $W = P \times (V_{\text{final}} - V_{\text{initial}})$

☐ **c.** $W = -P \times (V_{\text{initial}} - V_{\text{final}})$

2. On note ΔU la variation d'énergie interne, *W* le travail et *Q* le transfert thermique. Le premier principe de la thermodynamique a pour expression :

☐ **a.** $\Delta U = W \times Q$

☐ **b.** $\Delta U = W - Q$

☐ **c.** $\Delta U = W + Q$

…/2

3 Les transferts thermiques

→ FICHE 44

1. Un transfert thermique effectué grâce à un mouvement de matière dans les fluides s'appelle :

☐ **a.** la conduction thermique

☐ **b.** le rayonnement thermique

☐ **c.** la convection thermique

2. Un mur a une résistance thermique R_{th}. Le flux thermique Φ_Q entre une paroi à la température T_1 et l'autre paroi à la température T_2, a pour expression :

☐ **a.** $\Phi_Q = \frac{\Delta T}{R_{th}} = \frac{(T_2 - T_1)}{R_{th}}$

☐ **b.** $\Phi_Q = -\frac{\Delta T}{R_{th}} = -\frac{(T_2 - T_1)}{R_{th}}$

☐ **c.** $\Phi_Q = -\frac{\Delta T}{R_{th}} = -\frac{(T_1 - T_2)}{R_{th}}$

.../2

4 Bilan thermique du système Terre-atmosphère

→ FICHE 45

1. L'albedo est défini comme :

☐ **a.** la différence entre le flux solaire réfléchi et le flux solaire reçu.

☐ **b.** le rapport du flux solaire réfléchi sur le flux solaire reçu.

☐ **c.** la somme du flux solaire réfléchi et du flux solaire reçu.

2. La formule de Stefan-Boltzmann qui permet de calculer la température de surface de la Terre T à partir du flux radiatif ϕ émis par celle-ci s'écrit :

☐ **a.** $\phi = \sigma \times T^4$ ☐ **b.** $\phi = \sigma + T^4$ ☐ **c.** $\phi = \frac{\sigma}{T^4}$

.../2

5 Évolution de la température d'un système

→ FICHE 46

1. Un système incompressible au contact d'un thermostat, échange uniquement de l'énergie thermique Q qui a pour expression :

☐ **a.** $Q = C \times \Delta T = C \times (T_{final} - T_{initial})$

☐ **b.** $Q = C + \Delta T = C + (T_{final} - T_{initial})$

☐ **c.** $Q = C \times \Delta T = C \times (T_{initial} - T_{final})$

2. La loi phénoménologique de Newton a pour expression :

☐ **a.** $\frac{dT(t)}{dt} = -\alpha \times (T_{thermostat} - T(t))$

☐ **b.** $\frac{dT(t)}{dt} = \alpha \times (T(t) - T_{thermostat})$

☐ **c.** $\frac{dT(t)}{dt} = -\alpha \times (T(t) - T_{thermostat})$

.../2

Score total .../10

Parcours PAS À PAS ou EXPRESS ? → MODE D'EMPLOI P. 3

42 Le modèle du gaz parfait

En bref *Le gaz parfait est un modèle de gaz dans lequel les particules constitutives, modélisées par des points matériels, n'exercent aucune interaction entre elles, mis à part lors des chocs.*

I Lien entre grandeurs macroscopiques et microscopiques

■ À l'échelle macroscopique, un échantillon de gaz peut être décrit par 5 grandeurs, appelées aussi **variables d'états** : sa température thermodynamique T (en kelvins, K), sa quantité de matière n (en moles, mol), sa pression P (en pascals, Pa), son volume V (en mètres cubes, m^3) et sa masse m (en kilogrammes, kg).

À NOTER
La température thermodynamique T en kelvins (K) est reliée à la température t en degrés Celsius (°C) par la relation : $T = t + 273$.

La masse et le volume déterminent la masse volumique du gaz :

$$\rho = \frac{m}{V}$$

ρ en kilogrammes par mètre cube ($kg \cdot m^{-3}$) ;
m en kilogrammes (kg) ; V en mètres cubes (m^3)

■ Certaines de ces grandeurs macroscopiques ont un lien avec des grandeurs microscopiques.

Grandeur macroscopique	quantité de matière	température thermodynamique	pression
Grandeur microscopique	nombre de particules	vitesse des particules	nombre de chocs sur les parois par unité de temps et de surface

II L'équation du gaz parfait

■ L'**équation d'état des gaz parfaits** est une relation entre 4 des variables d'état du gaz, pour un système gazeux isolé (pas d'échange de matière avec l'extérieur) :

$$P \times V = n \times \mathrm{R} \times T$$

P en pascals (Pa) ; V en mètres cubes (m^3) ;
n en moles (mol) ; T en kelvins (K) ;
R constante des gaz parfaits : $\mathrm{R} = 8{,}31\ \mathrm{J \cdot K^{-1} \cdot mol^{-1}}$.

■ Le modèle du gaz parfait possède des limites, en dehors desquelles l'équation des gaz parfaits n'est plus applicable. Les cas où elle ne s'applique pas sont :
- les hautes pressions ;
- le volume propre des particules n'est plus négligeable ;
- le système n'est pas isolé : il échange de la matière avec l'extérieur.

Méthode

Exploiter l'équation des gaz parfaits

Un échantillon de gaz est enfermé dans un récipient dont on peut faire varier le volume. Les valeurs de la pression, du volume et de la température sont les suivantes : $P = 1{,}0 \times 10^5$ Pa ; $V = 2{,}0$ L ; $t = 25$ °C.
Le gaz est considéré comme étant parfait.

Donnée : constante des gaz parfaits : $\mathrm{R} = 8{,}31\ \mathrm{J \cdot K^{-1} \cdot mol^{-1}}$.

a. Calculer la quantité de matière n de l'échantillon de gaz.

b. On fait varier le volume du récipient jusqu'à la valeur $V = 1{,}0$ L, la température restant constante. Calculer la nouvelle valeur de la pression P.

c. Comparer pour les deux expériences le produit $P \times V$. Comment se nomme la loi ainsi vérifiée ?

CONSEILS

a. Pensez à convertir le volume en mètres cubes et calculez la température thermodynamique en kelvins : $1\ \mathrm{L} = 1 \times 10^{-3}\ \mathrm{m^3}$ et $T\ (\mathrm{K}) = t\ (°\mathrm{C}) + 273$.
b. Isolez la pression P dans l'équation des gaz parfaits.
c. Vous devez connaître cette loi étudiée en classe de Première.

SOLUTION

a. On isole la quantité de matière n dans l'équation des gaz parfaits :
$P \times V = n \times \mathrm{R} \times T \Leftrightarrow n = \dfrac{P \times V}{\mathrm{R} \times T}$.
On convertit le volume et on calcule la température thermodynamique :
$V = 2{,}0\ \mathrm{L} = 2{,}0 \times 10^{-3}\ \mathrm{m^3}$ et $T = 25 + 273 = 298$ K.
On calcule la quantité de matière n :

$$n = \frac{1{,}0 \times 10^5 \times 2{,}0 \times 10^{-3}}{8{,}31 \times 298} = 8{,}1 \times 10^{-2}\ \mathrm{mol}.$$

b. On isole la pression P dans l'équation des gaz parfaits :
$P \times V = n \times \mathrm{R} \times T \Leftrightarrow P = \dfrac{n \times \mathrm{R} \times T}{V}$.
On convertit le volume : $V = 1{,}0\ \mathrm{L} = 1{,}0 \times 10^{-3}\ \mathrm{m^3}$.
On calcule la pression P :

$$P = \frac{8{,}1 \times 10^{-2} \times 8{,}31 \times 298}{1{,}0 \times 10^{-3}} = 2{,}0 \times 10^5\ \mathrm{Pa}.$$

c. On calcule pour les deux expériences le produit $P \times V$:
- Expérience 1 : $P \times V = 1{,}0 \times 10^5 \times 2{,}0 \times 10^{-3} = 2{,}0 \times 10^2\ \mathrm{Pa \cdot m^3}$.
- Expérience 2 : $P \times V = 2{,}0 \times 10^5 \times 1{,}0 \times 10^{-3} = 2{,}0 \times 10^2\ \mathrm{Pa \cdot m^3}$.

Les deux produits sont égaux. La loi ainsi vérifiée est la loi de Mariotte.

43 Bilan d'énergie d'un système

En bref *Un système possède une énergie propre, appelée énergie interne U. Si le système n'échange pas de matière avec l'extérieur (système fermé), cette énergie est égale à la somme des énergies d'interaction et cinétique microscopiques entre les particules.*

I Le premier principe de la thermodynamique

■ Un système **fermé** (pas d'échange de matière avec l'extérieur) peut échanger avec l'extérieur de l'énergie sous forme de **travail** W si son volume V varie. Sa pression P ne varie pas et le travail a pour expression :

$$W = -P \times \Delta V$$
$$\Delta V = V_{\text{final}} - V_{\text{initial}}$$

W en joules (J) ; P en pascals (Pa) ; ΔV en mètres cubes (m^3).

W est positif si le système voit son volume diminuer et négatif dans le cas contraire.

■ Un système fermé peut échanger avec un autre système de l'énergie sous forme d'**énergie thermique Q** lorsque les températures des deux systèmes sont différentes. Il s'agit d'un transfert thermique. L'énergie thermique est cédée par le système ayant la plus haute température au système ayant la plus basse température.

■ W et Q sont positifs si le système reçoit de l'énergie et négatifs s'il en cède.

■ **Premier principe de la thermodynamique.** La variation de l'énergie interne U d'un système entre un état initial et un état final est égale à la somme du travail W et de l'énergie thermique Q échangés entre ces deux états :

$$\Delta U = W + Q$$
$$\Delta U = U_{\text{final}} - U_{\text{initial}}$$

ΔU, W et Q en joules (J).

II Capacité thermique d'un système incompressible

■ La **capacité thermique** C d'un système est égale à l'énergie thermique qu'il faut lui fournir pour augmenter sa température d'un kelvin.

■ La variation d'énergie interne U d'un **système incompressible** (son volume ne varie pas), de capacité thermique C, et dont la variation de température entre un état initial et un état final est égale à ΔT a pour expression :

$$\Delta U = Q = C \times \Delta T$$
$$\Delta U = U_{\text{final}} - U_{\text{initial}}$$
$$\Delta T = T_{\text{final}} - T_{\text{initial}}$$

ΔU et Q en joules (J) ; C en joules par kelvin ($J \cdot K^{-1}$) ; T en kelvins (K).

À NOTER

- La variation de température ΔT est la même si les températures sont en kelvins ou en degrés Celsius : $\Delta T = T_{\text{final}} - T_{\text{initial}} = (t_{\text{final}} + 273) - (t_{\text{initial}} + 273) = t_{\text{final}} - t_{\text{initial}}$.
- Si le volume ne varie pas alors $W = 0$ car $\Delta V = 0$.

Méthode

Réaliser l'étude énergétique d'un système

Un système fermé subit des transformations dont les états initiaux et finaux sont décrits dans le tableau ci-dessous :

Transformation	État initial	État final
n° 1	$t_{initial} = 20$ °C $P = 1,0 \times 10^5$ Pa $V_{initial} = 5,0$ m^3	$t_{final} = 20$ °C $P = 1,0 \times 10^5$ Pa $V_{final} = 3,0$ m^3
n° 2	$t_{initial} = 20$ °C $P = 1,0 \times 10^5$ Pa $V_{initial} = 6,0 \times 10^{-3}$ m^3	$t_{final} = -15$ °C $P = 1,0 \times 10^5$ Pa $V_{final} = 6,0 \times 10^{-3}$ m^3

Donnée : capacité thermique du système : $C = 500$ J·K^{-1}.

a. Calculer la variation d'énergie interne du système pour les transformations n° 1 et n° 2.

b. Identifier si le système a perdu ou gagné de l'énergie.

CONSEILS

a. Comparez l'état initial et l'état final pour déterminer l'expression de ΔU à utiliser.

b. Rappelez-vous que $\Delta U = U_{final} - U_{initial}$.

SOLUTION

a. **Transformation n° 1.** La température n'ayant pas varié entre l'état initial et l'état final, l'énergie thermique échangée avec l'extérieur est nulle : $Q = 0$ J.

On calcule le travail W échangé avec l'extérieur :

$W = -P \times \Delta V = -P \times (V_{final} - V_{initial})$

$W = -1,0 \times 10^5 \times (3,0 - 5,0) = 2,0 \times 10^5$ J.

On applique le premier principe de la thermodynamique :

$\Delta U = W + Q = 2,0 \times 10^5 + 0 = 2,0 \times 10^5$ J.

Transformation n° 2. Le volume n'ayant pas varié entre l'état initial et l'état final, le travail échangé avec l'extérieur est nul : $W = 0$ J.

On calcule l'énergie thermique Q échangée avec l'extérieur :

$Q = C \times \Delta T = C \times (T_{final} - T_{initial}) = 500 \times (-15 - 20) = -1,8 \times 10^4$ J.

On applique le premier principe de la thermodynamique :

$\Delta U = W + Q = 0 + (-1,8 \times 10^4) = -1,8 \times 10^4$ J.

b. Sachant que $\Delta U = U_{final} - U_{initial}$, on en déduit que si $\Delta U > 0$, le système a gagné de l'énergie (transformation n° 1) et si $\Delta U < 0$, le système a perdu de l'énergie (transformation n° 2).

44 Les transferts thermiques

En bref *Les échanges thermiques entre un système et l'extérieur peuvent se réaliser selon trois voies différentes : la conduction, la convection et le rayonnement.*

I Modes de transferts thermiques

- La **convection thermique** est un transfert effectué grâce à un mouvement de matière dans les fluides. La matière se déplace des régions les plus chaudes vers les régions les plus froides.
- La **conduction thermique** est un transfert ayant lieu entre deux corps à des températures différentes et en contact. Le transfert s'effectue de proche en proche grâce aux chocs incessants des molécules du corps le plus chaud vers le corps le plus froid. Il n'y a pas de déplacement de matière au cours de ce transfert.
- Le **rayonnement thermique** est un transfert qui s'effectue sans contact, même dans le vide, porté par des rayonnements électromagnétiques (de longueurs d'onde comprises entre 0,1 µm et 100 µm). Il n'y a pas de déplacement de matière au cours de ce transfert.

II Flux thermique et résistance thermique

On considère une paroi plane de surface S et d'épaisseur L, dont les deux faces sont à des températures différentes, notées T_1 et T_2.

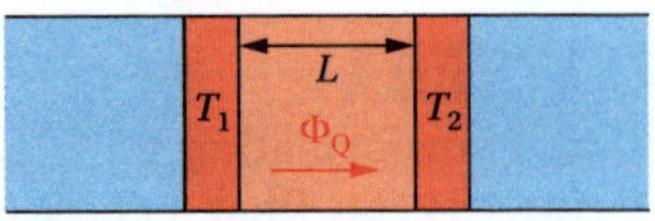

- Le **flux thermique** Φ_Q est égal à l'énergie thermique traversant la paroi par seconde, de la face de température T_1 vers la face de température T_2.

$$\Phi_Q = -\frac{\Delta T}{R_{th}} = -\frac{(T_2 - T_1)}{R_{th}}$$

Φ_Q en watts (W) ; T_1 et T_2 en kelvins (K) ; R_{th} résistance thermique en $K \cdot W^{-1}$.

Le flux thermique est d'autant plus faible en valeur absolue que la résistance thermique de la paroi est grande. Pour un matériau isolant thermique, on recherche la plus grande résistance thermique.

- Si $T_2 > T_1$ alors $\Phi_Q < 0$: l'énergie thermique est transférée de la paroi de température T_2 vers celle de température T_1.
- Si $T_2 < T_1$ alors $\Phi_Q > 0$: l'énergie thermique est transférée de la paroi de température T_1 vers celle de température T_2.

À NOTER
L'énergie thermique est toujours transférée du corps le plus chaud vers le corps le plus froid.

- La **résistance thermique** dépend à la fois de la valeur de la surface S, de l'épaisseur L et de la nature du matériau de la paroi.

$$R_{th} = \frac{L}{\lambda \times S}$$

R_{th} en $K \cdot W^{-1}$; L en m ; S en m^2 ;
λ conductivité thermique du matériau en $W \cdot K^{-1} \cdot m^{-1}$.

Méthode

Exploiter la relation entre le flux thermique et l'écart de température

On place une paroi de largeur $L = 3{,}6$ cm et de surface $S = 2{,}0\ m^2$ entre deux thermostats aux températures respectives $t_1 = 20$ °C et $t_2 = 40$ °C.
On note Φ_Q le flux thermique traversant la paroi de la surface 1 vers la surface 2.
La résistance thermique R_{th} de la paroi est égale à $20\ K \cdot W^{-1}$.

a. Calculer la valeur du flux thermique Φ_Q.

b. Déterminer la température t_2 de la paroi en degrés Celsius, dans le cas où le flux thermique Φ_Q à travers cette paroi est égal à 2,5 W.

c. La résistance thermique a pour expression : $R_{th} = \dfrac{L}{\lambda \times S}$ avec L en mètres, S en mètres carrés et λ en $W \cdot K^{-1} \cdot m^{-1}$. Déterminer la valeur de la conductivité thermique λ du matériau composant la paroi.

CONSEILS

a. Rappelez-vous que la différence entre deux températures est la même, que les températures soient en kelvins ou en degrés Celsius.
b. Utilisez la relation entre le flux thermique et la différence de température afin d'isoler la température thermodynamique T_2 en kelvins. Pour trouver t_2 en degrés Celsius, utilisez la relation : $T\ (K) = t\ (°C) + 273$.
c. Pensez à réaliser les conversions d'unité adéquates.

SOLUTION

a. Calculons le flux thermique :

$$\Phi_Q = -\frac{\Delta T}{R_{th}} = -\frac{(T_2 - T_1)}{R_{th}} = -\frac{(t_2 - t_1)}{R_{th}} = -\frac{(40-20)}{20} = -1{,}0\ W.$$

b. On a :

$$\Phi_Q = -\frac{\Delta T}{R_{th}} = -\frac{(T_2 - T_1)}{R_{th}} \Leftrightarrow -(T_2 - T_1) = \Phi_Q \times R_{th} \Leftrightarrow T_2 = T_1 - \Phi_Q \times R_{th}$$

$$T_2 = T_1 - \Phi_Q \times R_{th} = (t_1 + 273) - \Phi_Q \times R_{th} = (20 + 273) - 2{,}5 \times 20$$

$$T_2 = 243\ K$$

$$t_2 = T_2 - 273 = 243 - 273 = -30\ °C.$$

c. On isole la conductivité thermique à partir de la formule donnée de la résistance thermique :

$$R_{th} = \frac{L}{\lambda \times S} \Leftrightarrow \lambda = \frac{L}{R_{th} \times S}$$

On convertit L en mètres : $L = 3{,}6\ cm = 3{,}6 \times 10^{-2}\ m$.
On calcule la conductivité thermique du matériau :

$$\lambda = \frac{3{,}6 \times 10^{-2}}{20 \times 2{,}0} \Leftrightarrow \lambda = 9{,}0 \times 10^{-4}\ W \cdot K^{-1} \cdot m^{-1}.$$

45 Bilan thermique du système Terre-atmosphère

En bref *Le système Terre-atmosphère reçoit et perd de l'énergie. L'énergie reçue provient du Soleil sous forme radiative. Cette énergie est en partie réfléchie par le système et en partie absorbée.*

I Bilan d'énergie de la Terre

■ L'énergie reçue par le système Terre-atmosphère est essentiellement de **l'énergie radiative** en provenance du Soleil.

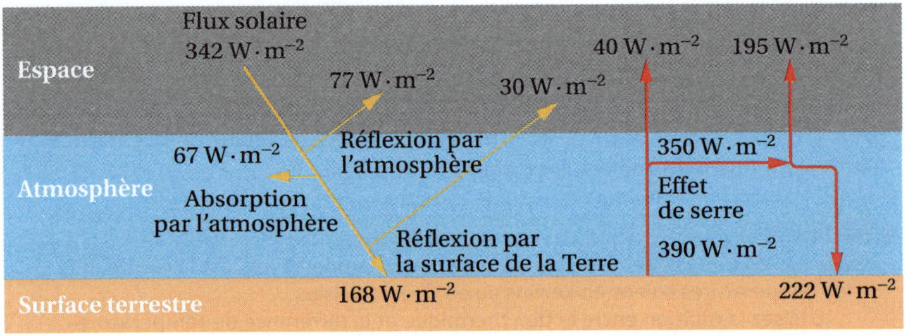

■ L'**albedo *A*** est le rapport du flux réfléchi total sur le flux reçu total. Pour la Terre, il est en moyenne de 30 %.

■ La surface terrestre émet un rayonnement infrarouge en partie vers l'espace et en partie absorbé par l'atmosphère. L'atmosphère émet alors un rayonnement en direction de l'espace et vers la surface de la Terre. C'est l'**effet de serre**.

À NOTER
L'effet de serre est dû à certains gaz de l'atmosphère : vapeur d'eau, dioxyde de carbone, méthane.

■ Le système Terre-atmosphère est en équilibre radiatif : les flux reçus et émis sont toujours égaux. Pour un équilibre donné, la température moyenne sur Terre reste constante.

II La température moyenne de la Terre

La formule de Stefan-Boltzmann permet de calculer la température de surface de la Terre à partir du flux radiatif émis par celle-ci ($390\ W \cdot m^{-2}$) :

$\phi = \sigma \times T^4$	ϕ puissance émise par unité de surface en $W \cdot m^{-2}$; T en kelvins (K) ; σ constante de Stefan-Boltzmann $\sigma = 5{,}67 \times 10^{-8}\ W \cdot m^{-2} \cdot K^{-4}$

La température obtenue est égale à 288 K (15 °C). Le rayonnement émis vers l'espace est égal à $235\ W \cdot m^{-2}$ (= 40 + 195), ce qui donnerait une température de –18 °C. La différence est due à **l'effet de serre**.

Méthode

Effectuer un bilan quantitatif d'énergie et estimer une température

La surface terrestre reçoit un flux d'énergie qui est réparti de la façon suivante :

Flux	rayonnement UV, visible émis par le Soleil	rayonnement infrarouge émis par l'atmosphère
Valeur ($W \cdot m^{-2}$)	168	222

La surface terrestre émet un flux d'énergie qui est réparti de la façon suivante :

Flux	rayonnement infrarouge émis vers l'atmosphère	rayonnement infrarouge émis vers l'espace
Valeur ($W \cdot m^{-2}$)	350	40

a. Réaliser le bilan global d'énergie de la surface de la Terre.

b. Calculer la température de surface de la Terre, en degrés Celsius, la formule de Stefan-Boltzmann étant donnée : $\phi = \sigma \times T^4$ avec ϕ puissance émise par unité de surface en $W \cdot m^{-2}$; T en kelvins (K) ; σ constante de Stefan-Boltzmann $\sigma = 5{,}67 \times 10^{-8}\ W \cdot m^{-2} \cdot K^{-4}$.

c. Pour quelle raison tout le rayonnement infrarouge émis par la surface de la Terre n'est-il pas émis vers l'espace ?

CONSEILS

a. Un bilan consiste à soustraire aux gains d'énergie, les pertes d'énergie.

b. La Terre émet des rayonnements infrarouges. Le lien entre la température thermodynamique T et la température t est : $T\,(K) = t\,(°C) + 273$.

SOLUTION

a. Le bilan global d'énergie de la surface de la Terre s'écrit :
$\Delta\phi$ = somme des flux d'énergies reçues – somme des flux d'énergies perdues
$\Delta\phi = (168 + 222) - (350 + 40) = 390 - 390 = 0\ W \cdot m^{-2}$.

b. Isolons la température T en kelvins dans la formule :

$$\phi = \sigma \times T^4 \Leftrightarrow T^4 = \frac{\phi}{\sigma} \Leftrightarrow T = \left(\frac{\phi}{\sigma}\right)^{1/4}.$$

Calculons le flux associé au rayonnement infrarouge :
$\phi = 350 + 40 = 390\ W \cdot m^{-2}$.

Calculons la température T : $T = \left(\dfrac{390}{5{,}67 \times 10^{-8}}\right)^{1/4} = 288$ K.

Déterminons la température t en degrés Celsius :
$T = t + 273 \Leftrightarrow t = T - 273 = 288 - 273 = 15\ °C$.

c. Le rayonnement infrarouge est absorbé en partie par la vapeur d'eau, le méthane et le dioxyde de carbone de l'atmosphère : c'est l'effet de serre.

46 Évolution de la température d'un système

En bref *Un système peut voir sa température T varier entre un état initial et un état final. Il existe un modèle mathématique qui permet de déterminer l'évolution temporelle de cette température.*

I Bilan d'énergie d'un système incompressible

■ Un système incompressible (c'est-à-dire dont le volume ne peut pas varier) et au contact d'un **thermostat** échange uniquement de l'énergie thermique Q. Si on note C la capacité thermique de ce système, le premier principe de la thermodynamique donne la variation de l'énergie interne U d'un tel système → FICHE 43 :

$$\Delta U = Q = C \times \Delta T = C \times \left(T_{\text{final}} - T_{\text{initial}}\right)$$

La température du système, initialement à une valeur $T_{\text{initial}} = T_0$, évolue pour atteindre la valeur $T_{\text{final}} = T_{\text{thermostat}}$.

MOT CLÉ
Un **thermostat** est un système qui peut échanger de la chaleur afin de garder sa température constante au cours du temps.

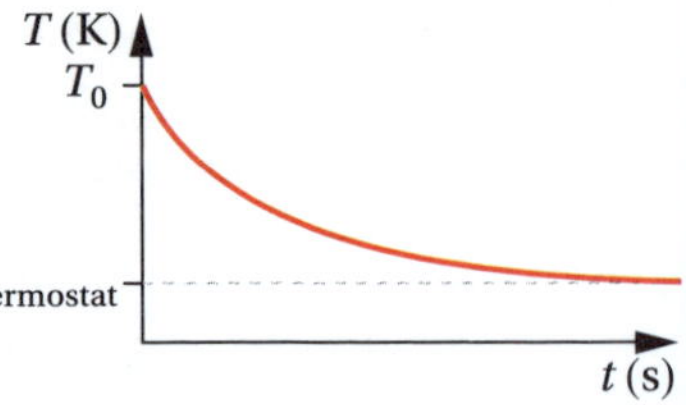

■ La **loi phénoménologique de Newton**, indique que la variation temporelle de la température T d'un système incompressible (c'est-à-dire dont le volume ne peut pas varier) est proportionnelle à la différence de température entre le système et le milieu environnant considéré comme un thermostat :

$$\frac{dT(t)}{dt} = -\alpha \times \left(T(t) - T_{\text{thermostat}}\right)$$

T et $T_{\text{thermostat}}$ en kelvins (K) ;
α en s^{-1} ;
t en secondes (s).

α est une constante positive caractéristique du système.

II Modélisation de l'évolution de la température d'un système

■ La loi de Newton est une équation différentielle du premier ordre à coefficients constants avec un second membre constant :

$$\frac{dT(t)}{dt} = -\alpha \times \left(T(t) - T_{\text{thermostat}}\right) \Leftrightarrow \frac{dT(t)}{dt} + \alpha \times T(t) = \alpha \times T_{\text{thermostat}}.$$

La solution d'une telle équation différentielle a pour expression :

$$T(t) = A + B \times e^{-\alpha t}$$

Les coefficients A et B sont déterminés à partir de la condition initiale et de la condition finale associées à la température $T(t)$: $T(0) = T_0$ et $T(t \to \infty) = T_{\text{thermostat}}$.

■ La solution de la loi de Newton a pour expression :

$$T(t) = T_{\text{thermostat}} + \left(T_0 - T_{\text{thermostat}}\right) \times e^{-\alpha t}$$

Méthode

Suivre et modéliser l'évolution d'une température

Un système incompressible possède une température initiale $t = 20$ °C. On le met au contact d'un thermostat dont la température est égale à 40 °C.

a. Quelle sera la température finale du système ?

b. Déterminer l'expression de la température en fonction du temps, solution de l'équation différentielle associée à la loi de Newton :

$$\frac{dT(t)}{dt} = -\alpha \times (T(t) - T_{\text{thermostat}}).$$

c. Sachant que le coefficient α est égal à 0,30 min^{-1}, calculer la valeur de la température du système au bout d'une durée égale à 200 secondes.

CONSEILS

a. Rappelez-vous qu'un thermostat est un système dont la température reste constante au cours du temps.

b. Rappelez-vous que la solution générale a pour expression : $T(t) = A + B \times e^{-\alpha t}$.

c. Pensez à convertir α en s^{-1} : $1 \text{ min}^{-1} = \frac{1}{60} s^{-1}$.

SOLUTION

a. La température finale du système est égale à celle du thermostat : 40 °C.

b. La solution générale a pour expression $T(t) = A + B \times e^{-\alpha t}$.

On exprime la condition initiale et la condition finale associées à la température $T(t)$ pour trouver A et B : $T(0) = T_0$ et $T(t \to \infty) = T_{\text{thermostat}}$

$T(0) = T_0 \Leftrightarrow A + B \times e^{-\alpha \times 0} = T_0 \Leftrightarrow A + B = T_0$

$\lim_{t \to \infty}(A + B \times e^{-\alpha t}) = T_{\text{thermostat}} \Leftrightarrow A + B \times 0 = T_{\text{thermostat}} \Leftrightarrow A = T_{\text{thermostat}}.$

On en déduit : $A + B = T_0 \Leftrightarrow T_{\text{thermostat}} + B = T_0 \Leftrightarrow B = T_0 - T_{\text{thermostat}}.$

L'expression de $T(t)$ est donc :

$$T(t) = T_{\text{thermostat}} + (T_0 - T_{\text{thermostat}}) \times e^{-\alpha t}$$

c. On convertit α en s^{-1} :

$\alpha = 0{,}30 \text{ min}^{-1} = \frac{0{,}30}{60} s^{-1} = 5{,}0 \times 10^{-3} s^{-1}.$

La température en fonction du temps a pour expression :

$T(t) = 40 + (20 - 40) \times e^{-\alpha t} = 40 - 20 \times e^{-5{,}0 \times 10^{-3} \times t}.$

On calcule la température du système au bout d'une durée égale à 200 secondes :

$T(t = 200) = 40 - 20 \times e^{-5{,}0 \times 10^{-3} \times 200} = 33$ °C.

MÉMO VISUEL

L'ÉNERGIE :

Loi du gaz parfait

$$PV = nRT$$

P en Pa, V en m³, n en mol, T en K

avec R = 8,31 J·K⁻¹·mol⁻¹

Bilan d'énergie d'un système

- **Travail *W* échangé avec l'extérieur**

$$W = -P\,(V_{\text{final}} - V_{\text{initial}}) = -P\,\Delta V$$

W en J, P en Pa, ΔV en m³

- **Énergie thermique *Q* échangée avec l'extérieur**

$$Q = C\,(T_{\text{final}} - T_{\text{initial}}) = C\,\Delta T$$

Q en J, C : Capacité thermique (J·K⁻¹), ΔT en K

- **Premier principe de la thermodynamique**

Un système possède une énergie interne *U* :

$$\Delta U = U_{\text{final}} - U_{\text{initial}} = W + Q$$

ΔU en J, W en J, Q en J

Les échanges thermiques

- **Convection thermique** : mouvement de matière dans les fluides.
- **Rayonnement thermique** : transfert porté par des rayonnements électromagnétiques.
- **Conduction thermique** : transfert entre deux corps en contact.
- **Flux thermique Φ_Q** : énergie thermique traversant la paroi par seconde.

$$\Phi_Q = -\frac{\Delta T}{R_{th}} = -\frac{(T_2 - T_1)}{R_{th}}$$

Φ_Q en W, T_2 en K, T_1 en K

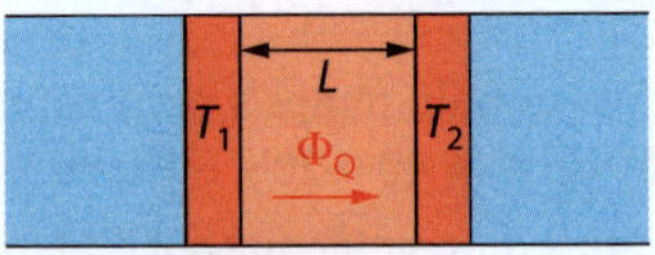

- **Résistance thermique :**

$$R_{th} = \frac{L}{\lambda S}$$

R_{th} en K·W⁻¹, L en m, S en m², λ en W·K⁻¹·m⁻¹

CONVERSIONS ET TRANSFERTS

Bilan thermique du système Terre-atmosphère

- Énergie du Soleil sous forme radiative en partie réfléchie et en partie absorbée.

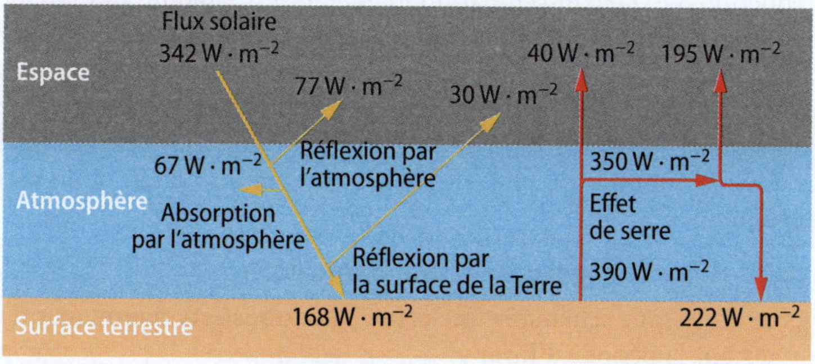

- **Albedo** : rapport du flux réfléchi sur le flux reçu ; environ de 30 %.
- **Formule de Stefan-Boltzmann :** $\phi = \sigma \times T^4$

Évolution de la température d'un système

- **Premier principe de la thermodynamique**

$$\Delta U = Q = C\Delta T = C(T_{\text{final}} - T_{\text{initial}})$$

- **Loi phénoménologique de Newton**

$$\frac{dT(t)}{dt} = -\alpha\,(T(t) - T_{\text{thermostat}})$$

s (unité de dt) ; s^{-1} (unité de α) ; K (unité de $T(t)$ et $T_{\text{thermostat}}$)

SUJET 21 | OBJECTIF BAC

1 h L'isolation thermique d'une habitation

→ FICHES 43 à 45

Voici comment utiliser le premier principe de la thermodynamique pour faire le bilan d'énergie d'une habitation. Et comment utiliser la notion de résistance thermique pour étudier différentes isolations thermiques.

LE SUJET

La réduction de la consommation d'énergie est aujourd'hui un des enjeux majeurs en France. Les logements représentant près de 43 % de cette consommation, depuis plus de dix ans, des efforts ont été réalisés d'une part pour améliorer l'analyse des échanges thermiques dans l'habitation et l'isolation des bâtiments anciennement construits et, d'autre part, pour construire de nouvelles habitations avec des normes de plus en plus drastiques au niveau de la performance énergétique.

Partie 1 Bilan énergétique d'une habitation

La figure ci-dessous schématise les principaux transferts thermiques d'une habitation durant la période d'hiver :

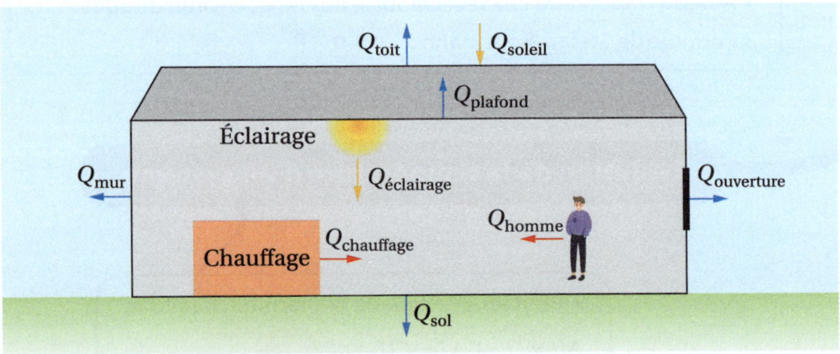

1. On prend comme système l'habitation tout entière.

a. Exprimer le transfert thermique Q_H associé à ce système.

b. Préciser les signes de chaque membre de Q_H.

c. Sachant que le transfert thermique solaire ne dépasse pas 20 % de la valeur absolue de la somme des autres transferts, prévoir comment va varier qualitativement l'énergie interne U_H de l'habitation.

2. En été, la température moyenne de l'air extérieur est supérieure à celle de l'habitation, qui est elle-même supérieure à celle du sol. Préciser de nouveau les signes de chaque membre de Q_H.

3. On prend maintenant comme système l'air contenu dans la pièce de l'habitation en hiver.

a. Exprimer le transfert thermique Q_A associé à ce système.

b. Préciser les signes de chaque membre de Q_A.

c. Exprimer la variation d'énergie interne ΔU_A du système.

d. La variation d'énergie interne du système « air contenu dans la pièce » peut aussi s'écrire sous la forme $\Delta U_A = C_A \times (T_2 - T_1)$ où C_A est la capacité thermique de l'air, T_2 la température finale et T_1 la température initiale.

Exprimer le transfert thermique $Q_{chauffage}$ que doit fournir le chauffage si l'on désire maintenir la température de la pièce constante au cours du temps.

Partie 2 Étude d'un double vitrage

Le double vitrage est composé de deux vitres de mêmes dimensions, séparées par une couche d'air : ceci permet d'améliorer l'isolation thermique des habitations.

Pour mettre en évidence l'intérêt d'un tel dispositif, on réalise une expérience en mettant en contact une des faces vitrées avec une surface thermostatée (dont la température est constante et peut être manuellement fixée) de température T_0, et en mesurant la température T_1 de la seconde face vitrée, qui est au contact de l'air ambiant.

On reproduit la même expérience en remplaçant le double vitrage par une vitre simple de même épaisseur *e* que le double vitrage.

Les expériences sont réalisées sur la même durée Δt de sorte que le transfert thermique Q à travers les deux systèmes soit le même. Pour une épaisseur *e* égale à 30 mm, on obtient les résultats suivants :

Expérience 1 (double vitrage)	$T_0 = 5{,}0$ °C	$T_{1\ double} = 20{,}0$ °C
Expérience 2 (simple vitrage)	$T_0 = 5{,}0$ °C	$T_{1\ simple} = 18{,}5$ °C

La valeur absolue du flux thermique Φ_Q traversant les systèmes, de la face thermostatée vers l'air ambiant, est égale à 1 500 W.

1. Exprimer la résistance thermique R_{th} en fonction des températures (T_0 et T_1) et du flux thermique Φ_Q. Sans calcul, montrez pourquoi la résistance thermique du double vitrage est supérieure à celle du vitrage simple.

2. Calculer la résistance thermique de chacun des dispositifs.

3. On réalise une série d'expériences en remplaçant l'air dans le double vitrage par d'autres gaz (qui sont des gaz rares, représentant moins de 1 % de l'atmosphère en volume).

On obtient les résultats suivants :

Expérience A (air)	$T_0 = 5$ °C	$T_A = 20{,}0$ °C
Expérience B (argon)	$T_0 = 5$ °C	$T_B = 20{,}9$ °C
Expérience C (krypton)	$T_0 = 5$ °C	$T_C = 20{,}5$ °C

Peut-il être avantageux de remplacer l'air par un autre gaz ? Quel inconvénient cela peut-il avoir sachant qu'isoler un des constituants de l'air est coûteux ?

Partie 3 Albedo terrestre

En fonction du matériau utilisé pour réaliser le toit, la proportion de puissance solaire incidente absorbée peut grandement varier.

Le flux solaire incident au niveau du sol Φ_{sol} est égal à 198 $W \cdot m^{-2}$.

Matériau	tuile rouge	aluminium	ardoise	zinc
Pourcentage de puissance solaire absorbée	70 %	15 %	85 %	40 %

L'albedo moyen terrestre est égal à 30 %.

1. Définir ce qu'est l'albedo.

2. Déterminer l'albedo de chacun des matériaux.

3. Calculer les puissances réfléchies pour une surface égale à 2,0 m^2 de chacun des matériaux.

4. Quel matériau utiliser pour récupérer un maximum de puissance solaire ?

LES CLÉS POUR RÉUSSIR

Partie 1 Bilan énergétique d'une habitation

1. c. Notez que le volume du système ne varie pas : cela a une conséquence sur le travail échangé. → FICHE 43

2. Souvenez-vous que le transfert thermique s'effectue toujours du corps le plus chaud vers le corps le plus froid et que l'on compte positivement l'énergie reçue, négativement celle perdue.

3. d. Si la température reste constante, cela signifie que la température finale est égale à la température initiale.

Partie 2 Étude d'un double vitrage

1. N'oubliez pas que la résistance thermique est proportionnelle à la différence de température entre les deux surfaces. → FICHE 44

3. Le coût d'extraction d'un litre d'argon est plus élevé que celui d'un litre d'air.

LE CORRIGÉ

Partie 1 Bilan énergétique d'une habitation

1. a. Déterminer l'expression d'un transfert thermique

Le transfert thermique Q_H associé à ce système est égal à la somme des différents transferts thermiques ayant lieu entre la maison et l'extérieur :

$Q_H = Q_{toit} + Q_{soleil} + Q_{mur} + Q_{ouverture} + Q_{sol}$.

b. Déterminer le signe d'un transfert thermique

Si le système reçoit de l'énergie, le transfert thermique est compté positivement. Si le système perd cette énergie, le transfert est compté négativement. Les signes de chaque membre de Q_H sont donc :

$Q_{toit} < 0$; $Q_{soleil} > 0$; $Q_{mur} < 0$; $Q_{ouverture} < 0$; $Q_{sol} < 0$.

> **À NOTER**
> **1. b.** Pour trouver le signe du transfert thermique, il suffit de regarder sur le schéma le sens de la flèche du transfert.

c. Déterminer l'évolution de l'énergie interne

On applique le premier principe de la thermodynamique : $\Delta U_H = W + Q_H$.
Le travail W est nul car le volume du système ne varie pas : $W = 0$ J.
Et, si le transfert thermique solaire ne dépasse pas 20 % de la valeur absolue de la somme des autres transferts, alors Q_H est négatif : en effet Q_{soleil} est le seul transfert positif, les autres étant négatifs. Ainsi, $\Delta U_H = Q_H < 0$.
On en déduit que l'énergie interne **U_H de l'habitation va diminuer** car d'après le premier principe $\Delta U_H < 0 \Leftrightarrow U_{H,final} - U_{H,initial} < 0$ et donc : $U_{H,final} < U_{H,initial}$.

2. Déterminer le signe d'un transfert thermique

Quand deux systèmes à des températures différentes sont mis en contact, le transfert thermique s'effectue du système à la température la plus élevée vers le système à la température la plus basse.
En été, la température moyenne de l'air extérieur est supérieure à celle de l'habitation, qui est elle-même supérieure à celle du sol. Les signes de chaque membre de Q_H sont alors les suivants :

$Q_{toit} > 0$; $Q_{soleil} > 0$; $Q_{mur} > 0$; $Q_{ouverture} > 0$; $Q_{sol} < 0$.

3. a. Déterminer l'expression d'un transfert thermique

Le transfert thermique Q_A associé au système « air contenu dans la pièce » est égal à la somme des différents transferts thermiques ayant lieu entre le système et l'extérieur :

$Q_A = Q_{plafond} + Q_{chauffage} + Q_{mur} + Q_{ouverture} + Q_{sol} + Q_{homme} + Q_{éclairage}$.

b. Déterminer le signe d'un transfert thermique

Si le système reçoit de l'énergie alors le transfert thermique est compté positivement tandis que si le système perd de l'énergie alors le transfert est compté négativement.
Les signes de chaque membre de Q_A sont donc :

$Q_{plafond} < 0$; $Q_{chauffage} > 0$; $Q_{éclairage} > 0$; $Q_{homme} > 0$;
$Q_{sol} < 0$; $Q_{mur} < 0$; $Q_{ouverture} < 0$.

c. Exprimer la variation de l'énergie interne

Le travail W est nul car le volume des pièces de la maison ne varie pas : $W = 0$ J. Ainsi, en appliquant le premier principe de la thermodynamique $\Delta U_A = W + Q_A$, on obtient : $\mathbf{\Delta U_A = Q_A}$.

d. Exprimer un transfert thermique

Cette variation d'énergie interne du système « air contenu dans la pièce » ΔU_A peut s'écrire sous deux formes : $\Delta U_A = Q_A$ (comme établi à la question **c**) mais aussi $\Delta U_A = C_A \times (T_2 - T_1)$. On peut donc identifier ces deux expressions et écrire : $\Delta U_A = Q_A = C_A \times (T_2 - T_1)$.

Si on veut maintenir la température constante, cela signifie que $T_2 = T_1$ et donc $T_2 - T_1 = 0$. En ce cas, on a : $Q_A = C_A \times 0 = 0$.

Or $Q_A = Q_{plafond} + Q_{chauffage} + Q_{mur} + Q_{ouverture} + Q_{sol} + Q_{homme} + Q_{éclairage}$.

Ici, avec $Q_A = 0$, le transfert thermique $Q_{chauffage}$ est alors :

$\mathbf{Q_{chauffage} = -(Q_{plafond} + Q_{mur} + Q_{ouverture} + Q_{sol} + Q_{homme} + Q_{éclairage})}$.

Partie 2 Étude d'un double vitrage

1. Exprimer une résistance thermique

Le flux thermique Φ_Q allant de la face thermostatée de température T_0 à la face au contact de l'air ambiant à la température T_1 a pour expression $\Phi_Q = -\frac{\Delta T}{R_{th}}$. On peut donc écrire : $\mathbf{R_{th} = -\frac{\Delta T}{\Phi_Q} = \frac{T_0 - T_1}{\Phi_Q}}$.

D'après les données de l'énoncé, **la différence de température est plus grande pour le double vitrage** (expérience 1) que pour le simple vitrage (expérience 2). On en déduit que, pour un flux thermique égal, la résistance thermique du double vitrage est supérieure à celle du vitrage simple.

2. Calculer une résistance thermique

Le flux thermique Φ_Q va de la face thermostatée de température T_0 à celle au contact de l'air ambiant à la température T_1. Comme T_1 est supérieure à T_0, on en déduit que Φ_Q est de signe négatif : $\Phi_Q = -1\,500$ W.

À NOTER

2. Le calcul de la résistance thermique peut s'effectuer avec des températures exprimées en kelvins ou en degrés Celsius car la différence calculée entre deux températures sera la même.

- La résistance thermique du double vitrage est :

$$R_{th} = \frac{T_0 - T_{1\,double}}{\Phi_Q} = \frac{5{,}0 - 20{,}0}{-1\,500} = \mathbf{1{,}0 \times 10^{-2}\ K \cdot W^{-1}}.$$

- La résistance thermique du simple vitrage est :

$$R_{th} = \frac{T_0 - T_{1\,simple}}{\Phi_Q} = \frac{5{,}0 - 18{,}5}{-1\,500} = \mathbf{9{,}0 \times 10^{-3}\ K \cdot W^{-1}}.$$

3. **Comparer des résistances thermiques**

Comparons les résistances thermiques pour les trois gaz. Sachant que la résistance thermique est d'autant plus grande que la différence de température entre les deux faces est grande, on obtient la relation d'ordre suivante :

$\mathbf{R_{th}(air) < R_{th}(krypton) < R_{th}(argon)}$.

Il est donc **avantageux de remplacer l'air par un de ces gaz rares** car cela augmente la résistance thermique de la fenêtre.

En revanche, il se peut que le **coût de fabrication** d'une telle fenêtre soit beaucoup plus important (surcoût lié à l'extraction et à la séparation du gaz rare).

Partie 3 Albedo terrestre

1. **Donner la définition de l'albedo**

L'albedo est le **rapport du flux solaire réfléchi sur le flux solaire reçu.**

2. **Calculer un albedo**

Calculons l'albedo de chacun des matériaux, sachant qu'il s'identifie avec le pourcentage de puissance solaire réfléchie :

%(puissance solaire réfléchie) = 100 – %(puissance solaire absorbée).

On obtient :

Matériau	tuile rouge	aluminium	ardoise	zinc
Albedo	30 % = 0,30	85 % = 0,85	15 % = 0,15	60 % = 0,60

À NOTER

2. Un pourcentage peut s'exprimer de deux façons différentes : p % = p/100.
Exemple : 56 % = 0,56.

3. **Calculer une puissance réfléchie**

La puissance réfléchie par une surface S, connaissant le flux solaire incident Φ_{sol} a pour expression : $P_{réfléchie} = \Phi_{sol} \times \text{albedo} \times S$ où $P_{réfléchie}$ est en watts (W), Φ_{sol} en watts par mètre carré ($W \cdot m^{-2}$) et S en m^2.

Ici, d'après les données de l'énoncé, $P_{réfléchie} = 198 \times \text{albedo} \times 2{,}0$ donc :

Matériau	tuile rouge	aluminium	ardoise	zinc
$\mathbf{P_{réfléchie}\ (W \cdot m^{-2})}$	$1{,}2 \times 10^2$	$3{,}4 \times 10^2$	$5{,}9 \times 10^1$	$2{,}4 \times 10^2$

4. **Choisir un matériau adéquat**

Le matériau à utiliser pour récupérer un maximum de puissance solaire est celui dont l'albedo est le plus faible, soit ici **l'ardoise.**

▶ SUJET 22 | OBJECTIF MENTION

⏱ 1 h

Échanges d'énergie dans un moteur

→ FICHES 42 et 43

Pour comprendre le fonctionnement d'un moteur à explosion, exploitons un diagramme de Clapeyron (*P*, *V*) en utilisant le premier principe de la thermodynamique et nos connaissances sur les gaz parfaits.

LE SUJET

Le moteur à explosion à quatre temps est le moteur thermique le plus couramment utilisé dans l'industrie automobile pour équiper les véhicules. Le fonctionnement d'un moteur à explosion se fait en quatre étapes appelées « temps » : l'admission, la compression, l'explosion-détente et enfin l'échappement.

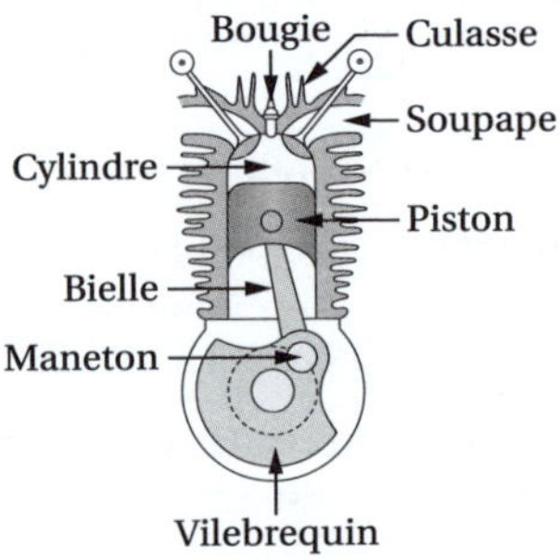

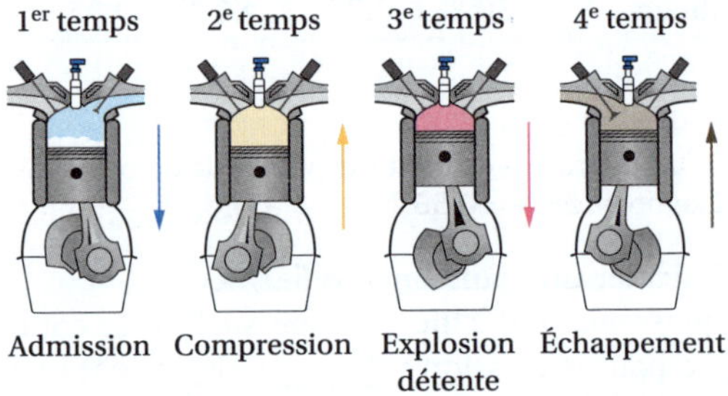

• **Premier temps.** Le piston partant du « point mort haut », descend progressivement grâce au mouvement du vilebrequin, en aspirant le mélange air-carburant qui passe par la soupape d'admission (à droite), la soupape d'échappement (à gauche) étant fermée. Lorsque le piston arrive au « point mort bas », la soupape d'admission se ferme.

• **Deuxième temps.** Le piston remonte en comprimant le mélange air-carburant. Les deux soupapes sont fermées.

• **Troisième temps.** Une étincelle (générée par une bougie) provoque l'explosion du mélange. Sous l'effet de celle-ci, le piston est renvoyé jusqu'à son « point mort bas ».

• **Quatrième temps.** Le piston partant du « point mort bas », remonte progressivement en chassant les produits de la combustion qui passent par la soupape d'échappement (à gauche), la soupape d'admission (à droite) étant fermée.

On donne ci-dessous le diagramme de Clapeyron des états du gaz, choisi comme système, lors du fonctionnement du moteur à quatre temps.

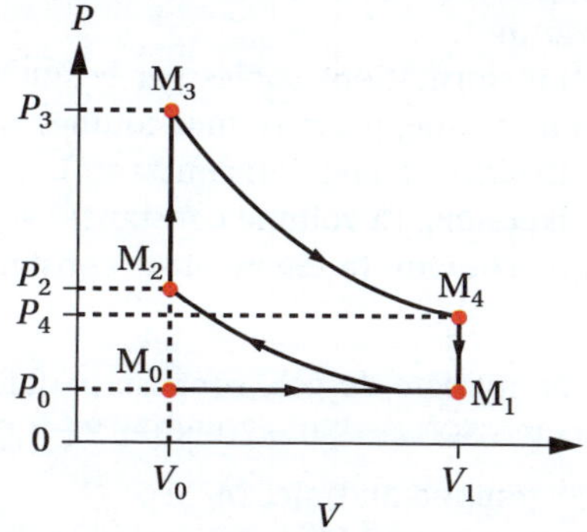

Diagramme de Clapeyron du moteur à 4 temps

Le point M_0 représente l'état initial (volume V_0 pour le piston au point mort haut, pression P_0 égale à la pression atmosphérique).

Lors du premier temps, le mélange aspiré atteint un volume V_1 (piston au point mort bas), et est représenté par le point M_1.

Document 1 Adiabatique ou isotherme ?

- Une transformation est dite **isotherme** si, au cours de celle-ci, la température T du système reste constante.

Pour un gaz contenant n moles, subissant une variation de volume entre un volume initial V_1 et un volume final V_2, le travail des forces de pression a pour expression :

$$W = n \times R \times T \times \ln\left(\frac{V_1}{V_2}\right)$$

où W est en joules (J), n en moles (mol), T en kelvins (K) et V en mètres cubes (m^3). R est la constante des gaz parfaits : $R = 8{,}31\ \text{J}\cdot\text{mol}^{-1}\cdot\text{K}^{-1}$.

- Une transformation est dite **adiabatique** si, au cours de celle-ci, le système n'échange aucune énergie thermique avec l'extérieur : le transfert thermique Q est nul.

Pour un gaz contenant n moles, subissant une variation de volume et de pression entre initialement V_1 et P_1 puis finalement V_2 et P_2, le travail des forces de pression a pour expression :

$$W = \frac{P_2 \times V_2 - P_1 \times V_1}{\gamma - 1}$$

où W est en joules (J), V en mètres cubes (m^3) et P en pascals (Pa).
γ est une constante sans unité du mélange gazeux et $\gamma \approx 1{,}4$ pour l'air.

Document 2 Le diagramme de Clapeyron

Il s'agit d'un graphique où on porte le volume V d'un système en abscisse et sa pression P en ordonnée.
On représente les transformations subies par le système, qui est un gaz de quantité de matière n connue, par certaines courbes particulières :
- **transformation isobare** (à pression constante) : segment horizontal ;
- **transformation isochore** (à volume constant) : segment vertical ;
- **transformation isotherme** (à température constante) : portion d'hyperbole.

1. Calculer la quantité de matière de gaz, supposé parfait, dans la chambre de combustion sachant que $V = 500$ cm^3, $\theta = 20$ °C et $P = 1{,}0 \times 10^5$ Pa.

2. Le **premier temps** correspond au trajet M_0M_1.
Comment varient la pression et le volume ?

3. Le **deuxième temps** correspond au trajet M_1M_2.

a. Comment varient la pression et le volume ?

b. Exprimer le travail des forces de pression sachant que la température du système reste constante : $T_1 = T_2$.

c. Exprimer la variation d'énergie interne ΔU.

d. Comment varie-t-elle ? On rappelle que la fonction $\ln(x)$, définie sur l'intervalle $]0\ ;+\infty[$, est positive pour $x > 1$ et négative pour $x < 1$.

4. Le **troisième temps** est représenté par les trajets M_2M_3 et M_3M_4.

a. Comment varient la pression et le volume ?

b. Sur le trajet M_2M_3 la température augmente brusquement sous l'effet de la combustion des gaz en passant de la valeur T_2 à la valeur T_3. Exprimer le transfert thermique Q associé comme s'il s'agissait d'un transfert venant de l'extérieur. On notera $C_{\text{système}}$ la capacité thermique du système.

c. Sur le trajet M_3M_4 la transformation est adiabatique. Exprimer le travail des forces de pression sur ce trajet.

d. Exprimer la variation d'énergie interne ΔU.

5. Le **quatrième temps** est représenté par les trajets M_4M_1 et M_1M_0.

a. Comment varient la pression et le volume ?

b. Sur le trajet M_4M_1 la température diminue brusquement jusqu'à sa valeur initiale, passant de T_4 à T_1. Exprimer la variation d'énergie interne ΔU sur ce trajet.

c. Le gaz est ensuite refoulé sur le trajet M_1M_0. Calculer le travail des forces de pression associé. Quel est son signe ?

LES CLÉS POUR RÉUSSIR

1. Utilisez l'équation des gaz parfaits. → FICHE 42

3. b. Exploitez le document 1.

3. c. Pour calculer une variation d'énergie interne, vous devez appliquer le premier principe de la thermodynamique. Souvenez-vous que le transfert thermique Q est proportionnel à la variation de température. → FICHE 43

5. c. Lorsque le volume diminue, le travail des forces de pression est positif et est négatif dans le cas contraire.

LE CORRIGÉ

1. Calculer une quantité de matière

On isole la quantité de matière n dans l'équation des gaz parfaits $P \times V = n \times R \times T$: $n = \dfrac{P \times V}{R \times T}$.

> **À NOTER**
> **1.** $1 \text{ cm}^3 = 1 \times 10^{-6} \text{ m}^3$.

On convertit le volume en mètres cubes et on calcule la température en kelvins :

$V = 500 \text{ cm}^3 = 5{,}00 \times 10^{-4} \text{ m}^3$ et $T = \theta + 273 = 20 + 273 = 293$ K.

On calcule la quantité de matière $\boldsymbol{n} = \dfrac{1{,}0 \times 10^5 \times 5{,}00 \times 10^{-4}}{8{,}31 \times 293} = \mathbf{2{,}1 \times 10^{-2}}$ **mol.**

2. Lire une courbe

Au cours du premier temps, sur le trajet M_0M_1, **la pression est constante** (P_0) et **le volume augmente** ($V_1 > V_0$).

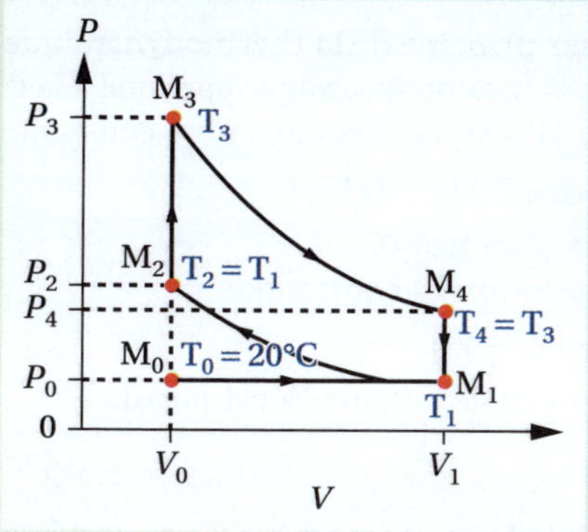

3. a. Lire une courbe

Au cours du deuxième temps, sur le trajet M_1M_2, **la pression augmente** ($P_2 > P_0$) et **le volume diminue** ($V_0 > V_1$).

b. Calculer un travail

La température du système reste constante. Il s'agit donc d'une **transformation isotherme.** D'après le document 1, le travail est donc :

$W = n \times R \times T \times \ln\left(\frac{V_1}{V_0}\right)$ car le volume passe de V_1 à V_0 (et $T = T_1 = T_2$).

c. Appliquer le premier principe de la thermodynamique

D'après le premier principe de la thermodynamique : $Q = C_{gaz} \times \Delta T$ avec, ici, $\Delta T = 0$ car la transformation est isotherme.

On a donc $Q = 0$ et $\Delta U = W + Q = W = n \times R \times T \times \ln\left(\frac{V_1}{V_0}\right)$.

d. Déterminer le sens d'évolution d'une énergie interne

Sachant que $V_1 > V_0$, on en déduit que $\ln\left(\frac{V_1}{V_0}\right) > 0$.

ΔU est donc positive et l'**énergie interne U augmente.**

4. a. Lire une courbe

Sur les trajets M_2M_3 et M_3M_4 du troisième temps, **la pression diminue** ($P_2 > P_4$) et **le volume augmente** ($V_1 > V_0$).

b. Calculer un transfert thermique

D'après les indications de l'énoncé, on peut écrire $Q = C_{système} \times \Delta T$ avec $\Delta T = T_3 - T_2$ donc $Q = C_{système} \times (T_3 - T_2)$.

c. Calculer un travail

On calcule le travail de la transformation adiabatique : $W = \frac{P_4 \times V_1 - P_3 \times V_0}{\gamma - 1}$.

d. Appliquer le premier principe de la thermodynamique

$\Delta U = W + Q \Leftrightarrow \Delta U = \frac{P_4 \times V_1 - P_3 \times V_0}{\gamma - 1} + C_{système} \times (T_3 - T_2)$.

5. a. Lire une courbe

Sur les trajets M_4M_1 et M_1M_0 représentant le quatrième temps, **la pression diminue** ($P_4 > P_0$) et **le volume diminue** ($V_1 > V_0$).

b. Appliquer le premier principe de la thermodynamique

Le premier principe de la thermodynamique appliqué à la transformation s'écrit : $\Delta U = W + Q$ mais, ici, $W = 0$ car le volume reste constant.

Ainsi, on a : $\Delta U = C_{système} \times (T_1 - T_4)$.

c. Déterminer le signe d'un travail

Le travail s'effectue à pression P_0 constante :

$W = -P_0 \times \Delta V = -P_0 \times (V_0 - V_1)$

Sachant que $V_1 > V_0$, on en déduit que **W est positif.**

À NOTER

5. c. Un travail est **négatif** si le volume du système augmente ;
il est **positif** si le volume du système diminue.

Ondes et signaux

Ondes et signaux

12 Caractérisation des phénomènes ondulatoires

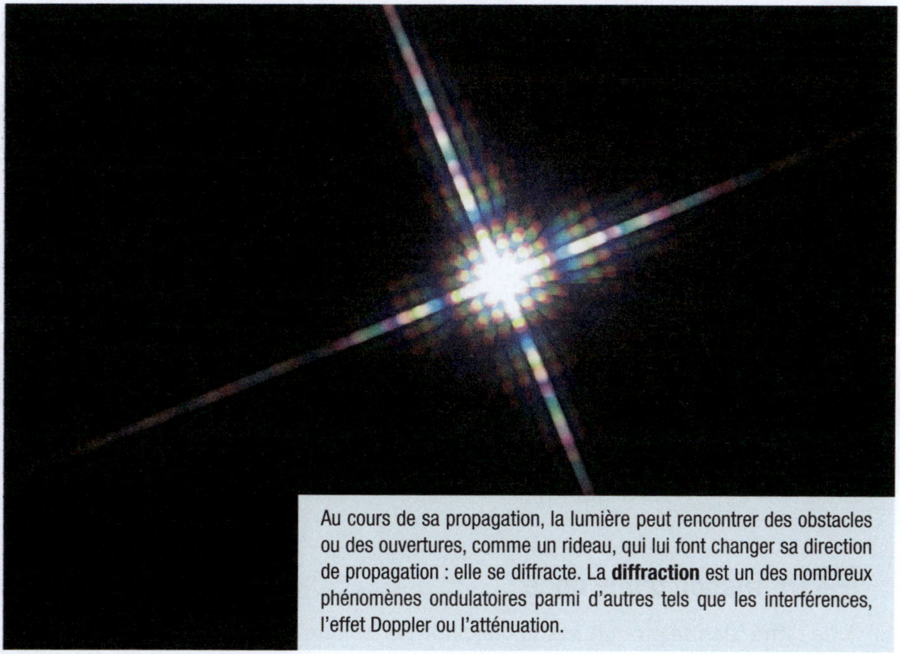

Au cours de sa propagation, la lumière peut rencontrer des obstacles ou des ouvertures, comme un rideau, qui lui font changer sa direction de propagation : elle se diffracte. La **diffraction** est un des nombreux phénomènes ondulatoires parmi d'autres tels que les interférences, l'effet Doppler ou l'atténuation.

TEST

Pour vous situer et identifier les fiches à réviser 294

FICHES DE COURS

47 Intensité sonore et atténuation 296

48 Diffraction d'une onde 298

49 Interférences de deux ondes 300

50 Effet Doppler 302

MÉMO VISUEL 304

SUJETS GUIDÉS & CORRIGÉS

OBJECTIF BAC

23 Quelques applications de la diffraction 306

OBJECTIF MENTION

24 La protection contre le bruit 311

TESTEZ-VOUS

→ CORRIGÉS P. 379-380

Faites le point sur vos connaissances puis établissez votre **parcours de révision** en fonction de votre score.

1 Intensité sonore et atténuation

→ FICHE 47

1. L'intensité sonore a pour unité :

☐ **a.** le watt.

☐ **b.** le décibel.

☐ **c.** le watt par mètre carré.

2. L'expression du niveau d'intensité sonore L en fonction du niveau d'intensité sonore I est :

☐ **a.** $L = 10 \times \log(I)$ ☐ **b.** $L = 10 \times \log\left(\frac{I}{I_0}\right)$ ☐ **c.** $L = 10 \times \log(I \times I_0)$

3. Une source sonore a un niveau d'intensité sonore noté L_{source}. A une distance r de cette source, l'expression de l'atténuation géométrique $L(r)$ est :

☐ **a.** $L(r) = L_{source} - 10 \times \log(4\pi) - 20 \times \log(r)$

☐ **b.** $L(r) = L_{source} - 20 \times \log(r)$

☐ **c.** $L(r) = L_{source} - 10 \times \log(4\pi)$

.../3

2 Diffraction d'une onde

→ FICHE 48

1. La diffraction se produit lorsqu'une onde périodique de longueur d'onde λ rencontre une ouverture ou un obstacle dont la dimension a est :

☐ **a.** $a \leqslant \lambda$ ☐ **b.** $a \geqslant \lambda$ ☐ **c.** $a \ll \lambda$

2. Une lumière laser est diffractée par une fente fine. On obtient une figure de diffraction sur un écran, qui est une série de taches lumineuses entrecoupées d'extinction. L'écart angulaire θ est défini entre :

☐ **a.** le centre de la tache centrale et la seconde extinction.

☐ **b.** le centre de la tache centrale et la première extinction.

☐ **c.** le bord de la tache centrale et la première extinction.

3. L'écart angulaire θ, en fonction de la longueur d'onde λ et de la largeur de la fente a, a pour expression :

☐ **a.** $\theta = \lambda \times a$ ☐ **b.** $\theta = \frac{a}{\lambda}$ ☐ **c.** $\theta = \frac{\lambda}{a}$

.../3

3 Interférences de deux ondes

→ FICHE 49

1. Une lumière monochromatique passe par deux fentes fines et verticales. Sur un écran placé derrière les fentes, la zone atteinte par la lumière issue des fentes est :

☐ **a.** un éclairage uniforme.

☐ **b.** une série régulière de bandes verticales alternativement sombres et brillantes.

☐ **c.** une série régulière de bandes horizontales alternativement sombres et brillantes.

2. L'interfrange d'une figure d'interférences est la distance *i* entre deux franges brillantes (ou sombres) successives. En fonction de la longueur d'onde λ commune aux ondes qui interfèrent, de la distance *D* entre le support des deux fentes et l'écran, et l'écartement *a* entre les deux fentes, son expression est :

☐ **a.** $i = \dfrac{\lambda \times a}{D}$ ☐ **b.** $i = \dfrac{\lambda \times D}{a}$ ☐ **c.** $i = \dfrac{\lambda + D}{a}$

3. On obtient des interférences destructives si la différence de marche δ entre les deux ondes de longueur d'onde λ a pour expression (*k* étant un entier) :

☐ **a.** $\delta = k \times \lambda$ ☐ **b.** $\delta = (k+1) \times \lambda$ ☐ **c.** $\delta = \left(k + \dfrac{1}{2}\right) \times \lambda$

…/3

4 Effet Doppler

→ FICHE 50

1. Considérons une source d'ondes périodiques de fréquence ν_{source} en mouvement rectiligne avec une vitesse V_{source} par rapport à un observateur fixe. On note *c* la célérité des ondes. La fréquence des ondes perçues par l'observateur ν_{obs} est donnée par la relation $\nu_{obs} =$:

☐ **a.** $\dfrac{c}{c + V_{source}} \times \nu_{source}$ ☐ **b.** $\dfrac{c}{c \times V_{source}} \times \nu_{source}$ ☐ **c.** $\dfrac{c}{c - V_{source}} \times \nu_{source}$

2. Pour une source qui s'éloigne, la relation d'ordre entre la fréquence perçue ν_{obs} et la fréquence de la source en mouvement ν_{source} est :

☐ **a.** $\nu_{obs} < \nu_{source}$ ☐ **b.** $\nu_{obs} > \nu_{source}$ ☐ **c.** $\nu_{obs} = \nu_{source}$

3. Le décalage vers le rouge des longueurs d'onde des radiations émises par une galaxie s'explique grâce à l'effet Doppler par le fait que :

☐ **a.** la galaxie s'éloigne de nous.

☐ **b.** la galaxie se rapproche de nous.

☐ **c.** la galaxie reste à la même distance de nous.

…/3

Score total …/12

Parcours PAS À PAS ou EXPRESS ? → MODE D'EMPLOI P. 3

47 Intensité sonore et atténuation

En bref *La sensation auditive d'un signal sonore peut être modélisée par le niveau d'intensité sonore qui dépend de l'intensité de ce signal. La diminution d'un tel signal est quantifiée par son atténuation qui peut être de deux sortes.*

I Intensité sonore et niveau d'intensité sonore

- Le son est une **onde mécanique progressive** qui se propage de proche en proche dans un milieu matériel (air, eau, acier...).
- L'**intensité sonore**, notée I, est liée à l'amplitude de l'onde sonore. Elle est une fonction croissante de l'amplitude et s'exprime en watts par mètre carré ($W \cdot m^{-2}$).
- Le **seuil d'audibilité** d'un son est fixé à une valeur d'intensité sonore $I_0 = 1{,}0 \times 10^{-12}\ W \cdot m^{-2}$.
- Le **niveau d'intensité sonore**, noté L, permet de prendre en compte la variation de la sensation auditive en fonction de l'intensité sonore :

$$L = 10 \times \log\left(\frac{I}{I_0}\right)$$ L en dB ; I et I_0 en $W \cdot m^{-2}$.

II Atténuation d'un signal sonore

- L'**atténuation géométrique** d'un son est liée à l'éloignement progressif de l'onde de sa source au cours de la propagation. Pour une source ponctuelle, émettant une puissance sonore P_{source}, l'énergie se répartit sur des sphères dont le rayon r est de plus en plus grand.

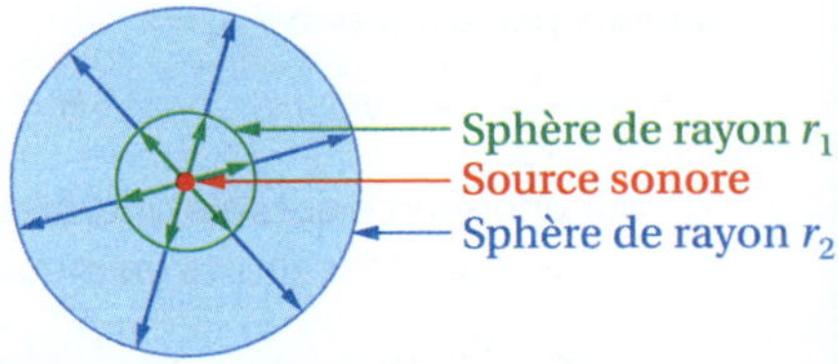

$$I(r) = \frac{P_{source}}{4\pi \times r^2}$$ I en $W \cdot m^{-2}$; P_{source} en W ; r en m.

- On peut aussi exprimer l'atténuation géométrique **en décibels** :

$$L(r) = L_{source} - 10 \times \log(4\pi) - 20 \times \log(r)$$ L en dB ; r en m.

- L'**atténuation par absorption** d'un son est due aux chocs entre les molécules de l'air qui dissipent une partie de l'énergie sonore en la transformant en énergie thermique. Cette atténuation dépend de la fréquence de l'onde sonore : elle augmente avec la fréquence de l'onde (sons graves moins absorbés que sons aigus sur des longues distances). Elle s'ajoute à l'atténuation géométrique.

Méthode

Calculer et exploiter un niveau d'intensité sonore

Un sonomètre est un appareil de mesure qui permet de déterminer le niveau d'intensité sonore en un point, exprimé en décibels. On place des sonomètres à différentes distances d'un haut-parleur (source sonore) :

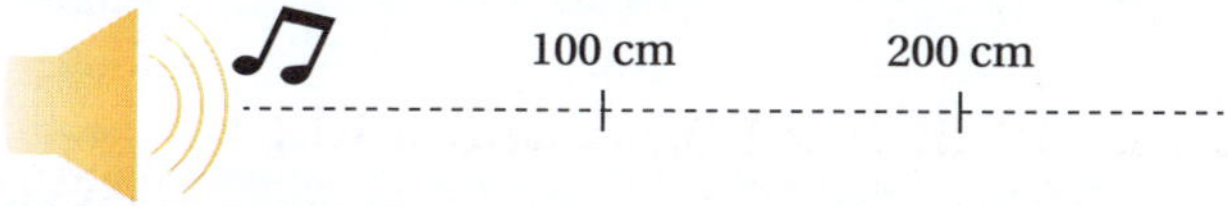

a. Calculer le niveau d'intensité sonore mesuré par le sonomètre placé à 100 cm sachant que l'intensité sonore est égale à $7{,}9 \times 10^{-9}$ W·m^{-2}.

b. Calculer le niveau d'intensité sonore mesuré par le sonomètre placé à 200 cm sachant que le niveau sonore au niveau du haut-parleur est égal à 50 dB.

c. Calculer l'intensité sonore I correspondant à un sonomètre qui mesure un niveau d'intensité sonore égal à 27 dB.

Donnée :
intensité sonore du seuil d'audibilité d'un son : $I_0 = 1{,}0 \times 10^{-12}$ W·m^{-2}.

CONSEILS

a. La valeur trouvée doit être donnée avec deux chiffres significatifs.
b. Convertissez la distance en mètres avant d'appliquer la formule :
$1 \text{ cm} = 1 \times 10^{-2}$ m.
c. Il faut savoir que les fonctions $\log(x)$ et 10^x sont inverses l'une de l'autre : $\log(10^x) = x$ et $10^{\log(x)} = x$.

SOLUTION

a. On applique la formule de l'intensité sonore :

$$L = 10 \times \log\left(\frac{I}{I_0}\right) = 10 \times \log\left(\frac{7{,}9 \times 10^{-9}}{1{,}0 \times 10^{-12}}\right) = 39 \text{ dB.}$$

b. On applique la formule de l'atténuation géométrique, en convertissant la distance (notée r) en mètres : $r = 200 \text{ cm} = 200 \times 10^{-2} \text{ m} = 2{,}00$ m.

$$L(2{,}0 \text{ m}) = L_{\text{source}} - 10 \times \log(4\pi) - 20 \times \log(r)$$

$$L(2{,}0 \text{ m}) = 50 - 10 \times \log(4\pi) - 20 \times \log(2{,}00) = 33 \text{ dB.}$$

c. On exprime l'intensité sonore à partir de la formule du niveau d'intensité sonore :

$$L = 10 \times \log\left(\frac{I}{I_0}\right) \Leftrightarrow \log\left(\frac{I}{I_0}\right) = \frac{L}{10} \Leftrightarrow \frac{I}{I_0} = 10^{\frac{L}{10}} \Leftrightarrow I = I_0 \times 10^{\frac{L}{10}}$$

$$I = I_0 \times 10^{\frac{L}{10}} = 1{,}0 \times 10^{-12} \times 10^{\frac{27}{10}} = 5{,}0 \times 10^{-10} \text{ W·m}^{-2}.$$

48 Diffraction d'une onde

En bref *Les ondes lumineuses ou mécaniques (son, vagues à la surface de l'eau...) voient leur direction de propagation changer lorsqu'elles rencontrent des obstacles ou des ouvertures : c'est le phénomène de diffraction.*

I Condition de diffraction d'une onde

La diffraction est un phénomène qui se produit lorsqu'une onde périodique rencontre une ouverture ou un obstacle de **dimension inférieure ou de l'ordre de grandeur** de la longueur d'onde.

Exemple : une onde mécanique périodique de longueur d'onde λ, se propageant à la surface de l'eau et rencontrant une digue dans laquelle est pratiquée une ouverture de largeur a, peut être diffractée si $a < \lambda$.

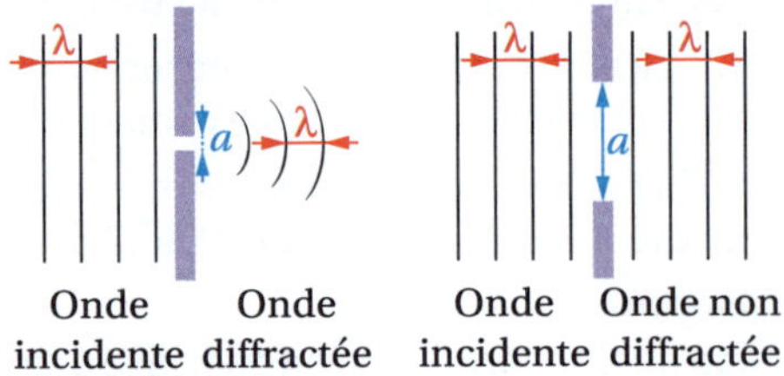

II Expérience de diffraction d'un faisceau lumineux

■ Pour une onde lumineuse monochromatique traversant une fente fine, on observe sur un écran une série de taches lumineuses entrecoupées d'extinction : c'est la **figure de diffraction** de l'onde à travers la fente.

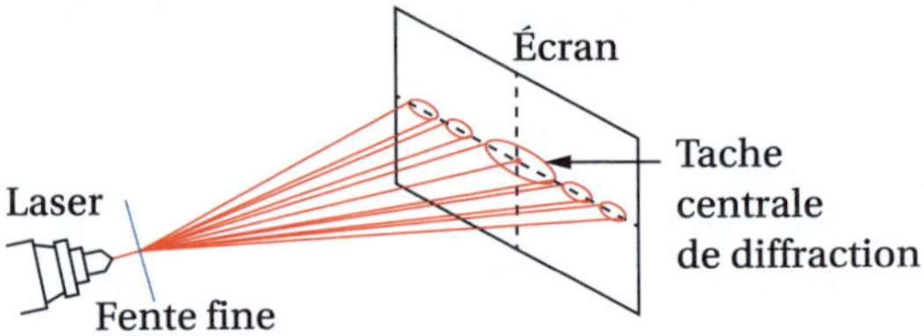

À NOTER
La figure de diffraction est perpendiculaire à l'axe de la fente.

■ Pour caractériser le phénomène de diffraction, on définit l'**écart angulaire** θ entre le centre de la tache centrale et la première extinction. Il peut s'exprimer en fonction de la longueur d'onde λ de la radiation lumineuse et de la largeur de la fente a :

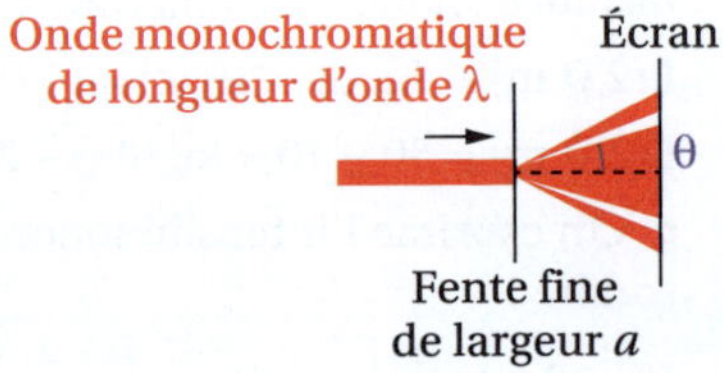

$$\theta = \frac{\lambda}{a}$$ θ en rad ; a et λ en m.

Méthode

Déterminer la longueur d'onde d'une lumière laser

On éclaire avec une lumière laser de longueur d'onde λ une fente de largeur a égale à 32,5 µm. On obtient sur l'écran, situé à une distance $D = 2{,}00$ m, une figure de diffraction avec une tache centrale de longueur $L = 8{,}60$ cm.

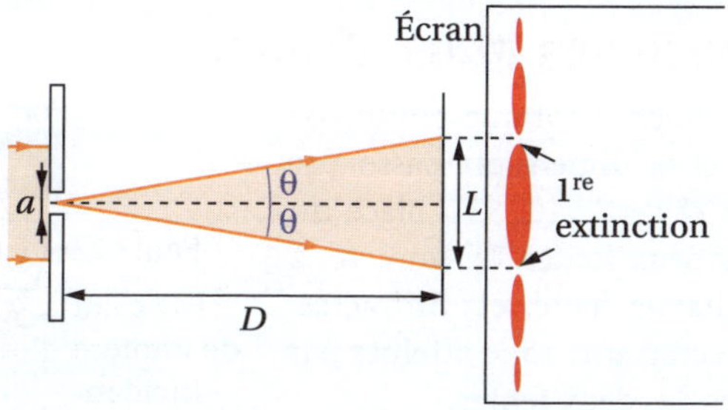

a. Exprimer l'écart angulaire θ en fonction de D et de L.

b. Identifier les deux expressions de l'écart angulaire et isoler la longueur d'onde.

c. Calculer la longueur d'onde en mètres.

CONSEILS

a. Dans le triangle rectangle où θ est un des angles, appliquez la formule de la tangente : $\tan(\theta) = \dfrac{\text{côté opposé}}{\text{côté adjacent}}$ puis utilisez la relation dans le cas des petits angles (applicable ici) : $\tan(\theta) \approx \theta$.

b. Rappelez-vous de la formule de l'écart angulaire.

c. Pensez à convertir toutes les longueurs en mètres. Les conversions suivantes doivent être connues : $1\ \mu m = 1 \times 10^{-6}$ m et $1\ cm = 1 \times 10^{-2}$ m.

SOLUTION

a. On applique la formule de la tangente dans le triangle rectangle suivant :

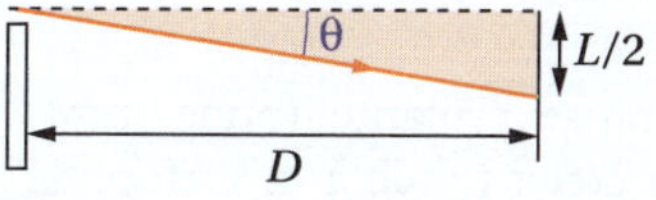

$\tan(\theta) = \dfrac{L/2}{D} = \dfrac{L}{2 \times D}$ avec $\theta \approx \tan(\theta)$ donc $\theta = \dfrac{L}{2 \times D}$.

b. On identifie les deux formules de l'écart angulaire afin d'exprimer la longueur d'onde :

$\theta = \dfrac{L}{2 \times D} = \dfrac{\lambda}{a} \Leftrightarrow \lambda = \dfrac{L \times a}{2 \times D}$.

c. On calcule la longueur d'onde après avoir converti dans les unités adéquates : $\lambda = \dfrac{L \times a}{2 \times D} = \dfrac{8{,}60 \times 10^{-2} \times 32{,}5 \times 10^{-6}}{2 \times 2{,}00} = 6{,}99 \times 10^{-7}\,\text{m}$.

49 Interférences de deux ondes

En bref *Deux ondes se superposant peuvent additionner ou soustraire leurs amplitudes pour donner une tache lumineuse ou sombre (ondes lumineuses), ou bien un creux, une crête ou un plat (ondes à la surface de l'eau).*

I L'expérience des trous d'Young

■ La lumière monochromatique émise par une source de petite dimension passe par deux fentes fines et verticales. On place un écran derrière les deux fentes. La lumière, à la traversée de chaque fente, est diffractée. On obtient sur l'écran une zone atteinte par les lumières issues des deux fentes.

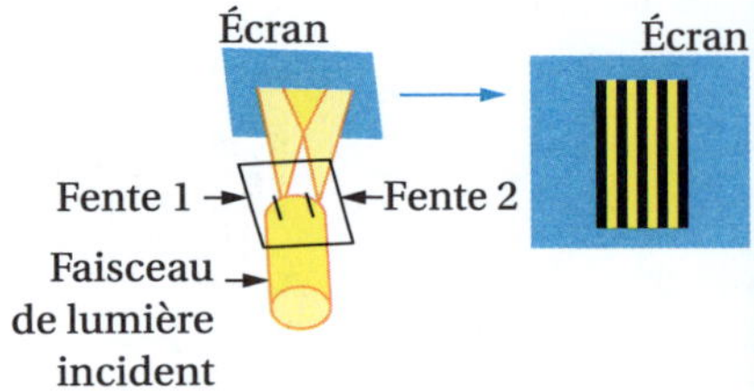

■ Le résultat attendu est un éclairage uniforme plus intense sur cette zone. On observe en fait une série régulière de bandes verticales alternativement sombres et brillantes, appelées franges : c'est le **phénomène d'interférences lumineuses**.

■ L'**interfrange *i* d'une figure d'interférences** est égale à la distance entre deux franges brillantes (ou sombres) successives. Elle dépend à la fois de la longueur d'onde λ commune aux ondes qui interfèrent et des paramètres du dispositif expérimental : la distance D entre le support des deux fentes et l'écran, et l'écartement a entre les deux fentes. Elle a pour expression :

$$i = \frac{\lambda \times D}{a}$$ i, λ, D et a en mètres (m).

II Interférences constructives et destructives

■ Deux ondes doivent être **cohérentes** pour pouvoir interférer.

• Si l'on obtient une frange brillante (onde lumineuse), une crête ou un creux (onde à la surface de l'eau), les interférences sont **constructives**.

• Si l'on obtient une frange sombre (onde lumineuse) ou un plat (onde à la surface de l'eau), les interférences sont **destructives**.

> **MOT CLÉ**
> Deux ondes sont **cohérentes** si elles sont sinusoïdales, si leurs fréquences sont égales et si leur déphasage est constant au cours du temps.

■ La **différence de marche δ** de l'onde entre les points source S_1 et S_2, et le point M où les ondes se superposent permet de savoir si les interférences sont constructives ou destructives : $\delta = S_1M - S_2M$.

Interférences constructives	$\delta = k \times \lambda$, avec k entier naturel.
Interférences destructives	$\delta = (2 \times k + 1) \times \lambda/2$ avec k entier naturel.

Méthode

Déterminer la longueur d'onde d'une lumière monochromatique

On réalise l'expérience des trous d'Young schématisée ci-dessous :

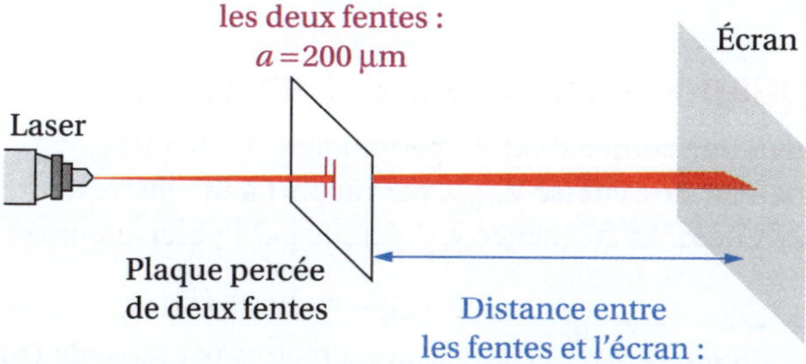

a. Donner l'expression de l'interfrange i.

b. Exprimer la longueur d'onde en fonction de l'interfrange et des paramètres de l'expérience.

c. Calculer la longueur d'onde en mètres, sachant que l'interfrange mesurée est égale à 0,875 mm.

CONSEILS

a. Appliquez la formule de l'interfrange.

c. Convertissez toutes les longueurs en mètres.
Les conversions suivantes doivent être connues :
$1\ \mu m = 1 \times 10^{-6}$ m, 1 mm $= 1 \times 10^{-3}$ m et 1 cm $= 1 \times 10^{-2}$ m.

SOLUTION

a. L'expression de l'interfrange est : $i = \dfrac{\lambda \times D}{a}$.

b. On exprime la longueur d'onde à partir de l'expression précédente :
$i = \dfrac{\lambda \times D}{a} \Leftrightarrow \lambda = \dfrac{i \times a}{D}$.

c. On convertit toutes les longueurs en mètres :
$a = 200\ \mu m = 200 \times 10^{-6}$ m ;
$D = 40{,}0$ cm $= 40{,}0 \times 10^{-2}$ m ;
$i = 0{,}875$ mm $= 0{,}875 \times 10^{-3}$ m.

On calcule la valeur de la longueur d'onde :

$$\lambda = \frac{i \times a}{D} = \frac{0{,}875 \times 10^{-3} \times 200 \times 10^{-6}}{40{,}0 \times 10^{-2}} = 4{,}38 \times 10^{-7}\,\text{m}.$$

50 Effet Doppler

En bref *L'effet Doppler correspond à la modification apparente de la fréquence d'une onde émise par une source en mouvement par rapport à un observateur.*

I La fréquence perçue par l'observateur

- On considère une source d'ondes périodiques de fréquence ν_{source} en mouvement rectiligne avec une vitesse V_{source} par rapport à un observateur fixe. On note c la célérité des ondes. La fréquence ν_{obs} perçue par l'observateur est donnée par :

$$\nu_{obs} = \frac{c}{c - V_{source}} \times \nu_{source}$$

ν_{obs} et ν_{source} en hertz (Hz) ; c et V_{source} en mètres par seconde ($m \cdot s^{-1}$).

- Pour une source qui **s'éloigne** (**fig. 1**), la vitesse V_{source} est comptée **négativement**, ce qui implique : $\nu_{source} > \nu_{obs}$.
- Pour une source qui **se rapproche** (**fig. 2**), la vitesse V_{source} est comptée **positivement**, ce qui implique : $\nu_{source} < \nu_{obs}$.

Fig. 1

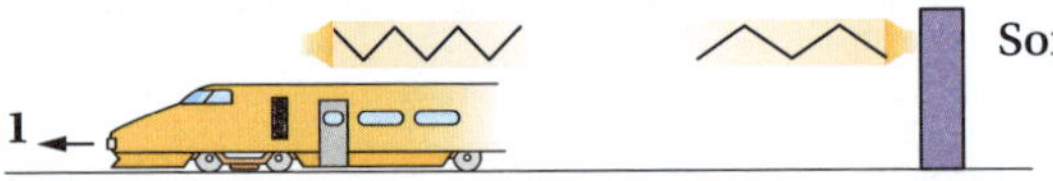

Fig. 2

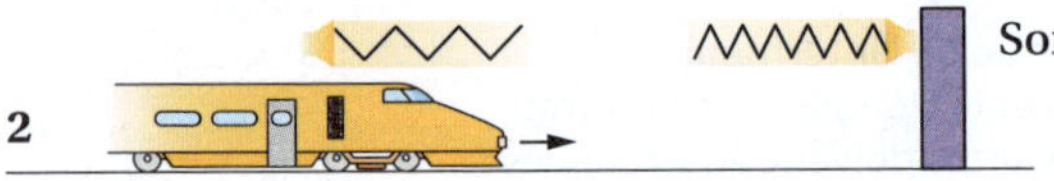

II Application de l'effet Doppler à l'astrophysique

- La **célérité** c d'une radiation lumineuse, de longueur d'onde λ et de fréquence ν, a pour expression :

$$c = \lambda \times \nu$$

c en $m \cdot s^{-1}$; λ en m ; ν en Hz.

On constate que la longueur d'onde et la fréquence sont inversement proportionnelles : si l'une augmente, l'autre diminue dans les mêmes proportions.

- En 1929, Edwin Hubble a mis en évidence que la lumière émise par une galaxie comportait des radiations qui possédaient des longueurs d'onde toutes décalées vers de plus grandes valeurs : c'est le **décalage vers le rouge**.
- Ce décalage vers le rouge implique que les fréquences associées diminuent : d'après l'effet Doppler, la galaxie doit alors **s'éloigner de nous**. C'est une preuve de l'expansion de l'Univers.

> **À NOTER**
> Entre 400 nm et 800 nm, la couleur des radiations lumineuses passe du bleu au rouge.

Méthode

Exploiter l'effet Doppler

Un son émis par un véhicule en mouvement est détecté par un microphone. Un système d'acquisition des données permet d'obtenir sur l'écran d'un ordinateur une visualisation du signal sonore.

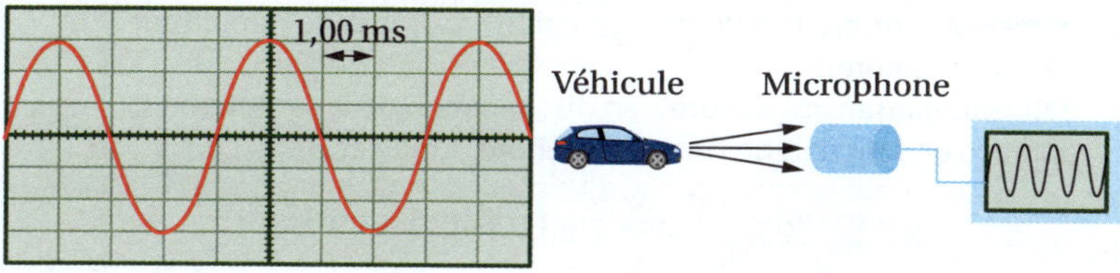

a. Déterminer la fréquence perçue à l'aide de l'enregistrement.

b. Donner l'expression de la vitesse du véhicule en fonction de la fréquence perçue par l'observateur et celle de la source, puis la calculer.

c. Le système s'éloigne-t-il ou s'approche-t-il de l'observateur ?

Données : • vitesse du son : $c = 340\ \text{m}\cdot\text{s}^{-1}$;
• fréquence de la source : $\nu_{source} = 280$ Hz.

CONSEILS

a. Pensez à convertir la période en secondes avant de calculer la fréquence.
b. Appliquez la formule puis isolez la vitesse V_{source}.
c. Rappelez-vous que le signe de la vitesse indique si la source s'éloigne ou se rapproche.

SOLUTION

a. Par lecture graphique on trouve la période T. On compte quatre divisions horizontales et une division correspond à 1,00 ms.
$T = 4 \times 1{,}00 = 4{,}00$ ms.

On calcule la fréquence : $\nu_{obs} = \dfrac{1}{T} = \dfrac{1}{4{,}00 \times 10^{-3}} = 2{,}50 \times 10^2$ Hz.

b. La formule de la fréquence perçue est :

$$\nu_{obs} = \frac{c}{c - V_{source}} \times \nu_{source} \quad (1)$$

On isole V_{source} :

$$(1) \Leftrightarrow c - V_{source} = \frac{c \times \nu_{source}}{\nu_{obs}} \Leftrightarrow V_{source} = c - \frac{c \times \nu_{source}}{\nu_{obs}}$$

$$V_{source} = 340 - \frac{340 \times 280}{250} = -41\ \text{m}\cdot\text{s}^{-1}.$$

c. La vitesse calculée étant négative, on en déduit que le véhicule s'éloigne.

MÉMO VISUEL

PHÉNOMÈNES

Intensité sonore et atténuation

Intensité sonore et niveau d'intensité sonore

- **Intensité sonore** I en $W \cdot m^{-2}$: fonction croissante de l'amplitude de l'onde sonore.
- **Niveau d'intensité sonore** L en dB : variation de la sensation auditive en fonction de l'intensité sonore.

$$L = 10 \times \log\left(\frac{I}{I_0}\right) \text{ avec } I_0 = 1{,}0 \times 10^{-12}\ W \cdot m^{-2}$$

Atténuation géométrique d'un signal sonore en dB

Liée à l'éloignement progressif r de l'onde de sa source au cours de la propagation.

$$L(r) = L_{source} - 10\log(4\pi) - 20\log(r)$$

(L_{source} en dB ; r en m)

Diffraction d'une onde

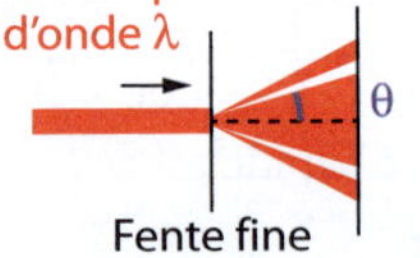

Écart angulaire θ : angle entre le centre de la tache centrale et la première extinction.

$$\theta = \frac{\lambda}{a}$$

(θ en rad ; λ et a en m)

Interférences de deux ondes

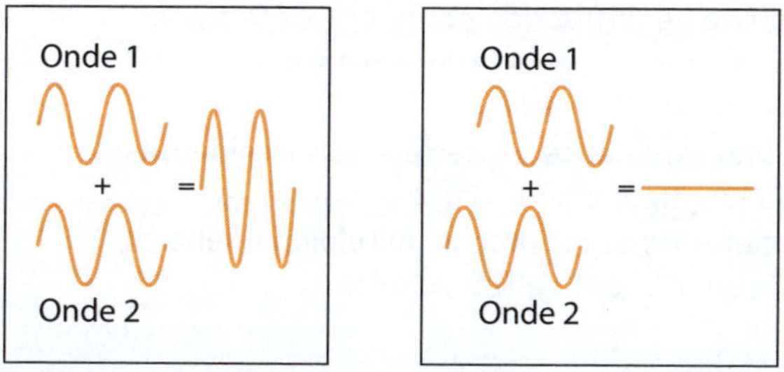

Interférences constructives **Interférences destructives**

Selon la valeur de la **différence de marche** δ :
- interférences **constructives** si $\delta = k \times \lambda$;
- interférences **destructives** si $\delta = (2 \times k + 1) \times \lambda/2$;

avec k entier naturel.

ONDULATOIRES

Effet Doppler

Fréquence perçue ν_{obs} d'une **source en mouvement** : fonction de la vitesse V_{source} de la source, de la fréquence ν_{source} et de la célérité c du signal émis.

$$\underset{\text{Hz}}{\nu_{obs}} = \frac{c}{c - V_{source}} \times \underset{\text{Hz}}{\nu_{source}}$$

(c et V_{source} en $m \cdot s^{-1}$)

- Si la source **s'éloigne** ($V_{source} < 0$) : $\nu_{source} > \nu_{obs}$.

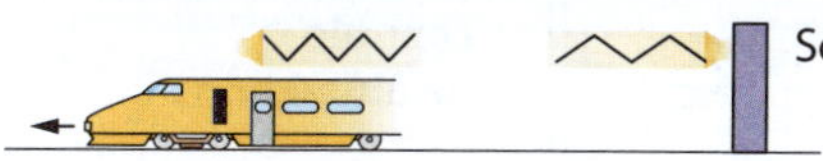

Son perçu plus grave

- Si la source **se rapproche** ($V_{source} > 0$) : $\nu_{source} < \nu_{obs}$.

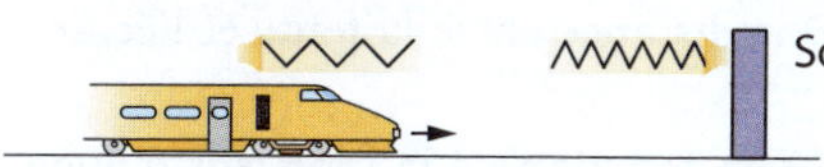

Son perçu plus aigu

SUJET 23 | OBJECTIF BAC

1 h Quelques applications de la diffraction

→ FICHES 48 à 50

Le phénomène de diffraction permet de déterminer la longueur d'onde d'une radiation ou encore de réaliser le spectre d'émission d'une étoile. Voici comment une expérience d'interférences lumineuses « trahit » la longueur d'onde d'une radiation, et comment déterminer l'approche ou l'éloignement d'une étoile en utilisant l'effet Doppler.

LE SUJET

La diffraction est un phénomène ondulatoire qui met en jeu la lumière lorsque celle-ci rencontre des obstacles ou des ouvertures dont les dimensions sont de l'ordre de grandeur de la longueur d'onde de celle-ci.

En laboratoire, l'exploitation de ce phénomène permet de déterminer la longueur d'onde d'une radiation. Il est aussi utilisé dans des dispositifs permettant de réaliser des spectres d'émission de lumière stellaire : les réseaux de diffraction. Grâce à ces spectres, notamment celui de l'hydrogène, on peut calculer la vitesse d'éloignement d'une galaxie.

Partie 1 Détermination de la longueur d'onde d'une radiation

Pour une onde lumineuse monochromatique, telle que celle produite par un laser, traversant une fente fine, on observe sur un écran une série de tâches lumineuses entrecoupées d'extinction : c'est la figure de diffraction de l'onde à travers la fente.

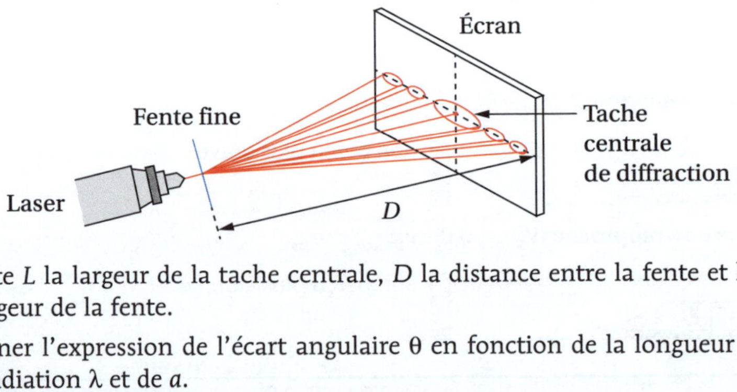

On note L la largeur de la tache centrale, D la distance entre la fente et l'écran, a la largeur de la fente.

1. Donner l'expression de l'écart angulaire θ en fonction de la longueur d'onde de la radiation λ et de a.

2. Exprimer l'écart angulaire θ en fonction de D et de L.

3. Identifier les deux expressions de l'écart angulaire et isoler la longueur d'onde.

4. Calculer la longueur d'onde en mètre sachant que $D = 1{,}00$ m, $L = 4{,}30$ cm, et $a = 32{,}5$ µm.

5. Une photographie de la figure de diffraction a été prise lorsque l'on remplace la fente de largeur a par deux fentes séparées d'une distance b.

a. Quel phénomène ondulatoire est ici mis en évidence ?

b. Exprimer l'interfrange i en fonction de λ, D et b.

c. Calculer l'interfrange en mètre sachant que $b = 4{,}22 \times 10^{-4}$ m.

Partie 2 Étude d'un réseau de diffraction

Pour obtenir le spectre de la lumière d'une étoile, on utilise des réseaux de diffraction qui ont été mis au point par Joseph Fraunhofer en 1821.
Ces dispositifs sont constitués d'un très grand nombre de traits fins qui sont parallèles et distants entre eux d'une même distance a (voir figure suivante).

La distance a est appelée « pas du réseau » et s'exprime en millimètre ; la grandeur $1/a$ correspond au nombre de traits par millimètre.
À la traversée du réseau la lumière est diffractée par chaque trait et, pour une radiation de longueur d'onde λ (exprimée en mètre), on observe un maximum de lumière pour un angle α définit par la relation : $\sin(\alpha) = \frac{p \times \lambda}{a}$ où p est un nombre entier positif ou négatif, appelé « ordre du spectre ».

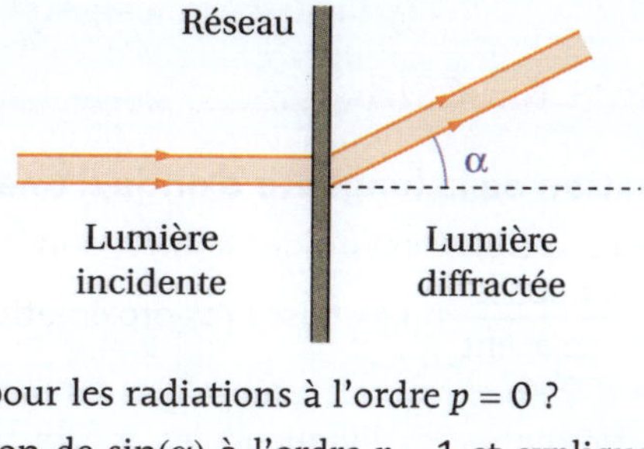

1. Qu'observe-t-on pour les radiations à l'ordre $p = 0$?

2. Donner l'expression de $\sin(\alpha)$ à l'ordre $p = 1$ et expliquer pourquoi le réseau peut décomposer la lumière.

3. Entre une radiation rouge et une radiation bleue, quelle est celle qui est la plus déviée par le réseau ? Justifier la réponse.

4. On obtient, grâce à un télescope muni d'un réseau de diffraction, les spectres de l'hydrogène de deux étoiles notées A et B. On peut comparer ces deux spectres à celui de l'hydrogène obtenu dans un laboratoire :

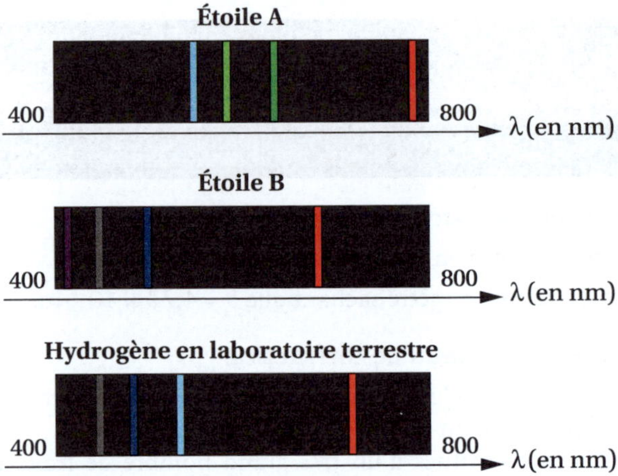

a. Rappeler l'expression de la célérité c d'une onde électromagnétique en fonction de sa fréquence ν et de sa longueur d'onde λ.

b. Comment évolue la longueur d'onde de la radiation lorsque sa fréquence augmente ?

c. D'après la question précédente, pour quelle étoile les fréquences des radiations émises par l'hydrogène sont supérieures à celles enregistrées sur Terre ?

5. L'effet Doppler est important en astronomie car il permet d'obtenir des renseignements sur les mouvements des étoiles au sein de notre galaxie. On a ainsi pu montrer la structure spirale de la Voie Lactée.
Dans les mesures faites sur les étoiles A et B, comment l'effet Doppler permet-il de savoir quelle étoile se rapproche de notre système solaire et laquelle s'en éloigne ?

LES CLÉS POUR RÉUSSIR

Partie 1 Détermination de la longueur d'onde d'une radiation

2. Dans le triangle rectangle où θ est un des angles, appliquez la formule de la tangente $\tan(\theta) = \dfrac{\text{côté opposé}}{\text{côté adjacent}}$ puis utilisez l'approximation $\theta \approx \tan(\theta)$, valable dans le cas des petits angles. → FICHE 48

5. c. Pensez à convertir toutes les longueurs en mètre pour calculer l'interfrange. Les conversions suivantes doivent être connues : $1\ \mu m = 1 \times 10^{-6}$ m et $1\ cm = 1 \times 10^{-2}$ m. → FICHE 49

Partie 2 Étude d'un réseau de diffraction

1. Une onde n'est pas diffractée si l'écart angulaire est égal à 0° car, dans ce cas, elle n'est pas déviée.

3. Une radiation est d'autant plus déviée que l'angle α associé est grand.

5. Le décalage d'une longueur d'onde dans le spectre d'émission permet, en fonction du sens du décalage, de savoir si la source de lumière se rapproche ou s'éloigne.

→ FICHE 50

LE CORRIGÉ

Partie 1 Détermination de la longueur d'onde d'une radiation

1. Donner l'expression de l'écart angulaire en fonction de la longueur d'onde et de la largeur de fente

D'après le cours, l'écart angulaire est $\boldsymbol{\theta = \frac{\lambda}{a}}$ avec θ en radians, λ et a en mètres.

2. Exprimer l'écart angulaire à partir des paramètres de l'expérience

On applique la définition de la tangente dans le triangle rectangle suivant :

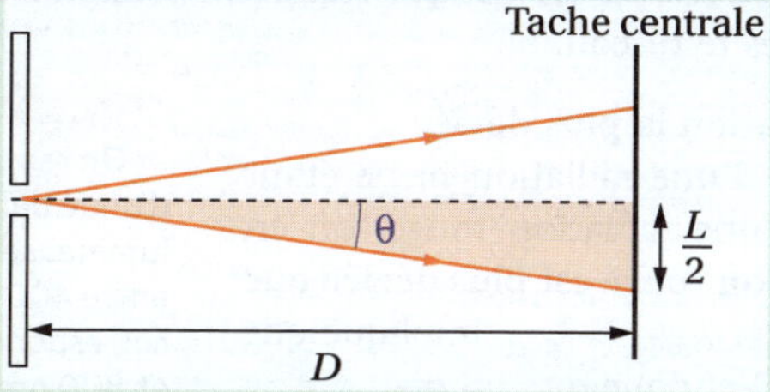

$\tan(\theta) = \frac{\text{côté opposé}}{\text{côté adjacent}} = \frac{L/2}{D} = \frac{L}{2 \times D}$.

Ici, $\theta \approx \tan(\theta)$ car l'angle est petit, donc $\boldsymbol{\theta = \frac{L}{2 \times D}}$.

3. Exprimer la longueur d'onde de la radiation

On identifie les expressions de l'écart angulaire établies dans les deux questions précédentes : $\theta = \frac{L}{2 \times D} = \frac{\lambda}{a}$ donc $\boldsymbol{\lambda = \frac{L \times a}{2 \times D}}$.

4. Calculer la longueur d'onde de la radiation

On fait l'application numérique de l'expression précédente après avoir fait les conversions d'unité adéquates :

$$\lambda = \frac{L \times a}{2 \times D} = \frac{4{,}30 \times 10^{-2} \times 32{,}5 \times 10^{-6}}{2 \times 1{,}00} = \mathbf{6{,}99 \times 10^{-7}\ m}.$$

5. a. Identifier un phénomène ondulatoire

Ce qui est ici mis en évidence est le phénomène des interférences lumineuses.

b. Donner l'expression de l'interfrange
L'expression de l'interfrange est la suivante : $i = \frac{\lambda \times D}{b}$.

c. Calculer l'interfrange
On fait l'application numérique de l'expression précédente :

$$i = \frac{\lambda \times D}{b} = \frac{6{,}99 \times 10^{-7} \times 1{,}00}{4{,}22 \times 10^{-4}} = 1{,}66 \times 10^{-3}\ \text{m}.$$

À NOTER
4. et **5. c.** Pour le calcul de l'interfrange, toutes les longueurs doivent être dans la même unité (ici, le mètre).

Partie 2 Étude d'un réseau de diffraction

1. Identifier la diffraction d'une onde
Pour les radiations à l'ordre $p = 0$, on observe que $\sin(\alpha) = 0$ donc $\alpha = 0°$ quelle que soit la longueur d'onde de la radiation. Toutes les radiations émises par l'étoile se superposent ce qui donne une lumière dont la couleur est celle de l'étoile. La direction de propagation des ondes lumineuses n'est pas modifiée : il n'y a pas de diffraction à l'ordre 0.

2. Montrer la décomposition de la lumière
À l'ordre $p = 1$: $\sin(\alpha) = \frac{1 \times \lambda}{a} = \frac{\lambda}{a}$.
L'angle α dépend donc de la longueur d'onde, ce qui signifie que chaque radiation sera diffractée différemment selon sa longueur d'onde. Ainsi, la lumière blanche est décomposée par le réseau car **chaque radiation a une direction de propagation différente après le réseau.**

3. Identifier la radiation la plus déviée
La longueur d'onde d'une radiation bleue étant inférieure à celle d'une radiation rouge, on en déduit que **la radiation rouge est plus déviée que la radiation bleue** car $\lambda_{rouge} > \lambda_{bleu}$ implique que $\sin(\alpha_{rouge}) > \sin(\alpha_{bleu})$ et donc $\alpha_{rouge} > \alpha_{bleu}$.

À NOTER
3. On rappelle que les longueurs d'onde dans le vide des radiations lumineuses visibles sont comprises entre 400 nm et 800 nm : 400 nm correspond à des radiations bleues et 800 nm à des radiations rouges.

4. a. Donner la formule de la célérité liant longueur d'onde et fréquence
La formule est : $\boldsymbol{c = \lambda \times \nu}$ avec c en mètres par seconde, λ en mètres et ν en hertz.

b. Déterminer l'évolution de la longueur d'onde en fonction de la fréquence
La formule $c = \lambda \times \nu$ traduit que la fréquence et la longueur d'onde sont inversement proportionnelles. La célérité c étant constante, **si la fréquence ν augmente, la longueur d'onde λ diminue.**

c. Déterminer la relation d'ordre entre les fréquences
En prenant comme référence la raie d'émission rouge des spectres de l'étoile A et de l'hydrogène dans un laboratoire, on observe :
$\lambda_{\text{rouge, étoile A}} > \lambda_{\text{rouge, laboratoire}}$ ce qui implique $\nu_{\text{rouge, étoile A}} < \nu_{\text{rouge, laboratoire}}$
En prenant comme référence la raie d'émission rouge des spectres de l'étoile B et de l'hydrogène dans un laboratoire, on observe :
$\lambda_{\text{rouge, étoile B}} < \lambda_{\text{rouge, laboratoire}}$ ce qui implique $\boldsymbol{\nu_{\text{rouge, étoile B}} > \nu_{\text{rouge, laboratoire}}}$.

5. Appliquer l'effet Doppler pour expliquer
D'après l'effet Doppler, la fréquence des radiations reçues est supérieure à celle des mêmes radiations en laboratoire lorsque l'objet se rapproche (et inférieure lorsqu'il s'éloigne).

La fréquence et la longueur d'onde étant inversement proportionnelles, on en déduit que **l'étoile A s'éloigne de nous** et que **l'étoile B se rapproche de nous.**

SUJET 24 | OBJECTIF MENTION

1 h La protection contre le bruit

→ FICHE 47

Le calcul du niveau d'intensité sonore et de l'atténuation associée permet de réaliser une étude anti-bruit. Révisons le logarithme décimal et comparons deux technologies différentes de casques anti-bruit.

LE SUJET

Dans le domaine du BTP (bâtiment et travaux publics), les conditions de travail des ouvriers ont grandement été améliorées avec l'adoption de casques anti-bruit, permettant de réduire drastiquement les cas de surdité liés à l'environnement professionnel. La loi exige le port d'une protection si le bruit aux alentours égale ou dépasse 85 dB. On distingue deux types de casques antibruit : les casques passifs et les casques actifs.

Les casques anti-bruit passifs ont pour effet d'atténuer le bruit ambiant grâce à des matériaux isolants. Ces casques permettent une atténuation entre 20 décibels et 33 décibels.

Les casques anti-bruit actifs ajoutent au bruit ambiant un son identique mais en opposition de phase : ceci permet à l'oreille de ne rien percevoir car la résultante des deux sons est nulle. Le casque actif est composé d'un récepteur du son ambiant et d'un émetteur du son correcteur en opposition de phase.

Donnée

- Intensité sonore du seuil d'audibilité : $I_0 = 1{,}0 \times 10^{-12}\ \text{W}\cdot\text{m}^{-2}$.

Document Les niveaux sonores et la sensation physiologique

Niveau sonore (dB)	0	60	85	90	120
Sensation	Limite d'audibilité	Bruit gênant	Seuil de risque	Seuil de danger	Seuil de douleur

Partie 1 Se protéger du bruit en s'éloignant de la source

On considère une machine, sur un chantier, qui est une source sonore d'intensité I.

1. Donner l'expression du niveau sonore L en fonction de I et de I_0.

2. L'intensité sonore du son émis par l'engin étant égale à $I = 1{,}00\ \text{W}\cdot\text{m}^{-2}$, calculer le niveau d'intensité sonore de la source, noté L_{source}.

3. Calculer l'atténuation géométrique du signal sonore à une distance de 100 cm, puis à une distance de $1{,}00 \times 10^3$ cm.

4. En vous reportant au document ci-dessus, les ouvriers courent-ils un risque auditif sur le chantier à ces distances ?

5. A quelle distance minimale devrait-on se placer pour que le bruit ne comporte plus de risque pour l'oreille ?

6. Montrer que le niveau d'intensité sonore augmente de 3 dB lorsque l'intensité sonore est doublée.

7. Une machine de chantier à bas régime émet un bruit qualifié de gênant. Lorsque son régime montera en puissance, de combien de fois l'intensité sonore peut-elle être multipliée avant d'atteindre le stade de bruit dangereux ?

Partie 2 Quel type de casque anti-bruit choisir ?

Les sons audibles correspondent à des fréquences comprises entre 20 et 20 000 Hz. Les performances des casques sont données par des courbes donnant le niveau d'atténuation en décibels en fonction des fréquences sonores.

Ce niveau d'atténuation correspond à la diminution en décibel du niveau d'intensité sonore grâce au casque porté.

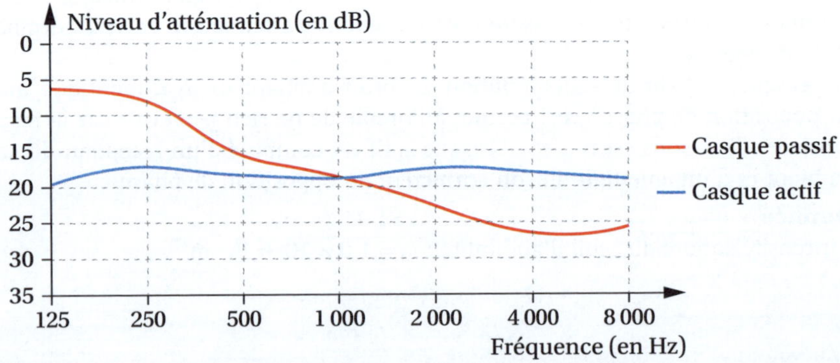

1. Un ouvrier se trouve à 5,0 mètres d'un engin produisant un son dont le niveau d'intensité sonore L_{source} est égal à 119 dB.

a. Est-ce que l'ouvrier devrait porter une protection ?

b. L'engin produit un son de fréquence 250 Hz. Est-ce que l'ouvrier peut porter un casque passif ou actif ? Justifiez.

2. Pour quelles fréquences le casque passif est-il plus efficace que le casque actif ?

3. On s'intéresse au fonctionnement du casque actif. On représente ci-dessous les variations temporelles de deux ondes sonores qui s'ajoutent.

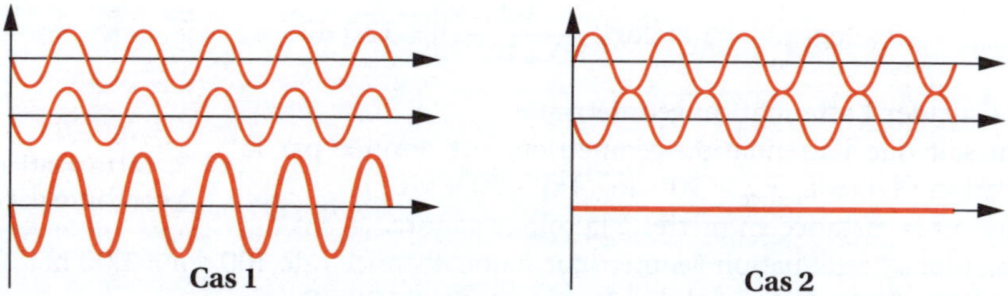

Quel cas permet d'expliquer le fonctionnement du casque actif ?

4. En exploitant la courbe du niveau d'atténuation en fonction de la fréquence, répondez aux questions suivantes :

a. Est-ce que le casque actif permet d'obtenir un silence absolu ?

b. Est-ce que le casque actif permet de travailler dans un environnement où le bruit est au niveau du seuil de danger, quelle que soit la fréquence ?

c. Indiquer pour quelle fréquence l'écart de performance est le plus grand entre les deux casques.

LES CLÉS POUR RÉUSSIR

Partie 1 Se protéger du bruit en s'éloignant de la source

3. Pensez à convertir les longueurs en mètres avant d'appliquer la formule de l'atténuation géométrique : $1\ \text{cm} = 1 \times 10^{-2}\ \text{m}$. → FICHE 47

5. Souvenez-vous que les fonctions $\log(x)$ et 10^x sont inverses l'une de l'autre : $\log(10^x) = x$ et $10^{\log(x)} = x$.

6. La fonction $\log(x)$ possède la propriété suivante : $\log(a \times b) = \log(a) + \log(b)$.

7. Utilisez les résultats de la question précédente en calculant la différence de niveau d'intensité sonore entre les deux seuils.

Partie 2 Quel type de casque anti-bruit choisir ?

2. Un casque est d'autant plus efficace que le niveau d'atténuation sonore qu'il apporte est grand : ce niveau augmente en descendant sur l'axe des ordonnées.

4. a. Le silence absolu correspond à un niveau d'intensité sonore égal à zéro décibel.

LE CORRIGÉ

Partie 1 Se protéger du bruit en s'éloignant de la source

1. Donner l'expression du niveau d'intensité sonore

L'expression du niveau sonore L en fonction de I est : $\mathbf{L = 10 \times \log\left(\frac{I}{I_0}\right)}$

où L est en décibel (dB), I et I_0 en watt par mètre carré ($W \cdot m^{-2}$).

2. Calculer le niveau d'intensité sonore de la source

$$L_{source} = 10 \times \log\left(\frac{I}{I_0}\right) = 10 \times \log\left(\frac{1{,}0}{1{,}0 \times 10^{-12}}\right) = \mathbf{120\ dB}.$$

3. Calculer l'atténuation géométrique

On sait que l'atténuation géométrique est donnée par la relation : $\mathbf{L(r) = L_{source} - 10 \times \log(4\pi) - 20 \times \log(r)}$

où r est la distance en mètres à la source sonore.

Calculons l'atténuation géométrique à une distance r de 100 cm = 1,00 m :

$L(1{,}00) = 120 - 10 \times \log(4\pi) - 20 \times \log(1{,}00) = \mathbf{109\ dB}$.

Pour une distance r' de $1{,}00 \times 10^3$ cm : $r' = 1{,}00 \times 10^3$ cm $= 1{,}00 \times 10^1$ m, donc :

$L(1{,}00 \times 10^1) = 120 - 10 \times \log(4\pi) - 20 \times \log(1{,}00 \times 10^1) = \mathbf{89\ dB}$.

> **À NOTER**
> **3.** Cette relation est à connaître par cœur.

4. Comparer une grandeur à une valeur de référence

On constate que les niveaux d'intensité sonore calculés sont tous deux supérieurs au seuil de risque de 85 dB : 109 dB > 89 dB > 85 dB.

Qu'ils soient à 1 m ou 10 m, les ouvriers se trouvent au-delà du seuil de risque auditif.

5. Calculer une distance à partir de l'atténuation géométrique

On veut calculer la distance minimale à laquelle on devrait se placer pour que le bruit ne comporte plus de risque pour l'oreille. Commençons donc par isoler la distance r dans l'expression de l'atténuation géométrique :

$L(r) = L_{source} - 10 \times \log(4\pi) - 20 \times \log(r)$

$\Leftrightarrow 20 \times \log(r) = L_{source} - L(r) - 10 \times \log(4\pi)$

$\Leftrightarrow \log(r) = \dfrac{L_{source} - L(r) - 10 \times \log(4\pi)}{20}$

Et donc, $r = 10^{\frac{L_{source} - L(r) - 10 \times \log(4\pi)}{20}}$.

> **À NOTER**
> **5.** On a : $10^{\log(x)} = x$.

On sait que $L_{source} = 120$ dB et on veut calculer la distance r_0 telle que $L(r_0) = 85$ dB (seuil de risque).

On calcule donc : $r_0 = 10^{\frac{L_{source} - L(r_0) - 10 \times \log(4\pi)}{20}} = 10^{\frac{120 - 85 - 10 \times \log(4\pi)}{20}} = 15{,}9$ m. **Il faut se placer à au moins 15,9 m.**

6. Effectuer un calcul de niveau d'intensité sonore

Exprimons le niveau d'intensité sonore lorsque l'intensité sonore double et passe de I à $2I$: $L_{2I} = 10 \times \log\left(\frac{2I}{I_0}\right)$.

On peut appliquer une des propriétés du logarithme : $\log(a \times b) = \log(a) + \log(b)$ et écrire :

$$\boldsymbol{L_{2I}} = 10 \times \log\left(\frac{2 \times I}{I_0}\right) = 10 \times \log\left(\frac{I}{I_0}\right) + 10 \times \log(2)$$

$$= 10 \times \log\left(\frac{I}{I_0}\right) + 3{,}0 = \boldsymbol{L_I + 3{,}0}.$$

On montre ainsi que **lorsque l'intensité sonore double, le niveau d'intensité sonore est augmenté de 3,0 dB.**

7. Évaluer une augmentation d'intensité sonore

D'après le document, un bruit gênant correspond à 60 dB et un bruit dangereux à 90 dB. Or, d'après la question précédente, une augmentation de 3 dB du niveau d'intensité sonore, correspond à un doublement de l'intensité sonore.

Calculons le nombre de fois que le niveau d'intensité sonore a augmenté de trois décibels entre 60 et 90 dB :

$$\frac{L_{\text{danger}} - L_{\text{gênant}}}{3} = \frac{90 - 60}{3} = \frac{30}{3} = 10.$$

Passer du niveau gênant au seuil de danger revient à augmenter 10 fois le niveau d'intensité sonore de 3 décibels, donc à multiplier l'intensité sonore par $\boldsymbol{2^{10}}$.

> **À NOTER**
> **7.** Ce calcul nous donne le nombre de fois que l'on trouve trois décibels dans l'intervalle entre 60 dB et 90 dB.

Partie 2 Quel type de casque anti-bruit choisir ?

1. a. Calculer l'atténuation géométrique et comparer à une valeur de référence

L'atténuation géométrique s'écrit : $L(r) = L_{\text{source}} - 10 \times \log(4\pi) - 20 \times \log(r)$.

Pour une distance $r = 5{,}0$ m, on a donc :

$L(5{,}00) = 119 - 10 \times \log(4\pi) - 20 \times \log(5{,}00) = \mathbf{94\ dB}$.

On constate que ce niveau sonore est au-dessus du seuil de risque de 85 dB : **il faut porter une protection sonore.**

b. Exploiter une courbe pour extraire des données

Par lecture graphique des courbes, pour 250 Hz, les atténuations sont de 8 dB pour le casque passif et 17 dB pour le casque actif.

Dans un environnement sonore de 94 dB, en portant un casque, on obtient donc les niveaux sonores suivants :

- $L_{\text{casque actif}} = 94 - 17 = 77$ dB < 85 dB
- $L_{\text{casque passif}} = 94 - 8 = 86$ dB > 85 dB

L'ouvrier peut porter un casque actif qui le protégera mais pas un casque passif.

2. Exploiter des courbes pour comparer

La courbe du niveau d'atténuation en fonction des fréquences sonores du casque actif est en dessous de celle du casque passif pour des fréquences inférieures à 1 kHz (soit 1 000 Hz), et au-dessus au-delà de 1 kHz.

Or, pour une fréquence donnée, le casque le plus efficace est celui qui fournit le niveau d'atténuation le plus important, ce qui correspond ici à la courbe la plus basse (car ce niveau augmente dans le sens descendant de l'axe des ordonnées).

Le casque le plus efficace est donc **le casque passif pour des fréquences supérieures à 1 000 Hz** et le **casque actif pour les fréquences inférieures.**

3. Analyser des courbes pour identifier un casque anti-bruit actif

Le **cas 2** permet d'expliquer le fonctionnement du casque actif tel qu'il est décrit dans l'énoncé : la somme algébrique des deux ondes donne une amplitude nulle à chaque instant.

4. a. Exploiter une courbe pour tirer une conclusion

Le casque actif ne permet pas d'obtenir un silence absolu (ce qui correspondrait à 0 dB) mais d'atténuer le bruit ambiant (entre 17 dB et 20 dB d'après le graphique).

b. Étudier l'efficacité de la protection par un casque anti-bruit actif

Le casque actif permet d'atténuer le son d'environ 17 dB au moins sur l'ensemble des fréquences considérées ici.

Dans un environnement où le bruit est au niveau du seuil de danger, le niveau sonore ressenti avec le casque actif est donc : $L_{\text{casque actif}} = 90 - 17 = 73 \text{ dB} < 85 \text{ dB}$.

On se retrouve donc en dessous du seuil de risque (85 dB) et le travail peut donc se faire en portant le casque actif pour **toutes les fréquences considérées ici.**

c. Comparer les performances des casques anti-bruit actif et passif

La fréquence correspondant à l'écart de performance le plus grand entre le casque passif et le casque actif est obtenue en cherchant l'écart le plus grand entre les deux courbes.

Pour une fréquence égale à **125 Hz**, l'écart de performance est le plus grand entre le casque passif et le casque actif :

$|L_{\text{casque passif}} - L_{\text{casque actif}}| = |6{,}5 - 19{,}5| = 13{,}0 \text{ dB}$.

Ondes et signaux

13 Lunette astronomique Flux de photons

Energy Observer est un navire qui fonctionne grâce à une chaîne de production d'énergie reposant complètement sur des **sources d'énergies renouvelables** : le Soleil, le vent et l'océan. Il convertit l'énergie lumineuse produite par le Soleil en énergie électrique, afin d'alimenter ses moteurs et les installations domestiques du bateau.

TEST

Pour vous situer et identifier les fiches à réviser 318

FICHES DE COURS

51 La lunette astronomique 320

52 Effet photoélectrique et cellule photovoltaïque 322

MÉMO VISUEL 324

SUJETS GUIDÉS & CORRIGÉS

OBJECTIF BAC

25 Observation de la nébuleuse M57 326

OBJECTIF SUP

26 Une résidence à énergie positive 330

TESTEZ-VOUS

→ CORRIGÉS P. 379-380

Faites le point sur vos connaissances, puis établissez votre **parcours de révision** en fonction de votre score.

1 La lunette astronomique

→ FICHE 51

1. Dans une lunette astronomique, l'oculaire :

☐ **a.** est la lentille près de l'œil.

☐ **b.** a une distance focale supérieure à celle de l'objectif.

☐ **c.** joue le rôle de loupe.

2. Le trajet des rayons lumineux issus d'une source lointaine est :

☐ **a.**

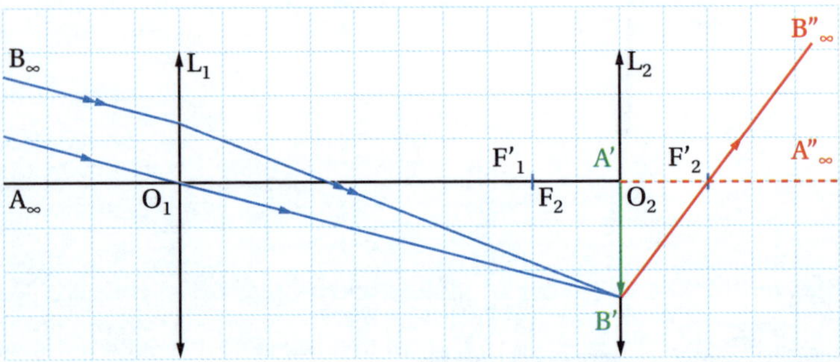

☐ **b.**

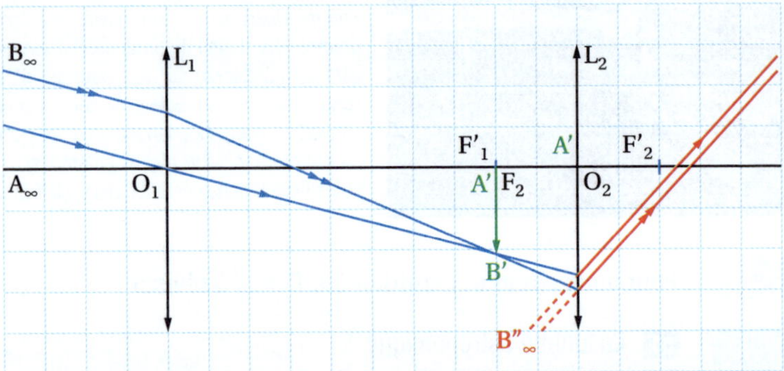

3. L'angle formé par les points extrêmes d'un objet et le centre optique de la lentille à travers laquelle il est observé se nomme :

☐ **a.** le grossissement. ☐ **b.** le diamètre apparent.

4. Le grossissement d'une lunette astronomique dépend :

☐ **a.** de la distance entre l'objectif et l'oculaire de la lunette.

☐ **b.** de la taille de l'astre observé.

☐ **c.** des distances focales des lentilles qui la constituent.

5. Le grossissement G d'une lunette astronomique peut s'écrire, en fonction du diamètre apparent de l'astre observé à l'œil nu θ et du diamètre apparent de l'astre observé à travers la lunette θ' :

☐ **a.** $G = \theta' \times \theta$ ☐ **b.** $G = \frac{\theta}{\theta'}$ ☐ **c.** $G = \frac{\theta'}{\theta}$

.../5

2 Effet photoélectrique et cellule photovoltaïque

→ FICHE 52

1. L'énergie E d'un photon de longueur d'onde λ et de fréquence ν s'exprime en fonction de la constante de Planck h :

☐ **a.** $E = h \times \nu$ ☐ **b.** $E = h \times \lambda$ ☐ **c.** $E = \frac{h \times c}{\nu}$

2. L'effet photoélectrique est :

☐ **a.** la transformation d'un photon en électron.

☐ **b.** l'absorption d'électrons par un métal qui permet la libération de photons.

☐ **c.** l'absorption de photons par un métal qui permet la libération d'électrons.

3. L'effet photoélectrique peut avoir lieu à condition que l'énergie du flux incident de photons soit :

☐ **a.** égale ou supérieure au travail d'extraction du métal considéré.

☐ **b.** inférieure ou égale au travail d'extraction du métal considéré.

4. Le travail d'extraction dépend :

☐ **a.** du métal utilisé.

☐ **b.** de la puissance lumineuse reçue.

☐ **c.** de la vitesse des photons.

5. Plus le travail d'extraction d'un métal est élevé, plus la fréquence que doivent avoir les photons qui l'éclairent est :

☐ **a.** faible. ☐ **b.** élevée.

6. Parmi les affirmations suivantes, lesquelles sont vraies ?

☐ **a.** Le fonctionnement d'une cellule photovoltaïque se base sur l'effet photoélectrique.

☐ **b.** Une cellule photovoltaïque peut produire un courant électrique à partir du moment où elle est éclairée.

☐ **c.** La puissance lumineuse reçue par une cellule photovoltaïque ne dépend que de l'éclairement reçu.

.../6

Score total .../11

Parcours PAS À PAS ou *EXPRESS* ? → MODE D'EMPLOI P. 3

51 La lunette astronomique

En bref *La lunette astronomique permet d'observer des objets très éloignés (considérés comme situés à l'infini) en augmentant leur diamètre apparent par rapport à une observation à l'œil nu.*

I Caractéristiques et principe

■ Une lunette astronomique est composée de **deux lentilles convergentes**.

• La lentille L_1 située à l'entrée de la lunette sert d'**objectif** : elle capte la lumière de l'astre et en forme une image en son foyer image. Elle a une très grande distance focale f'_1, de l'ordre du mètre.

• La lentille L_2, qui est placée en sortie de la lunette, a le rôle d'**oculaire** : elle grossit l'image obtenue par l'objectif et la rejette à l'infini pour qu'elle puisse être observée par l'œil. Elle a une distance focale f'_2 de l'ordre du centimètre.

■ L'objectif donne d'un objet AB situé **à l'infini**, une image A′B′ située dans son plan focal image. Cette image a le rôle d'objet pour l'oculaire et se trouve également dans le plan focal objet de l'oculaire car les points F'_1 et F_2 sont confondus. L'image A″B″ donnée par la lunette est donc rejetée à l'infini. Ainsi, AB et A″B″ sont à l'infini : on dit que la lunette est un système afocal.

MOT CLÉ
Un objet AB (ou une image) situé(e) **à l'infini** a les rayons issus de B qui arrivent (ou partent) tous parallèles entre eux sur (de) la lentille.

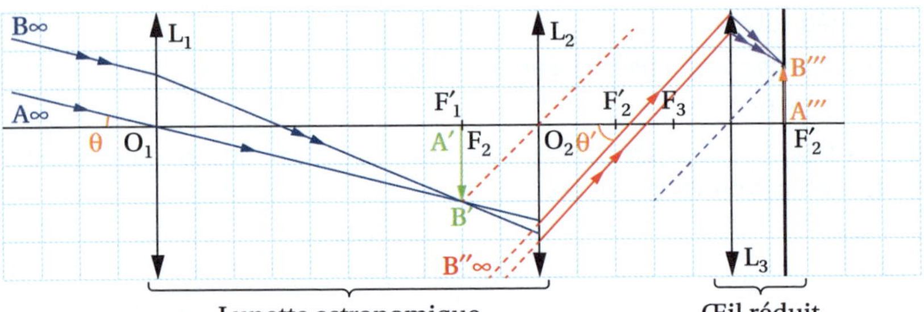

II Grossissement d'une lunette astronomique

■ Le **diamètre apparent** d'un objet est défini par l'angle formé par les points extrêmes de l'objet (A et B ou A″ et B″) et l'œil de l'observateur.

■ Le **grossissement** G d'une lunette astronomique est égal au rapport entre le diamètre apparent de l'astre observé à travers la lunette (θ′) et le diamètre apparent de l'astre observé à l'œil nu (θ). C'est une caractéristique de la lunette :

$$G = \frac{\theta'}{\theta} = \frac{f'_1}{f'_2}$$

θ et θ′ diamètres apparents en radians ; f'_1 et f'_2 distances focales de l'objectif et de l'oculaire de la lunette en mètres.

Méthode

Exprimer les diamètres apparents, en déduire le grossissement

On s'intéresse à une lunette astronomique dont les distances focales sont $f'_1 = 1{,}15$ m pour l'objectif (L_1) et $f'_2 = 2{,}5$ cm pour l'oculaire (L_2).

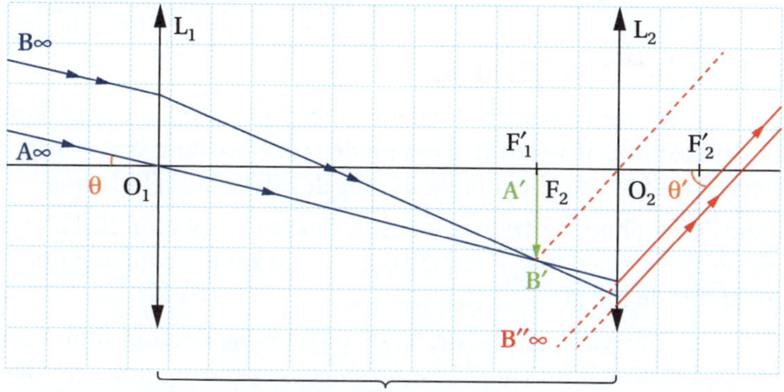

a. Exprimer θ en fonction de A'B' et f'_1 et θ' en fonction de A'B' et f'_2.

b. Exprimer le grossissement de la lunette en fonction de f'_1 et f'_2.

c. Calculer la valeur du grossissement.

CONSEILS

a. Souvenez-vous que deux droites parallèles coupées par une sécante forment des angles alternes-internes égaux et que deux angles opposés par leurs sommets sont égaux. Les angles θ et θ' étant très petits, appliquez l'**approximation des petits angles** : $\tan\theta = \theta$ et $\tan\theta' = \theta'$.

b. Utilisez la réponse précédente pour remplacer les termes de la formule du grossissement.

c. Exprimez les valeurs d'une même grandeur toutes dans la même unité.

SOLUTION

a. Dans le triangle $O_1F'_1B'$: $\tan\theta = \dfrac{A'B'}{O_1F'_1}$ avec A' et F'_1 confondus et $O_1F'_1 = f'_1$.

Dans le triangle O_2F_2B' : $\tan\theta' = \dfrac{A'B'}{O_2F_2}$ avec A' et F_2 confondus et $O_2F_2 = f'_2$.

D'après l'approximation des petits angles : $\theta = \tan\theta = \dfrac{A'B'}{f'_1}$ et $\theta' = \tan\theta' = \dfrac{A'B'}{f'_2}$.

b. On sait que $G = \dfrac{\theta'}{\theta}$ soit $G = \dfrac{\dfrac{A'B'}{f'_2}}{\dfrac{A'B'}{f'_1}} = \dfrac{A'B'}{f'_2} \times \dfrac{f'_1}{A'B'}$ d'où $G = \dfrac{f'_1}{f'_2}$.

c. $G = \dfrac{f'_1}{f'_2} = \dfrac{1{,}15}{2{,}5 \times 10^{-2}} = 46$. La lunette a un grossissement de 46.

52 Effet photoélectrique et cellule photovoltaïque

En bref *Un métal qui reçoit de la lumière peut libérer des électrons : c'est l'effet photoélectrique. Grâce à ce phénomène, les cellules photovoltaïques peuvent convertir l'énergie lumineuse en énergie électrique.*

I L'effet photoélectrique

- Quand un métal est exposé à la lumière (flux de photons), si des photons sont absorbés, des électrons peuvent être éjectés de la surface du métal et participer à un courant électrique : ce phénomène est appelé **effet photoélectrique**.
- Pour que l'effet photoélectrique ait lieu, il faut que le photon incident ait une énergie **égale ou supérieure** à l'énergie minimale nécessaire pour extraire un électron d'un atome de métal.
- Cette énergie minimale nécessaire pour extraire un électron d'un atome est appelée **travail d'extraction** (noté W_0), sa valeur dépend du métal considéré.
- On appelle **fréquence seuil** (noté ν_0) la fréquence du photon pour laquelle son énergie est égale au travail d'extraction :

$$W_0 = h \times \nu_0$$

W_0 énergie en joules (J) ; ν_0 en hertz (Hz) ; h constante de Planck : $h = 6{,}63 \times 10^{-34}$ J·s.

- Si l'énergie fournie par le photon est supérieure à W_0, l'excédent se retrouve sous forme d'**énergie cinétique** pour l'électron : $E_{c,max} = h \times \nu - W_0$ avec $E_{c,max}$ en J.

II Étude d'une cellule photovoltaïque

- Les cellules photovoltaïques sont constituées d'un **métal semi-conducteur** qui libère des électrons lorsqu'il reçoit de l'énergie lumineuse (flux de photons) en quantité suffisante. Ces électrons en se déplaçant produisent un courant électrique.
- Sous un éclairement donné, une cellule photovoltaïque est **caractérisée** par une courbe courant-tension et par une courbe puissance-tension.
- La **puissance électrique produite** par une cellule photovoltaïque éclairée dépend de la tension aux bornes de la cellule U_c et du courant électrique généré par la cellule I_c : $P = U_c \times I_c$ avec P en watts (W), U en volts (V) et I en ampères (A).
- La **puissance lumineuse reçue** par une cellule photovoltaïque $P_{reçue}$ dépend de l'éclairement E produit par la source lumineuse et de la surface S de la cellule : $P_{reçue} = E \times S$ avec $P_{reçue}$ en watts(W), E en W·m^{-2} et S en mètres carrés (m^2).
- Le **rendement** η d'une cellule photovoltaïque s'écrit :

$$\eta = \frac{\text{Puissance électrique maximale produite}}{\text{Puissance lumineuse reçue}} = \frac{P_m}{E \times S} = \frac{U_{c,m} \times I_{c,m}}{E \times S}$$

Méthode

Calculer l'énergie cinétique d'un électron

Un métal exposé à une lumière monochromatique de longueur d'onde 600 nm émet des électrons. L'énergie d'extraction d'un électron de ce métal est $W_0 = 3{,}00 \times 10^{-19}$ J.

a. Faire le bilan d'énergie lorsque l'onde lumineuse arrive sur le métal.

b. Exprimer la vitesse maximale de l'électron en fonction de la longueur d'onde de la radiation.

c. Calculer la vitesse maximale d'un électron libéré par la radiation lumineuse.

Données :

- constante de Planck : $h = 6{,}63 \times 10^{-34}$ J·s ;
- masse de l'électron : $m_e = 9{,}12 \times 10^{-31}$ kg ;
- célérité des ondes lumineuses dans l'air et le vide : $c = 3{,}00 \times 10^8$ m·s^{-1}.

CONSEILS

a. Prenez en compte l'énergie fournie par un photon, le travail d'extraction et l'énergie de l'électron une fois qu'il a été libéré.
b. Utilisez la formule de l'énergie cinétique d'un corps de masse *m* et l'expression de l'énergie fournie par un photon pour en déduire l'expression de la vitesse en fonction des autres variables.
c. Pensez à prendre la racine carrée pour obtenir la valeur de la vitesse et non son carré.

SOLUTION

a. L'énergie fournie par un photon au métal sert d'une part à libérer un électron (énergie d'extraction) et d'autre part au mouvement de l'électron (énergie cinétique). On a donc : $E_{\text{photon}} = W_0 + E_{c,\text{max}}$.

b. On sait que $E_{\text{photon}} = h \times \nu = \dfrac{h \times c}{\lambda}$ et que $E_{c,\text{max}} = \dfrac{1}{2} \times m_{\text{électron}} \times v^2$, donc :

$$\frac{h \times c}{\lambda} = W_0 + \frac{1}{2} \times m_{\text{électron}} \times v^2$$

$$v = \sqrt{\frac{2\left(\dfrac{h \times c}{\lambda} - W_0\right)}{m_{\text{électron}}}}.$$

c. On calcule la vitesse maximale de l'électron libéré par la radiation de longueur d'onde λ égale à 600 nm :

$$v = \sqrt{\frac{2\left(\dfrac{h \times c}{\lambda} - W_0\right)}{m_{\text{électron}}}} = \sqrt{\frac{2\left(\dfrac{6{,}63 \times 10^{-34} \times 3{,}00 \times 10^{8}}{600 \times 10^{-9}} - 3{,}00 \times 10^{-19}\right)}{9{,}12 \times 10^{-31}}}$$

$v = 2{,}63 \times 10^5$ m·s^{-1}.

Principe

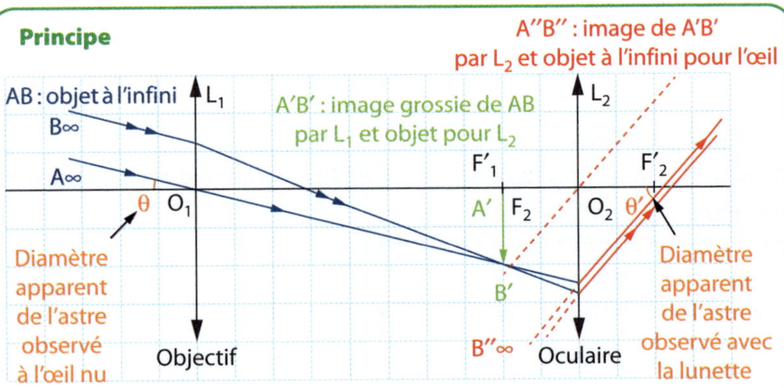

Grossissement

$$G = \frac{\theta'}{\theta} = \frac{f'_1}{f'_2}$$

Lunette astronomique

LUNETTE FLUX

Caractéristiques des photons

- $m_{photon} = 0$ kg
- $q_{photon} = 0$ C
- $v_{photon} = c = 3{,}00 \times 10^8$ m·s^{-1}

$$E_{photon} = h\,\nu = \frac{h\,c}{\lambda}$$

Effet photoélectrique

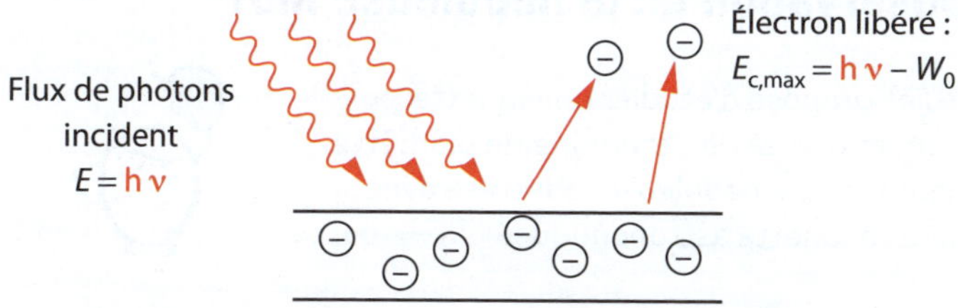

- Si $E_{photon} < W_0$
- Si $E_{photon} \geqslant W_0$

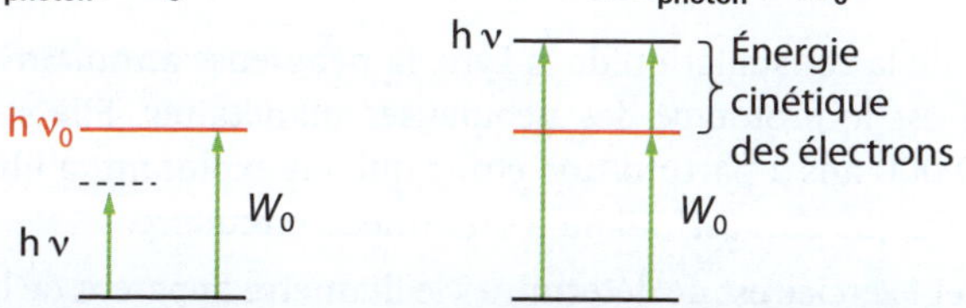

→ **Pas** d'effet photoélectrique

→ Effet photoélectrique
Énergie cinétique de l'électron libéré :

$$E_{c,max} = h\nu - W_0$$

ASTRONOMIQUE DE PHOTONS

Effet photoélectrique et cellule photovoltaïque

Cellule photovoltaïque

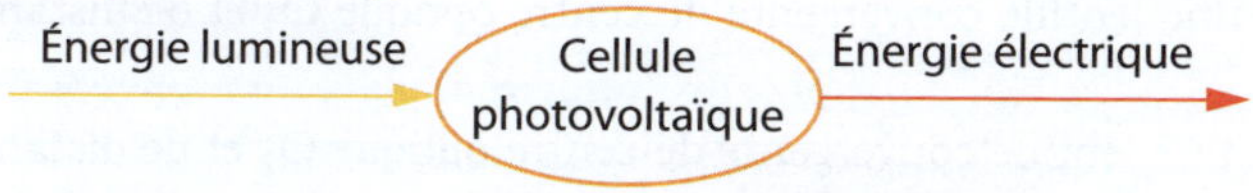

- Puissance électrique **produite** : $P_{produite} = U_{cellule} I_{cellule}$ (P en W, U en V, I en A)
- Puissance lumineuse **reçue** : $P_{lumineuse\ reçue} = E\,S$ (P en W, E en $W \cdot m^{-2}$, S en m^2)
- **Rendement** : $\eta = \dfrac{\text{puissance électrique maximale produite}}{\text{puissance lumineuse reçue}} = \dfrac{P_{prod\ max}}{E\,S}$

SUJET 25 | OBJECTIF BAC

30 min Observation de la nébuleuse M57

→ FICHE 51

Ce sujet propose d'étudier une lunette astronomique et de déterminer le diamètre apparent d'une nébuleuse, observée avec et sans la lunette astronomique.

LE SUJET

Située près de la constellation de la Lyre, la nébuleuse annulaire de la Lyre (nommée M57) est le prototype des nébuleuses planétaires. Elle s'est formée il y a environ 20 000 ans à partir d'une étoile qui, en explosant, a libéré des gaz ayant une structure que l'on assimilera à un anneau circulaire.

Le but de cet exercice est de déterminer le diamètre apparent de la nébuleuse M57 observée avec la lunette astronomique de l'observatoire de Harvard.

On négligera le phénomène de diffraction qui intervient dans l'utilisation d'une lunette. On rappelle qu'une lunette est dite afocale lorsque le foyer image de l'objectif et le foyer objet de l'oculaire sont confondus.

Données

- Pour les angles petits et exprimés en radians : $\tan \alpha = \alpha$.
- Année-lumière : 1 a.l. = $1{,}00 \times 10^{13}$ km.

Partie 1 Étude de la lunette astronomique

La lunette de l'observatoire de Harvard peut être modélisée par un système de deux lentilles minces L_1 et L_2 (schéma ci-dessous).

- L'objectif (L_1) est une lentille convergente de centre optique O_1 et de distance focale $f'_1 = 6{,}80$ m.
- L'oculaire (L_2) est une lentille convergente de centre optique O_2 et de distance focale $f'_2 = 4{,}0$ cm.

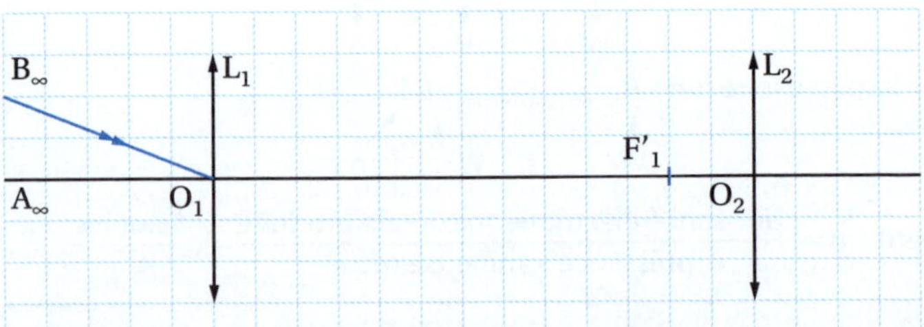

1. La distance entre les centres optiques des deux lentilles est de 6,84 m. Montrer que cette lunette est afocale.

2. Un objet situé à l'infini est représenté sur le schéma de la lunette par $A_\infty B_\infty$ (A_∞ étant sur l'axe optique). Un rayon lumineux issu de B_∞ est également représenté.

a. Reproduire le schéma de la lunette sans considération d'échelle en y plaçant les foyers F_2 et F'_2 de l'oculaire de cette lunette. Puis construire l'image A_1B_1 de l'objet $A_\infty B_\infty$ donnée par l'objectif.

b. On désigne par α le diamètre apparent de l'objet observé. C'est l'angle sous lequel on voit cet objet à l'œil nu. Exprimer le diamètre apparent α de l'objet observé en fonction de f'_1 et A_1B_1.

3. L'oculaire L_2 permet d'obtenir une image définitive A'B' de l'objet observé.

a. La lunette étant afocale, où sera située l'image A'B' ? Justifier la réponse.

b. Construire, sur le schéma fait à la question **1. b.**, la marche d'un rayon lumineux issu de B_1 permettant de trouver la direction de B'.

4. On désigne par α' le diamètre apparent de l'image A'B' vue à travers la lunette, α' est l'angle sous lequel on voit l'image donnée par l'instrument.

a. Exprimer le diamètre apparent α' en fonction de f'_2 et A_1B_1.

b. Déduire des questions précédentes l'expression du grossissement G de la lunette de l'observatoire de Harvard, puis sa valeur numérique.

Partie 2 Observation de la nébuleuse M57

La nébuleuse M57, située à la distance $L = 2\,600$ a.l. de la Terre, a un diamètre $D = A_\infty B_\infty = 1{,}3 \times 10^{13}$ km.

1. Sachant que l'œil voit comme un point tout objet de diamètre apparent inférieur à $3{,}0 \times 10^{-4}$ rad, montrer qu'il peut théoriquement distinguer les points A_∞ et B_∞.

2. En réalité, la nébuleuse M57 n'est pas observable à l'œil nu, mais elle est faiblement visible à travers la lunette.

a. Proposer une explication.

b. Pour les observations, quel est, à votre avis, l'intérêt d'utiliser des lunettes (et actuellement des télescopes) qui ont un objectif de diamètre de plus en plus grand ?

3. Calculer le diamètre apparent de cette nébuleuse vue à travers la lunette de l'observatoire de Harvard.

LES CLÉS POUR RÉUSSIR

Partie 1 Étude de la lunette astronomique

2. a. et **3. b.** Pour construire l'image d'un objet situé à l'infini, tracez le rayon qui passe par le centre optique de la lentille et rappelez-vous que l'image d'un objet situé à l'infini se trouve au foyer image de la lentille.

2. b. et **4.** Souvenez-vous que deux droites parallèles coupées par une sécante forment des angles alternes-internes égaux et que deux angles opposés par leurs sommets sont égaux. → FICHE 51

LE CORRIGÉ

Partie 1 Étude de la lunette astronomique

1. Prouver qu'un instrument d'optique est afocal

Une lunette est afocale, si le foyer image F'_1 de l'objectif est confondu avec le foyer objet F_2 de l'oculaire.

D'après l'énoncé, on sait que $\overline{O_1O_2} = 6{,}84$ m. Or $\overline{O_1O_2} = \overline{O_1F'_1} + \overline{F_2O_2}$. Puisque $\overline{O_1F'_1} = f'_1 = 6{,}80$ m et $\overline{F_2O_2} = f'_2 = 4{,}0 \times 10^{-2}$ m, on a bien $\overline{O_1F'_1} + \overline{F_2O_2} = 6{,}84$ m : **la lunette de l'observatoire d'Harvard est afocale.**

2. a. Tracer un schéma d'optique géométrique

Comme la lunette est afocale, F'_1 et F_2 sont confondus. O_2 est au milieu de $[F_2\,F'_2]$.

Comme l'objet $A_\infty B_\infty$ est à l'infini pour l'objectif (lentille L_1), son image A_1B_1 est dans le plan focal image de l'objectif, F'_1.

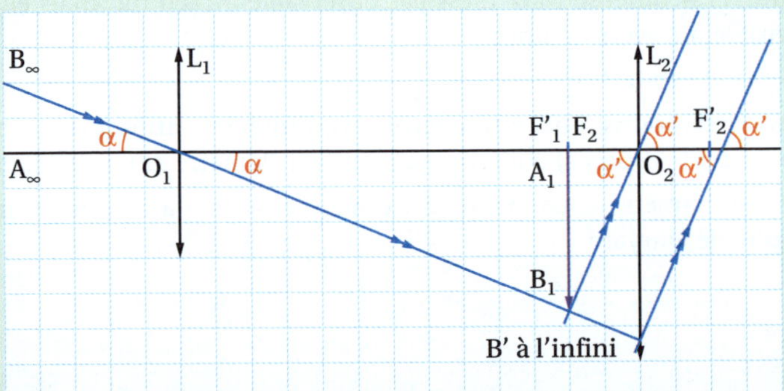

b. Appliquer la relation de la tangente d'un angle

D'après le schéma précédent, on peut donc écrire : $\tan\alpha = \alpha = \dfrac{A_1B_1}{f'_1}$.

3. a. Déterminer la position d'une image

La lunette étant afocale, A_1B_1 est dans le plan focal objet de l'oculaire (lentille L_2) donc **l'image finale A'B' est à l'infini.**

b. Tracer des rayons lumineux

Pour construire un rayon issu de B_1 permettant de trouver la direction de B′, on trace le rayon issu de B_1 qui passe par O_2. Comme il passe par le centre optique de la lentille, ce rayon n'est pas dévié et tous les autres rayons issus de B_1 émergeront de L_2 parallèlement à ce rayon (voir schéma précédent).

4. a. Appliquer la relation de la tangente d'un angle

D'après le schéma précédent, on peut donc écrire : $\tan\alpha' = \alpha' = \dfrac{A_1B_1}{f_2'}$.

b. Exprimer et calculer le grossissement

On sait que le grossissement d'une lunette est : $G = \dfrac{\alpha'}{\alpha}$.

$$\text{D'où : } G = \frac{\frac{A_1B_1}{f_2'}}{\frac{A_1B_1}{f_1'}} = \frac{A_1B_1}{f_2'} \times \frac{f_1'}{A_1B_1} = \frac{f_1'}{f_2'} = \frac{6{,}80}{4{,}0 \times 10^{-2}} = \mathbf{1{,}7 \times 10^2}.$$

Le grossissement de la lunette astronomique est $G = 1{,}7 \times 10^2$.

Partie 2 Observation de la nébuleuse M57

1. Calculer le diamètre apparent d'un objet

Dans le triangle ci-contre, nous avons :

$\tan\alpha = \alpha = \dfrac{D}{L}$.

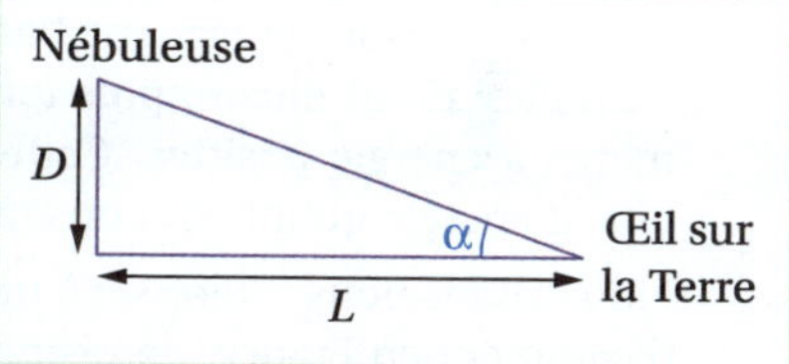

Application numérique :

$$\alpha = \frac{D}{L} = \frac{1{,}3 \times 10^{13}}{2\,600 \times 1{,}00 \times 10^{13}} = 5{,}0 \times 10^{-4}\ \text{rad}.$$

Le diamètre apparent de la nébuleuse est donc $\boldsymbol{\alpha = 5{,}0 \times 10^{-4}}$ **rad.** Comme $\alpha > 10^{-4}$ rad, théoriquement, les points A_∞ et B_∞ peuvent être distingués l'un de l'autre à l'œil nu depuis la Terre.

À NOTER

1. Ici, il faut exprimer les distances en kilomètres.

2. a. Proposer une hypothèse pour la faible visibilité de M57

La nébuleuse n'est pas observable à l'œil nu et faiblement visible à travers la lunette car il n'y a **pas assez de lumière issue de celle-ci** qui entre dans l'œil ou dans la lunette.

b. Expliquer l'intérêt d'utiliser des lunettes

Comme, d'une part, le diamètre de la lunette est supérieur à celui d'un œil et, d'autre part, la nébuleuse est plus visible à travers la lunette que l'œil, on peut penser que plus le diamètre de l'objectif est grand, plus la quantité de lumière collectée est importante donc plus l'image sera lumineuse. Ceci explique l'intérêt d'utiliser des lunettes ou télescopes avec de très grands objectifs pour observer des objets lointains.

3. Calculer un diamètre apparent à travers une lunette astronomique

On sait que $G = \dfrac{\alpha'}{\alpha}$, d'où :

$\boldsymbol{\alpha' = G \times \alpha = 1{,}7 \times 10^2 \times 5{,}0 \times 10^{-4} = 8{,}5 \times 10^{-2}}$ **rad.**

À travers la lunette, la nébuleuse a un diamètre apparent de $8{,}5 \times 10^{-2}$ rad.

SUJET 26 | OBJECTIF SUP

1 h Une résidence à énergie positive

→ FICHE 52

Ce sujet permet d'étudier un panneau solaire photovoltaïque, du flux de photons qu'il reçoit jusqu'à l'énergie qu'il produit. Une occasion de passer en revue les notions d'énergie et de puissance électriques et lumineuses mises en jeu dans un ensemble de panneaux solaires, ainsi que leur rendement.

LE SUJET

Alors qu'actuellement les nouvelles constructions en France doivent répondre à la norme BBC (bâtiment basse consommation), on voit apparaître quelques exemples allant encore plus loin du point de vue énergétique : ce sont les bâtiments à énergie positive. Cette appellation signifie qu'un tel bâtiment produit plus d'énergie qu'il n'en consomme.

Nous allons nous intéresser à un exemple d'immeuble à énergie positive construit récemment en France : la résidence l'Avance située à Montreuil (département de la Seine Saint-Denis), premier complexe de logements à énergie positive construit en Île-de-France.

Données

- Constante de Planck : $h = 6{,}63 \times 10^{-34}$ J · s.
- Célérité de la lumière dans le vide : $c = 3{,}00 \times 10^{8}$ m · s^{-1}.
- 1 µm = 1×10^{-6} m.

Partie 1 « Énergie positive »

Document 1 Bâtiment à énergie positive

Pour qu'une habitation soit qualifiée de « bâtiment à énergie positive », elle doit produire plus d'énergie qu'elle n'en consomme. Il faut pour cela minimiser la consommation énergétique du bâtiment par son isolation et des choix judicieux en matière de production de chaleur (chauffage et eau chaude sanitaire) et/ou de froid (climatisation). D'autre part, le bâtiment doit obligatoirement produire de l'énergie et cela à partir d'une source d'énergie renouvelable locale.

Document 2 Réglementation thermique RT2012

La consommation énergétique d'un logement est calculée pour une année en prenant en compte ses besoins pour le chauffage, le refroidissement (climatisation), la production d'eau chaude sanitaire, la ventilation et l'éclairage. Cette consommation d'énergie est ramenée au mètre carré de surface habitable du logement : on obtient la consommation en kilowattheures par mètre carré ($kWh \cdot m^{-2}$).

Pour respecter la réglementation thermique RT2012, la consommation énergétique d'un logement ne doit pas dépasser 50 $kWh \cdot m^{-2}$.

Source : www.developpement-durable.gouv.fr

Document 3 Données sur le bâtiment étudié

- Résidence « l'Avance ».
- Lieu : Montreuil (département 93).
- Nombre de logements : 33.
- Surface totale habitable des logements : 1 660 m^2.
- Consommation énergétique annuelle : 36,1 $kWh \cdot m^{-2}$.
- Production annuelle d'énergie électrique des panneaux solaires photovoltaïques : 38,1 $kWh \cdot m^{-2}$.

Sources : www.bouygues-immobilier.com/bouygues-immobilier-et-vous/lavance et www.cardonnel.fr/l-avance-rue-de-l-ermitage

1. Expliquer pourquoi le bâtiment étudié répond bien à la réglementation thermique RT2012.

2. Expliquer pourquoi le bâtiment étudié est un bâtiment à énergie positive.

3. Calculer l'énergie consommée $E_{consommée}$ dans ce bâtiment, pour une année, en kilowattheures (kWh) puis en joules (J).

4. Calculer le surplus d'énergie ΔE (en kWh) pour ce bâtiment, pour une année, défini par la différence entre l'énergie produite et l'énergie consommée.

Partie 2 Caractéristiques d'un flux de photons

Dans cette partie, on s'intéresse à la production d'électricité par l'effet photoélectrique.

Pour que la cellule photovoltaïque présente dans le panneau solaire photovoltaïque produise un courant, la valeur minimale d'énergie apportée par les photons doit être $E_{min} = 1,12$ eV.

1. Rappeler ce qu'est l'effet photoélectrique.

2. Montrer que la fréquence minimale pour laquelle la cellule permet le passage du courant est $\nu_{min} = 2,70 \times 10^{14}$ Hz.

3. En déduire la longueur d'onde maximale, λ_{max}, correspondante, en µm.

4. Rappeler les limites du domaine du visible et en déduire dans quel domaine des ondes électromagnétiques se situe ce rayonnement.

Partie 3 Panneaux solaires photovoltaïques

1. Caractéristiques des panneaux solaires photovoltaïques

a. Déterminer la valeur manquante du tableau ci-dessous.

Document 4 Caractéristiques du panneau Sunpower-E20-327W

Puissance nominale maximale	P_{max}	327 W
Tension à puissance nominale maximale	$U_{P max}$	54,7 V
Intensité à puissance nominale maximale	$I_{P max}$	?
Rendement	20,1 %	

Valeurs données pour des conditions test standard :
ensoleillement 1 000 $W \cdot m^{-2}$ et température de cellule 25 °C.

Source : www.energreen.be

b. Recopier et compléter le schéma ci-dessous, en choisissant parmi les différents types d'énergies suivantes : énergie chimique, énergie électrique, énergie mécanique, énergie nucléaire, énergie rayonnante, énergie thermique. Attention : le même type d'énergie peut apparaître plusieurs fois.

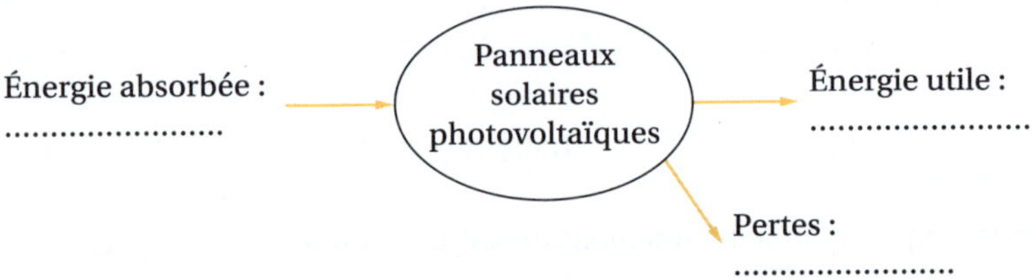

Bilan énergétique d'un panneau solaire photovoltaïque

c. Calculer la puissance lumineuse nécessaire $P_{reçue}$ pour que le panneau produise la puissance électrique nominale maximale.

d. En déduire la surface S (en m^2) de ce panneau solaire.

2. Au laboratoire, on désire vérifier le rendement d'un panneau solaire équipé d'un capteur photovoltaïque similaire à ceux qui équipent les bâtiments.
On réalise pour cela l'expérience schématisée ci-dessous :

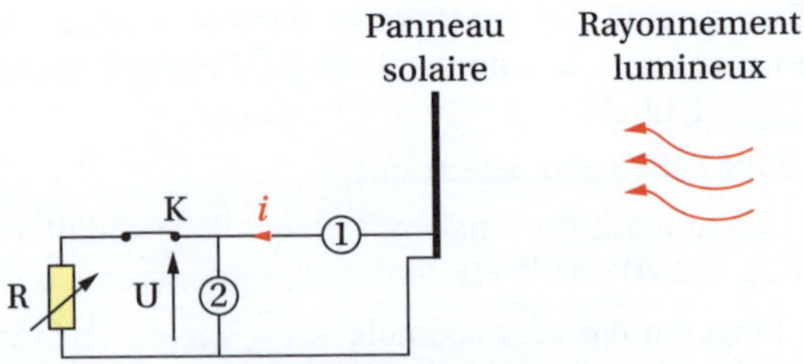

Schéma de l'expérience

On obtient les résultats suivants :

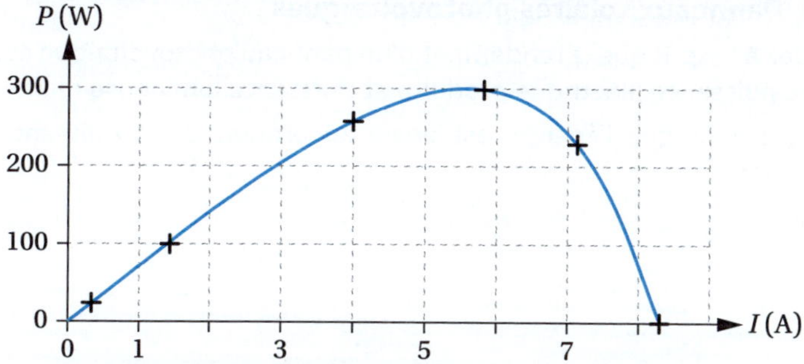

Variations de la puissance produite en fonction de l'intensité du courant électrique

a. Nommer les appareils nécessaires à la mesure de la tension et de l'intensité et les associer au numéro adéquat (① et ②) du schéma de l'expérience.

b. Déterminer graphiquement la puissance maximum $P_{\text{max, exp}}$ délivrée par le panneau solaire photovoltaïque.

c. Calculer l'écart relatif : $\frac{\Delta P}{P} = \frac{P_{\text{max}} - P_{\text{max, exp}}}{P_{\text{max}}}$. L'expérience valide-t-elle la puissance maximum P_{max} affichée par le constructeur ?

3. Utilisation des panneaux en conditions réelles.
Pour les panneaux solaires installés sur la toiture de la résidence « l'Avance », l'objectif annuel de production d'énergie électrique est : $E_{\text{objectif}} = 63{,}2$ MWh. Montrer, à l'aide des données suivantes, que cet objectif est réalisable.

Données
- L'éclairement solaire moyen annuel à Montreuil : $E_{\text{Montreuil}} = 137\ \text{W}\cdot\text{m}^{-2}$.
- Surface de panneaux : 270 m^2.
- On considère que le rendement d'un ensemble de panneaux photovoltaïques est le même que celui d'un seul panneau.

LES CLÉS POUR RÉUSSIR

Partie 1 « Énergie positive »

3. Pensez que 1 Wh = 3 600 J.

Partie 2 Caractéristiques d'un flux de photons

1. Réfléchissez à la condition nécessaire pour que l'effet photoélectrique soit possible.

2. L'énergie d'un photon est proportionnelle à sa fréquence. → FICHE 52

Pensez que 1 eV (électronvolt) = $1{,}602 \times 10^{-19}$ J.

Partie 3 Panneaux solaires photovoltaïques

1. c. Gardez à l'esprit que le rendement d'un panneau photovoltaïque est le rapport entre puissance électrique produite et puissance lumineuse reçue.

3. Souvenez-vous que l'énergie est égale au produit de la puissance par la durée : $E = P \times t$.

LE CORRIGÉ

Partie 1 « Énergie positive »

1. Extraire et exploiter des informations d'un texte

Pour qu'un bâtiment réponde à la réglementation thermique RT2012, sa consommation énergétique doit être inférieure à 50 $kWh \cdot m^{-2}$. C'est le cas de la résidence **« l'Avance » qui consomme 36,1 $kWh \cdot m^{-2}$.**

2. Extraire et exploiter des informations d'un texte

L'**énergie produite** par le bâtiment (38,1 $kWh \cdot m^{-2}$) est **supérieure à l'énergie qu'il consomme** (36,1 $kWh \cdot m^{-2}$) : il s'agit bien d'un bâtiment à énergie positive.

3. Calculer une énergie

Calcul de l'énergie consommée par le bâtiment en un an :

$E_{consommée} = E_{conso\ annuelle} \times S_{habitable} = 36{,}1 \times 1\,660 = \mathbf{5{,}99 \times 10^4}$ **kWh**

soit $5{,}99 \times 10^4 \times 10^3 \times 3{,}6 \times 10^3 = \mathbf{2{,}16 \times 10^{11}}$ **J.**

ATTENTION

3. Le document 2 donne l'énergie consommée par m^2. Pour connaître l'énergie consommée par le bâtiment, il faut la multiplier par la surface totale du bâtiment.

4. Calculer une différence d'énergie

On calcule l'énergie produite par le bâtiment en un an :

$E_{produite} = E_{produite\ annuelle} \times S_{habitable} = 38{,}1 \times 1\,660 = \mathbf{6{,}32 \times 10^4}$ **kWh.**

Le surplus d'énergie ΔE pour ce bâtiment est donc chaque année :

$\Delta E = E_{produite} - E_{consommée} = 6{,}32 \times 10^4 - 5{,}99 \times 10^4 = \mathbf{3{,}30 \times 10^3}$ **kWh.**

Partie 2 Caractéristiques d'un flux de photons

1. Définir l'effet photoélectrique

L'effet photoélectrique est le phénomène au cours duquel la surface d'un métal, exposé à un flux de photons, peut éjecter des électrons qui participeront à un courant électrique, à condition que l'énergie des photons soit supérieure au travail d'extraction du métal.

2. Calculer la fréquence d'un flux de photons à partir de son énergie

On convertit l'énergie minimale en joules :

$E_{\text{min}} = 1{,}12 \text{ eV} = 1{,}12 \times 1{,}602 \times 10^{-19} = \mathbf{1{,}79 \times 10^{-19}}$ **J.**

L'énergie d'un photon étant $E = h \times \nu$, la fréquence minimale est :

$$E_{\text{min}} = h \times \nu_{\text{min}} \text{ d'où } \nu_{\text{min}} = \frac{E_{\text{min}}}{h} = \frac{1{,}79 \times 10^{-19}}{6{,}63 \times 10^{-34}} = \mathbf{2{,}70 \times 10^{14} \text{ Hz}}.$$

On retrouve bien la valeur indiquée par l'énoncé.

3. Calculer la longueur d'onde d'un flux de photons à partir de sa fréquence

Longueur d'onde et fréquence étant inversement proportionnelles, la fréquence minimale permet de calculer la longueur d'onde maximale :

$$\lambda_{\text{max}} = \frac{c}{\nu_{\text{min}}} = \frac{3{,}00 \times 10^{8}}{2{,}70 \times 10^{14}} = 1{,}11 \times 10^{-6} \text{ m} = \mathbf{1{,}11\ \mu m}.$$

Les photons doivent avoir une longueur d'onde inférieure ou égale à 1,11 µm pour que l'effet photoélectrique ait lieu.

4. Connaître les catégories des rayonnements électromagnétiques

Le domaine du visible a des **longeurs d'onde comprises entre 0,4 et 0,8 µm.** Le rayonnement considéré a une longueur d'onde supérieure à cet intervalle : il s'appartient donc à l'**infrarouge.**

À NOTER

4. Les domaines des rayonnements électromagnétiques dépendent de leur longueur d'onde. En partant des ondes les plus énergétiques, on distingue successivement :
- les **rayons gamma** (γ) en dessous de 10^{-11} m ;
- les **rayons X** entre 10^{-11} m et 10^{-8} m ;
- les **ultraviolets** entre 10^{-8} m et 4×10^{-7} m ;
- le **domaine visible** de 4×10^{-7} m à 8×10^{-7} m ;
- les **infrarouges** entre 8×10^{-7} m et 10^{-3} m ;
- les **micro-ondes** de 10^{-3} à 1 m ;
- les **ondes radio** à partir de 1 m.

Partie 3 Panneaux solaires photovoltaïques

1. a. Calculer une intensité à partir d'une tension et d'une puissance

On calcule l'intensité du courant pour une puissance nominale maximale :

$$P_{\text{max}} = U_{\text{Pmax}} \times I_{\text{Pmax}} \text{ d'où } I_{\text{Pmax}} = \frac{U_{\text{Pmax}}}{P_{\text{max}}} = \frac{327}{54{,}7} = \mathbf{5{,}98 \text{ A}}.$$

b. Réaliser un bilan énergétique

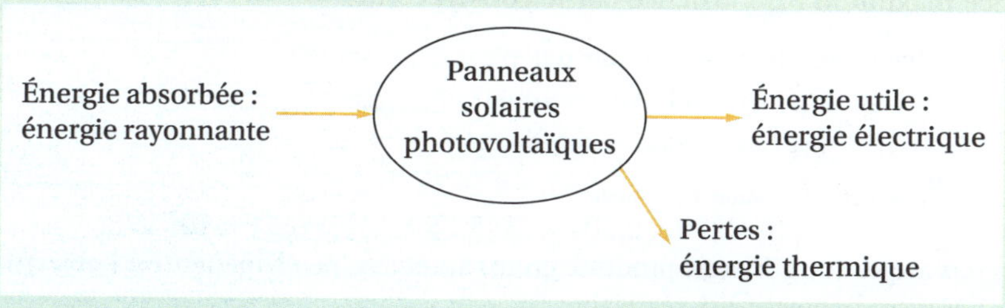

c. Exploiter la relation entre rendement et puissance reçue

Le tableau indique la valeur du rendement η = 20,1 % et on sait que $\eta = \frac{P_{max}}{P_{reçue}}$.

La puissance lumineuse reçue par ce panneau est donc :

$P_{reçue} = \frac{P_{max}}{\eta} = \frac{327}{0,201} = \mathbf{1,63 \times 10^3}$ **W.**

d. Calculer la surface d'un panneau solaire

La puissance reçue est le produit de la surface S de panneaux par l'ensoleillement c'est-à-dire l'énergie reçue par m², E : $P_{reçue} = S \times E$. D'où $S = \frac{P_{reçue}}{E}$.

Dans les conditions de test standard, l'ensoleillement est de 1 000 W·m⁻², donc la surface du panneau est $S = \frac{1,63 \times 10^3}{1\,000}$ = **1,63 m².**

2. a. Connaître et savoir utiliser les appareils de mesures électriques

Pour mesurer une tension (U), il faut un voltmètre qui se branche en dérivation.
Pour mesurer une intensité (I), il faut un ampèremètre, qui se branche en série.
Le **voltmètre est l'appareil ②** ; l'**ampèremètre est l'appareil ①.**

b. Extraire des informations d'un graphique

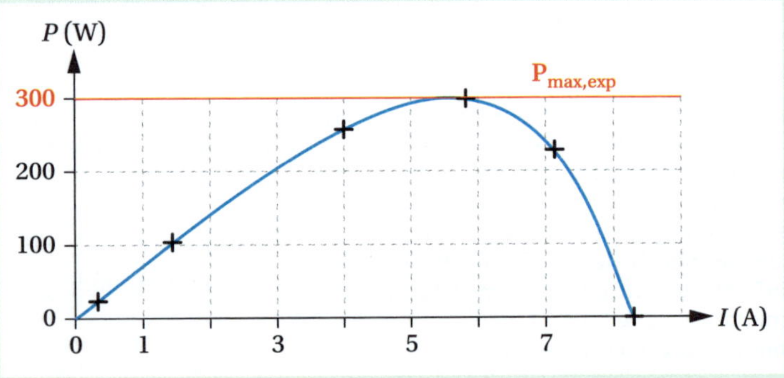

Graphiquement, on trouve $P_{max,\ exp}$ = 300 W.

c. Calculer l'écart relatif

$\frac{\Delta P}{P} = \frac{327 - 300}{327}$ = 0,08 = **8 %.**

L'écart entre la puissance annoncée par le constructeur et celle obtenues expérimentalement est de 8 %, ce qui reste convenable : **l'expérience valide la puissance maximum P_{max} affichée par le constructeur.**

3. Calculer l'énergie produite par des panneaux solaires

On calcule l'énergie produite en un an par : $E_{produite} = P_{produite} \times t$.

Or, $P_{produite} = P_{reçue} \times \eta = (E_{Montreuil} \times S_{totale}) \times \eta$.

D'où : $E_{produite} = E_{Montreuil} \times S_{totale} \times \eta \times t$

$= 137 \times 270 \times 0,201 \times (365,25 \times 24) = \mathbf{6,51 \times 10^7}$ **Wh.**

On remarque que l'énergie produite en un an est un peu supérieure à l'objectif de 63,2 MWh : **l'objectif est réalisable.**

14 Dynamique d'un système électrique

La technologie des écrans tactiles, équipant les smartphones et les tablettes, utilise des **capteurs capacitifs.** Quand le doigt touche l'écran, le champ électrique est modifié localement. Cela engendre un changement de capacité, dont la mesure par les capteurs permet de déterminer la position du point de contact du doigt.

TEST

Pour vous situer et identifier les fiches à réviser 338

FICHES DE COURS

53 Le condensateur 340

54 Capacité d'un condensateur 342

55 Dipôle *RC* : charge d'un condensateur 344

56 Dipôle *RC* : décharge d'un condensateur 346

MÉMO VISUEL 348

SUJETS GUIDÉS & CORRIGÉS

OBJECTIF BAC

27 Stimulateur cardiaque 350

OBJECTIF MENTION

28 Modélisme ferroviaire 354

TESTEZ-VOUS

→ CORRIGÉS P. 379-380

Faites le point sur vos connaissances puis établissez votre **parcours de révision** en fonction de votre score.

1 Le condensateur

→ FICHE 53

1. Parmi les affirmations suivantes, lesquelles sont vraies ?

☐ **a.** Chaque armature d'un condensateur est constituée d'un isolant électrique.

☐ **b.** Lorsque l'armature A d'un condensateur porte une charge électrique q_A négative, l'armature B porte obligatoirement une charge q_B positive, et inversement.

☐ **c.** L'accumulation des charges électriques dans un condensateur s'accroît si on rapproche les armatures l'une de l'autre.

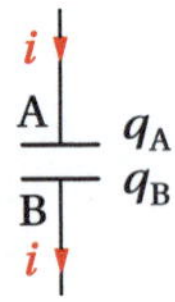

2. L'intensité électrique i, indiquée sur le schéma ci-contre, est définie en fonction de la charge électrique q_A de l'armature A ou de la charge q_B de l'armature B par $i =$:

☐ **a.** $\frac{dq_A}{dt}$ ☐ **b.** $-\frac{dq_A}{dt}$ ☐ **c.** $\frac{dq_B}{dt}$ ☐ **d.** $-\frac{dq_B}{dt}$

…/2

2 Capacité d'un condensateur

→ FICHE 54

1. La tension u_{AB} aux bornes d'un condensateur de capacité C est liée à la charge q_A portée par l'armature A par la relation :

☐ **a.** $u_{AB} = Cq_A$ ☐ **b.** $q_A = Cu_{AB}$ ☐ **c.** $q_A = -Cu_{AB}$

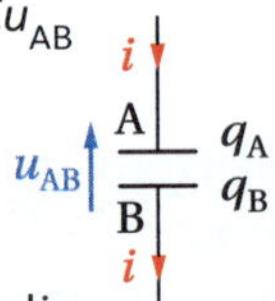

2. L'intensité i, indiquée sur le schéma ci-contre, et la tension u_{AB} aux bornes d'un condensateur de capacité C sont liées par la relation :

☐ **a.** $i = C\frac{du_{AB}}{dt}$ ☐ **b.** $i = -C\frac{du_{AB}}{dt}$ ☐ **c.** $u_{AB} = C\frac{di}{dt}$

3. Pour accroître la capacité C d'un condensateur, il faut :

☐ **a.** augmenter la surface des armatures.

☐ **b.** augmenter la distance séparant les armatures.

☐ **c.** diminuer la distance séparant les armatures.

☐ **d.** utiliser un métal peu résistif.

…/3

3 Dipôle *RC* : charge d'un condensateur

→ FICHE 55

1. Un dipôle *RC* est constitué d'un dipôle ohmique de résistance *R* et d'un condensateur de capacité *C* associés en :

☐ **a.** série. ☐ **b.** dérivation. ☐ **c.** opposition.

2. La durée de charge du condensateur d'un dipôle *RC* est fonction croissante de :

☐ **a.** la résistance *R*. ☐ **b.** la capacité *C*.

☐ **c.** la tension électrique appliquée au dipôle *RC*.

3. La constante de temps τ d'un dipôle *RC* est égale à :

☐ **a.** 0,37*RC* ☐ **b.** 0,5*RC* ☐ **c.** 0,63*RC* ☐ **d.** *RC*

4. La constante de temps τ d'un dipôle *RC* correspond au temps nécessaire pour que le condensateur soit chargé à :

☐ **a.** 37 % ☐ **b.** 50 % ☐ **c.** 63 % ☐ **d.** 100 % …/4

4 Dipôle *RC* : décharge d'un condensateur

→ FICHE 56

Initialement un condensateur de capacité *C* est chargé de telle manière que $u_{AB}(0) = E > 0$.

À la date $t = 0$, on provoque sa décharge en le reliant à un conducteur ohmique de résistance *R*.

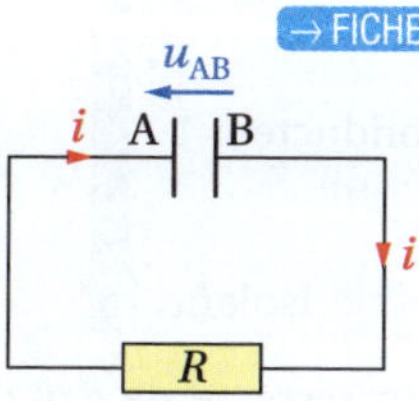

1. La tension $u_{AB}(t)$:

☐ **a.** décroît. ☐ **b.** croît. ☐ **c.** reste égale à *E*.

2. La constante de temps τ qui caractérise la décharge est proportionnelle à :

☐ **a.** *E* ☐ **b.** *R* ☐ **c.** *C*

3. Au bout d'un temps τ, le condensateur est déchargé à :

☐ **a.** 37 % ☐ **b.** 50 % ☐ **c.** 63 % ☐ **d.** 100 %

4. Au bout d'un temps τ, la tension $u_{AB}(\tau)$ aux bornes du condensateur vaut :

☐ **a.** 0 ☐ **b.** 0,37*E* ☐ **c.** 0,5*E* ☐ **d.** 0,63*E* ☐ **e.** *E*

5. A t = 0, l'intensité *i* vaut :

☐ **a.** 0 ☐ **b.** $\frac{E}{R}$ ☐ **c.** $-\frac{E}{R}$ ☐ **d.** $\frac{E}{\tau}$ ☐ **e.** $-\frac{E}{\tau}$

…/5

Score total …/14

Parcours PAS À PAS ou EXPRESS ? → MODE D'EMPLOI P. 3

53 Le condensateur

En bref *Les armatures d'un condensateur accumulent des charges électriques de signes opposés. L'intensité du courant est définie par la dérivée temporelle de la charge.*

I Modèle du condensateur

■ Un conducteur 1, portant un excès d'électrons, est approché d'un conducteur 2 relié à la terre. Par interaction électrostatique (voir programme de première), les charges négatives du conducteur 1 repoussent des électrons du conducteur 2 vers la terre ; des charges positives apparaissent alors sur la surface du conducteur 2 en regard du conducteur 1. Ce phénomène d'accumulation de charges, appelé condensation de l'électricité ou **comportement capacitif**, est d'autant plus important que les deux conducteurs sont proches.

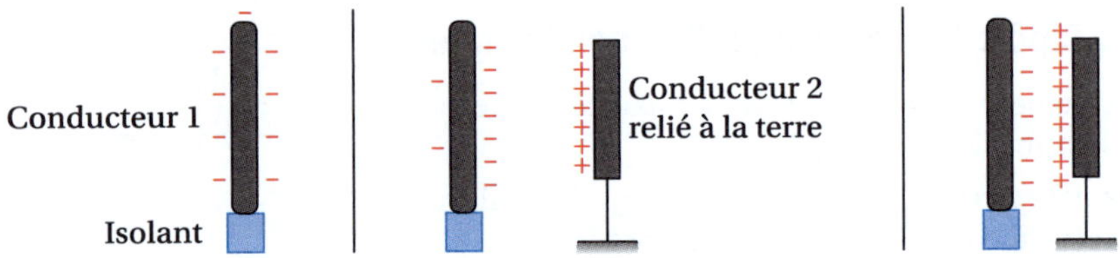

■ Un système de deux conducteurs métalliques ayant un comportement capacitif est modélisé par un dipôle électrique appelé **condensateur**. Les faces métalliques A et B en regard sont appelées armatures du condensateur.

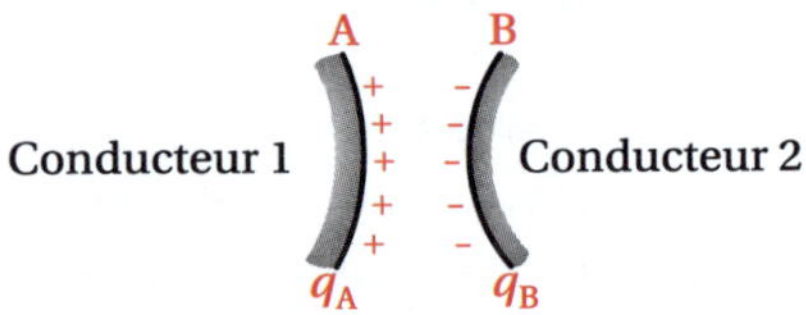

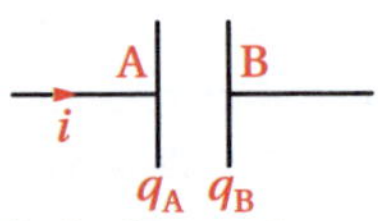

Symbole du condensateur

■ Les charges électriques q_A et q_B portées par les armatures A et B sont de signes opposés : $q_A + q_B = 0$.

> **À NOTER**
> On appelle charge du condensateur la valeur absolue $|q_A| = |q_B|$.

II Intensité électrique

L'intensité électrique i traversant un dipôle est le **débit de charge électrique**, c'est-à-dire la charge traversant une section du dipôle par unité de temps. L'intensité i du courant (orienté vers l'armature A d'un condensateur) est la dérivée de la charge q_A par rapport à t :

$$i = \frac{dq_A}{dt}$$

q_A en coulombs (C) ; t en secondes (s) ; i en ampères (A).

> **À NOTER**
> Cette définition est valide en régime continu (intensité constante) et en régime variable (intensité non constante).

Méthode

Déterminer l'intensité électrique traversant un condensateur

Les courbes I, II et III représentent, dans trois cas, l'évolution temporelle de la charge électrique q_A portée par l'armature A d'un condensateur.

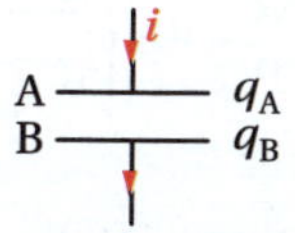

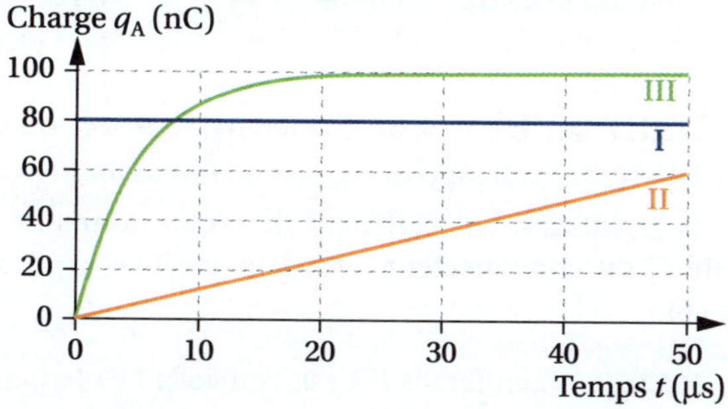

Pour chaque cas, indiquer si l'intensité est : constante ; croissante ; décroissante. Si l'intensité est constante et non nulle, déterminer sa valeur.

CONSEILS

Pensez à faire le lien entre la dérivée en un point et le coefficient directeur de la tangente à la courbe.

SOLUTION

L'intensité arrivant en A s'exprime par la dérivée : $i = \dfrac{dq_A}{dt}$.

• **Cas I.** La charge reste constante ($q_A = 80$ nC) donc $i = 0$, il n'y a pas de courant.

• **Cas II.** La représentation graphique de $q_A(t)$ est un segment de droite. La dérivée de cette charge est une constante égale au coefficient directeur : $i = \dfrac{\Delta q_A}{\Delta t} = \dfrac{60 \times 10^{-9}}{50 \times 10^{-6}}$ donc $i = 1{,}2 \times 10^{-3}$ A $= 1{,}2$ mA. Le régime est continu.

• **Cas III.** Graphiquement, la dérivée $i = \dfrac{dq_A}{dt}$ est le coefficient directeur de la tangente à la courbe $q_A(t)$ à la date considérée. En traçant plusieurs tangentes, on constate que l'intensité i (toujours positive) décroît jusqu'à une valeur nulle (tangente horizontale). Le régime est variable.

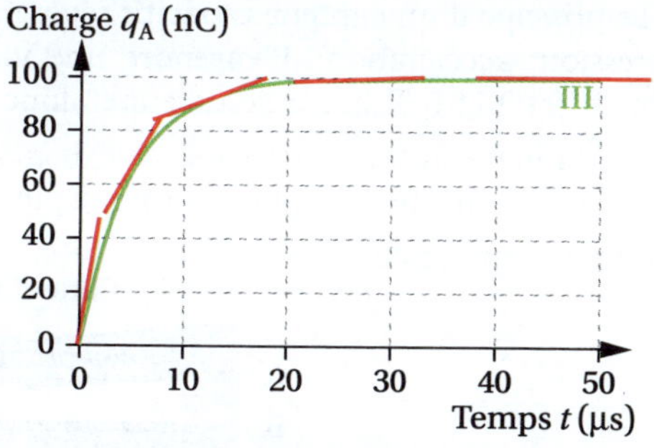

54 Capacité d'un condensateur

En bref *Le comportement capacitif d'un condensateur est traduit par la relation de proportionnalité entre la charge électrique accumulée sur ses armatures et la tension entre celles-ci. Le coefficient de proportionnalité est la capacité du condensateur ; elle dépend de sa géométrie.*

I Définition et caractéristiques de la capacité

■ La charge d'un condensateur est proportionnelle à la tension entre ses armatures. Le coefficient de proportionnalité est la **capacité C du condensateur**, grandeur positive exprimée en farads (F).

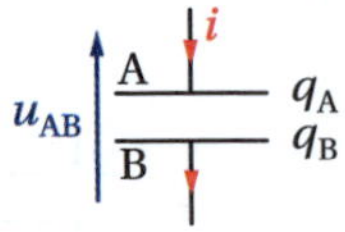

$q_A = Cu_{AB}$ | C en farads (F) ; u_{AB} en volts (V) ; q_A en coulombs (C).

■ La capacité d'un condensateur dépend de sa **géométrie**. Elle est fonction croissante de la surface des armatures et fonction décroissante de la distance entre les armatures.

■ Dans le cas d'un **condensateur plan,** constitué de deux feuilles métalliques séparées par un matériau isolant, la capacité est proportionnelle à la surface S d'une armature et inversement proportionnelle à la distance e séparant les deux armatures : $C = \varepsilon\frac{S}{e}$ C en F ; ε en $F \cdot m^{-1}$; S en m^2 ; e en m.

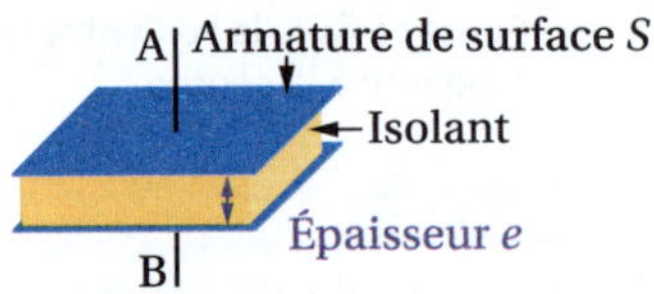

ε est la permittivité diélectrique de l'isolant ; elle dépend de la nature du matériau.
Exemple : la permittivité diélectrique de l'air est $\varepsilon = 8{,}9 \times 10^{-12}\ F \cdot m^{-1}$.

II Capteurs capacitifs

■ Le principe d'un **capteur capacitif** repose sur le fait qu'une grandeur physique (pression, accélération…) engendre une variation de la distance séparant les armatures A et B d'un condensateur et donc une variation de sa capacité.

■ Moyennant un étalonnage préalable, la mesure de la capacité permet une détermination indirecte de la grandeur physique recherchée.

Exemple : capteur de pression.

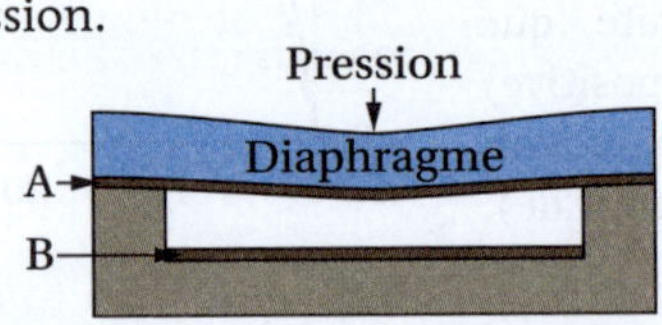

Méthode

Déterminer les caractéristiques d'un condensateur

Le condensateur représenté ci-après est constitué d'un enroulement de deux feuilles métalliques et de deux feuilles d'isolant d'épaisseur 57 µm. Ce condensateur a la forme d'un cylindre de 24 mm de diamètre et 50 mm de long.

Il est assimilable à un condensateur plan constitué de deux armatures planes de surface S et séparées par une feuille d'isolant d'épaisseur e. (Une seconde feuille d'isolant évite que les deux armatures soient en contact). Sa capacité s'exprime par la relation : $C = \varepsilon \frac{S}{e}$ avec $\varepsilon = 3{,}8 \times 10^{-11}\ \text{F}\cdot\text{m}^{-1}$.

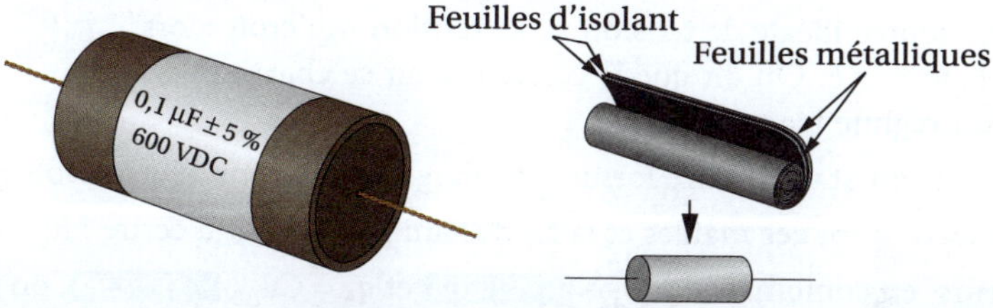

L'indication ± 5 % est la tolérance ; l'incertitude relative associée vaut $\frac{\pm 5}{\sqrt{3}}$ %.
DC inscrit à côté de 600 V signifie *direct current* (courant continu).

a. Déterminer la valeur de la charge électrique maximale du condensateur.

b. Évaluer la longueur de chaque feuille enroulée.

CONSEILS

a. Utilisez les informations inscrites sur le condensateur.

b. Déterminez la surface d'une armature.

SOLUTION

a. La capacité du condensateur vaut $C = 0{,}1\ \mu\text{F}$ avec une tolérance de ± 5 % et la tension d'utilisation du condensateur est $u_{AB} = 600$ V. La charge maximale du condensateur est : $q_A = Cu_{AB} = 0{,}1 \times 10^{-6} \times 600\ \text{V} = 6 \times 10^{-3}$ C ou 6 mC.
Cette charge, proportionnelle à C, est exprimée comme C à $\pm \frac{5}{\sqrt{3}}$ % près donc : $q_A = 6{,}0 \pm 0{,}2$ mC.

b. $C = \varepsilon \frac{S}{e}$ conduit à $S = \frac{Ce}{\varepsilon}$ avec : $C = 0{,}1 \times 10^{-6}$ F ; $e = 5{,}7 \times 10^{-5}$ m et $\varepsilon = 3{,}8 \times 10^{-11}\ \text{F}\cdot\text{m}^{-1}$ donc $S = \frac{0{,}1 \times 10^{-6} \times 5{,}7 \times 10^{-5}}{3{,}8 \times 10^{-11}} = 0{,}15\ \text{m}^2$.

Chaque feuille est rectangulaire et sa largeur est la longueur du cylindre, soit $L_{cy} = 50$ mm, donc une feuille a pour longueur $L = \frac{S}{L_{cyl}} = \frac{0{,}15}{0{,}05} = 3{,}0$ m.

On comprend aisément l'intérêt d'enrouler les feuilles pour réduire l'encombrement du condensateur.

55 Dipôle *RC* : charge d'un condensateur

En bref *Dans un circuit RC série, la charge du condensateur est régie par une équation différentielle du 1er ordre. Le temps caractéristique de la charge est égal au produit de la résistance par la capacité.*

I Modélisation de la charge d'un condensateur

- L'association en série d'un conducteur ohmique de résistance R et d'un condensateur de capacité C constitue un dipôle RC.

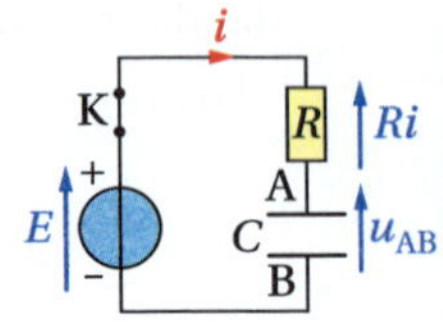

- À $t = 0$, on ferme l'interrupteur K afin de connecter le dipôle RC à une source idéale de tension E. La tension u_{AB} croît alors jusqu'à la valeur E. On dit que le condensateur se charge et on parle d'un **régime transitoire**.
- Le régime est **stationnaire** lorsque la charge du condensateur n'évolue plus.
- Pour $t > 0$, la loi des mailles et la loi d'Ohm permettent d'écrire : $Ri + u_{AB} = E$. Par ailleurs, en combinant $i = \frac{dq_A}{dt}$ → FICHE 53 et $q_A = Cu_{AB}$ → FICHE 54, on obtient, sachant que C est une constante : $i = C\frac{du_{AB}}{dt}$. En reportant dans $Ri + u_{AB} = E$, on obtient l'équation différentielle du 1er ordre : $RC\frac{du_{AB}}{dt} + u_{AB} = E$.
- L'équation différentielle a pour solution :

$u_{AB}(t) = E\left(1 - e^{-\frac{t}{\tau}}\right)$ avec : $\tau = RC$ R en Ω ; C en F ; τ en s.
Au bout du temps caractéristique τ, appelé **constante de temps** du dipôle RC, le condensateur est chargé à 63 % : $u_{AB}(\tau) = E(1 - e^{-1}) = 0{,}63E$.

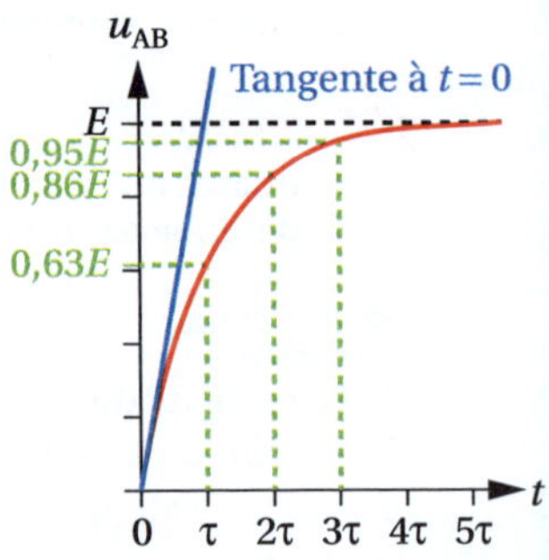

À NOTER
La signification de $\tau = RC$ est à rapprocher de celle du temps caractéristique $\tau = \frac{1}{\lambda}$ utilisé en radioactivité → FICHE 15.

II Courant de charge

La relation $i = C\frac{du_{AB}}{dt}$ avec $u_{AB}(t) = E\left(1 - e^{-\frac{t}{\tau}}\right)$ donne :

$i(t) = \frac{CE}{\tau}e^{-\frac{t}{\tau}} = \frac{E}{R}e^{-\frac{t}{\tau}}$. Le courant de charge du condensateur décroît exponentiellement.

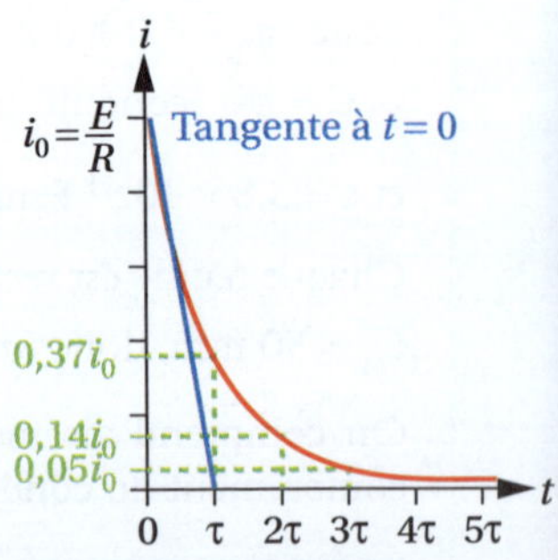

Méthode

Exploiter une courbe de charge d'un condensateur

On réalise le montage suivant, puis à la date $t = 0$, on ferme l'interrupteur K en déclenchant simultanément un chronomètre.
On relève la valeur de la tension u_{AB} à différentes dates :

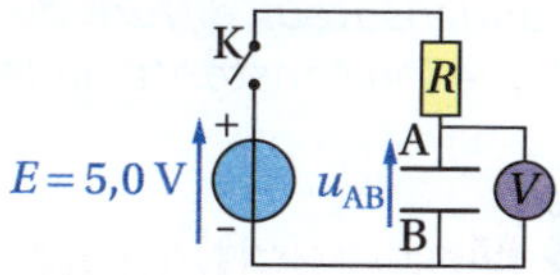

t (s)	0	5	10	20	30	40	50	60	70
u_{AB} (V)	0	1,0	1,8	3,0	3,7	4,2	4,5	4,7	4,8

En déduire la valeur de la capacité C du condensateur sachant que $R = 1{,}0 \times 10^4\ \Omega$.

CONSEILS

Tracez la courbe représentative de $u_{AB} = f(t)$ et la droite d'équation $u_{AB} = E$.
Pour déterminer graphiquement la valeur de la constante de temps τ du dipôle RC, il y a deux méthodes.

- **Méthode 1.** Tracez la tangente à l'origine qui coupe la droite d'équation $u_{AB} = E$ au point d'abscisse τ.
- **Méthode 2.** Repérez le point d'ordonnée $u_{AB} = 0{,}63E$ qui a pour abscisse τ.

Enfin, calculez C en utilisant l'expression de τ.

SOLUTION

Par les deux méthodes, on obtient $\tau = 22$ s.

L'expression de la constante de temps $\tau = RC$ donne :

$$C = \frac{\tau}{R} = \frac{22}{1{,}0 \times 10^4} = 2{,}2 \times 10^{-3}\ \text{F soit } C = 2{,}2\ \text{mF}.$$

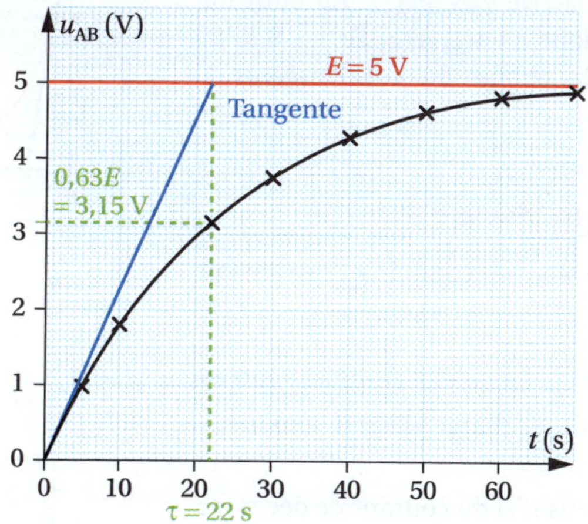

56 Dipôle *RC* : décharge d'un condensateur

En bref *L'équation différentielle du 1er ordre régissant la décharge du condensateur diffère de celle de la charge, mais le temps caractéristique (ou constante de temps) est identique.*

I Modélisation de la décharge d'un condensateur

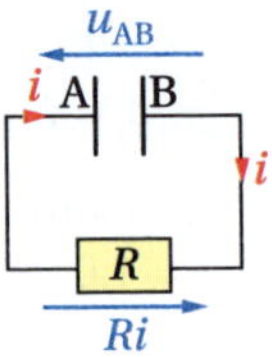

- À $t = 0$, les bornes d'un condensateur préalablement chargé ($u_{AB}(0) = E > 0$) sont reliées par l'intermédiaire d'un conducteur ohmique de résistance R. On constate que la tension u_{AB} décroît de E jusqu'à 0. On dit que le condensateur **se décharge**.
- Pour $t > 0$, la loi des mailles et la loi d'Ohm permettent d'écrire : $Ri + u_{AB} = 0$.

À NOTER
Le courant et les tensions sont orientés de la même manière que pour l'étude de la charge du condensateur → FICHE 55.

En combinant avec la relation $i = C\frac{du_{AB}}{dt}$ → FICHE 55 on obtient l'équation différentielle du premier ordre qui régit l'évolution de la tension aux bornes du condensateur au cours de sa décharge : $RC\frac{du_{AB}}{dt} + u_{AB} = 0$ ou bien $\frac{du_{AB}}{dt} + \frac{u_{AB}}{\tau} = 0$.

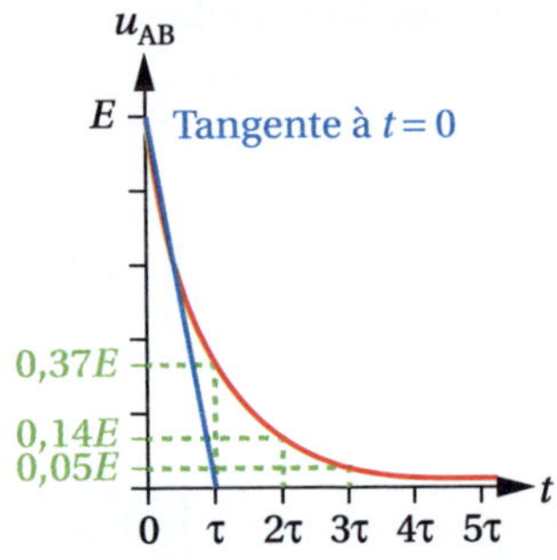

- L'équation différentielle admet pour solution : $u_{AB}(t) = Ee^{-\frac{t}{\tau}}$. Il s'agit d'une loi exponentielle décroissante analogue à la loi de décroissance radioactive → FICHE 15. Au bout du temps caractéristique τ : $u_{AB}(\tau) = Ee^{-1} = 0{,}37E$, c'est-à-dire que la charge du condensateur a chuté de 63 %.

II Courant de décharge

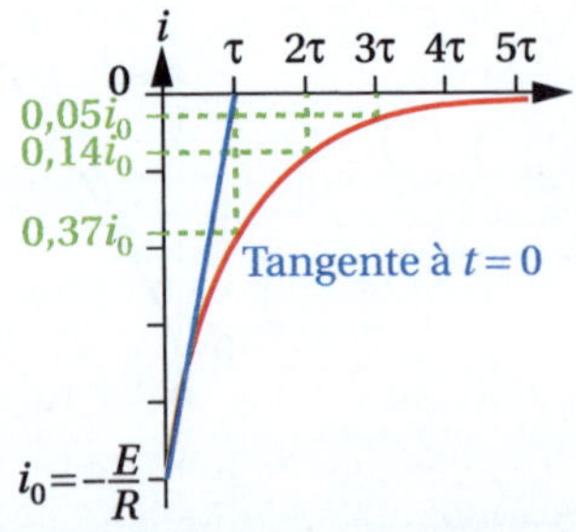

- La relation $Ri + u_{AB} = 0$ conduit à l'expression de l'intensité du courant de décharge : $i = -\frac{u_{AB}}{R}$ donc : $i(t) = -\frac{E}{R}e^{-\frac{t}{\tau}}$. En valeur absolue, l'intensité du courant de décharge décroît exponentiellement.

On a $i < 0$ car le sens réel du courant de décharge est l'opposé de celui du courant de charge.

Méthode

Exploiter une courbe de décharge d'un condensateur

Un condensateur de capacité C, initialement chargé, est relié à un dipôle ohmique de résistance $R = 100$ kΩ. L'évolution temporelle de la charge q_A de l'armature A au cours de la décharge du condensateur est fournie sur le graphe suivant.

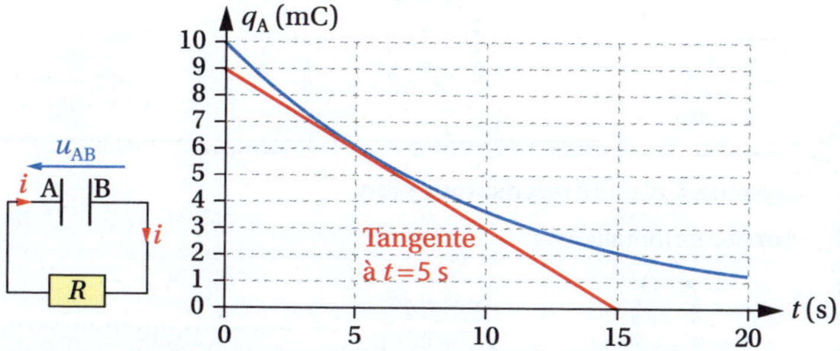

a. Déterminer graphiquement la valeur de l'intensité électrique i à la date $t = 5$ s.

b. Déterminer la valeur de la charge q_A et de la tension u_{AB} à $t = 5$ s.

c. En déduire la valeur de la capacité C.

CONSEILS

a. Faites le lien entre la définition de i et la tangente tracée sur le graphique.
b. Pensez à la loi des mailles et la loi d'Ohm pour déterminer la valeur de u_{AB}.
c. Utilisez la relation entre q_A et u_{AB}.

SOLUTION

a. L'intensité du courant s'exprime par une dérivée : $i = \frac{dq_A}{dt}$.
Graphiquement, cette dérivée est le coefficient directeur de la tangente à la courbe $q_A(t)$. La tangente à la courbe au point d'abscisse $t = 5$ s passe par les points (5 s ; 6 mC) et (15 s ; 0), donc l'intensité à cette date est :

$$i = \frac{6 \times 10^{-3} - 0}{5 - 15} = -6 \times 10^{-4} \text{ A soit } -0{,}6 \text{ mA.}$$

À NOTER
$i < 0$; c'est-à-dire que le courant de décharge est de sens opposé au sens choisi sur le schéma.

b. À $t = 5$ s, la charge de l'armature A vaut $q_A = 6 \times 10^{-3}$ C. La loi des mailles et la loi d'Ohm permettent d'écrire : $Ri + u_{AB} = 0$ donc $u_{AB} = -Ri$ soit : $u_{AB} = -10^5 \times (-6 \times 10^{-4}) = 60$ V.

c. La capacité vaut donc : $C = \frac{q_A}{u_{AB}} = \frac{6 \times 10^{-3}}{60} = 10^{-4}$ F ou 100 µF.

MÉMO VISUEL

Modèle du condensateur

Relations à connaître

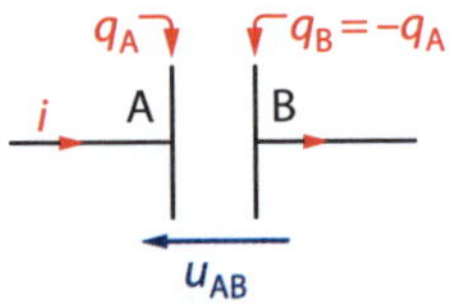

$$q_A = C u_{AB}$$

(C, F, V)

$$i = \frac{dq_A}{dt} = C\frac{du_{AB}}{dt}$$

(A)

Capacité *C* d'un condensateur plan

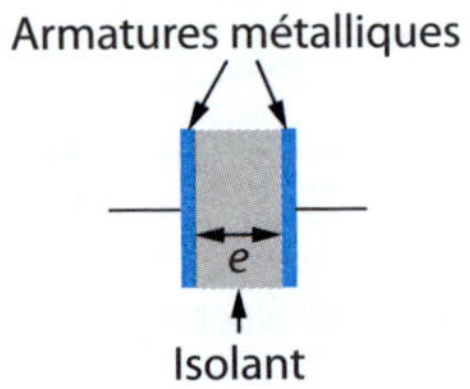

$$C = \varepsilon \frac{S}{e}$$

- C : F
- ε : Permittivité de l'isolant en $F \cdot m^{-1}$
- S : Surface d'une armature en m^2
- e : Épaisseur de l'isolant en m

DYNAMIQUE

Dipôle *RC* : charge d'un condensateur

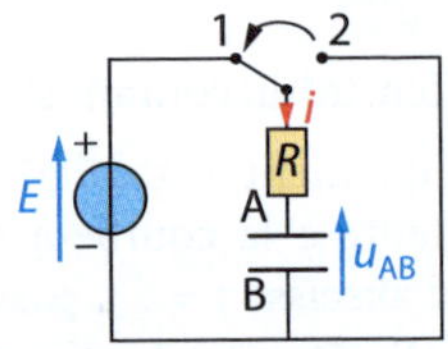

- À $t = 0$, l'interrupteur est basculé de 2 vers 1.
- **Équation différentielle :**

$$RC\frac{du_{AB}}{dt} + u_{AB} = E$$

- **Solution :** $u_{AB}(t) = E\left(1 - e^{-\frac{t}{\tau}}\right)$
- **Constante de temps** du dipôle *RC* : $\tau = RC$

Au bout d'un temps τ, condensateur chargé à 63 % : $u_{AB}(\tau) = 0{,}63E$

Dipôle *RC* : décharge d'un condensateur

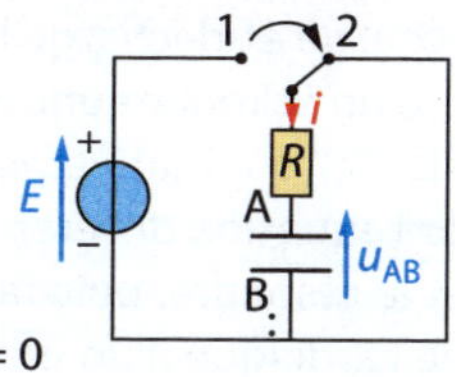

- À $t = 0$, l'interrupteur est basculé de 1 vers 2.
- **Équation différentielle :**

$$RC\frac{du_{AB}}{dt} + u_{AB} = 0 \text{ ou } \frac{du_{AB}}{dt} + \frac{u_{AB}}{\tau} = 0$$

- **Solution :** $u_{AB}(t) = E\mathrm{e}^{-\frac{t}{\tau}}$
- Au bout d'un temps τ, condensateur déchargé à 63 % : $u_{AB}(\tau) = 0,37E$

D'UN CIRCUIT ÉLECTRIQUE

Courbes de charge et de décharge d'un condensateur

Charge

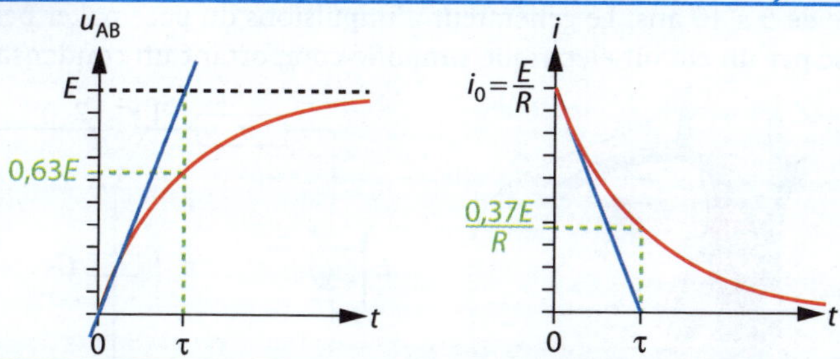

Décharge

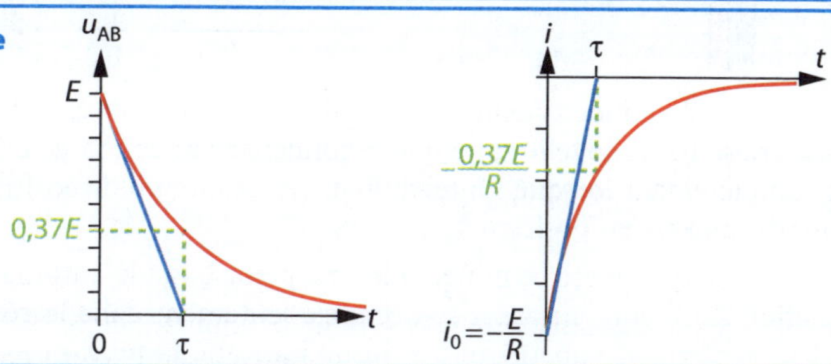

SUJET 27 | OBJECTIF BAC

40 min **Stimulateur cardiaque**

→ FICHES 53 à 56

Comment se charge et décharge le condensateur d'un stimulateur cardiaque ? Nous allons étudier qualitativement sa charge, établir l'équation différentielle de la décharge et la résoudre, puis faire le lien avec le rythme cardiaque d'un patient.

LE SUJET

Notre cœur bat 24 h sur 24 pendant toute notre vie, grâce à un stimulateur naturel : le nœud sinusal. Lorsque celui-ci ne remplit plus correctement son rôle, la chirurgie permet d'implanter dans la cage thoracique un stimulateur cardiaque artificiel, aussi appelé pacemaker, qui va forcer le muscle cardiaque à battre régulièrement, en lui envoyant de petites impulsions électriques par l'intermédiaire de sondes.

Document Principe de fonctionnement d'un pacemaker

Un pacemaker est un dispositif miniaturisé, relié au cœur humain par des électrodes (appelées sondes). Il est alimenté par une pile ayant une durée de vie de 5 à 10 ans. Le générateur d'impulsions du pacemaker peut être modélisé par un circuit électrique simplifié comportant un condensateur.

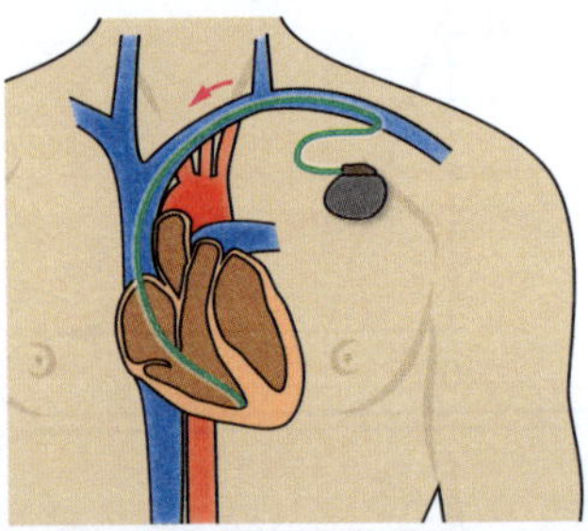

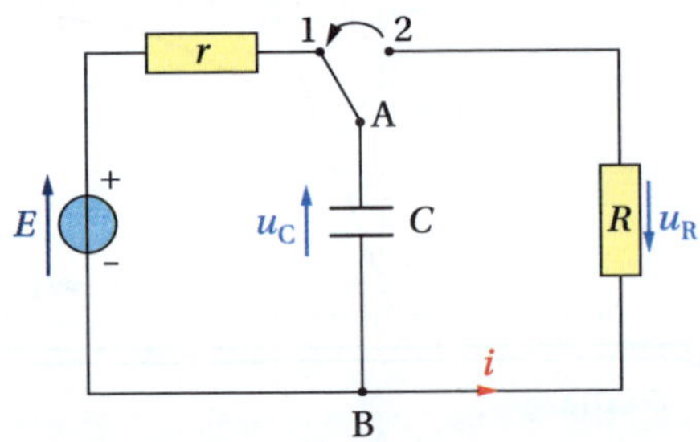

La capacité du condensateur est C = 0,47 µF et l'ordre de grandeur de la résistance r est 10 Ω, de telle sorte que le condensateur se charge très rapidement et complètement lorsque l'interrupteur (en réalité un dispositif électronique sophistiqué) est en position 1.

Dès que la charge est terminée, l'interrupteur bascule automatiquement en position 2. Le condensateur se décharge lentement dans la résistance R, de valeur nettement supérieure à r, jusqu'à ce que la tension u_C à ses bornes atteigne une valeur limite u_{lim}. Le pacemaker envoie alors au cœur une impulsion électrique par l'intermédiaire des sondes. L'interrupteur bascule simultanément en position 1, et le processus recommence. L'évolution temporelle de la tension u_C aux bornes du condensateur a alors l'allure suivante :

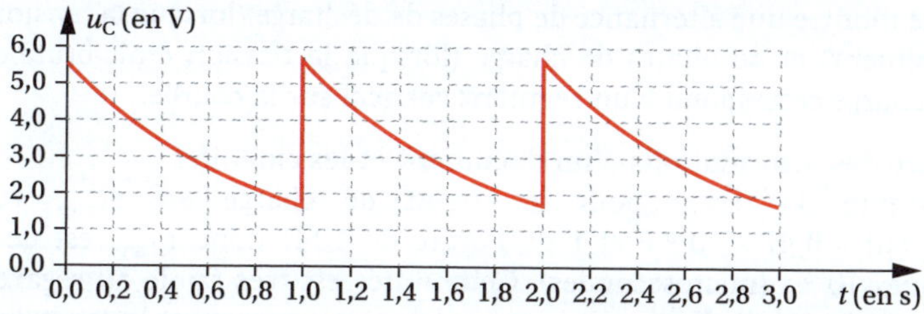

1. Indiquer à quelles portions de la courbe correspondent les phases de charge du condensateur.

2. Expliquer pourquoi les phases de charge du condensateur sont très rapides par rapport aux phases de décharge.

3. Déterminer la valeur de la tension E fournie par la pile et la valeur de la tension u_{lim}, en expliquant le raisonnement.

4. Établir l'équation différentielle à laquelle la tension u_c obéit durant une phase de décharge du condensateur.

5. La solution de cette équation est de la forme : $u_C(t) = Ae^{-\frac{t}{\tau}}$.
Établir l'expression des constantes τ et A.

6. Déterminer la valeur de la résistance R.

7. Déterminer le rythme cardiaque du patient lorsque le pacemaker émet les impulsions électriques visualisées sur le graphique du document.

8. Indiquer l'effet, sur le rythme cardiaque, d'une augmentation de la valeur de la tension u_{lim} jusqu'à 2,1 V, tous les autres paramètres restant inchangés. Déterminer le nouveau rythme cardiaque.

LES CLÉS POUR RÉUSSIR

2. Raisonnez à l'aide de l'expression de la constante de temps pour la charge.
→ FICHE 55

4. Utilisez la loi des mailles, la loi d'Ohm et la relation entre l'intensité et la dérivée de la tension aux bornes du condensateur.
→ FICHE 56

5. Calculez la dérivée $\frac{du_C}{dt}$ et faites le lien avec u_C puis comparez avec l'équation différentielle à résoudre pour déterminer la constante τ. Utilisez la condition initiale pour exprimer A.

6. Déterminez graphiquement la constante de temps pour en déduire la valeur de la résistance.
→ FICHE 55

8. Analysez l'effet de la modification de la tension u_{lim} sur le graphe.

LE CORRIGÉ

1. Extraire des informations d'un graphe

Le graphe montre une alternance de phases de décharge (lorsque la tension diminue lentement) et de phases de charge (lorsque la tension croît brutalement). Chaque charge correspond à un **segment vertical** sur la courbe.

2. Extraire des informations d'un document et les exploiter

La constante de temps pour le circuit de charge est $\tau_{charge} = rC$ avec $C = 0{,}470\ \mu F = 0{,}47 \times 10^{-6}$ F et r de l'ordre de 10 Ω donc τ_{charge} est de l'ordre de quelques 10^{-6} s (microsecondes). Cette durée est **très faible au regard d'une phase de décharge** (de l'ordre de la seconde), ainsi qu'on peut le constater sur le graphe. La décharge est effectivement beaucoup plus lente car la résistance R du circuit de décharge est nettement supérieure à r. C'est la raison pour laquelle la phase de charge correspond à d'un segment de droite vertical.

3. Extraire des informations d'un document et d'un graphe

Le document précise que le condensateur se charge totalement lorsque l'interrupteur est en position 1. La valeur atteinte au maximum par la tension u_C est donc égale à la tension E délivrée par le générateur.

Par ailleurs, la décharge s'arrête lorsque la tension u_C atteint la valeur u_{lim}.

Par lecture graphique, on obtient : $\boldsymbol{E = 5{,}6}$ **V** et $\boldsymbol{u_{lim} = 1{,}6}$ **V**.

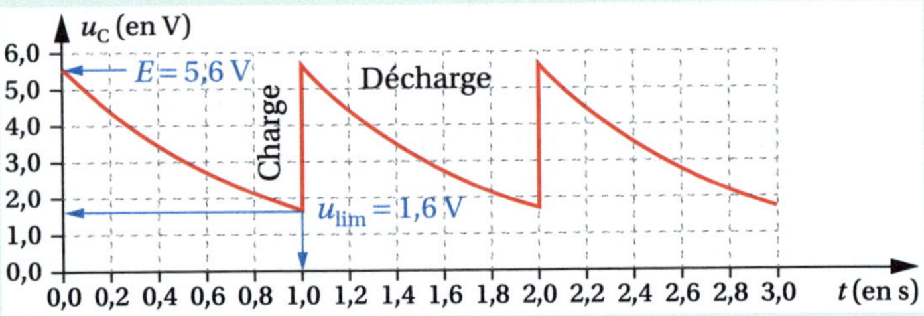

4. Établir l'équation différentielle vérifiée par la tension aux bornes d'un condensateur lors de sa décharge

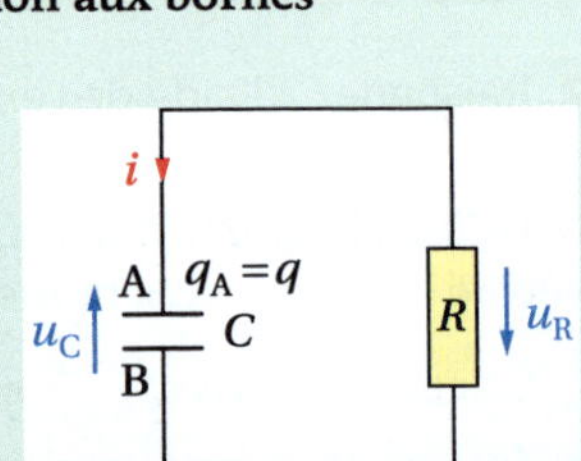

La loi des mailles se traduit par : $u_C + u_R = 0$.
La loi d'Ohm s'écrit : $u_R = Ri$.
On obtient ainsi : $u_C + Ri = 0$.
Par ailleurs, avec l'orientation choisie pour le courant, on a $i = \dfrac{dq}{dt}$ et la charge du condensateur s'exprime $q = Cu_C$.
L'intensité peut donc s'exprimer en fonction de la tension par : $i = C\dfrac{du_C}{dt}$.
Finalement, on aboutit à l'équation différentielle : $\boldsymbol{u_C + RC\dfrac{du_C}{dt} = 0}$.

À NOTER

4. Si on choisit initialement l'autre sens pour l'intensité i, il faut en tenir compte dans les expressions de la loi d'Ohm $u_R = -Ri$ et de l'intensité $i = -C\dfrac{du_C}{dt}$.
La loi des mailles s'écrit alors $u_C - Ri = 0$ et on aboutit à la même équation différentielle $u_C + RC\dfrac{du_C}{dt} = 0$.

5. Résoudre une équation différentielle du premier ordre

La solution de l'équation différentielle est de la forme $u_C(t) = Ae^{-\frac{t}{\tau}}$ où A et τ sont des constantes. On dérive cette expression : $\dfrac{du_C}{dt} = -\dfrac{A}{\tau}e^{-\frac{t}{\tau}}$.
Et, sachant que $u_C(t) = Ae^{-\frac{t}{\tau}}$, on constate que $\dfrac{du_C}{dt} = -\dfrac{u_C}{\tau}$ soit : $u_C + \tau\dfrac{du_C}{dt} = 0$.
En comparant avec l'équation à résoudre $u_C + RC\dfrac{du_C}{dt} = 0$,
on en déduit que $\tau = RC$.
Il s'agit ensuite d'utiliser la condition initiale pour déterminer la valeur de A. Initialement, le condensateur est totalement chargé : $u_C(0) = E = Ae^{-\frac{0}{\tau}}$ donc $A = E$.
Finalement, la solution est : $\boldsymbol{u_C(t) = Ee^{-\frac{t}{RC}}}$.

6. Déterminer graphiquement une constante de temps

Pour $t = \tau$, le condensateur est déchargé à 63 % donc la tension aux bornes du condensateur est égale à 37 % de sa valeur initiale, soit : $u_C(\tau) = 0{,}37 \times E = 0{,}37 \times 5{,}6 = 2{,}1$ V.
Par lecture graphique, on obtient : $\tau = 0{,}8$ s.
La résistance R vaut donc :

$$R = \frac{\tau}{C} = \frac{0{,}8}{0{,}47 \times 10^{-6}} = 1{,}7 \times 10^6\ \Omega = \mathbf{1{,}7\ M\Omega}.$$

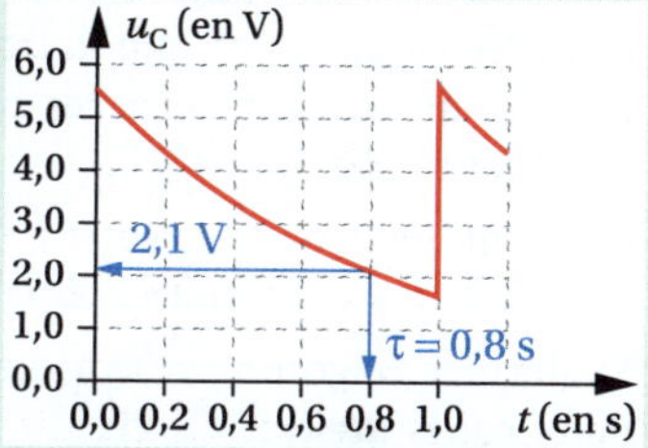

7. Mesurer une période

Sur le graphe, on constate que l'intervalle de temps séparant deux impulsions électriques envoyées au cœur (c'est-à-dire le temps séparant une charge du condensateur de la suivante) est de 1,0 s. Par conséquent, cela signifie que le cœur du patient bat, grâce au pacemaker, à raison d'une pulsation par seconde, soit **60 pulsations par minute.**

8. Analyser l'influence d'un paramètre

Si la tension u_{lim} est augmentée jusqu'à la valeur de 2,1 V, alors la décharge du condensateur ne durera que 0,8 s (valeur déterminée à la question **6.**) et la durée entre deux impulsions électriques envoyées au cœur sera de 0,8 s.
Le rythme cardiaque du patient va s'accélérer : 0,8 s s'écoulera entre deux pulsations soit $\dfrac{60}{0{,}8}$ = **75 pulsations par minute.**

SUJET 28 | OBJECTIF MENTION

1 h 30 Modélisme ferroviaire

→ FICHES 53 à 56

Le dispositif d'éclairage d'un train miniature reste allumé malgré les soubresauts. Pour cela il utilise un condensateur. Appliquons les lois de l'électricité pour savoir à quelles conditions cela est efficace.

LE SUJET

Le modélisme ferroviaire est un loisir reposant sur la reproduction la plus fidèle possible de trains à échelle réduite, le plus couramment au $1/87^{e}$.

Les trains miniatures sont généralement alimentés en douze volts continu, directement par les rails métalliques (constituant la voie ferrée) qui sont eux-mêmes connectés à un générateur de tension.

L'alimentation électrique du moteur de la locomotive et des éclairages des wagons nécessite que les roues métalliques du train soient toujours en contact avec les rails. Cependant, lorsque le train roule, des soubresauts peuvent provoquer une rupture du contact entre les roues et les rails, et par conséquent, une coupure d'alimentation.

On s'intéresse dans ce sujet à un dispositif qui permettrait aux feux arrière d'un wagon de rester allumés même en cas de soubresaut.

Le dernier wagon d'un train miniature comporte un circuit électrique relié aux deux roues arrière. Ce circuit est constitué de deux lampes à incandescence L_1 et L_2 qui sont les deux feux de fin de convoi, d'un condensateur de capacité $C = 1{,}0$ mF, d'un dipôle ohmique de résistance $R_0 = 10{,}0\ \Omega$ et d'un générateur idéal délivrant une tension fixe $E = 12{,}0$ V.

Les **figures 1 et 2** suivantes schématisent la situation, d'une part lorsque le contact entre les roues et les rails est correctement assuré, et d'autre part lorsque le contact est rompu en raison d'un soubresaut du train.

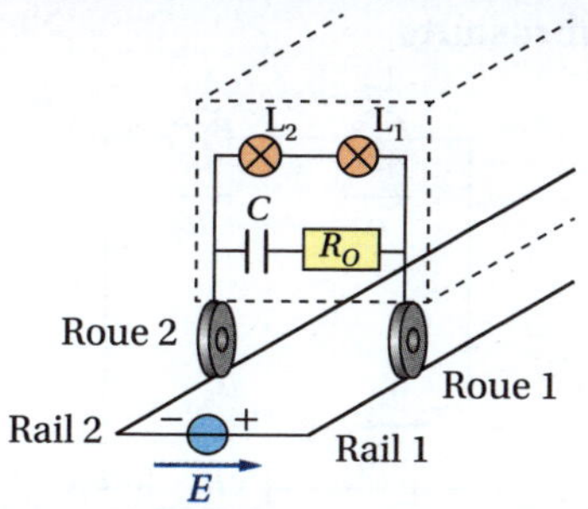

Figure 1 : le contact entre les roues et les rails est assuré

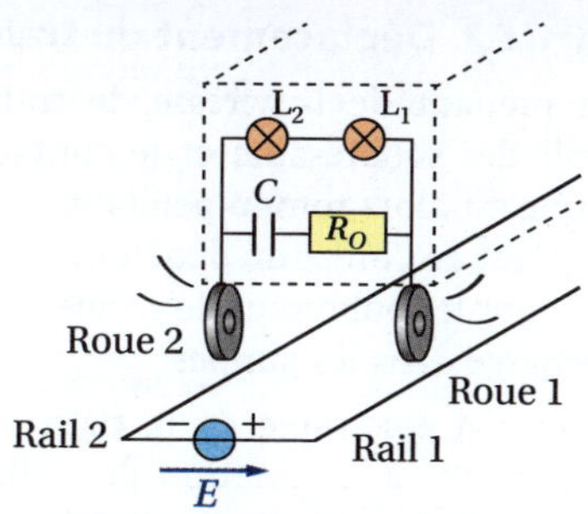

Figure 2 : lors du soubresaut le contact n'est plus assuré

Partie 1 Déplacement du train sans soubresaut

La **figure 3** ci-contre reprend le circuit électrique de la **figure 1** en précisant les notations et les conventions électriques choisies pour les tensions et la charge q du condensateur.

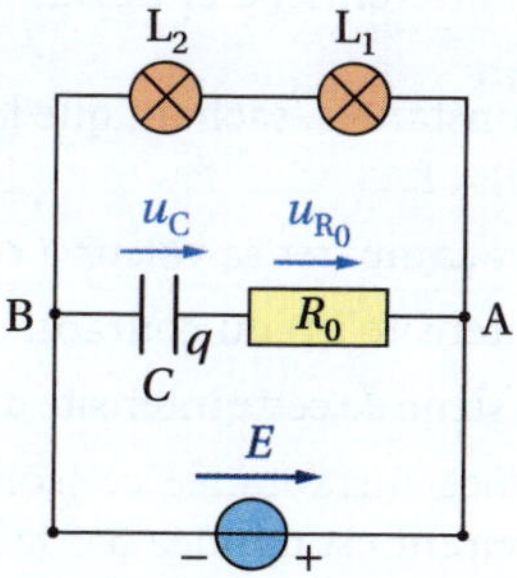

Figure 3 : circuit électrique lorsque le contact roues/rails est assuré

1. Indiquer, en le justifiant qualitativement, si les lampes sont parcourues par un courant pendant que le condensateur se charge

2. Indiquer la valeur de $\frac{du_C}{dt}$ lorsque le condensateur est totalement chargé et en déduire s'il existe un courant circulant dans la branche AB où il se trouve.

3. En expliquant votre démarche, déterminer la valeur de la tension u_{Cmax} aux bornes du condensateur lorsqu'il est complètement chargé.

4. En déduire la valeur de la charge maximale q_{max} du condensateur.

5. Lors de la charge du condensateur, la tension entre ses bornes s'exprime par la relation : $u_C(t) = E(1 - e^{-\frac{t}{\tau}})$ avec τ la constante de temps du dipôle R_0C.

On considère qu'un condensateur est totalement chargé dès que la tension entre ses bornes devient supérieure à 95 % de la tension maximale.

Estimer l'ordre de grandeur du temps de charge t_{charge} du condensateur.

Partie 2 Déplacement du train avec soubresauts

En prenant de la vitesse, le train peut avoir des soubresauts et le contact électrique est alors rompu pendant une durée t_s qui est de l'ordre du dixième de seconde. Pendant le soubresaut, le condensateur se décharge dans les lampes.

Le circuit électrique de la **figure 4**, correspondant à la situation de la **figure 2**, indique les conventions électriques choisies pour les tensions, l'intensité i et la charge q du condensateur.

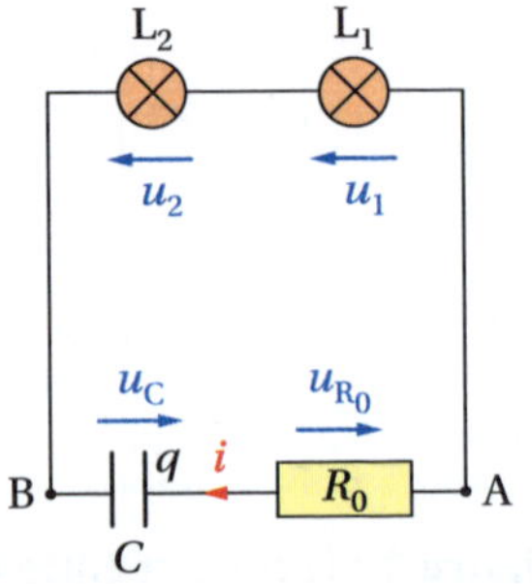

Figure 4 : circuit lorsque le contact roues/rails est rompu

1. Les lampes L_1 et L_2 sont identiques et assimilables chacune à un dipôle ohmique de résistance $R = 100\ \Omega$. Montrer que, pendant un soubresaut, la tension u_C est régie par l'équation différentielle : $u_C + (2R + R_0)C\dfrac{du_C}{dt} = 0$.

2. La solution de l'équation différentielle ci-dessus est de la forme $u_C(t) = Ae^{-\frac{t}{\tau'}}$ où A et τ' sont des constantes.
Déterminer les valeurs des constantes, sachant que le soubresaut débute à la date $t = 0$ et qu'à cet instant $u_C(0) = E$.

3. Nommer la constante τ' et comparer sa valeur à celle de la constante τ.

4. Établir l'expression de l'intensité $i(t)$ du courant.

5. Expliquer ce que signifie le signe de cette intensité du point de vue de la physique.

6. L'expression de la puissance instantanée consommée par chaque lampe en fonction de l'intensité du courant est donnée par la relation : $p(t) = Ri^2(t)$.
On propose sur la **figure 5** suivante, trois courbes pouvant représenter l'allure de l'évolution de la puissance instantanée consommée par chaque lampe en fonction du temps, au cours de la décharge du condensateur.

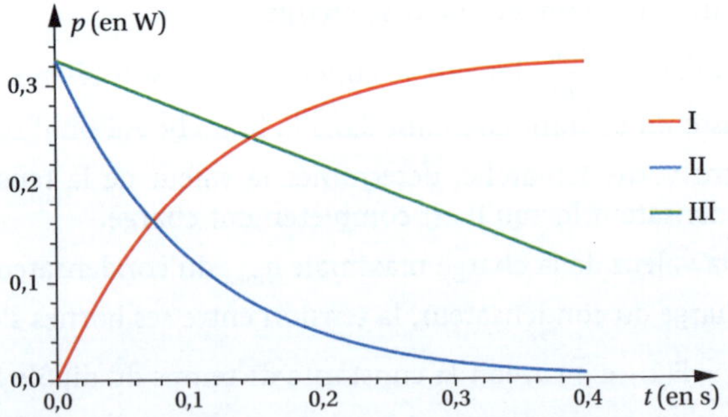

Figure 5 : puissance $p(t)$ consommée par chaque lampe

En justifiant, indiquer la courbe qui représente effectivement l'allure de l'évolution de la puissance électrique consommée par une lampe.

7. L'éclairement de chaque lampe est optimal pour une puissance consommée comprise entre 0,24 W et 0,36 W.
Expliquer pourquoi les lampes ne vont éclairer de façon satisfaisante que durant une partie seulement de la durée du soubresaut.

8. a. Proposer une modification du dipôle R_0C permettant aux lampes de rester allumées pendant toute la durée du soubresaut.

b. Évaluer la valeur minimale de la grandeur à modifier pour atteindre cet objectif.

c. Commenter l'impact de cette modification sur le temps de charge, et la conséquence sur l'efficacité du dispositif.

LES CLÉS POUR RÉUSSIR

Partie 1 Déplacement du train sans soubresaut

2. Utilisez la relation entre l'intensité traversant un condensateur et la dérivée de la tension aux bornes de ce condensateur. → FICHE 55

3. Utilisez la loi des mailles.

4. Utilisez la relation entre charge d'un condensateur et tension à ses bornes. → FICHE 54

5. Utilisez les expressions de la constante de temps et celle de $u_C(t_{charge})$. → FICHE 55

Partie 2 Déplacement du train avec soubresauts

1. Utilisez la loi des mailles, la loi d'Ohm et la relation entre l'intensité et la dérivée de la tension aux bornes du condensateur. → FICHE 56

2. Calculez la dérivée $\frac{du_C}{dt}$ et faites le lien avec u_C, puis comparez avec l'équation différentielle à résoudre pour déterminer la constante τ'. Utilisez la condition initiale pour exprimer A.

3. Comparez les constantes τ' et τ en analysant la différence entre le dipôle RC du circuit de charge et celui du circuit de décharge.

4. Première méthode : utilisez la relation entre $i(t)$ et la dérivée de la tension $u_C(t)$ en y intégrant l'expression de cette tension établie à la question **2**.

Seconde méthode : appliquez la loi des mailles et la loi d'Ohm en utilisant l'expression de $u_C(t)$ établie à la question **2**.

5. Si la réponse n'est pas évidente pour vous, reportez-vous à la → FICHE 56.

6. Reportez l'expression de $i(t)$ établie à la question **2** dans $p(t) = Ri^2(t)$, puis analysez l'expression de $p(t)$ au regard de la forme des courbes proposées.

8. a. Analysez la conséquence d'une modification du dipôle R_0C sur la courbe représentative de $p(t)$.

b. Exploitez l'expression de $p(t)$.

c. Estimez la valeur du nouveau temps de charge à partir du résultat de la question **8. b**.

LE CORRIGÉ

Partie 1 Déplacement du train sans soubresaut

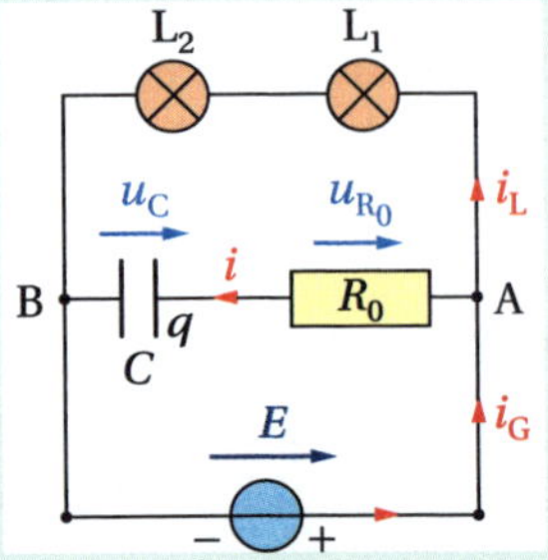

1. Utiliser la loi des nœuds

En reportant les intensités sur le circuit de la figure 3, on constate que le générateur engendre un courant d'intensité i_G qui se sépare au point A en i et i_L telles que :

$i_G = i + i_L$ (loi des nœuds).

Les lampes sont donc **parcourues par un courant** (i_L).

2. Exploiter les relations caractérisant le comportement d'un condensateur

L'intensité arrivant sur l'armature portant la charge q est définie par : $i = \frac{dq}{dt}$ avec $q = Cu_C$. La capacité C est une constante donc $i = C\frac{du_C}{dt}$.

Lorsque le condensateur est totalement chargé, la valeur de u_C n'évolue plus donc $\boldsymbol{\frac{du_C}{dt} = 0}$ et de même $\boldsymbol{i = 0}$: il n'y a alors plus de courant électrique dans la branche AB contenant le condensateur.

3. Utiliser la loi des mailles et la loi d'Ohm

D'après la loi des mailles, on peut écrire : $E = u_{R0} + u_C$.

D'après la loi d'Ohm : $u_{R0} = R_0 i$ avec $i = 0$ car le condensateur est totalement chargé. Finalement, on obtient : $\boldsymbol{u_{Cmax} = E}$.

La tension aux bornes du condensateur totalement chargé est égale à la tension délivrée par le générateur : $E =$ **12,0 V**.

4. Utiliser la relation de proportionnalité entre la charge d'un condensateur et la tension à ses bornes

La charge q du condensateur est définie par $q = \mathrm{C} \times u_C$ donc la charge maximale s'exprime : $q_{max} = \mathrm{C} \times u_{Cmax} = \mathrm{C} \times E$ avec C = 1,0 mF et E = 12,0 V.

On obtient alors : $q_{max} = 1{,}0 \times 10^{-3} \times 12{,}0 = 12 \times 10^{-3}$ C = 12 mC.

> **À NOTER**
>
> **4.** Ne pas confondre le symbole *C* (en italique) représentant la capacité d'un condensateur avec le symbole C du coulomb qui est une unité de charge électrique.

5. Estimer un ordre de grandeur

Le condensateur est totalement chargé si $u_C(t) = E(1 - e^{-\frac{t}{\tau}}) > 0{,}95E$.

Le temps de charge t_{charge} est donc tel que $E(1 - e^{-\frac{t_{charge}}{\tau}}) = 0{,}95E$.

Ainsi, $e^{-\frac{t_{charge}}{\tau}} = 0{,}05$ soit $\frac{t_{charge}}{\tau} = -\ln 0{,}05 \approx 3$ (ici, on prend la valeur à l'unité près puisque l'on cherche un ordre de grandeur).

On considère donc que le condensateur est chargé au bout d'une durée :
$t_{charge} = 3\tau = 3R_0C$ soit $t_{charge} = 3 \times 10,0 \times 1,0 \times 10^{-3} = 3,0 \times 10^{-2}$ s = 30 ms.

À NOTER

5. Dans l'énoncé, on aurait aussi pu considérer que le condensateur est chargé pour une tension entre ses bornes supérieures à 99 % de la tension maximale. Dans ce cas, on aurait : $t'_{charge} = 5\tau = 5R_0C = 50$ ms.

Partie 2 Déplacement du train avec soubresauts

1. Établir l'équation différentielle vérifiée par la tension aux bornes d'un condensateur lors de sa décharge

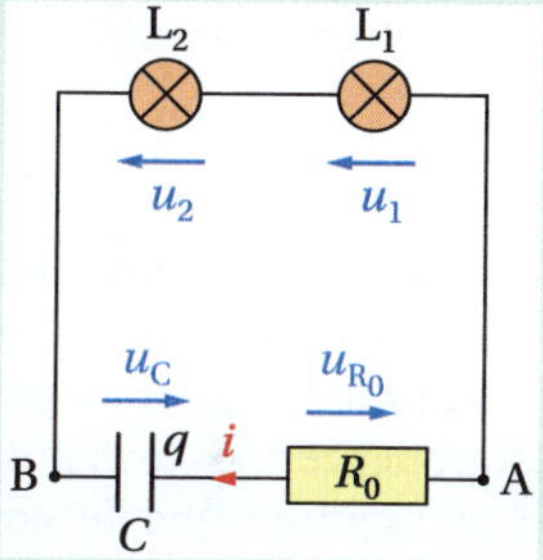

Dans le schéma de la figure 4, la loi des mailles se traduit par : $u_C + u_{R0} + u_1 + u_2 = 0$.
Les deux lampes L_1 et L_2 se comportent comme des dipôles ohmiques identiques, donc on peut appliquer la loi d'Ohm : $u_1 = u_2 = Ri$.
De même, aux bornes de R_0, on a : $u_{R0} = R_0 i$.
En reportant ces tensions dans l'expression précédente, on obtient :
$u_C + (2R + R_0)i = 0$. Comme, par ailleurs : $i = C\dfrac{du_C}{dt}$,
on aboutit à l'équation différentielle : $u_C + (2R + R_0)C\dfrac{du_C}{dt} = 0$.

2. Résoudre une équation différentielle du premier ordre

On dérive l'expression proposée : $\dfrac{du_C}{dt} = -\dfrac{A}{\tau'}e^{-\frac{t}{\tau'}}$. Sachant que $u_C(t) = Ae^{-\frac{t}{\tau'}}$,
on constate alors que $\dfrac{du_C}{dt} = -\dfrac{u_C}{\tau'}$ qui peut aussi s'écrire : $u_C + \tau'\dfrac{du_C}{dt} = 0$.
En comparant cette relation à l'équation à résoudre $u_C + (2R + R_0)C\dfrac{du_C}{dt} = 0$,
on en déduit que $\tau' = (2R + R_0)C$.
Il s'agit ensuite d'utiliser la condition initiale pour déterminer la valeur de A :
initialement, le condensateur est chargé et $u_C(0) = E = Ae^{-\frac{0}{\tau'}}$ donc $A = E$.
Finalement, la solution est : $\boldsymbol{u_C(t) = Ee^{-\frac{t}{\tau'}}}$ **avec** $\boldsymbol{\tau' = (2R + R_0)C}$.

3. Calculer la constante de temps d'un dipôle *RC*

Le circuit de décharge du condensateur comporte trois dipôles ohmiques en série, pour une résistance totale $R_T = 2R + R_0$.
La constante $\tau' = (2R + R_0)C = R_TC$ est nommée **constante de temps du dipôle R_TC** ; elle caractérise le temps de décharge du condensateur.
Elle vaut : $\tau' = (2R + R_0)C = 210,0 \times 1,0 \times 10^{-3} = 0,21$ s = **210 ms**.

À NOTER

3. En utilisant l'expression $u_C(t) = Ee^{-\frac{t}{\tau'}}$ on peut montrer que le condensateur est déchargé à 95 % au bout d'un temps égal à $3\tau'$ et déchargé à 99 % au bout de $5\tau'$.

La constante de temps pour la charge vaut $\tau = R_0C = 10$ ms. La constante de décharge est donc 21 fois plus grande que la constante de charge : $\tau' = 21\tau$.

4. Appliquer les lois des mailles et d'Ohm ou la relation $i = C\dfrac{du_C}{dt}$

• **Première méthode.** Les lois des mailles et d'Ohm appliquées au circuit de décharge aboutissent à $u_C + (2R + R_0)i = 0$ (voir question **1**).

On a donc : $i(t) = -\dfrac{u_C(t)}{2R + R_0}$ soit $\boldsymbol{i(t) = -\dfrac{E}{2R + R_0}e^{-\frac{t}{\tau'}}}$.

• **Seconde méthode.** L'intensité est liée à la tension aux bornes du condensateur par la relation $i = C\dfrac{du_C}{dt}$ avec $u_C(t) = Ee^{-\frac{t}{\tau'}}$.

On obtient alors $i(t) = -\dfrac{CE}{\tau'}e^{-\frac{t}{\tau'}}$.

Sachant que $\tau' = (2R + R_0)C$, on retrouve alors $\boldsymbol{i(t) = -\dfrac{E}{2R + R_0}e^{-\frac{t}{\tau'}}}$.

5. Faire le lien entre signe de l'intensité électrique et sens du courant

L'intensité $i(t)$ est négative car E, $(2R + R_0)$ et $e^{-\frac{t}{\tau'}}$ sont des termes tous positifs.

Cela signifie que le courant circule dans le sens opposé au sens choisi pour i lors de l'établissement de l'équation différentielle. Autrement dit, **le courant circule en fait dans le sens A L_1 L_2 B A.**

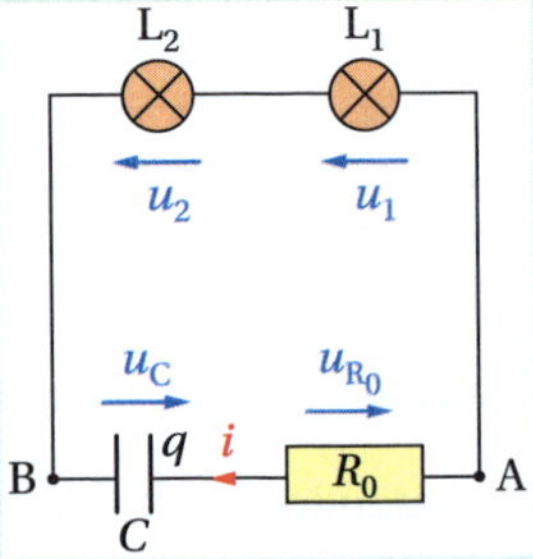

6. Reconnaître l'allure possible d'une courbe

La puissance électrique consommée par chaque lampe s'exprime par la relation :

$p(t) = R \times (i(t))^2$ avec $i(t) = -\dfrac{E}{2R + R_0}e^{-\frac{t}{\tau'}}$.

Ainsi, $p(t) = \dfrac{RE^2}{(2R + R_0)^2}e^{-\frac{2t}{\tau'}}$ et seule la **courbe II** a une forme compatible avec cette fonction exponentielle décroissante.

On peut d'ailleurs noter que la valeur initiale de la puissance est :

$p(0) = \dfrac{RE^2}{(2R + R_0)^2}e^0 = \dfrac{RE^2}{(2R + R_0)^2} = \dfrac{100 \times 12{,}0^2}{210^2} = 0{,}33$ W, ce qui correspond bien à la valeur lue sur le graphe.

7. Extraire des informations d'un graphique

Sur la courbe II, initialement, la valeur de la puissance reçue par la lampe $p(0) = 0{,}33$ W est bien comprise dans l'intervalle [0,24 W ; 0,36 W] où l'éclairage est optimal. Cependant, la puissance décroît et elle atteint la valeur de 0,24 W au bout de 0,03 s : les lampes L_1 et L_2 ne vont donc briller correctement que durant 0,03 s alors que l'ordre de grandeur de la durée d'un soubresaut est 0,1 s.

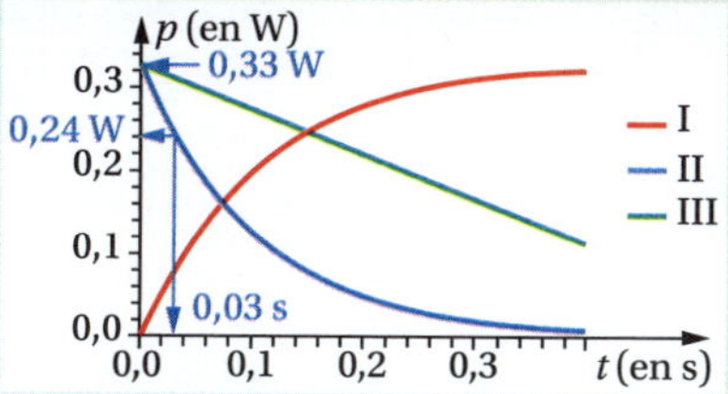

8. Analyser l'influence de paramètres

a. Pour accroître la durée d'éclairement des lampes, il faut modifier la constante de temps de décharge pour que la puissance reçue par chaque lampe diminue moins vite et reste supérieure à 0,24 W pendant toute la durée du soubresaut, soit environ 0,1 s.

Cette constante de temps de décharge, $\tau' = (2R + R_0)C$, peut être accrue en augmentant la capacité C du condensateur ou la valeur de R_0 (les lampes restant inchangées, leur résistance R ne peut pas être modifiée).

Cependant si on augmente R_0, la puissance initiale fournie à la lampe $p(0) = \dfrac{RE^2}{(2R+R_0)^2}$ sera plus faible que la valeur de 0,33 W précédemment calculée et cela ne va donc pas dans le sens recherché.

Il faut donc **accroître la valeur de la capacité C du condensateur.**

b. La valeur minimale de la capacité doit être telle que la puissance reçue par la lampe pendant tout le soubresaut (de durée $t_S = 0{,}1$ s) soit supérieure à 0,24 W et inférieure à 0,36 W. Cette deuxième condition est vérifiée, sachant que la puissance initiale est 0,33 W.

On cherche donc la capacité C_{min} telle que $p(t_S) = \dfrac{RE^2}{(2R+R_0)^2} e^{-\frac{2t_S}{\tau'}} = 0{,}24$ W

avec $\tau' = (2R + R_0)C_{min} = 210C_{min}$ et $\dfrac{RE^2}{(2R+R_0)^2} = 0{,}33$ W.

On a donc : $0{,}33e^{-\frac{0{,}2}{210C_{min}}} = 0{,}24$ W soit : $e^{-\frac{0{,}2}{210C_{min}}} = \dfrac{0{,}24}{0{,}33}$.

Cela conduit à : $\dfrac{0{,}2}{210C_{min}} = -\ln\left(\dfrac{0{,}24}{0{,}33}\right)$ donc $\dfrac{0{,}2}{210C_{min}} = 0{,}32$ (avec deux chiffres significatifs) et on obtient finalement :

$C_{min} = \dfrac{0{,}2}{210 \times 0{,}32} = 3 \times 10^{-3}\ F = 3$ mF.

c. En utilisant un condensateur de 3 mF au lieu de 1 mF, les lampes brilleront de manière satisfaisante pour tout soubresaut qui durera moins de 0,1 s.

En revanche le nouveau temps de charge sera augmenté :

$t'_{charge} = 3\tau = 3R_0C_{min}$ soit $t'_{charge} = 3 \times 10{,}0 \times 3 \times 10^{-3} = 9 \times 10^{-2}$ s = 90 ms.

Si, entre deux soubresauts, le temps de contact entre les roues et les rails est supérieur à 90 ms, le condensateur sera totalement rechargé ; sinon la tension à ses bornes au moment du début du soubresaut sera inférieure à 12 V et par conséquent la puissance délivrée aux lampes sera inférieure à ce qui est attendu.

Le Grand Oral

15 Préparer le Grand Oral sur une question de physique-chimie

FICHES DE COURS

57 Choisir une question en physique-chimie 364
58 Concevoir sa présentation 366
59 Préparer efficacement l'exposé 368
60 Présenter la question au jury 370
61 Répondre aux questions en lien avec la présentation 372
62 Défendre son projet d'orientation 374

SUJET GUIDÉ & CORRIGÉ

OBJECTIF BAC

29 Simulation d'un Grand Oral sur une question de physique-chimie : la médecine nucléaire 376

57 Choisir une question en physique-chimie

En bref *Selon le BO du 13 février 2020, qui définit le « Grand Oral », vous devez choisir une question pour chacun de vos deux enseignements de spécialité. Vous serez interrogé(e) sur l'une de ces deux questions le jour de l'épreuve.*

I Le « cahier des charges »

Le choix de la question doit répondre à ces **trois conditions**.

La question

1. met en lumière un des grands enjeux du programme de spécialité
2. se prête à une explicitation aisée
3. permet de nourrir une réflexion sur votre projet d'orientation

II Des idées de sujets en physique-chimie

Les questions proposées ici permettent de mettre en lumière au moins un des grands enjeux de la physique-chimie : la démarche scientifique ; la pratique expérimentale ; la modélisation ; la mesure et les incertitudes. Elles sont précédées des initiales des spécialités concernées : physique-chimie (PC), sciences de la vie et de la Terre (SVT), mathématiques (M), sciences de l'ingénieur (SI).

1 Questions en lien avec une problématique de développement durable et / ou de protection de l'environnement

À NOTER
Ce type de questions nécessite souvent d'adosser le discours à plusieurs parties du programme du cycle terminal.

- **PC + SVT.** Comment la chimie dite « verte » est-elle au service de la protection de l'environnement ?
- **PC + SVT.** Comment la thermodynamique contribue-t-elle à la modélisation de l'effet de serre ?

■ **PC + SVT ou PC + SI.** Comment les progrès de la physique-chimie et les innovations technologiques contribuent-ils à réduire l'émission des gaz à effet de serre ?

■ **PC + SI.** Comment la physique contribue-t-elle à une utilisation raisonnée des sources d'énergie renouvelables ?

2 Questions axées principalement sur une partie spécifique du programme de physique-chimie

■ **PC.** Comment les techniques expérimentales de laboratoire permettent-elles d'appréhender les paramètres influençant une transformation chimique et d'élaborer des stratégies de synthèse limitant l'impact environnemental ?

■ **PC.** En quoi le développement de la médecine nucléaire est-il intimement lié à la compréhension de la radioactivité ? → SUJET 29

■ **PC.** Comment le décalage vers le rouge mis en évidence par Hubble a constitué la première preuve expérimentale en faveur du modèle de l'expansion de l'Univers ?

■ **PC.** Pourquoi le modèle du gaz parfait a-t-il un domaine de validité restreint ?

■ **PC + M.** Comment Newton s'est-il appuyé sur les travaux de Galilée et de Kepler pour établir sa théorie de la gravitation universelle ?

■ **PC + SI.** Comment les capteurs capacitifs d'une tablette fonctionnent-ils ?

■ **PC + SI.** Comment le phénomène d'interférence est-il exploité pour la lecture optique ?

zoOm

« Pitcher » son sujet auprès de ses proches

■ N'hésitez pas à **exposer brièvement** votre sujet à vos parents ou vos amis. Ce premier « pitch » vous aide à délimiter votre sujet et vous permet de tester l'intérêt qu'il suscite.

■ Ainsi, dans le cadre du concours « Ma thèse en 180 secondes », les doctorants doivent résumer en trois minutes le sujet de recherche qu'ils développent dans une thèse de plusieurs centaines de pages.

58 Concevoir sa présentation

En bref *Les recherches sur les questions choisies peuvent débuter assez rapidement dans l'année. Pour chacune, vous devez vous documenter et organiser vos idées, au fur et à mesure, en vue d'un exposé structuré.*

I Se documenter, chercher des idées

1 Se constituer une bibliographie pertinente

- Pour chaque question, établissez une **liste de mots-clés** : ils vont vous permettre d'interroger Internet mais aussi le catalogue de votre CDI ou de la médiathèque de votre quartier.
- Consultez les documents ainsi sélectionnés, **des plus généraux** (manuels, encyclopédies) **aux plus spécialisés**.
- Dans le cas de recherches sur Internet, pensez à **vérifier les sites** que vous consultez à l'aide de ces questions :

1. Qui est l'auteur du site ?
Quelle est son expertise sur le sujet ?
2. De quand datent les informations ?
3. L'exposé est-il clairement construit, solidement argumenté ?

> **CONSEILS**
> Commencez par lire les informations données par la page de présentation du site, souvent intitulée « À propos ».

2 Garder la trace de ses recherches

- **« Fichez » chacun des documents** consultés : le support peut être, selon votre préférence, physique (fiche Bristol) ou numérique.
- Reformulez les idées qui vous paraissent essentielles, en distinguant bien les arguments des exemples.
- Pour les documents qui vous paraissent essentiels, pensez à rechercher le document original (article scientifique, livre...)

FICHE DOCUMENT

Source :

Sujet :

Idées clés :
•
•
•

Citation :

> **CONSEILS**
> Notez précisément la source : le titre de l'ouvrage ou du site, le nom de l'auteur, la date de publication, ainsi que les pages consultées.

II Organiser ses idées

1 Plusieurs méthodes de classement

■ Au fil de vos prises de notes, vous allez être conduit(e) à regrouper vos idées autour de lignes directrices : une organisation de votre exposé se dessine progressivement. Essayez de la traduire sous forme de **« carte mentale »**.

■ Si vous avez du mal à faire émerger les grands axes, vous pouvez recourir à la **méthode des post-it**.

1. Écrivez une idée clé par post-it.
2. Ajouter, le cas échéant, des exemples sur des post-it d'une autre couleur.
3. Sur un mur, déplacez les post-it jusqu'à ce qu'ils s'enchaînent logiquement.

2 Le choix du plan

Votre plan dépend de la question et du type de réflexion proposé. Le plus souvent, cependant, vous avez le choix entre un plan thématique et un plan dialectique.

	Objectif	Question
Plan thématique	Il permet d'approfondir les différents aspects d'un sujet.	Il correspond à une question qui se subdivise en différentes sous-questions.
Plan dialectique	Il oppose deux thèses puis opère une synthèse des points de vue.	Il correspond à une question qui implique une discussion, un dilemme.

zoOm

Mettre son plan sous forme de carte mentale

❶ Prenez une feuille blanche A4, en format paysage.

❷ Notez la question au centre, dans un « noyau ».

❸ Créez autant de « branches » que de grands axes (une couleur par axe).

❹ Ramifiez les branches de manière à faire apparaître les idées clés.

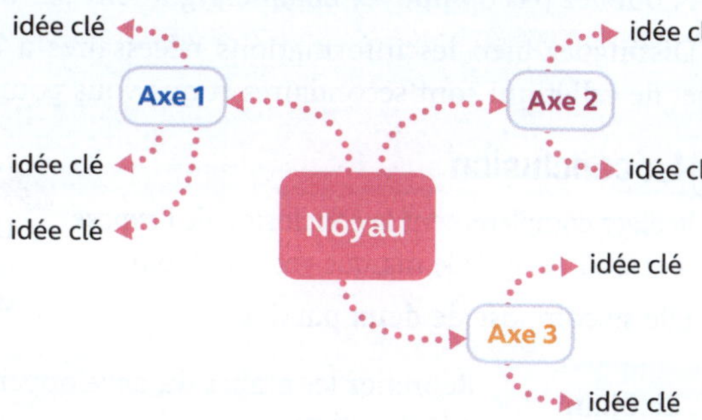

59 Préparer efficacement l'exposé

En bref *Le jour J, vous devrez faire votre présentation en cinq minutes. Cela suppose un travail préparatoire important : de rédaction, de mémorisation et d'entraînement à la prise de parole.*

I Rédiger une trame précise

Une fois que vous êtes au clair sur la structure générale de votre exposé, vous devez mettre par écrit le déroulement de votre argumentation, sous la forme d'un **plan semi-rédigé**.

1 L'introduction

■ L'introduction doit montrer :
- que **votre sujet est intéressant** ;
- que vous l'avez bien cerné ;
- que votre plan découle de la question posée et y répond.

■ Elle comprend **trois étapes** qui s'enchaînent logiquement.

1. L'accroche	En une ou plusieurs phrases, amenez progressivement votre sujet.
2. La question	Posez clairement la question à laquelle vous allez répondre et explicitez-la.
3. Le plan	Annoncez les deux ou trois grands axes, de manière que le jury comprenne d'emblée l'organisation de l'exposé.

2 Le corps de l'exposé

■ Recopiez le plan que vous avez établi et remplissez-le de manière télégraphique, à l'aide de listes à puces.

■ N'oubliez pas d'**appuyer chaque argument** par un exemple vérifié.

■ Distinguez bien les informations nécessaires à la bonne compréhension du sujet de celles qui sont secondaires et que vous pourrez préciser dans l'entretien.

3 La conclusion

■ Rédigez complètement la conclusion de l'exposé pour être sûr(e) qu'elle marque votre auditoire.

■ Elle se compose de **deux parties** :

CONSEILS
Une fois cette trame mise au point, oralisez-la, de manière à vérifier qu'elle tient à peu près en 5 minutes.

1. Le bilan	Reprenez les étapes du développement et répondez à la question.
2. L'ouverture	Élargissez le champ de la réflexion à l'aide d'une citation, d'un fait d'actualité, d'une question proche.

II Mémoriser la présentation, puis simuler l'épreuve

Vous êtes désormais au clair sur le contenu de votre exposé. Il s'agit maintenant de préparer sa restitution orale.

1 Faire travailler sa mémoire

- Vous devez **posséder votre exposé « sur le bout des doigts »**, de telle manière que les idées se rappelleront à vous naturellement le jour de l'épreuve et que vous pourrez consacrer toute votre attention à votre auditoire.
- Pour ce faire, sollicitez vos différentes mémoires (visuelle, auditive, kinesthésique...) pour fixer le déroulement de l'exposé puis récitez-le **plusieurs fois**, de manière à vous en souvenir durablement.

À NOTER
Des chercheurs ont prouvé qu'il faut refaire au moins sept fois le chemin vers un souvenir pour l'ancrer durablement.

2 Simuler un Oral blanc

- C'est à ce moment-là, quand vous avez mémorisé votre exposé, que vous devez faire appel à votre entourage – vos professeurs, vos parents ou vos amis – pour leur demander de constituer votre premier auditoire.

À NOTER
S'enregistrer puis réécouter son exposé peut être aussi très utile.

- Demandez-leur d'évaluer votre présentation selon ces trois principaux critères :

1. Pertinence	Ai-je bien répondu à la question posée ?
2. Clarté	Qu'est-ce qui était clair ? moins clair ?
3. Efficacité	Ai-je retenu votre attention ? Comment puis-je le faire mieux ?

- N'hésitez pas également à leur demander de vous poser des questions sur le contenu de la présentation : cela vous entraînera pour l'entretien qui suit.

zoOm

Comment fonctionne la mémoire ?

- La mémorisation est le résultat d'un processus biochimique dans lequel les neurones jouent un rôle essentiel.
- Elle se déroule en trois étapes.
❶ L'encodage : enregistrement d'une nouvelle information
❷ Le stockage : rangement, consolidation de l'information
❸ Le rappel : recherche du souvenir afin de le restituer

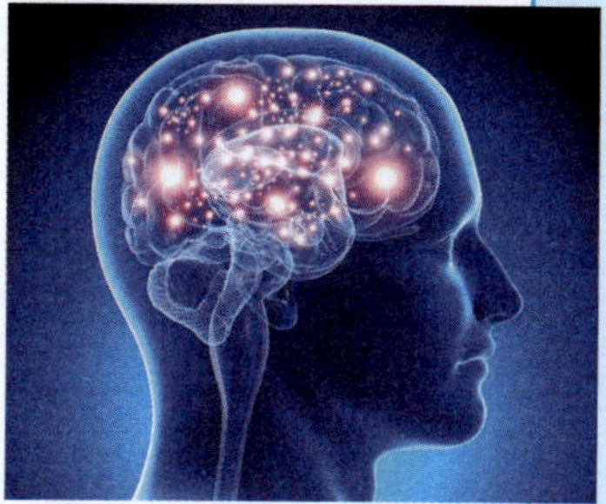

- Plus on rappelle un souvenir, plus on l'ancre durablement dans la mémoire.

60 Présenter la question au jury

En bref *Votre présentation doit être synthétique et rendre compte efficacement du questionnement. Le jury vous évalue principalement sur la solidité de vos connaissances et votre capacité à argumenter.*

I Optimiser le temps de préparation

Le jury vient de choisir l'une des deux questions préparées. Vous avez alors 20 minutes pour mettre en ordre vos idées et préparer – si vous vous sentez suffisamment sûr(e) de vous – un support pour le jury.

1 Mettre en ordre vos idées au brouillon

20 minutes de préparation, c'est à la fois long et court. Comment les utiliser ?

Pensez à...	Évitez de...
rédiger l'introduction et la conclusion	rédiger tout l'exposé
noter le plan	noter des idées en désordre
résumer les principales idées	ajouter du contenu au dernier moment

2 Préparer un support pour le jury

- Si vous avez bien en tête votre exposé, mettez à profit les 20 minutes pour préparer un support pour le jury.
- L'objectif est de permettre à votre auditoire de mieux suivre votre présentation. Votre support peut ainsi prendre des formes variées.

CONSEIL
Bien que non évalué, le support doit être pertinent et lisible pour bien disposer le jury.

II Faire une présentation claire et fluide

1 Soigner les étapes clés de l'exposé

■ Vous devez prêter une attention particulière à l'introduction et à la conclusion.

L'introduction	La conclusion
• amène la question • pose clairement la question • annonce le plan	• fait le bilan des recherches • répond à la question • ouvre de nouvelles perspectives

■ Lorsque vous annoncez le plan, vous pouvez recourir à des formules telles que :

- Tout d'abord nous nous intéresserons...
- Puis nous étudierons..., avant de montrer que...

2 Mettre en évidence la progression de l'exposé

■ Plus encore qu'à l'écrit, vous devez être attentif(ve) aux **transitions** de manière que votre auditoire comprenne bien la progression de votre présentation.

Les passages d'une partie à l'autre doivent être ainsi explicités :

- Nous venons de voir que...
- Nous allons maintenant essayer de comprendre comment ce processus...

CONSEILS
Tout au long de votre présentation, n'hésitez pas à rappeler le fil conducteur en reprenant les mots-clés de la question.

■ Les **liens entre les idées** d'une partie doivent être clarifiés au moyen de connecteurs logiques : de cause (*car, en effet...*), de conséquence (*donc, c'est pourquoi...*), d'opposition (*mais, cependant...*), de concession (*certes...*), d'addition (*de plus, en outre...*).

zoOm

Parler debout

■ Placez-vous face à votre jury, bien **au centre**.

■ Ancrez **vos pieds au sol**, de manière à avoir une assise stable.

■ Placez dès le départ **vos mains à hauteur de votre ventre**, sans les laisser pendre le long du corps. Vous pouvez les croiser devant vous et les dénouer lorsqu'il sera nécessaire d'appuyer le propos.

Image extraite du film *À voix haute* de Ladj Ly et Stéphane de Freitas, 2017.

61 Répondre aux questions en lien avec la présentation

En bref *Lors de la deuxième partie de l'épreuve, le jury revient sur la présentation et évalue plus largement vos connaissances dans les disciplines correspondant à vos spécialités.*

I Anticiper les questions

1 Les questions sur la présentation

■ Le jury va en premier lieu revenir sur certains points de la présentation pour vous **demander des précisions**.

- Vous avez affirmé que… : pouvez-vous donner un exemple ?
- Vous avez cité… : quelle est votre source ?
- Comment définissez-vous le mot … ?

■ Afin de ne pas être surpris(e), efforcez-vous de les anticiper lors de l'élaboration de l'exposé.

2 Les questions sur le programme

■ Cependant le jury peut aussi vous poser des questions sur d'autres thèmes de vos **programmes de spécialité**.

■ C'est pourquoi vous devez travailler tout au long de l'année les notions au programme, en imaginant cette interrogation. Voici quatre conseils clés :

ATTENTION
Ces questions peuvent porter sur des thèmes hors du programme limitatif de l'épreuve écrite.

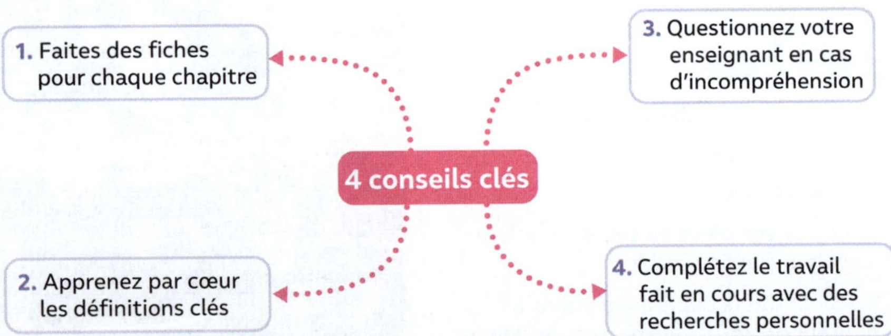

CONSEILS
Cette préparation vous servira également pour l'écrit !

II Développer une posture d'échange

1 Faire des réponses appropriées

■ Un seul des deux membres du jury est un spécialiste des domaines concernés par votre question. Votre réponse doit donc être **précise mais pas trop jargonneuse**.

■ D'autres conseils utiles :

Pensez à...	Évitez de...
prendre quelques secondes pour « ingérer » la question	vous précipiter : vous risquez de ne pas répondre à la question
donner des réponses brèves pour des précisions, plus longues pour un avis personnel	répondre par oui ou par non, ne pas développer
vous appuyer sur des connaissances précises, des chiffres, des dates...	rester dans les généralités, utiliser le pronom « on »

2 Gérer les difficultés

■ Si vous n'êtes **pas sûr(e) de comprendre** la question :

- reformulez-la à voix haute pour vérifier que vous avez bien compris ;
  Vous me demandez si... Vous voulez savoir comment...
- demandez des précisions ou un exemple.
  Qu'entendez-vous par... ? Pouvez-vous me donner un exemple ?

■ Si vous **ne savez pas quoi répondre**, osez le dire : vous pouvez toutefois commencer par faire remarquer la pertinence de la question.

Ce point me semble en effet très intéressant,
mais je n'ai pas eu le temps de l'approfondir.

zoOm

Éviter les gestes parasites

Apprenez à identifier les gestes que vous effectuez pour vous rassurer en situation de stress : ils brouillent la communication et traduisent votre inconfort.

Passer la main dans ses cheveux

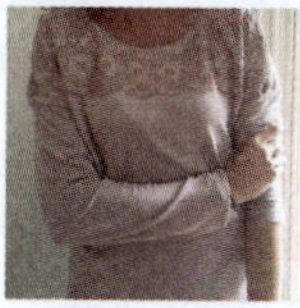
Remonter ses manches, tirer dessus

Toucher sa montre, un bijou

Se gratter avec insistance

62 Défendre son projet d'orientation

En bref *Au cours de cette partie de l'épreuve, vous exposez votre projet d'orientation : quel domaine vous intéresse, depuis quand, quels choix vous avez faits pour vous en rapprocher.*

I Faire le lien entre la question traitée et son projet d'orientation

■ Le jury va commencer par vous demander en quoi le travail sur la question traitée **a nourri votre réflexion sur votre projet d'orientation**. Voici quelques éléments de réponse, à adapter en fonction de votre sujet et de votre projet :

- En travaillant sur ce sujet au croisement de deux disciplines, j'ai acquis la certitude que je souhaitais continuer à les étudier l'une et l'autre : d'où le choix d'un cursus réunissant…
- La préparation de cet oral m'a permis de rencontrer des personnes travaillant dans le domaine de …, qui m'ont donné envie de suivre leur voie ; c'est pourquoi j'ai choisi des études dans la filière…

CONSEILS
Même si vous avez évidemment envisagé plusieurs choix, mettez plutôt l'accent sur celui permettant d'établir un lien avec la question traitée. Ainsi votre démarche paraîtra cohérente.

■ Vous pouvez aussi analyser les **compétences acquises** lors de la préparation de cette épreuve : mener un travail de recherche, confronter des données, faire un travail de synthèse, faire un exposé oral et montrer qu'elles vous seront **utiles pour la suite de vos études**.

II Expliquer les étapes de son projet d'orientation

1 Projet professionnel ou projet de poursuite d'études ?

■ Si vous avez une idée de métier précise, vous pouvez partir de ce **projet professionnel**, expliquer pourquoi il vous attire ; puis faire le lien avec les études qui y mènent.

■ Mais vous avez le droit, à 17-18 ans, de ne pas savoir quel métier vous aimeriez exercer. Contentez-vous alors d'expliquer quel domaine vous intéresse et **quels choix d'études** après le bac vous avez faits en conséquence.

■ Si vous hésitez encore entre **deux voies**, vous pouvez exposer les différentes possibilités envisagées.

CONSEILS
Quand vous vous êtes inscrit(e) sur Parcoursup ou si vous avez candidaté à des écoles, vous avez dû rédiger des lettres de motivation. Utilisez-les pour préparer cette partie de l'oral.

2 La genèse et la mise en œuvre du projet

■ Pour retracer la **genèse** du projet, expliquez :
• comment l'idée de ce projet d'orientation vous est venue ;
• comment elle a guidé vos choix de spécialités ;
• comment elle s'est renforcée à travers différentes activités et expériences.

CONSEILS
N'hésitez pas à détailler des expériences vécues ou à rapporter une anecdote pour rendre votre présentation plus personnelle.

■ Mentionnez la **filière choisie**, l'école ou l'université que vous souhaiteriez intégrer et les enseignements qui vous attendent. Décrivez concrètement la manière dont vous souhaitez mener ce projet : cursus envisagé, diplôme visé.

■ Faites le bilan de vos atouts et de vos limites pour le domaine envisagé. Montrez que vous disposez d'une **bonne connaissance de vous-même** et de vos capacités.

zoOm

Développer une argumentation personnelle

Pour mieux convaincre le jury de votre motivation, vous devez mettre en évidence que **ce projet est vraiment le vôtre**.

Les composantes personnelles de votre projet

1. scolaires
- vos spécialités de 1re et Tle
- vos préférences pour certaines matières
- vos compétences scolaires

2. extrascolaires
- votre stage de 3e
- vos engagements (comme délégué de classe, dans un projet...)
- vos centres d'intérêt, vos convictions

SUJET 29 OBJECTIF BAC **PRÉSENTATION, SUIVIE D'UN ENTRETIEN**

20 min

En quoi le développement de la médecine nucléaire est-il intimement lié à la compréhension de la radioactivité ?

Le but est de faire le lien entre les avancées scientifiques depuis la découverte de la radioactivité et les innovations technologiques en matière de diagnostic médical, de radiothérapie et de radioprotection.

1. PRÉSENTATION D'UNE QUESTION (5 MIN)

Les titres en couleurs mettent en évidence la structure de la présentation.

Introduction

[Accroche] Tout commence à l'Académie des sciences le lundi 24 février 1896 ! Ce jour-là, Henri Becquerel présente sa découverte d'un rayonnement hyperphosphorescent issu de l'uranium. C'est ce sujet que Marie Curie choisit en 1897 pour sa thèse de doctorat. Elle montre les propriétés ionisantes de l'hyperphosphorescence qu'elle renomme radioactivité !

[Présentation du sujet] On connaît aujourd'hui ses applications médicales pour diagnostiquer des cancers et les soigner. En quoi le développement de la médecine nucléaire est-il intimement lié à la compréhension de la radioactivité et à sa modélisation ? C'est le sujet de mon exposé, que je vais structurer en deux parties.

[Annonce du plan] Premièrement, je parlerai de la naissance de la médecine nucléaire en lien avec les progrès de la physique. Puis, à partir de l'exemple de la tomographie par émission de positons (TEP), j'expliquerai pourquoi la mise en œuvre de cette imagerie nécessite l'utilisation de fluor 18 et j'évoquerai la question de la mesure de la dose à injecter au patient.

LE SECRET DE FABRICATION

Ce sujet balaie tous les contenus du programme sur la radioactivité. Il impose de débuter par une présentation historique, en citant des exemples marquants. Puis, on choisit de ne développer que la TEP et les propriétés ionisantes des rayonnements.

I. Quelques repères d'histoire des sciences

- Ce qui marque les prémices de la médecine nucléaire, c'est la découverte en 1934, par Irène et Frédéric Joliot-Curie, de la radioactivité artificielle. La production de radio-isotopes artificiels permet les premières applications cliniques. Ainsi l'iode 131, radioélément β^- de demi-vie 8 jours, est utilisé dès 1942 dans le traitement du cancer de la thyroïde.

■ Les années 1950-1960 voient la mise au point des premières scintigraphies. La médecine nucléaire naît officiellement au début des années 1970.

[Transition] La TEP est un bel exemple d'imagerie médicale par injection d'un produit radioactif, en général le fluor 18.

II. Principes de la TEP

Du ^{18}FDG, c'est-à-dire du glucose marqué par du fluor 18, est injecté par voie intraveineuse au patient.

■ **Pourquoi injecte-t-on ce glucose radioactif au patient ?** Car le glucose est absorbé par les organes énergivores comme le cerveau et le cœur, mais surtout par les cellules cancéreuses qui ont besoin d'énergie pour se multiplier.

■ **Et pourquoi choisit-on le fluor 18 ?** Il y a trois raisons essentielles à cela.

• Primo, le fluor 18 est un émetteur β^+. C'est une condition indispensable pour une TEP car le positon émis lors de la désintégration s'annihile avec un électron des tissus du patient en produisant deux photons γ émis dans des directions opposées. Ces deux photons sont reçus par un système de capteurs disposés en anneau tout autour du patient. Cela permet de localiser précisément la tumeur cancéreuse et d'en obtenir une image en 3D.

> **CONSEILS**
> N'hésitez pas à joindre le geste à la parole pour visualiser les directions d'émission des photons, puis l'anneau de capteurs.

• Deuzio, la demi-vie du fluor 18 est d'environ 2 h. Cela est assez court pour que le patient ne soit pas exposé aux radiations trop longtemps, et assez long pour la mise en œuvre de la tomographie, qui dure plusieurs heures.

• Tertio, le noyau issu de la désintégration du fluor 18 est l'oxygène 18 qui est stable. Cela est fondamental pour ne pas accroître l'irradiation du patient.

■ **Comment un préparateur en radiologie fait-il pour savoir quelle dose injecter au patient ?** Pour répondre, je vais utiliser la notion d'activité radioactive car c'est la grandeur qui doit être mesurée. Les médecins estiment qu'il faut injecter au patient une activité de 7 MBq par kilogramme de masse corporelle, environ deux heures avant le début de la TEP. Ainsi pour un patient de 70 kg, il faudra injecter une activité de 490 MBq. Le préparateur doit donc prélever la solution de ^{18}FDG et vérifier par une mesure, avec un compteur de radioactivité, que l'activité de la solution contenue dans la seringue est conforme à la valeur attendue. Bien sûr, le manipulateur doit réaliser tout cela en se protégeant au maximum des rayonnements ionisants.

Conclusion

[Bilan] Je conclurai mon exposé en pointant l'importance de la recherche fondamentale en physique. C'est grâce aux travaux, de la famille Curie en particulier, sur la radioactivité dès la fin du XIXe siècle et jusqu'à la Seconde Guerre mondiale qu'est née la médecine nucléaire. Les techniques de diagnostic du cancer et de radiothérapie ont depuis prodigieusement progressé grâce aux modèles développés par les physiciennes et les physiciens.

[Ouverture] Toutes ces avancées fondamentales et appliquées ont aussi permis d'améliorer la compréhension des dangers liés aux rayonnements ionisants.

2. ÉCHANGE AVEC LE CANDIDAT (10 min)

Voici quelques-unes des questions que le jury pourrait poser en lien avec votre présentation ainsi que des réponses possibles. N'oubliez pas qu'on peut vous interroger sur d'autres thèmes du programme.

Le neutron a été découvert en 1932, plusieurs années après l'électron et le proton. Comment expliquez-vous cette découverte tardive ?

L'électron et le proton sont des particules chargées : elles peuvent donc être accélérées et déviées par un champ électrique. C'est pourquoi elles peuvent être mises en évidence plus facilement que le neutron, une particule neutre.

> **CONSEILS**
> Ici, le jury veut vérifier que le candidat a une connaissance précise de la structure de l'atome et de la déviation des particules chargées par un champ électrique.

Vous avez évoqué la demi-vie radioactive et l'activité radioactive. Comment se définissent ces deux grandeurs ? L'activité est-elle dépendante de la valeur de la demi-vie ?

La demi-vie radioactive $t_{1/2}$ est le temps nécessaire pour qu'un nombre N de noyaux radioactifs soit divisé par 2. L'activité A est le nombre de désintégrations par seconde ; elle est proportionnelle au nombre N. La relation entre A et N est : $A = \lambda N$. D'après la relation $t_{1/2} = \frac{ln2}{\lambda}$, la constante radioactive λ est inversement proportionnelle à la demi-vie. L'activité dépend donc de la valeur de la demi-vie. Plus la demi-vie est petite, plus l'activité est grande, autrement dit, plus le nombre de désintégrations par seconde est important.

Les différents types de radioactivité ont-ils tous la même origine ?

Il faut distinguer les radioactivités α, β^- et β^+, dont l'origine est la désintégration spontanée d'un noyau avec émission d'une particule chargée (noyau d'hélium, électron ou positon) et la radioactivité γ qui résulte de la désexcitation d'un noyau avec libération d'énergie sous forme d'un photon γ associé à un rayonnement électromagnétique de très haute fréquence.

3. ÉCHANGE SUR LE PROJET D'ORIENTATION (5 min)

Comment avez-vous choisi le sujet de votre exposé ? Celui-ci est-il en lien avec votre projet d'orientation ?

Je suis passionné(e) par l'histoire de la physique. La radioactivité étudiée dans le programme d'enseignement scientifique de 1re et dans le programme de spécialité de physique-chimie de Terminale m'a beaucoup intéressé(e). Comme j'envisage de devenir médecin, sans avoir une idée précise de la spécialité que je choisirai, ce sujet m'a semblé bien adapté à mes centres d'intérêt et mon souhait de poursuite d'étude.

> **À NOTER**
> Cette réponse n'est qu'un exemple et bien d'autres arguments auraient pu être avancés : intérêt pour la recherche scientifique, souhait de devenir manipulateur en radiologie ou oncologue ou ingénieur en physique nucléaire...

CORRIGÉS DES TESTS

1 Les transformations acide-base → P. 12-13

1 1. a · 2. a et c · 3. b

2 1. a, c et d · 2. b et c · 3. b et c

3 1. b · 2. b · 3. a et b

4 1. b · 2. c et e

2 Analyse d'un système chimique par des méthodes physiques et chimiques → P. 36-37

1 1. a et c · 2. a et c

2 c et d

3 1. c · 2. a

4 1. b · 2. a

3 Évolution d'un système, siège d'une transformation chimique → P. 62-63

1 1. b · 2. c · 3. a

2 1. a, b et c · 2. b · 3. c

3 1. c · 2. c · 3. a et b

4 1. b et c · 2. a, b et c · 3. a et c

4 Les transformations nucléaires → P. 84-85

1 1. a et b · 2. b et d · 3. c

2 1. a et c · 2. b et c · 3. b

3 1. c · 2. b · 3. c

4 1. b · 2. b et c · 3. d

5 Sens d'évolution d'un système oxydant-réducteur → P. 108-109

1 1. b · 2. b · 3. a et c

2 1. a · 2. a

3 1. b · 2. a · 3. a

4 1. b et c · 2. a et c

5 1. b · 2. a et c · 3. b

6 Sens d'évolution d'un système acide-base → P. 136-137

1 a

2 c

3 1. b et c · 2. b, c et d

4 b

7 Stratégies en synthèse organique → P. 160-161

1 c

2 1. c · 2. b

3 b

4 1. b · 2. c

5 1. b · 2. a

8 Description d'un mouvement → P. 188-189

1 1. a · 2. c · 3. c

2 1. b · 2. a · 3. a et c

3 1. a et c · 2. b et c · 3. c · 4. b et c

9 Deuxième loi de Newton – Mouvement dans un champ → P. 212-213

1 1. b et c · 2. b

2 1. a · 2. b et c · 3. b

3 1. b et c · 2. b

4 1. a et c · 2. c

5 1. b · 2. c

10 Écoulement d'un fluide → P. 240-241

1 1. b et c · 2. a et c · 3. a

2 1. a et d · 2. a · 3. b · 4. c

3 1. a et d · 2. b · 3. b

11 L'énergie : conversions et transferts → P. 266-267

1 1. a · 2. a et b

2 1. a · 2. c

3 1. c · 2. b

4 1. b · 2. a

5 1. a · 2. c

12 Caractérisation des phénomènes ondulatoires → P. 294-295

1 1. c · 2. b · 3. a

2 1. a et c · 2. b · 3. c

3 1. b · 2. b · 3. c

4 1. c · 2. a · 3. a

13 Lunette astronomique – Flux de photons → P. 318-319

1 1. a et c · 2. b · 3. b · 4. c · 5. c

2 1. a · 2. c · 3. a · 4. a · 5. b · 6. a

14 Dynamique d'un système électrique → P. 338-339

1 1. b et c · 2. a et d

2 1. b · 2. a · 3. a et c

3 1. a · 2. a et b · 3. d · 4. c

4 1. a · 2. b et c · 3. c · 4. b · 5. c

INDEX

A

absorbance 40
acide 14
acide carboxylique 16
acide faible, fort 140
acte élémentaire 70
activité radioactive 92
addition (réaction d') 168
albedo 274
alcane 162
alcène 162
alcyne 162
alpha (particule α) 88, 92
amide 164
amine 16, 164
amphotère 16
anode 114, 118
atténuation d'un son 296

B

base 14
base faible, forte 140
beta (particule β) 88, 92
Brönsted (acide et base de) 14

C

capacité d'une pile 116
capacité d'un condensateur 342
capacité thermique 270
capteur capacitif 342
catalyseur 66
cathode 114, 118
célérité 302
cellule photovoltaïque 322
centre de masse 214
champ électrique 218
champ de pesanteur 216
charge d'un condensateur 344
charge électrique 340
choc efficace 70
chute libre 216
concentration en quantité de matière 20
concentration en masse 20
condensateur 340
condensateur plan 218, 342
conductimétrie 38, 44
conduction thermique 272
conductivité 38, 44
constante d'acidité 138
constante d'équilibre 110
constante de désintégration 90
constante de temps 344, 346
convection thermique 272
convergente (lentille) 320
coordonnées vectorielles 190
couple acide-base 14, 16
couples de l'eau 16
courant de décharge 346
critère d'évolution spontanée 110
cyclique (structure) 162

D

datation radioactive 92
débit de charge électrique 340
débit massique, volumique 244
décalage vers le rouge 302
décharge d'un condensateur 346
demi-vie 90, 92
densité 20
déprotection 170
dérivée du vecteur position 190
dérivée du vecteur vitesse 192
désintégration radioactive 90
diagramme de distribution 142
diagramme de prédominance 142
diagramme (*N*, *Z*) 86
diamètre apparent 320
différence de marche 300
diffraction 298
dipôle *RC* 344, 346
dosage par étalonnage 38

E

écart angulaire 298
écoulement permanent 244
effet de serre 274
effet Doppler 302
effet photoélectrique 322
effet Venturi 246
électrolyse 118

électronégativité 166
élimination (réaction d') 168
énergie cinétique 220
énergie interne 270
énergie mécanique 220
énergie potentielle de pesanteur 220
équations horaires 190
équivalence 42, 44
ester 164

F

facteur cinétique 66
figure d'interférences 300
figure de diffraction 298
flèche courbe 70
fluide incompressible 242
fluide parfait 246
flux thermique 272
force d'un acide, d'une base 140
force conservative 220
force électromotrice 116
force pressante 242
formule de Stefan-Boltzmann 274
formule topologique 163
fréquence 302
fréquence seuil 322

G-H

gamma (rayonnement γ) 88, 92
gaz parfait 268
gravitation 222
grossissement 320
halogénoalcane 164
hydroxyde (ion) 16

I

indicateur coloré 142
insaturé (squelette carboné) 162
intensité électrique 340
intensité sonore 296
interférences constructives, destructives 300
interfrange 300
intermédiaire réactionnel 70
isomère 162
isomérie de constitution 162
isotope 86

L

lentille 320
ligne de courant 246
linéaire (structure) 162
loi d'Ohm 344, 346
loi de Beer Lambert 40, 64
loi de décroissance radioactive 90
loi de Kohlrausch 38, 44
loi de vitesse d'ordre 1 68
loi des aires 222
loi des gaz parfaits 38, 64, 268
loi des mailles 344, 346
loi des orbites 222
loi des périodes 222
loi phénoménologique de Newton 276
lois de conservation 88
lois de Kepler 222
lois de Newton 214
lunette astronomique 320

M-N

masse volumique 20, 268
mécanisme réactionnel 70
méthode de la courbe dérivée 42
méthode des tangentes 42
mouvement circulaire uniforme 194
mouvement dans un champ électrique 218
mouvement dans un champ de pesanteur 216
mouvement rectiligne uniforme 194
mouvement rectiligne uniformément varié 194
neutron 86
niveau d'intensité sonore 296
nombre d'onde 40
nucléon 86, 88

O-P-Q

oxydo-réduction 112
oxonium (ion) 16
pH 18
photoélectrique (effet) 322
photon 322
photovoltaïque (cellule) 322
pile 114, 116

p*K* 138
poids apparent 242
polymérisation 170
pont salin 114
poussée d'Archimède 242
premier principe de la thermodynamique 270
pressiomètre 64
pression 38, 244
principe d'inertie 214
principe de continuité 244
principe des actions réciproques 214
produit ionique de l'eau 138
protection 170
proton 86
puissance 322
quotient de réaction 110

R

radioactivité 88
radio-isotope 86
radioprotection 92
ramifiée (structure) 162
rayonnement thermique 272
réactif électrophile, nucléophile 166
réaction acide-base 14
référentiel 190
référentiel galiléen 214
régime stationnaire, transitoire 344
relation de Bernoulli 246
rendement 322
repère d'espace 190
repère de Frenet 192
résistance thermique 272

S

satellite 222
saturé (squelette carboné) 162
section 244
semi-conducteur 322
seuil d'audibilité 296
solution acide, basique, neutre 18
solution tampon 144
spectre IR, UV 40
spectrophotomètre 64
spectroscopie infrarouge, UV-visible 40
substitution (réaction de) 168
système incompressible 270

T

tache centrale 298
taux d'avancement final 110
température thermodynamique 268
tension électrique 342, 344, 346
titrage conductimétrique 44
titrage pH-métrique 42
titre massique 20
transfert de H^+ 14
transmittance 40
travail d'extraction 322
travail de la force électrique 220
travail du poids 220

V-Z

vecteur accélération 192
vecteur position 190
vecteur vitesse 190
vitesse volumique de disparition, d'apparition 68
zone de virage d'un indicateur 142

میخواهی علم یادگیری فارسی بیاموز
IRAN

CRÉDITS PHOTOGRAPHIQUES

3	ph ©	guenterguni/coll. E+/Getty images
4	ph ©	Robert Harding Picture Library/Andre Seale/Biosphoto
5	ph ©	Dmytro Aksonov/coll. E+/Getty images
6	ph ©	Laurence MEDARD/CNRS Photothèque
7	ph ©	Tass/ABC/Andia.fr
9	ph ©	Robert Harding Picture Library/Andre Seale/Biosphoto
11	ph ©	guenterguni/coll. E+/Getty images
35	ph ©	Alexander Raths - stock.adobe.com
61	ph ©	upthebanner/iStock/Getty Images Plus
83		Coll. Particulière
97		Coll. Particulière
107	ph ©	Unique Vision - stock.adobe.com
135	ph ©	Robert Harding Picture Library/Andre Seale/Biosphoto
159	ph ©	Bim/coll. E+/Getty images
185	ph ©	yuelan/iStock/Getty Images Plus
187	ph ©	Dmytro Aksonov/coll. E+/Getty images
211	ph ©	Michel Hans
239	ph ©	yuelan/iStock/Getty Images Plus
263	ph ©	Eric ARISTIDI/CNRS Photothèque
265	ph ©	Eric ARISTIDI/CNRS Photothèque
291	ph ©	Tass/ABC/Andia.fr
293	ph ©	Laurence MEDARD/CNRS Photothèque
317	ph ©	Tass/ABC/Andia.fr
337	ph ©	PeopleImages/E+/Getty Images
363	ph ©	DEEPOL by plainpicture
365		Doc. Ma Thèse en 180 secondes : la science pour les nuls
369	ph ©	pankajstock123 - stock.adobe.com
371		Coll. Prod DB © Ingrid Chabert - My Box Productions/DR
375	ph ©	DEEPOL by plainpicture.

Malgré nos efforts, il nous a été impossible de joindre les ayants-droit de certains documents pour solliciter l'autorisation de reproduction, mais nous avons naturellement réservé en notre comptabilité des droits usuels.

Maquette de principe : Frédéric Jély
Mise en pages : STDI
Schémas : STDI
Iconographie : Nelly Gras/Hatier Illustration
Édition : Véronique Parasote

IMPRIM'VERT
PAPIER À BASE DE FIBRES CERTIFIÉES
Hatier s'engage pour l'environnement en réduisant l'empreinte carbone de ses livres. Celle de cet exemplaire est de : 1.3 kg éq. CO_2 Rendez-vous sur www.hatier-durable.fr

Achevé d'imprimer en Italie par L.E.G.O. S.p.A. - Lavis (TN)
Dépôt légal : 09462-8/01 - Mai 2023